首批四川历史名人文化研究中心四川大学"苏轼研究中心"重点项目

成都文理学院重点项目

三蘇文藝理論作品選注

曾枣庄三苏研究丛刊

曾枣庄 选注

巴蜀书社

三苏研究一大家

——写在"曾枣庄三苏研究丛刊"出版之际

陶武先

欣闻"曾枣庄三苏研究丛刊"（下称"丛刊"）即将付梓，由衷祝贺！于三苏研究，我是外行，仅属拥趸；于枣庄先生，尚未谋面，可算神交。我借闲暇时日，粗略拜读过"丛刊"一些文稿，大致了解其研究经历：枣庄先生皓首穷经、专心致志，倚重文献整理、史料研究、作品传播，兼备基础性、论述性、独立性，其三苏研究领域广阔、重点深入，形式多样、著述丰硕。"丛刊"不仅展示出使人受益的学术成果，更蕴含着令人敬重的治学精神。

对"不平"之事而严谨求真。"有不得已者而后言"[①]、严谨求真"鸣不平"，贯穿于枣庄先生的三苏研究历程。（一）情不忍则鸣。所谓"登山则情满于山，观海则意溢于海"[②]，由衷爱戴、景仰苏轼，自然容不得对其歪曲和抹黑。20世纪70年代末80年代初，为驳斥将苏轼视为"典型的投机派""动摇的中间派"，求"议论常公于身后"[③]，他毅然改变原来的研究方向，转而从容研究苏轼。"心正而笔正"，写成《苏轼评传》，客观评述其稳健革新的政治主张和从不"俯身从众，卑论趋时"的高尚人格。（二）疑不解则鸣。学贵有疑，有疑则进。大胆提问，小心求证，从而得出确切结论，是常用的研究方法。他研究苏洵，始于其置疑苏轼与王安石的政见分歧与苏洵是否相关，不指名道姓批评王安石的《辨奸论》是否为苏洵所作。为此，他深入研究，撰写了学界第一部关于苏洵的学术传记——《苏洵评传》，力证《辨奸论》出自苏洵，探求苏轼反对王安石激进变法的家学渊源。（三）理不通则鸣。世上没

---

① （唐）韩愈：《送孟东野序》，见《昌黎先生文集》。
② （南朝·梁）刘勰：《文心雕龙·神思》。
③ 宋孝宗《苏文忠公赠太师制》对苏东坡的评价，见（宋）郎晔《经进东坡文集事略》。

有两片完全相同的树叶，何况乎人？《宋史》记载"辙与兄轼无不相同"，他不以为然，深感有悖常理。于是，从人物性格、治世主张、学术观点、文艺思想、诗文风格等多方面分析比较苏轼、苏辙兄弟异同，写成《苏辙评传》（又名《苏辙兄弟异同论》）。其中关于"苏辙为政长于其兄"等论述具有突破性、开创性，标志着他的三苏研究更加理性、成熟。宋代理学家程颐曾言："致思如掘井，初有浑水，久后稍引动得清者出来。人思虑，始皆溷浊，久自明快。"① 枣庄先生力行如此。凡欲做成学问、达成事功者，应当不在例外。

从对象之专而拓展深入。立体、多维展示作为文学家、史学家、政治家、艺术家的三苏，深入、全面呈现其精神内蕴、艺术特征、人格魅力，并着力关注其相互联系和社会影响，实现由点到面的拓展，由表象到本质的深入，是枣庄先生赋予"丛刊"的鲜明特色。（一）注重由此及彼，由表及里，由个体向整体拓展。"不一则不专，不专则不能。"② 其三苏研究发轫于研究苏轼，由此横向、纵向拓展研究领域，进而由一苏到三苏，由本人特征到姻亲门生，由文献到年谱，由文艺作品到思想价值。修本而应末，举纲而张目，内涵向深，外延趋广，系列逐渐丰厚。（二）注重"博观约取，厚积薄发"③，由通博向专精深入。他倡行"读书宜博，研究宜专"。非但爬梳剔抉研究对象个体资料，而且全面客观掌握相关素材，以"博"纵观时空之广，以"专"追溯方位之深，在更宽视野中精准探索，尽量规避不"博"而"专"的局限，"博"而不"专"的空泛。正如"操千曲而后晓声，观千剑而后识器"④，掌握的史料愈翔实，研究愈深入，论述愈透彻，致力追求渊博史学、宏富史才、独到史识于一体。（三）注重"考述并重，文史合一"，由资料性向思想性凝练。"一要有明确的研究方向，二要全面占有资料，三要弄清基本事实，四要坚持独立思考。"这是他的学术心得，源于他的学术实践。对于"丛刊"中涉及的研究课题，他坚持从原始资料发端，多渠道梳理源头，独到地确定选题，由感觉而倾向，由倾向而观点，由观点而论证。这种以史料与文献为源头活水、

---

① （宋）程颢、程颐：《二程全书·河南程氏遗书》。
② （宋）苏轼：《应制举上两制书》，见《苏轼文集》。
③ （宋）苏轼：《稼说送张琥》。
④ （南朝·梁）刘勰：《文心雕龙·知音》。

文学与史学相得益彰的研究方法，利于防止唯"考"而简单堆砌，唯"述"而苍白说教，实现以"史"证"文"、以"文"化"史"、文史呼应。培根有言："我们应该像蜜蜂，既采集百花，又专心整理，这样才能酿出香甜的蜂蜜来。""丛刊"的形成也可印证：善集"百家之美"，可成"一家之言"。

步空白之域而探索创新。"非取法至高之境，不能开独造之域。"① 枣庄先生不仅将苏轼研究扩展到苏洵、苏辙，整理出版多部关于三苏的著作，而且在宋代文献整理、文学研究和古代文体学研究领域多有著述，具有填补学术空白的意义。其屡"开独造之域"，皆因"取法至高之境"。（一）批评精神首当其冲。多客观评判，少主观取舍，"事非目见耳闻"，不"臆断其有无"。词为长短句，而长短句不一定为词，不少人对这类文体学常识若明若暗。对此，他如鲠在喉，坦率批评近半个世纪不重视文体知识教学与科研，并自发研究中国古代文体学，编纂了《中国古代文体学资料集成》《中国古代文体学史》《中国古代文体分类学》，开学界之先河。（二）协作精神难能可贵，"独学而无友，则孤陋而寡闻"②。他注重与国内学者携手，鼎力推动三苏研究，筹建"曾枣庄三苏文化研究室"。他积极倡导和推动海内外开展三苏学术研究，与十余位海外生友长期合作，为研究三苏文化拓展新的视野、扩充国际影响起到了"推波助澜"的作用。（三）进取精神不可或缺。尽管于三苏研究，学界能出其右者不多，但他依然坚持"不懂就学"，笔耕不辍。其于花甲之年罹患癌症，犹自持"做最坏思想准备，尽量往好处努力"的信念，手不释卷、心无旁骛，不断取得新的成果；于耄耋之年，求知欲不减，进取心未退，犹以"只争朝夕"的执着，结集出版"丛刊"。借势"路漫漫其修远兮，吾将上下而求索"。他锲而不舍，登高行远，为有限的生命增添了认识事物的现实可能。

临浮躁之风而潜心治学。"凡学问之为物，实应离'致用'之意味而独立生存，真所谓'正其谊不谋其利，明其道不计其功'。质言之，则有'书呆

---

① （清）刘开：《与阮芸台宫保论文书》，见《刘孟涂集》。
② （汉）戴圣：《礼记·学记》。

子'，然后有学问也。"① 枣庄先生之治学，有如梁启超所言之"书呆子"。
（一）宁静而远功利。他说"问学之道，贵在坚持"，深谙求近功乃树故步自
封的藩篱，坚信"骤长之木，必无坚理；早熟之禾，必无嘉实"②。面对学术
造假、论文剽窃屡禁不止和草率成册、粗制滥造等屡见不鲜的不正之风，他
时常拍案而起，"不合时宜"地较真到底。对有人不经深入研究就"古今中外
的文章都敢写，赶时髦，报刊需要什么就写什么"的功利做法，他不愿苟同，
坚持如切如磋，潜心治学。"丛刊"系列十本专著，成稿时间跨度三十六载，
方才结集出版，足见其专注。（二）淡泊而远名累。他深畏"为学大病在好
名"③"盛名之下，其实难副"④，因而甘居冷门、不凑热闹，博学好思、笃行
不倦。坚持探赜与索隐，兀兀以穷年，传播三苏文化，扩大三苏影响，从不
计较"采得百花成蜜后，为谁辛苦为谁甜"。因研究三苏成就斐然，被誉为
"苏学界权威专家"，他为此诚惶诚恐、坚辞不受："真要有权威，尤其是公认
的权威，问题就大了。"谦逊地表示自己只是做了一些古籍整理工作，足见其
清醒。（三）尚实而远浮漂。他主张博览群书而不唯书，博采众长而不迷长，
围绕具体问题独立思考、深入探索，坚持把三苏研究作为责无旁贷的使命，
而非投机取巧的捷径。对于所从事的研究，他说："中华文化博大精深，为世
界所仰慕，我们为先辈留下的文化遗产而自豪。作为学者，有义不容辞的责
任，要尽自己的一份力量，让中华文化发扬光大。"足见其务实。"为学做事，
忌求近功；求近功，则自画气沮，渊源莫及。"⑤ 诚然，养成大拙方知巧，学
到如愚始是贤。学问、事业有成，还真少不得"书呆子"精神。

　　"丛刊"对三苏的研究，不止于"形"的复制、"术"的回味，更在于
"神"的接续、"道"的弘扬；未囿于怀念贤哲、重温过往，更重视镜鉴今人、
启迪未来。"丛刊"面世，其意义正在于为广大读者敞开了一扇从遥远张望到
翔实了解三苏的文化之窗。传承文化，一代人有一代人的责任。枣庄先生数

---

① 梁启超：《清代学术概论》。
② （明）徐祯稷：《耻言》。
③ （明）王阳明：《传习录》。
④ （南朝·宋）范晔：《后汉书·黄琼传》。
⑤ （清）黄宗羲：《明儒学案》。

十年研究三苏，无疑为弘扬中华文化精神、发掘传承先贤经典，做出了贡献。如果"丛刊"出版，能启发为学者"穷不忘道，老而能学"①、治世者"守其初心，始终不变"②，那么，枣庄先生的艰辛付出便得到了时代升华。

莫道桑榆晚，红霞尚满天。致敬枣庄先生的学识和奉献！

①　（宋）苏轼：《黄州上文潞公书》。
②　（宋）苏轼：《杭州召还乞郡状》。

苏海探赜四十年
——"曾枣庄三苏研究丛刊"序
谢桃坊

  我与枣庄先生是同时代人，而且是新时期以来进入学术界的。1979年暑假，我在成都市和平街（原骆公祠街）四川省图书馆特藏部书库古籍阅览室查阅苏轼乌台诗案资料，于此与枣庄相识。他告诉我关于乌台诗案须读三种书——《东坡乌台诗案》《诗谳》和《眉山诗案广证》。我甚佩服他于文献资料之熟悉。此后我们一同报考中国社会科学院，同作为助理研究员被录取，但随即四川大学中文系杨明照先生请枣庄回去主持编注《苏轼全集》，我则于1981年初到四川社会科学院文学所工作。1984年由枣庄介绍我为上海古籍出版社写作《柳永》小册子。枣庄数十年来是我在成都最好的老友，他对学术事业的执着与勤奋，与其成就之丰硕与卓著，这是我学术友人中甚为罕见的。

  1956年，我以同等学力考入西南师范学院中文系。同年枣庄考入中国人民大学历史系国际共产主义运动史专业，大学毕业后分配到四川大学马列主义教研室教政治学和哲学。1975年在"崇法批儒"的社会思潮中，因苏轼曾经反对王安石变法，被认为是儒家，属于反动派、顽固派，典型的政治投机者。枣庄向来景慕三苏的为人，他认为："儒家未必不如法家。骂苏轼为反动派，我也无所谓，这是政治问题、立场问题，时过境迁，立场一变，结论也会变；骂苏轼是顽固派，我仍无所谓，因为顽固也可说是立场坚定。……但骂苏轼是'投机派'而且'典型'，我就完全不能接受了，因为这是人品问题。投机者，迎合时势以谋取个人私利是也。"由此他决心系统地研究苏轼。清代学者王文诰以一生的精力完成《苏文忠公诗编注集成总案》，他在《苏诗总案》里写了《苏海识余》，认为关于苏轼的研究如面对汪洋的大海，故称为"苏海"。枣庄自1975年，孜孜不倦地由苏轼研究开始，发展为对三苏的全面研究，迄今已四十余年。今由巴蜀书社出版的"曾枣庄三苏研究丛刊"计收《历代苏轼研究概论》《苏轼评传》《苏洵评传》《苏辙评传》《三苏选集》《三苏文艺理论作品选注》《苏洵苏辙论集》《苏轼论集》《三苏姻亲后代师友门生论集》和《苏辙年谱》十种，这是枣庄研究三苏的成果的汇集，亦是总结性的标志。

自1949年以来，学术界因受到庸俗社会学观念的支配，充分肯定王安石为杰出的政治家，而变法是具有进步性质的政治改革。苏轼因为反对王安石变法，因而他是"大地主阶级顽固派"，"他在政治上站在旧党一边，没有看到新法对人民有利的也是主要的一面"，"他的政治观点基本上是保守的、顽固的"，苏轼"反对新法的诗歌一般说来表现了保守落后的政治倾向"，因此苏轼不断受到政治批判。改革开放以来，学术界拨乱反正，解放思想，以新的观念和方法重新探讨学术问题。这时重新评价苏轼成为研究宋代文史的一个突破口。然而当时王水照、朱靖华和刘乃昌等学者试图说明苏轼虽然曾经反对新法，但后来在《与滕达道书》里表示了忏悔，认识到过去反对新法是拘于"偏见"，"所言差谬"。此见解实源于1957年漆侠之说。苏轼在贬谪黄州时期与友人滕甫第十九书云："吾侪新法之初，辄守偏见，至有异同之论。虽此心耿耿，归于忧国，而所言差谬，少中理者。今圣德日新，众化大成，回视向之所执，益觉疏矣。若变志易守，以求进取，固所不敢；若哓哓不已，则忧患愈深。"漆侠认为："苏轼的这个忏悔书，不单单表明了他自己的政治态度，而且表明了和他同一类型的动摇派分子的政治态度。"这似乎可以说明苏轼的政治态度是前后不一致的，是变化的，他既然对自己反对新法表示忏悔，则可从维护变法的角度予以原谅了。枣庄于《文学评论丛刊》1979年第三辑发表《论苏轼政治主张的一致性》，他认为："王安石主张变法当然是革新派。但革新也不是只此一家，别无分店的。苏轼一生虽然反对王安石变法，但不能因此就说他反对变革，只是他们的具体变革主张不同而已。因此，我认为不但不应该把苏轼划入顽固派，也不应把他划作'动摇'的'中间派'，而应把他划入革新派。只是他算不上激进的革新派，而是具有更多的改良色彩的革新派。"枣庄继于《文学评论》1980年第四期发表《苏轼〈与滕达道书〉是忏悔书吗?》，在考辨第十九书写作时间的基础上认为："当时，他和滕达道在政治上的处境都很困难，因此，他对老友进京可能出现的问题说：我们错了（吾侪新法之初辄守偏见），他们对了（今圣德日新，众化大成），不要再'哓哓不已'了，否则忧患愈深。这与其说是对过去反对新法表示忏悔，还不如说是在劝老友以言为戒。戒则戒矣，但并没有因此放弃自己的政治主张。这就是这封信的基本精神。"这样给苏轼以新的社会评价，在某种意义上开启了中国古代文史研究的一个新方向。枣庄发表此两文时，尚下放在中学教语文，《文学评论》的编辑侯敏泽，支持枣庄的意见，使两文能在权威刊物发表，可见当时学术界的公正态度。1981 年枣庄的专著《苏轼评传》由四川人民出版社出版，关于对苏轼的评价，他认为："王安石变法毕竟也是地主阶级的改良，本身就具有很大的局限性，在实际推行的过程中也确实存在不少问题。怎么能因为苏轼反对这样一种变法就全盘否定苏轼呢"，"我们应该如实承认苏轼一生都在反对王安石变法，但他一生也主张革新，只是具体的革新主张与王安石不同而已。他一生不仅在文学的各个领域颇富革新精神，而且在政治上也从来没有放弃过他的'丰财''强兵''择吏'的革新主张，并在他力所能及的范围内，为宋王朝的'丰财''强兵'，为巩固宋王朝的统治做了不少工作。他一生光明磊落，直言敢谏，始终坚持自己的政治主张"，"苏轼不仅是政治上主张革新的，而且在文学艺术的各个领域也颇富革新精神，取得了巨大成就，产生了深远影响"。枣庄对苏轼的评价表现出学者的锐气与个性，在当时确实起到了振聋发聩的作用，奠定了他研究"三苏"的学术基础，他的学术见解得到了学术界的支持，而他也由此成名。我之所以回顾这一段历史，因它是枣庄学术的光辉起点，而且在学术思想史上是有一定意义的。

对王安石的评价，这又涉及苏洵的《辨奸论》，文中的"奸"是指王安石。宋人邵伯温在《邵氏闻见录》卷九记述富弼于北宋熙宁二年（1069）谈到王安石"至得位乱天下，方知其奸"。清代学者李绂和蔡上翔开始怀疑《辨奸论》为邵伯温所作。1974 年史学家邓广铭认为："邵伯温却把苏洵装扮成一个预言家模样，料定王安石必然要执政当权，届时又必然为祸天下……因而邵伯温的此文此书一出，立即出现一犬吠影、百犬吠声的情况，在士大夫当中被普遍哄传开来。王安石的真实精神面貌，从此就被邵伯温所勾画的一副鬼脸给掩盖住了。"刘乃昌的《苏轼同王安石的交往》发表于《东北师大学报》1981 年第一期，认为《辨奸论》绝非出自苏洵的手笔。枣庄随即发表《苏洵〈辨奸论〉真伪考》，他说："我在研究苏轼的过程中，发现苏轼同王安石的政见分歧实际上从苏洵就开始了。过去有人说苏洵《辨奸论》是伪作，但我从苏洵的其他文章以及苏洵的同时代人，特别是苏洵的友人如韩琦、张方平、鲜于侁等人的言论中，发现了大量与《辨奸论》相似的观点，证明《辨奸论》对王安石的不指名的批评并非'一反众议'，而是当时的'众议'之一，只是用语更加尖锐而已。"他认为苏洵对王安石的厌恶开始于嘉祐元年（1056）以前，苏、王相诋开始于嘉祐元年初次相识之时，其后矛盾越来越尖锐，到嘉祐六年（1061）苏轼兄弟在应制科试的问题上几乎已经到了白热化的程度。正是在这种背景下，嘉祐八年（1063）王安石之母死，苏洵独不往吊，而作《辨奸论》的。文章的观点和用语与苏洵的其他著述一致，说明它确为苏洵手笔。

关于苏辙的研究是向来为学术界所忽略的。苏辙曾参与了王安石变法，在此期间突出地表现了特殊的政治革新的主张。北宋熙宁二年（1069）王安石为参知政事，朝廷设置三司条例司以推行新法，苏辙为三司条例司属官。枣庄认为苏辙向神宗皇帝上书，批评神宗继位以来所施之政"失先后之次"，提出以治财当先的革新朝政的主张。在这个问题上，苏辙与神宗、王安石的看法是基本一致的，这大概就是他们把苏辙安置在变法机构任职的重要原因。但在如何理财的问题上，苏辙同神宗、王安石的看法就不一致了。从"去事之所以害财者"出发，苏辙首先主张去冗官，减任子自大臣始，百司减员；其次是去冗兵，去冗费。由于苏辙反对"求财而益之"，因此他在条例司同王安石发生争论，对青苗法、盐法和铸钱等问题表示了不同的意见，并于是年八月写了《制置三司条例司论事状》对新法做了全面批评。由此可见，在政治革新和实施变法的问题上政治家们主张的复杂性，因而进一步肯定了苏轼和苏辙皆是北宋的政治革新者。枣庄发挥了在哲学、政治学和历史学上的个人学术优势，能在新时期拨乱反正的社会学术思潮的背景下探讨三苏与王安石变法的关系，重新肯定三苏进步的政治革新主张，给予了三苏以合理的历史定位。这是他对中国学术发展所作出的最大贡献。

当我们看待学者在某个学术领域所取得的成就时，必然关注的是这位学者是否解决此领域中的系列的学术难题，也许它们是狭小的问题，却由此可见到学者真正的学术水平。枣庄在长期的三苏研究中是认真解决了所涉及的系列的学术难题的。清代学者王文诰的《苏文忠公诗编注集成总案》四十五卷，实为一部最详尽的苏轼年谱，以资料翔实、考证精密著称，具有极高的学术价值。枣庄的《读王文诰〈苏诗总案〉札记》发表于《中华文史论丛》1983年第三期，对王文诰著作中存在的狭小的学术问题进行了考辨，如苏洵与史经臣、史沆交游的时间；苏洵与张俞居青城山白云溪的时间；苏洵《忆山送人》的写作时间；苏洵与雷简夫订交的时间与地点；《忆山送人》中之"吴君"为谁；苏洵《送吴待制中复知潭州》的写作时间；苏洵幼女之死及《自尤》的写作时间；苏洵《九日和魏公》的写作时间；苏轼与蔡襄论书的时间；苏轼《江上值雪效欧阳体》的写作时间；苏轼《屈原庙赋》的写作地点；苏辙《巫山庙》诗是否收入《南行集》；梅尧臣《老翁泉》的写作时间；苏洵《谢赵司谏启》中赵司谏为谁；苏洵《木假山记》的写作时间等等问题的考辨，皆在比较史料之后纠正了王文诰之失误。我当时读了此文极佩服枣庄治学的谨严和研究的深入。此札记是读《苏诗总案》第一、二卷时所发现的问题，我劝枣庄将整个《苏诗总案》彻底清理一番，当是一部博大精深著作。枣庄说这太难了。可惜此札记未再写下去。关于三苏的亲属，这与三苏研究似乎无重要关系，但他们的事迹和诗文却又与亲属的联系不可能分开，因而从家族文化的角度研究三苏是绝不可忽视的。为此，枣庄对三苏的后人与姻亲进行了细致的考察。苏轼的长子苏迈为中书舍人石昌言孙女婿，次子苏迨娶欧阳修孙女，幼子苏过娶翰林学士范镇孙女，苏辙长子苏迟娶翰林学士梁颢曾孙女，苏适和苏远娶龙图阁直学士黄实之二女。由此可见宋代士大夫间以家族联姻结为一种政治利益的关系。关于苏小妹的传说甚多，皆以为她是苏洵的幼女，苏轼之妹，嫁与著名词人秦少游。枣庄使用了重要资料辨明秦少游之妻为徐成甫之长女文美。苏小妹死于皇祐四年（1052），年仅十八岁。此年秦少游仅四岁。苏小妹本是才气超群而命运悲惨的女子，明代以来的小说和戏剧将这一悲剧人物改写成喜剧人物了。在这些考证中，枣庄使用了罕见的和新发现的资料，解决了三苏研究中细微而困难的学术问题。此外关于三苏合著《南行集》的探索、苏轼著述生前编刻情况、辨苏轼《叶氏宗谱序》之伪、南宋苏轼著述的刊刻情况、清人注苏诗的情况、苏辙《东坡先生墓志铭》之真伪、二苏合著《岐梁唱和诗集》的原貌和苏洵诗文的系年等等狭小的学术问题，枣庄均作了细密的考辨，充分体现了研究的深入。

我们纵观枣庄的治学方法，特别是三苏研究中，明显是建立在实证研究的基础上的。他很重视对史料的搜集与辨析，特别是在整理资料方面开展了大量的艰苦工作。他汇编有《三苏全书》《苏诗汇评》《苏词汇评》《苏文汇评》，编著了《苏辙年谱》，整理了苏洵的《嘉祐集》和苏辙的《栾城集》，编选了《三苏文艺理论作品选注》。由此体现出枣庄研究三苏的一个宏伟的计划，并且是以占有资料为基本条件的。

枣庄在总结四十余年的治学经验时曾说：

我从自己的研究工作中逐渐悟到，从事研究工作，一定要有明确的研究方向。人生的精力有限，真正能在一两个研究领域有所突破，就很不错了。这里有一个博与专的问题，我觉得读书宜博，研究宜专。真正对一两个领域作了深入研究，知识面就自然扩大了。我跟着苏轼转了几个圈，就大大扩充了知识面，有了明确的研究方向，就会注意收集所研究问题的有关资料。否则，一些极有价值的资料会在眼皮底下跑掉。以后想起，可能再也查不到了。二要全面占有资料。我这几十年主要是在做资料员。不是建立在全面占有资料的基础上的所谓"新论"，即使能造成轰动效应，也不可能持久。三要弄清基本事实，进行作家研究，我主张从年谱开始，对该作家的生平事迹及作品先进行编年。我觉得只有如此，研究工作才比较扎实。

枣庄的治学范围除三苏研究外，尚以二十年的主要精力主持并完成了

《全宋文》的巨编，还在宋代文史研究上取得丰硕的成就。他的三苏研究成就卓著，学术影响也特别巨大。他的治学途径与方法既有个性，亦是治学的普遍可行的规则，于三苏研究中的体现尤为明显。这皆值得我们学习和借鉴。

当评价一位学者的学术成就时，我们的确应肯定他"真正能在一两个研究领域有所突破就很不错了"。枣庄在三苏研究和宋代文史研究方面皆有所突破，皆取得了重大成就。他是一位真正的学者，有坚定的意志，明确的目标，宏大的气魄，执着的追求，在某种程度上推进了宋代文史研究的发展，尽到了学者的历史使命。我们对一位学者的评价应该见到其主要的学术贡献，不应求全责备，学术的局限或某些失误是不可避免的。枣庄在三苏研究中长于政治的、历史的批评，深入地解决了若干困难的学术问题，发挥了实证方法的优长，这是我们应充分肯定的。然而每位学者的知识结构和研究方法必然存在局限。枣庄缺乏艺术的敏感，对三苏文艺的研究是较为粗疏的，艺术分析因而难以深入。例如论及苏轼在文学史上的地位时，着重论述了"苏轼诗的现实主义精神和浪漫主义风格"。在庸俗社会学盛行时期，文学理论界以西方流派"现实主义"和"浪漫主义"附会中国古代文学史，这在理论上是一个时代思潮的谬误。再如在《苏轼研究史》中论及 20 世纪苏诗的整理与研究仅用三千四百余字，而且仅谈苏轼诗整理并未及研究。这部《苏轼研究史》计六十余万字，实际上仅是苏轼传记与诗集的整理史，它出版于 2001 年，时枣庄已患绝症，是在极端艰苦的境况中完成的。我当时读了此著，于扉页上记下初读的感受：

此著可谓苏轼文献资料史，而于苏轼研究史涉及争议的问题，几乎未谈及。苏轼之历史定位应是文学家，而于其文学评价基本上被忽略。20 世纪是关于苏轼研究的新阶段，即所谓"衰落"而"复炽"，惜乎亦未接触重要学术问题，仅述传记资料及集子整理之事。凡此皆未能给历史人物定位所致，而亦反映出著者学术之局限。著者已申明"当恕病人"，又复何言！

也许我过于苛求了。在学术界我也听到某些学者对枣庄的指摘，有公开批评的，也有以书信方式散发而进行攻击的。这也属于自然的学术现象，然而我以为这些学者的看法是偏颇的或具私人成见的，他们并未客观看待枣庄的整个学术成就，也未见到其在中国现代学术发展中的意义。这一切是不可能动摇枣庄在现代学术史上的地位的。我谨祝老友健康长寿，在学术上更臻高境。

2017 年 7 月 13 日酷暑于爽斋

三苏带我走进宋代

——"曾枣庄三苏研究丛刊"自序

曾枣庄

　　我一生的研究工作，主要集中在两个领域：一是三苏，二是宋代。对三苏，既整理其著作文献，又对他们三父子进行全面的、综合的研究；对宋代，主要是整理宋文，并对宋代文学做多视角的研究。可以说，宋代的三苏、三苏的宋代，耗费了我一生的精力，但值得！

　　我研究苏轼，始于 20 世纪"文革"期间。"文革"中的"批林批孔"运动，因苏轼反对王安石变法，被定为儒家、反动派、顽固派、典型的投机派。骂苏轼为儒家，我无所谓，即使当时正在崇法批儒，但在我心目中，儒家未必不如法家；骂苏轼为反动派，我也无所谓，这是政治问题、立场问题，时过境迁，立场一变，结论也会变；骂苏轼是顽固派，我仍无所谓，因为顽固也可说是立场坚定，是"不可夺者，嶙然之节"（宋孝宗《苏轼特赠太师制》）的另一种说法，是"从来不因自己的利益或舆论的潮流而改变方向"（林语堂《苏东坡传》）的另一种说法。但骂苏轼是"投机派"而且"典型"，我就完全不能接受了，因为这是人品问题。投机者，迎合时势以谋取个人私利是也。在宋神宗、王安石推行新法时，以苏轼的才华，只要稍加附和，进用可必；但他却反对新法，并因此离开朝廷，被投进监狱，还几乎被杀头。在高太后、司马光当政时，以他们对他的器重，只要稍加附和，或稍加收敛，不太锋芒毕露，不难位至宰相。但他却反对尽废新法，并因此而奔波于朝廷和地方之间，"坐席未暖，召节已行，精力疲于往来，日月逝于道路"（苏轼《定州谢到任表》）。世间哪有这样不合时宜的"典型投机派"呢？为回答这些问题，我决心系统研究苏轼，出版了《苏轼评传》（四川人民出版社，1982 年），为苏轼"翻案"。

　　研究苏轼，自然避不开他的父亲苏洵、弟弟苏辙。但我感到，对同为唐宋八大家的苏洵、苏辙，学界的研究很薄弱，甚至连他们的别集都还未经整理校点。于是我与金成礼先生合作出版了《嘉祐集笺注》（上海古籍出版社，1993 年），与马德富先生合作点校了《栾城集》（上海古籍出版社，1987 年），与舒大刚先生共同主编了《三苏全书》（语文出版社，2001 年），并陆续出版了《苏洵评传》（四川人民出版社，1983 年）、《苏辙年谱》（陕西人民出版社，1986 年）、《三苏选集》（黑龙江人民出版社，1993 年，与曾涛合注）、《苏辙评传》（台湾五南图书出版公司，1995 年）、《三苏传》（台湾学海出版社，1995 年）、《三苏文艺思想》（四川文艺出版社，1985 年）、《苏诗汇评》（四川文艺出版社，2000 年）、《苏文汇评》（四川文艺出版社，2000 年）、《苏词汇评》（台湾文史哲出版社，1998 年，与曾涛合著），主编了《苏轼研究史》（江苏教育出版社，2001 年）等。

　　从苏轼到苏洵、苏辙，极大地拓展了我的视野，为我开展宋代文献的研究整理和对宋代文学做多视角研究创造了条件。我对三苏的研究虽然一生都未停止，但主要还是集中在我学术工作的前半期。后半期，我把主要精力放在宋代文献、宋代文学方面，耗时二十年之久与刘琳先生和川大古籍所的同仁共同完成了《全宋文》的编纂，还先后主编了《宋文纪事》（曾枣庄、李凯、彭君华编，四川大学出版社，1995 年）、《中华大典·宋辽金元文学分典》（江苏古籍出版社，1999 年）、《中国文学家大辞典（宋代卷）》（中华书局，2004 年）、《中国大百科全书（第二版）》（宋代文学部分）（中国大百科全书出版社，2009 年）、《宋代辞赋全编》（曾枣庄、吴洪泽主编，四川大学出版社，2008 年）、《宋代传状碑志集成》（四川大学出版社，2012 年）、《宋代序跋全编》（齐鲁书社，2015 年）等，出版了《论西昆体》（台湾丽文文化公司，1993 年）、《北宋文学家年谱》（曾枣庄、舒大刚著，台湾文津出版社，1999 年）、《宋文通论》（上海人民出版社，2009 年）、《宋代文学编年史》（曾枣庄、吴洪泽著，凤凰出版社，2010 年）、《文星璀璨：北宋嘉祐二年贡举考论》（复旦大学出版社，2010 年）等。

　　回顾四十多年的研究道路，做的工作也不可谓不多，因此多少有些心得，概括起来，不外以下几点：

一是对古代文化、古代文学的研究是完全可以自学的。我在中国人民大学其实是学国际共产主义运动史专业即马列主义的，涉足中国古典文学完全是社会原因和个人兴趣所致。

二是研究工作一定要从资料工作做起，这样研究工作才会有根基，不致人云亦云，甚至胡说八道。

三是要多请教，多切磋。在我几十年的研究工作中，老一辈的专家学者，如陈逸夫先生、王朝闻先生、任继愈先生、邓广铭先生、程千帆先生、缪钺先生、王利器先生、杨明照先生、戴逸先生、孔凡礼先生等都给了我不少指导和启发。与同辈的学者，如许嘉璐先生、章培恒先生、刘乃昌先生、王水照先生、谢桃坊先生、刘尚荣先生等，亦常就学术问题开展争论与争鸣；与晚一辈的学者如舒大刚先生、吴洪泽先生、李凯先生、彭君华先生等，亦多有合作。只有这样做学问，才能有生气。

四是不要在学术热点乃至时政观点上跟风。学术界也像其他行业一样，不同时期有不同时期的热点、重点，但不是你的研究领域，不是你的研究所长就不要去乱掺和，写凑热闹的文章。更不要生硬地将当前的时事政治套入古代文化、古代文学的研究中去，那就不是在继承文化遗产，而是在糟蹋文化遗产了。

最后，感谢巴蜀书社出版我这套"曾枣庄三苏研究丛刊"十种，这十种基本汇集了我一生有关三苏的论著；感谢原四川省政协主席陶武先生、四川省文史馆馆员谢桃坊先生为本书赐序；感谢巴蜀书社总编侯安国先生、李蓓女士及相关工作人员等为这套丛刊付出的心血；感谢陈小平先生及犬子曾涛对这套丛刊的精心校对；感谢所有关注我的三苏研究的朋友们！

2017 年 7 月 7 日

出版说明

　　《三苏文艺思想》是曾枣庄教授应著名文艺理论评论家王朝闻先生的建议而撰，由四川文艺出版社于 1985 年出版，距今已三十多年。此书是新时期第一部有关三苏文艺理论作品的选注本，对推动三苏文艺思想的研究有抛砖引玉之功。此次我们请曾枣庄教授对原书作了修订，并将书名改为《三苏文艺理论作品选注》，增加附录《三苏文艺评论资料集成》，作为《曾枣庄三苏研究丛刊》之一重新推出，以飨读者。

到处看山了不同——代序

王朝闻

　　一九八二年九月二十五日夜，我在庐山南面香峰寺旧址读《庐山志》。《志》转载苏轼《东坡志林·记游庐山》："仆初入庐山，山谷奇秀，平生所未见，殆应接不暇，遂发意不欲作诗。"真有意思：自然美使诗人这么感动，也许他此时觉得有形的诗可能冲淡或破坏印象的自然美也未可知。

　　接着又说："已而见山中僧俗，皆云：'苏子瞻来矣！'不觉作一绝云：'芒鞋青竹杖，自挂百钱游。可怪深山里，人人识故侯。'既自哂前言之谬，又复作两绝云：'青山若无素，偃塞不相亲。要识庐山面，他年是故人。'又云：'自昔忆清赏，初游杳霭间。如今不是梦，真个是庐山。'"下了决心不写诗的苏东坡，受了别人对他的鼓舞，受了自然对他的鼓舞，诗兴又勃然而兴，而且写出了自然美和社会的人的美的关系。

　　对于社会的人，苏东坡不认为都美，他对丑进行了讥讽。他接着写道："是日有以陈令举《庐山记》见寄者，且行且读，见其中云徐凝、李白之诗，不觉失笑。旋入开元寺，主僧求诗，因作一绝云：'帝遣银河一派垂，古来惟有谪仙辞。飞流溅沫知多少，不与徐凝洗恶诗。'"所谓"谪仙辞"，指李白《望庐山瀑布》诗："日照香炉生紫烟，遥望瀑布挂前川。飞流直下三千尺，疑是银河落九天。"所谓徐凝"恶诗"，指他的《庐山瀑布》："虚空落泉千仞直，雷奔入江不暂息。今古长如白练飞，一条界破青山色。"（见《全唐诗》卷四百七十四）李诗清雄，徐诗质实，两相比较，韵味自殊。苏轼所作"一绝"题为：《世传徐凝〈瀑布〉诗云"一条界破青山色"，至为尘陋。又伪作（白）乐天诗称美此句，有"赛不得"之语。乐天虽涉浅易，然岂至是哉！乃戏作一绝》。由此可见，苏轼对徐凝的不满，不仅在于其诗"尘陋"，更在于言过其实的吹嘘。

　　苏东坡《记游庐山》还说："往来山南北十余日，以为绝胜不可胜谈，择其尤者，莫如漱玉亭、三峡桥，故作此二诗。最后与总老同游西林，又作一绝云：'横看成岭侧成峰，到处看山了不同[一]。不识庐山真面目，只缘身在此山中。'仆庐山诗尽于此矣。"最后这首篇名《题西林壁》的诗，早已广泛流传，"不识庐山真面目"句，更广为人们所借用。我对这首诗很感兴趣，原因是多方面的。譬如说，人们所忽略的"只缘身在此山中"句，本来是"不识庐山真面目"的原因，合读这两句，觉得它体现着一种哲理。这就是说，对客观事物的认识，要能进能出，进而不出，得不到全面的理解。前两句也包含着哲理，那就是认识客观事物，必须移动主体的角度。从不同的角度着眼，能认识客体的多面性，认识客体自身存在的多面性和特殊性。这对于求专而不求博的作家、艺术家，具备着改造主观世界（例如方法论）的现实意义。

去年读了着力于三苏研究的学人曾枣庄的《苏轼评传》，我建议他编辑一本三苏的，特别是苏轼的艺术理论集。这既是因为我所读到过的苏轼有关艺术的言论引起的，也是我读了苏轼的诗文引起的。例如他说："夫昔之为文者，非能为之为工，乃不能不为之为工也"；"出新意于法度之中，寄妙理于豪放之外"；"口不能忘声，则语言难于属文；手不能忘笔，则字画难于刻雕；及其相忘之至也，则形容心术，酬酢万物之变，忽然而不自知也。"这些堪称美学见解的议论，看来不是根本缺乏艺术实践者所能说得出来的。正如他说的"所贵夫枯澹者，谓其外枯而中膏，似澹而实美，渊明、子厚之流是也"的审美感受那样，表明他作为一个善于识别艺术美的欣赏者，是因为他自己就是一个出众的艺术美的创造者。因此，我认为他那些有关审美的见解，真是说到了点子上。至于对于他所批评的"论画以形似，见与儿童邻"者来说，是有扩大眼界的积极意义的。曾枣庄同志编出了这本选集，收集了三苏（主要是苏轼）有关论文、论诗、论书法、论绘画、论音乐的诗文，不只给我们提供了美学的研究资料，而且对克服艺术实践中某种不从实际出发或拘泥于描摹的风气，可能不只具备理论的意义。

一九八二年九月二十六日于庐山南麓古香峰寺

〔一〕一作"远近高低各不同"，不及"到处看山了不同"生动和合理。

自　序

曾枣庄

　　此书是应著名美学家王朝闻先生的建议编选的。全书分为三苏文艺思想概述、三苏文论选注、三苏诗论选注（附东坡词论选注）、三苏艺论（包括画论、书论、乐论）选注四部分。第一部分是一篇综合评介三苏文艺思想的文章，目的在于把选注部分逐篇介绍的三苏文艺思想做一个比较系统的概括，以帮助读者初步掌握三苏文艺思想体系。选注部分，每篇分为原文、题解、注释三部分。苏洵、苏辙有关文学艺术的论述相对较少，故收得较宽；苏轼这类作品很多，故收得较严。部分诗文，如《初入庐山》《题西林壁》《日喻》《石钟山记》等，表面看似乎与文艺思想无关，实际上间接表现了重要的文艺观点，故也收录了一些。选文如果仅部分与文论有关，节选又不影响理解原文，一般只节选有关部分；如果节选对理解原文有碍，仍收录全文。题解除解释与题目有关的人名、地名、事件及写作背景外，着重分析与文艺思想有关的问题，长短不拘，以说明问题为主。注释力求简明。为省篇幅，重出条目一般只在初出时注释。

　　此书一九八五年出版后，王朝闻先生在一九八六年四月十四日给我的信中说："《三苏文艺思想》，读了不少，深感你的劳动的认真和具有独特的成就。如果可能，希望对三苏影响下的宋代文论，另作一本选评，即使只为了解三苏文论自身，这对后来者也是一种值得下功夫的劳动。"多年来，我一直想按王老的意见编著一部宋代文论选注，但因主编《全宋文》，一直无暇集中精力从事这一工作，至今未能完成王老的嘱托，十分遗憾。

　　《三苏文艺思想》出版后，一直觉得这个书名像论著的书名，不太合适，因此利用巴蜀书社这次重新推出此书的机会，将书名改为《三苏文艺理论作品选注》。当然，三苏的文艺思想十分丰富，尤其是苏轼，留下了大量有关文学艺术的评述，这不是《三苏文艺理论作品选注》一书选注的有限的作品所能反映的。因此利用这次再版的机会，补充了一个篇幅较大的附录，即《三苏文艺评论资料集成》，将选注中未能涉及的大量三苏有关文学艺术的评论资料汇于一编，希望能为读者更深入全面地把握三苏文艺思想提供方便。

二〇一七年三月于成都文理学院

目　录

三苏艺论选注

· 目录 ·

三苏文艺思想概述

一　北宋诗文革新及其分野

北宋的诗文革新家都以提倡古文，反对时文相标榜。但在不同时期，他们所反对的时文往往具有不同的内容和对象。

宋初柳开（948—1001）所反对的"时文"主要是指"五代文弊"。但是，由于他们的创作成就不高，不但未能完全战胜"五代文弊"，反而出现了名噪一时的西昆体。柳开说："开之学为文章，不类于今者三十年，始者诚为立身行道必大出于人上而遍及于世间，岂虑动得憎嫌，挤而斥之。"（《再与韩洎书》）这表明他们所倡导的古文革新还没有多少人响应。

其后穆修（979—1032）、石介（1005—1045）、尹洙（1001—1047）、宋祁（998—1061）等所反对的"时文"，主要是指标榜晚唐体，拘扯李义山的西昆派。石介对西昆体的代表作家杨亿作了极其尖锐的指责："今杨亿穷妍极态，缀风月，弄花草，浮巧侈丽，浮华纂组，刲镵圣人之经，破碎圣人之言，离析圣人之意，蠹伤圣人之道。"（《怪说》）但是，他们中的一些人所作的古文往往"辞涩言苦"，不可卒读。宋祁为文追逐"险语""新语"，行文就较艰涩。

梅尧臣（1002—1060）、欧阳修（1007—1072）等所反对的"时文"，当然包括了继续反对西昆体。欧阳修说："天圣之间，予举进士于有司，见时学者务以言语、声偶摘裂，号为时文，以相夸尚。而子美（苏舜钦）独与其兄才翁（苏舜元）及穆参军伯长（即穆修）作为古歌诗杂文，时人颇共非笑之，而子美不顾也。其后天子患时文之弊，下诏书讽勉学者以近古，由是其风渐息，而学者稍趋于古焉。"（《苏氏文集序》）这里所说的"时文"就是指西昆体。同时，欧阳修已经开始反对古文家中追逐奇险古怪的不良倾向。他曾书"宵寐匪祯札闼洪麻"嘲讽宋祁用字追逐怪僻；还曾向苏洵表示对尹洙、石介之文"意常有所不足"的遗憾和不满，原因也在于他们文章的生涩。嘉祐二年欧阳修知贡举，梅圣俞参与其事，他们用行政手段所打击的"时文"就是古文家中出现的这种"险怪奇涩之文"。《宋史·欧阳修传》说："时士子尚为险怪奇涩之文，号太学体。修痛排抑之，凡如是者辄黜。"苏轼在进士及第时所写的《谢欧阳内翰启》中说："自昔五代之余，文教衰落，风俗靡靡，日以涂地。圣上慨然太息，思有以澄其源，疏其流，明昭天下，晓谕厥旨。于是招来雄俊魁伟，敦厚朴直之士，罢去浮巧轻媚、丛错彩绣之文，将以追两汉之余，而渐复三代之故。士大夫不深明天子之意，用意过当，求深者或至于迂，务奇者怪僻而不可读。余风未殄，新弊复作。大者镂之金石，以传久远；小者转相摹写，号称古文。"

苏氏父子都不学"时文"。苏洵的屡试不中，苏轼兄弟的一试就中，都可以从这里得到解释。苏轼在《眉山远景楼记》中说："始朝廷以声律取士，而天圣以前学者犹袭五代文弊。独吾州之士通经学古，以西汉文辞为宗师。方是时，四方指以为迂阔。"苏洵就是这种"迂阔"的"吾州之士"中的一位。朝廷以声律取士，而苏洵却不好声律之学："学句读，属对声律，未成而废"（《送石昌言使北引》）。他在《广士》一文中还说："人固有才智奇绝，而不能为章句、名数、声律之学者，又有不幸而不为者。""不能为"，是说不长于此道；"不幸而不为"，是说不屑于此道。而苏洵兼有此二者，因此，他虽然"才智奇绝"，却屡试不中。当时，整个文坛"犹袭五代文弊"，而苏洵却"通经学古，以西汉文辞为宗师"。他的文章之不符合考官胃口也就可想而知了。加之他又不肯"区区符合有司之尺度"，就只好"绝意于功名"了。欧阳修知贡举，考官的胃口变得符合他的爱好了，但他已年近半百，早已"自绝于功名"了。这就是苏洵终身未能进士及第的原因。

考官胃口的改变为苏轼兄弟的一举及第创造了极其有利的条件。苏轼在《上梅龙图书》中说："轼长于草野，不学时文，词语甚朴，无所藻饰。意者执事欲抑浮剽之文，故宁取此，以矫其弊。"说得完全正确。苏轼兄弟之所以少年得志，就是因为"不学时文"的考生遇上了反对"时文"的考官，他们宁愿用苏轼兄弟的"无所藻饰"之文来矫正"浮剽之文"。

《宋史·欧阳修传》讲到嘉祐二年反对怪涩之文时还说："毕事，向之嚣薄者伺修出，聚噪于马首，街逻不能制。然场屋之习，从是遂变。"由此可见当时斗争之激烈，但也说明对"险怪奇涩之文"的"辄黜"确实起了作用。科举考试的衡文标准是指挥棒，能促进文风的改变。加之欧阳修及其门人曾巩、王安石、三苏都创作出了大量堪称典范的作品，遂使北宋的诗文革新从此立于不败之地。

北宋诗文革新到欧阳修取得了决定性胜利，但在欧阳修之后也产生了分化。欧阳修论文道关系强调道，他说："道胜者，文不难而自至也"（《答吴充秀才书》）；"中充实（有道）则发为文者辉光"（《答祖无择书》）。欧阳修所谓的"道"当然是儒家之道，但在具体论述时又很重视事功，他反对"弃百事不关心"而专门"职于文"，认为"勤一世以尽心于文字之间者，皆可悲也"。（《送徐无党南归序》）欧阳修还说："君子之所学也，言以载事，而文以饰言。事信言文，乃能表见于后世。"（《代人上王枢密求先集序书》）"事信"是指文章内容的真实性，"言文"是指文章语言的艺术性，认为只有二者兼备，文章才能流传下去。由此可见欧阳修既重道，又重事功，既重内容的真实性，又重语言的艺术性。他这一面面俱到的文论体系，给他的门生留下了充分发挥的余地，曾巩、王安石和三苏实际形成了三种文论倾向。

曾巩论文重道而轻辞章。他在《答李沿书》中，批评李沿"欲至乎道也，而所质（询问）者则辞也"，认为这是"务其浅，忘其深；当急者，反徐之"，即颠倒了主次本末。他主张应"志乎道"，反对"汲汲乎辞"。曾巩的文论颇有道学气："朱文公（朱熹）评文专以南丰（曾巩）为法者，盖以其于周（敦颐）、程（程颢、程颐）之先，首明理学也。"（刘埙《隐居通义》）

王安石论文重事功而轻文辞。在他看来，文章就是政教，政教就是文章。他说："文者，礼教治政云尔"（《上人书》）；"治教政令，圣人之所谓文也"（《与祖择之书》）。他在《上人书》中作了这样一个比喻：

所谓文者，务为有补于世而已；所谓辞者，犹器之有刻镂绘画也。诚使巧且华，不必适用；诚使适用，亦不必巧且华。要之，以适用为本，以刻镂绘画为之容而已矣。不适用，非所以为器也；不为之容，其亦若是乎？否也。然容亦未可已也，勿先之，其可也。

　　这就是说，文似器，是"适用"的，不适用的，就不成其为器；辞是"器之刻镂绘画"，是器之"容"（外表），无"容"也无损于器之用。最后虽补了一句"容亦未可已也"，但全篇主旨是重功用而轻辞章。作为政治家的王安石，从重功用出发，力图按照自己的主张来统一文化。他在推行新法时，改革了科举考试，罢诗赋而改试经义，要求"先除去声病对偶之文，使学者得以专意经文"（《乞改科条制札子》）。后来又献《三经新义》，颁于学官，统一对经书的解释，以"使学者归一"。

　　三苏的文论与欧、曾、王有很大不同，他们重功用，也重辞章，但有些轻道。苏洵在《太玄论》中说："言无有善恶也，苟有得乎吾心而言也，则其辞不索而获。"欧阳修讲"道胜者，文不难而自至"；苏洵却强调"得乎吾心"对文章的决定性作用。儒家的传统观点是以是否符合孔孟之道作为衡量文章"善恶"的首要标准，苏洵却以"得乎吾心"作为文章"善恶"的标准。儒家历来把经书看成是至高无上的，苏洵却把经、史相提并论："经不得史，无以证其褒贬；史不得经，无以酌其轻重"（《史论》）。这样，他就取消了经的独尊地位。他在《谏论》中说："仲尼之说，纯乎经者也；吾之说，参乎权而归乎经者也。"这无异于说"纯乎经"不够，还需要他来"参乎权"。他在《谏论》中还公开称道游说之术，表现了他对文辞的特别重视。苏轼走得更远，他不但公开赞美"不能尽通于圣人"的战国诸子散文，甚至公然嘲弄只知鹦鹉学舌、重复孔孟之道的"世之儒者"（《进策·策略第一》）。三苏的文论思想，确实有些离经叛道的倾向，因此被王安石讥为"纵横之学"（邵博《闻见后录》卷一四），被朱熹骂为"杂学"（《杂学辨》）。但现在看来这正是他们的可贵之处。

二 "论画以形似，见与儿童邻"

文章是社会现实生活的反映，必须忠于现实，真实地反映现实。三苏父子都很强调文章内容的真实性。当时修礼书，有人反对把祖宗的"过差不经之事"载入礼书中，要为尊者讳。

苏洵却主张"实录"，反对任意篡改历史。他说："遇事而记之，不择善恶，详其曲折，而使后世得知而善恶自著者，是史书之体也"（《议修礼书状》）。他在《史论》中，指责班固的《汉书》"贵谀伪"，修史失实："董宣以忠毅概之《酷吏》，郑众、吕强以廉明直谅概之《宦者》……"；指责陈寿的《三国志》"纪魏而传吴、蜀"，即把魏帝列入本纪，把吴帝、蜀帝列入列传。魏、蜀、吴三国鼎立，互不臣属，而陈寿"犹以帝当魏而以臣视吴、蜀"，这都是违背历史的真实性的。有人托他写墓铭，而提供的资料"皆虚浮不实之事"，如说死者曾"戒诸子无如乡人，父母在而出分"。苏洵说，乡人"不至于皆然，则余又何敢言之！"（《与杨节推书》）修正史反对"谀伪"，作墓铭反对以夸大失实之词美化死者，都说明苏洵强调文章要如实反映客观实际。

苏洵所讲的真实，今天看来，是属于社会科学范畴，还不是文艺创作所要求的艺术的真实，但其精神与文艺创作则是相通的。苏轼称赞龙眠居士李伯时的画说："龙眠居士作《山庄图》，使后来入山者信脚而行，自得道路，如见所梦，如悟前世。见山中泉石草木，不问而知其名；遇山中渔樵隐逸，不名而识其人"（《书李伯时〈山庄图〉后》）。这就是在称颂李伯时绘画的逼真，如实地反映了山庄的一草一木。

苏轼在如实反映客观事物的问题上，还区别了外表的真实与精神实质的真实，这集中表现在他关于形似和神似的绘画理论上。苏轼在《书吴道子画后》中说："道子画人物如以灯取影，逆来顺往，旁见侧出，横斜平直，各相乘除，得自然之数，不差毫末。"绘画必须真实地反映客观对象，做到如"以灯取影""不差毫末"。但这还仅仅是形似。"论画以形似，见与儿童邻"(《书鄢陵王主簿所画折枝》)，仅仅做到形似还不够，还必须进一步做到神似。苏轼对画工画是不大看得起的，认为画工画一般只能做到形似，不能做到神似。他对吴道子很推崇，认为吴道子远远高出一般画工，善于"出新意于法度之中，寄妙理于豪放之外"(《书吴道子画后》)。但当他把吴道子的画同王维的画作比较时，却更推崇王维。他说："吾观画品中，莫如二子尊。……吴生虽妙绝，犹以画工论。摩诘得之于象外，有如仙翮谢笼樊。吾观二子皆神骏，又于维也敛衽无间言。"所谓"犹以画工论"，就是说吴道子的画仍以形似见长，"以灯取影""不差毫末"；所谓"得之于象外"，就是不满足于形似，而做到了神似，画出了客观对象的精神境界。苏轼兄弟对韩幹画马的评价有过一次争论。苏辙称赞韩幹"画马不独画马皮"，而能"画出三马腹中事"(《韩幹三马》)，也就是赞美韩幹不仅能做到形似，而且能做到神似。苏轼却认为："厩马多肉尻雕圆，肉中画骨夸犹难"(《书韩幹牧马图》)；"幹惟画肉不画骨，而况失实空留皮。"(《次韵子由书李伯时所藏韩幹马》)"画肉""画皮"就是只做到形似；"画骨""画出腹中事"，就是指的神似，画出了马的神情意态。苏轼兄弟对韩幹画的具体评价虽然刚刚相反，但他们评画的标准却完全一致，即画贵神似。文艺创作不仅要真实地反映客观事物的外表，而且要揭示客观事物的本质。苏轼在《书蒲永升画后》中说："古今画水多作平远细皱，其善者不过能为波头起伏，使人至以手扪之，谓有洼隆，以为至妙矣。然其品格特与印板水纸争工拙于毫厘间耳。"苏轼把这种仅仅形似的水叫作"死水"。他认为高明的画家应画出水的气势，"画奔湍巨浪，与山石曲折，随物赋形，尽水之变"，这样的水才叫作活水。这种活水可给人以"汹汹欲崩屋"的感觉，"挂之高堂素壁"，能产生"阴风袭人，毛发为立"的艺术效果。这是仅仅满足于形似的画工画根本无法达到的。

与形似和神似、死水与活水的观点相连，苏轼在《净因院画记》中还提出了常形与常理的问题。常形是指器物所具有的固定的形状，常理是指客观事物所固有的规律。他说："人禽宫室器用皆有常形，至于山石竹木、水波烟云，虽无常形而有常理。"前者是死物，能做到形似也就够了；后者是活动的、变化不定的，就应"随物赋形"，画出它的变化规律。苏轼说，"常形之失，人皆知之"；"常理之失，虽晓画者有不知。"黄筌画雀就是"常理之失"的典型例子。黄筌是五代后蜀的著名画家，他画的飞鸟"颈脚皆展"；而实际情况是"飞鸟缩颈则展足，缩足则展颈，无两展者"（《书黄筌画雀》）。这样的名画家之所以闹了笑话，就因为他没有掌握鸟飞的规律。画得不像，做局部修改也可由不像到像，如苏轼在《传神记》中所说的："僧维真画曾鲁公，初不甚似……乃于眉后加三纹，隐约可见，作俯首仰视眉扬而额蹙者，遂大似。"如果画得不符合客观事物的规律，如黄筌所画的"颈脚皆展"的飞鸟，改都没法改，只有推倒重来。因此，苏轼说："常形之失，不能病其全；若常理之不当，则举废之矣。"

文艺创作毕竟不是机械地复制现实，所谓"似"并非要求举体皆似，而是要把握住客观事物的基本特征，做到神似、传神："优孟学孙叔敖抵掌谈笑，至使人谓死者复生。此岂举体皆似，亦得其意思所在而已"（《传神记》）。苏辙也反对机械地复制现实，而主张文艺作品写现实应有所选择、提炼和加工。他在《论诗五事》中，称颂《诗经》歌颂"征伐之盛"善于运用比兴手法，进行侧面烘托，而批评韩愈直接描写对俘虏的残杀。韩愈作《元和圣德诗》，描写叛军首领刘辟一伙被杀经过时说："宛宛弱子，赤立伛偻。牵头曳足，先断腰膂。次及其徒，体骸撑拄。末乃取辟，骇汗如泻。挥刀纷纭，争切脍脯。"韩愈对这次杀俘的描写不可不谓具体、形象、"真实"，但这种自然主义的真实是苏辙所反对的。他说："此李斯颂秦所不忍言，而退之自谓无愧于雅颂，何其陋也！"苏辙在《诗病五事》中还称颂《诗经》描写周太王迁豳，写得"事不连，文不属，如连山断岭，虽相去绝远，而气象联络"；称颂杜甫的《哀江头》，"其词气如百金战马，注坡蓦（越）涧，如履平地"；批评白居易"拙于纪事，寸步不遗，犹恐失之"。这些话表明苏辙主张文艺作品反映现实应有跳跃性，应突出重点，没有必要"寸步不遗"，依样画葫芦。这与苏轼《传神记》关于传神在目，没有必要"举体皆似"的思想是一致的。

三 "要识庐山面，他年是故人"

要真实地反映现实，就必须深入地了解现实。苏洵在《与杨节推书》中说，要他为杨的父亲写墓铭很困难，因为"洵于子之先君，耳目未尝相接，未尝辄交谈笑之欢"，"不知其为人"。这里已经指出了"耳目相接"对为文的重要性。

苏轼把苏洵这一"耳目相接"的观点发挥得更充分，讲得更深刻、更透彻。概括起来，苏轼提出了以下重要观点：

第一，凡事必须"目见耳闻"。苏轼在《石钟山记》中，说他到石钟山做了实地考察，证明郦道元关于石钟山"下临深潭，微风鼓浪，水石相搏，声如洪钟"的说法是正确的，缺点只是"言之不详"。而李渤关于石钟山得名于潭上双石，"扣而聆之"，"铿然有声"的说法是错误的。苏轼由此感慨道："事不目见耳闻而臆断其有无，可乎？郦道元之所见闻，殆与余同，而言之不详；士大夫终不肯以小舟夜泊绝壁之下，故莫能知；而渔工水师虽知而不能言，此世所以不传也；而陋者乃以斧斤考击而求之，自以为得其实。"在这里苏轼明确地主张凡事要"目见耳闻"，反对"臆断"。苏轼还在其他很多文章中谈及这点，例如：

陶靖节云："平畴交远风，良苗亦怀新。"非古之耦耕植杖者不能道此语，非余之世农（世世代代都是农家）亦不能识此语之妙也。（《题渊明诗》）

"两边山木合，终日子规啼。"此老杜之云安县诗也。非亲到其处，不知此诗之工。（《书子美云安诗》）

"棋声花院静，幡影石坛高。"吾尝游五老峰，入白鹤观，松阴满庭，不见一人，惟闻棋声，然后知此句之工也。（《书司空图诗》）

仆为吴兴（知州），有《游飞英寺》诗云："微雨止还作，小窗幽更妍。盆山不见日，草木自苍然。"然非至吴越，不见此景也。（《自记吴兴诗》）

以上这些话表明，"目见耳闻"不仅对文艺创作是必需的，而且对文艺欣赏也是不可或缺的。没有实际生活体验，不但写不出真切的作品，也体会不到他人诗文的妙处。

第二，必须虚心向有丰富生活经验的人学习。苏轼在《书戴嵩画牛》中说，蜀中有一处士非常酷爱戴嵩画的斗牛图，一位牧童见了这幅画，拊掌大笑道："牛斗力在角，尾搐入两股间，今乃掉尾而斗，谬矣！"这表明戴嵩画斗牛图，并未对牛斗的特征做过认真的观察，也没有向熟习牛斗情况的牧童请教，结果画得不符合实际情况。苏轼感慨道："古语有云：'耕当问奴，织当问婢'，不可改也！"这里就明确主张要向奴婢、牧童这些有实际经验的人学习。

第三，"目见耳闻"应深入细致，不能看到一点就妄下结论。李渤关于石钟山得名于潭上双石的说法也是他实际考察的结论，但却是错误的结论。苏轼有两首游庐山的诗。《初入庐山》诗说："要识庐山面，他年是故人。"既是"故人"，当然不是初次接触庐山，这里强调了反复考察对认识庐山真面目的作用。《题西林壁》诗说："横看成岭侧成峰，远近高低各不同。不识庐山真面目，只缘身在此山中。"仅看后两句，会认为这首诗与前一首的观点是矛盾的，其实并不矛盾。这首诗是说身在庐山未必就能真正认识庐山。"目见耳闻"应该是全面的，要真正认识庐山，就必须横看、侧看、远看、近看、高处看、低处看，对庐山做全面的考察。

第四，客观事物的规律只能通过长期实践逐步掌握。他在《日喻》中以学习游泳为例说："南方多没人（会潜水的人），日与水居也，七岁而能涉，十岁而能浮，十五而能没矣。……北方之勇者，问于没人，而求其所以没。以其言试之河，未有不溺者也。"南方之人之所以会潜水就是因为"日与水居"，长期与水打交道，认识了水性，掌握了潜水的规律。北方之人，"生不识水，则虽壮，见舟而畏之"，仅凭一堂游泳课，是不可能学会潜水的。苏轼说："道可致而不可求。"道，就《日喻》一文讲的具体内容看，指客观事物的规律；致，通过长期实践自然而然地达到；求，求教于知"道"的人，苏轼认为"道"不可能通过"达者告之"而一下子掌握。这里他强调了长期实践的重要性。这对于文艺创作也是非常重要的，只有长期深入生活，才可能认识社会现实生活的本质。

苏辙论述"耳目相接"重要性的地方也不少。他在十九岁进士及第时写的《上枢密韩太尉书》里，提出了著名的文气说，"以为文者气之所形"，而气又是由见闻广产生的。他说，司马迁的文章"颇有奇气"，这是因为他"行天下，周览四海名山大川，与燕、赵间豪杰交游"，他自己"百氏之书虽无所不读，然皆古人之陈迹，不足以激发其志气"；于是决定"求天下之奇闻壮观，以知天地之广大"，外出游历，"于山川见终南、嵩、华之高，于水见黄河之大且深，于人见欧阳公"，尽天下之大观以养其浩然之气。这些话表明，年轻的苏辙已经懂得丰富的阅历对养气、为文的重要。后来在《墨竹赋》中，苏辙进一步分析了文与可的画竹成就同他对竹子的长期观察是分不开的。他引用文与可的话说："始予隐于崇山之阳，庐乎修竹之林，视听漠然，无概乎予心。朝与竹乎为游，暮与竹乎为朋，饮食乎竹间，偃息乎竹阴，观竹之变多矣！""观竹之变多"正是文与可所画墨竹能尽竹之变的根本原因。

四　"诗从肺腑出，出辄愁肺腑"

文学作品是社会现实生活的反映，这种反映是通过人的头脑进行的，是外界事物触动了人们的思想感情而进行的主观抒发。作者笔下的现实都是作者所感知的现实，都打上了作者的主观烙印。《乐记》说，乐"本于人心之感于物也"。钟嵘《诗品·序》说："气之动物，物之感人，故摇荡性情，形诸舞咏。"这些话既强调了文艺是现实生活的反映，又强调了这种反映是通过物之感人进行的。

苏氏父子对前者的看法已如上述，这里要讲他们对后者的看法。苏轼在《南行前集叙》中说："山川之秀美，风俗之朴陋，贤人君子之遗迹，与凡耳目之所接者，杂然有触于中而发于咏叹。"意思是说他们父子由川赴京途中所作的诗文都是山川、风俗、遗迹等耳目所接的客观事物的反映，这种反映是通过客观事物"有触于中"才"发于咏叹"的。文学作品应以情动人，离开了"有触于中"，自己都没有被客观事物所感动，是谈不上感动别人的。因此，三苏论文很强调主观的抒情写意。

文学作品要抒发情意，首先就必须承认人情的合法性。传统的儒家观点总是以礼抑情，以义抑利。宋代的理学家更进一步宣扬"存天理，灭人欲"，"饿死事极小，失节事极大"（程颐）的观点。苏洵则说："民之苦劳而乐逸也，若水之走下"（《易论》），认为好逸恶劳、贪生怕死是人之常情，不承认这种人之常情是不现实的。苏洵用人情论解说六经，说圣人认为礼法不能完全战胜人情，才用诗、乐来做潜移默化的引导。他说："人之嗜欲，好之有甚于生；而愤憾怨怒，有不顾其死。于是礼之权又穷。"（《诗论》）他认为人的嗜欲和怨愤是无法禁止的，禁之过严反而要出问题（"患生于责人太详"）。如果不是禁，而是予以承认，加以引导，就可做到"好色而不至于淫"，怨而

"无至于叛"。苏轼与理学家程颐闹得冤冤不解，形成所谓洛蜀党争，重要原因之一就是苏轼厌恶程颐不近人情："颐在经筵，多用古礼，苏轼谓其不近人情，每加玩侮。"（《宋史纪事本末》卷四十五）总之，由于苏氏父子敢于公开承认人情的正当性、合法性，因此，他们论文敢于强调文艺作品要抒发真实的、强烈的感情。

论写物，苏氏父子强调事真；论写意，他们强调情真。苏洵主张："方其为书也，犹其为言也；方其为言也，犹其为心也。书有以加乎其言，言有以加乎其心，圣人以为自欺。"（《太玄论》）苏轼也反对"言有浮于其意，而意有不尽于其言。"（《进策·策略第一》）言为心声，说的就应该是自己所想的。如果说的不是自己所想的，想的又不敢全说出来，这都是自欺欺人的行为。苏轼不满意孟郊诗的艰涩，却称赞孟郊诗的情真，因为他"诗从肺腑出，出辄愁肺腑"（《读孟郊诗》）。这两句话讲得很深刻，前句讲诗要情真，要发自肺腑；后句讲只有情真，才能感人肺腑。苏轼不满东晋名士们的逐名："道丧士失己，出语辄不情。江左风流人，醉中亦求名。"（《和［陶渊明］饮酒》）所谓"不情"，也就是没有真实感情。苏轼非常推崇陶潜，重要原因之一就是陶诗感情真挚："有士常痛饮，饥寒见真情"；"渊明独清真，谈笑过此生"（同上）。他在《书李简夫诗集后》中把这一观点讲得更深刻，他说："孔子不取微生高，孟子不取于陵仲子，恶其不情也。陶渊明欲仕则仕，不以求之为嫌；欲隐则隐，不以去之为高；饥则扣门而乞食，饱则鸡黍以延客，古今贤之，贵其真也。"苏轼自己作诗作文也以情真为特点，想说什么就说什么。他在《思堂记》中说："言发于心，而冲于口，吐之则逆人（不合人意），茹之则逆予（不合己意）。以为宁逆人也，故卒吐之。"苏轼因写诗讥刺朝政而被捕贬官，但一出狱照样写诗讥刺朝政，这正是他言发于心，冲口而出，与其逆己，宁肯逆人的表现。

文艺作品所表现的感情不仅应该是真实的，而且还应该是炽烈的。苏氏父子都反对为文造情，无病呻吟，无话找话说。苏洵把自己所著的书称为"不得已而言"。他叙述自己的写作经验说："时既久，胸中之言日益多，不能自制，试出而书之，已而再三读之，浑浑乎觉其来之易矣。"（《上欧阳内翰第一书》) 这可说是对"不得已而言"的注脚。他不是无话找话说，而是"胸之言中日益多，不能自制"，才发而为文。苏洵在向张方平介绍苏轼兄弟作文情况时说："引笔书纸，日数千言，坌然溢出，若有所相。"（《上张侍郎第一书》）可见好的文章不是挤出来的，而是涌出来的（所谓"坌然溢出"）。苏轼也说："夫昔之为文者，非能为之为工，乃不能不为之为工也。……自少闻家君之论文，以为古之圣人有所不能自已而作者。故轼与弟辙为文至多，而未尝敢有作文之意。"（《南行前集叙》）这里明确区别了两种情况：一种是抱有"作文之意"，以"能文"自诩，实际在那里为文而文，为文造情；一种是"未尝敢有作文之意"，他们的文章都是"不能不为之文"，都是"不能自已"之作。对那些为文造情，无话找话说的人来说，作文当然是绞尽脑汁的苦差事；但对感情强烈到"不能自已"、文思"坌然溢出"的人来说，作文却是不吐不快、一吐为快的非常适意的事。因此，苏轼论文又有所谓"适意"说，认为作文是非常快乐的事："某平生无快意事，惟作文章，意之所到，则笔力曲折，无不尽意，自谓世间乐事无逾此者。"（苏轼对刘景文语，见何选《春渚纪闻》卷六）写字作画更是快乐的事："自言其中有至乐适意无异逍遥游。"（《石苍舒醉墨堂》）

苏轼论文、论书、论画，都特别强调要有言外之意、题外之旨、弦外之音。关于书法，苏轼特别称赏钟繇、王羲之的"萧散简远，妙在笔画之外"（《书黄子思诗集后》）；论绘画，他特别称赏"摩诘（王维）得之于象外"（《王维吴道子画》）；论诗，他特别欣赏司空图《诗品》关于"梅止于酸，盐止于咸，饮食不可无盐梅，而其美常在咸酸之外"的理论。他推崇陶潜诗，除了因为陶诗情真外，还因为陶诗余味无穷，"质而实绮，癯而实腴"，即表面质朴而实际绮丽，表面清瘦而实际丰腴。这也就是他在《评韩柳诗》中所说的"外枯而中膏"。他说："所贵乎枯澹者，谓其外枯而中膏，似澹而实美，渊明、子厚之流是也。若中边皆枯澹，亦何足道！"总之，文艺作品应给读者留下想象、回味的余地，抒情写意不可太露太尽。

五　"言必中当世之过"

　　前面曾提到三苏论文同王安石的重要区别之一是，王安石论文重功用而轻辞章，苏氏父子则既重功用又重辞章。三苏在政治上都没有取得王安石那样重要的地位和影响，但他们父子三人皆"有志于当世"，因此，他们对文章的社会功用的重视，并不亚于王安石。

　　苏洵《史论》劈头第一句话就是"史何为而作乎?"接着他回答道："其有忧也。何忧乎? 忧小人也。……君子不待褒而劝，不待贬而惩，然则史之所惩劝者独小人耳。"这里明确提出了修史的功利目的：惩劝小人。苏洵论文很强调有用，强调言行要一致。他在《洪范论叙》中说："《洪范》其不可行乎? 何说者之多而行者之寡也?"《洪范》本来是讲"天地之大法"的，是应该付诸实践的，但落在"诸儒"手里却变成了空谈。苏洵对《孙子兵法》是很推崇的，认为"其书论奇权密机，出入神鬼，自古以兵著书者罕所及"。但对孙武其人，他却有些不以为然，认为孙武只是"言兵之雄"，而不是用兵之雄。因为孙武在吴楚之战中的军事指挥直接违背了自己的军事理论。他自己著书更注意有用，说他的《权书》既无"惊世绝俗之谈"，也无"甚高难行之论"，却可"施之于今"。他在《上韩枢密书》中说："洵著书无他长，及言兵事，论古今形势，至自比贾谊。所献《权书》，虽古人已往成败之迹，苟深晓其义，施之于今，无所不可。"这里不是苏洵的自吹自擂，当时的人也是这样看他的。雷简夫称他为"王佐才"，可为"帝王师"，即指其言可"施之于今"。欧阳修也称赞他的文章"不为空言而期于有用""博于古而通于今，实有用之言"（《苏明允墓志铭》）。

　　苏洵还经常以文章贵于适用的思想教育苏轼兄弟，苏轼、苏辙都有这方面的记载。苏轼说：

昔吾先君适京师，与卿士大夫游，归……以鲁人凫绎先生之诗文十余篇示轼曰："小子识之，后数十年，天下无复为斯文者也。先生之诗文皆有为而作，精悍确苦，言必中当世之过，凿凿乎如五谷必可以疗饥，断断乎如药石必可以伐病。其游谈以为高，枝词以为观美者，先生无一言焉。"（《凫绎先生文集叙》）

苏辙说：

予少而力学。先君，予师也；亡兄子瞻，予师友也。父兄之学，皆以古今成败得失为议论之要。以为士生于世，治气养心，无恶于身。推是以施之人，不为苟生也；不幸不用，犹当以其所知著之翰墨，使人有闻焉。（《历代论引》）

这两段话集中表现了苏氏父子积极用世的思想。他们"议论"的中心是"古今成败得失"，也就是研究治国安民的经验教训；写作目的是为了"施之人"，是要为国为民"疗饥""伐病"。这就决定了写作的内容"言必中当世之过。"翻翻三苏的集子就不难发现他们的确实践了自己的理论。苏洵名重当世而不得重用，苏轼兄弟一生仕途坎坷，都是他们"言必中当世之过"带来的。苏轼虽然为此吃尽了苦头，但他一生从未放弃这一"先君之遗训"。苏轼晚年贬官岭南，在途经虔州（今江西赣州）所作的《答虔倅俞括奉议书》里仍然说："今观所示议论，自东汉以下十篇，皆欲酌古以驭今，有意于济世之用，而不志于耳目之观美。此正平生所望于朋友与凡学道之君子也。"信中还引了一位医工的话说："人所以服药，端为病耳。若欲以适口，则莫如刍豢，何以药为！"这封信强调文章应"有意于济世"，反对"志于耳目之观美"，以及以治病为喻，都与当年苏洵教育他的话如出一辙。他是这样说的，也是这样做的。他在贬所惠州写了著名的《荔枝叹》，不但揭露了汉唐官僚向宫廷争献荔枝、龙眼以邀宠的丑态，而且还指名道姓地揭露了当朝大臣丁谓、蔡襄、钱惟演的"争新买宠"，向宫廷进贡茶叶、牡丹。尤其可贵的是，他甚至敢于直斥当今皇上哲宗"致养口体何陋耶"！由此可见，他并没有因为政敌对他的残酷打击而放弃"言必中当世之过"的主张。

正因为三苏主张诗文应"有为而作"，强调"言必中当世之过"，因此，他们特别推崇西汉的贾谊和唐代的陆贽，因为这两人的文章都是切中时弊的。苏洵曾赞美欧阳修之文类似陆贽，认为"陆贽之文遣言措意，切近的当"（《上欧阳内翰第一书》）；又曾以贾谊自诩，说他著书"至自比贾谊"（《上韩枢密书》）。苏洵说："董生（仲舒）得圣人之经，其失也流而为迂；晁错得圣人之权，其失也流而为诈；有二子之才而不流者，其惟贾生乎！"（《上田枢密书》）在苏洵看来，"淳儒"董仲舒和政治家晁错都有缺点，或"迂"或"诈"；只有贾谊既"得圣人之经"，又"得圣人之权"。联系到苏洵在《谏论》中曾说"仲尼之说纯乎经者也，吾之说参乎权而归乎经者也"，那么苏洵这段称赞贾谊兼有经和权的话，无疑等于自赞。

苏轼对贾谊、陆贽也是很推崇的，他说："儒者之病多空文而少实用，贾谊、陆贽之学殆不传于世"（《答王庠书》）。这里以"儒者之病"与"贾谊、陆贽之学"作对比，前者既是"多空文而少实用"，后者自然是少空文而多实用。苏轼在《乞校正陆贽奏议上进札子》中说：

　　唐宰相陆贽才本王佐，学为帝师。论深切于事情，言不离于道德，智如子房（张良）而文则过，辩如贾谊而术不疏，上以格君心之非，下以通天下之志。但其不幸，仕不遇时。德宗以苛刻为能，而贽谏之以忠厚；德宗以猜疑为术，而贽劝之以推诚；德宗好用兵，而贽以消兵为先；德宗好聚财，而贽以散财为急。

这就是苏轼特别推崇陆贽的原因，也是他提供的少空文而多实用的典范，因为陆贽的奏议"进苦口之良药，针害身之膏肓"，堪称"治乱之龟鉴"。苏辙也说："昔先君博观古今议论，而以陆贽为贤。吾幼而读其书，其贤比汉贾谊，而详练过之。"（《历代论·陆贽》）又说："（苏轼）少与辙皆师先君，初好贾谊、陆贽书，论古今治乱，不为空言。"（《东坡先生墓志铭》）可见，"不为空言"是三苏父子推崇陆贽的根本原因。

文章内容的真实性与文章的政治教化作用，一般来说是一致的，只有内容真实的文章能使人们信服，也才能起到教化作用。但有时也不完全一致，苏洵还具体提出了使这二者统一起来的办法。苏洵在《史论》中把司马迁和班固修史的方法归纳为四条，前两条是"隐而章（彰）""直而宽"。所谓"隐而章"就是对"功十而过一"的人，应该本传载其功而他传载其过，即对其过应"本传晦之而他传发之"，这样既符合历史的真实，又达到了扬善的目的。否则，人们会认为"十功不能赎一过，则将苦其难而怠矣"，不利于扬善。所谓"直而宽"就是对"过十而功一"的人，本传不仅要录其过，而且要书其功。这样既能"惩恶"，又能鼓励今之恶人"自新"。如果在本传中举其过而废其功，"有善不录"，就会"窒其（今之恶人）自新之路，而坚其怙恶之志"。总之，苏洵认为，史书是"一代之实录"，必须如实地反映客观历史情况，不能隐恶扬善或隐善扬恶；但史书又负有惩恶扬善教育后人的作用，因此不能仅作纯客观的记述，而应通过对史料的精心安排，表达作者的爱憎和褒贬。这样才能把内容的真实性同政治教化作用很好地统一起来。

六 "得之心而书之纸"

前面侧重论述了三苏对文艺与现实的关系和他们对文艺的社会功能的看法。我们曾说，比起欧、曾、王来，三苏更重视文学艺术本身的特点和规律。下面就谈这个问题。

关于创作过程，苏洵在《上田枢密书》中谈到自己的写作经验时说："方其致思于心也，若或起之；得之心而书之纸也，若或相之。""致思于心""得之心"，是讲通过对客观事物的深入研究和思考，头脑中明确认识了所要表达的对象；"书之纸"就是把已认识的对象用文字准确地表达出来；"若或起之""若或相之"，在认识和反映客观事物时好像有外力起动和佐助似的，也就是我们平时讲的"神来之笔""灵感"。苏洵这段话相当全面地（虽然是粗略地）概括了文艺创作的过程。在《上欧阳内翰第一书》中，苏洵把这一点讲得更具体："尽烧曩时所为文数百篇，取《论语》《孟子》、韩子及其他圣人贤人之文而兀然端坐，终日以读之者七八年。……读之益精而其胸中豁然以明，若人之言固当然者。然犹未敢自出其言也。时既久，胸中之言日益多，不能自制，试出而书之；已而再三读之，浑浑乎觉其来之易也。"这段话只谈到读书，没有谈生活实践对他写作的作用。这是苏洵特殊的经历决定的，他早年游荡不学，已经有了丰富的阅历，缺乏的是读书。因此，当他"兀然端坐，终日以读"，把他平时的丰富阅历，作深入的系统的思考，于是"胸中豁然以明"。所谓"明"，就是通过"致思于心"，即通过深入思考，对要写的东西有了清楚的认识。由此可见，对所写对象的"豁然以明"是进入创作过程的前提。这是"得之心"的阶段。仅仅"明"还未必能写出感人的文章，还必须发展成创作冲动，即"胸中之言日益多，不能自制"，这样才会有神来之笔。这就是创作中的灵感。"出而书之"即前封信中说的"书之纸"，这是把"豁然以明"的客观事物和"不能自制"的强烈感情用文字表达出来的阶段，表现心之所得的阶段。

苏轼对创作过程，特别是对创作中的灵感的论述远比苏洵具体和深刻。在创作过程的起始阶段，苏轼认为最重要的是"胸有成竹"。苏轼说："画竹必先得成竹于胸中，执笔熟视，乃见其所欲画者。"（《文与可画筼筜谷偃竹记》）所谓"熟视"，就是仔细观察所要画的竹子，所要表现的客观对象，同时就在进行艺术构思，使所欲画的竹子、所要表现的对象完整地呈现于胸中。这就是他所说的"得之于心"。

苏轼根据自己和他人的创作经验，在苏洵"不能自制"说的基础上，相当全面地论述了创作中的灵感问题，尽管他并没有用这一术语。在苏轼看来，灵感并不是从天下掉下来的，也不是从自己头脑中产生的，而是建立在对客观对象"熟视"的基础上的，是客观事物"有触于中"而激发起来的强烈的创作欲望与创作冲动。他在《书蒲永升画后》中说："始（孙）知微欲于大慈寺寿宁院壁，作湖滩水石四堵，营度经岁，终不肯下笔。一日仓皇入寺，索纸墨甚急，奋袂如风，须臾而成，作输泻跳蹙之势，汹汹欲崩屋也。""仓皇""甚急""如风""须臾"，正是灵感爆发、创作激情高涨的表现；而这种灵感突发是建立在"营度经岁"，即长期酝酿的基础上的，没有"营度经岁"就不可能"须臾而成"。灵感是创作活动中精神高度集中的表现，有时简直到了忘物忘我、神与物游的境界。文与可在谈自己的画竹体会时说："始也余见（竹）而悦之，今也悦之而不自知也。忽乎忘笔之在手与纸之在前，勃然而兴，而修竹森然"（见苏辙《墨竹赋》）。除了森然的修竹，他什么都"不自知"了，甚至连画具纸笔和自己的手在绘画也"忘"了。苏轼在总结文与可的画竹经验时说："与可画竹时，见竹不见人。岂独不见人，嗒然遗其身。其身与竹化，无穷出清新。庄周世无有，谁知此疑神。"（《书晁补之所藏与可画竹三首》。疑，通"凝"，下同）这是一种忘物忘己，身与竹化，精神高度集中的境界。庄子把它叫作"疑神"。"疑神"，按庄子的解释就是"用志不分"（《庄子·达生》），精神高度集中；也就是庖丁解牛，只见骨缝，不见全牛，"以神遇而不以目视，官知止而神欲行"的神化境界。灵感又是一种强烈的感情爆发，具有不能自我克制、不吐不快的特点。苏轼谈到自己的画竹情况时说："空肠得酒芒角出，肝肺槎牙生竹石。森然欲作不可回，吐向君家雪色壁。"（《郭正祥家醉，画竹石壁上，郭作诗为谢，且遗古铜剑二》）酒意正浓，画兴大发，成竹生于胸中，创作冲动有"不可回"之势。精神的高度集中，激情的突然爆发，都不可能持久，因此，必须不失时机，一挥而就。文与可说他当得成竹于胸中时，就"急起从之，振笔直遂，如兔起鹘落"。为什么这样"急"呢？因为灵感"稍纵即逝"。孙知微画壁画，终岁不肯下笔，一旦要画，"索笔甚急"，原因也在此。作诗也是这样，"作诗火急追亡逋，清景一失后难摹"（《腊日游孤山访惠勤惠思二僧》）。

　　灵感既然是稍纵即逝的，需要"急起"追踪，"火急"的描绘客观事物和抒发主观情感，因此，没有熟练的艺术技巧就不可能办到。苏轼在《书李伯时山庄图后》中讲到李伯时作画"神与物交"时，接着就说："虽然，有道有艺。有道而无艺，则物虽形于心，不形于手。""有道"就是掌握了"神与物交"，"身与竹化"的创作规律；"有艺"就是要有熟练的艺术技巧；"形于心"就是"得成竹于胸中"；"形于手"就是把胸中的成竹"书之纸"；有道而无艺，就不可能准确地把心中所要写的东西表达出来。苏轼说他对文与可的"胸有成竹"说、"稍纵即逝"说，只是"心识其所以然"，还"不能然"。为什么"既心识其所以然而不能然"呢？他说这是因为"内外不一，心手不相应，不学之过也"。苏轼并由此推而论之，认为不仅画竹如此，而且做事也是这样："故凡有见于中而操之不熟者，平居自视了然，而临事忽焉失之，岂独竹乎？"（《文与可画筼筜谷偃竹记》）这里苏轼提出了得心和应手、意会和言传的关系问题。如果没有纯熟的艺术技巧，得之心未必就能应之手，意会了未必就能言传。在苏轼看来，认识事物固然不容易，但要把已经认识的事物准确地表达出来更加不容易。他在《答谢民师书》中说："求物之妙，如系风捕影，能使是物了然于心者，盖千万人而不一遇也，而况能使了然于口与手乎？"

　　得之心而不能应之手的根本原因在于"操之不熟"，因此，苏轼很强调实践对掌握写作技能的重要。的确，苏轼论画曾说："高人岂学画，用笔乃其天。譬如善游人，——能操船。"（《次韵水官诗》）论书法曾说："吾虽不善书，晓书莫如我。苟能通其意，常谓不学可。"（《与子由论书》）好像绘画和书法都无须学。但问题在于如何才能"善游"、如何才能通书法之意呢？这就非练不可。"善游人"在水中好像非常自由，无施不可；但他这种自由是通过长期刻苦练习，掌握了水性才获得的。要通书法之意也离不开长期的实践，他之所以能成为宋代四大书法家之一，是与他"幼而好书，老而不倦"（苏辙《东坡先生墓志铭》）分不开的。他曾说："我书意造本无法，点画信手烦推求"（《石苍舒醉墨堂》）。这种信笔书写，无须推求的"无法"境界，是通过长期的依"法"练习获得的，是以"堆墙败笔如山丘"的艰苦劳动为前提的。正因为如此，他在《书唐氏六家书法后》中才批评那些没有学会正楷就在那里胡乱作草书的人。他说："今世称善草者，或不能真（楷书）行（行书），此大妄也。真生行，行生草；真如立（立正），行如行，草如走（跑）。未有未能行、立而能走者也。"这段话充分说明了"无法"必须以有法为前提，"意造"必须以苦练为基础。苏辙的《石苍舒醉墨堂》诗也说："石君得书法，弄笔岁月久。经营妙在心，舒卷功随手。"这也同样说明了只有"弄笔岁月久"，才能"得书法"，只有苦心"经营"，才能"舒卷功随手"。

七 "辞至于能达，则文不可胜用矣"

与前一个问题相联系，这里还要专门讲一讲苏轼对孔子"辞达"说的发挥。

三苏论文，首先贵立意。苏洵在《与孙叔静书》中曾说："凡论但意立而理明，不必觅事应付。""觅事应付"是指孙叔静的《中正论》"引舜为证"。苏洵认为此文已做到"意立而理明"，没有必要再引证。苏轼晚年贬官儋州，曾经对葛立方讲作文之法。他说，商店里的商品无所不有，只有一样东西可以换取，这就是钱。"作文亦然，天下之事散在经、子、史中，不可徒使，必有一物以摄之，然后为己用。所谓一物者，'意'是也。不得钱不足以取物，不得'意'不可以明事。此作文之要也。"（《韵语阳秋》卷三）"为文若能立意，则古今所有翕然并起，皆赴吾目。"（《梁溪漫志》卷四）苏轼以生动的比喻阐明了"立意"乃"作文之要"，对全篇具有统率作用。

但"立意"之后，接着还有一个以辞"达意"的问题。"辞，达而已矣"是《论语·卫灵公》中的话，过去一般都把这句话解释为轻视辞章。如何晏《论语集解》引孔安国曰："辞达则足矣，不烦文艳之辞。"与苏轼同时的司马光也说："今之所谓文者，古之辞也。孔子曰：'辞，达而已矣。'明其足以达意斯止矣，无事于华藻宏辩也。"（《答孔文仲司户书》）苏轼却对这句话作了新的解释，他把这句话与孔子另一句话"言之无文，行而不远"联系起来，认为孔子的辞达说是重视文辞的表现。他在《答谢民师书》中说："孔子曰：'言之不（无）文，行之（而）不远。'又曰：'辞，达而已矣。'夫言止于达意，即疑若不文，是大不然。……辞至于能达，则文不可胜用矣。"这显然更符合孔子的原意，因为孔子还说过"情欲信，辞欲巧"（《礼记·表记》）的话，把孔子的辞达说看作忽视辞章是不符合孔子的原意的。有趣的是王安石论文从重功利轻辞章出发，对"言之不文，行之不远"这一明白无误地强调文辞重要性的话也解为轻视辞章。他说："'言之不文，行之不远'云者，徒谓辞之不可以已也，非圣人作文之本意也"（《上人书》）。由此可看出苏、王在文艺思想上的分歧：苏轼把历来解作轻文辞的话解释为重文辞，王安石则把明明是重文辞的话解释为轻文辞，以论证各自的观点。在《答虔倅俞括书》中，苏轼对孔子的辞达说作了更深刻的解释。他说："孔子曰：'辞，达而已矣。'物固有是理，患不知；知之患不能达于口与手。所谓文者，能达于是而已。""理"是"物"所"固有"的，"知"是对客观事物之"理"的主观反映，"达"就是准确地表达主观的"知"，而归根结底是要准确地表达客观事物固有之"理"。如果说苏轼给谢民师的信强调了辞达说的重要性，那么，给俞括的信则对辞达说作了科学的解释，即"辞达"不仅是"达意"，而且是达客观事物之"理"。

从辞贵达意出发，苏氏父子对文章的语言提出了以下具体要求：第一，反对艰涩，提倡平易。苏轼在《与鲁直书》中说："凡人文字，务使平和；至足之余，溢为奇怪，盖出于不得已尔。"在《答谢民师书》中，他指责"扬雄好为艰深之词，以文浅易之说"。孟郊作诗生涩，苏轼嘲笑道，读孟郊诗"有如食小鱼，所得不偿劳"（《读孟郊诗》）。在《评柳子厚诗》中也说："好新务奇，乃诗之病。"在讲北宋诗文革新的历史时，我们曾说"新奇险怪"是宋初古文运动中的一股逆流，苏轼以上这些话很明显是针对文坛的不良倾向而发的。第二，反对雕琢，提倡自然。前面我们已经说过，苏洵曾教育苏轼兄弟文章不可"枝词以为观美"，苏轼自己也说文章"不志于耳目之观美"。关于文贵自然，苏洵曾说，风水相遭，自然成文，乃"天下之至文"。他说："今夫玉非不温然美矣，而不得以为文；刻镂组绣，非不文矣，而不可与论乎自然。故夫天下之无营而文生者，惟水与风而已"（《仲兄字文甫说》）。苏轼说："山川之有云，草木之有华实，充满勃郁而见于外。夫虽欲无有，其可得耶？"（《南行前集叙》），风水相遭而成的波文，山川的云彩，草木的花果，都是"无营"之文，没有经过"刻镂组绣"，他们认为这是天下最美之文。苏轼评诗僧辩才的诗说："辩才诗，如风吹水，自成文理；吾辈与参寥（另一诗僧），如巧妇织锦耳"（《蛩溪诗话》卷五）。"巧妇织锦"，再巧都有织绣痕迹，缺乏风水相遭自成文理的自然美。苏轼论画也反雕琢而贵自然，他在《书韩幹牧马图》中说："金羁玉勒绣罗鞍，鞭箠刻烙伤天全，不如此图近自然。"在《李潭六马图赞》中也说："络以金玉，非马所便，乌乎！各适其适，以全吾天。"也是讲要尽量体现自然本色。苏轼评画雁说："野雁见人时，未起意先改。君从何处看，得此无人态？"（《高邮陈直躬处士画雁》）论画人说："欲得人之天（天然神态），法当于众中阴察之。今乃使人具衣冠坐，注视一切，彼方敛容自持，岂复见其天乎？"（《传神记》）画雁贵"无人态"，这才是雁的自然本色；画人贵"阴察之"，这才能得人的自然本色。第三，要"词理精确"。反对雕琢，并非意味着不需要文字加工，相反，要做到辞能达意，就需要审慎地选用词语。苏轼曾说："子由之文，词理精确有不及余。"（《书子由〈超然台赋〉后》）可见他对"词理精确"的重视。据《唐子西文录》载："东坡作《病鹤》诗，尝写'三尺长胫□瘦躯'，缺其一字，使任德翁辈下之，凡数字。东坡徐出其稿，乃'阁'字也。此字既出，俨然如见病鹤也。"从这一趣闻可看出苏轼对炼字的重视，他强调要选用最恰当、最准确的词来表现客观事物的特征。苏轼曾向幼子苏过讲"写物之功"（见《付过》）。他说，《诗经》写桑树有"桑之未落，其叶沃若"之句，认为"他木殆不可以当此"，因为"沃若"二字，写出了桑叶繁茂润泽之状，颇能传桑叶之神；林逋写梅花，有"疏影横斜水清浅，暗香浮动月黄昏"之句，认为"决非桃李诗也"，因为"疏影""暗香"颇能传梅之神，桃李不可能具有这一特征。可见"写物之功"，就在善于选词炼字，准确表达客观事物的特征。

八 "文章自一家"

三苏论文，特别强调风格的多样化，反对单一化，强调"文章自一家"（苏辙《开窗》）。苏洵在《史论》中称赞"（司马）迁之辞，淳健简直，足称一家"。在《上欧阳内翰第一书》中说，孟子文章的风格是"语约而意尽，不为巉刻斩绝之言，而其锋不可犯"；韩愈之"如长江大河，浑浩流转"；李翱之文"其味黯然而长，其光油然而幽"；陆贽之文"遣言措意，切近的当"；欧阳修之文"纡余委备""条达疏畅"。苏洵还说："此三子者（孟子、韩愈、欧阳修）皆断然一家之文也。"称赞欧阳修之文"非孟子、韩子之文，而欧阳子之文也"。可见苏洵论文特别重视各家艺术风格的不同，强调文章要自成"一家"。

苏轼论书法也特别重视各家不同的艺术风格。他说永禅师的书法"骨气深稳，体兼众妙，精能之至，反造疏淡"；称赞欧阳询的书法"妍紧拔群"，"劲崄刻厉"；褚遂良的书法"清远萧散，微杂隶体"；张旭的草书"颓然天放"，"号称神逸"；颜真卿的书法"雄秀独出，一变古法"；柳公权的书法"本出于颜，而能自出新意"（《书唐氏六家书后》）。所用"拔群""独出""自出新意"等语，表明苏轼特别强调风格的新颖。杜甫论书法曾提出"书贵瘦硬方通神"（《八分小篆歌》）。苏轼表示异议说："杜陵评书贵瘦硬，此论未公吾不凭。短长肥瘠各有态，玉环飞燕谁敢憎?"（《孙莘老求墨妙亭诗》）杨玉环长得丰满，赵飞燕"身轻不胜风"，但她们都不失为美女，这证明"短长肥瘠"各有妙处，不能只承认一种美而否定另一种美。"瘦硬"只是书法上的一种风格，从苏轼对各个书法家的评价看，他也并不反对"瘦硬"，但他反对只贵瘦硬，而否定别的风格。不同流派的作家应有不同的风格，同一流派的作家也应有各自不同的风格。苏轼自称"东坡虽是湖州派，竹石风流各一时"

（《憩寂图》）。在绘画上，他与文与可同属湖州画派，但他们所画竹石也各有各的"风流"。关于文章，他也同苏洵一样，强调"一家之言"。他在《答张嘉父书》中说："凡人为文，至老多有所悔，仆尝悔其少作矣。然著成一家之言，则不容有所悔。"人们为什么悔其少作？因为少作往往还没有形成独特风格，还没有"成一家之言"。苏轼作词也自觉地在婉约词外另辟蹊径，创立豪放词。他在《与鲜于子骏书》中说："近作小词，虽无柳七（永）郎风味，亦自是一家。"

苏辙也很强调风格的多样化，经常讲"文章自一家""凛然自一家"（《题东坡遗墨卷后》）。他在《王维吴道子画》一诗中，提出了"勇怯不必同，要以各善尔"的命题，这与苏轼"短长肥瘠各有态"的观点是一致的。在苏辙看来，"壮马脱衔放平陆，步骤风雨百夫靡""马能一踸致千里"的"刚杰"之美，"美人婉娩守娴独""女能嫣然笑倾国"的柔美，这二者都是很美的："优柔自好勇自强，各自胜绝无彼此。"对刚美和柔美不应有所轩轾。苏轼的《王维吴道子画》诗，特别推崇王维，认为王维画"得之于象外"，而吴道子"犹以画工论"。苏辙反驳道："谁言王摩诘，乃过吴道子？……丁宁勿相违，幸使二子齿。"认为吴、王应该并重，不应有所抑扬。苏辙对苏轼的反驳与苏轼对杜甫书贵瘦硬的反驳，如出一辙。这表明他们只是在王维、吴道子画的具体评价上有分歧，而强调风格的多样化则是一致的。

九　"文章如金玉，各有定价"

三苏父子对历代作家、画家、书法家的评论，本身就是一种文艺批评。前面所论述的三苏文艺思想，很多地方也涉及文艺批评。这里所要补充的是苏轼的"文章如金玉，各有定价"说，因为这是文艺批评方面一个很重要的观点，而对它的理解也还有分歧。罗根泽的《中国文学批评史》据此认为苏轼"卑视批评"；游国恩等的《中国文学史》则据此认为苏轼"注意到文艺本身的美学价值"，"相当重视它本身的艺术价值"。我觉得这两种解释都不太符合苏轼的原意。苏轼曾多次讲到这个问题，让我们来看看他是针对什么说的。

苏轼在《答黄鲁直书》中说：

轼始见足下诗文于孙莘老之坐上，耸然异之，以为非今世人也。莘老言："……"轼笑曰："此人如精金美玉，不即人而人即之，将逃名而不可得，何以我称扬为！"

这是说黄庭坚的诗文自足以成名，无须称扬。

《答毛滂书》说：

世间惟名实不可欺。文章如金玉，各有定价，先后进相汲引，因其言以信于世则有之矣。至其品目高下，盖付之众口，决非一夫所能抑扬。

这段话很重要，至少说明了以下几点：（一）"名实不可欺"。文章的成败决定于"实"，决定于文章本身有无价值（不仅指"艺术价值""美学价值"，也包括了"道德意义和政治作用");而不决定于"名",不决定于人们的抑扬褒贬。(二)人们的褒贬也有作用,但应"付之众口,决非一夫所能抑扬"。(三)"一夫"之抑扬也有作用,先进可汲引后进,后进可因先进之言而"信于世"。但起决定作用的是"实",是"众口"。苏轼对名和实、一夫和众口在文艺批评中的作用的估计是颇有分寸的。

在《太息一首送秦少章》中,苏轼讲了三件事,一是三国时的孔融盛赞盛孝章,而当时的轻薄少年"喜谤前辈,或讥评孝章"。苏轼说:"英伟奇逸之士不容于世也久矣。虽然,自今观之,孔北海、盛孝章尚在世,而向之讥评者,与草木同腐久矣。"二是嘉祐初欧阳修主持礼部考试,黜险怪奇涩之文,录取了辞语甚朴的苏轼兄弟,结果是"聚而见讪,且讪公(欧)者,所在成市"。但是,"曾未数年",这些"讪公者","无复见一人","此岂复待后世也哉!"三是苏轼奖掖秦观、张耒等人,也遭到攻击,"纷纷之言常及吾与二子"。苏轼由此感慨道:

> 士如良金美玉,各有定价,岂可以爱憎口舌贵贱之欤!

这是讲谤讪无损于人,无损于文,历史自有公论,世人自有公论,就像市场上的商品各有定价一样。

苏轼去世前一年在《答谢民师书》中也说:

> 欧阳文忠公言:"文章如精金美玉,市有定价,非人所能以口舌贵贱也。"纷纷多言,岂能有益于左右!

这封信说明了他的这一观点来自欧阳修。欧阳修的《苏氏文集序》有"文章,金玉也"之语。这是一段客气话,说自己的称扬无益于谢民师。

在排比了苏轼有关"文章如金玉,市有定价"的材料之后可看出,苏轼这些话不是在讲文章的"艺术价值""美学价值",而是在讲文艺批评;但不是"卑视批评",因为讲文章的价值决定于"实",决定于"众口",不决定于一夫之"抑扬",不能叫"卑视批评";如果硬要说卑视,那么他卑视的是"与草木同腐久矣"的"喜谤"之人。如果苏轼真的"卑视批评",他对古今作家、画家、书法家那样多的评论就不可理解了。

十　三苏在中国文艺思想史上的地位

　　从以上所述可以看出，三苏的文艺思想基本上是一致的，在北宋文坛上形成颇为独特的一派。但由于他们各自造诣的不同，在一致之中也有明显的区别。在三苏中，苏轼的文艺思想比父亲和弟弟都要丰富得多。苏洵基本上是一位政论家，他特别强调文章内容的真实性和文章的社会功用。苏辙的成就主要在散文和诗歌两个方面，他比较有特色的文艺思想是"文气"说和"诗病五事"说，前者论阅历对文章的决定性作用，后者偏重对诗歌内容的分析、评价。苏轼在诗、词、散文、书法、绘画等各个领域都取得了首屈一指的巨大成就，他结合自己的创作实践来谈艺，因此谈得特别具体，特别深刻，相当深入地分析了文艺创作的特点和规律。在北宋文坛上，三苏论文以谈艺为特色，这主要体现在苏轼身上。没有苏轼，这一颇富特色的文艺思想体系也就失去了光辉。

　　从追溯思想渊源看，三苏的文艺思想是我国自先秦以来丰富的文艺思想之进一步发展，在上述各节以及对所选诗文的解说、注释中，已分别对三苏文艺思想的渊源作了一些说明。但是，三苏确实为我国丰富的文艺理论宝库增添了新的内容，至少是大大深化了前人的文艺思想。文章要真实地反映现实，这是早已有之的观点，但反映现实不仅要做到形似，还应做到神似，不仅要防止常形之失，还要防止常理之失，这是苏轼的新贡献。文章要抒情写意，这也是古已有之的观点，但三苏父子，特别是苏轼大大丰富了这一思想，以致在绘画领域形成了写意画。文章当有为而作，这也是古已有之的观点，但三苏父子以谷可疗饥、药可伐病为喻，讲得特别深切。得之心而书之纸的创作过程论，实际受启发于庄子的"得之于手而应于心"（《庄子·天道》）；忘物忘我，身与竹化的"疑神"理论，更是庄子学说的直接发挥。苏轼的文艺思想深受庄子影响，他善于把庄子的许多养生理论加以改造，用来说明文艺理论问题。这也是苏轼文艺思想的一个特点。

三苏的文艺思想对当时和后世都产生了深远的影响，苏门弟子的文论很多就直接导源于三苏。如张耒所谓"江河淮海之水，理达之文也，不求奇而奇至矣"（《答李推官书》）；所谓君子之文章"一出于其诚"，"其言不浮乎其心"（《上曾子巩龙图书》）；李之仪所谓"庖丁之解牛，轮斫之断轮，非得之心，则岂能应之手乎？其用虽不同，要之非勉强而至者也"（《折渭州文集序》）；这些观点都明显来自三苏。黄庭坚的文艺思想多与苏轼异趣，但不少地方也受了苏轼影响。苏轼主张"用事当以故为新，以俗为雅"（《题柳子厚诗》），黄庭坚大大发展了苏轼这一思想，形成影响很大的"点铁成金"，"脱胎换骨"的理论。苏氏父子都说自己为文至多而未尝敢有作文之意，黄庭坚也说："子美诗妙处，乃在无意于文"（《大雅堂记》）。苏轼开始以禅说诗，在《送参寥师》中提出"诗法（佛法）不相妨"的观点。而韩驹据此发展成禅悟说，进一步强调"诗道如佛法"（《陵阳室中语》）。南宋陆游等人的文艺思想也深受苏轼影响。陆游说："君子之有文也，如日月之明，金石之声，江海之涛澜，虎豹之炳蔚，必有是实，乃有是文"（《上辛给事书》）。这正是苏轼《南行前集叙》的观点。杨万里的文论常常直接来自苏轼，他也强调要成一家之言："传派传宗我替羞，作家各自一风流"（《跋徐恭仲省干近诗》）；他也反对舍己徇人："舍己以徇于人，与夫信己以俟于人，其巧拙未易以相过也"（《见苏仁仲提举书》）。他的如下一段话更是苏轼《传神记》的发挥："顾恺之曰：'传神写照，正在阿堵中。'又曰：'额上加三毛，殊甚。'得恺之论画之意者，可与论文矣"（《答徐赓书》）。明清两代文坛上有所谓宗唐与宗宋之争，其中宗宋一派也很推崇苏轼，如明代的三袁（宗道、宏道、中道）、钟（惺）、谭（元春），清代的王士禛、袁枚，他们的文论都比较接近苏轼，这里就不一一细说了。总之，三苏的文艺思想就其主流而言是正确的，对后世的影响也是积极的；苏轼兄弟深受老庄佛释的熏陶，他们的文艺思想也有消极的一面，特别是"诗法不相妨"的思想可说是南宋以禅说诗的滥觞。但宋代文人一般都深受佛老思想影响，禅悟说的出现也不能说完全出自苏轼；而剥去禅悟说的神秘外衣，也有它一定的合理因素，如严羽的禅悟说就不能一概否定。

三苏文论选注

《权书》叙

苏 洵

人有言曰："儒者不言兵。仁义之兵无术而自胜。"使仁义之兵无术而自胜也，则武王何用乎太公〔一〕？而牧野之战四伐、五伐、六伐、七伐乃止齐焉〔二〕，又何用也？

《权书》，兵书也，而所以用仁济义之术也。吾疾乎世之人不究本末，而妄以我为孙武之徒也〔三〕。夫孙氏之言兵，为常言也；而我以此书为不得已而言之之书也〔四〕。故仁义不得已，而后吾《权书》用焉。然则权者为仁义之穷而作也。

（道光壬辰眉山三苏祠新镌二十卷本《嘉祐集》卷二。下录苏洵诗文，凡见此集者不复注版本）

题解

《权书》共十篇，是苏洵一部系统的军事著作。马永卿《嬾真子》释《权书》说："《衡》（苏洵有《衡论》）取其平，《权》取其变，《衡》为一定之论，《权》乃通变之书。"《〈权书〉叙》批判了"儒者不言兵""仁义之师无术"的谬论，申明他所著的《权书》就是"兵书"，是研究"用仁济义之术"的，强调了他的《权书》同《孙子兵法》的区别。《孙子兵法》是研究一般战争规律的（"常言"）；他的《权书》是针对宋王朝对西夏用兵"久无功"而作的，是"不得已而言之之书"。"不得已而言"是苏洵父子重要的文艺思想，他们力主文章应"有为而作"，要胸中之言日益多，不吐不快，才能写出好文章。苏洵称赞《孙子兵法》"词约而意尽""自古以兵著书者罕所及"；但批评孙子只是"言兵之雄"，而不是用兵之雄，在吴楚之战中，直接违背了自己的军事理论（见《权书·孙武》）。不为空言而务期于有用是苏洵重要的军事思想，也是他重要的文艺思想。

注释

〔一〕武王：姬姓名发，文王之子，周王朝的建立者。太公：即姜太公，姜姓，吕氏，名望，一说字子牙，辅佐文王、武王消灭商王朝，建立周王朝。

〔二〕"牧野之战"至"乃止齐焉"：周灭商的战役。文王死后，武王率兵伐纣，商军倒戈，纣兵败自焚死，商亡。"四伐、五伐、六伐、七伐乃止齐焉"，是武王牧野誓师之词，见《尚书·牧誓》及《史记》卷四《周本纪》。据孔安国解："伐谓击刺，少则四五，多则六七，以为例。"

〔三〕孙武：春秋时齐国人，著名军事学家，所著《孙子兵法》总结了春秋时期的战争经验，为古代杰出兵书。

〔四〕不得已而言：语出《孟子·滕文公下》："予岂好辩哉？予不得已也。"

《衡论》叙

苏　洵

事有可以尽告人者，有可以告人以其端而不可尽者。尽以告人，其难在告；告人以其端，其难在用。

今夫衡之有刻也，于此为铢，于此为石〔一〕。求之而不得，曰是非善衡焉可也，曰权罪者非也〔二〕。

始，吾作《权书》，以为其用可以至于无穷，而亦可以至于无用。于是又作《衡论》十篇。呜呼，从吾说而不见其成，乃今可以罪我焉耳。

（《嘉祐集》卷四）

题解

《衡论》十篇，是苏洵阐明其政治思想的著作，系统提出了他在政治（包括吏治、法制）、经济、军事等各个方面的改革主张，"此老泉经世之文也"。《〈衡论〉叙》进一步阐明了他的著述目的在于"用"，希望能"见其成"，与《〈权书〉叙》的思想是完全一致的。

注释 ───────────────────────────

〔一〕"今夫衡之有刻也"三句：衡，秤杆，上有刻度。铢，我国古代衡制中较小的重量单位，具体说法不一，其一认为一铢为二十四分之一两。石，重量单位，一石为一百二十斤。

〔二〕"求之而不得"三句：找不到铢、石等刻度，说秤杆不好是可以的，但说不该用秤来权衡轻重就不对了。苏洵以权、衡作比喻，说明他的治国治军之法也许不对，但说他不该提出治国治军之法，是不对的。

太玄论 上（节录）
苏 洵

苏子曰：言无有善恶也。苟有得乎吾心而言也，则其辞不索而获。夫子之于《易》〔一〕，吾见其思焉而得之者也；于《春秋》〔二〕，吾见其感焉而得之者也；于《论语》〔三〕，吾见其触焉而得之者也。思焉而得，故其言深；感焉而得，故其言切；触焉而得，故其言易〔四〕。圣人之言，得之天而不以人参焉，故夫后之学者可以天遇，而不可以人得也。方其为书也，犹其为言也；方其为言也，犹其为心也。书有以加乎其言，言有以加乎其心，圣人以为自欺。

后之不得乎其心而为言，不得乎其言而为书，吾于扬雄见之矣〔五〕。疑而问，问而辩，问辩之道也。扬雄之《法言》，辩乎其不足问也，问乎其不足疑也。求闻于后世，而不待其有得，君子无取焉耳。《太玄》者，雄之所以自附于夫子，而无得心者也。使雄有得于心，吾知《太玄》之不作。何则？痈医之不为痈医〔六〕，乐其有得于痈也。疾医之不能为，而丧其所以为痈，此痈医之所惧也。若夫妄人砺针磨砭〔七〕，乃欲为俞跗〔八〕、扁鹊〔九〕之事，彼诚无得于心而侈于外也。使雄有孟轲〔一○〕之书而肯以为《太玄》耶？惟其所得之不足乐，故大为之名，以侥幸于圣人而已。

（《嘉祐集》卷八）

题解

《太玄》又名《太玄经》，是西汉扬雄模拟《周易》之作，共十卷。苏洵的《太玄论》分上、中、下、总例等篇，对扬雄的《太玄》作了尖锐的批评，指责他"不得乎其心而为言，不得乎其言而为书""辩乎其不足问""问乎其不足疑"，即没有真切体会，无话找话说。无论苏洵对扬雄的指责是否完全公正，但他强调文章要"得乎吾心"，要有自己的真切体会、真知灼见，则是完全正确的。儒家的传统观点是文以载道，以是否符合儒家之道作为文章"善恶"的标准。苏洵却以"得乎吾心"作为文章"善恶"的标准，反对"言有以加乎吾心"，即所说非所想。

注释

〔一〕夫子：即孔子（前551—前479），名丘，字仲尼，鲁国陬邑（今山东曲阜东南）人，春秋末年的思想家、政治家、教育家，儒家学说的创始人。《易》：又名《周易》《易经》，儒家六经之一，内容包括《经》《传》两部分。《经》分为六十四卦和三百八十四爻，各有卦辞、爻辞，旧传伏羲画卦，文王作辞。《传》是解释卦辞、爻辞的七种文辞，共十篇，统称《十翼》，旧传孔子作。《周易》含有丰富的朴素辩证法思想。

〔二〕《春秋》：六经之一，编年体史书，起于鲁隐公元年（前722），讫于鲁哀公十四年（前481）。相传孔子依据鲁国史官所编《春秋》整理修订而成。

〔三〕《论语》：儒家经典之一，共二十篇，是孔子弟子及再传弟子关于孔子言行的记录。

〔四〕易：平易。

〔五〕扬雄（前53—18），字子云，成都人，西汉著名思想家、文学家、语言学家。为文好模拟，作赋模仿司马相如，作《法言》模仿《论语》，作《太玄》模仿《周易》。另有《方言》，为文字学重要著作。

〔六〕疡医：周代医官名，亦为我国古代医学分科之一，相当于今之外科医生。疾医：周代医官名，亦为我国古代医学分科之一，相当于今之内科医生。

〔七〕砺针磨砭：即砺磨针砭。砺即磨。针、砭：医疗用具。

〔八〕俞跗：传说中的黄帝之臣，良医，治病不用汤药，而割皮解肌，洗涤五脏。

〔九〕扁鹊：姓秦，名越人，勃海郡鄚（今河北任丘）人，战国时名医。

〔一〇〕孟轲（前372—前289），字子舆，战国时邹（今山东邹城）人，孔子之后的儒家主要代表人物，著有《孟子》七篇。

《洪范论》叙

苏 洵

《洪范》其不可行欤？何说者之多，而行者之寡也？曰：诸儒使然也。譬诸律令，其始作者非不欲人之难犯而易避也，及吏胥舞之〔一〕，则千机百阱〔二〕，吁可畏也！夫《洪范》亦犹是耳。吾病其然，因作三论，大抵斥末而归本，褒经而去传〔三〕，划磨瑕垢以见圣秘〔四〕。复列二图，一以指其谬，一以形吾意。噫，人吾知乎？不吾知，其谓吾求异夫先儒，而以为新奇也！

（《嘉祐集》卷九）

题解

《洪范》，《尚书》篇名，旧传为商末箕子向周武王陈述的"天地之大法"（洪：大；范：规范）。苏洵《洪范论》三篇及所列二图批评了"诸儒"对《洪范》所作的解释。他在《孙武》一文中批评孙武是"言兵之雄"，而非用兵之雄；本文批评"说者之多，而行者之寡"，都表现了他的文艺思想的一个重要方面即贵用，强调言行一致。

注释 ————————————————————————————————

〔一〕吏胥：又叫胥吏，官府中办理文书的小吏。

〔二〕千机百阱：各种机阱。机，弩箭上的发动机关；阱，为防御或猎取野兽而设的坑。机阱，犹言陷阱。《后汉书·赵壹传》："毕网在上，机阱在下。"

〔三〕褒经而击传：称扬经书而批评传。经指历来被尊为典范的著作，这里指《洪范》。《洪范》出自《尚书》，《尚书》为六经之一。传，阐述经义的文字，这里指有关《洪范》的"诸儒"之说。

〔四〕划磨瑕垢以见圣秘：削平磨掉"诸儒"附在经书上的瑕疵污垢而显现圣人的深沉思想。

史论 上

苏 洵

史何为而作乎？其有忧也。何忧乎？忧小人也。何由知之？以其名知之，楚之史曰《梼杌》，梼杌，四凶之一也〔一〕。君子不待褒而劝，不待贬而惩，然则史之所惩劝者独小人耳。仲尼之志大〔二〕，故其忧愈大；忧愈大，故其作愈大，是以因史修经〔三〕，卒之论其效者，必曰"乱臣贼子惧"〔四〕。由是知史与经皆忧小人而作，其义一也。

其义一，其体二，故曰史焉，曰经焉。大凡文之用四：事以实之，词以章之，道以通之，法以检之。此经、史所兼而有之者也。虽然，经以道、法胜，史以事、词胜。经不得史，无以证其褒贬；史不得经，无以酌其轻重。经非一代之实录，史非万世之常法。体不相沿，而用实相资焉〔五〕。

夫《易》《礼》《乐》《诗》《书》〔六〕，言圣人之道与法详矣，然弗验之行事。仲尼惧后世以是为圣人之私言，故因赴告策书以修《春秋》〔七〕。旌善而惩恶，此经之道也。犹惧后世以为己之臆断，故本《周礼》以为凡，此经之法也〔八〕。至于事则举其略，词则务于简，吾故曰经以道、法胜。

史则不然，事既曲详，词亦夸耀，所谓褒贬论赞之外无几。吾故曰史以事、词胜。

使后人不知史而观经，则所褒莫见其善状，所贬弗闻其恶实。故曰经不得史，无以证其褒贬。

使后人不通经而专史，则称谓不知所法，惩劝不知所沮〔九〕。吾故曰史不得经，无以酌其轻重。

经或从伪赴而书，或隐讳而不书，若此者众，皆适于教而已。吾故曰经非一代之实录。

史之一纪、一世家、一传，其间美恶得失固不可以一二数。则其论赞数十百言之中，安能事为之褒贬，使天下之人动有所法，如《春秋》哉〔一○〕！吾故曰史非万世之常法。

夫规、矩、准、绳〔一一〕，所以制器，器所待而正者也。然而不得器，则规无所效其圆，矩无所用其方，准无所施其平，绳无所措其直。史待经而正，不得史则经晦。吾故曰体不相沿，而用实相资焉。

噫，一规、一矩、一准、一绳，足以制万器。后之人其务希迁、固实录可也〔一二〕；慎无若王通、陆长源辈，嚣嚣然冗且僭〔一三〕，则善矣。

（《嘉祐集》卷一○）

题解

《史论》分上、中、下三篇。《史论·上》着重论述了经、史关系。其同有二：（一）其义（写作目的）同："史与经皆忧小人而作"；（二）其用（作文的具体要求）同："事以实之，词以章之，道以通之，法以检之。"其别有三：（一）经、史都离不开事、词、道、法，但侧重点各有不同，"经以道、法胜，史以事、词胜"。（二）经靠史证实其褒贬，史靠经斟酌其轻重，二者作用不同而又相互为用。（三）经为"适于教"的需要，或从"伪赴（讣）"，或"隐讳而不书"，故经非实录；史是"实录"，其中有可遵循者，有不可遵循者，故史非"常法"。儒家的传统观点是把经奉为文章的最高典范，苏洵却经史并重。在《史论（中）》中甚至说"史虽以事、词胜，然亦兼道与法而有之"，认为史兼经之长。

注释 ————————————————————————————————

〔一〕"楚之史曰《梼杌》"二句：《梼杌》，楚国史书名，《孟子·离娄下》："晋之

《乘》，楚之《梼杌》，鲁之《春秋》，一也。"四凶，古代传说舜所流放的四族首领，《左传》文公十八年："流四凶族：浑敦、穷奇、梼杌、饕餮。"

〔二〕仲尼：即孔子，见《太玄论（上）》注〔一〕。

〔三〕因史修经：指孔子依据鲁国史书而著《春秋》。《春秋序》："仲尼因鲁史策书成文，考其真伪而志其典礼，上以遵周公之遗制，下以明将来之法。"

〔四〕"乱臣贼子惧"：语见《孟子·滕文公下》。

〔五〕资：资助、佐助。

〔六〕《易》《礼》《乐》《诗》《书》：《易》见《太玄论（上）》注〔一〕。《礼》指《仪礼》《周礼》《礼记》，言社会贵贱尊卑所必遵的法则、规范、仪式。《乐》指《乐经》，已失传。《诗》指《诗经》，我国最早的诗歌总集。《书》指《尚书》，我国上古历史文件和追述上古史事的著作之汇编。

〔七〕赴告策书：杜预《春秋左氏传序》："赴告策书，诸所记注，多违旧章。"孔颖达疏："凶事谓赴，他事谓之告。"赴告即讣告。策，与"册"通，古代用竹木片记事著书，成编叫策。书，典籍的通称。

〔八〕"犹惧"至"经之法也"：《春秋左氏传序》云："其发凡以言例，皆经国之常制，周公之垂法，史书之旧章，仲尼从而修之，以成一经之通体。"苏洵之意本此。

〔九〕惩劝不知所沮：惩罚奖励不知终止。惩劝，惩恶劝善，这里偏重惩恶的意思。沮，终止。

〔一〇〕"史之一纪"至"如《春秋》哉"：纪、世家、传，都是从《史记》开始的一种史书体裁。纪，专记帝王的历史事迹或一代大业。世家，主要记世袭封国的诸侯事迹。传，记载其他人物的事迹。论赞，是附在史传后面的评语。

〔一一〕规、矩、准、绳：规，画圆形的用具。矩，画方形的用具。准，测量水平的用具。绳，木工用的墨线。

〔一二〕迁、固实录：迁，司马迁（约前145—？），字子长，夏阳（今陕西韩城）人，西汉著名史学家，曾任太史令、中书令等职，所著《史记》是我国最早的纪传体通史。固，班固（32—92），字孟坚，扶风安陵（今陕西咸阳东北）人。东汉著名史学家，所著《汉书》为我国最早的纪传体断代史。实录，翔实可靠的记载。《汉书·司马迁传赞》："其文直，其事核，不虚美，不隐恶，故谓之实录。"

〔一三〕"慎无若王通、陆长源辈"二句：王通（584—617），字仲淹，绛州龙门（今山西河津）人，隋代思想家，曾著《元经》以续《春秋》。陆长源，字泳之，唐苏州吴县人，著《唐春秋》。二书皆颇冗杂，经、史之体两乖。嚣嚣然，闹闹嚷嚷的样子。冗，冗杂。僭，虚伪的，不可信。

史论 中（节录）

苏 洵

　　迁、固史虽以事辞甚，然亦兼道与法而有之，故时得仲尼遗意焉。吾今择其书有不可以文晓而可以意达者四，悉显白之。其一曰隐而章，其二曰直而宽，其三曰简而明，其四曰微而切。

　　迁之传廉颇也，议救阏与之失不载焉，见之《赵奢传》[一]；传郦食其也，谋挠楚权之缪不载焉，见之《留侯传》[二]。固之传周勃也，汗出洽背之耻不载焉，见之《王陵传》[三]；传董仲舒也，议和亲之疏不载焉，见之《匈奴传》[四]。夫颇、食其、勃、仲舒皆功十而过一者也，苟列一以疵十，后之庸人必曰：智如廉颇，辩如郦食其，忠如周勃，贤如董仲舒，而十功不能赎一过，则将苦其难而怠矣。是故本传晦之而他传发之，则其与善也，不亦隐而章乎？

　　迁论苏秦，称其智过人，不使独蒙恶声[五]；论北宫伯子，多其爱人长者[六]。固赞张汤，与其推贤扬善[七]；赞酷吏，人有所褒，不独暴其恶[八]。夫秦、伯子、汤、酷吏，皆过十而功一者也。苟举十以废一，后之凶人必曰：苏秦、北宫伯子、张汤、酷吏，虽有善不录矣，吾复何望哉！是窒其自新之路而坚其肆恶之志也。故于传详之，于论于赞复明之，则其惩恶也，不亦直而宽乎？

（《嘉祐集》卷一〇）

题解

　　《史论·中》，表面看是论修史的四种方法，实际上阐明了真实性同政治性（教化作用）的关系。史书是"一代之实录"，必须如实地反映客观历史情况；但又不能作纯客观的记述，而应通过作者对史料的精心剪裁和安排，表现作者的爱憎和褒贬，体现道与法，达到惩恶扬善的目的。对于"功十而过一"的人，本传记其功，他传发其过，这样，既忠于史实，又达到了褒善的目的；对于"过十而功一"的人，既要记其过，又要详记其功，这样，既能惩恶，又能开其自新之路。这就把史书的真实性和教化作用统一起来了。

注释

〔一〕"迁之传廉颇也"三句：迁，司马迁。廉颇，战国时赵国良将。阏与，古邑名，今山西和顺。赵奢，赵国田部吏。《史记》卷八一《赵奢列传》："秦伐韩，军于阏与。（赵）王召廉颇而问曰：'可救乎？'对曰：'道远险狭，难救。'……又召问赵奢，奢对曰：'其道远险狭，譬之犹两鼠斗于穴中，将勇者胜。'王乃令赵奢将，救之。"结果如赵所言，"大破秦军"。

〔二〕"传郦食其也"三句：郦食其，汉初谋士。留侯，即张良，亦汉初谋士。《史记》卷五五《留侯世家》载：郦食其主张分封六国之后以"挠楚权"（削弱项羽的权势）。刘邦曰"善"。张良来谒，陈八不可，并云："诚用客（指郦食其）之谋，陛下事去矣。"

〔三〕"固之传周勃也"三句：固，班固。周勃、王陵，皆汉初大臣，从刘邦起义。《汉书》卷四〇《王陵传》："（汉文帝）问右丞相勃曰：'天下一岁决狱几何？'勃谢不知。问：'天下钱谷一岁出入几何？'勃又谢不知。汗出洽背，愧不能对。"

〔四〕"传董仲舒也"三句：董仲舒，西汉思想家，今文经学大师。《汉书》卷九四《匈奴传》载董仲舒议和亲云："义动君子，利动贪人。如匈奴者非可以仁义说也，独可说以厚利。"班固在赞词中说："察仲舒之论，考诸行事，乃知其未合于当时，而有阙于后世也。"

〔五〕"迁论苏秦"三句：苏秦，战国时纵横家代表人物之一。《史记》卷六九《苏秦列传》载太史公曰："夫苏秦起闾阎，连六国从亲，此其智有过人者，吾故列其行事，次其时序，毋令独蒙恶声焉。"

〔六〕"论北宫伯子"二句：北宫伯子，汉文帝的宠臣，宦者。《史记》卷一二五《佞幸列传》有："北宫伯子以爱人长者"之语。

〔七〕"固赞张汤"二句：张汤，西汉大臣。《汉书》卷五九《张汤传》载，皇上责难，他总自己承担责任；皇上奖誉，他总说是下属所为。"其欲荐吏，扬人之善，解人之过如此。"

〔八〕"赞酷吏"三句：《汉书》卷九〇《酷吏传》："赞曰：自郅都以下皆以酷烈为声，然都抗直，引是非，争大体。……虽酷，称其位矣。"

史论 下

苏 洵

  或问：子之论史，钩抉仲尼、迁、固潜法隐义，善矣。仲尼则非吾所可评，吾惟意迁、固非圣人，其能如仲尼，无一可指之失乎？曰：迁喜杂说，不顾道所可否；固贵谀伪，贱死义，大者此既陈义矣。又欲寸量铢称，以摘其失，则烦不可举。今姑告尔其尤大彰明者焉。

  迁之辞淳健简直，足称一家，而乃裂取六经传记杂于其间，以破碎汩乱其体。五帝、三代纪多《尚书》之文〔一〕，齐、鲁、晋、楚、宋、卫、陈、郑、吴、越世家，多《左传》《国语》之文〔二〕，《孔子世家》《仲尼弟子传》多《论语》之文〔三〕。夫《尚书》《左传》《国语》《论语》之文非不善也，杂之则不善也。今夫绣绘锦縠，衣服之穷美者也，尺寸而割之，错而纫之以为服，则绨缯之不若。迁之书无乃类是乎？其《自叙》曰"谈为太史公"，又曰"太史公遭李陵之祸"，是与父无异称也〔四〕。先儒反谓固没彪之名〔五〕，不若迁让美于谈。吾不知迁于纪、于表、于书、于世家、于列传，所谓太史公者果其父耶，抑其身耶？此迁之失也。

  固赞汉自创业至麟趾之间，袭蹈迁论以足其书者过半〔六〕。且褒贤贬不肖，诚己意也，书己意而已，今又剿他人之言以足之。彼既言矣，申言之何益？及其传迁、扬雄，皆取其自叙，屑屑然曲记其世系。固于他载，岂若是之备哉！彼迁、雄自叙可也，己因之非也。此固之失也。

  或曰：迁、固之失既尔，迁、固之后为史者多矣，范晔、陈寿实巨擘焉〔七〕，然亦有失乎？曰：乌免哉！晔之史之传，若《酷吏》《宦者》《列女》《独行》多失其人。间尤甚者，董宣以忠毅概之《酷吏》〔八〕，郑众、吕强以廉明直谅概之《宦者》〔九〕，蔡琰以忍耻妻胡概之《列女》〔一〇〕，李善、王忳以深仁厚义概之《独行》〔一一〕，与夫《前书》张汤不载于《酷吏》〔一二〕，《史记》姚、杜、仇、赵之徒不载于《游侠》远矣[一三]。又其是非颇与圣人异，论窦武、何进则戒以宋襄之违天[一四]，论西域则惜张骞、班勇之遗佛书[一五]，是欲相将苟免以为顺天乎？中国叛圣人以奉戎神乎？此晔之失也。

寿之志三国也，纪魏而传吴、蜀[一六]。夫三国鼎立称帝，魏之不能有吴、蜀，犹吴、蜀之不能有魏也。寿独以帝当魏而以臣视吴、蜀。吴、蜀于魏何有而然哉！此寿之失也。

噫，固讥迁失，而固亦未为得；晔讥固失，而晔益甚，至寿复尔。史之才诚难矣，后之史宜以是为监[一七]，无徒讥哉！

（《嘉祐集》卷一〇）

题解

《史论·下》专论司马迁《史记》、班固《汉书》、范晔《后汉书》、陈寿《三国志》之失。苏洵说："迁之辞淳健简直，足称一家。"成"一家"之言，反对因袭剽窃，这是本文的重要思想。他指责司马迁"裂取六经传记"杂于《史记》之中，指责班固"袭蹈迁论以足其书者过半"，都是这一思想的表现。历史就是历史，是既成事实，可以删其烦冗，补其遗漏，纠其谬误，但不能再创造。若已无冗可删，无漏可补，无谬可纠，则照抄前人记述比把前人记述改头换面以充己作，倒是更老实的治史态度。但班固照抄司马迁、扬雄的记述而不知剪裁，以至造成体例不统一，则是因袭之过。本文再次强调了史书必须忠于史实，班固"贵诿伪"，陈寿帝魏而臣吴蜀，都是不忠于客观历史实际的表现。范晔的《酷吏》《列女》《独行》传"多失其人"，则不仅违背历史实际，而且缺乏史识。至于"仲尼则非吾所敢评"，指责范晔"是非颇与圣人异"，则表明具有一定离经叛道倾向的苏洵仍未能完全摆脱传统观点的束缚。

注释

〔一〕《尚书》：见《史论·上》注〔六〕。

〔二〕《左传》：编年体史书，起于鲁隐公元年（前772），讫于哀公二十七年（前468），旧传鲁人左丘明所撰。《国语》：以记载西周末年和春秋时期周、鲁等国贵族言论为主要内容的史书，旧传左丘明所作。

〔三〕《论语》：见《太玄论·上》注〔三〕。

〔四〕"其自叙"至"无异称也"："自叙"指《太史公自序》，苏洵因避父苏序讳，故改序为叙。"谈"指司马迁的父亲司马谈。《自序》说："喜生谈，谈为太史公。"此"太史公"指司马谈。又说："七年而太史公遭李陵之祸"，此"太史公"指司马迁自己。苏洵举此，言《史记》称谓不统一。李陵，字少卿，西汉陇西成纪（今甘肃秦安）人，汉武帝时为骑都尉，率兵出击匈奴，战败投降，病死于匈奴。李陵之祸指司马迁为李陵投降辩解，得罪下狱，受腐刑。

〔五〕固没彪之名：彪，班彪，班固之父。刘知几《史通·六家》："马迁撰《史记》，终于今上，自太初以下阙而不录。班彪因之，演成《后记》，以续前篇，至子固乃断自高祖，尽于王莽，为十二纪、十志、八表、七十列传，勒成一史，目为《汉书》。"但《汉书·叙传》却未言及班彪作《后记》六十余篇事。

〔六〕"固赞汉"二句：指班固《汉书》的论赞，自汉创立到汉武帝太始二年（前95）一段多抄袭司马迁的《史记》。麟趾，《汉书·武帝纪》："（太始二年）更黄金为麟趾。"《史记索引》引服虔云："武帝至雍获白麟，而铸金作麟足形，故云麟趾。迁作《史记》止于此，犹春秋终于获麟然也。"麟趾代太始二年。

〔七〕范晔、陈寿实巨擘焉：范晔（398—445），字蔚宗，顺阳（今河南淅川东）人，南朝宋史学家。著有《后汉书》。陈寿（233—297），字承祚，安汉（今四川南充北）人，西晋史学家，著有《三国志》《古国志》《益部耆旧传》等书。巨擘，大拇指，比喻特出的人或物。《孟子·滕文公下》："齐国之士，吾必以（陈）仲子为巨擘焉。"

〔八〕董宣以忠毅概之《酷吏》：董宣，字少平，东汉陈留圉（今河南杞县）人，在各地做官，敢于诛锄豪强，包括惩治皇亲国戚的家奴。死后家中仅有"大麦数升，敝车一乘"。事见《后汉书》卷七七《酷吏列传》。苏洵不赞成把董宣看作酷吏，入《酷吏列传》。

〔九〕郑众、吕强以廉明直谅概之《宦者》：郑众，字季产，东汉南阳犨（今河南鲁山）人。窦宪窃权，朝臣莫不依附，郑众不事豪党，并首谋诛宪。吕强，字汉盛，东汉末成皋（今河南荥阳）人，曾上疏反对重用宦官。后为宦官所谗，自杀死。二人之事皆见《后汉书》卷七八《宦者列传》。苏洵认为二人虽身为宦者，但"廉明直谅"，不应归之《宦者列传》。

〔一〇〕蔡琰以忍耻妻胡概之《列女》：蔡琰，字文姬，蔡邕之女，董祀之妻，东汉末陈留（今河南开封）人，博学有才辩，又妙于音律。初适卫仲道，夫亡无子。东汉末天下大乱，为匈奴所获，嫁与南匈奴左贤王。后为曹操重金赎回，嫁与董祀。事见《后汉书》卷八四《列女传》。

〔一一〕李善、王忳以深仁厚义概之《独行》：李善，字次孙，东汉初南阳淯阳（今河南南阳）人，李元家奴。在一次疫疾中，李元一家相继死去，仅一孤儿李续始生数旬。诸奴共计杀续分其财。李善不能止，负续逃山中，养续成人。王忳，字少休，广汉新都人，曾于途中见一书生病危，以金四斤相赠，乞葬骸骨。未及问姓名而书生死。王忳即以金一斤安葬书生，其余悉置棺下。二人事见《后汉书》卷八一《独行传》。

〔一二〕《前书》张汤不载于《酷吏》：《前书》指《前汉书》，又名《汉书》。张汤，西汉杜陵（今陕西西安）人，治狱也以严酷称。但因他善于"扬人之善，解人之过"（《汉书·张汤传》），治绩卓著，班固为之单独列传，并未归入《酷吏传》，而《史记》则以张汤入《酷吏传》。

〔一三〕《史记》姚、杜、仇、赵之徒不载于《游侠》：司马迁《史记·游侠列传》认为："今游侠其行虽不轨于正义，然其言必信，其行必果，已诺必诚，不爱其躯……盖亦有足多者焉。"而"北道姚氏，西道诸杜，南道仇景，东道赵他羽公子，南阳赵调之徒，此盗跖居民间者耳，曷足道哉！"

〔一四〕论窦武、何进则戒以宋襄之违天：窦武，字游平，东汉扶风平陵（今陕西咸阳）人，其女为汉桓帝皇后。何进，字遂高，东汉南阳宛县人，妹为汉灵帝皇后。二人均因谋诛宦官未成遇害。宋襄公，春秋时宋国国君，在宋楚泓水之战中，为楚兵大败，受伤而死。《后汉书·窦何列传》："论曰：窦武、何进藉元舅之资，据辅政之权，内倚太后临朝之威，外迎群英乘风之势，卒而事败阉竖，身死功颓，为世所悲，岂智不足而权有余乎？传曰：'天之废商久矣，君将兴之。'斯宋襄公所以败于泓也。"

〔一五〕论西域则惜张骞、班勇之遗佛书：张骞，西汉汉中城固（今陕西城固）人，曾两次出使中亚各国。班勇，东汉扶风安陵人，班超之子，曾任西域长史，率西域各族大破北匈奴。《后汉书·西域传》："佛道神化，兴自身毒（印度），而二汉方志莫有称焉。张骞但著地多暑湿，乘象而战；班勇虽列其奉浮图，不杀伐，而精文善法导达之功靡所传述。"

〔一六〕纪魏而传吴、蜀：魏、蜀、吴三国鼎立，互不臣属，而陈寿《三国志》却把魏列于本纪，把吴、蜀列于列传。

〔一七〕监：借鉴。

谏论 上

苏 洵

　　古今论谏，常与讽而少直，其说盖出于仲尼[一]。吾以为讽、直一也，顾用之之术何如耳。伍举进隐语，楚王淫益甚[二]；茅焦解衣危论，秦帝立悟[三]。讽固不可尽与，直亦不易少之，吾故曰顾用之之术何如耳。

　　然则仲尼之说非乎？曰：仲尼之说纯乎经者也，吾之说参乎权而归乎经者也[四]。如得其术，吾君有少不为桀、纣者，吾百谏而百听，况虚己者乎？不得其术，则人君有少不如尧、舜者，吾百谏而百不听，况逆君者乎？

　　然则奚术而可？曰：机智勇辩，如古游说之士而已。夫游说之士以机智勇辩济其诈，吾欲谏者以机智勇辩济其忠。请备论其效。周衰，游说炽于列国，自是世有其人。吾独怪乎谏而从者百一，说而从者十九；谏而死者皆是，说而死者未尝闻。然而，抵触忌讳，说或甚于谏。由是知不必讽而必乎术也。

　　说之术可为谏法者五：理喻之，势禁之，利诱之，激怒之，隐讽之之谓也。

　　触龙以赵后爱女贤于爱子，未旋踵而长安君出质[五]；甘罗以杜邮之死诘张唐，而相燕之行有日[六]；赵卒以两贤王之意语燕，而立归武臣[七]。此理而喻之也。

　　子贡以内忧教田常，而齐不得伐鲁[八]；武公以麋虎胁顷襄，而楚不敢图周[九]；鲁连以烹醢惧垣衍，而魏不果帝秦[一〇]。此势而禁之也。

　　田生以万户侯启张卿而刘泽封[一一]，朱建以富贵饵闳孺而辟阳赦[一二]，邹阳以爱幸悦长君而梁王释[一三]。此利而诱之也。

　　苏秦以牛后羞韩而惠王按剑太息[一四]，范雎以无王耻秦而昭王长跪请教[一五]，郦生以助秦凌汉而沛公辍洗听计[一六]。此激而怒之也。

　　苏代以土偶笑田文[一七]，楚人以弓缴感襄王[一八]，蒯通以娶妇悟齐相〔一九〕，此隐而讽之也。

五者相倾险诐之论。虽然，施之忠臣，足以成功。何则？理而谕之，主虽昏必悟；势而禁之，主虽骄必惧；利而诱之，主虽怠必奋；激而怒之，主虽懦必立；隐而讽之，主虽暴必容。悟则明，惧则恭，奋则勤，立则勇，容则宽，致君之道，尽于此矣。

吾观昔之臣言必从，理必济，莫如唐魏郑公。其初实学纵横之说，此所谓得其术者欤〔二〇〕？噫，龙逢、比干不获称良臣〔二一〕，无苏秦、张仪之术也；苏秦、张仪不免为游说〔二二〕，无龙逢、比干之心也。是以龙逢、比干，吾取其心，不取其术；苏秦、张仪，吾取其术，不取其心，以为谏法。

（《嘉祐集》卷一〇）

题解

《谏论》分上、下两篇。上篇论"臣使君必纳谏"之术，下篇论"君使臣必谏"之术。苏洵很强调文章的社会效果及实用价值。正是从这点出发，本文特别强调说话的艺术性。他说"臣能谏，不能使君必纳谏，非真能谏之臣。"在他看来，人臣不仅要有敢谏之忠，而且还要有善说之术。他对游说之士朝秦暮楚是不赞成的，但对他们"使君必纳谏"的游说之术很称赏。本文虽然直接是论谏，但对理解为文的动机和效果，文章的思想性和艺术性的关系也颇有参考价值。

注释

〔一〕"古之论谏"三句：与，赞许。少：轻视。《孔子家语》卷三："孔子曰：'忠臣之谏君有五义焉，一曰谲谏，二曰戆谏，三曰降谏，四曰直谏，五曰风（讽）谏，唯度主而行之。吾从其讽谏乎！'"

〔二〕"伍举进隐语"二句：《史记》卷四〇《楚世家》："庄王即位三年，不出号令，日夜为乐，令国中曰：'有敢谏者死无赦。'伍举入谏，庄王左抱郑姬，右抱越女，坐钟鼓之间。伍举曰：'愿有进隐。'曰：'有鸟在于阜，三年不飞不鸣，是何鸟也？'庄王曰：'三年不飞，飞则冲天；三年不鸣，鸣将惊人。举退矣，吾知之矣。'居数月，淫益甚。"

〔三〕"茅焦解衣危论"二句：《战国策》载，秦始皇母幸嫪毐，生两子。事闻，始皇车裂毐，扑杀两弟，迁太后于萯阳宫，下令曰："敢以太后事谏者戮而杀之。"齐客茅焦请谏，始皇大怒，按剑召之。茅焦进死生有亡之术，始皇愿闻，茅焦曰："陛下车列（裂）假父，有嫉妒之心；囊扑两弟，有不慈之心；迁母萯阳宫，有不孝之行；从蒺藜于谏士，有桀纣之治。今天下闻之尽瓦解，无向秦者。臣窃恐秦亡，为陛下危之。所言已毕，乞行就质（骈）。"言已，乃解衣伏质。始皇赦之，并迎归太后。

〔四〕"仲尼之说纯乎经者也"二句：经指至当不移之理，权指权变、权宜，因事制宜。《公羊传·桓公十一年》："权者反于经，然后有善者也。"

〔五〕"触龙以赵后爱女贤于爱子"二句：秦攻赵，赵求救于齐，齐要赵以长安君为人质。赵太后不肯，触龙说赵太后曰："今媪尊长安君之位，而封之以膏腴之地，多与之重器，而不及今令有功于国。一旦山陵崩，长安君何以自托于赵？"赵太后悟，乃以长安君出质。事见《史记》卷四三《赵世家》。

〔六〕"甘罗以杜邮之死诘张唐"二句：秦吕不韦派张唐相燕，张唐不肯行。甘罗说张唐曰："应侯（范雎）欲攻赵，武安君（白起）难之，去咸阳七里而立死于杜邮。今文信侯（吕不韦）自请卿相燕而不肯行，臣不知卿所死处矣。"张唐于是"令装治行"。事见《史记》卷七一《甘茂传》。

〔七〕"赵卒以两贤王之意语燕"二句：秦末农民起义中，陈胜派武臣、张耳、陈余攻赵地。在张、陈引诱下，武臣自立为赵王。后武臣为燕将所俘，赵一厮养卒往说燕将曰："武臣、张耳、陈余杖马箠下赵数十城，此亦各欲南面而王。……夫以一赵尚易燕，况以两贤王左提右挈，而责杀王之罪，灭燕易矣。"燕乃归武臣。事见《史记》卷八九《张耳、陈余列传》。

〔八〕"子贡以内忧教田常"二句：田常欲作乱于齐，惮高国鲍晏，故移其兵以伐鲁。子贡往说田常谓鲁弱吴强，伐鲁不如伐吴："忧在内者攻强，忧在外者攻弱。今君忧在内，吾闻君三封而三不成者，大臣有不听者也。"田常曰善。事见《史记》卷六七《仲尼弟子列传》。

〔九〕"武公以麋虎胁顷襄"二句：楚顷襄王欲攻周，周王赧使武公谓楚相昭子：攻周，名为弑君，犹有欲攻之者，见祭器在焉。"臣请譬之，夫虎肉臊，其兵利身（虎以爪牙为兵以防身），人犹攻之也。若使泽中之麋蒙虎之皮，人之攻之必万于虎矣。"楚计遂不行。事见《史记》卷四〇《楚世家》。

〔一〇〕"鲁连以烹醢惧垣衍"二句：魏派新垣衍说赵，共尊秦为帝。鲁仲连（即鲁连）以纣醢（剁成肉酱）九侯，脯（制成干肉）鄂侯事说新垣衍，万乘之国奈何欲从而帝之，卒就脯醢之地？魏于是不敢帝秦。事见《史记》卷八三《鲁仲连、邹阳列传》。

〔一一〕田生以万户侯启张卿而刘泽封：汉初，吕后封诸吕为王。田生劝张泽（即张卿）讽吕后说，王诸吕，大臣未服，不如封刘泽为王，诸吕王益固。"诸吕以王，万户侯亦卿之有。"张卿果说吕后封刘泽为琅玡王。事见《汉书》卷三五《荆、燕、吴传》。

〔一二〕朱建以富贵饵闳孺而辟阳赦：辟阳侯审食其与吕后有暧昧关系，汉惠帝欲诛审食其。朱建求惠帝幸臣闳孺劝惠帝赦审食其，吕后大欢，两主俱幸，可得富贵。事见《汉书》卷四三《朱建传》。

〔一三〕邹阳以爱幸悦长君而梁王释：梁王派人暗杀袁盎，汉景帝遣使追究。邹阳对王长君（帝后之兄）说，长君弟得幸于上，长君诚为王言，毋竟梁事，太后德长君，而长君之弟幸于两宫，此金城之固。长君言于帝，梁事果得不治。事见《汉书》卷五一《邹阳传》。

〔一四〕苏秦以牛后羞韩而惠王按剑太息：苏秦说韩王弗事秦曰："臣闻鄙谚曰：'宁为鸡口，无为牛后'（鸡口虽小，犹进食；牛后虽大，乃出粪也）。今西面交臂而臣事秦，何异于牛后乎？"韩王勃然作色，攘臂瞋目，按剑仰天太息曰："寡人虽不肖，必不能事秦。"见《史记》卷六九《苏秦列传》。

〔一五〕范雎以无王耻秦而昭王长跪请教：范雎入秦岁余，乃得秦昭王召见。时太后、穰侯专权，范雎故意说："秦安得王？秦独有太后、穰侯耳。"昭王于是多次长跪请教。见《史记》卷七九《范雎蔡泽列传》。

〔一六〕郦生以助秦凌汉而沛公辍洗听计：沛公，刘邦。郦食其入谒刘邦，刘邦踞床使两女子洗足见郦生。郦生责问刘邦："足下欲助秦攻诸侯乎，且欲率诸侯破秦也？""必聚徒合义兵诛无道秦，不宜踞见长者。"刘邦乃辍洗听计。见《史记》卷九七《郦生、陆贾列传》。

〔一七〕苏代以土偶笑田文：孟尝君田文将入秦，其弟苏代止之曰："今旦代从外来，见木禺（偶）人与土禺人相与语。木禺人曰：'天雨，子将败矣。'土禺人曰：'我生于土，败则归土。今天雨，流子而行，未知所止息也。'今秦虎狼之国也，而君欲往，如有不得还，君得无为土禺人所笑乎？"孟尝君乃止。见《史记》卷七五《孟尝君列传》。

〔一八〕楚人以弓缴感襄王：楚人有好以弱弓微缴加归雁之上者，楚顷襄王闻，召而问之。楚人云："小矢之发也，何足为大王道也？"他要楚王图秦，"踊跃中野"。于是顷襄王遣使于诸侯，复为从，欲以伐秦。见《史记》卷四〇《楚世家》。

〔一九〕蒯通以娶妇悟齐相：蒯通劝齐相曹参举隐士云："妇人有夫死三日而嫁者，有幽居寡守不出门者。足下即欲求妇，何取？"参曰："取不嫁者。"蒯通于是以隐士荐。

〔二〇〕"吾观昔之臣"五句：魏征（580—643），字玄成，馆陶（今属河北）人。曾参加隋末农民起义，入唐为太宗著名谏臣，封郑国公。《旧唐书·魏征传》："好读书，多所通涉，见天下渐乱，尤属意纵横之说。"

〔二一〕龙逢：即关龙逢，夏末大臣。夏桀无道，多次直谏，被桀囚杀。比干：纣王之叔，官少师，因屡谏纣王，被剖心而死。

〔二二〕苏秦：字季子，战国时洛阳人，纵横家代表人物之一，主张合纵攻秦。张仪：魏国贵族后代，战国时纵横家代表人物之一，主张连横以兼并六国。

上韩枢密书（节录）

苏 洵

太尉执事〔一〕：洵著书无他长，及言兵事，论古今形势，至自比贾谊〔二〕。所献《权书》，虽古人已往成败之迹，苟深晓其义，施之于今，无所不可。昨因请见，求进末议，太尉许诺，谨撰其说。言语朴直，非有惊世绝俗之谈，甚高难行之论。太尉取其大纲而无责其纤悉。

（《嘉祐集》卷一三）

题解

韩枢密即韩琦，时任枢密使。韩琦（1008—1075），字稚圭，相州安阳（今属河南）人。曾与范仲淹一起推行庆历新政，王安石变法时他持反对态度。官至宰相，著有《安阳集》。《上韩枢密书》作于嘉祐元年。"言语朴直"，是苏洵散文的特色，也是苏洵重要的文论主张。宋初，西昆体作家大写华靡的骈文，古文家内部又产生了奇奥怪涩的不良文风。三苏父子不学时文，以他们"语言朴直"的文章赢得了文坛领袖欧阳修的赏识。苏洵说他既无惊世之谈，也无难行之论，其着眼点在"施之于今"，表现了他文章"贵用"的思想。

注释

〔一〕太尉执事：太尉，官名，秦置，汉初因之，为全国军事首脑，与丞相、御史大夫并称三公。后一般作为对武官的尊称。时韩琦任枢密使，为全国军事首脑，故称太尉。执事，旧时书信中用以表示对对方的尊称。

〔二〕贾谊（前200—前168）：洛阳（今河南洛阳东）人，西汉政论家、文学家。有《贾长沙集》。主张重农积粟，北抗匈奴，以"众建诸侯而少其力"的办法来巩固中央集权。贾谊多经世致用之文，主张文章贵用的苏洵故以贾谊自比。

上张侍郎第一书（节录）

苏 洵

洵有二子轼、辙，龆龀授经〔一〕，不知他习。进趋拜跪，仪状甚野，而独于文字中有可观者。始学声律〔二〕，既成，以为不足尽力于其间。读孟、韩文〔三〕，一见以为可作。引笔书纸，日数千言，坌然溢出〔四〕，若有所相〔五〕。年少狂勇，未尝更变〔六〕，以为天子之爵禄可以攫取。闻京师多贤士大夫，欲往从之游，因以举进士。洵今年几五十，以懒钝废于世，誓将绝进取之意。惟此二子，不忍使之复为湮沦弃置之人〔七〕，今年三月，将与之入京师。

（《嘉祐集》卷一四）

题解

张侍郎即张方平。张方平（1005—1091），字安道，其先宋人，后徙扬州。至和元年（1054）以户部侍郎镇蜀，访知苏洵，荐洵为成都学官，不报。嘉祐元年（1056）春，苏洵父子入京，张荐洵于欧阳修。《上张侍郎第一书》即作于苏洵父子上京前夕。信中所写苏轼兄弟情况，实际表现了苏洵的文艺思想。不满声律之学，而奋力于孟、韩古文；反对为文而文，无话找话说，认为只有"不能自已"，"日数千言，垄然溢出"的文章才是好文章，这都是苏洵的一贯主张。

注释

〔一〕龆龀：龆与龀均指儿童脱去乳牙，长出恒牙，因以指童年。

〔二〕声律：指声律之学，研究诗赋声韵格律的学问。

〔三〕孟、韩：孟，指孟子（前372—前289），名轲，字子舆，邹（今山东邹城东南）人，战国时思想家、政论家、教育家，其文长于比喻，从容不迫而具有雄辩力。苏洵父子的散文深受其影响。韩，指韩愈（768—824），字退之，河南河阳（今河南孟州西）人，唐代著名文学家。他在政治上反对藩镇割据，思想上尊儒排佛，文学上反对骈文，提倡散体，是唐代古文革新的倡导者。其文气势磅礴，雄健有力。著有《昌黎先生集》。

〔四〕垄然溢出：像泉水般涌出。垄然，聚而上涌的样子。溢，水满外流。

〔五〕若有所相：好像有什么在佐助一样。相，助。

〔六〕未尝更变：即少不更事，指年轻，缺乏经验，不懂事。此处有谦卑意。

〔七〕湮沦弃置之人：埋没沉沦废弃闲置的人。

上田枢密书（节录）

苏 洵

今洵用力于圣人贤人之术亦已久矣。其言语、其文章，虽不识其果可以有用于今而传于后与否，独怪其得之之不劳。方其致思于心也，若或起之；得之心而书之纸也，若或相之。夫岂无一言之几乎道〔一〕！千金之子，天子之宰相，求而不得者，一旦在己，故其心得以自负。或者天其亦有以与我也〔二〕。曩者见执事于益州〔三〕，当时之文浅狭可笑，饥寒穷困乱其心，而声律记问又从而破坏其体，不足观也已。数年来，退居山野，自分永弃〔四〕，与世俗日疏阔，得以大肆其力于文章。诗人之优柔〔五〕，骚人之精深〔六〕，孟、韩之温淳〔七〕，迁、固之雄刚〔八〕，孙、吴之简切〔九〕，投之所向，无不如意。常以为董生得圣人之经〔一○〕，其失也流而为迂；晁错得圣人之权〔一一〕，其失也流而为诈。有二子之才而不流者，其惟贾生乎〔一二〕？惜乎今之世，愚未见其人也。

（《嘉祐集》卷一四）

题解

田枢密即田况，时任枢密使。田况，字元钧，其先冀州信都（今河北冀州市）人。举进士甲科，有文武才，所言天下事甚多，但未获尽用。田况于庆历八年（1048）至皇祐二年（1050）期间知益州（治今四川成都），苏洵曾往见。《上田枢密书》作于嘉祐元年（1056），全书在于求田荐举。所录的这一段，自叙求学经过。他早年为文是为了求仕（"饥寒困穷乱其心"），因此，不得不适应科举考试的需要（"声律记问又从而破坏其体"）。后屡试不第，遂绝意于功名而自托于学术，潜心研读，吸取《诗经》（"诗人之优柔"）、《楚辞》（"骚人之精深"）、孟子、韩愈、司马迁、班固、孙子、吴起之所长，探讨董仲舒、晁错、贾谊之得失，才接近了圣贤之道。他现在作文是为了"有用于今而传于后"；由于胸中所积甚多，因此文如泉涌，得之颇易："方其致思于心也，若或起之；得之心而书之纸也，若或相之。"这是苏洵为文的经验之谈。《上欧阳内翰第一书》把这一思想阐述得更加明白和深刻，可以参读。

注释

〔一〕几乎道：接近于道。

〔二〕天其亦有以与我也：老天爷对我也有赐与啊。其，表揣测的语气词。与，给予，赐予。

〔三〕曩者：以往，从前。

〔四〕分：料想。

〔五〕诗人：《诗经》作者。

〔六〕骚人：屈原作《离骚》，故称屈原或《楚辞》作者为骚人。

〔七〕孟、韩：孟子、韩愈，见《上张侍郎第一书》注〔三〕。

〔八〕迁、固：司马迁、班固，见《史论·上》注〔一二〕。

〔九〕孙、吴：孙指孙武，注见《〈权书〉叙》注〔三〕。吴指吴起，卫国左氏（今山东曹县北）人，战国初期的政治家、军事家。《汉书·艺文志》著录有《吴起》四十八篇，久佚。今存《吴子》系伪托。

〔一○〕董生：指董仲舒，注见《史论·中》注〔四〕。

〔一一〕晁错（前200—前154），颍川（今河南禹州）人，西汉政治家，主张重农抑商，募民实边，削藩以巩固中央集权，为景帝所采纳。吴楚七国之乱以诛晁为名，被杀。

〔一二〕贾生：指贾谊，见《上韩枢密书》注〔二〕。

上欧阳内翰第一书（节录）

苏 洵

执事之文章〔一〕，天下之人莫不知之，然窃自以为洵之知之特深，愈于天下之人〔二〕。何者？孟子之文，语约而意尽〔三〕，不为巉刻斩绝之言〔四〕，而其锋不可犯。韩子之文，如长江大河，浑浩流转，鱼鼋蛟龙，万怪惶惑，而抑遏蔽掩，不使自露，而人自见其渊然之光〔五〕，苍然之色〔六〕，亦自畏避，不敢迫视。执事之文，纡余委备〔七〕，往复百折，而条达疏畅，无所间断，气尽语极，急言竭论，而容与间易〔八〕，无艰难劳苦之态。此三者皆断然一家之文也。惟李翱之文〔九〕，其味黯然而长，其光油然而幽，俯仰揖让，有执事之态。陆贽之文〔一○〕，遣言措意，切近的当，有执事之实。而执事之才又自有过人者。盖执事之文，非孟子、韩子之文，而欧阳子之文也。夫乐道人之善，而不以为谄者，以其人诚足以当之也。彼不知者，则以为誉人以求其悦己也。夫誉人以求其悦己，洵亦不为也。而其所以道执事光明盛大之德而不自知止者，亦欲执事之知其知我也。虽然执事之名满于天下，虽不见其文，而固已知有欧阳子矣。而洵也，不幸堕在草野泥涂之中，而其知道之心又近而粗成，而欲徒手奉咫尺之书自托于执事，将使执事何从而知之，何从而信之哉！

洵少年不学，生二十五岁始知读书，从士君子游。年既已晚，而又不遂刻意厉行〔一一〕，以古人自期，而视与己同列者皆不胜己，则遂以为可矣。其后困益甚，然后取古人之文而读之，始觉其出言用意与己大别。时复内顾，自思其才，则又似夫不遂止于是而已者。由是尽烧曩时所为文数百篇，取《论语》、《孟子》、韩子及其他圣人贤人之文而兀然端坐〔一二〕，终日以读之者七八年。方其始也，入其中而惶然〔一三〕，博观于其外而骇然以惊〔一四〕。及其久也，读之益精而其胸中豁然以明〔一五〕，若人之言固当然者。然犹未敢自出其言也。时既久，胸中之言日益多，不能自制，试出而书之，已而再三读之，浑浑乎觉其来之易矣〔一六〕。然犹未敢以为是也。近所为《洪范论》《史论》凡七篇，执事观其如何？嘻，区区而自言〔一七〕，不知者又将以为自誉以求人之知己也。惟执事思其十年之心如是之不偶然也而察之。

（《嘉祐集》卷一五）

题解

欧阳修（1007—1072），字永叔，号醉翁、六一居士，北宋著名文学家、史学家，著有《欧阳文忠公集》、《新唐书》（与宋祁合修）、《新五代史》。内翰即翰林学士，因掌内制，故称内翰。苏洵《上欧阳内翰第一书》作于嘉祐元年（1056）。全文共三部分：第一部分写他对欧阳修等人的爱慕，第二部分赞欧阳修之文，第三部分自述求学经过和体会。此文提出了下列重要问题：第一，强调"自为一家之文"。苏洵一贯反对因袭前人，主张文章应有自己的特色，并以简练而又精确的文笔归纳了孟子、韩愈、欧阳修、李翱、陆贽文章的特色。第二，他在评论古今作家时，摆脱"文以载道"的传统观点的约束，他完全是就文论文，着重比较各家的艺术风格和艺术特色，很少有道学家以道衡文的迂腐气。第三，苏洵在《〈权书〉叙》中就提出了"不得已而言"，本文对此作了具体的描绘，这就是"胸中之言日益多，不能自制，试出而书之，浑浑乎觉其来之易也。"好文章不是挤出来的，而是涌出来的（所谓"坌然溢出"）。这确实是他的经验之谈。

注释

〔一〕执事：指欧阳修。

〔二〕愈：胜过。

〔三〕语约而意尽：文字简要而意思表达得很充分。

〔四〕不为巉刻斩绝之言：不说尖刻绝对的话。巉，山势高峻貌。巉刻，即锋利尖刻。斩绝，有绝断、绝对的意思。

〔五〕渊然：思虑幽深的样子。

〔六〕苍然之色：开阔苍莽的景象。

〔七〕纡余委备：曲折从容，婉转全面。纡，曲折；余，从容不迫；委，委婉、婉转；备，完备。

〔八〕容与间易：闲暇自得，娴雅平易的样子。

〔九〕李翱（772—841），字习之，唐陇西成纪（今甘肃泰安）人。进士及第，历任礼部郎中、谏议大夫、中书舍人、工部尚书等职。文章学韩愈。作《复性书》，开宋代理学的先河。

〔一〇〕陆贽（754—805），字敬舆，唐苏州嘉兴（今属浙江）人。进士及第，历任翰林学士、中书侍郎、同平章事等职。后因谗罢相，贬忠州（今重庆忠县）别驾。长于奏议，敢于揭露时弊。著有《翰苑集》。

〔一一〕刻意厉行：尽心尽意，严格实行。

〔一二〕兀然：辛勤劳苦的样子。

〔一三〕惶然：惶惑的样子。

〔一四〕骇然：惊恐的样子。

〔一五〕豁然：突然开朗的样子。

〔一六〕浑浑：水流盛大貌。《荀子·富国》："财货浑浑如泉源。"

〔一七〕区区：渺小，不足道，自谦之词。

上欧阳内翰第二书

苏 洵

内翰谏议执事：士之能以姓名闻乎天下后世者，夫岂偶然哉！以今观之，乃可以见生而同乡，学而同道，以某问某，盖有曰吾不闻者焉。而况乎天下之广，后世之远，虽欲求仿佛〔一〕，岂易得哉？古之以一能称，以一善书者，愚未尝敢忽也。今夫群群焉而生〔二〕，逐逐焉而死者〔三〕，更千万人不称不书也。彼之以一能称，以一善书者，皆有以过乎千万人者也。

自孔子没百有余年而孟子生；孟子之后数十年而至荀卿子〔四〕；荀卿子后乃稍阔远，二百余年而扬雄称于世〔五〕；扬雄之死不得其继千有余年，而后属之韩愈氏〔六〕；韩愈氏没三百年矣，不知天下之将谁与也〔七〕？且以一能称，以一善书者皆不可忽，则其多称而屡书者，其为人宜尤可贵重。奈何数千年之间，四人而无加，此其人宜何如也？天下病无斯人〔八〕，天下而有斯人也，宜何以待之？

洵一穷布衣，于今世最为无用，思以一能称，以一善书而不可得者也。况夫四子者之文章，诚不敢冀其万一〔九〕。顷者张益州见其文〔一〇〕，以为似司马子长。洵不悦，辞焉。夫以布衣而王公大人称其文似司马迁，不悦而辞，无乃为不近人情〔一一〕？诚恐天下之人不信，且惧张公之不能副其言，重为世俗笑耳。若执事，天下所就而折衷者也〔一二〕，不知其不肖，称之曰："子之《六经论》，荀卿子之文也。"平生为文，求于千万人中使其姓名仿佛于后世而不可得。今也一旦而得齿于四人者之中〔一三〕，天下乌有是哉〔一四〕？意者其失于斯言也。执事于文称师鲁〔一五〕，于诗称子美、圣俞〔一六〕，未闻其有此言也，意者其戏也。惟其愚而不顾，日书其所为文，惟执事之求而致之。既而屡请而屡辞焉，曰："吾未暇读也。"退而处，不敢复见，甚惭于朋友，曰："信矣，其戏也！"虽然天下不知其为戏，将有以议执事，洵亦且得罪。执事怜其平生之心，苟以为可教，亦足以慰其衰老，惟无曰荀卿云者，幸甚！

（《嘉祐集》卷一五）

题解

《上欧阳内翰第二书》作于嘉祐元年冬或二年春。宋代盛行所谓文统论，苏洵也有类似观点，认为孔子是圣人，孟子、荀子、扬雄、韩愈都是继孔子之道的贤人。文坛泰斗欧阳修称苏洵文乃"荀卿子之文",把他与四贤并列,由此可见欧阳修对苏洵的推崇。苏辙《颍滨遗老传》云:"欧阳文忠以文章独步当世,见先生（苏洵）而叹曰:'予阅文士多矣,独喜尹师鲁、石守道,然意常有所未足。今见君之文,予意足矣。'"

注释

〔一〕欲求仿佛:想使天下后世粗略地知道自己。仿佛,见得不甚真切。

〔二〕群群焉而生:成群而生。群群,众多。

〔三〕逐逐焉而死:一个跟着一个地死去。逐,追随。

〔四〕荀卿子:荀子(约前313—前233),名况,亦称荀卿、孙卿,战国时赵国人,著名思想家。曾游历齐、秦、楚诸国,在齐曾三为祭酒,在楚为兰陵令。著有《荀子》。

〔五〕扬雄:见《太玄论·上》注〔五〕。

〔六〕韩愈:见《上张侍郎第一书》注〔三〕。

〔七〕谁与:举谁为其继承人。与,通"举"。

〔八〕斯人:这样的人。斯,此。

〔九〕冀:希望。

〔一〇〕顷者:前不久。张益州:指张方平,注见《上张侍郎第一书》题解。

〔一一〕无乃:岂不是。

〔一二〕折衷:亦作折中,意为取正,作为判断事物的标准。

〔一三〕齿:并列。

〔一四〕乌有是哉:哪有这种事。

〔一五〕师鲁:尹洙(1001—1047),字师鲁,河南(今河南洛阳)人,北宋文学家,有《河南先生集》。

〔一六〕子美、圣俞:子美,苏舜钦(1008—1048),字子美,原籍梓州铜山(今四川中江县南)人。迁居开封。北宋诗人,与梅尧臣齐名。有《苏学士文集》。圣俞,梅尧臣(1002—1060),字圣俞,宣城(今属安徽)人,北宋诗人,有《宛陵先生文集》。世称二人为"苏梅"。

与梅圣俞书

苏　洵

　　圣俞足下：揆间忽复岁晚〔一〕，昨九月中尝发书，计已达左右。洵闲居经岁，益知无事之乐，旧病渐复散去。独恨沦废山林，不得圣俞、永叔相与谈笑，深以嗟惋。

　　自离京师行已二年，不意朝廷尚未见遗〔二〕，以其不肖之文犹有可者，前月承本州发遣赴阙就试。圣俞自思，仆岂欲试者？惟其平生不能区区附合有司之尺度〔三〕，是以至此穷困〔四〕。今乃以五十衰病之身，奔走万里以就试，不亦为山林之士所轻笑哉！自思少年尝举茂才，中夜起坐，裹饭携饼，待晓东华门外〔五〕，逐队而入，屈膝就席，俯首据案。其后每思至此，即为寒心。今齿目益老，尚安能使达官贵人复弄其文墨以穷其所不知耶？

　　且以永叔之言与夫三书之所云〔六〕，皆世之所见。今千里召仆而试之，盖其心尚有所未信，此犹不可苟进，以求其荣利也。昨适有病，遂以此辞。然恐无以答朝廷之恩，因为《上皇帝书》一通以进，盖以自解其不至之罪而已。不知圣俞当见之否？冬寒，千万加爱。

（《嘉祐集》卷一六）

题解

　　《与梅圣俞书》作于嘉祐三年（1058）十二月。这年十月，苏洵得雷简夫书，闻将召他试舍人院；十一月五日召命下；十二月一日，他上书仁宗，称病不赴试。这封信即作于《上皇帝书》后不久。他早在《衡论·广士》一文中就说过："人固有才智奇绝，而不能为章句、名数、声律之学者，又有不幸而不为者。苟一之以进士、制策，是使奇才绝智有时而穷也。"所谓"不能为"，是说不长于此道；所谓"不幸而不为"，是说不屑于此道；苏洵兼有二者，结果屡试不第。他在《上韩丞相书》中说："及长，知取士之难，遂绝意于功名而自托于学术。"在《上文丞相书》中也表示"不复以科举为意"，而现在还要他就试，因此，他在《上皇帝书》《与雷太简书》《上欧阳内翰第四书》，特别是在这篇《与梅圣俞书》中，集中抒发了他对科举制度的不满。要求改革科举考试制度，是北宋古文革新重要内容之一，其后欧阳修知贡举，王安石变法，均对取士标准、考试科目作了重要改革。

注释

〔一〕揆间忽复岁晚：计度时日，忽然又是年底。揆，计度，计算。《诗·鄘风·定之方中》："揆之以日。"

〔二〕朝廷尚未见遗：尚未被朝廷遗忘。

〔三〕有司之尺度：官吏的衡文标准。古代设官分职，各有专司，故称官府为有司。

〔四〕是以：因此。

〔五〕东华门：京师紫禁城的东门。《宋史·地理志》："东京……东、西面门曰东华、西华。"

〔六〕永叔之言与三书之所云：永叔之言指欧阳修的《荐布衣苏洵状》。状云："眉州布衣苏洵履行淳固，性识明达，亦尝一举有司，不中遂退而力学。其论议精于物理而善识变权，文章不为空言而期于有用。其所撰《权书》《衡论》《机策》二十篇，辞辩闳伟，博于古而宜于今，实有用之言，非特能文之士也。"三书即指欧阳修呈献朝廷的苏洵所著的《权书》《衡论》《机策》。

与杨节推书

苏 洵

洵白：节推足下，往者见托以先丈之埋铭〔一〕，示之以程生之《行状》〔二〕。洵于子之先君，耳目未尝相接，未尝辄交谈笑之欢。夫古之人所为志夫其人者，知其平生而闵其不幸以死，悲其后世之无闻，此铭之所为作也。然而不幸而不知其为人，而有人焉告之以其可铭之实，则亦不得不铭。此则铭亦可以信《行状》而作者也。今余不幸而不获知子之先君，所恃以作铭者正在其《行状》耳，而《状》又不可信。嗟夫难哉！然余伤夫人子之惜其先君无闻于后以请于我，我既已许之而又拒之，则无以恔乎其心〔三〕。是以不敢遂已，而卒铭其墓。凡子之所欲使子之先君不朽者，兹亦足以不负子矣。谨录以进如左。

然又恐子不信《行状》之不可用也，故又具列于后。凡《行状》之所云，皆虚浮不实之事，是以不备论，论其可指之迹。《行状》曰："公有子美琳，公之死由哭美琳而恸以卒。"夫子夏哭子，止于丧明，而曾子讥之〔四〕，而况以杀其身，此何可言哉！余不爱夫吾言，恐其伤子先君之风。《行状》曰："公戒诸子无如乡人，父母在而出分。"夫子之乡人，谁非子之宗与子之舅甥者？而余何忍言之？而况不至于皆然，则余又何敢言之？此铭之不取于《行状》者有以也〔五〕，子其无以为怪。洵白。

（《嘉祐集》卷一六）

题解

节推，官名，即节度使下所设的推官，掌勘问刑狱。杨节推，即杨美球，曾任安靖军从事，见《丹棱杨君墓志铭》。苏洵论文，不仅强调要"得乎吾心"，要讲真心话，而且强调文章要符合客观实际。《与杨节推书》集中表现了这一思想。作墓铭，最好要有直接知识，由与死者曾"耳目相接"的人作；也可凭间接知识，即他人提供的行状，但行状必须"可信"。苏洵反对写那些"虚浮不实之事"，反对以贬低旁人来抬高死者。作墓志铭往往有这种矛盾，请托者希望以一些"虚浮不实之事"来赞扬其亲人，而稍微严肃的作者是很难满足这一要求的。在这方面，苏洵父子比韩愈严肃得多。苏轼说他"平生不为行状、墓碑"，显然是受了苏洵的影响。

注释

〔一〕埋铭：埋在墓中刻有死者传记的石刻，一般由墓志和墓铭两部分组成。

〔二〕行状：记述死者世系、籍贯、生卒年月和生平事迹的文章，常由死者亲友撰述，供撰写墓志铭参考。

〔三〕恤乎其心：体恤人子之心。

〔四〕"子夏哭子"三句：子夏，孔子弟子，晋国温（今河南温县西南）人，长于文学。孔子既殁，子夏居西河教授，为魏文侯师。《史记》卷六七《仲尼弟子列传》："其子死，哭之失明。"曾子，孔子弟子，名参，字子舆，武城（今山东赞县）人，以孝闻。《礼记·檀弓上》："子夏丧其子而丧其明。曾子吊之曰：'吾闻之也，朋友丧明则哭之。'曾子哭，子夏亦哭曰：'天乎，予之无罪也。'曾子怒曰：'商，女何无罪也？'"遂列其三罪，其三为"丧尔子，丧尔明"。"曾子讥之"指此。

〔五〕以：缘由。《诗·邶风·旄丘》："何其久也？必有以也。"

议修礼书状（节录）

苏　洵

右洵先奉敕编礼书〔一〕，后闻臣僚上言，以为祖宗所行不能无过差不经之事〔二〕，欲尽芟去〔三〕，无使存录。洵窃见议者之说与敕意大异。何者？前所授敕，其意曰纂集故事，而使后世无忘之耳；非曰制为典礼，而使后世遵而行之也。然则洵等所编者是史书之类也。遇事而记之，不择善恶，详其曲折，而使后世得知而善恶自著者，是史书之体也。若夫存其善者而去其不善，则是制作之事，而非职之所及也。而议者以责洵等，不已过乎？且又有所不可者。今朝廷之礼虽为详备，然大抵往往亦有不安之处，非特一二事而已。而欲有所去焉，不识其所去者果何事也？既欲去之，则其势不得不尽去，尽去则礼缺而不备。苟独去其一，而不去其二，则适足以为抵牾龃龉〔四〕而不可齐一。

且议者之意不过欲以掩恶讳过，以全臣子之义，如是而已矣。昔孔子作《春秋》〔五〕，惟其恻怛而不忍言者，而后有隐讳。盖桓公薨，子般卒，没而不书其实，以为是不可书也〔六〕。至于成宋乱，及齐狩，跻僖公，作丘甲，用田赋，丹桓宫楹，刻桓宫桷，若此之类皆书而不讳。其意以为虽不善而尚可书也〔七〕。今先世之所行，虽小有不善者，犹与《春秋》之所书者甚远，而悉使洵等隐讳而不书，如此将使后世不知其深浅，徒见当时之臣子至于隐讳而不言，以为有所大不可言者，则无乃欲益而反损欤？《公羊》之说灭纪灭项〔八〕皆所以为贤者讳。然其所谓讳者非不书也，书而迂曲其文耳，然则其实犹不没也。其实犹不没者，非以彰其过也，以见其过之止于此也。今无故乃取先世之事而没之，后世将不知而大疑之，此大不便者也。班固作《汉志》，凡汉之事悉载而无所择。今欲如之，则先世之小有过差者不足以害其大明，而可以使后世无疑之之意，且使洵等为得其所职而不至于侵官者。谨具状申提举参政侍郎〔九〕，欲乞备录闻奏。

（《嘉祐集》卷一八）

题解

状是臣僚向朝廷陈述意见的文体。苏洵于嘉祐六年（1061）七月任霸州文安县主簿，同陈州项城县令姚辟一起修纂礼书。《议修礼书状》当作于此以后。在这篇文章中，苏洵强调实录，反对篡改历史。他指出了制作典礼同修纂礼书的区别。制作典礼是要"使后世遵而行之"，应择善而从，"存其善而去其不善"；修纂礼书，是为后人提供历史的经验教训，应遇事而记，"不择善恶"。这与他在《史论》中所说的史乃"一代之实录"的思想是一脉相通的。

注释

〔一〕敕：皇帝的诏书。

〔二〕过差不经之事：有过失差错不合常道的事。

〔三〕芟去：即除去。芟，除。

〔四〕抵牾龃龉：相互矛盾。抵牾，抵触。龃龉，本指上下齿不相合，引申为意见不合。

〔五〕《春秋》：孔子依据鲁国史官所编《春秋》整理而成的春秋编年史，起于鲁隐公元年（前722），讫于鲁哀公十四年（前481）。

〔六〕"盖桓公薨"四句：《春秋·桓公十八年》："公会齐侯于泺，公与夫人姜氏遂如（入）齐。夏四月丙子，公薨于齐。"这里对桓公死的原因讲得很隐讳。《左传》说："公将有行，遂与姜氏如齐。申缟曰：'女有家，男有室，无相渎也，谓之有礼。易此必败。'公会齐侯于泺，遂及文姜如齐，齐侯通焉。公谪之，以告（齐侯）。夏四月丙子享公，使公子彭生乘公，公薨于车。"可见桓公之死是由于夫人姜氏与齐侯通，为齐侯所害。鲁公子般，鲁庄公之子。《春秋》庄公三十二年："冬十月己未，子般卒。"亦未言及死因。《左传》："雩，讲于梁氏，女公子（子般妹）观之。圉人荦自墙外与之戏。子般怒，使鞭之。公曰：'不如杀之。是不可鞭，荦有力焉，能投盖于稷门。'……八月癸亥，公薨于路寝，子般即位，次于党氏。冬十月己未，共仲使圉人荦贼子般于党氏。"

〔七〕"至于成宋乱"至"尚可书也"："成宋乱"指《春秋·桓公二年》："春王正月戊申，宋督弑其君与夷及其大夫孔父。……滕子来朝。三月公会齐侯、陈侯、郑伯于稷，以成（平）宋乱。""及齐狩"指《春秋·庄公四年》："冬，公及齐人狩于禚。""跻僖公"指《春秋·文公二年》："八月丁卯，大事于太庙，跻僖公。"《春秋·成公元年》："三月，作丘甲。""用田赋"指《春秋·宣公十五年》："初税亩。"《春秋·庄公二十三年》："秋，丹桓宫楹。"庄公二十四年春王三月，"刻桓宫桷"。楹，柱子。桷，方椽子。

〔八〕《公羊》之说灭纪灭项：公羊，公羊高，战国时齐人，旧传《春秋公羊传》为其所作。纪、项，古国名，纪国在今山东寿光南纪台村，后为齐所灭。项国在今河南项城，后为鲁所灭。《春秋公羊传》庄公四年："纪侯大去其国。大去者何？灭也。孰灭之？齐灭之。曷为不言齐灭之？为襄公讳也。"《春秋公羊传》僖公十七年："夏，灭项。孰灭之？齐灭之。曷为不言齐灭之？为桓公讳也。"

〔九〕谨具状申提举参政侍郎：慎重地写成状旨向礼书提举官参政侍郎陈述。谨，慎重。具，具办。申，向上陈述。宋代一般以参知政事（副宰相）为修史书的提举官。《续资治通鉴》卷六三载："提举编纂礼书、参知政事欧阳修奏，已编纂（礼）书成百卷，诏以《太常因革礼》为名。"可见参政侍郎指欧阳修。

仲兄字文甫说

苏 洵

洵读《易》至《涣》之六四，曰："涣其群，元吉"〔一〕。曰：嗟乎，群者圣人所欲涣以混一天下者也。盖余仲兄名涣，而字公群，则是以圣人之所欲解散涤荡者以自命也，而可乎？他日以告，兄曰："子可无为我易之？"洵曰："唯。"既而曰："请以文甫易之，如何？"

且兄尝见夫水之与风乎？油然[二]而行，渊然而留[三]，渟洄[四]汪洋，满而上浮者，是水也，而风实起之[五]。蓬蓬然而发乎太空[六]，不终日而行乎四方，荡乎其无形，飘乎其远来，既往而不知其迹之所存者，是风也，而水实形之[七]。今乎风水之相遭乎大泽之陂也[八]，纡余委蛇[九]，蜿蜒沦涟[一〇]，安而相推，怒而相凌[一一]，舒而如云，蹙而如鳞[一二]，疾而如驰，徐而如纨[一三]，揖让旋辟[一四]，相顾而不前，其繁如縠[一五]，其乱如雾，纷纭郁扰，百里若一，汩乎顺流[一六]，至乎沧海之滨，滂薄汹涌，号怒相轧，交横绸缪，放乎空虚，掉乎无垠[一七]，横流逆折，溃旋倾侧，宛转胶戾[一八]，回者如轮，萦者如带，直者如燧[一九]，奔者如焰，跳者如鹭，跃者如鲤，殊状异态，而风水之极点观备矣。故曰"风行水上涣"[二〇]，此亦天下之至文也。

然而此二物者岂有求乎文哉？无意乎相求，不期而相遭，而文生焉。是其为文也，非水之文也，非风之文也，二物者非能为文，而不能不为文也，物之相使而文出于其间也。故曰此天下之至文也。

今夫玉非不温然美矣[二一]，而不得以为文；刻镂组绣，非不文矣，而不可与论乎自然。故夫天下之无营而文生之者[二二]，惟水与风而已。

昔者君子之处于世，不求有功，不得已而功成，则天下以为贤；不求有言，不得已而言出，则天下以为口实[二三]。呜呼，此不可与他人道之，唯吾兄可也。

（《嘉祐集》卷一九）

题解

旧时兄弟排行常以伯、仲、叔、季为序，仲兄即二哥，这里指苏涣。苏涣（1001—1062），字公群，晚年苏洵为之改字文甫。进士及第，官至都官郎中，利州路提点刑狱。《仲兄字文甫说》本来是阐明苏涣由字公群改字文甫的理由，但却表现了苏洵极其重要的文艺思想，即风水相遭，自然成文，乃天下之至文的理论。比苏洵稍早之蜀人田锡就提出"微风动水，了无定文"的思想（《贻宋小著书》）。苏洵进一步发挥了这种观点，他以水比喻平时的积蓄，以风比喻一时的灵感，满而上浮的水有待于风的鼓荡才能形成千姿百态的波纹，深厚的生活积蓄和文化素养也有待于创作冲动才能形成"天下之至文"，二者不可缺一。而这二者都是"无意乎相求，不期而相遭"的，都不是有意于成文，而是二物相遭，自然成文，是"不能不为之文"。这比那些"刻镂组绣"之文更符合自然美。这样，他就用形象的比喻阐明了他一贯的主张：提倡不得已而言，反对为文而文。

注释 ——————————————————————————————————

〔一〕《涣》之六四，曰："涣其群，元吉"：涣，《周易》卦名；六四，爻名。孔颖达《周易正义》："涣者散释之名。"又曰："能为群物散其险害，故曰'涣其群'"；"能散其群，则有大功，故曰'元吉'。"元吉即大吉。

〔二〕油然：流动的样子。

〔三〕渊然：深厚的样子。

〔四〕渟洄：渟：水聚积不流。洄，水回旋而流。

〔五〕风实起之：水的千姿百态是风引起的。

〔六〕蓬蓬然：象声词，风起之声。

〔七〕水实形之：风无形，但从水的千姿百态可看出风之形。

〔八〕大泽之陂：大的湖泽靠近圩岸的地方。

〔九〕纡余委蛇：曲曲折折的样子。

〔一〇〕沦涟：沦，微波；涟，风吹水而形成的波纹。

〔一一〕安而相推，怒而相凌：平静时后浪推前浪，怒涛汹涌时则一浪盖过一浪。凌，逾越。

〔一二〕舒而如云，蹙而如鳞：舒展时像空中稀疏的白云，蹙促时像密密麻麻的鱼鳞。

〔一三〕疾而如驰，徐而如绸：快如良马奔驰，慢如细丝萦绕。

〔一四〕揖让旋辟：好像很有礼貌地拱手谦让，旋转回避。

〔一五〕縠：有皱纹的丝织品。

〔一六〕汩乎顺流：在顺水中迅速流动。汩，水流迅急的样子。

〔一七〕掉乎无垠：在无边无际的大海中摇荡。掉，摇动。

〔一八〕宛转胶戾：回旋曲折。

〔一九〕燧：烽火。

〔二〇〕风行水上涣：语见《周易·涣》卦，孔颖达《周易正义》："风行水上，激动波涛，故曰：'风行水上涣'。"

〔二一〕温然：温润的样子。

〔二二〕无营：无意于经营。

〔二三〕口实：话柄，谈话资料。

与孙叔静

苏　洵

久承借示新文及累为访临〔一〕，甚荷勤眷〔二〕。文字已为细观，甚善甚善。必欲求所未至，如《中正论》引舜为证，此是时文之病。凡论但意立而理明，不必觅事应付。诚未思之。专此不宣〔三〕。洵白。

（十五卷、二十卷本《苏洵集》俱不载，见十六卷本《嘉祐新集》卷一三）

题解

这封信作于嘉祐、治平年间。苏轼《跋先君与孙叔静帖》说："嘉祐、治平间，先君编修《太常因革礼》，在京师，学者多从讲问。而孙叔静兄弟皆笃学能文，先君极称之。先君既殁十有八年，轼谪居于黄，叔静自京师过蕲，枉道过轼，出先君手书以相示。轼请受而藏之，叔静不可，遂归之。先君平生往还书疏，多口占以授子弟，而此独其真迹，信乎叔静兄弟厚善也。"苏洵这封信指责"时文之病"，强调为文只需"意立而理明"，反对不必要地引经据典。苏洵父子的散文，正具有这一特点。

注释

〔一〕累为访临：多次来访问。

〔二〕甚荷勤眷：十分承蒙殷勤眷顾。

〔三〕专此不宣：旧时书信套语。不宣即言不尽意，用于平辈。

监试呈诸试官

苏 轼

　　我本山中人，寒苦盗寸廪〔一〕。文词虽少作，勉强非天禀〔二〕。既得旋废忘，懒惰今十稔〔三〕。麻衣如再著，墨水真可饮〔四〕。每闻科诏下，白汗如流沈。此邦东南会，多士敢题品〔五〕！刍荛尽兰荪，香不数葵荏〔六〕。贫家见珠贝，眩晃自难审〔七〕。缅怀嘉祐初，文格变已甚〔八〕。千金碎全璧，百衲收寸锦〔九〕。调和椒桂醠，咀嚼沙砾磣〔一〇〕。广眉成半额〔一一〕，学步归踔踸〔一二〕。维时老宗伯〔一三〕，气压群儿凛。蛟龙不世出，鱼鲔初惊淰〔一四〕。至音久乃信，知味犹食椹〔一五〕。至今天下士，微管几左衽〔一六〕。谓当千载后，石室祠高朕〔一七〕。尔来又一变〔一八〕，此学初谁谂〔一九〕？权衡破旧法〔二〇〕，刍豢笑凡饪〔二一〕。高言追卫、乐〔二二〕，篆刻鄙曹、沈〔二三〕。先生周、孔出，弟子渊、骞寝〔二四〕。却顾老钝躯，顽朴谢镌锓〔二五〕。诸君况才杰，容我懒且噤〔二六〕。聊欲废书眠，秋涛春午枕〔二七〕。

（七集本《东坡集》卷三）

题解

　　熙宁五年（1072），苏轼任杭州通判，被差监试，作此诗。这首诗概述了北宋文风演变与科举考试的关系，表现了他对王安石改革科举考试的不满。嘉祐以前，西昆体盛行于北宋文坛，古文家内部也存在着怪谲生涩、剽珠剥贝的不良风气。嘉祐元年，欧阳修知贡举，对这种不良文风痛加裁抑，才使北宋古文走上了健康发展的道路。在王安石变法期间，专以策论取士，废除诗赋考试，苏轼所谓"高言追卫、乐，篆刻鄙曹、沈"即指此。苏轼在通判杭州前所作的《议学校贡举状》，阐明了他反对专以策论取士的理由，有助于对此诗的理解。他说："议者必欲以策论定贤愚能否，臣请有以质之。近世士大夫，文章华靡者莫如杨亿。使杨亿尚在，则忠清鲠亮之士也，岂得以华靡少之？通经学古者莫如孙复、石介。使孙复、石介尚在，则迂阔矫诞之士也，又可施之于政事之间乎？自唐至今以诗赋为名臣者不可胜数，何负于天下而必欲废之？近世士人纂类经史，缀缉时务，谓之策括，待问条目，搜抉略尽。临时剽窃，窜易首尾，以眩有司，有司莫能辨也。且其为文也，无规矩准绳，故学之易成；无声病对偶，故考之难精。以易学之士付难考之吏，其弊有甚于诗赋者也。"北宋诗文革新中的争论往往同科举考试制度的争论相结合，苏轼的《议学校贡举状》和《监试呈诸试官》诗都是明证。

注释

〔一〕寒苦盗寸廪：因生活艰难才外出做官，领取微薄的俸禄。廪：官府所发的粮米。

〔二〕勉强非天禀：文辞皆勉强所为而非出自天资。

〔三〕稔：庄稼成熟，谷一年一熟，故叫年为稔。

〔四〕"麻衣如再著"二句：如果再去参加考试，宁愿考不上。麻衣：布衣，赴试举子所穿的衣服。据《隋书·礼仪志》，后齐每策秀才，其有脱误、书滥、孟浪者，饮墨水一升。

〔五〕多士敢题品：怎敢品评士之高下。

〔六〕"刍荛尽兰荪"二句：普通的人都尽如兰、荪的芬芳，葵、苴等根本比不上。刍荛，割草打柴者，后多指草野鄙陋之人。兰、荪皆香草。葵，冬葵；苴，白苏，皆普通香草。

〔七〕审：详察。

〔八〕"缅怀嘉祐初"二句：遥想嘉祐（宋仁宗年号）年间，文章格调已变得很坏。

〔九〕"千金碎全璧"二句：指割裂、抄袭前人的锦章绣句来拼凑成文。即苏辙所说的"剽剥珠贝，缀饰耳鼻。"（《祭欧阳少师文》）

〔一〇〕"调和椒桂醲"二句：把各种不同的香料配合在一起，细细咀嚼，却像混有沙子一样。醲，汁液很浓。碜，食物中混入沙土。

〔一一〕广眉成半额：形容修饰打扮得令人发笑。《后汉书·马廖传》："城中好广眉，四方且半额。"

〔一二〕学步归踔踸：模仿别人走路，结果弄得不能正常行走了。《庄子·秋水》："不闻寿陵余子之学行于邯郸与？未得国能，又失其故行矣，直匍匐而归耳。"踔踸，以一足跳着走，形容走路不正常。

〔一三〕"维时老宗伯"二句：维，语助词。老宗伯，指欧阳修。凛，冷。《续资治通鉴长编》嘉祐二年："欧阳修权知贡举。先是，进士益相习于奇僻，钩章棘句，寖失浑淳。修深疾之，遂痛加裁抑，仍严禁挟书者。及试，榜出，时所推誉皆不在选。嚣薄之士候修晨朝，群聚诋斥之，至街司逻吏不能止。或为祭欧阳修文投其家，卒不能求其主名置于法。然文体自是亦少变。"

〔一四〕淰：鱼惊骇貌。

〔一五〕椹：桑实。

〔一六〕微管几左衽：没有管仲，就将成异族了。语见《论语·宪问》，原文是："微管仲，吾其被发左衽矣。"这里以管仲比欧阳修。

〔一七〕石室祠高朕：高朕，东汉蜀郡太守，念文翁为政有法，复作石室以祠文翁。《华阳国志》："文翁立文学精舍，作石室，一作玉堂，在华阳县城南。后遇火，太守陈留高朕更修立，又增造二石室。"

〔一八〕尔来又一变：指王安石罢诗赋取士而专以策论考试进士。

〔一九〕谂：知悉。

〔二〇〕权衡破旧法：废除了旧的取士标准。

〔二一〕刍豢笑凡饪：自以为高超而讥笑普通的取士办法。刍豢，精美的肉食，朱熹《孟子注》："草食曰刍，牛羊是也；肉食曰豢，犬豕是也。"凡饪，普通的烹饪。

〔二二〕卫、乐：卫指卫玠，乐指乐广，皆晋人。卫玠为乐广之婿。二人皆好谈玄理。

〔二三〕曹、沈：曹指曹植，沈指沈约，皆著名诗人。

〔二四〕"先生周、孔出"二句：指变法派以周公、孔子、颜渊、子骞自居。周，周公。孔，孔子。渊，颜渊。骞，子骞，皆孔子弟子。

〔二五〕顽朴谢镌锓：指自己生性顽朴，拒绝接受新学。镌锓，雕刻。

〔二六〕噤：闭口不言。

〔二七〕舂：通"冲"。

日　喻

苏　轼

生而眇者不识日〔一〕，问之有目者，或告之曰："日之状如铜盘。"扣盘而得其声。他日闻钟，以为日也。或告之曰："日之光如烛。"扪烛而得其形。他日揣籥〔二〕，以为日也。

日之与钟、籥亦远矣，而眇者不知其异，以其未尝见而求之人也。道〔三〕之难见也，甚于日；而人之未达也，无以异于眇；达者告之，虽有巧譬善导，亦无以过于盘与烛也。

自盘而之〔四〕钟，自烛而之籥，转而相之，岂有既乎〔五〕？故世之言道者，或即其所见而名之〔六〕，或莫之见而意之〔七〕，皆求道之过也。

然则，道卒不可求欤？苏子曰："道可致而不可求。"何谓致？孙武曰："善战者致人，不致于人"〔八〕。子夏曰："百工居肆，以成其事，君子学以致其道"〔九〕。莫之求而自致，斯以为致也欤！

南方多没人〔一〇〕，日与水居也，七岁而能涉〔一一〕，十岁而能浮，十五而能没矣。夫没者岂偶然哉？必将有得于水之道者〔一二〕。日与水居，则十五而得其道；生不识水，则虽壮，见舟而畏之。故北方之勇者问于没人，而求其所以没。以其言试之河，未有不溺者也。故凡不学而务求道，皆北方之学没者也。

昔者以声律取士，士杂学而不志于道〔一三〕；今也以经术取士，士知求道而不务学〔一四〕。渤海吴君彦律〔一五〕，有志于学者也，方求举于礼部，作《日喻》以告之。

（七集本《东坡集》卷二三）

题解

《日喻》是元丰元年（1078）苏轼知徐州时的作品。这篇文章的基本观点是"道可致而不可求"，客观事物的规律只可通过长期的实践自然而然地掌握，而不可能通过"达者告之"，一下子就掌握。苏轼反对"不学而务求道"，即不在实践中长期学习而想通过"达者告之"来掌握事物的规律，这是根本办不到的。苏轼的这一思想对文艺创作是完全适用的，文艺创作的规律只能在长期的创作实践中逐步领会掌握，而不可能靠几本文章入门、文章作法之类的书所能学会的。

注释

〔一〕眇：瞎了一只眼睛，这里泛指瞎子。《三国志·魏书·陈思王植传》引注《魏略》："即使其两目盲，亦当与女，何况但眇。"

〔二〕揣籥：摸着一种管状的乐器。

〔三〕道：就本文的实际内容而言，道是指客观事物的规律，如下文所说的"得于水之道"；就文末送吴彦律一段而言，所谓道又指的是儒家的学术思想。

〔四〕之：到，动词。下一"之"字同。

〔五〕转而相之，岂有既乎：辗转比拟下去，难道有尽头吗？相，形容、比拟。既：尽。

〔六〕即其所见而名之：就自己的一得之见来解释事物，这是讲认识的片面性。

〔七〕莫之见而意之：没有见到而作臆测，这是讲认识的主观性。意，臆测。

〔八〕"孙武曰"三句：孙武，注见《权书叙》注四。所引语见《孙子·虚实》。致人，使敌就我。不致于人，不被敌人所致，即不被引诱。

〔九〕"子夏曰"四句：子夏，卜商的字，春秋时卫人，孔子弟子。引语见《论语·子张》。百工，各种工匠。肆，商店、作坊。致其道，自然而然地自至于"道"，达到"道"。

〔一〇〕没人：潜水的人。

〔一一〕涉：蹚水过河。屈原《九章·哀郢》："江与夏之不可涉。"

〔一二〕有得于水之道：掌握了水的规律，即识水性。

〔一三〕"昔者以声律取士"二句：指王安石变法前，宋代的科举多沿唐制，以诗赋取士。诗赋考试涉及内容广，故所学繁杂，士子不能有志于孔孟之道。

〔一四〕"今也以经术取士"二句：指王安石变法，改为经术取士，士子只知读经书而不从事广泛的学习。

〔一五〕渤海吴君彦律：渤海，郡名，在今山东信阳。吴彦律名琯，时为徐州正字。《乌台诗案》："元丰元年轼知徐州，有本州正字吴琯，锁厅得解赴省试，轼作《日喻》一篇送之。"

《南行前集》叙

苏 轼

夫昔之为文者，非能为之为工，乃不能不为之为工也。山川之有云，草木之有华实，充满勃郁而见于外，夫虽欲无有，其可得耶？自少闻家君[一]之论文，以为古之圣人有所不能自己而作者。故轼与弟辙为文至多，而未尝敢有作文之意。

己亥之岁[二]，侍行适楚，舟中无事，博弈[三]饮酒，非所以为闺门之欢。山川之秀美，风俗之朴陋，贤人君子之遗迹，与凡耳目之所接者，杂然有触于中，而发于咏叹。盖家君之作与弟辙之文皆在，凡一百篇，谓之《南行集》。将以识[四]一时之事，为他日之所寻绎，且以为得于谈笑之间，而非勉强所为之文也。

时十二月八日江陵驿书。

（七集本《东坡集》卷二四）

题解

嘉祐四年（1059）十月苏轼兄弟服母丧期满，随父入京，沿江而下，十二月抵江陵（今属湖北）。父子三人把途中所作诗文汇为《南行集》，苏轼作此叙。这篇叙文除发挥了苏洵文贵自然、反对为文而文的观点外，还提出了"凡耳目之所接者，杂然有触于中，而发于咏叹"的思想。这句话相当深刻地揭示了文艺与现实的关系。文艺不是对现实的照相式的机械反映，而是现实触动了作者的心弦而抒发出来的感情。离开了"有触于中"，是谈不上文艺的。

注释

〔一〕家君：指苏洵。
〔二〕己亥之岁：即嘉祐四年（1059）。
〔三〕博弈：下棋。博，各用六棋共十二棋对博。弈，围棋。
〔四〕识：记。

《凫绎先生诗集》叙

苏　轼

孔子曰："吾犹及史之阙文也。有马者借人乘之，今亡矣夫。"〔一〕史之不阙文与马之不借人也，岂有损益于世也哉！然且识之，以为世之君子长者日已远矣，后生不复见其流风遗俗，是以日趋于智巧便佞而莫之止。是二者虽不足以损益，而君子长者之泽在焉，则孔子识之，而况其足以损益于世者乎？

昔吾先君适京师〔二〕，与卿士大夫游，归以语轼曰："自今以往，文章其日工，而道将散矣。士慕远而忽近，贵华而贱实，吾已见其兆矣〔三〕。"以鲁人凫绎先生之诗文十余篇示轼曰："小子识之，后数十年，天下无复为斯文者也。先生之诗文，皆有为而作，精悍确苦〔四〕，言必中当世之过，凿凿乎如五谷必可以疗饥，断断乎如药石必可以伐病〔五〕。其游谈以为高〔六〕，枝词以为观美者〔七〕，先生无一言焉。"

其后二十余年，先君既殁〔八〕，而其言存。士之为文者，莫不超然出于形器之表〔九〕，微言高论〔一〇〕，既已鄙陋汉唐；而其反复论难，正言不讳〔一一〕，如先生之文者，世莫之贵矣〔一二〕。轼是以悲于孔子之言而怀先君之遗训，益求先生之文，而得于其子复〔一三〕，乃录而藏之。先生讳太初，字醇之，姓颜氏，先师兖公之四十七世孙云。

（七集本《东坡集》卷二四）

题解

凫绎先生即颜太初，字醇之，徐州彭城（今江苏徐州）人，颜渊四十七世孙，因所居在凫、绎两山之间，号凫绎先生。博学好义，喜为诗，多讥时之作。苏洵于庆历五年（1045）在京，同颜太初交游。本文记载苏洵对文坛不良风气的批评，对颜太初诗文的推崇，他反对"慕远而忽近，贵华而贱实"，主张"诗文皆有为而作"，"言必中当世之过"，如谷可疗饥、药可治病，能有实际效用。苏轼此叙作于熙宁七年，《乌台诗话》载："熙宁七年轼知密州日，颜复寄书与轼，云先父自号凫绎先生，求作文集叙。轼意谓更改法度，使学者皆空言，不便。"可见此叙是为反对"空言"即"超然出于形器之表"的"微言高论"而作。

注释

〔一〕"吾犹及史之阙文也"三句：见《论语·卫灵公》。阙文，脱漏的文句。

〔二〕适：去到。

〔三〕兆：征兆。

〔四〕精悍确苦：精悍，精明强悍，这是就颜文的风格说的。确苦，真确忧苦。这是就颜文的内容说的。

〔五〕断断：决然无疑，非常肯定。

〔六〕游谈：虚浮不实之言。

〔七〕枝词：与题旨无关的话。

〔八〕殁：去世。

〔九〕莫不超然出于形器之表：莫不高举远引，脱离现实具体问题。超然：高举远离的样子。《史记·范雎蔡泽列传》："范蠡知之，超然避世。"形器，指具体事物，《易·系词》："形而上者谓之道，形而下者谓之器。"表，与里相对，外表。

〔一〇〕微言高论：似乎很精微的高不可攀的言论。《汉书·艺文志》："仲尼没而微言绝。"《史记·张释之冯唐列传》："毋甚高论，令今可施行也。"

〔一一〕正言不讳：说话正直而不忌讳。正言，正直的话。

〔一二〕世莫之贵矣：世上没有人珍贵它。

〔一三〕复：《宋史》卷三四七《颜复传》："颜复字长道，鲁人，颜子四十八世孙也。"赐进士出身，官至中书舍人兼国子监直讲。

《田表圣奏议》叙

苏 轼

故谏议大夫赠司徒田公表圣奏议十篇。呜呼，田公，古之遗直也〔一〕。其尽言不讳，盖自敌以下，受之有不能堪者，而况于人主乎！吾是以知二宗之圣也〔二〕。

自太平兴国以来〔三〕，至于咸平〔四〕，可谓天下大治，千载一时矣。而田公之言，常若有不测之忧，近在朝夕者，何哉？古之君子，必忧治世，而危明主〔五〕。明主有绝人之资，而治世无可畏之防。夫有绝人之资，必轻其臣；无可畏之防，必易其民〔六〕。此君子之所甚惧也。

方汉文时〔七〕，刑措不用，兵革不试，而贾谊之言曰：天下有可长叹息者，有可流涕者，有可痛哭者〔八〕。后世不以是少汉文，亦不以是甚贾谊。由此观之，君子之遇治世而事明主，法当如是也。

谊虽不遇，而其所言略已施行。不幸早逝，功烈不著于时。然谊尝建言，使诸侯王子孙各以次受分地，文帝未及用〔九〕。历孝景至武帝，而主父偃举行之，汉室以安〔一〇〕。今公之言，十未用五六也，安知来世不有若偃者举而行之欤？愿广其书于世，必有与公合者。此亦忠臣孝子之志也。

（七集本《东坡集》卷二四）

题解

田锡（940—1003），字表圣，洪雅（今属四川）人。太平兴国进士，累官谏议大夫，史馆修撰。直言敢谏，不避权贵。著有《咸平集》。本文盛赞贾谊、田锡身居治世而有"不测之忧"，集中表现了苏轼的"言必中当世之过"的思想。

注释

〔一〕遗直：具有循直道而行的古人遗风的人。《左传·昭公十四年》："仲尼曰：'叔向，古之遗直也'。"

〔二〕二宗：指宋太宗、宋真宗。

〔三〕太平兴国：宋太宗年号，976 年至 984 年。

〔四〕咸平：宋真宗年号，998 年至 1003 年。

〔五〕危：危惧，恐惧。

〔六〕易：轻慢。

〔七〕汉文：汉文帝刘恒（前 202—前 157），刘邦之子，前 180 年至前 157 年在位。在他和其子汉景帝刘启统治时期，政治安定，经济繁荣，世称"文景之治"。

〔八〕"而贾谊之言曰"四句：贾谊，见《上韩枢密书》注〔二〕。其《陈政事疏》云："臣窃惟事势，可为痛哭者一，可为流涕者二，可为长太息者六。"

〔九〕"然谊尝建言"三句：《史记·贾谊传》："贾生数上书，言'诸侯或连数郡，非古之制，可稍削之。'文帝不听。"

〔一〇〕"历孝景至武帝"三句：孝景指汉景帝刘启（前 188—前 141），文帝之子，前 157 年至前 141 年在位。武帝刘彻（前 156—前 87），景帝之子，前 140 年至前 87 年在位。主父偃（？—前 126），西汉临淄（今山东淄博）人，任中大夫。其主张与贾谊同，即通过诸侯王分封子弟为侯以削弱诸侯王的势力。武帝采纳其建议，下推恩令，使封国名存实亡，进一步巩固了中央政权。

《乐全先生文集》叙

苏 轼

孔北海志大而论高〔一〕，功烈不见于世，然英伟豪杰之气，自为一时所宗。其论盛孝章〔二〕、郗鸿豫书〔三〕，慨然有烈丈夫之风。诸葛孔明不以文章自名，而开物成务之资〔四〕，综练名实之意〔五〕，自见于言语。至《出师表》简而尽〔六〕，直而不肆，大哉言乎，与《伊训》《说命》相表里〔七〕；非秦汉以来以事君为悦者所能至也，常恨二人之文不见其全。今吾乐全先生张公安道，其庶几乎！

呜呼，士不以天下之重自任久矣！言语非不工也，政事文学非不敏且博也，然至于临大事，鲜不忘其故〔八〕、失其守者，其器小也。公为布衣，则颀然已有公辅之望。自少出仕，至老而归，未尝以言徇物，以色假人〔九〕。虽对人主，必同而后言，毁誉不动，得丧若一，真孔子所谓以道事君者。世远道散，虽志士仁人，或少贬以求用。公独以迈往之气，行正大之言，曰"用之则行，舍之则藏”[一〇]，上不求合于人主，故虽贵而不用，用而不尽；下不求合于士大夫，故悦公者寡，不悦者众。然至言天下伟人，则必以公为首。公尽性知命[一一]，体乎自然，而行乎不得已，非薪[一二]以文字名世者也。然自庆历以来[一三]，讫元丰[一四]四十余年，所与人主论天下事，见于疏章者多矣，或用或不用，而皆本于礼义，合于人情，是非有考于前，而成败有验于后。及其他诗文，皆清远雄丽，读者可以想见其为人。信乎其有似于孔北海、诸葛孔明也。

轼年二十以诸生见公成都，公一见待以国士[一五]。今三十余年，所以开发成就之者至矣。而轼终无所效尺寸于公者，独求其文集手校而家藏之。且论其大略，以待后世之君子。昔曾鲁公[一六]尝为轼言，公在人主前论大事，他人终日反复不能尽者，公必数言而决，灿然成文，皆可书可诵也。言虽不尽用，然庆历以来，名臣为人主所敬莫如公者。公今年八十一，杜门却扫，终日危坐，将与造物者游于无何有之乡[一七]，言且不可得闻，而况其文乎？凡为文若干卷，若干首。

（七集本《东坡集》卷二四）

题解

乐全先生即张方平，见苏洵《上张侍郎第一书》题解。苏轼这篇叙对张方平的具体评论未必恰当，张方平在《谢苏子瞻寄乐全集序》中说："孔文举、诸葛孔明，前世之高贤，今以老夫为之拟伦，赐也何敢望回？"看来张方平是颇有自知之明的。但苏轼这篇叙提出了一个重要问题，即文人不应仅仅满足于言语之工，而应做一个有浩然正气的人，要有"烈丈夫之风"，要有"开物成务之资，综练名实之意"，要"以天下之重自任"，临大事要不忘其故，不失其守，不要"以事君为悦"，而要"以道事君""必同而后言，毁誉不动，得丧若一""上不求合于人主""下不求合于士大夫"。这是大臣应有的节操，也是文人应有的节操。苏轼赞美韩愈"忠犯人主之怒""勇夺三军之帅"（《潮州修韩文公庙记》），提出了文人要重气节的问题。

注释

〔一〕孔北海：孔融（153—208），字文举，鲁国人，东汉末年文学家，曾任北海相，时称孔北海。后因触怒曹操被杀。《后汉书·孔融传》："融负其高气，志在靖难，而才疏意广，迄无成功。"

〔二〕盛孝章：盛宪，字孝章，会稽（今浙江绍兴）人，汉末为吴郡太守，为孙策所囚禁。孔融《与曹公论盛孝章书》（见《孔北海集》）云："今孝章实丈夫之雄也，天下谈士，依以扬声，而身不免于幽繁，命不期于旦夕。……公诚能驰一介之使，加咫尺之书，则孝章可致，友道可弘矣。"但曹操书未至，盛孝章已被杀。

〔三〕郗鸿豫：郗虑，字鸿豫，山阳高平（今山东邹城）人。"融与鸿豫，州里比邻，知之最早。"后因事不和，曹操以书和解之，孔融《报曹操书》（见《孔北海集》）表示"辄布腹心，修好如初"。

〔四〕开物成务：通晓万物之理，按理办事而获得成功。孔颖达疏《易·系辞上》"开物成务"云："能开通万物之志，成就天下之务。"

〔五〕综练名实：考察事物的名称与实际是否一致。

〔六〕《出师表》：诸葛亮上后主刘禅之表，表中以东汉后期任人唯亲而致倾颓的历史教训，规劝刘禅亲贤臣，远小人，严明赏罚，虚心纳谏。

〔七〕《伊训》《说命》：皆《尚书》篇名。伊尹在成汤殁后，恐太甲不能继其业，作书戒之，是谓《伊训》。殷贤王高宗梦得贤相，其名曰说。使人求之于傅岩，遂命以为相。史叙其事，作《说命》上中下三篇。

〔八〕鲜：少有。

〔九〕"以言循物"二句：言论为外物、权势所移，故作和颜悦色以取悦于人。

〔一○〕"用之则行"二句：语见《论语·述而》，意谓为朝廷所用则出而行其道，不为用则退而藏其道。

〔一一〕尽性知命：《礼记·中庸》："唯天下至诚，为能尽其性。"郑玄注："尽性者，谓顺理之，使不失其所也。"知命指懂得天命，《论语·为政》："五十而知天命。"

〔一二〕蕲：通"祈"，祈求。

〔一三〕庆历：宋仁宗年号，1041年至1048年。

〔一四〕元丰：宋神宗年号，1078年至1085年。

〔一五〕"轼年二十以诸生见公成都"二句：至和元年（1054），张方平镇蜀，次年，苏轼谒张方平于成都。苏轼《张文定公墓志铭》："（张方平）晚与轼先大夫游，论古今治乱及一时人物，皆不谋而同。轼与弟辙，以是皆得出入门下。"

〔一六〕曾鲁公：即曾公亮（999—1078），字明仲，泉州晋江（今属福建）人，位至宰相，封鲁国公。

〔一七〕无何有之乡：指空虚无有的境界，《庄子·逍遥游》："今子有大树，患其无用，何不树之于无何有之乡，广漠之野？"

《居士集》叙

苏 轼

夫言有大而非夸，达者信之，众人疑焉。孔子曰："天之将丧斯文也，后死者不得与于斯文也。"〔一〕孟子曰："禹抑洪水，孔子作《春秋》，而予拒杨、墨。"〔二〕盖以是配禹也。文章之得丧，何与于天？而禹之功与天地并，孔子、孟子以空言配之，不已夸乎？自《春秋》作而乱臣贼子惧，孟子之言行而杨、墨之道废，天下以为是固然而不知其功。孟子既没，有申、商、韩非之学〔三〕，违道而趋利，残民以厚主，其说至陋也，而士以罔〔四〕其上。上之人侥幸一切之功，靡然从之；而世无大人先生如孔子、孟子者，推其本末，权其祸福之轻重，以救其惑，故其学遂行。秦以是丧天下，陵夷至于胜、广、刘、项之祸〔五〕，死者十八九，天下萧然〔六〕。洪水之患，盖不至此也。方秦之未得志也，使复有一孟子，则申、韩为空言，作于其心害于其事，作于其事害于其政者，必不至若是烈也。使杨、墨得志于天下，其祸岂减于申、韩哉？由此言之，虽以孟子配禹可也。太史公曰，盖公言黄、老，贾谊、晁错明申、韩〔七〕。错不足道也，而谊亦为之，余以是知邪说之移人，虽豪杰之士有不免者，况众人乎！

自汉以来，道术不出于孔氏，而乱天下者多矣。晋以老庄亡〔八〕，梁以佛亡〔九〕，莫或正之。五百余年而后得韩愈，学者以愈配孟子，盖庶几焉。愈之后三百有余年而后得欧阳子，其学推韩愈、孟子，以达于孔氏，著礼乐仁义之实，以合于大道。其言简而明，信而通，引物连类，折之于至礼，以服人心，故天下翕然〔一○〕尊之。自欧阳子之存，世之不说者，哗而攻之，能折困其身，而不能屈其言〔一一〕。士无贤不肖，不谋而同曰："欧阳子，今之韩愈也。"宋兴七十余年，民不知兵，富而教之，至天圣、景祐〔一二〕极矣，而斯文终有愧于古。士亦因陋守旧，论卑而气弱。自欧阳子出，天下争自濯磨，以通经学古为高，以救时行道为贤，以犯颜纳谏为忠。长育成就，至嘉祐〔一三〕末，号称多士，欧阳子之功为多。呜呼，此岂人力也哉，非天其孰能使之？

欧阳子没十有余年，士始为新学〔一四〕，以佛老之似，乱周孔之真，识者忧之。赖天子明圣，诏修取士法，风厉学者专治孔氏，黜异端，然后风俗一变〔一五〕。考论师友渊源所自，复知诵习欧阳子之书。予得其诗文七百六十六篇于其子棐〔一六〕，乃次而论之曰：欧阳子论大道似韩愈，论事似陆贽，记事似司马迁，诗赋似李白。此非余言也，天下之言也，欧阳子讳修，字永叔，既老，自谓六一居士〔一七〕云。

（七集本《东坡集》卷二四）

题解

元祐初居官京城时作，在这篇叙中，苏轼充分肯定了文学的功能，宣扬了正统的儒家文学，批判了历代异端，特别是当时的新学。《左传》襄公十四年记师旷之语云："自王以下，各有父子兄弟以补察其政，史为书，瞽为诗，工诵箴谏，大夫规诲，士传言，庶人谤。"后来，曹丕更提出了"文章，经国之大业，不朽之盛事"（《典论·论文》）的著名论断。苏轼在这篇叙中，一面肯定孔孟之言可与"禹抑洪水"之功相匹敌，一面又认为秦用申、商、韩非之学而丧天下，从正反两面说明了文章对"经国"的巨大作用。他的具体观点未必能为今人所接受，但他充分肯定文章的功能，无疑是正确的。

注释 ————————————————————————

〔一〕"孔子曰"三句：语见《论语·子罕》。斯文即此文，指孔子所推崇的礼乐文化。

〔二〕"孟子曰"四句：语见《孟子·滕文公下》，原文是："杨朱、墨翟之言盈天下。……昔者禹抑洪水，而天下平；周公兼夷狄、驱猛兽，而百姓宁；孔子成《春秋》，而乱臣贼子惧。……我亦欲正人心，息邪说，距诐行，放淫辞，以承三圣者。"

〔三〕申、商、韩非之学：申，申不害；商，商鞅。《史记》卷六三《老庄申韩列传》："申不害者，京人也……申子之学，本于黄老，而主刑名，著书二十篇，号曰《申子》。韩非者，韩之诸公子也。喜刑名法术之学，而其本归于黄老。"卷六八《商君列传》："商君者，卫之诸庶孽公子也。名鞅，姓公孙氏，其祖本姬姓也，鞅少好刑名之学。"

〔四〕罔：欺骗。

〔五〕陵夷至于胜、广、刘、项之祸：陵夷，衰颓。胜，陈胜。广，吴广。刘，刘邦。项，项羽。皆秦末农民大起义领袖。

〔六〕萧然：萧条荒凉之状。

〔七〕"太史公曰"三句：太史公指司马迁。《史记》卷五四《曹相国世家》："（曹参）闻胶西有盖公，善治黄老言，使人厚币请之。既见盖公，盖公为言治道，贵清静而民自定。推此类具言之，参于是避正堂，舍盖公焉。其治要用黄老术。"卷八四《屈贾列传》："（贾生）故与李斯同邑，而常学事焉。"而李斯即学申、韩之术。卷一〇一《晁错传》："晁错者，颍川人也，学申、商刑名……为人峭直刻深。"

〔八〕晋以老庄亡：指晋人崇尚老庄之说，大兴玄学之风，日事清谈，不理国事，渐至于亡。

〔九〕梁以佛亡：指南朝梁武帝崇尚佛教，大兴佛寺，后发生侯景之乱，梁遂亡。

〔一〇〕翕然：一致地。

〔一一〕"自欧阳子之存"至"不能屈其言"：指欧阳修于景祐三年贬官夷陵，庆历新政失败左迁知制诰，知滁州等事。《宋史·欧阳修传》："天资刚劲，见义勇为，虽机阱在前，触发之不顾。放逐流离，至于再三，志气自若也。"

〔一二〕天圣、景祐：宋仁宗年号，天圣为 1023 年至 1032 年，景祐为 1034 年至 1038 年。

〔一三〕嘉祐：仁宗年号，为 1056 年至 1063 年。

〔一四〕新学：此指王安石新学。为推行新法，统一思想，王安石设置经义局，与其子王雱及吕惠卿等撰述经义，作为学校读本。熙宁八年（1075）六月颁《诗义》《书义》《周礼义》于学官，科举考试对经义的解释以此为准，时称新学。

〔一五〕"赖天子明圣"至"然后风俗一变"：天子指哲宗。神宗去世后，高太后、司马光当政，废除了王安石专以经义策论取士的制度，恢复了诗赋取士制度。苏轼《复改科赋》云："新天子兮继体承乾，老相国兮更张孰先？悯科场之积弊，复诗赋以求贤。"

〔一六〕其子棐：欧阳修有四子：发、奕、棐、辩。棐字叔弼，广览博记，能文词，《宋史》有传。

〔一七〕六一居士：欧阳修《六一居士传》："吾家藏书一万卷，集录三代以来金石遗文一千卷，有琴一张，有棋一局，而常置酒一壶……以吾一翁，老于此五物之间，是岂不为'六一'乎？"

（谢）欧阳内翰（启）

苏 轼

右轼启：窃以天下之事〔一〕，难于改为。自昔五代之余〔二〕，文教衰落，风俗靡靡〔三〕，日以涂地。圣上慨然太息〔四〕，思有以澄其源，疏其流，明诏天下，晓谕厥旨〔五〕。于是招来雄俊魁伟、敦厚朴直之士，罢去浮巧轻媚丛错采绣之文，将以追两汉之余，而渐复三代之故。士大夫不深明天子之心，用意过当，求深者或至于迂，务奇者怪僻而不可读。余风未殄〔六〕，新弊复作，大者镂之金石〔七〕，以传久远；小者转相摹写，号称古文。纷纷肆行，莫之或禁〔八〕。盖唐之古文，自韩愈始。其后学韩而不至者为皇甫湜〔九〕，学皇甫湜而不至者为孙樵〔一〇〕。自樵以降，无足观矣。

伏惟内翰执事〔一一〕，天之所付以收拾先王之遗文，天下之所待以觉悟学者，恭承王命〔一二〕，亲执文柄，意其必得天下之奇士〔一三〕，以塞明诏〔一四〕。轼也远方之鄙人，家居碌碌〔一五〕，无所称道。及来京师，久不知名，将治行西归〔一六〕，不意执事擢在第二。惟其素所蓄积，无以慰士大夫之心，是以群嘲而聚骂者，动满千百。亦惟恃有执事之知与众君子之议论，故恬然不以动其心〔一七〕。犹幸御试不为有司之所排〔一八〕，使得搢笏跪起〔一九〕，谢恩于门下。闻之古人，士无贤愚，惟其所遇。盖乐毅去燕〔二〇〕，不复一战；而范蠡去

088

越〔二一〕，亦终不能有所为。轼愿长在下风〔二二〕，与宾客之末，使其区区之心，长有所发。夫岂惟轼之幸，亦执事将有取一二焉。不宣，谨启。

（七集本《东坡集》卷二六）

题解

旧时书札称启。《谢欧阳内翰启》即《谢欧阳内翰书》。嘉祐二年（1057）正月诏以礼部侍郎兼翰林学士欧阳修知贡举，苏轼兄弟同科进士及第。苏轼写了《谢南省主文启五首》，分别感谢五位考官，这是其中一首。这封信提出了四个问题：（一）北宋初期深受"五代文弊"的影响，"风俗靡靡，日以涂地"。苏轼后来在《金山寺》诗中也感叹道："五季文章堕劫灰，升平格力未全回。"（二）朝廷力矫"五代文弊""罢去浮巧轻媚丛错采绣之文"，而要恢复三代、两汉的朴实文风。（三）但是，旧弊未除，新弊又出现了，有的"求深"，有的"务奇"，"转相摹写，号称古文"。有人说苏轼这段话是在"非毁古文"。不对，这里只是非毁"号称古文"的"古文"。韩愈之后的皇甫湜、孙樵等人，发展了韩愈文章奇险的一面，而走上了怪僻艰涩的道路。宋初的一些古文家，又进一步发展了皇甫湜等的不良文风，到了"怪僻而不可读"的地步。反对古文革新中的这种"新弊"，不能叫作"非毁古文"。（四）欧阳修这次"亲执文柄"，对那些"为险怪奇涩之文"者一律不取，取了"以西汉文词为宗师""不学时文，词语甚朴，无所藻饰"的苏轼兄弟，结果引起"群嘲而聚骂"。由此可见当时古文革新阻力之大。但经过欧阳修等人对这种不良文风的痛加排斥，文坛风气也为之一变。

注释

〔一〕窃：私下，表示个人意见的谦辞。

〔二〕五代：后梁、后唐、后晋、后汉、后周，是唐宋之间的五个朝代（907—960）。

〔三〕靡靡：柔弱，萎靡不振。

〔四〕圣上：皇上。宋仁宗曾多次下诏，申戒浮华，提倡古风。

〔五〕厥：其。

〔六〕余风未殄：旧的不良文风还未绝灭。殄，断绝。

〔七〕镂：雕刻。

〔八〕莫之或禁：没有人能禁止它。

〔九〕皇甫湜：字持正，睦州新安（今浙江淳安）人，唐代文学家。从韩愈学古文而流于奇僻险奥。

〔一〇〕孙樵：字可之，关东人，唐代文学家，文风接近皇甫湜。

〔一一〕伏惟：下对上有所陈述的表敬之词。

〔一二〕恭承王命：恭恭敬敬地承受皇帝的命令。

〔一三〕意：估计，料到。

〔一四〕塞：抵塞、弥补，引申为回答、报答、酬报。

〔一五〕碌碌：平庸。

〔一六〕治行：办理行装。

〔一七〕恬然：心安神适的样子。

〔一八〕御试：皇帝亲自临试。

〔一九〕搢笏：插手板于腰带上。搢，插。笏，大臣朝见时手中所执的供指画和记事用的狭长板子，用玉、象牙或竹片制成。

〔二〇〕乐毅：战国时燕国将领，燕昭王时曾率军先后攻下齐国七十多城。燕昭王死后，惠王即位，中齐反间计，改用骑劫为将，乐毅被迫出奔赵国。

〔二一〕范蠡：春秋末年越国大夫，佐助越王勾践灭吴后，认为勾践为人可与共患难而难与久处，遂游齐国，改名鸱夷子皮。

〔二二〕下风：低下的地位，一般用作谦辞。

（谢）梅龙图（启）

苏 轼

　　右轼启：轼闻古之君子，欲知是人也，则观之以言；言之不足以尽也，则使之赋诗，以观其志。春秋之世，士大夫皆用此以卜其人之休咎死生之间〔一〕，而其应若影响符节之密〔二〕。夫以终身之事，而决于一诗，岂其诚发于中而不能以自蔽耶〔三〕？传曰："登高能赋，可以为大夫矣"〔四〕古之人所以取人者，何其简且约也。

后之世风俗薄恶，渐不可信。孔子曰："今吾于人也，听其言而观其行"〔五〕。知诗赋之不足以决其终身也，故试之论，以观其所以是非于古之人；试之策，以观其所以措置于今之世。而诗赋者或以穷其所不能，策论者或以掩其所不知。差之毫毛，辄以摈落。后之所以取人者，何其详其难矣。

夫惟简且约，故天下之士皆敦朴而忠厚；详且难，故天下之士虚浮而矫激。伏惟龙图执事，骨鲠大臣〔六〕，朝之元老，忧恤天下，慨然有复古之心。亲较多士，存其大体。诗赋将以观其志，而非以穷其所不能；策论将以观其才，而非以掩其所不知。使士大夫皆得宽然以尽其心，而无有一日之间苍皇扰乱、偶得偶失之叹，故君子以为近古。

轼长于草野，不学时文，词语甚朴，无所藻饰。意者执事欲抑浮剽之文，故宁取此以矫其弊。人之幸遇，乃有如此，感荷悚息〔七〕，不知所裁。

（七集本《东坡集》卷二六）

题解

这也是苏轼《谢南省主文启五首》中的一首。梅龙图即梅挚，字公仪，成都新繁人，时为龙图阁学士。在这封谢书中，苏轼比较了古今取士方法之不同，把他的文风同"时文"作了对比。他的文章是"词语甚朴，无所藻饰"；而"时文"却以"浮剽"为特征。欧阳修等人在这次贡举前后，大力提倡三苏的质朴文风，而对"浮剽之文"给以严厉打击。

注释

〔一〕休咎：即吉凶。

〔二〕其应若影响符节之密：意谓以诗观人之志，有如物之有影，音之有响，出入之有凭证一样的准确。符节，古人出入关门的凭证。

〔三〕岂其诚发于中而不能以自蔽耶：《毛诗序》："诗者，志之所之也，在心为志，发言为诗，情动于中而形于言。"苏轼之意本此。

〔四〕"传曰"三句：见《诗·鄘风·定之方中》毛传，引文有省略。

〔五〕"孔子曰"三句：语见《论语·公冶长》，原文为："始吾于人也，听其言而信其行；今吾于人也，听其言而观其行。"

〔六〕骨鲠大臣：刚直的大臣。《史记·刺客列传》："方今吴外困于楚，而内空无骨鲠之臣。"

〔七〕感荷悚息：又感谢又惶恐。感荷，因承受恩惠而感谢。悚息，惶恐喘息。

上曾丞相书（节录）
苏　轼

轼不佞〔一〕，自为学至今十有五年，以为凡学之难者，难于无私；无私之难者，难于通万物之理。故不通乎万物之理，虽欲无私不可得也。己好则好之，己恶则恶之，以是自信则惑也。是故幽居默处，而观万物之变，尽其自然之理，而断之于中。其所不然者，虽古之所谓贤人之说，亦有所不取。虽以此自信，而亦以此自知其不悦于世也。

（七集本《东坡集》卷二八）

题解

这是嘉祐六年（1061）苏轼应制科试写给曾公亮信中的一段话。曾公亮，见苏轼《乐全先生文集叙》注〔一六〕。所录一段表明，苏轼治学为文，反对偏见（所谓"己好则好之，己恶则恶之"），强调要"观万物之变""通万物之理"，或叫"尽其自然之理"；反对人云亦云，强调要有自己的见解，"其所不然者，虽古之所谓贤人之言，亦有所不取"。这正是苏洵"得之于心"，"成一家之言"的观点的发挥。

注释

〔一〕不佞：即不才。没有才能，自称的谦辞。

答张文潜书

苏 轼

轼顿首文潜县丞张君足下〔一〕：久别思仰〔二〕，到京公私纷然，未暇奉书〔三〕。忽辱手教〔四〕，且审起居佳胜〔五〕，至慰至慰〔六〕。

惠示文编〔七〕，三复感叹〔八〕，甚矣，君之似子由也。子由之文实胜仆，而世俗不知，乃以为不如。其为人深不愿人知之，其文如其为人，故汪洋澹泊〔九〕，有一唱三叹之声〔一〇〕。而其秀杰之气，终不可没。作《黄楼赋》乃稍自振厉，若欲以警发愦愦者，而或者便谓仆代作〔一一〕，此尤可笑，"是殆见吾善者机也"〔一二〕。

文字之衰未有如今日者也，其源实出于王氏〔一三〕。王氏之文未必不善也，而患在于好使人同己。自孔子不能使人同，颜渊之仁〔一四〕，子路之勇〔一五〕，不能以相移，而王氏欲以其学同天下。地之美者同于生物，不同于所生〔一六〕。惟荒瘠斥卤之地〔一七〕，弥望皆黄茅白苇〔一八〕，此则王氏之同也。近见章子厚言先帝晚年〔一九〕，甚患文字之陋，欲稍变取士法，特未暇耳。议者欲稍复诗赋〔二〇〕，立春秋学官〔二一〕，甚美。

仆老矣，使后生犹得见古人之大全者，正赖黄鲁直〔二二〕、秦少游〔二三〕、晁无咎〔二四〕、陈履常〔二五〕与君等数人耳。如闻君作太学博士〔二六〕，愿益勉之。"德輶如毛，民鲜克举之，我仪图之，爱莫助之"〔二七〕。此外千万善爱。偶饮卯酒醉〔二八〕，来人求书，不能复觊缕〔二九〕。

（七集本《东坡集》卷三〇）

题解

　　张文潜（1054—1114），名耒，号柯山，楚州淮阴（今属江西）人，北宋诗人，苏门四学士之一。这封信写于哲宗元祐元年（1086），时神宗去世，高太后、司马光当政，苏轼兄弟在长时间贬黜后还朝，张耒也由"寿安县丞，入为太学录（即信中所说的太学博士）"。此信首先评价了苏辙的文章，认为"子由之文实胜仆"。他在《书子由超然台赋后》中也说："子由之文，词理精确有不及吾，而体气高妙吾所不及"。这倒不是什么自谦之词，而是真心话。苏轼论文追求淡而有余味，苏辙之文"汪洋澹泊，有一唱三叹之声"，正符合他的论文标准。当时的人也有认为苏辙之文胜过苏轼的，如刘贡父就曾说："君（苏辙）所作强于令兄"（苏籀《栾城遗言》）。秦观《答傅彬老简》也说："阁下又谓三苏之中所愿学者，登州（苏轼）为最优，于此尤非也。老苏（苏洵）先生，仆不及识其人；今中书（苏轼）、补阙（苏辙）二公，则仆尝身事之矣。中书之道如日月星辰，经纬天地，有生之类皆知仰其高明。补阙则不然，其道如元气，行于混沦之中，万物由之而不自知也。故中书尝自谓'吾不及子由'，仆窃以为知言。"可惜长期以来，特别是1949年以来对苏辙的研究太不够，喜吃辣椒而不会欣赏白味的人太多。这封信对王安石也作了一分为二的评价，一方面承认"王氏之文，未必不善"；另一方面又批评他"好使人同己"。苏洵、苏轼父子一贯强调文学艺术风格的多样性，反对"转相摹写"，单调雷同。文学艺术上强求一律，确实会弄得"弥望皆黄茅白苇"，一片荒芜。苏轼同欧阳修一样，都喜欢奖拔后进，这封信也表现了他对后生所寄予的希望。

注释

　　〔一〕顿首文潜县丞张君足下：顿首，叩头，书信中常用作对对方的敬礼。文潜县丞，时张文潜任寿安县丞。足下，称呼对方的敬辞。

　　〔二〕思仰：思念仰慕。

　　〔三〕未暇奉书：没有得空写信。暇，闲暇。奉，进献。

　　〔四〕忽辱手教：突然承蒙您亲自来信。辱，承蒙，谦辞。手教，亲手写来的信。

〔五〕审：详细地知道。

〔六〕至慰：极大的安慰。

〔七〕惠示：赐示。惠，表敬之词。

〔八〕三复：再三反复。

〔九〕汪洋澹泊：思想境界广大无边而又恬淡无欲。

〔一〇〕一唱三叹：形容文章情韵悠长。

〔一一〕"《黄楼赋》乃稍自振厉"二句：熙宁七年（1074）七月黄河在澶州曹村决口，八月二十一日水汇徐州城下，苏轼率领徐州军民防洪。徐州得以保全。为防水之再至，又增筑徐州城堤，并在东门修大楼，以黄土刷墙，取"土实胜水"之意，名叫黄楼。苏辙为此作《黄楼赋》。苏辙诗文以冲雅淡泊，不事雕饰为特征，而《黄楼赋》却有意模仿汉代大赋，颇重雕饰。苏辙说："余《黄楼赋》学《两都》也，晚年不作此工夫之文。"（《栾城遗言》）正因为这篇赋与苏辙固有的文风不同，当时就有人以为东坡代作。振厉，振奋激励。警发，警策奋发。愦愦，不明事理。

〔一二〕"是殆见吾善者机也"：语见《庄子·应帝王》。原意是大概只见我病愈的气机，此谓大概只见我的优点。殆，大概。机，气机。

〔一三〕王氏：指王安石（1021—1086），字介甫，号半山，抚州临川（今江西抚州市临川区）人，北宋政治家、文学家。在神宗熙宁年间，他两次任相，推行新法。其重要内容之一是改革科举，废除诗赋、明经各科，专以经、义、论、策取士。并撰三经（《诗》《书》《周礼》）新义，进呈神宗，颁于学官，科举考试以此为准，以"使学者归一"。苏轼指责王安石"好使人同己"即指此。

〔一四〕颜渊：名回，字子渊，春秋末鲁国人，孔子弟子，孔子曾赞他"其心三月不违仁"（《论语·雍也》）。

〔一五〕子路：仲氏，名由，又字季路，春秋末鲁国人，孔子弟子，直爽勇敢。《孔氏家语》卷九说他"有勇力才艺，以政事著名，为人果烈而刚直，性鄙而不达于变通。"

〔一六〕"地之美者同于生物"二句：好的土地都要生长植物，但所生长的植物并不相同。

〔一七〕荒瘠斥卤之地：荒凉，贫瘠，含盐碱过多，不宜耕种的土地。

〔一八〕弥望：满眼。

〔一九〕近见章子厚言先帝晚年：章子厚（1035—1105），名惇，建州浦城（今属福建）人。早年与苏轼相友善，后支持王安石变法。司马光当政后被贬黜。哲宗亲政，重新起用，贬逐所谓元祐党人，包括苏轼兄弟。先帝，指宋神宗赵顼（1042—1085）。

〔二〇〕复诗赋：指恢复诗赋取士。

〔二一〕学官：主管学务的官员。

〔二二〕黄鲁直：见苏轼《答黄鲁直书》题解。

〔二三〕秦少游（1049—1100），名观，字太虚，号淮海居士，高邮（今属江苏）人。北宋词人，苏门四学士之一，其词属婉约派，艺术成就颇高。著有《淮海集》。

〔二四〕晁无咎（1053—1110），名补之，号归来子，巨野（今属山东）人，北宋文学家，苏门四学士之一，工诗、词、散文，著有《鸡肋集》《晁氏琴趣外篇》。

〔二五〕陈履常（1053—1102），名师道，字无己，号后山居士，彭城（今江苏徐州）人，北宋诗人，苏门六君子之一，江西诗派的代表作家之一。

〔二六〕太学博士：太学中的教授官。太学，朝廷所设的学校，为当时最高学府。

〔二七〕"德辖如毛"四句：语出《诗经·大雅·烝民》。而略有删节，大意是说：小德轻如毛发（辖：轻），但很少有人能举它。我考虑（仪：度。图：谋）举它，却心有余而力不足。苏轼举此语以说明自己老了，勉励张末更加努力。

〔二八〕卯酒：早晨喝的酒。

〔二九〕不能复觍缕：不能再详尽而有条理地写了。觍缕，指语言委曲详尽而有条理。

答毛滂书

苏 轼

轼启：比日酷暑〔一〕，不审起居何如？顷承示长笺及诗文一轴，日欲裁谢〔二〕，因循至今，悚息。今时为文者至多，可喜者亦众，然求如足下闲暇自得，清美可口者实少也。敬佩厚赐〔三〕，不敢独飨，当出之知者。

世间惟名实不可欺。文章如金玉，各有定价。先后进相汲引，因其言以信于世，则有之矣。至其高品目下，盖付之众口，决非一夫所能抑扬。

轼于黄鲁直、张文潜数子，特先识之耳。始诵其文，盖疑信者相半，久乃自定，翕然称之〔四〕，轼岂能为之轻重哉？非独轼如此，虽向之前辈，亦不过如此也。而况外物之进退，此在造物者，非轼事。

辱见贶之重〔五〕，不敢不尽。承不久出都，尚得一见否？

（七集本《东坡集》卷三〇）

题解

　　毛滂，字泽民，毛维瞻之子，衢州江山（今属浙江）人。苏辙贬筠州（今江西高安），维瞻任知州，相得其欢。苏轼也与他有诗书往还。元祐初，苏轼还朝，毛滂入京求荐，此为苏轼答书，作于元祐三年（1088）。苏轼在这封信中集中论述了文学批评问题，认为文章的价值决定于文章本身，而不决定于他人的褒贬；他人的褒贬亦有作用，但应"付之众口，决非一夫所能抑扬"；一夫之抑扬亦有作用，可起到"先后进相汲引，因其言以信于世"的作用。他说他对其门人只起了"特先识之"的作用，"岂能为之轻重哉"？"为之轻重"的是他们自己的文章。但这"先识"的作用就很了不起了。

注释

　　〔一〕比日：近日。
　　〔二〕裁谢：裁笺答谢。
　　〔三〕厚赐：即指"承示长笺及诗文一轴"。
　　〔四〕翕然称之：即盛称之。《论语·八佾》："乐其可知也，始作，翕如也。"何晏注："翕如，盛。"翕然犹翕如。
　　〔五〕贶：赐予。

大悲阁记

苏　轼

　　羊豕以为羞〔一〕，五味以为和；秫稻以为酒，曲糵以作之〔二〕；天下之所同也。其材同，其水火之齐均，其寒暖燥湿之候一也，而二人为之，则美恶不齐。岂其所以美者，不可以数取欤〔三〕？然古之为方者〔四〕，未尝遗数也〔五〕。能者即数以得其妙，不能者循数以得其略。其出一也，有能有不能，而精粗见焉。人见其二也，则求精于数外，而弃迹以逐妙，曰："我知酒食之所以美也。"而略其分齐，舍其度数〔六〕，以为不在是也，而一以意造，则其不为人所呕弃者寡矣。

今吾学者之病亦然。天文、地理、音乐、律历、宫庙、服器、冠昏〔七〕、丧祭之法，《春秋》之所去取，礼之所可，刑之所禁，历代之所废兴，与其人之贤不肖，此学者之所宜尽力也。曰是皆不足学，学其不可传于口而载于书者。子夏曰："日知其所亡，月无忘其所能，可谓好学也已"〔八〕。古之学者，其所亡与其所能，皆可以一二数而日月见也。如今世之学，其所亡者果何物，而所能者果何事欤？孔子曰："吾尝终日不食，终夜不寝，以思，无益，不如学也"〔九〕。由是观之，废学而徒思者，孔子之所禁，而今世之所上也〔一〇〕。

岂惟吾学者，至于为佛者亦然。斋戒持律〔一一〕，讲诵其书，而崇饰塔庙，此佛之所以日夜教人者也。而其徒或者以为斋戒持律，不如无心；讲诵其书，不如无言；崇饰塔庙，不如无为。其中无心，其口无言，其身无为，则饱食游嬉而已，是为大以欺佛者也。

杭州盐官安国寺僧居则，自九岁出家，十年而得恶疾且死。自誓于佛，愿持律终身，且造千手千眼观世音像〔一二〕，而诵其名千万遍。病已而力不给，则缩衣节口三十余年，铢积寸累〔一三〕，以迄于成。其高九仞〔一四〕，为大屋四重以居之，而求文以为记。余尝以斯言告东南之士矣，盖仅有从者。独喜则之勤苦从事于有为，笃志守节，老而不衰，异夫为大以欺佛者。故为记之，且以风吾党之士云。

（七集本《东坡集》卷三一）

题解

大悲阁在杭州盐官（今浙江海宁市西南）。此记乃苏轼为杭州盐官安国寺僧居则作。在这篇记中，苏轼以生动的比喻，大量的事实，说明了数、基本技能对文学艺术以及各行各业的重要性。做菜，猪羊肉同各种调料要有一定比例；酿酒，粮食同曲蘖要有一定比例。这就叫"以数取"。但比例虽同，不同的人做出的菜和酒，味道却不同："能者即数以得其妙，不能者循数以得其略。"可见这里还有一个"能"与"不能"的区别，数、比例不能决定一切。对这样一种现象有两种不同态度，正常的人未尝因此而"遗其数"，不按比例了；只有那些妄人才会因此而"求精于数外，而弃迹以逐妙""略其分齐，舍其度数""而一以意造"。这也证明了苏轼所谓"我书意造本无法"，其"意造"无非是"出新意于法度之中"，其"无法"是以有法为基础的，证明他是反对不以数取，而一以意造的。《乌台诗话》云："熙宁八年轼知徐州日，有杭州盐官县安国寺相识僧居则请轼作《大悲阁记》，意谓旧日科场以赋取人，赋题所出多关涉天文、地理、礼乐、律历，故学者不敢不留意于此等事。今来科场以大义取人，故学者只务大言高论，而无实学，以见朝廷更改科场法度不便也。"可见，苏轼当时写这篇文章的目的是反对王安石对科举考试的改革。但在今天这篇文章对我们的意义却大得多了，它提出了一个重大的美学问题，美须以数取，离不开一定的比例。苏轼《书吴道子画后》说："道子画人物，如以灯取影，逆来顺受，旁见侧出，横斜平直，各相乘除，得自然之数，不差毫厘。"这两篇文章观点一致，可以参阅。

注释

〔一〕"羊豕以为羞"二句：以猪羊为美食，需要酸、甜、苦、辣、甘等味去调和它。豕，猪。羞，美好的食品。五味，《礼记·礼运》郑玄注："五味：酸、苦、辛、咸、甘也。"

〔二〕"秫稻以为酒"二句：以高粱、稻谷酿酒，需要酒母发酵。秫，黏高粱。曲蘖，酒母。《尚书·说命下》："若作酒醴，尔惟曲蘖。"

〔三〕以数取：按所用材料的种类、数量以及温度、湿度等获得美味。

〔四〕为方者：制定菜馔、酿酒之方的人。

〔五〕遗数：不顾材料的种类、数量及温度、湿度。遗，舍弃。

〔六〕略其分齐，舍其度数：意思与"遗数"同。分，分量。齐，定限。

〔七〕冠昏：指冠礼和婚礼。古代男子年二十加冠礼。昏即今"婚"字，《诗·邶风·

谷风》："宴尔新昏，不我屑以。"

〔八〕"子夏曰"三句：语见《论语·子张》。意谓经常学习还没有掌握的知识，不要忘记已经掌握的知识。亡，无。

〔九〕"孔子曰"至"不如学也"：语见《论语·卫灵公》。

〔一〇〕上：同"尚"，崇尚。

〔一一〕斋戒持律：不吃荤，不饮酒，严守戒律。

〔一二〕观世音：佛教大乘菩萨之一。

〔一三〕铢积寸累：一点一滴地积累，言事物完成之不易。铢，我国古代衡制中的重量单位，说法不一，其一为二十四分之一两。

〔一四〕仞：我国古代长度单位，八尺。

石钟山记

苏　轼

《水经》云〔一〕："彭蠡之口〔二〕，有石钟山焉。"郦元以为下临深潭〔三〕，微风鼓浪，水石相搏〔四〕，声如洪钟。是说也，人常疑之。今以钟磬置水中〔五〕，虽大风浪不能鸣也，而况石乎？至唐李渤〔六〕，始访其遗踪，得双石于潭上。扣而聆之〔七〕，南声函胡，北音清越〔八〕，枹止响腾〔九〕，余韵徐歇，自以为得之矣。然是说也，余尤疑之。石之铿然有声者〔一〇〕，所在皆是也，而此独以钟鸣，何哉？

元丰七年六月丁丑〔一一〕，余自齐安舟行适临汝〔一二〕。而长子迈将赴饶之德兴尉〔一三〕，送之至湖口〔一四〕，因得观所谓石钟者。寺僧使小童持斧，于乱石间择其一二扣之，硿硿焉〔一五〕，余固笑而不信也。至莫夜月明〔一六〕，独与迈乘小舟至绝壁下。大石侧立千尺，如猛兽奇鬼，森然欲搏人〔一七〕。而山上栖鹘〔一八〕，闻人声亦惊起，磔磔云霄间〔一九〕。又有若老人咳且笑于山谷中者，或曰"此鹳鹤也〔二〇〕。"余方心动欲还，而大声发于水上，噌吰如钟鼓不绝〔二一〕，舟人大恐。徐而察之，则山下皆石穴罅〔二二〕，不知其浅深，微波入焉，涵澹澎湃而为此也〔二三〕。舟回至两山间，将入港口，有大石当中流，可坐百人，空中而多窍，与风水相吞吐，有窾坎镗鞳之声〔二四〕，与向之噌吰者相应，如乐作焉。因笑谓迈曰："汝识之乎？噌吰者，周景王之无射也〔二五〕；窾坎镗鞳者，魏庄子之歌钟也〔二六〕。古之人不余欺也〔二七〕。"

事不目见耳闻而臆断其有无，可乎？郦元之所见闻，殆与余同〔二八〕，而言之不详；士大夫终不肯以小舟夜泊绝壁之下，故莫能知；而渔工水师，虽知而不能言。此世所以不传也。而陋者乃以斧斤考击而求之〔二九〕，自以为得其实。余是以记之，盖叹郦元之简，而笑李渤之陋也。

（七集本《东坡集》卷三三）

题解

元丰七年（1084）由黄赴汝，途经湖口（今属江西）时作。石钟山在今江西湖口县鄱阳湖畔。这篇文章同《日喻》一样，表面看似乎与论文无关，实际上关系很密切。从文论角度看，至少有以下两点值得注意：一是文章繁简问题，郦道元关于石钟山山名由来的说法，与苏轼实地考察所得的结论本来相同，但由于郦"言之不详"，结果"人常疑之"。欧阳修著《新唐书》，自称与《旧唐书》比较，"其事则增于前，其文则省于后"（《进新修唐书表》）。省则省矣，可惜把许多重要史料也省略掉了。文辞虽较前书为美，而史料价值反不如前书。因此，长期以来，它总不能取代《旧唐书》。文章的繁简应适度，应以说清问题为原则。郦道元之简引起"人常疑之"，反而增加了后人的麻烦。苏轼说他"叹郦元之简"，叹者，惋惜之也，显然有不满之意。二是力主凡事须"目见耳闻"，但是"目见耳闻"也未必完全可靠。若像李渤、寺僧那样仅"以斧斤考击而求之"，就"自以为得其实"，仍然难免做出错误的结论。李渤的《辨石钟山记》关于石钟山山名由来之所以搞错了，不在于他未作实地考察，因为他曾"访其遗踪"，"目见""双石于潭上"，"耳闻""南声函胡，北音清越，枹止响腾，余韵徐歇"；而在于他的考察是浮光掠影的，浅尝辄止的，"不肯以小舟夜泊绝壁之下"，更不肯舍舟攀缘于绝壁之上，或向当地的"渔工水师"求教。

注释 ———————————————————————————————————

〔一〕《水经》：相传为汉代桑钦所著的记述河渠源流的地理书，后人多认为是三国时人所作。

〔二〕彭蠡：即鄱阳湖，在今江西省北部。

〔三〕郦元：即郦道元，字善长，北魏范阳涿鹿（今河北涿鹿县南）人，地理学家，曾为《水经》作注，成《水经注》四十卷。

〔四〕搏：撞击。

〔五〕磬：古代石制或玉制的打击乐器。

〔六〕李渤：字濬之，唐代洛阳人，曾任江州刺史，作《辨石钟山记》。所引李渤语即见此文。

〔七〕聆：听。

〔八〕"南声函胡"二句：古代乐音分为宫、商、角、徵、羽五个音阶，并以南、北、东、西、中五个方位相配。南声即宫声，北音即商声。函胡，声音模糊不清。清越，清脆响亮。

〔九〕枹：鼓槌。

〔一〇〕铿然：形容敲击石头的声音。

〔一一〕元丰七年六月丁丑：1084 年阴历六月九日。元丰，神宗年号。

〔一二〕余自齐安舟行适临汝：齐安即黄州，今湖北黄冈；临汝即汝州，今河南临汝。时苏轼由黄州团练副使改为汝州团练副使。

〔一三〕长子迈将赴饶之德兴尉：苏轼有三子：长子苏迈、次子苏迨、幼子苏过。饶，饶州，治所在今江西鄱阳县。德兴，今江西德兴，时属饶州。尉，县尉。

〔一四〕湖口：今属江西。

〔一五〕硿硿：斧石相击声。

〔一六〕莫：同"暮"。

〔一七〕森然欲搏人：阴森可怖，大石好像要与人搏击的样子。

〔一八〕栖鹘：止宿的鹘鸟。

〔一九〕磔磔：鹘鸟的叫声。

〔二〇〕鹳鹤：一种似鹤而顶不红的水鸟。

〔二一〕噌吰：象声词，形容洪亮的声音。

〔二二〕罅：缝隙，裂缝。

〔二三〕涵澹澎湃：形容水流激荡，互相撞击而造成的水波声。

〔二四〕窾坎镗鞳：象声词，形容击物声和钟鼓声。

〔二五〕周景王之无射：周景王姓姬名贵，前544年至前520年在位。无射，钟名，周景王二十四年（前521）铸。意思是说，噌吰之声，正像周景王无射钟发出的声音。

〔二六〕魏庄子之歌钟：魏庄子，魏绛的谥号，春秋时晋悼公的大夫。歌钟，编钟，古代乐器。据《左传》《国语》等载，晋悼公曾把郑国献的歌钟赐予魏绛。意思是说，窾坎镗鞳之声，正像魏庄子歌钟发出的声音。

〔二七〕不余欺：不欺余。

〔二八〕殆：大概。

〔二九〕考击：敲击。

太息一首送秦少章

苏 轼

孔北海《与曹操论盛孝章》云〔一〕："孝章实丈夫之雄者也。游谈之士，依以成声。今之少年，喜论前辈，或讥评孝章。孝章要为有天下重名，九牧之人所共称叹"〔二〕。吾读至此，未尝不废书太息也〔三〕。曰：嗟乎，英伟奇逸之士，不容于世俗也久矣。虽然，自今观之，孔北海、盛孝章犹在世，而向之讥评者与草木同腐久矣！

昔吾举进士，试于礼部〔四〕，欧阳文忠公见吾文曰〔五〕："此我辈人也，吾当避之。"方是时，士以剽裂为文，聚而见讪，且讪公者所在成市〔六〕。曾未数年，忽焉若潦水之归壑〔七〕，无复见一人者，此岂复待后世哉！

今吾衰老废学，自视缺然〔八〕，而天下士不吾弃〔九〕，以为可以与于斯文者，犹以文忠公之故也。张文潜、秦少游此两人者〔一〇〕，士之超逸绝尘者也〔一一〕。非独吾云耳，二三子亦自以为莫及也。士骇于所未闻，不能无异同，故纷纷之言常及吾与二子〔一二〕。吾策之审矣〔一三〕，士如良金美玉，各有定价，岂可以爱憎口舌贵贱之欤！

少游之弟少章复从吾游。不及期年[一四]，而论议日新，若将施于用者。欲归省其亲[一五]，且不忍去。乌乎[一六]，子行矣，归而求诸兄，吾何加焉。作《太息》一篇以饯其行，使藏于家，三年然后出之。

（七集本《东坡后集》卷九。下录苏轼诗文，凡出自此集者，不复注版本）

题解

太息即叹息。秦少章名觏，秦观（字少游）之弟，扬州高邮人，能文。陈师道有《送少章》诗，注云："元祐四年三月东坡出翰苑，知杭州，少章时从东坡学。"这篇文章当作于苏轼知杭州时。这是一篇论述文艺批评的重要文章，苏轼有感于三国时人讥评盛孝章，嘉祐初士子谤讪欧阳修和自己，以及今人讥评张文潜、秦少游，发出了"士如良金美玉，各有定价，岂可以爱憎口舌贵贱之欤"的慨叹。全篇主旨与杜甫《戏为六绝句》所说"尔曹身与名俱灭，不废江河万古流"相同。有人说这是在讲文艺本身的美学价值，或据此说苏轼卑视批评，似乎都不符合苏轼的原意。苏轼并非卑视批评，而是卑视"骇于所未闻，不能无异同"的世俗之见。

注释

〔一〕孔北海《与曹操论盛孝章》：孔北海（153—208），即孔融，字文举，鲁国（今山东曲阜）人，曾任北海相，世称孔北海。为人性刚好学，是汉末名士。后因触怒曹操被杀。《与曹操论盛孝章（书）》是孔融向曹操推荐盛孝章的一封信。盛孝章名宪，会稽（今浙江绍兴）人，曾任吴郡太守，为当时名士。孔融忧其为孙策所害，致书求曹操援引。曹操接受了孔融的推荐，但其征书未至，盛已遇害。

〔二〕"孝章实丈夫之雄者也"八句：引文有省略，文字也有出入。依以成声，靠盛孝章成就其声名。九牧之人，九州之人。古代九州长官叫牧伯，故称九州为九牧。

〔三〕废书太息：放下书叹息。

〔四〕"昔吾举进士"二句：嘉祐元年（1056），苏轼举进士；嘉祐二年（1057）正月欧阳修知贡举，苏轼就试于礼部，及第。

〔五〕欧阳文忠公：即欧阳修，见苏洵《上欧阳内翰第一书》题解。

〔六〕"方是时"四句：方是时，正在这个时候。士以剽裂为文：剽窃摘裂他人之文以为己文。《宋史·欧阳修传》："时士子尚为险怪奇涩之文，号'太学体'。修痛排抑之，凡如是者辄黜。毕事，向之嚣薄者伺修出，聚噪于马首，街逻不能制。"这就是"讪公者所在成市"的具体内容。

〔七〕忽焉若潦水之归壑：很快像雨后地面积水之流归沟壑，消失了。

〔八〕缺然：欠缺貌。

〔九〕不吾弃：即不弃吾，没有舍弃我。

〔一〇〕张文潜、秦少游：见苏轼《答张文潜书》题解、注〔二三〕。

〔一一〕超逸绝尘者：高超逸迈，远离世俗，即见识高超、志向远大的人。

〔一二〕纷纷之言常及吾与二子：苏轼《乞郡札子》："臣二年之中，四遭口语……臣所荐士，例加诬蔑……臣所举自代人黄庭坚、欧阳棐、十科人王巩、制科人秦观，皆诬以过恶。"

〔一三〕策之审：考虑得很仔细。策，谋划。审，精审。

〔一四〕期年：一整年。

〔一五〕省：探望。

〔一六〕乌乎：同"呜呼"。

答虔倅俞括奉议书

苏 轼

轼顿首资深使君阁下：前日辱访，宠示长笺〔一〕，及诗文一编，伏读数日〔二〕，废卷拊掌〔三〕，有起予之叹〔四〕。孔子曰："辞达而已矣"〔五〕。物固有是理，患不知；知之，患不能达之于口与手。所谓文者，能达是而已。

文人之盛，莫如近世。然私所敬慕者，独陆宣公一人〔六〕。家有公奏议善本，顷侍讲读，尝缮写进御〔七〕。区区之忠，自谓庶几于孟轲之敬王〔八〕，且欲推此学于天下。使家藏此方，人挟此药，以待世之病者，岂非仁人君子之至情也哉〔九〕！

今观所示议论，自东汉以下十篇，皆欲酌古以驭今，有意于济世之用〔一〇〕，而不志于耳目之观美。此正平生所望于朋友与凡学道之君子也。

然去岁在都下，见一医工，颇艺而穷，慨然谓仆曰："人所以服药，端为病耳。若欲以适口，则莫如刍豢〔一一〕，何以药为！"今孙氏、刘氏皆以药显〔一二〕，孙氏期于治病，不择甘苦；而刘氏专务适口。病者宜安所去取？而刘氏富倍孙氏，此何理也？使君斯文未必售于世〔一三〕，然售不售，岂吾侪所当挂口哉〔一四〕！聊以发一笑耳〔一五〕。

进《宣公奏议》有一《表》〔一六〕，辄录呈，不须示人也。余俟面谢，不宣。

（《东坡后集》卷一四）

题解

虔，虔州，今江西赣州。倅，副职，指通判一类的官。俞括，字资深，时以奉议郎为虔州通判。绍圣元年（1094），苏轼贬官惠州，过虔州与之游。苏轼《虔州崇庆禅院新经藏记》说："俞君博学能文，敏于从政，而恬于进取，数与吾书，欲弃官相从学道。自虔罢归，道病，卒于庐陵。"这封信阐明了文贵于达。"物固有是理"，这个"理"是客观事物所固有的；"患不知"，"知"是对客观事物之"理"的主观反映；"知之患不能达于口（语言）与手（文字）"，可见，"达"就是准确表达主观的"知"，而归根结底是要表达客观事物之"理"。苏轼对辞达的解释是科学的，符合实际的。这封信还阐明了文贵于用的观点，主张"酌古以御今，有意于济世之用"；反对"志于耳目之观美"，这正像吃药是为了"治病"，而不是为了"适口"一样。这与他在《凫绎先生文集·叙》中所持的观点是一致的。

注释

〔一〕宠示长笺：很荣幸地得到你所写的长信。宠，荣耀。示，对人来信的敬称。笺，信。

〔二〕伏读：恭敬地读。伏，表敬之辞。

〔三〕废卷抃掌：放下文卷，高兴得拍起手来。抃掌，拍手，鼓掌。

〔四〕起予：《论语·八佾》："子曰：'起予者商（子夏）也，始可与言诗已矣。'"朱熹注："起犹发也。起予，言能起发我之志意。"

〔五〕辞达而已矣：语见《论语·卫灵公》，意谓辞能达意就够了。达，表达。已，止。

〔六〕陆宣公：即陆贽，见苏洵《上欧阳内翰第一书》注〔一〇〕。

〔七〕尝缮写进御：苏轼于元祐八年（1093）任端明殿学士兼翰林侍读学士、礼部尚书时，曾上《乞校正陆贽奏议上进札子》，其中说："如贽之论，开卷了然，聚古今之精英，实治乱之龟鉴。臣等欲取其奏议，稍加校正，缮写进呈。"

〔八〕庶几于孟轲之敬王：庶几，近似。孟轲，见苏洵《上张侍郎第一书》注〔三〕。

〔九〕至情：最淳厚的感情。

〔一〇〕济世：救世。

〔一一〕刍豢：《孟子·告子上》："故礼义之悦我心，犹刍豢之悦我口。"朱熹注："草食曰刍，牛羊是也；谷食曰豢，犬豕是也。"此泛指家畜。

〔一二〕孙氏、刘氏：不详其人。

〔一三〕使君斯文未必售于世：你的这些文章未必能被社会所接受。使君，对州郡长官的尊称。

〔一四〕吾侪：我辈。

〔一五〕聊：姑且。

〔一六〕《表》：指《乞校正陆贽奏议上进札子》。

答王庠书（节录）

苏 轼

前后所示著述文字，皆有古作者风力，大略能道意所欲言者。孔子曰："辞达而已矣。"辞至于达，止矣，不可以有加矣。《经说》一篇，诚哉是言也〔一〕。西汉以来，以文设科而文始衰〔二〕。自贾谊、司马迁〔三〕，其文已不逮先秦古书，况其下者！文章犹尔〔四〕，况所谓道德者乎！若所论周勃〔五〕，则恐不然。平、勃未尝一日忘汉〔六〕。陆贾为之谋至矣〔七〕，彼视禄、产〔八〕，犹几上肉；但将相和调，则大计自定。若如君言，先事经营，则吕后觉悟[九]，诛两人而汉亡矣。某少时好议论古人，既老，涉世更变，往往悔其言之过，故乐以此告君也。儒者之病，多空言而少实用，贾谊、陆贽之学殆不传于世[一〇]。

老病且死，独欲教子弟。岂意姻亲中，乃有王郎乎！三复来贶[一一]，喜抃不已[一二]。应举者志于得而已[一三]。今程试文字[一四]，千人一律，考官亦厌之，未必得也。如君自信不回，必不为时所弃也；又况得失有命，决不可移乎！勉守所学，以卒远业。相见无期，万万自重而已。人还，谨奉手启[一五]，少谢万一。

（《东坡后集》卷一四）

题解

王庠，荣州（今四川荣县）人，苏轼女婿，故文中有"岂意姻亲中，乃有王郎乎"之语。这是苏轼贬官惠州后写给王庠的一封信。信的第一部分感谢王庠"差人致书问安"，第二部分评论王庠"所示著述文字"，第三部分谈王庠"应举"所应注意的问题。这里节录的是后两部分。苏轼称赞王庠的著述"能道意所欲言"，能做到"辞达"，认为"辞达"是写文章的最高境界："辞至于达，止矣，不可以有加矣。"苏轼对应试文字作了尖锐的批评，认为"西汉以来，以文设科而文始衰"，现今的"程式文字，千人一律"。苏轼早在青年时代应制科试所作的《进策》中就说："自汉以来，世之儒者，忘己以徇人，务为射策决科之学，其言虽不叛于圣人，而皆泛滥于辞章，不适于用。"他在给王庠的另一封信中也说，他当年的应试文字"今皆无有，然亦无用也"。他在《与元老侄孙书》中还说："侄孙近来为学何如？恐不免趋时。然亦须多读书史，务令文字华实相副，期于适用乃佳。勿令得一第后，所学便为弃物也。"由此可见，苏轼一生，都对那些"多空言而少实用"的"儒者之病"，特别是对纯粹作为敲门砖的应试文字，是看不起的，并以此谆谆告诫后生。

注释

〔一〕诚哉是言也：《经说》中的话是确实的。诚，的确。是，这。是言，指王庠的

《经说》。

〔二〕"西汉以来"二句：汉代选拔官吏，由丞相、列侯、刺史、守相等荐举，经过考试，任以官职。汉武帝时设有孝廉、贤良、文学、秀才等科。

〔三〕贾谊：见苏洵《上韩枢密书》注〔二〕。司马迁：见苏洵《史论》上注〔一二〕。

〔四〕犹尔：还这样。

〔五〕周勃：见《史论中》注〔三〕。

〔六〕平：陈平，汉初武阳（今河南原阳东南）人，参与秦末起义，先从项羽，后投靠刘邦，为刘邦谋士，封曲逆侯，历任丞相。后听陆贾计，主动联合周勃，共灭诸吕，详本文注〔八〕、〔九〕。

〔七〕陆贾：汉初楚人，随刘邦定天下，多次出使诸侯。诸吕专权，陆贾说陈平曰："天下安，注意相；天下危，注意将。将相和调，则士务附；士务附，天下虽有变，即权不分……君何不交欢太尉（周勃），深相结"（《史记·陆贾传》）在陆贾撮合下，周、陈联合，共灭诸吕。

〔八〕禄、产：即吕禄、吕产。刘邦死，吕后当权，二人皆封为王。吕产为相国，吕禄为大将军。吕后死，被诛。

〔九〕吕后：名雉，字娥姁，刘邦之妻，曾佐助刘邦杀韩信、彭越。刘邦死后，其子惠帝立，她实际掌权，残杀刘氏子孙，大封诸吕为王侯，引起刘邦旧臣的恐惧和不满。

〔一○〕殆：几乎。

〔一一〕三复来贶：多次读你寄来的著述文字。贶，赐予。

〔一二〕喜抃不已：高兴得不得了。

〔一三〕志于得：追求进士及第。下文"未必得"，即未必能及第。

〔一四〕程试文字：科举考试作为示范的文章。

〔一五〕手启：亲笔信。

答谢民师书

苏　轼

轼启：近奉违，亟辱问讯，具审起居佳胜，感慰深矣〔一〕。某受性刚简〔二〕，学迂材下，坐废累年〔三〕，不敢复齿缙绅〔四〕。自还海北，见平生亲旧，惘然如隔世人〔五〕；况与左右无一日之雅〔六〕，而敢求交乎？数赐见临，倾盖如故〔七〕，幸甚过望，不可言也。

所示书教及诗赋杂文，观之熟矣。大略如行云流水，初无定质〔八〕，但常行于所当行，常止于所不可不止，文理自然，姿态横生。孔子曰："言之不文，行之不远"〔九〕。又曰："辞达而已矣。"夫言止于达意，即疑若不文〔一〇〕，是大不然。求物之妙如系风捕影〔一一〕，能使是物了然于心者〔一二〕，盖千万人而不一遇也；而况能使了然于口与手者乎〔一三〕！是之谓辞达。辞至于能达，则文不可胜用矣。

扬雄好为艰深之词，以文浅易之说〔一四〕；若正言之〔一五〕，则人人知之矣。此正所谓雕虫篆刻者，其《太玄》《法言》皆是类也；而独悔于赋，何哉？终身雕篆，而独变其音节，便谓之"经"，可乎？〔一六〕屈原作《离骚经》，盖《风》《雅》之再变者，虽与日月争光可也〔一七〕；可以其似赋，而谓之雕虫乎？使贾谊见孔子，升堂有余矣，而乃以赋鄙之，至与司马相如同科〔一八〕。雄之陋如此比者甚众，可与知者道，难与俗人言也，因论文偶及之耳。

欧阳文忠公言："文章如精金美玉，市有定价，非人所能以口舌定贵贱也。"〔一九〕纷纷多言，岂能有益于左右。愧悚不已。

所须惠力法雨堂字〔二〇〕，轼本不善作大字，强作终不佳；又舟中局迫难写，未能如教。然轼方过临江，当往游焉，或僧欲有所记录，当为作数句留院中，慰左右念亲之意。今日至峡山寺〔二一〕，少留即去。愈远，惟万万以时自爱。

（《东坡后集》卷一四）

题解

谢民师，名举廉，新淦（今属江西）人。元符三年（1100）苏轼遇赦北归，十月至广州。时谢民师任广州推官，因以所作诗文求教于苏轼。苏轼离开广州后，谢多次致函问候，本文即苏轼途经临江（今广东清远县）时的回信。本文写于苏轼去世前不久，可说总结了他一生的文艺主张：一是文贵自然，要行于所当行，止于所不可不止，"文理自然，姿态横生"。二是重新解释了孔子的"辞达"说。孔子所谓"辞达而已矣"，过去一般都理解为轻视文采。苏轼却说"是大不然"，并把他与孔子的"言而不文，行之不远"联系起来，认为"辞达"说本身就包括了重视文采。为了做到辞达，首先必须"了然于心"，其次还需"了然于口与手"。这实际上就是《筼筜谷偃竹记》所说的心手相应，《书李伯时山庄图后》所说的"形于心"与"形于手"。三是批判了扬雄"好为艰深之词，以文浅易之说"。这是苏洵批判扬雄"辩乎其不足问，问乎其不足疑"的进一步发挥。"艰深之词"不足以称"文"，"浅易之说"则未"了然于心"，更谈不上"了然于口与手"这些都是违背"辞达"要求的。四是文有定价说。苏轼经常讲"文章如精金美玉，市有定价，非人所能以口舌定贵贱也"。《答黄鲁直书》《答毛滂书》和本文主要在说明褒扬于文章无益；《太息一首送秦少章》则在说明讥评亦于文章无损。总之，文章的价值决定于文章本身，决定于"众口"，"决非一夫所能抑扬。"（《答毛滂书》）

注释

〔一〕"近奉违"四句：最近分别，多次委屈你来信问候，知道你生活很好，深感安慰。奉，书信中常用的表敬之词。违，离别。亟，屡次。辱，承蒙，表谦之词。具审，都明白了。起居，指生活状况。

〔二〕某受性刚简：我秉性刚直简慢。某，信中常用作自谦的称谓。

〔三〕坐废累年：因罪而废置多年。作者于绍圣元年（1094）至元符三年（1100）先贬惠州（今广东惠阳），再贬儋州（今海南儋州市），共七年。

〔四〕复齿缙绅：再与士大夫同列。齿，并列。缙绅，士大夫。

〔五〕惘然：怅惘，迷茫。

〔六〕与左右无一日之雅：平时与你无一面之交。左右，指谢民师，为表尊敬，往往不直称对方，而称左右或执事。雅，平素，旧日的交情。

〔七〕倾盖如故：一见如故，语见《史记·邹阳传》。倾盖，指途中相遇，停车对语，两车之盖相倚而倾斜。

〔八〕初无定质：本来没有固定的体式。

〔九〕"言之不文，行之不远"：语见《左传·襄公二十五年》，原作"言之无文，行而不远"。意谓语言没有文采，就不会流传很远。

〔一〇〕若：好像。

〔一一〕求物之妙如系风捕影：了解客观事物的奥妙如拴住风、捉住影子一样的困难。

〔一二〕了然于心：指认识客观事物。

〔一三〕了然于口与手：指用语言、文字表达客观事物。

〔一四〕扬雄：见苏洵《上欧阳内翰第二书》注〔五〕。文：文饰。

〔一五〕正言之：直截了当地说。

〔一六〕"此正所谓雕虫篆刻者"至"可乎"：雕虫篆刻，谓雕琢虫书，篆写刻符，以喻过分讲求文章技巧。扬雄《法言·吾子》说："或曰：'吾子少而好赋？'曰：'然。童子雕虫篆刻。'俄而曰：'壮夫不为也。'"意思是说，他少年时作辞赋是雕虫篆刻，长大后不作辞赋了。这里，苏轼以扬雄的话讥刺扬雄。大意是说，以艰深之辞文饰浅易之说就是雕虫篆刻。不仅扬雄的赋如此，而且他作《太玄》以拟《周易》，作《法言》以拟《论语》，虽不用辞赋的音韵节奏，同样是雕虫篆刻。

〔一七〕"屈原作《离骚经》"三句：屈原名平，战国后期楚人，我国文学史上最早的伟大诗人。《离骚》是他的代表作，称《离骚》为"经"，始于东汉王逸的《楚辞章句》。《风》《雅》，《诗经》的组成部分。《史记·屈原列传》："《国风》好色而不淫，《小雅》怨诽而不乱。若《离骚》者，可谓兼之矣……推此志也，虽与日月争光可也。"

〔一八〕"使贾谊见孔子"至"与司马相如同科"数句：贾谊，见苏洵《上韩枢密书》注〔二〕。《论语·先进》："由也升堂矣，未入于室也。"后用以比喻人们学问造诣的深浅，升堂便已有相当造诣，入室是达到更高境界。司马相如，字长卿，蜀郡成都人，西汉辞赋家。同科，同一类型。苏轼这几句话是对扬雄《法言·吾子》如下一段话的批评："如孔氏之门用赋也，则贾谊升堂，相如入室矣。"苏轼父子都特别推崇政论家贾谊，因此反对扬雄把贾谊同司马相如相提并论，或置贾谊于相如之下。

〔一九〕"欧阳文忠公言"四句：欧阳修《苏氏文集序》有"文章，金玉也"之语，原文不见《欧阳文忠公集》。

〔二〇〕所须惠力法雨堂字：须，需，求。惠力，寺名，在临江府城南。法雨堂，惠力寺中的堂名。

〔二一〕峡山寺：在清远（今广东清远县东）峡山上。

答刘沔都曹书

苏 轼

轼顿首都曹刘君足下：蒙示书教，及所编录拙诗文二十卷。轼平生以文字言语见知于世，亦以此取疾于人，得失相补，不如不作之安也。以此常欲焚弃笔砚，为喑默人[一]；然而习气宿业，未能尽去，谓亦皆随手云散鸟没矣。不知足下默随其后，掇拾编缀，略无遗者。览之惭汗，可为多言者之戒也。然世之蓄轼诗文者多矣，率真伪相半，又多为俗子所改窜，读之使人不平。然亦不足怪，识真者少，盖从古所病。

梁萧统集《文选》[二]，世以为工。以轼观之，拙于文而陋于识，莫统若也。宋玉赋《高唐》《神女》，其初略陈所梦之因，如子虚、亡是公等相与回答，皆赋矣，而统谓之叙。此与儿童之见何异[三]？李陵、苏武赠别长安，而诗有江汉之语[四]，及陵与武书，词句儇浅，正齐梁间小儿所拟作，决非西汉文，而统不悟，刘子玄独知之[五]。范晔作《蔡琰传》，载其二诗亦非是。董卓已死，琰乃流落，方卓之乱，伯喈尚无恙也，而其诗乃云以卓乱故，流入于胡，此岂真琰语哉？其笔势乃效建安七子者，非东汉诗也[六]。李太白、韩退之、白乐天诗文，皆为庸俗所乱，可为太息。

今足下所示二十卷，无一篇伪者，又少谬误。及所示书词，清婉雅奥，有作者风气，知足下致力于斯文久矣。轼穷困本坐文字，盖愿刳形去智而不可得者。然幼子过文益奇[七]，在海外孤寂无聊，过时出一篇见娱，则为数日喜，寝食有味，以此知文章如金玉，未易鄙弃也。见足下词学如此，又喜吾同年兄龙图有后也[八]。故勉作报书，匆匆不宣，轼顿首。

（《东坡后集》卷一四）

题解

　　刘沔，字沔之。都曹，官名。从这封信中可看出，苏轼生前收集刊刻苏轼诗文的人就很多，除刘沔外，陈师仲编有《超然》《黄楼》二集（见苏轼《答陈师仲书》）。苏轼曾说："某方病市人逐利，好刊某拙文"（《与陈传道书》）。由此可见时人对苏轼诗文之爱好。信中批评萧统"拙于文而陋于识"，也许太过分了（参看《论〈文选〉》），但他对苏武诗、李陵诗、蔡琰诗的具体辨伪，却多为后人所接受。他感慨选家"识真者少"，也是古今所共叹。信中一面感慨自己以诗文"取疾于人"，一面又肯定"文章如金玉珠贝，未易鄙弃"，而且我们甚至可以说，文章之所以如"金玉珠贝"之有价值，正在于它的"取疾于人"，讥时之弊，中世之过。信中称美刘沔之文"清婉雅奥"，幼子苏过之文"益奇"，亦可看出苏轼的艺术趣味。

注释

　　〔一〕暗默：沉默。暗，哑。

　　〔二〕萧统集《文选》：萧统（501—531），字德施，兰陵（今江苏常州西北）人，梁武帝长子，天监元年（502）立为太子，未及即帝位而卒，谥"昭明"，世称昭明太子。编《文选》三十卷，对后代文学影响颇大。

　　〔三〕"宋玉赋《高唐》《神女》"至"此与儿童之见何异"：苏轼认为宋玉《神女赋》自"楚襄王与宋玉游于云梦之浦"至"玉曰：唯唯"，同司马相如《子虚赋》自"楚使子虚使于齐"至"仆对曰：唯唯"一样，皆是赋的内容。而萧统《文选》没有把《子虚赋》这段文字作为叙（见《文选》卷七），却把《神女赋》这段文字作为叙（见《文选》卷一九，题为《神女赋一首并序》），这是苏轼所不赞成的。子虚，亡是公皆《子虚赋》中虚拟的人物。

　　〔四〕"李陵、苏武赠别长安"二句：指《文选》卷二九所收《苏武诗四首》，其第四首有"俯观江汉流，仰视浮云翔"之语，故苏轼认为非苏武诗。

　　〔五〕"及陵与武书"至"刘子玄独知之"：《李少卿答苏武书》载《文选》卷四一。刘知几（661—721），字子玄，彭城（今江苏徐州）人，唐代史学家，著有《史通》。《史通·别传》："《李陵集》有《与苏武书》，词采壮丽，音句流靡。观其文体，不类西汉人。殆后来所为，假称陵作也。"

〔六〕"范晔作《蔡琰传》"至"非东汉诗也"：范晔，见苏洵《史论下》注〔七〕。蔡琰，字文姬，陈留圉（今河南杞县南）人，东汉末女诗人。其父蔡邕字伯喈，亦以文学著称。《后汉书·列女传》："兴平中，天下丧乱，文姬为胡骑所获，没于南匈奴左贤王。曹操素与邕善，乃遣使者以金璧赎之。文姬感乱离，追怀悲愤，作诗二章。"诗中有"汉季失权柄，董卓乱天常"语，与史实不合，因"董卓之乱，伯喈尚无恙"，蔡琰亦未流落匈奴；加之文风不似，故苏轼断言非蔡琰诗。这一问题，至今尚无定论，但多数人认为《悲愤诗》两篇蔡琰作，而《胡笳十八拍》系伪作。

〔七〕幼子过文益奇：苏轼有三子，长子苏迈，次子苏迨，幼子苏过。过字叔党，世称小坡，著有《斜川集》。苏辙云："吾兄远居海上，惟成就此儿能文也。"（《宋史·苏过传》）

〔八〕喜吾同年兄龙图有后也：科举考试同榜的人称同年。嘉祐二年三月与苏轼同科进士及第和同进士出身者八百七十七人。刘沔之父，未详其名。

潮州韩文公庙碑（节录）

苏　轼

匹夫而为百世师，一言而为天下法〔一〕，是皆有以参天地之化，关盛衰之运〔二〕。其生也有自来，其逝也有所为。故申、吕自岳降〔三〕，而傅说为列星〔四〕，古今所传，不可诬也。孟子曰："我善养吾浩然之气"〔五〕。是气也，寓于寻常之中，而塞乎天地之间。卒然遇之〔六〕，则王公失其贵，晋、楚失其富〔七〕，良、平失其智〔八〕，贲、育失其勇〔九〕，仪、秦失其辩〔一〇〕。是孰使之然哉？其必有不依形而立，不恃力而行，不待生而存，不随死而亡者矣。故在天为星辰，在地为河岳，幽则为鬼神，而明则复为人。此理之常，无足怪者。

自东汉以来，道丧文弊，异端并起。历唐贞观、开元之盛〔一一〕，辅以房、杜、姚、宋而不能救〔一二〕。独韩文公起布衣，谈笑而麾之〔一三〕，天下靡然从公〔一四〕，复归于正，盖三百年于此矣。文起八代之衰〔一五〕，而道济天下之溺〔一六〕，忠犯人主之怒〔一七〕，而勇夺三军之帅〔一八〕。此岂非参天地，关盛衰，浩然而独存者乎？

盖尝论天人之辨〔一九〕，以谓人无所不至，惟天不容伪〔二〇〕；智可以欺王公，不可以欺豚鱼〔二一〕；力可以得天下，不可以得匹夫匹妇之心。故公之精诚，能开衡山之云〔二二〕，而不能回宪宗之惑；能驯鳄鱼之暴〔二三〕，而不能弭皇甫镈、李逢吉之谤〔二四〕；能信于南海之民，庙食百世〔二五〕，而不能使其身一日安于朝廷之上。盖公之所能者天也，其所不能者人也。

始，潮人未知学，公命进士赵德为之师〔二六〕，自是潮之士皆笃于文行，延及齐民〔二七〕，至于今，号称易治。信乎孔子之言："君子学道则爱人，小人学道则易使也"〔二八〕。潮人之事公也，饮食必祭，水旱疾疫，凡有求必祷焉。而庙在刺史公堂之后，民以出入为艰。前守欲请诸朝作新庙，不果。元祐五年，朝散郎王君涤来守是邦〔二九〕，凡所以养士治民者一以公为师。民既悦服，则出令曰："愿新公庙者，听〔三〇〕"。民欢趋之，卜地于州城之南七里〔三一〕，期年而庙成〔三二〕。或曰："公去国万里，而谪于潮不能一岁而归〔三三〕。没而有知，其不眷恋于潮也审矣"〔三四〕！轼曰："不然，公之神在天下者，如水之在地中，无所往而不在也。而潮人独信之深，思之至，薰蒿凄怆〔三五〕，若或见之。譬如凿井得泉，而曰水专在是，岂理也哉！"元丰七年诏封公昌黎伯〔三六〕，故榜曰："昌黎伯韩文公之庙。"潮人请书其事于石，因为作诗以遗之，使歌以祀公。

（《东坡后集》卷一五）

题解

潮州，今广东省潮安县。韩文公即韩愈，见苏洵《上张侍郎第一书》注〔三〕元祐五年（1090）潮州人在城南为韩愈建新庙，元祐七年（1092）苏轼应潮州人士之请而作这篇碑文。碑文盛赞韩愈的道德文章及其在潮州的政绩和影响，对其一生的不幸遭遇表现了极大的义愤。学术界一般都把"文气说"归于苏辙，甚至认为子瞻才高，能由文以致道，因道以成文；子由不能如子瞻之入化境，于是不能不求之于气。其实"文气说"是苏轼兄弟的共同主张，本文，特别是其中第一段，就是明证。韩愈之所以能够"文起八代之衰，而道济天下之溺，忠犯人主之怒，而勇夺三军之帅"，就因为他有孟子所谓的"浩然之气"，这种气对他的道德和文章都起了作用。苏轼《答王定国》诗也有"养之塞天地，孟轲不吾欺"之语，可见苏轼也是主张"文气说"的。

注释

〔一〕"匹夫而为百世师"二句：赞韩愈身为普通的人而成为历代师表，他说的话成了天下人共同遵守的准则。

〔二〕"参天地之化"二句：与化育万物的天地并立，并关系着国家盛衰的命运。《礼记·中庸》："可以赞天地之化育，则可以与天地参矣。"朱熹注："与天地参，谓与天、地并立而三矣。"

〔三〕申、吕自岳降：申、吕，周宣王时的申侯、吕侯（亦称甫侯）。传说他们降生时，山岳有降神的吉兆。见《诗经·大雅·崧高》。苏轼以此证明"生也有自来"。

〔四〕傅说为列星：傅说，商王武丁的大臣，传说他死后"比于列星"（《庄子·大宗师》）。苏轼以此证明"逝也有所为"。

〔五〕"孟子曰"二句：孟子，见前苏洵《上张侍郎第一书》注〔三〕。所引语见《孟子·公孙丑上》。浩然之气，博大、刚正之气。

〔六〕卒然：同"猝然"，突然。

〔七〕晋、楚失其富：《孟子·公孙丑下》："曾子曰：晋、楚之富，不可及也。"

〔八〕良、平失其智：良，张良，字子房，城父（今安徽亳州东南）人，汉初大臣。平，陈平，注见苏轼《答王庠书》注〔六〕。二人皆刘邦谋士。

〔九〕贲、育失其勇：孟贲、夏育，古代著名勇士。

〔一〇〕仪、秦失其辩：张仪、苏秦，战国时的游说之士，纵横家，见苏洵《谏论上》注〔二二〕。

〔一一〕贞观、开元之盛：贞观，唐太宗的年号，627 年至 649 年。开元，唐玄宗的年号，713 年至 741 年。这是唐王朝最兴盛的年代。

〔一二〕房、杜、姚、宋：房，房玄龄（579—648），名乔，齐州淄川（今山东淄博）人，唐太宗时的宰相。杜，杜如晦（585—630），字克明，京兆杜陵（今陕西西安东南）人，唐太宗时的宰相。姚，姚崇（650—721），陕州硖石（今河南三门峡南）人，历任武则天、睿宗、玄宗朝的宰相。宋，宋璟（663—737），邢州南和（今属河南）人，睿宗、玄宗朝的宰相。四人都是历史上的贤相。

〔一三〕麾：通"挥"，指挥、号召。

〔一四〕靡然：倾倒的样子。

〔一五〕八代：指东汉、魏、晋、宋、齐、梁、陈、隋。

〔一六〕道济天下之溺：以儒家之道拯救了沉溺于佛老的天下之人。

〔一七〕忠犯人主之怒：宪宗崇佛，迎佛骨入禁中，韩愈上表极谏，触怒宪宗，贬潮州刺史。

〔一八〕勇夺三军之帅：指唐穆宗时，镇州发生兵变，杀田弘正，立王廷凑。韩愈奉诏宣抚，元稹言韩愈可惜，穆宗亦悔。但韩愈至镇州以正气折服了王廷凑等，平息了镇州之乱。事见《新唐书·韩愈传》。

〔一九〕天人之辨：天道和人事的区别。

〔二〇〕"以谓人无所不至"二句：有的人什么坏事都干得出，但老天爷不容诈伪。

〔二一〕不可以欺豚鱼：《易·中孚》："豚鱼，吉，信及豚鱼也。"反之，信不及豚鱼则不吉，进一步申明"天不容伪"。

〔二二〕能开衡山之云：衡山即南岳，五岳之一，在湖南衡山县西，韩愈遭贬，途经衡山，天气阴晦，韩愈默祷，忽然云散天晴。见韩愈《谒衡岳庙遂宿岳寺题门楼》诗。

〔二三〕能驯鳄鱼之暴：《新唐书·韩愈传》："初，愈至潮，问民疾苦。皆曰：'恶溪有鳄鱼，食民畜产且尽，民以是穷。'数日，愈自往视之，令其属秦济以一羊一豚投溪水而祝之（韩愈有《祭鳄鱼文》）……祝之夕，暴风震电起溪中，数日水尽涸，西徙六十里。自是，潮无鳄鱼患。"

〔二四〕不能弭皇甫镈、李逢吉之谤：弭，消除。皇甫镈，唐宪宗时的宰相，《新唐书·韩愈传》载，宪宗得到韩愈的潮州谢表后，"颇感悟，欲复用之，持示宰相曰：'愈前所论，是大爱朕，然不当言天子事佛乃年促耳。'皇甫镈素忌愈直，即奏言：'愈终狂疏，可且内移。'乃改袁州刺史。"李逢吉，唐穆宗时宰相，曾挑起韩愈和李绅的不和，然后两逐之。

〔二五〕庙食：立庙祭祀。

〔二六〕公命进士赵德为之师：韩愈《潮州请置乡校牒》："赵德秀才，沈雅专静，颇通经，有文章，能知先王之道，论说且排异端，而宗孔氏，可以为师矣。请摄海阳县尉，为衙推官，专勾当州学，以督生徒，兴恺弟之风。"

〔二七〕齐民：平民。

〔二八〕"信乎孔子之言"三句：语见《论语·阳货》。

〔二九〕朝散郎王君涤：朝散郎，文官名，官阶从七品。王涤，字长源，元祐五年知潮州，学宗韩愈。

〔三〇〕听：听从，任便。

〔三一〕卜地：择地。

〔三二〕期年：一周年。

〔三三〕不能一岁而归：韩愈于元和十四年（819）正月贬潮州刺史，同年十月移袁州刺史。

〔三四〕审：确实的，明白无误的。

〔三五〕薰蒿凄怆：语出《礼记·祭义》。孔颖达疏："薰，谓香臭也，言百物之气或香或臭。蒿，谓蒸出貌，言此香臭蒸而上出，其气蒿然也。凄怆者，谓此等之气，人闻之，情有凄有怆。"

〔三六〕元丰七年诏封公为昌黎伯：元丰，宋神宗年号。元丰七年为 1084 年。韩愈原籍昌黎，故封昌黎伯。

与鲁直书
苏 轼

晁君寄《骚》，细看甚奇，信其家多异材耶〔一〕！然有少意〔二〕，欲鲁直以己意微箴之〔三〕。凡人文字，当务使平和；至足之余，溢为奇怪，盖出于不得已尔。晁文奇怪似差早〔四〕。然不可直云耳，非避讳也，恐伤其迈往之气。当为朋友讲磨之语乃宜〔五〕，不知公谓然否？

（七卷本《东坡续集》卷四。下录苏轼诗文，凡出自此集者，不复注版本）

题解

鲁直即黄庭坚。从这封信中可看出苏轼论文主平和，反奇怪。从中还可看出苏轼对后辈的关心，既很注意纠正后辈文章的不良倾向，更怕伤了后辈文章的"迈往之气"，同时很注意批评的方式方法。这是特别值得我们学习的。

注释

〔一〕晁君寄《骚》：晁君指晁补之，见苏轼《答张文潜书》注〔二四〕。其父晁端友，工于诗，弟晁咏之，亦工文词，苏轼称为奇才。"其家多异才"指此。《宋史·晁补之传》："尤精《楚词》，论集屈（原）、宋（玉）以来赋咏为《变离骚》等三书。""晁君寄《骚》"或许就是晁所著的《变离骚》。

〔二〕少意：不足之意。

〔三〕箴：规诫。

〔四〕差早：略早。

〔五〕讲磨：讲求琢磨，研究讨论。

答张嘉父书（节录）

苏 轼

故仆以为难，未敢轻论也。凡人为文，至老多有所悔。仆尝悔其少作矣，然著成一家之言，则不容有所悔。当且博观而约取，如富人之筑大第，储其材用，既足而后成之，然后为得也。愚意如此，不知是否？夜寒笔冻眼昏，不罪不罪。

（《东坡续集》卷六）

题解

张嘉父，名大宁，山阳（今江苏淮安）人，元丰八年（1085）进士及第。治《春秋》学，以书问苏轼，此为苏轼答书。书中强调"成一家之言"，"博观而约取"，生活、知识积蓄丰厚才能写出好文章。

送人序

苏 轼

士之不能自成，其患在于俗学。俗学之患，枉人之材〔一〕，窒人之耳目〔二〕。诵其师传造字之语〔三〕，从俗之文，才数万言，其为士之业尽此矣。

夫学以明理，文以述志，思以通其学，气以达其文。古之人道其聪明〔四〕，广其闻见，所以学也；正志完气，所以言也。

王氏之学正如脱埴〔五〕，案其形模而出之，不待修饰而成器耳。求为桓璧彝器〔六〕，其可乎？

（《东坡续集》卷八）

题解

序是一种赠送式的文体。这篇文章又见《后山集》卷十三，题作《送邢居实序》（适园丛书本）。不论这篇文章究竟是苏轼所作还是陈后山所作，但就其思想体系而言，它无疑是属于苏轼的。这不仅因为陈后山是苏门六学子之一，而且还因为这篇文章所批判的"俗学"，实际就是荆公新学，即文中所说的"王氏之学"，与苏轼《答张文潜书》批判王安石"好使人同己"是完全一致的。苏轼指责"王氏之学"按一个模子铸造士人，结果窒息了人才。他认为文章是用来"述志"的，而人各有志，更不能"案其形模而出之"。他主张学习不应仅仅"诵其师传"，而应该"道其聪明，广其见闻"，这才能培养士子的创新精神。鉴于这些观点的重要性，尽管这篇文章的著作权尚有疑点，这里还是予以选列。

注释 ——————————————————————————————————

〔一〕枉人之材：使人之才能不能正常发展。枉，不正。

〔二〕窒：堵塞。

〔三〕造字之语：指王安石所作《字说》。王氏《字说》解字多与许慎《说文》不合，苏轼经常嘲笑王氏《字说》的牵强附会。

〔四〕道：导。

〔五〕脱槊：槊，古代用木削成以备书写的木片，引申为刻本。脱槊即按字模印出书来。

〔六〕桓璧彝器：桓璧，大的柱形玉器。彝器，古代宗庙祭祀所用的礼器。二者皆古人所谓"重宝"。

答乔舍人启

苏 轼

某闻人才以智术为后，而以识度为先；文章以华采为末，而以体用为本。国之将兴也，贵其本而贱其末；道之将废也，取其后而弃其先。用舍之间，安危攸寄〔一〕。故议论慷慨，则东汉多徇义之夫〔二〕；学术夸浮，则西晋无可用之士〔三〕。兴言及此，太息随之。

元祐以来，真人在位〔四〕，并兴多士，以出异才。眷惟淮海之英，久屈江湖之上〔五〕，迨兹显擢，实惬舆情。

伏惟某官，名重儒林，才为国器。深厚尔雅〔六〕，非近世之时文；直谅多闻，盖古人之益友〔七〕。代言未几，华国著称。岂惟台省之光〔八〕，抑亦邦家之庆。过蒙疏示，深服挹谦〔九〕。顾惭衰病之余，莫究欣承之意。

（《东坡续集》卷一〇）

题解

乔执中，字希圣，高邮（今属江苏）人。元祐初为吏部郎中，迁起居舍人、起居郎，权给事中，进中书舍人。乔舍人或即其人。在这篇启中，苏轼反对浮夸无用之时文，提出了"文章以华采为末，而以体用为本"的重要观点。

注释

〔一〕攸：所

〔二〕东汉多徇义之夫：东汉光武帝褒扬卓茂、礼遇严光，以激励名节。东汉末李固、杜乔、陈蕃、范滂等人，亦能抗颜高义，视死如归。苏轼从小就慕范滂的为人。

〔三〕西晋无可用之士：西晋何晏、王衍等人皆崇尚老庄，专事夸诞，故一时士大夫多有盖世之虚名，而无经国之大略。

〔四〕真人：修真得道之人，此指哲宗。

〔五〕"眷惟淮海之英"二句：乔舍人为高邮人，故称他为淮海之英。在此以前，乔执中先后任须城主簿，提举湖南常平，徙转运判官，召为司农丞，提点开封县镇、京西北路刑狱等职，故称其"久屈江湖之上"。

〔六〕尔雅：淳正。《汉书·儒林传序》："文章尔雅，训辞深厚。"颜师古注："尔雅，近正也，言诏辞雅正而深厚也。"

〔七〕"直谅多闻"二句：《论语·季氏》："益者三友，损者三友。友直、友谅、友多闻，益也。"刑昺疏："直谓正直，谅谓诚信，多闻谓博学。"

〔八〕台省：唐宋称三省即尚书省、门下省、中书省为台省。

〔九〕执谦：即谦逊，《易·谦》："无不利，执谦。"

策略第一（节录）

苏 轼

臣闻有意而言，意尽而言止者，天下之至言也。盖有以一言而兴邦者〔一〕，有三日言而不辍者〔二〕。一言而兴邦，不以为少而加之毫毛；三日而不辍，不以为多而损之一辞。古之言者，尽意而不求于言，信己而不役于人。三代之衰，学校废缺，圣人之道不明；而其所以犹贤于后世者，士未知有科举之利。故战国之际，其言语文章虽不能尽通于圣人，而皆卓然近于可用，出于其意之所谓诚然者。自汉以来，世之儒者忘己以徇人，务为射策决科之学[三]，其言虽不叛于圣人，而皆泛滥于辞章，不适于用。臣常以为晁、董、公孙之流，皆有科举之累[四]，言有浮于其意，而意有不尽于其言。今陛下承百王之弊，立于极文之世，而以空言取天下之士，绳之以法度，考之于有司。臣愚不肖，诚恐天下之士，不获自尽。故常深思极虑，率其意之所欲言者为二十五篇，曰略、曰别、曰断。虽无足取者，而臣之区区，以为自始而行之，以次至于终篇，既名其略而治其别，然后断之于终，庶几有益于当世。

（七集本《东坡应诏集》卷一。下录苏轼文，凡出自此集者，不复注版本）

题解

这是苏轼嘉祐五年（1060）应制科试时所上的二十五篇《策论》的总叙。在这篇总叙中，苏轼提出了一系列极其重要的文艺思想。第一，要言之有物。要"有意而言"，不要无病呻吟；要"意尽而言止"，不要意尽而言不止，无话找话说。第二，要"信己而不役于人"。所谓"信己"，就是要"出于其意之所谓诚然者"，要讲自己信以为真的话，不要讲连自己都不相信的假话；不要"言有浮于其意"，说的不是自己所想的；不要"意有不尽于其言"，想的又不敢全说出来。所谓"不役于人"，就是不要鹦鹉学舌，人云亦云。他指责汉儒"忘己以徇人""其言虽不叛于圣人"，都是经传上讲过的道理，但却是空话（"泛滥于辞章"）；他称颂战国诸子的文章虽不完全符合孔孟之道，但却是讲的自己信以为真的话。第三，反对"空言"，主张为文要"适于用"，要"有益于当世"。而他的二十五篇《策论》，正是着眼于"有益于当世"的。

注释

〔一〕有以一言而兴邦者：《论语·子路》："定公问：'一言可以兴邦，有诸?'孔子对曰：'……如知为君之难也，不几乎一言可以兴邦乎？'"

〔二〕有三日言而不辍者：《史记》卷五《秦本纪》载，秦缪公与百里奚语国事，百里奚"谢曰：'臣亡国之臣，何足问！'缪公曰：'虞君不用子，故亡，非子罪也。'固问，语三日，缪公大说，授之国政。"

〔三〕射策决科之学：汉代的明经考试，主试者把试题书之于策，分为甲乙两科。射策者随其所取，做出解答。所谓射策决科之学就是为应付这种考试的学问。

〔四〕晁、董、公孙之流，皆有科举之累：晁，晁错，汉文帝十五年（前165），诏举贤良，晁错在选。董，董仲舒。公孙，公孙弘。汉武帝元光元年（前134）诏举贤良，董仲舒、公孙弘在选。

中庸论　上（节录）

苏　轼

甚矣，道之难明也。论其著者鄙滞而不通，论其微者汗漫而不可考。其弊始于昔之儒者，求为圣人之道而无所得，于是务为不可知之文，庶几乎后世之以我为深知之也。后之儒者见其难知，而不知其空虚无有，以为将有所深造乎道者，而自耻其不能，则从而和之，曰然。相欺以为高，相习以为深，而圣人之道日以远矣。

（《东坡应诏集》卷六）

题解

《中庸论》分上、中、下三篇，是苏轼于嘉祐五年（1060）应制科试所上的二十五篇《进论》中的一部分。所节录的一段，批评了"务为不可知之文"，实则"空虚无有"的不良倾向，与他晚年指责扬雄"好为艰深之词，以文浅易之说"的精神是一致的。

子思论（节录）

苏　轼

昔者夫子之文章[一]，非有意于为文，是以未尝立论也。所可得而言者，惟其归于至当，斯以为圣人而已矣。夫子之道可由而不可言，可知而不可议，此其不争为区区之论，以开是非之端，是以独得不废，以与天下后世，为仁义礼乐之主。

夫子既没，诸子之欲为书以传于后者，其意皆存乎为文，汲汲乎惟恐其泯没而莫吾知也，是故皆喜立论。论立而争起，自孟子之后至于荀卿、扬雄[二]，皆务为相攻之说。其余不足数者，纷纭于天下。嗟乎，夫子之道不幸而有老聃、杨朱、墨翟、田骈、慎到、申不害、韩非之徒[三]，各持其私说以攻乎其外，天下方将惑之而无所适从。奈何其弟子门人又内自相攻而不决，千载之后，学者愈众，而吾夫子之道益晦而不明者，由此之故欤！

昔三子之争起于孟子。孟子曰人之性善[四]，是以荀子曰人之性恶[五]，扬子又曰人之性善恶混[六]。孟子既已据其善，是以荀子不得不出于恶。人之性有善恶而已，二子既已据之，是以扬子亦不得不出于善恶混也。为论不求其精，而务以为异于人，则纷纷之说未可以知其止。

（《东坡应诏集》卷八）

题解

子思（前483—前402），姓孔名伋，孔子之孙。有《子思》二十三篇，已佚，《礼记》中的《中庸》等篇相传为他所作。《子思论》也是苏轼二十五篇《进论》中的一篇。所节录的一部分进一步发挥了他在《南行前集叙》中的观点，反对"有意于为文"。他反对为"传于后"而故意标新立异（"为论不求其精，而务以为异于人"）的现象，至今也是值得注意的。

注释 ——

〔一〕夫子：指孔子。

〔二〕自孟子之后至于荀卿、扬雄：孟子见苏洵《上张侍郎第一书》注〔三〕。荀卿、扬雄见苏洵《上欧阳内翰第二书》注〔四〕、〔五〕。

〔三〕老聃、杨朱、墨翟、田骈、慎到、申不害、韩非之徒：老聃，春秋时思想家，道家学派创始人，著有《老子》一书。杨朱，战国初期思想家，反对儒家、墨家的观点，主张"贵生""重己""拔一毛而利天下，不为也"。墨翟，春秋战国之际的思想家，墨家学派的创始人，初学儒，后反对儒学，主张"兼爱""非乐""节用""节葬"。田骈，战国时哲学家，主张"贵齐"，"与物宛转"，不持己意。慎到，战国时法家，强调"势"的作用，认为"贤智未足以服众，而势位足以诎贤者"（《韩非子·难势》）。申不害，战国时法家，强调"术"的作用，主张"因任而授官，循名而责实，操杀生之柄，课群臣之能。"（《韩非子·定法》）韩非，战国末法家的集大成者，著有《韩非子》，强调法制，主张治国者"不务德而务法"，"赏厚而信，刑重而必"（《定法》）。

〔四〕孟子曰人之性善：见《孟子·告子上》："人之性善也，犹水之就下也。人无有不善，水无有不下。"

〔五〕荀子曰人之性恶：见《荀子·性恶》："人之性恶，其善者伪也。"

〔六〕扬子又曰人之性善恶混：见扬雄《法言·修身》："人之性也善恶混。修其善则为善人，修其恶则为恶人。"

记欧阳公论文

苏　轼

顷岁孙莘老识欧阳文忠公，尝乘间以文字问之〔一〕。云："无他术，唯勤读书而多为文，自工。世人患作文字少，又懒读书，每一篇出，即求过人。如此少有至者。疵病不必待人指摘〔二〕，多作自能见之。"此公以其尝试者告人，故尤有味。

（三苏祠本《东坡集》卷六三）

题解

欧阳公即欧阳修。这篇文章记载了欧阳修论提高写作能力的经验之谈：一要多读，二要多写。

注释

〔一〕乘间：趁机会，乘空隙。

〔二〕指摘：同"指摘"，指出缺点、差误。

书鲜于子骏《楚辞》后
苏 轼

鲜于子骏作《楚辞·九诵》以示轼〔一〕，轼读之茫然而思，喟然而叹，曰：嗟乎，此声之不作也久矣！虽作之而听者谁乎？譬之于乐，变乱之极而至于今，凡世俗之所用，皆夷声夷器也〔二〕，求所谓郑、卫者且不可得，而况于雅音乎〔三〕？学者方欲陈六代之物〔四〕，弦匏三百五篇〔五〕，黎然如夏釜灶〔六〕，撞瓮盎，未有不坐睡窃笑者也。好之而欲学者无其师，知之而欲传者无其徒，可不悲哉！

今子骏独行吟坐思，窹寐于千载之上，追古屈原、宋玉〔七〕，及其人于冥寞，续微学之将坠，可谓至矣。而览者不知其贵，盖亦无足怪者。彼必尝从事于此，而后知其难且工；其不学者以为苟然而已。

元丰元年四月九日赵郡苏轼书〔八〕。

（三苏祠本《东坡集》卷六三）

题解

鲜于侁，字子骏，阆州（今四川阆中）人。王安石当政前即言："是人若用，必坏乱天下。"王安石变法后又上书反对。苏轼被捕，亲朋绝交，侁独往见。《宋史》本传："侁刻意经术……作诗平淡渊粹，尤长于《楚词》，苏轼读《九诵》，谓近屈原、宋玉，自以为不可及也。"本文批判了世俗沉溺于"夷声夷器"，而不知崇尚古雅，表现了他的曲高和寡之思想，与他的《舟中听大人弹琴》立意相同。

注释

〔一〕《楚辞·九诵》：《楚辞》，总集名，西汉刘向所辑，收战国时楚人屈原、宋玉及汉代淮南小山、东方朔、王褒、刘向等人的辞赋。《楚辞》有《九歌》《九章》《九辩》《九怀》《九叹》《九思》，鲜于侁《九诵》为模仿此体而作。

〔二〕夷声夷器：宋人郎晔《经进东坡文集事略》卷六〇引《太平广记》（今本佚）云："唐之法曲虽失雅音，然本中夏之声，故历朝行焉。天宝十三载，始诏道调法曲与胡部新声合作，自尔夷夏之声相乱，无复辨者。""夷声夷器"即指"胡部新声"，少数民族的音乐、乐器。

〔三〕"求所谓郑、卫者尚不可得"二句："郑、卫"即郑、卫之音，指春秋时郑国、卫国的民间新乐。雅音指古代帝王朝典所用的音乐。历代儒家以雅乐"为正声"，以郑、卫之音为"淫邪之音"。孔子主张"放（禁绝）郑声"（《论语·卫灵公》），因为他"恶郑声之乱雅乐也"（《论语·阳货》）。苏轼的意思是说，莫说雅音，连郑、卫之声亦不可得，因为人们崇尚的是夷声夷器。

〔四〕六代之物：六代指黄帝、唐尧、虞舜、夏、商、周六个朝代。《晋书·乐志上》："周始二《南》，风兼六代。昔黄帝作《云门》，尧作《咸池》，舜作《大韶》，禹作《大夏》，殷作《大濩》，周作《大武》。"六代之物即指此。

〔五〕三百五篇：指《诗经》。《诗经》共三百零五篇，《论语·为政》："《诗》三百，一言以蔽之，曰思无邪。""《诗》三百"，盖言其整数。

〔六〕戛：敲击。

〔七〕屈原、宋玉：屈原（约前340—约前278），名平，战国时楚人，我国最早的伟大诗人。宋玉，屈原弟子，以辞赋著名。

〔八〕元丰元年：1078年。

跋赤溪山主颂

苏　轼

达者与不达者语，譬如与无舌人说味。问蜜何如，可云蜜甜；问甜何如，甜不可说。我说蜜甜而无舌人终身不晓，为其不可晓。以为达者语应皆如是，问东说西，指空画地，如心疾，如睡语，听者耻不知，从而和之，更相欺谩。

昔张鲁以五斗米治病〔一〕，戒病者相语不得云未差也〔二〕，若云尔者终身不差也。故当时以张鲁为神。其事类此，然亦不得以此等故疑其真。

余得赤溪山主颂十一篇于其子昶，问其事于乐全先生张安道，知其为达者无疑。为书其末。熙宁九年正月望日〔三〕。

（三苏祠本《东坡集》卷六三）

题解

赤溪山主即赵棠，苏轼《赵先生舍利记》说："赵先生棠本蜀人，孟氏节度使廷隐之后，今属海南人，仕至幕职，官南海。有潘冕者，阳狂不测，人渭之潘盎。……先生充官从盎游。"其子赵昶字晦之，曾为东武令，后知滕州。苏轼这篇短文说明了认识对实践的依赖关系，"蜜甜而无舌人终身不晓"，就因为无舌人不能亲口尝一尝。这正是《日喻说》所说的"道可致而不可求"，不可能通过达者告知而获得道。

注释

〔一〕张鲁：东汉末五斗米道首领，在汉中建立宗教性政权三十余年，以教中祭酒管理政治，设义舍，置义米义肉，"行路者量腹取足，若过多，鬼道辄病之"。后降曹操，封阆中侯。见《后汉书·张鲁传》。

〔二〕差：同"瘥"，病愈。

〔三〕熙宁九年：即1076年。

书子由《超然台赋》后
苏　轼

　　子由之文，词理精确，有不及吾；而体气高妙〔一〕，吾所不及。虽各欲以此自勉，而天资所短，终莫能脱。至于此文，则精确高妙，殆两得之〔二〕，尤为可贵也。

（三苏祠本《东坡集》卷六三）

题解

　　超然台，苏轼于熙宁八年（1075）知密州（今山东诸城）时所建，苏辙命名。苏辙《超然台赋叙》说："子瞻守高密，因其城上之废台而增葺之，以告辙曰：'将何以名之？'辙曰：'天下之士奔走于是非之场，浮沉于荣辱之海，嚣然尽力而忘反，亦莫自知也。而达者哀之，非以其超然不累于物耶？老子曰：'虽有荣观，燕处超然。'试以'超然'名之，可乎？'"苏轼这篇《书后》表明，他要求文章既要词理精确，又要体气高妙，而最好是这两者的结合。苏辙为文追求体气高妙，他早年参加进士考试时所作的《上枢密韩太尉书》中就说过："文者气之所形。"他的文章确实也以冲和澹泊、体气高妙为特征。

注释

〔一〕体气：指文章所表现的精神状态。

〔二〕殆：几乎。

书"拉杂变"

苏　轼

司马长卿作《大人赋》，武帝览之，飘飘然有凌云之气〔一〕。近时学者作"拉杂变"，便自谓长卿。长卿固不汝嗔，但恐览者渴睡落床，难以凌云耳。

（三苏祠本《东坡集》卷六三）

题解

"拉杂变"即俗赋，一种堆砌杂凑的辞赋。苏轼这篇短文，辛辣地嘲笑了文坛上那种自吹自擂，自以为是的不良倾向。

注释

〔一〕"司马长卿作《大人赋》"三句：《史记》卷一一七《司马相如传》："相如见上好仙道，因曰：'上林（相如作有《上林赋》）之事，未足美也，尚有靡者。臣尝为《大人赋》，未就，请具而奏之。'相如以为列仙之传居山泽间，形容甚臞，非帝王之仙意也，乃遂就《大人赋》，其辞曰……相如既奏《大人》之颂，天子大说，飘飘有凌云之气，似游天地之间意。"

跋子由《栖贤堂记》后

苏　轼

　　子由作《栖贤堂记》，读之便如在堂中，见水石阴森，草木胶葛[一]。仆当为书之，刻石堂上。且欲与庐山结缘，他日入山，不为生客也。

（三苏祠本卷《东坡集》六三）

题解

　　苏辙《栖贤常记》，全题为《庐山栖贤寺新修僧堂记》，见《栾城集》卷二三。《记》描写栖贤谷说："谷中多大石，岌嶪（高耸貌）相倚，水行石间，其声如雷霆，如千乘车行者，震掉不能自持，虽三峡之险不过也。"又描写僧堂说："院（寺院）据其上流，右倚石壁，左俯流水，石壁之趾，僧堂在焉。狂峰怪石，翔舞于檐上；杉松竹箭，横生倒植，葱蒨相纠；每大风雨至，堂中之人疑将压焉。"苏轼称苏辙写得"水石阴森，草木胶葛"，即指此。苏轼对作诗、作画的要求都是要写得使人如临其境，如见其形，如间其声，"读之便如在堂中"。此篇可与《书李伯时山庄图后》参阅。

注释 ————————————————————————————————

　　〔一〕胶葛：交错纠缠貌。

自评文

苏 轼

吾文如万斛泉源[一]，不择地而出。在平地滔滔汩汩[二]，虽一日千里无难；及其与山石曲折，随物赋形[三]，而不可知也。所可知者，常行于所当行，常止于不可不止，如是而已矣。其他，虽吾亦不能知也。

（三苏祠本《东坡集》卷六三）

题解

《自评文》又题作《文说》。所谓"吾文如万斛泉源"，是说他的文章都是在"不能不为"的时候写的，心中有很多话不吐不快，因此一下笔就文如泉涌；所谓"不择地而出"，是说他的文章都是信笔抒意，千变万化，姿态横生，没有固定格式；所谓"在平地滔滔汩汩，虽一日千里无难"，是说他的有些文章气势磅礴，思路开阔，纵横恣肆，大有一泻千里之势；所谓"与山石曲折，随物赋形"，是说他的另一些文章观察缜密，文笔细腻，状景摩物，无不毕肖；所谓"常行于所当行，常止于不可不止"，是说他的文章自然流畅，有话则长，无话则短，有意而言，意尽言止，毫无斧凿之痕。要论苏文特点，恐怕没有比他自己所作的总结更准确的了。

注释

〔一〕斛：十斗为斛，万斛形容其多。

〔二〕滔滔汩汩：水流盛大之貌，此比喻文思勃发。

〔三〕随物赋形：根据客观事物来做描述。赋，通"敷"，陈述。赋形，陈述其形状。

书渊明《归去来辞》

苏　轼

俗传书生入官库，见钱不识，或怪而问之，生曰："固知其为钱，但怪其不在纸裹中耳。"

予偶读渊明《归去来辞》，云："幼稚盈室，瓶无储粟。"乃知俗传，信而有证。使瓶有储粟，亦甚微矣。此翁平生只于瓶中见粟也耶！

马后宫人见大练反以为异物〔一〕，晋惠帝问饥民"何不食肉糜"〔二〕？细思之，皆一理也。聊为好事者一笑。

（三苏祠本《东坡集》卷六三）

题解

本文以四个例证生动阐明了人们的认识，包括作家的创作，对生活实践的依赖关系。

注释

〔一〕马后：东汉明帝之后，名将马援之女。生活俭朴，"常衣大练裙，不加绿。朔望，诸姬主朝请，望见后袍衣疏粗，以为绮縠，就视乃笑。后曰：'此缯特宜染色，故用之耳。'"（《通鉴辑览》卷三三）

〔二〕晋惠帝：即司马衷（259—306），以痴呆著称，"时天下荒馑，百姓饿死，帝闻之曰：'何不食肉糜？'"（《通鉴辑览》卷三〇）

世间乐事无逾于作文

苏 轼

某平生无快意事，惟作文章，意之所到，则笔力曲折，无不尽意。自谓世间乐事无逾此者。

（苏籀《栾城遗言》）

题解

这是苏籀《栾城遗言》所载的苏轼对刘景文和苏辙所说的话，题目为编选者所加。苏籀是苏辙的孙子，《栾城遗言》是苏籀记录祖父晚年言论的书，内容是可靠的。为文而文，无话找话说，作文就是绞尽脑汁的苦差事。苏轼之文都是直抒胸臆，都是胸中之言很多，以一吐为快时写的，故是"世间乐事"。加之他"笔力曲折，无不尽意"，能充分表达自己的意思，所以更是"快意事"。

与侄书

苏 轼

二郎侄：得书知安，并议论可喜，书字亦进。文字亦若无难处，止有一事与汝说。凡文字，少小时须令气象峥嵘，彩色绚烂。渐老渐熟，乃造平淡。其实不是平淡，绚烂之极也。汝只见爷伯而今平淡[一]，一向只是此样。何不取旧时应举时文字看，高下抑扬，如龙蛇捉不住，当且学此。只书学亦然，善思吾言。

（赵德麟《侯鲭录》）

题解

　　这是苏轼写给苏辙次子苏适的一封信。这封信总结了自己和苏辙一生的创作过程和经验，用以教育晚辈，对平淡的文风作了极其深刻的解释。平淡是文章成熟的标识，是"绚烂已极"的表现，是淡而有味而不是平淡无奇。

注释 ————————————————————————————————————

　　〔一〕爷伯：爷指苏辙，伯自指。

作文之要

苏　轼

　　儋州数百家之聚，州人之所须，取之市而足。然不可徒得也，必有一物以摄之，然后为己用。所谓一物者钱是也。

　　作文亦然。天下之事散在经、子、史中〔一〕，不可徒使，必得一物以摄之，然后为己用。所谓一物者意是也。

　　不得钱不可以取物，不得意不可以明事，此作文之要也。

（葛立方《韵语阳秋》卷二）

题解

　　苏轼晚年贬官儋州（今海南儋州市）期间，葛胜之及其兄葛延之曾渡海去向苏轼求学。这是苏轼向葛氏兄弟讲解作文之法的一段话。苏轼以生动的比喻说明了"意"（文章的主题思想）对作文的重要，它对全文起着统率作用。

注释

〔一〕 经、子、史：经指经书，如《诗经》《易经》之类；子指子书，如《老子》《庄子》《墨子》《韩非子》之类；史指史书，如《史记》《汉书》《后汉书》《三国志》之类。

上枢密韩太尉书

苏 辙

太尉执事：辙生好为文，思之至深，以为文者气之所形〔一〕。然文不可学而能，气可以养而致。孟子曰："我善养吾浩然之气。"今观其文章，宽厚宏博，充乎天地之间，称其气之小大〔二〕。太史公行天下〔三〕，周览四海名山大川，与燕、赵间豪俊交游〔四〕。故其文疏荡，颇有奇气。此二子者岂尝执笔学为如此之文哉？其气充乎其中，而溢乎其貌，动乎其言，而见乎其文〔五〕，而不自知也。

辙生十有九年矣，其居家所与游者不过其邻里乡党之人，所见不过数百里之间，无高山大野可登览以自广〔六〕。百氏之书虽无所不读，然皆古人之陈迹〔七〕，不足以激发其志气。恐遂汩没〔八〕，故决然舍去，求天下之奇闻壮观，以知天地之广大。过秦、汉之故都〔九〕，恣观终南、嵩、华之高〔一〇〕，北顾黄河之奔流〔一一〕，慨然想见古之豪杰〔一二〕。至京师，仰观天子宫阙之壮〔一三〕，与仓廪府库城池苑囿之富且大也〔一四〕，而后知天下之巨丽。见翰林欧阳公，听其议论之宏辩，观其容貌之秀伟，与其门人贤士大夫游，而后知天下之文章聚乎此也。

太尉以才略冠天下，天下之所恃以无忧，四夷之所惮以不敢发〔一五〕，入则周公、召公〔一六〕，出则方叔、召虎〔一七〕，而辙也未之见焉。且夫人之学也，不志其大，虽多而何为！辙之来也，于山川见终南、嵩、华之高，于水见黄河之大且深，于人见欧阳公，而犹以为未见太尉也。故愿得观贤人之光耀，闻一言以自壮，然后可以尽天下之大观而无憾矣〔一八〕。

　　辙年少未能通习吏事，向之来非有取于斗升之禄。偶然得之，非其所乐。然幸得赐归待选〔一九〕，使得优游数年之间〔二〇〕，将归益治其文〔二一〕，且学为政。太尉苟以为可教而辱教之，又幸矣。

（《栾城集》卷二〇）

题解

　　枢密韩太尉，即韩琦，见苏洵《上韩枢密书》题解。这是苏辙十九岁进士及第时写给韩琦的一封求见信。这篇文章提出了著名的文气说。文气说源于《孟子·公孙丑上》："我知言，我善养吾浩然之气"。这里把"知言"和"养气"并列。而苏辙则明确把这二者联系起来，提出养气以为文。苏氏三父子都反对为文而文，提倡不得不为之文，苏辙的文气说为此提供了理论根据。怎样养气以为文呢？苏辙首先提到了孟子的"我善养吾浩然之气"。孟子所谓的"气"是一种"配义与道"，"集义而生"的气，偏重于主观的道德修养。这对为文是很重要的，理直则气壮，气壮则言畅。除加强道德修养外，苏辙还以司马迁为例，说明阅历对养气为文的作用，这是全文的重心。苏洵少不喜学而好游历，已经有了丰富的阅历。因此，他在《上欧阳内翰第一书》中着重强调"兀然端坐，终日以读之"对为文的作用。苏辙从少年时代起就百家之书"无所不读"，缺乏的是阅历，因此强调周览天下对养气为文的作用。

注释

　　〔一〕文者气之所形：文章是气所形成的，是气的表现形式。

　　〔二〕称：符合。

　　〔三〕太史公：指司马迁，见苏洵《史论上》注〔一二〕。

　　〔四〕燕、赵：古国名。燕的疆域相当于今天的河北北部和辽宁西端。赵的疆域相当于今天的山西中部，陕西东北角，河北西南部。

　　〔五〕"其气充乎其中"至"见乎其文"：这种气充满于胸中，漫溢于外，流露于言辞中，表现在文章中。

〔六〕自广：自我扩大其心胸。广，扩大。

〔七〕陈迹：以往的事迹。

〔八〕汩没：沉沦，埋没。

〔九〕秦、汉之故都：秦之故都在咸阳（今属陕西），西汉之故都在长安（今陕西西安），东汉之故都在洛阳（今属河南）。

〔一〇〕终南、嵩、华：终南，终南山。嵩，嵩山，古称中岳，在河南登丰县北。华，华山，在陕西东部，属秦岭东段。

〔一一〕顾：视，看。

〔一二〕慨然：深有感慨的样子。

〔一三〕宫阙：宫，宫殿。阙，宫门外两旁高台及其建筑物，因两阙之间有空地，故称阙。宫阙连用指宫殿。

〔一四〕仓廪、府库、城池、苑囿：仓廪，贮藏米谷的库房。府库：国家收藏财物文书的库房。城池，城墙、护城河。苑囿，帝王种植花木，畜养禽兽的园林。

〔一五〕四夷之所惮：四夷，各少数民族。惮，畏惧。

〔一六〕周公、召公：周公，姓姬名旦，采邑在周（今陕西岐山东北），周武王之弟，西周初年的政治家，辅佐周成王外平叛乱，内立典章。召公，名奭，采邑在召（今陕西岐山西南），辅佐周武王灭商，封于燕，为周代燕国的始祖。

〔一七〕方叔、召虎：方叔，周宣王时大臣，曾率兵攻楚，获胜。召虎，即召伯虎，召公奭的后代，曾拥立周宣王，并率兵战胜淮夷。

〔一八〕大观：壮观。

〔一九〕赐归待选：让其回去，等待选任官职。赐，上对下的给予。

〔二〇〕优游：悠闲自得。

〔二一〕治：研治，研究。

《历代论》引

苏　辙

予少而力学。先君，予师也；亡兄子瞻，予师友也。父兄之学，皆以古

140

今成败得失为议论之要。以为士生于世，治气养心，无恶于身。推是以施之人，不为苟生也〔一〕；不幸不用，犹当以其所知著之翰墨〔二〕，使人有闻焉。

予既壮而仕，仕宦之余未尝废书，为《诗》《春秋》集传〔三〕。因古之遗文〔四〕，而得圣贤处身临事之微意〔五〕。喟然太息〔六〕，知先儒昔有所未悟也。其后复作《古史》，所论益广，以为略备矣。

元符庚辰，蒙恩归自岭南，卜居颍川〔七〕，身世相忘，俯仰六年，洗然无所用心〔八〕，复自放图史之间，偶有所感，时复论著。然已老矣，目眩于观书，手战于执笔，心烦于虑事，其于平昔之文益以疏矣。然心之所嗜，不能自已。辄存之于纸，凡四十有五篇，分五卷。

（《栾城后集》卷七）

题解

《历代论》是苏辙晚年所著的，以评论历代历史人物为主要内容的一组文章。这篇《引》历述了他一生的治学经过以及他们父子三人的治学原则。苏氏父子三人之学"皆以古今成败得失为议论之要"，通过研究"古今成败得失"的经验教训，来为宋王朝提供借鉴。他在《上枢密韩太尉书》中着重讲了如何养气的问题，在《孟子解》中详细阐述了孟子的"我善养吾浩然之气"的思想，本文进一步论述了"治气养心"的目的，首先是为了"施之人"，不能"施之人"才"著之翰墨"，传于后世。可见"治气"是为了治国，而为文的最终目的也是为治国服务，这就是三苏父子"有为而作"的思想。

注释

〔一〕苟生：苟且地生活。

〔二〕翰墨：笔墨，指文辞。

〔三〕为《诗》《春秋》集传：《宋史》卷三三九《苏辙传》："所著《诗传》《春秋传》《古史》《老子解》《栾城文集》并行于世。"

〔四〕因：根据。

〔五〕处身临事之微意：对待自己和对待外事外物的深刻用意。

〔六〕喟然太息：喟然，感叹声。太息，叹息。

〔七〕"元符庚辰"三句：元符庚辰，1100 年。苏辙从绍圣元年（1094）起先后贬官到汝州（今河南临汝）、筠州（今江西高安）、雷州（今广东海康境）、循州（今广东龙川），直至徽宗即位，才北归居颍川（今河南许昌）。

〔八〕洗然：一尘不染的样子。

题东坡遗墨卷后

苏 辙

　　少年喜为文，兄弟俱有名。世人不妄言，知我不如兄。篇章散人间，堕地皆琼英〔一〕。凛然自一家，岂与余人争。多难晚流落〔二〕，归来分死生〔三〕。晨光迫残月，回顾失长庚〔四〕。展卷得遗草，流涕湿冠缨〔五〕。斯文久衰弊，泾流自为清〔六〕。蝌蚪藏壁中〔七〕，见者空叹惊。废兴自有时，诗书付西京〔八〕。

（《栾城三集》卷二）

题解

　　东坡遗墨是指苏轼留下的墨迹。在这篇《题后》中，苏辙比较了他们兄弟的优劣，肯定了苏轼诗文的成就，哀叹苏轼之死对北宋文坛造成的巨大损失，指责斯文衰弊，希望文坛能以西汉文辞为宗师。"凛然自一家"，"文章自一家"（栾城后集卷四《开窗》），是苏氏三父子共同坚持的文艺主张。

注释

〔一〕堕地皆琼英：堕地，落地。琼英，似玉的美石，此指苏轼遗文的美好。

〔二〕多难晚流落：指苏轼晚年相继贬官惠州（广东惠阳）、儋州（海南儋州市）。

〔三〕归来分死生：指建中靖国元年（1101）苏轼在北归途中卒于常州。

〔四〕长庚：启明星，比喻苏轼之死有如启明星失去光辉。

〔五〕冠缨：系于颔下的冠带。

〔六〕泾流自为清：《诗经·小雅·谷风》："泾以渭浊。"孔颖达疏："言泾水以有渭水清，故见泾水浊。"意思是说，苏轼一死，那些衰敝之文（混浊的泾流）也就不见其浊，且自以为清了，因为没有苏轼的文章（渭水）作比较了。

〔七〕蝌蚪藏壁中：蝌蚪即蝌蚪文，古代书体的一种，头粗尾细，形似蝌蚪，故名。汉武帝末年从孔子住宅壁中发现了用秦汉以前的文字书写的《尚书》。这里借指苏轼遗墨。

〔八〕西京：西汉首都长安（今陕西西安）。宋代的诗文革新都打着复古的招牌，一般是要复唐代之古，苏氏父子虽也重视唐代，但他们提出了"以西汉文辞为宗师"的口号，主张复两汉之古。苏辙《送家安国赴成都教授》（《栾城集》卷一五）云："文律还应似两京"。两京即指西汉首都长安、东汉首都洛阳。

三苏诗论选注

诗　论

苏　洵

　　人之嗜欲，好之有甚于生，而愤憾怨怒有不顾其死，于是礼之权又穷。礼之法曰："好色不可为也。为人臣，为人子，为人弟，不可以有怨于其君、父、兄也。"使天下之人皆不好色，皆不怨其君、父、兄，夫岂不善！使人之情，皆泊然而无思[一]，和易而优柔，以从事于此，则天下固亦大治。而人之情又不能皆然。好色之心驱诸其中，是非不平之气攻诸其外，炎炎而生[二]，不顾利害，趋死而后已。噫，礼之权止于生死。天下之事不至乎可以博生者[三]，则人不敢触死以违吾法。今也人之好色与人之是非不平之心，勃然而发于中[四]，以为可以博生也，而先以死自处其身，则生死之机固以去矣。生死之机去，则礼为无权。区区举无权之礼以强人之所不能，则乱益甚而礼益败。

　　今吾告人曰："必无好色，必无怨而君、父、兄。"彼将遂从吾言，而忘其中心所自有之情耶？将不能也。彼既已不能纯用吾法，将遂大弃而不顾吾法。既已大弃而不顾，则人之好色与怨其君、父、兄之心，将遂荡然无所隔限；而易内窃妻之变与弑其君、父、兄之祸，必反公行于天下。

　　圣人忧焉，曰："禁人之好色而至于淫，禁人之怨其君、父、兄而至于叛，患生于责人太详。"好色之不绝而怨之不禁，则彼将反不至于乱。故圣人之道，严于礼而通于诗。礼曰："必无好色，必无怨而君、父、兄。"诗曰："好色而不至于淫，怨而君、父、兄而无至于叛。"严以待天下之贤人，通以全天下之中人。

　　吾观《国风》，婉娈柔媚，而卒守以正，好色而不至于淫者也；《小雅》悲伤诟谇，而君臣之情卒不忍去，怨而不至于叛者也[五]。故天下观之曰："圣人固许我以好色，而不尤我之怨吾君、父、兄也[六]。许我以好色，不淫可也；

不尤我之怨吾君、父、兄，则彼虽以虐遇我，我明讥而明怨之，使天下明知之，则我之怨亦得当焉，不叛可也。"

夫背圣人之法，而自弃于淫叛之地者，非断不能也。断之始，生于不胜。人不自胜其忿，然后忍弃其身。故《诗》之教，不使人之情至于不胜也〔七〕。夫桥之所以为安于舟者，以有桥而言也；水潦大至，桥必解而舟不至于必败，故舟者所以济桥之所不及也。吁，《礼》之权穷于易达而有《易》焉，穷于后世之不信而有《乐》焉，穷于强人而有《诗》焉。吁，圣人之虑事也盖详。

（《嘉祐集》卷七）

题解

《诗论》是苏洵《六经论》中的又一篇，进一步发挥了《毛诗序》"发乎情，止乎礼义"的诗教说，集中地表现了他的人情论。礼之所以起作用，无非是告诉人们，不守礼，天下将相互残杀，不能安生。但是，"人之嗜欲，好之有甚于生，而愤憾怨怒有不顾其死""好色之心驱诸其中，是非不平之气攻诸其外"。这是无法禁止的，禁之过严反而会走向反面。如果不是禁，而是加以节制、引导，好色而不至于淫，怨而不至于叛，这才符合"人之情"，才易被人接受。

注释

〔一〕泊然：淡泊的样子。

〔二〕炎炎：旺盛的样子。

〔三〕博生：以牺牲生命为代价。博，换取。

〔四〕勃然而发于中：蓬蓬勃勃地发自内心。

〔五〕"吾观《国风》"七句：国风，《诗经》的组成部分之一，包括二南（《周南》《召南》）和十五国风共一百六十篇，多数是周初至春秋中期的民俗歌谣。婉变，年少美好之貌，《诗经·甫田》有"婉兮娈兮"语。小雅，《诗经》的组成部分之一，共七十四篇，多数是反映西周后期、东周初期统治阶级内部矛盾的作品。讪谤，诟骂怨谤。《史记·屈原传》："国风好色而不淫，小雅怨诽而不乱。"苏洵这几句话的意思本此。

〔六〕尤：责怪。

〔七〕"故诗之教"二句：《诗大序》："国史明乎得失之迹，伤人伦之废，哀刑政之苛，吟咏情性，以风其上，达于事变而怀其旧俗者也。故变风发乎情，止乎礼义。发乎情，民之性也；止乎礼义，先王之泽也。"苏洵之意本此。

出都来陈，所乘船上有题小诗八首，不知何人（所作）。有感于余心者，聊为和之（其八）

苏　轼

我诗虽云拙，心平声韵和。年来烦恼尽，古井无由波。

（七集本《东坡集》卷二）

题解

苏轼于熙宁四年赴杭州通判任，途经陈州（今河南淮阳）时作。当时因与王安石政见不合而离开朝廷，正是苏轼非常烦恼，思想上十分矛盾的时候。所谓"年来烦恼尽，古井无由波"，只不过表明他想摆脱烦恼，平息胸中怨愤而已。但这一组诗确实写得"心平声韵和"，表明他在诗歌艺术上已在追求新的境界。

次韵张安道读杜诗

苏　轼

《大雅》初微缺，流风因暴豪〔一〕。张为词客赋，变作楚臣骚〔二〕。辗转更崩坏，纷纶阅俊髦〔三〕。地偏蓄怪产，源失乱狂涛〔四〕。粉黛迷真色，鱼虾易豢牢〔五〕。谁知杜陵杰，名与谪仙高〔六〕。扫地收千轨，争标看两艘〔七〕。诗人例穷苦，天意遣奔逃[八]。尘暗人亡鹿，溟翻帝斩鳌[九]。艰危思李牧，述作谢王褒[一〇]。失意各千里，哀鸣闻九皋[一一]。骑鲸遁沧海，捋虎得绨袍[一二]。巨笔屠龙手，微官似马曹[一三]。迁疏无事业，醉饱死游遨[一四]。简牍仪型在，儿童篆刻劳[一五]。今谁主文字，公合抱旌旄[一六]。开卷遥相忆，知音两不遭。般斤思郢质[一七]，鲲化陋鲦濠[一八]。恨我无佳句，时蒙致白醪[一九]。殷勤理黄菊，未遣没蓬蒿。

（七集本《东坡集》卷二）

题解

张安道，注见苏洵《上张侍郎第一书》题解。此诗作于熙宁四年（1071），时苏轼因与王安石政见不合，出任杭州通判，途经陈州（今河南淮阳），访张方平时作。在这首诗中，苏轼论述了中国诗风的演变，对不良诗风表示了不满，对李、杜作了比较公正的评价，对杜甫的不幸遭遇寄予了深切的同情，发出了"诗人例穷苦"的感慨。这是苏轼一首较早的以诗论诗的篇章。

注释

〔一〕"《大雅》初微缺"二句：大意是说，《诗经》之后，群雄争霸，《诗经》的优良诗风逐渐被破坏了。《大雅》，《诗经》的组成部分之一，这里代指《诗经》的优良诗风。

〔二〕"张为词客赋"二句：《诗经》逐渐发展成为以铺张为特色的赋体文学和被称为"变风""变雅"的骚体诗。楚臣，指屈原、宋玉等人。

〔三〕纷纶阅俊髦：到处都看到一些追逐辞藻华丽的诗人。纷纶，纷纭，众多的样子。阅，经历，汇集。俊髦，英俊之士，特指后辈中才能出众者。这里语含讽刺。

〔四〕"地偏蓄怪产"二句：诗歌的领域越来越偏狭，产生了一些不良作品；《诗经》的传统一失，诗界就狂涛汹涌。

〔五〕"粉黛迷真色"二句：诗坛上华丽的辞藻掩盖了本色美，低劣的诗作代替了高雅的诗作。粉黛，妇女的化妆品。豢牢，祭祀用的牛羊。

〔六〕"谁知杜陵杰"二句：杜陵，指杜甫（712—770），字子美，巩县（今河南巩义市）人，因曾居长安东南的杜陵，自称"杜陵野老"。谪仙，指李白（701—762），字太白，号青莲居生，生于碎叶，幼年随父迁入四川江油。《旧唐书》卷一一九《李白传》："贺之章见白，赏之曰：'此天上谪仙人也。'"

〔七〕"扫地收千轨"二句：杜甫清理了整个诗坛，吸收了各种诗法，而与李白就像两船竞渡，并驾齐驱。争标，争夺锦标。

〔八〕天意遣奔逃：指安史之乱后，杜甫奔赴灵武，拜右拾遗；后因疏救房琯，贬华州司功参军；关中大饥，就食于秦州、同谷；后又流落四川、湖湘等地。

〔九〕"尘暗人亡鹿"二句：征尘暗天，唐玄宗丧失了政权；海涛翻滚，唐肃宗平定了安史之乱。亡鹿，《汉书·蒯通传》："秦失其鹿，天下共逐之。"斩鳌：《列子·汤问》："昔者女娲氏炼五色石以补其（天）缺，断鳌之足以立四极。"

〔一〇〕"艰危思李牧"二句：言时局艰危，重武轻文。李牧，战国末赵将，曾先后打败东胡、林胡、匈奴和秦军。谢，辞谢。王褒，字子渊，蜀资中（今四川资阳）人，西汉辞赋家。

〔一一〕九皋：深泽，《诗经·小雅·鹤鸣》："鹤鸣于九皋，声闻于天。"

〔一二〕"骑鲸遁沧海"二句：前句指李白漂流江湖，杜甫有"若逢李白骑鲸鱼，道甫问讯今何如"（《送孔巢父病归游江东》）之句；后句指杜甫流落四川得到严武资助。捋虎，《旧唐书》卷一九〇《杜甫传》："（严）武与甫世旧，待遇甚隆。甫性褊躁，无器度，恃恩放恣，尝凭醉登武之床，瞪视武曰：'严挺之（严武之父）乃有此儿！'武虽急暴，不以为忤。"绨袍，《史记·范雎传》载，战国时，魏国须贾曾迫害过范雎，后范雎易名为张禄，入秦为相。魏派须贾使秦，范雎装得很贫困，见须贾，须贾赠范一件绨袍。后范雎以秦相身分见须贾，数其三罪，并说："以绨袍恋恋有故人之意，故释公。"绨袍，粗糙的丝制品长袍。

〔一三〕"巨笔屠龙手"二句：言杜甫才高而官卑。屠龙，《庄子·列御寇》载，朱评漫学屠龙，"三年技成而无所用其巧"。马曹，管马的官。《世说新语》载，王子猷为桓冲骑兵参军，桓冲问他任职何署，王说："不知何署，时见牵马来，似是马曹。"

〔一四〕醉饱死游遨：《旧唐书·杜甫传》："甫尝游岳庙，为暴雨所阻，旬日不得食。耒阳聂令知之，自棹舟迎甫而还。永泰二年，啖牛肉白酒，一夕而卒。"

〔一五〕"简牍仪型在"二句：杜甫的作品是学习的典范，幼稚之辈的雕虫篆刻是徒劳无用的。有人说这是暗用韩愈"不知群儿愚，何用故谤伤"诗意，说贬杜的人徒费心力，似不妥。在苏轼生活的宋代，杜甫已备受推崇，全诗所讥刺的是宋初的浮艳诗风，"篆刻"也很难解作谤伤。因此，此句应是讥刺当时的不良诗风。

〔一六〕公合抱旌旄：称张方平应是诗坛旗手。旌旄，旗帜。

〔一七〕般斤思郢质：感叹诗坛无对手。《庄子·徐无鬼》载，郢人在鼻端涂了石灰，让石匠砍去。石匠"运斤（挥斧）成风，听而斫之，尽垩（灰）而鼻不伤，郢人立不失容。"宋元君闻，要石匠再为他表演，石匠说："臣之质（即立不失容的郢人）死久矣。"般斤，运斧。

〔一八〕鲲化陋鯈濠：化而为鹏的大鲲是陋视濠上的鯈鱼的。鲲化，《庄子·逍遥游》："北冥有鱼，其名为鲲。鲲之大不知其几千里也，化而为鸟，其名为鹏。"鯈濠：濠上之鯈。鯈，白鯈鱼，语出《庄子·秋水》。

〔一九〕致白醪：送白酒。

僧惠勤初罢僧职

苏　轼

轩轩青田鹤〔一〕，郁郁在樊笼〔二〕。既为物所縻〔三〕，遂与吾辈同。今来始谢去〔四〕，万事一笑空。新诗如洗出，不受外垢蒙。清风入齿牙，出语如风松〔五〕。霜髭茁病骨〔六〕，饥坐听午钟。非诗能穷人，穷者诗乃工。此语信不妄〔七〕，吾闻诸醉翁〔八〕。

（七集本《东坡集》卷六）

题解

惠勤，余杭人，长于诗，从欧阳修游三十余年。苏轼通判杭州，到官三日即访惠勤于孤山。熙宁七年（1074）惠勤被罢僧职，苏轼作此诗。诗的前六句以青田鹤脱离樊笼喻惠勤罢僧职；中四句赞美惠勤诗，表现了苏轼对澄净清新诗风的爱好；末六句哀惠勤之穷，发挥了"穷者诗乃工"的观点。

注释 ────────────────────────

〔一〕轩轩青田鹤：轩轩，仪态轩昂貌。青田，今属浙江。浮丘《相鹤经》所载"青田之鹤"，即此地所产。

〔二〕郁郁：忧伤貌。

〔三〕縻：羁縻、束缚。

〔四〕谢去：辞去，离去。

〔五〕风松：李白《琴赞》："秋风入松，万古奇绝。"这里借用来赞美惠勤诗的奇绝。

〔六〕霜髭苗病骨：多病并长满了白发。

〔七〕信不妄：确实不错。

〔八〕醉翁：指欧阳修。欧阳修《梅圣俞诗序》："非诗能穷人，殆穷者而后工也。"

读孟郊诗二首

苏 轼

其一

夜读孟郊诗，细字如牛毛。寒灯照昏花〔一〕，佳处时一遭。孤芳擢荒秽〔二〕，苦语余诗骚。水清石凿凿〔三〕，湍激不受篙〔四〕。初如食小鱼，所得不偿劳。又似煮彭越〔五〕，竟日嚼空螯〔六〕。要当斗僧清〔七〕，未足当韩豪〔八〕。人生如朝露，日夜火消膏。何苦将两耳，听此寒虫号。不如且置之，饮我玉色醪〔九〕。

其二

我憎孟郊诗，复作孟郊语。饥肠自鸣唤，空壁转饥鼠。诗从肺腑出，出辄愁肺腑。有如黄河鱼，出膏以自煮。尚爱铜斗歌，鄙俚颇近古。桃弓射鸭罘，独速短蓑舞。不忧踏船翻，踏浪不踏土〔一〇〕。吴姬霜雪白，赤脚浣白苎〔一一〕。嫁与踏浪儿，不识离别苦〔一二〕。歌君江湖曲〔一三〕，感我长羁旅。

（七集本《东坡集》卷九）

153

题解

孟郊（751—814），字东野，唐湖州武康（今浙江德清）人。早年隐居嵩山，年近五十才进士及第，任溧阳县尉。其诗多寒苦之音，遣词造句力求瘦硬。苏轼的《读孟郊诗》作于元丰元年（1078）徐州任上，对孟郊诗作了一分为二的评价。一方面他批评孟郊诗的艰涩，读了半天，不知其所云："初如食小鱼，所得不偿劳。又似煮彭蚏，竟日嚼空螯。"他甚至感到读不下去："何苦将两耳，听此寒虫号。不如且置之，饮我玉色醪。"但另一方面又称赞孟郊诗情真："诗从肺腑出，出辄愁肺腑。有如黄河鱼，出膏以自煮。"赞其语言质朴近古："尚爱铜斗歌，鄙俚颇近古。"正因为如此，孟郊诗才引起了他的共鸣："歌君江湖曲，感我长羁旅。"从苏轼对孟郊诗的评论可看出，他既反对诗歌语言的艰涩难懂，更强调诗歌要有出自肺腑的真情实感。

注释

〔一〕昏花：指老眼昏花。

〔二〕孤芳擢荒秽：形容读孟郊诗有如从荒秽中寻取孤芳一样艰难。

〔三〕凿凿：鲜明的样子。

〔四〕湍激不受篙：形容孟郊诗思激越，不受驾驭。

〔五〕彭蚏：最小的蟹。

〔六〕螯：蟹首上如钳的双脚。

〔七〕要当斗僧清：指其诗可与贾岛相比。僧指贾岛（779—842），字阆仙，范阳（今河北涿州市）人。初为僧，后还俗，屡试不第。其诗风格与孟郊相近，苏轼曾用"郊寒岛瘦"概括他们诗歌的特点。

〔八〕未足当韩豪：言其诗不如韩愈雄健。

〔九〕醪：本指酒酿，滓汁混合的浊酒，亦泛指酒。

〔一〇〕"尚爱铜斗歌"以下六句：隐括孟郊《送淡公》诗十二首中语。其一云："铜斗饮江酒，手拍铜斗歌。侬是拍浪儿，饮则拜浪婆。脚踏小船头，独速舞短蓑。"又云："笑伊水健儿，浪战求光辉，不如竹枝弓，射鸭无是非。"又云："笑伊乡贡郎，踏土称风流。"

〔一一〕"吴姬霜雪白"二句：李白《通塘曲》："浦边清水明素脚，别有浣纱吴女郎。"

䳡：䳡麻。

〔一二〕"嫁与踏浪儿"二句：李益《江南曲》："嫁得瞿塘贾，朝朝误妾期。早知潮有信，嫁与弄潮儿。"

〔一三〕歌君江湖曲：指孟郊《送澹公》十二首，其中有"数年伊洛同，一旦江湖乖。江湖有故庄，小女啼喈喈。""伊洛气味薄，江湖文章多。坐缘江湖岸，意识鲜明波"等句。

送参寥师
苏 轼

上人学苦空〔一〕，百念已灰冷。剑头惟一吷，焦谷无新颖〔二〕。胡为逐吾辈，文字争蔚炳〔三〕。新诗如玉屑，出语便清警。退之论草书，万事未尝屏。忧愁不平气，一寓笔所骋。颇怪浮屠人，视身如丘井。颓然寄淡泊，谁与发豪猛〔四〕？细思乃不然，真巧非幻影。欲令诗语妙，无厌空且静。静故了群动〔五〕，空故纳万境。阅世走人间，观身卧云岭。咸酸杂众好，中有至味永。诗法不相妨，此语当更清。

（七集本《东坡集》卷一〇）

题解

参寥师即道潜（1042—约1106），姓何，初名昙潜，后更名道潜，别号参寥子，於潜（今浙江临安）人，北宋诗僧。因与苏轼关系密切，苏轼贬官岭南，责令还俗。建中靖国初诏令祝发，崇宁中赐号"妙总大师。"著有《参寥集》。苏轼这首诗作于元丰元年（1078）徐州任上。参寥是诗僧，作为僧人，追求苦行空寂，对世事早已心灰意冷，"视身如丘井""颓然寄淡泊"；作为诗人，却在追逐文字之工，并时发豪猛，"忧愁不平气，一寓笔所骋。"这不有点矛盾吗？苏轼认为并不矛盾，诗人只有像僧人那样的"空且静"，才能洞察万物；而僧人的"阅世走人间，观身卧云岭"，正可获得"咸酸杂众好，中有至味永"的诗情。因此，苏轼的结论是"诗法（法指佛法）不相妨"。这实际上是宋代以禅说诗的滥觞，影响很大。韩驹说"学诗当如初学禅"（《赠赵伯鱼》），"诗道如佛法"（范季随《陵阳室中语》）；李之仪所谓"说禅作诗本无差别"（《与季去言书》），"得句如得仙，悟笔如悟禅"（《赠祥英上人》），显然受了苏轼影响，因为韩、李都曾受学于苏门。而到了南宋的严羽更明确地主张"以禅喻诗"，认为"禅道惟在妙悟，诗道亦在妙悟。"（《沧浪诗话·诗辩》）

注释

〔一〕上人：对僧人的尊称，此指参寥。

〔二〕"剑头惟一吷"二句：吷，象声词，《庄子·则阳》："夫吹管也，犹有嗃（吹竹管声）也；吹剑首者，吷而已矣。"剑首，指剑头小孔，吷，吹剑头小孔发出的声音。颖，植物小穗基部的两枚苞片。剑头惟吷，焦谷无颖，都是形容僧人的空苦灰冷。

〔三〕蔚炳：形容文采华美。《周易·革》："大人虎变，其文炳也""君子豹变，其文蔚也。"

〔四〕"退之论草书"至"谁与发豪猛"：韩愈《送高闲上人序》："往时张旭善草书，不治他技，喜怒、穷窘、忧悲、愉怿、怨恨、思慕、酣醉、无聊、不平，有动于心，必于草书发之。"又说高闲上人"其为心泊然无所起，其于世澹然无所嗜，泊与澹相遭，颓堕委靡，溃败不可收拾。"苏轼这几句诗用韩愈之意。屏，通摒，摒弃。

〔五〕了：了然，明白。

《邵茂诚诗集》叙

苏 轼

贵贱夭寿，天也。贤者必贵，仁者必寿，人之所欲也。人之所欲，适与天相值，实难〔一〕。譬如匠庆之山而得成虡〔二〕，岂可常也哉！因其适所值，而责之以常然〔三〕，此人之所以多怨而不通也。至于文人，其穷也固宜〔四〕。劳心以耗神，盛气以忤物，未老而衰病，无恶而得罪，鲜不以文者〔五〕。天人之相值既难，而人之自贼如此〔六〕，虽欲不困，得乎？

茂诚讳迎〔七〕，姓邵氏，与余同年登进士第。十有五年而见于吴兴孙莘老之座上〔八〕，出其诗数百篇。余读之，弥月不厌〔九〕。其文清和妙丽，如晋宋间人。而诗尤可爱，咀嚼有味，杂以江左〔一〇〕、唐人之风。其为人笃学强记〔一一〕，恭俭孝友；而贯穿法律，敏于吏事。其状弱不胜衣〔一二〕，语言气息仅属〔一三〕。余固哀其任众难以瘁其身〔一四〕，且疑其将病也。逾年而茂诚卒。又明年，余过高邮，则其丧在焉。入哭之，败帏寒灯，尘埃萧然〔一五〕，为之出涕太息。夫原宪之贫〔一六〕，颜回之短命〔一七〕，扬雄之无子〔一八〕，冯衍之不遇〔一九〕，皇甫士安之笃疾〔二〇〕，彼遇其一而人哀之至今。而茂诚兼之，岂非命也哉！余是以录其文，哀而不怨，亦茂诚之意也。

（七集本《东坡集》卷二四）

题解

邵茂诚简况已见文中。此叙作于熙宁七年（1074），时苏轼因与王安石政见不合，出任地方官，郁郁不得志，因此，在《叙》中淋漓尽致地抒发了文人固穷的思想。韩愈在《荆潭唱和诗序》中说："欢愉之辞难工，而穷苦之辞易好。"欧阳修进一步分析了穷苦之辞易好的原因："予闻诗人少达而多穷，夫岂然哉？盖世所传诗者，多出于古穷人之辞也。……内有忧思感愤之郁积，其兴于怨刺以道羁臣寡妇之叹，而写人情之难言，盖愈穷则愈工。然则非诗之穷人，殆穷者而后工也。"（《梅圣俞诗集序》）"失志之人穷居隐约，苦心危虑，而极于情思，与其所感激发愤，惟无所施于世者，皆一寓于文辞，故曰穷者之言易工也。"（《薛简肃公文集序》）苏轼的"诗穷而后工"思想，直接来自欧阳修，并且谈得更多："非诗能穷人，穷者诗乃工。此语信不妄，吾闻诸醉翁（欧阳修）"（《僧惠勤初罢僧职》）；"秀语出寒饿，身穷诗乃亨"（《次韵仲殊雪中游西湖》）；"恶衣恶食诗愈好"（《次韵徐仲车》）；——这是谈的他人。"诗人例穷苦，天意遣奔逃。"（《次韵张安道读杜诗》）——这是谈的古人李白和杜甫。"吾穷本坐诗"（《孙莘老寄墨》）；"诗能穷人，从来尚矣，而于轼特胜。"（《答陈师仲书》）——这是谈的自己。总之苏轼认为，古往今来，于人于己似乎都证明了"诗穷而后工"。但谈得最集中、最动感情的还是这篇《邵茂诚诗集叙》。他首先感慨人们的理想同现实往往是矛盾的："人之所欲，适与天相值，实难"；而文人尤其如此："劳心以耗神，盛气以忤物，未老而衰病，无恶而得罪，鲜不以文者"；而邵茂诚尤其如此，集中了各个不幸者的贫困、短命、无子、不遇、笃疾之大成！很明显，这虽然是在为朋友的不幸"出涕太息"，而实际上也包含着自己的辛酸的，特别是"盛气以忤物"，"无恶而得罪"等语。由于时代的限制，苏轼把这一切都归之于"天""命"，但"诗穷而后工"的观点却深刻地道出了生活实践对文艺创作的决定性作用，没有真切的生活体验，是写不出好诗的。

注释

〔一〕"人知所欲"三句：人们的愿望恰恰与老天爷付与人的富贵长寿相当，实在太难了。适，恰恰。相值，相当。

〔二〕匠庆之山而得成虡：《庄子·达生篇》："梓庆削木为鐻。鐻成，见者惊犹鬼神。鲁侯问焉，对曰：'臣将为鐻，必斋以静心。斋七日，忘吾有四肢形体也，然后入山林，见成鐻，然后加手焉。'"匠庆即梓庆。虡，通"鐻"，悬钟磬的木架。苏轼举此以说明如愿以偿的事是很偶然的。之，作动词，去、往、到。

〔三〕常然：经常如此。

〔四〕固宜：本来该如此。

〔五〕鲜不以文者：很少不是因为文章。鲜，少。以，因为。

〔六〕自贼：自己残害自己。贼，残害。

〔七〕讳：旧时对帝王将相和尊长者不敢直称其名叫讳。

〔八〕十有五年而见于吴兴孙莘老之座上：苏轼于嘉祐二年（1057）春进士及第，过十五年，当为熙宁五年（1072）。吴兴，今属浙江。孙莘老名觉，高邮（今属江苏）人。早年与王安石友善，后反对新法，出任地方官。时知湖州，苏轼通判杭州，二人唱和甚多。

〔九〕弥月：整月。

〔一〇〕江左：旧时称江东为江左。东晋、南朝的宋、齐、梁、陈的统治地区都在长江东部地区，故称这五朝为江左。

〔一一〕笃学强记：学识渊博。笃，深厚。

〔一二〕弱不胜衣：衰弱得连衣服都承受不起的样子。

〔一三〕语言气息仅属：说话断断续续，上气不接下气，仅仅能连接起来。属，连接。

〔一四〕任众难而瘁其身：承担着各种艰难困苦而毁坏了自己的身体。任承，担。瘁，毁坏。

〔一五〕萧然：萧条冷落的样子。

〔一六〕原宪之贫：原宪，字子思，春秋时鲁国人，孔子弟子。《史记·仲尼弟子列传》："孔子卒，原宪遂亡草泽中。子贡相卫……宪摄敝衣冠见子贡。子贡耻之，曰：'夫子岂病乎？'原宪曰：'吾闻之，无财者谓之贫，学道而不能行者谓之病。若宪，贫也，非病也。'"

〔一七〕颜回之短命：颜回，字子渊，鲁人，孔子弟子。《史记·仲尼弟子列传》："回年二十九，发尽白，蚤（早）死。孔子哭之恸，曰：'自吾有回，门人益亲。'鲁哀公问：'弟子孰为好学？'孔子对曰：'有颜回者好学，不迁怒，不贰过，不幸短命死矣。今也则亡。'"

〔一八〕扬雄之无子：扬雄见苏洵《太玄论·上》注〔五〕。《汉书·扬雄传》："自季（扬季）至雄，五世而传一子，故雄亡它扬于蜀。"师古注："蜀诸姓扬者皆非雄族，故言雄无它扬。"又："天凤五年卒，侯芭为起坟，丧之三年。"扬雄无子本此。

〔一九〕冯衍之不遇：冯衍，字敬通，东汉京兆杜陵（今陕西西安）人。王莽遣廉丹征山东，衍说丹弃莽兴汉，丹不能用；后与鲍永从更始帝，更始没，归光武帝，光武怨衍不时至，黜之；为曲阳令，有功当赏，因谗不行。衍不得志，曾作《显志赋》以抒怀。事见《后汉书·冯衍传》。

〔二〇〕皇甫士安之笃疾：皇甫谧，字士安，晋安定朝那（今甘肃平凉西北）人，家贫，躬自稼穑，以著书为务。"后得风痹疾，犹手不释卷。"晋武帝累征不起。事见《晋书·皇甫谧传》。

《王定国诗集》叙

苏 轼

太史公论《诗》，以为《国风》好色而不淫，《小雅》怨悱而不乱〔一〕。以余观之，是特识变风变雅尔，乌足睹《诗》之正乎？昔先王之泽衰，然后变风发乎情；虽衰而未竭，是以犹止于礼义，以为贤于无所止者而已。若夫发于性止于忠孝者，其诗岂可同日而语哉！古今诗人众矣，而杜子美为首，岂非以其流落饥寒，终身不用，而一饭未尝忘君欤[二]？

今定国以余故得罪，贬海上五年，一子死贬所，一子死于家，定国亦病几死，余意其怨我甚，不敢以书相闻。而定国归至江西，以其岭外所作诗数百首寄余，皆清平丰融，蔼然有治世之音，其言与志得道行者无异。幽忧愤叹之作盖亦有之矣，特恐死岭外，而天子之恩不及报，以忝其父祖耳[三]。孔子曰："不怨天，不尤人。"[四]定国且不我怨，而肯怨天乎？予然后废卷而叹，自恨期人之浅也。

又念昔者定国过余于彭城，留十日，往返作诗几百余篇，余苦其多，畏其敏，而服其工也。一日，定国与颜复长道游泗水，登桓山，吹笛饮酒，乘月而归。余亦置酒黄楼上以待之，曰："李太白死，世无此乐三百年矣。"[五]

今余老不复作诗，又以病止酒，闭门不出，门外数步即大江，经月不至江上，眊眊焉真一老农夫也[六]。而定国诗益工，饮酒不衰，所至翱翔徜徉，穷山水之胜，不以穷厄衰老改其度。今而后余之所畏服于定国者，不独其诗也。

（七集本《东坡集》卷二四）

题解

王巩，字定国，文正公王旦之孙，懿敏公王素之子，张方平之婿。有隽才，长于诗，从苏轼学为文。苏轼守徐州，王巩访之。在乌台诗案中，苏轼贬黄州，王巩坐贬宾州（今广西宾阳南）。这篇叙作于苏轼贬官黄州期间，比较集中地代表了苏轼在诗歌理论上的正统观点。苏轼所谓"诗之正"，"发于性止于忠孝"，即《毛诗序》所谓"先王以是经夫妇，成孝敬，厚人伦，美教化，移风俗"；所谓"变风变雅"，即《毛诗序》所说的"王道衰，礼义废，政教失，国异政，家殊俗，而变风变雅作矣。……故变风发乎情，止乎礼义。发乎情，民之性也；止乎礼义，先王之泽也。"苏轼的整个立论即基于此。正是从这一"发于性止于忠孝"的"诗之正"出发，才推崇杜甫"流落饥寒，终身不用，而一饭未尝忘君"。这已成为正统派评价杜甫的千古名言，实际上也是苏轼的夫子自道，神宗虽贬逐苏轼，但亦称他"终是爱君"。

注释

〔一〕"太史公论《诗》"三句：语见《史记·屈原列传》。

〔二〕"古今诗人众矣"至"一饭未尝忘君欤"：《新唐书·杜甫传》："数尝寇乱，挺节无所污，为歌诗，伤时桡弱，情不忘君，人怜其忠。"

〔三〕忝：有愧于。

〔四〕"孔子曰"三句：语见《论语·宪问》，意为不怨恨命运，责怪他人。尤，责怪。

〔五〕"又念昔者定国过余于彭城"至"世无此乐三百年矣"：苏轼《游百步洪叙》："王定国访余于彭城，一日，棹小舟与颜长道游泗水，北上圣女山，南下百步洪，吹笛饮酒，乘月而归。余时以事不往，夜着羽衣，伫立于黄楼上，相视而笑。以谓李太白死，世无此乐已三百年。"

〔六〕眊眊：蒙昧不明的样子。《韩诗外传》卷六："不闻道术之人，则冥于得失，不知乱之所由，眊眊其犹醉也。"

答黄鲁直书
苏 轼

轼顿首再拜鲁直教授长官足下〔一〕：轼始见足下诗文于孙莘老之坐上〔二〕，耸然异之，以为非今世之人也。莘老言此人，人知之者尚少，子可为称扬其名。轼笑曰：此人如精金美玉，不即人而人即之，将逃名而不可得，何以我称扬为！然观其文，以求其为人也，必轻外物而自重者，今之君子莫能用也。

其后过李公择于济南〔三〕，则见足下之诗文愈多，而得其为人益详。意其超轶绝尘，独立万物之表，驭风骑气，以与造物者游，非独今世之君子所不能用，虽如轼之放浪自弃，与世疏阔者，亦莫得而友也。

今者辱书词累幅，执礼恭甚，如见所畏者〔四〕，何哉？轼方以此求交于足下而惧其不得，岂意得此于足下乎！喜愧之怀，殆不可胜。然自入夏以来，家人辈更卧病，忽忽至今，裁答甚缓，想未深讶也。

《古风》二首，托物引类，真得古诗人之风，而轼非其人也〔五〕。聊复次韵〔六〕，以为一笑。

秋暑，不审起居何如。末由会见，万万以时自重。

（七集《东坡集》卷二九）

题解

黄鲁直（1045—1105），名庭坚，号山谷道人、涪翁，分宁（今江西修水）人，北宋诗人，苏门四学士之一。其诗及诗论影响很大，开创了江西诗派。著有《山谷集》。此书作于元丰元年徐州任上，对黄庭坚的诗文给予了很高的评价。《宋史·黄庭坚传》："苏轼尝见其诗文，以为超轶绝尘，独立万物之表，世久无此作，由是声名始震。"

注释

〔一〕鲁直教授长官足下：时黄庭坚任北京（今河北大名）国子监教授。长官、足下皆表敬之词。

〔二〕孙莘老：见《邵茂诚诗集叙》注〔八〕。黄庭坚为孙之女婿。

〔三〕过李公择于济南：过，过访。李公择，名常，南昌建昌（今江西南城）人，官至御史中丞兼侍读，其议论趣舍与孙觉多同。黄庭坚为李之甥。济南，今属山东。

〔四〕"今者辱书词累幅"四句：指黄庭坚《上苏子瞻书》，见《豫章黄先生文集》卷九。书中说："庭坚齿少且贱又不肖，无一可以事君子。故尝望见眉宇于众人之中，而终不得使令于前后。"所谓"执礼恭甚"，即指信中类似的话。

〔五〕"《古风》二首"四句：黄庭坚《古风》二首，其一为："江梅有佳实，托根桃李场。桃李终不言，朝露借恩光。孤芳忌皎洁，冰雪空自香。古来和鼎实，此物升庙廊。岁月坐成晚，烟雨青已黄。得升桃李盘，以远初见尝。终然不可口，掷弃官道傍。但使本根在，弃捐果何伤。"其二为："青松出洞壑，十里闻风声。上有百尺丝，下有千岁苓。小草有远志，相依在平生。医和不并世，深根且固蒂。人言可医国，何用太早计。小大材则殊，气味固相似。"二诗以梅、松喻苏轼，故轼书中说"轼非其人也"。

〔六〕聊复次韵：指苏轼《次韵黄鲁直见赠古风二首》。

书《黄子思诗集》后
苏 轼

　　予尝论书，以谓钟、王之迹〔一〕，萧散简远，妙在笔画之外。至唐颜、柳〔二〕，始集古今笔法而尽发之，极书之变，天下翕然以为宗师，而钟、王之法益微。

　　至于诗亦然。苏、李之天成〔三〕，曹、刘之自得〔四〕，陶、谢之超然〔五〕，盖亦至矣〔六〕。而李太白、杜子美以英玮绝世之姿〔七〕，凌跨百代，古今诗人尽废，然魏晋以来高风绝尘亦少衰矣〔八〕。李、杜之后，诗人继作，虽间有远韵〔九〕，而才不逮意〔一〇〕，独韦应物、柳宗元发纤秾于简古〔一一〕，寄至味于澹泊，非余子所及也。唐末司空图崎岖兵乱之间〔一二〕，而诗文高雅，犹有承平之遗风〔一三〕。其论诗曰："梅止于酸，盐止于咸，饮食不可无盐、梅，而其美常在咸、酸之外"〔一四〕。盖自列其诗之有得于文字之表者二十四韵〔一五〕，恨当时不识其妙，予三复其言而悲之。

　　闽人黄子思，庆历、皇祐间号能文者〔一六〕。予尝闻前辈诵其诗，每得佳句妙语，反复数四，乃识其所谓。信乎表圣之言〔一七〕，美在咸、酸之外，可以一唱而三叹也。予既与其子几道、其孙师是游，得窥其家集，而子思笃行高志〔一八〕，为吏有异材，见于墓志详矣。予不复论，独评其诗如此。

（《东坡后集》卷九）

题解

　　黄子思，名孝先，浦城（今属福建）人。其子黄几道、孙黄师是皆与苏轼游，师是两女皆嫁苏轼子，两家关系较深。苏轼诗本以豪迈横放为特征，但他追求的目标却是淡雅高远，画外之音，言外之意。本文正是这一观点的集中表现。他称赞颜真卿、柳公权集古今笔法之大成，但更欣赏钟繇、王羲之的"萧散简远，妙在笔画之外"。他称赞李白、杜甫"凌跨百代"，但更欣赏两汉魏晋诗人的"天成""自得""超然"。而对李、杜之后的"间有远韵""发纤秾于简古，寄至味于澹泊"，特别是对司空图的"美在咸酸之外"的诗歌理论赞不绝口。苏轼晚年的诗，特别是《和陶诗》就具有这种"寄至味于澹泊"的特征。

注释

　　〔一〕钟、王：钟指钟繇（152—230），字元常，颍川长社（今河南长葛东）人，三国时著名书法家，兼善各体，尤工隶楷。王指王羲之（约321—约397），字逸少，琅玡临沂（今属山东）人，东晋著名书法家，其书备精诸体，尤工正行。

　　〔二〕颜、柳：颜指颜真卿，见苏洵《颜书》题解。柳指柳公权（778—865），字诚悬，京兆华原（今陕西耀州区）人，唐代书法家，工正楷。

　　〔三〕苏、李之天成：苏指苏武，字子卿，西汉杜陵（今陕西西安东南）人，曾出使匈奴，被扣留十九年。李指李陵，见苏洵《史论（下）》注〔四〕。苏轼认为李陵、苏武五言皆伪（《东坡题跋·题文选》），但因世传为苏、李诗，仍从众。天成，自然而然，不事雕琢。

　　〔四〕曹、刘之自得：曹指曹植（192—232），字子建，沛国谯（今安徽亳县）人，曹操之子，三国时著名诗人。刘指刘桢（？—217），字公干，东平（今属山东）人，汉末文学家，建安七子之一。自得，得之于己。

　　〔五〕陶、谢之超然：陶指陶渊明，见苏轼《书渊明〈归去来辞〉》题解。谢指谢灵运（385—433），陈郡阳夏（今河南太康）人，移籍会稽。南朝宋代山水诗人。超然，高远貌。

　　〔六〕盖亦至矣：大概也到极点了。盖，传疑之词。至，极、最。

　　〔七〕英玮绝世：英杰瑰玮，贯绝当代。

　　〔八〕高风绝尘：格调崇高，超越世俗。

　　〔九〕间有远韵：偶尔有悠远的韵味。

〔一〇〕逮：及。

〔一一〕独韦应物、柳宗元发纤秾于简古：独，只有。韦应物（737—786），京兆长安（今陕西西安）人，唐代诗人，擅写田园风物，言简情深。柳宗元（773—819），字子厚，河东解（今山西运城解州镇）人，唐代思想家、文学家，其诗风格清峭。发纤秾于简古，表面简朴古雅而实际深微繁茂。纤，细小。秾，花木繁茂的样子。

〔一二〕司空图（837—908）：字表圣，河中（今山西永济）人，唐末诗人，所著《诗品》是论述诗歌风格的重要理论著作，对后世诗论影响颇大。崎岖，地面高低不平，引申为艰险。

〔一三〕承平之遗风：太平时代留下的风尚。

〔一四〕"梅止于酸"至"其美常在咸、酸之外"：语见司空图《与李生论诗书》，文字略有出入。

〔一五〕二十四韵：即《二十四诗品》。

〔一六〕庆历、皇祐：宋仁宗年号。庆历为 1041 年至 1048 年，皇祐为 1049 年至 1053 年。

〔一七〕信乎表圣之言：司空图的话是确实可靠的。

〔一八〕笃行高志：品行诚笃，志向高尚。笃，诚笃，《礼记·中庸》："博观之，审问之，慎思之，明辨之，笃行之。"

《既醉》备五福论（节录）
苏 轼

夫诗者，不可以言语求而得，必将深观其意焉。故其讥刺是人也，不言其所为之恶，而言其爵位之尊，车服之美，而民疾之〔一〕，以见其不堪也。"君子偕老，副笄六珈"〔二〕；"赫赫师尹，民具尔瞻"〔三〕是也。其颂美是人也，不言其所为之善，而言其冠佩之华，容貌之盛，而民安之，以见其无愧也。"缁衣之宜兮，敝，予又改为兮"〔四〕；"服其命服，朱芾斯皇"〔五〕是也。

（《东坡后集》卷一〇）

题解

这是嘉祐六年（1061）苏轼应制科试所试六论之一。《既醉》，《诗经·大雅》篇名；五福，指寿、富、康宁、好德、善终。所节录的一段，既说明了诗歌创作不贵直言而贵比兴，贵含蓄；又说明诗歌欣赏应透过比兴而"深观其意"，理解其美、刺之义。

注释 ——

〔一〕疾：厌恶、憎恨。

〔二〕"君子偕老"二句：引自《诗经·鄘风·君子偕老》第一章。全章为："君子偕老，副（编发而成的祭服首饰）笄（簪子）六珈（加在笄上的玉质首饰）。委委佗佗（雍容自得之貌），如山（形容其安重）如河（形容其宽广），象服是宜（宜其法度之服）。子之不淑（善），云如之何？"前五句言君子服饰之盛，神态雍容持重；后两句言品行不能称其服饰、容貌，"虽有是服，亦将如之何哉！"苏轼主张"讥刺"就应这样词婉而意深。

〔三〕"赫赫师尹"二句：引自《诗经·小雅·节南山》第一章。全章为："节（高峻貌）彼南山，维石岩岩（积石貌）。赫赫（显赫）师尹（大师尹氏），民具（俱，都）尔瞻（视）。忧心如惔（焚），不敢戏谈。国既卒斩（最终灭亡了），何用不监（鉴）？"这首诗写出了大师尹氏的赫赫权势，百姓敢怒而不敢言，最终导致亡国。

〔四〕"缁衣之宜兮"二句：引自《诗经·郑风·缁衣》第一章。全章为："缁衣（黑色衣服）之宜兮，敝，予又改为兮。适（去到）子之馆兮，还，予授子之粲（粟之精者）兮。"朱熹《诗集传》："旧说郑桓公、武公相继为周司徒，善于其职，周人爱之，故作是诗。言子之服缁衣也甚宜，敝则我将为子更为之。且将适子之馆，既还而又授子以粲。言好之无已也。"苏轼认为这是颂美之诗的典范。

〔五〕"服其命服"二句：引自《诗经·小雅·采芑》第二章。《采芑》写周宣王时，蛮荆叛乱，宣王命方叔南征。行军途中，采芑（苦菜）而食。所引二句写方叔服饰辉煌。命服，按天子之命所穿的礼服。朱芾，礼服上朱黄色的花纹。皇，煌。

和《饮酒二十首》（选一）

苏　轼

道丧士失己，出语辄不情〔一〕。江左风流人〔二〕，醉中亦求名。渊明独清真〔三〕，谈笑得此生。身如受风竹，掩冉众叶惊〔四〕。俯仰各有态，得酒诗自成。

（《东坡续集》卷三）

题解

陶渊明曾作《饮酒》二十首。元祐七年（1092）苏轼知扬州，组诗《和陶诗·和饮酒二十首》即开始作于此时。苏轼在青年时代应制科试所作的《进策》中就称赞战国诸子的文章皆"出于其意之所谓诚然者"，即说的都是他们自认为对的；指责"自汉以来，世之儒者，忘己以循人"。这里选的这首诗进一步发展了这一观点，所谓"道丧士失己"，即"忘己以循人"；所谓"出语辄不情"，即他们所说的都不是他们的真情实感。偏安江左以风流自赏的大名士们，他们也游山玩水，也饮酒赋诗，但目的不过是借此猎取声名而已，他们不但失了"道"，而且也失去了自己的"真情"。陶诗之可贵就在于他感情真挚，除这一首《和饮酒》称赞"渊明独清真"外，《和饮酒》的另一首还说："有士常痛饮，饥寒见真情。"诗是"情动于中而形于言"的文学形式，没有"真情"，也就没有诗。

注释

〔一〕辄不情：就没有真实感情。

〔二〕江左风流人：江左，见苏轼《邵茂诚诗集叙》注〔一〇〕。风流人，指东晋以风流自居的名士，《南史·王俭传》："江左风流宰相有谢安。"

〔三〕清真：纯洁质朴。

〔四〕掩冉：摇动貌。

付　过

苏　轼

诗有写物之功。"桑之未落，其叶沃若。"〔一〕他木殆不可以当此。林逋《梅花》诗云〔二〕："疏影横斜水清浅，暗香浮动月黄昏。"决非桃李诗也。皮日休《白莲》诗云〔三〕："无情有恨无人见，月晓风清欲堕时。"决非红莲诗。此乃写物之功。若石曼卿《红梅》诗云〔四〕："认桃无绿叶，辨杏有青枝。"此至陋，盖村学中语。

（三苏祠本《东坡集》卷五七）

题解

过，苏过，见苏轼《答刘沔都曹书》注〔七〕。苏轼写给苏过的这一段话，说明了所谓"写物之功"就是要写出各自的特色，而石曼卿的《红梅》诗有如小儿解谜语，是不配称诗的。

注释 ─────────────────────────

〔一〕"桑之未落，其叶沃若"：语见《诗经·卫风·氓》。沃若，茂盛润泽的样子。

〔二〕林逋（967—1028）：字君复，钱塘（今浙江杭州）人。北宋诗人。隐居西湖孤山，赏梅养鹤，终身不仕不娶。其诗风格淡远，有《林和靖集》。

〔三〕皮日休（约834—883）：字逸少，后字袭美，自号鹿门子，襄阳（今属湖北）人。晚唐诗人。其诗文都比较能反映唐末社会现实，著有《皮子文薮》。

〔四〕石曼卿（994—1041）：名延年，宋城（今河南商丘）人。北宋文学家。有《石曼卿诗集》。

题渊明诗

苏 轼

　　陶靖节云："平畴交远风，良苗亦怀新。"〔一〕非古之耦耕植杖者〔二〕，不能道此语；非余之世农〔三〕，亦不能识此语之妙也。

（三苏祠本《东坡集》卷五七）

题解

　　这篇题后充分说明了实际生活体验对文艺创作和文艺欣赏的作用。

注释 ————————————————————————————————

　　〔一〕"平畴交远风"二句：见陶潜《癸卯岁始春怀古田舍》。平畴，平旷的田野。怀新，闻人琰说："言其生意已盎然也。"

　　〔二〕耦耕植杖者：指农夫。耦耕，两人各持一耜，并肩而耕。《论语·微子》："长沮、桀溺耦而耕。"又："子路从而后，遇丈人，以杖荷蓧（耘田农具），子路问曰：'子见夫子乎？'丈人曰：'四体不勤，五谷不分，孰为夫子？'植其杖而芸（耘）。"

　　〔三〕余之世农：指他家世世代代都是农家。欧阳修《苏明允墓志铭》说，苏家"三世皆不显"。直至苏洵一代，其兄苏涣才进士及第，外出做官。

题渊明《饮酒》诗后

苏 轼

　　"采菊东篱下，悠然见南山"。因采菊而见山，境与意会，此句最有妙处。

近岁俗本皆作"望南山"，则此一篇神气都索然矣〔一〕。古人用意深微，而俗士率然妄以意改〔二〕，此最可疾〔三〕。近见新开韩柳集，多所刊定，失真者多矣。

（三苏祠本《东坡集》卷六四）

题解

陶渊明《饮酒》诗共二十首，借饮酒抒写情怀，寄寓感慨。所引二句见第五首，写其悠游自在的隐居生活。苏轼论人论文都贵自然，反对做作。"见"字之妙就在于无意看山，抬头偶"见"，不期然而然；"望"则是有意看山，已失去"悠然"之态。所以，苏轼说一字之改，神气索然。

注释 ———————————————————————————————————————

〔一〕索然：零落离散之貌，引申为空尽，没有了。
〔二〕率然：轻率的样子，不慎重，不加思索。
〔三〕疾：厌恶。

论《文选》
苏　轼

舟中读《文选》，恨其编次无法，去取失当。齐梁文字衰陋，萧统尤为卑弱，《文选引》斯可见矣。如李陵、苏武五言皆伪〔一〕，而不能去。观《渊明集》可喜者甚多〔二〕，而独取数首，以知其余人忽遗者甚多矣。渊明《闲情赋》正所谓《国风》好色而不淫，正使不及《周南》，与屈、宋所陈何异？而统大讥之〔三〕，此乃小儿强作解事者。元丰七年六月十一日书。

（三苏祠本《东坡集》卷六四）

题解

《文选》亦称《昭明文选》，南朝梁代昭明太子萧统所编，是我国现存编选最早的诗文总集，共收录了周到六朝七百年间一百三十位作者的七百余篇作品。苏轼指责萧统如"小儿强作解事"似太尖刻，《文选》所收文章偏重于辞藻华丽的骈偶文章，是受了当时整个文坛浮艳文风的影响，不可苛责。但苏轼提出选本的两条重要标准，一要"编次得当"，二要"去取得当"，确实很重要，特别是后一条尤为重要。同时，苏轼对《文选》具体内容所作的批评也是正确的，李陵诗为伪作已为后世所公认。

注释

〔一〕李陵、苏武五言：见《答刘沔都曹书》注〔四〕。

〔二〕"观《渊明集》可喜者甚多"二句：《文选》选陶潜诗文共九首。

〔三〕"渊明《闲情赋》"至"而统大讥之"：陶潜《闲情赋》乃仿张衡《定情赋》、蔡邕《静情赋》而作的言情赋，其宗旨是"始则荡以思虑而终归闲正，将以抑流宕之邪心，谅有助于讽谏。"全赋确实写得比较艳丽，鲁迅说："陶潜先生，在后人的心目中，实在飘逸得太久了，但在全集里他却有时很摩登，'愿在丝而为履，附素足以周旋，悲行止之有节，空委弃于床前'，意想摇身一变，化为'阿呀呀，我的爱人呀'的鞋子，虽然后来自说因为'止于礼义'，未能进攻到底，但那些胡思乱想的自白，究竟是大胆的。"鲁迅这里所说的正是《闲情赋》。萧统所批评的正是他"荡以思虑"的一面："白璧微瑕，正在《闲情》一赋。扬雄所谓劝百而讽一者，卒无讽谏，何足摇其笔端！惜哉，无是可也！"苏轼则强调《闲情赋》的"终归闲正"，"谅有助于讽谏"的一面，认为它可与屈原的辞赋媲美。苏轼对陶潜也许有些失之偏爱。萧统《文选》虽然选陶作不多，也许是因为他另外编了《陶渊明集》，事实上他是中国文学批评史上第一个给予陶潜以崇高评价的人，这只要读读他的《陶渊明集》序就不难知道。他说："有疑陶渊明诗，篇篇有酒，吾观其意不在酒，亦寄酒为迹者也。其文章不群，辞彩精拔；跌宕昭彰，独超众类；抑扬爽朗，莫之与京。横素波而长流，干青云而直上。语时事则指而可想，论怀抱则旷而且真。加以贞志不休，安道苦节，不以躬耕为耻，不以无财为病。自非大贤笃志，与道渝隆，孰能如此乎！余爱嗜其文，不能释手，尚想其德，恨不同时！"把陶潜的诗文、人品认识得这样深刻的人斥为"小儿强作解事"，确实有攻其一点，不及其余之嫌。

书子美《屏迹》诗后
苏 轼

　　"用拙存吾道，幽居近物情。桑麻深雨露，燕雀半生成。村鼓时时急，渔舟个个轻。杖藜从白首，心亦喜双清。"〔一〕"晚起家何事，无营地转幽。竹光团野色，山影漾江流。废学从儿懒，长贫任妇愁。百年浑得醉，一月不梳头。"〔二〕子瞻云："此东坡居士之诗也。"或者曰："此杜子美《屏迹》诗也，居士安得窃之？"居士曰："夫禾麻谷麦，起于神农、后稷〔三〕，今家有仓廪。不予而取辄为盗，被盗者为失主。若必从其初，则农、稷之物也。今考其诗，字字皆居士实录，是则居士诗也，子美安得禁吾有哉！"

（三苏祠本《东坡集》卷六四）

题解

　　苏轼所录乃杜甫《屏迹三首》中的两首，见仇兆鳌《杜诗详注》卷一〇。苏轼这篇书后，以戏语揭示了一个深刻的道理：文艺作品之所以能引起强烈的共鸣，其重要原因之一就是作者道出了读者之所欲言。杜甫的《屏迹》诗"以放达寓悲凉"，正表达了苏轼贬官期间极度悲凉而又往往故作放达的心情。

注释

　　〔一〕"用拙存吾道"一首：仇注云："申言屏迹之志，下六，分应一二。拙者心静，故能存道；幽居身暇，故近物情。桑麻、燕雀，动相对举；村鼓、渔舟，耕渔对言，皆物情之相近者。对此而心迹（情思形迹）两清，吾道得以常存也。"

　　〔二〕"晚起家何事"一首：仇注云："申用拙幽居意，下六，分应次句……'竹光'二句，申地幽，以补幽居佳景；'废学'四句，申无营，以发用拙余意。"

〔三〕神农、后稷：神农，传说中的农业的发明者，《通鉴辑览》卷一："民茹草木，食禽兽，不知耕稼。帝因天时，相地宜，斫木为耜，揉木为耒，教民艺五谷，而农事兴焉。"后稷，古代周族的始祖，在尧舜时曾为农官，教民耕种。《史记》卷四《周本纪》："后稷名弃。……弃为儿时，屹如巨人之志。其游戏好种麻菽，麻菽美。及为成人，遂好农耕，相地之宜，宜谷者稼穑焉，民皆法则之。帝尧闻之，举弃为农师，天下得其利。"

记子美陋句

苏 轼

"减米散同舟，路难思共济。向来云涛盘，众力亦不细。呀帆忽遇险，飞橹本无蒂。得失瞬息间，致远疑恐泥。百虑视安危，分明曩贤计。兹理庶可广，拳拳期勿替。"〔一〕杜甫诗固无敌，然自"致远"以下句，真村陋也。此最其瑕疵，世人雷同，不复讥评，过矣。然亦不能掩其善也。

（三苏祠本《东坡集》卷六四）

题解

苏轼所引杜诗，题为《解忧》，见《杜诗详注》卷二二。无论苏轼对杜甫这首诗的批评是否过于尖刻，但他对名家的态度却颇值得深思。好并不是一切皆好，即使"诗固无敌"的杜甫，也有"瑕疵"，也有"陋句"；坏也不是一切都坏，瑕不掩善。评文应取这种分析态度。

注释

〔一〕"减米散同舟"一首：首八句，《杜诗详注》云："此脱险防危之意。散米本期济众，而遇险终藉其力，此溯从前之事；呀坑（按："呀帆"一作"呀坑"，呀坑即淤坑）虽免风波，而涉远尚恐沮滞，此虑将来之事。"后四句，《杜诗详注》云："视安若危，此即前贤虑事深计。若能推此以行，凡事可免倾覆，所宜拳拳而勿忘者。"诗的前八句意思已尽，后四句议论似不必要，而且离开形象语言，空洞说理。苏轼斥其"村陋"当指此。

评子美诗

苏　轼

子美自比稷与契〔一〕，人未必许之也。然其诗云："舜举十六相，身尊道亦高。秦时用商鞅，法令如牛毛。"〔二〕此自是契稷辈人物口中语也。又云："知名未足称，局促商山芝"〔三〕。又云："王侯与蝼蚁，同尽随丘墟。愿闻第一义，回向心地初"〔四〕。乃知子美诗外尚有事在也。

（三苏祠本《东坡集》卷六四）

题解

"子美诗外尚有事在"，这是读杜诗所应特别注意的。读杜诗，应透过他的一些感慨，弄清他为何事而发。杜甫之所以被誉为诗史，不仅因为他写了很多纪录当时重大历史事件的叙事诗，而且还因为他那些抒情诗亦往往诗外有事，与那一时代的脉搏十分契合。

注释

〔一〕子美自比稷与契：指《自京赴奉先县咏怀五百字》开头数句："杜陵有布衣，老大意转拙。许身一何愚，窃比稷与契。"稷、契，传说中尧、舜时贤臣，稷掌农业，契掌教育。

〔二〕"舜举十六相"四句：见《述古三首》之三。十六相即十六位贤臣，《左传·文公十八年》："尧崩而天下如一，同心戴舜以为天子，以其举十六相，去四凶也。"商鞅（约前

390—前338），公孙氏，名鞅，封于商，故称商鞅。秦孝公时，任左庶长，在秦国推行变法。杜甫赞舜举贤致治，讥秦以酷法致败，表明他确有政治眼光，故苏轼赞杜"自是契、稷辈人物。"

〔三〕"知名未足称"二句：见《幽人》，杜甫晚年浪迹湖南时作。《钱注杜诗》卷三说："'局促商山芝'，指李泌（历仕唐玄宗、肃宗、代宗、德宗四朝，位至宰相）也。泌定太子后，惧（李）辅国之潜，请隐衡山。"苏轼言杜甫诗外有事，或指此。

〔四〕"王侯与蝼蚁"四句：见《谒文公上方》。第一义，佛家语，指无上至深的妙理。心地初，亦佛语，《华严经》："发心修行，最重初心。"《杜诗详注》引王嗣奭曰："'王侯与蝼蚁，同尽随丘墟'，不过袭庄、列语；'愿闻第一义，回向心地初'，亦禅门恒谈。东坡以此四句，许公得道，此窥公之浅者。"其实苏轼主要不在赞美杜甫"得道"，而在讲杜甫诗外有事。所引四句前云："甫也南北人，芜蔓少耘锄。久遭诗酒污，何事忝簪裾？"时严武多次劝杜甫出仕，杜甫都谢绝了，此诗正表现了他的这种心情。

题柳子厚诗

苏　轼

　　诗须要有为而作，用事当以故为新〔一〕，以俗为雅。好新务奇，乃诗之病。柳子厚晚年诗，极似陶渊明，知诗病者也。

（三苏祠本《东坡集》卷六四）

题解

　　这篇短文讲了三个问题：诗要"有为而作"；用典要"以故为新，以俗为雅"；反对"好新务奇"。苏、黄（庭坚）论诗虽然异趣，但也有相同之处。苏轼所主张的"以故为新，以俗为雅"，就直接为黄庭坚所继承，并进一步发展为"点铁成金""脱胎换骨"的理论。

注释

〔一〕用事：写作时引用典故。

评韩柳诗

苏　轼

柳子厚诗，在陶渊明下、韦苏州上〔一〕。退之豪放奇险则过之，而温丽靖深不及也。

所贵乎枯澹者，谓其外枯而中膏，似澹而实美，渊明、子厚之流是也。若中边皆枯澹，亦何足道！

佛云："如人食蜜，中边皆甜"〔二〕。人食五味〔三〕，知其甘苦者皆是；能分别其中边者，百无一二也。

（三苏祠本《东坡集》卷六四）

题解

韩指韩愈（字退之），柳指柳宗元（字子厚）。本文评论了韩、柳的不同诗风，表现了他晚年追求"温丽靖深"和"枯澹"的艺术趣味。所谓枯澹，并非指表里（"中边"）都枯澹，而是指"外枯而中膏，似澹而实美"，也就是他评陶渊明诗所说的"质而实绮，癯而实腴"。这是一种很高的艺术境界，不但能达到这种艺术境界的作者寥寥，而且能欣赏这种艺术境界的读者也不多，所谓"能分别其中边（即表面枯澹而实际甘美）者，百无一二也"。

注释

〔一〕韦苏州：即韦应物，注见苏轼《书黄子思诗集后》注〔一一〕。

〔二〕"佛云"三句：语出佛教经典《四十二章经》三九。中边，中、里面，内容；边，外表、形式。

〔三〕五味：《礼记·礼运》郑玄注："五味：酸、苦、辛、咸、甘也。"

录陶渊明诗

苏　轼

"清晨闻扣门，倒裳自往开〔一〕。问子为谁与？田父有好怀〔二〕。壶浆远见候，疑我与时乖〔三〕。褴褛茅檐下〔四〕，未足为高栖〔五〕。一世皆尚同〔六〕，愿君汩其泥〔七〕。深感父老言，禀气寡所谐〔八〕。纡辔诚可学〔九〕，违己讵非迷〔一〇〕！且共欢此饮，吾驾不可回〔一一〕"。此诗叔弼爱之〔一二〕，予亦爱之。予尝有云："言发于心而冲于口，吐之则逆人，茹之则逆予"〔一三〕。以谓宁逆人也，故卒吐之。与渊明诗意不谋而合，故并录之。

（三苏祠本《东坡集》卷六四）

题解

所录诗是陶渊明《饮酒》诗二十首中的第九首。苏轼为文主张直抒胸臆，想说什么就说什么。本文对此作了很好的说明。

注释

〔一〕倒裳：颠倒了衣裳，言迎客之急。《诗经·齐风·东方未明》："东方未明，颠倒衣裳。"

〔二〕"问子为谁与"二句：子，指田父。与，通"欤"，疑问词。好怀，好意。

〔三〕"壶浆远见候"二句：壶浆：一壶酒。见候，被问候。疑，怪。乖，不合。

〔四〕褴褛：衣服破烂。

〔五〕未足为高栖：算不上好的安身之地。

〔六〕尚同：即随俗，以同于世人为贵。

〔七〕汩其泥：把泥水搅混。汩，搅浊。《楚辞·渔父》："世人皆浊，何不汩其泥而扬其波。"

〔八〕禀气寡所谐：天性很少与世俗谐和。禀气，天生的素质。

〔九〕纡辔：回车，指改变初衷而出仕。

〔一〇〕讵：岂。

〔一一〕驾：车驾。

〔一二〕叔弼：欧阳棐，字叔弼，欧阳修之子，亦博学能文。

〔一三〕"予尝有云"四句：引语见苏轼《思堂记》。逆人，不顺人之意。逆予，即不顺己之意。逆，与顺义反。茹，吞，与"吐"相对。

书《李简夫诗集》后

苏　轼

孔子不取微生高〔一〕，孟子不取于陵仲子〔二〕，恶其不情也〔三〕。陶渊明欲仕则仕，不以求之为嫌；欲隐则隐，不以去之为高；饥则叩门而乞食，饱则鸡黍以延客〔四〕，古今贤之，贵其真也。

李公简夫以文字政事闻于天圣以来〔五〕，而谢事退居于嘉祐之末〔六〕，熙宁之初〔七〕。平生不眩于声利〔八〕，不戚于穷约〔九〕，安于所遇而乐之终身者，庶几乎渊明之真也〔一〇〕。

熙宁三年轼始过陈〔一一〕，欲求见公，而公病矣。后二十年，得其手录诗七十篇于其孙公辅。读之太息曰："君子哉，若人！今亡矣夫！"

元祐六年十二月初四日〔一二〕。

（三苏祠本《东坡集》卷六五）

题解

　　李简夫，陈州（今河南淮阳）人，官至太常少卿。晚年归老于家。苏辙于熙宁初任陈州教授，与之交游唱和，称其诗"旷然闲放，往往脱略绳墨，有遗我忘物之思"（《李简夫少卿诗集引》）。苏轼这篇《书后》，批评"不情"，即不近人情；称颂陶潜情真和李简夫具有"渊明之真"，表现了苏轼诗贵情真的思想。

注释

　　〔一〕孔子不取微生高：微生高，春秋时人，以守信闻名于时，与女子约于梁下见，女未来，水至不去，抱梁柱而死。孔子对微生高的批评见《论语·公冶长》："孰谓微生高直？或乞醯焉，乞诸其邻而与之。"孔安国注："乞之四邻以应求者，用意委曲，非为直人也。"

　　〔二〕孟子不取于陵仲子：陵仲子，即陈仲子，居于陵，齐国隐士，不食不义之禄。《孟子·滕文公下》载，匡章称陈仲子为"廉士"，孟子回答说："仲子恶（何）能廉！充仲子之操（要彻底体现仲子的操守），则蚓而后可也（只有蚯蚓才可能坚持其操守）。"意谓仲子"所居之室"，"所食之粟"都得依靠他人，只有像蚯蚓那样"上食槁壤，下饮黄泉"，才能得"廉"。

　　〔三〕不情：感情不真实。

　　〔四〕鸡黍以延客：以美食招待客人。延，邀请。

　　〔五〕天圣：宋仁宗年号，1023 年至 1031 年

　　〔六〕嘉祐：宋仁宗年号，1056 年至 1063 年。

　　〔七〕熙宁：宋神宗年号，1068 年至 1077 年。

　　〔八〕不眩于声利：不为声色利禄所迷惑。

　　〔九〕不戚于穷约：不为贫困而忧愁、悲伤。戚，悲伤、忧愁。约，节俭，引申为贫困。苏辙《李简夫少卿诗集引》："其居处被服，约而不陋，丰而不奢"，"其家萧然，饘粥之不给，而君居之泰然。"

　　〔一〇〕庶几：接近。

　　〔一一〕熙宁三年轼始过陈：熙宁三年即 1070 年。陈即陈州，今河南淮阳。

　　〔一二〕元祐六年：元祐，宋哲宗年号。元祐六年，1091 年。

书学太白诗

苏　轼

李白诗飘逸绝尘，而伤于易。学之者又不至，玉川子是也[一]，犹有可观者。有狂人李赤[二]，乃敢自比谪仙，准律不应从重。又有崔颢者[三]，曾未及豁达。李老作《黄鹤楼》诗[四]，颇类上士游山水，而世俗云：李白盖当与徐凝一场决杀也[五]。醉中聊为一笑。

（三苏祠本《东坡集》卷六六）

题解

本文既肯定了李白诗"飘逸绝尘"，又指出其"伤于易"。学白诗而不至，情有可原，因才不逮；而自比李白，则为狂人。

注释

〔一〕玉川子：即卢仝（约795—835），范阳（今河北涿州市）人。早年隐居不仕，曾作《月蚀诗》讥刺宦官专权。甘露之变遇害。诗风奇特，有《玉川子集》。

〔二〕李赤：唐吴郡举子，因自比李白，故名赤。《全唐诗》（卷四七二）录存其诗十首。《仇池笔记》云："《姑熟堂下咏》，怪其语不类太白。王平甫云：'此李赤也，赤自比李白，故名赤。后为厕鬼所惑死。'今观其诗止于此，以太白自比，其心疾已久也。岂厕鬼之罪耶？"

〔三〕崔颢（约704—754）：唐汴州（今河南开封）人，作有著名的《黄鹤楼》诗。据说李白登黄鹤楼感慨道："眼前有景道不得，崔颢题诗在上头。"

〔四〕李老作《黄鹤楼》诗：李白有《鹦鹉洲》诗。《瀛奎律髓》："太白此诗效崔颢体。"方东树云："崔颢《黄鹤楼》，千古擅名之作，只是以文笔行之，一气转折；五六虽断写景，而气亦直下喷溢；收亦然，所以可贵。太白《鹦鹉洲》，格律工力悉敌，风格逼肖，未尝有意学之而自似。"

〔五〕徐凝：睦州人，唐元和中官至侍郎，诗人。《全唐诗》收其诗九十首。关于徐凝当与李白决战一场的"世俗云"，指徐凝和李白分别咏庐山诗的高下清浊之分。参见本书王朝闻先生所写序言。

答明上人

苏　轼

其一

字字觅奇险，节节累枝叶〔一〕。咬嚼三十年，转更无交涉〔二〕。

其二

冲口出常言，法度法前轨〔三〕。人言非妙处，妙处在于是。

（周紫芝《竹坡诗话》）

题解

宋人周紫芝《竹坡诗话》说："有名上人者作诗甚艰，求捷法于东坡，（东坡）作两颂以与之。"这就是此诗的背景。周紫芝在引了这两首诗以后评论道："乃知作诗到平淡处，要似非力所能。东坡尝有书与其侄云：'大凡为文，当使气象峥嵘，五色绚烂，渐老渐熟，乃造平淡。'余以为不但为文，作诗者尤当取法于此。"这里已经阐明了此诗主旨，前首讲力求奇险之无益，后者讲"出常言""法前轨"之美妙，均在告诫明上人，诗非勉强所能为。

注释

〔一〕节节累枝叶：苏轼论画竹，主张"必先得成竹于胸中"，认为"画者乃节节而为之，叶叶而累之，岂复有竹乎？"（《文与可画筼筜谷偃竹记》）这里苏轼以画喻诗，认为诗也应冲口而出，反对硬凑一些华美的字眼。

〔二〕转更无交涉：反而与作诗更加无缘了。交涉，关涉、关系。

〔三〕法度法前轨：作诗的法则就是走前人的路子。这是反对故意求新务奇的纠偏之论，并不是苏轼反对创新。

子瞻《和陶渊明诗集》引

苏 辙

东坡先生谪居儋耳〔一〕，置家罗浮之下〔二〕，独与幼子过负担渡海，茸茅竹而居之，日啖茶芋〔三〕，而华屋玉食之念不存于胸中〔四〕。平生无所嗜好，以图史为园囿，文章为鼓吹〔五〕，至此亦皆罢去。独喜为诗，精深华妙，不见老人衰惫之气〔六〕。

是时辙亦迁海康〔七〕，书来告曰："古之诗人有拟古之作矣〔八〕，未有追和古人者也。追和古人则始于东坡。吾于诗人无所甚好，独好渊明之诗。渊明作诗不多，然其诗质而实绮，癯而实腴，自曹、刘、鲍、谢、李、杜诸人皆莫及也〔九〕。吾前后和其诗凡百数十篇，至其得意，自谓不甚愧渊明。今将集而并录之，以遗后之君子，子为我志之。然吾于渊明岂特好其诗也哉？如其为人实有感焉〔一○〕！渊明临终疏告俨等：'吾少而穷苦，每以家贫东西游走。性刚才拙，与物多忤。自量为己，必贻俗患。黾勉辞世，使汝等幼而饥寒〔一一〕。'渊明此语，盖实录也。吾今真有此病，而不蚤自知〔一二〕。半生出仕以犯世患。此所以深服渊明〔一三〕，欲以晚节师范其万一也〔一四〕。"

嗟乎〔一五〕，渊明不肯为五斗米、一束带见乡里小儿〔一六〕，而子瞻出仕三十余年，为狱吏所折困〔一七〕，终不能悛〔一八〕，以陷于大难〔一九〕。乃欲以桑榆之末景〔二○〕，自托于渊明，其谁肯信之？

虽然〔二一〕，子瞻之仕，其出入进退犹可考也〔二二〕。后之君子，其必有以处之矣〔二三〕。孔子曰："述而不作，信而好古，窃比于我老彭〔二四〕。"孟子曰："曾子、子思同道。"〔二五〕区区之迹，盖未足以论士也！

辙少而无师，子瞻既冠而学成〔二六〕，先君命辙师焉。子瞻尝称辙诗有古人之风，自以为不若也〔二七〕。自其斥居东坡〔二八〕，其学日进，沛然如川之方至〔二九〕。其诗比杜子美、李太白为有余，遂与渊明比。辙虽驰骤从之〔三○〕，常出其后，其和渊明，继之者亦一二焉〔三一〕。

绍圣四年二月二十九日海康城南东斋引〔三二〕。

（《栾城后集》卷二一）

题解

和，仿照他人诗的题材或体裁做诗词。引，一种类似序言的文体。这篇《引》的价值在于转录了苏轼晚年给苏辙的信，这封信对陶渊明的为人和他的诗歌的艺术特色作了评价。苏轼曾经说："古今诗人众矣，而杜子美为首。"（《王定国诗集叙》）而在这封信中却说，曹植、刘桢、鲍照、谢朓、李白、杜甫皆不及陶。前一论断反映了苏轼早年积极用世的思想，后一论断是因积极用世而屡遭迫害，于是避谈政治，偏重于诗歌艺术的探求。苏轼兄弟认为陶潜高于李、杜的观点未必会被今人接受，但他们所追求的质而实绮、癯而实腴、外枯中膏的艺术境界确实是很高的，是不容易达到的。这篇《引》的价值还在于评价了苏轼的诗。贬官岭南，是苏轼一生的又一个创作高潮，其诗又一变："精深华妙，不见老人衰惫之气。"有人特别喜欢苏轼晚年的诗，不是没有原因的，他晚年诗歌的艺术成就确实超过早年。

注释

〔一〕儋耳：今海南儋州市。苏轼谪居儋耳在绍圣四年（1097）至元符三年（1100）

期间。

〔二〕罗浮：即罗浮山，在今广东东江北岸，增城、博罗、河源等县间。苏轼于绍圣元年（1094）至绍圣四年（1097）期间贬官惠州（今广东惠阳），常游罗浮山。绍圣四年闰二月刚迁入白鹤峰新居不久，就远谪儋耳。

〔三〕日啖荼芋：每天吃苦菜、山芋。

〔四〕华屋玉食：华丽的房屋，精美的食品。

〔五〕"以图史为园囿"二句：以图书史册为留连之地，以文章为合奏的乐器，即以读书作文为乐。园囿，种植花木，畜养珍禽异兽供人观赏的地方。鼓吹，合奏乐器。

〔六〕衰急：衰老疲乏。

〔七〕海康：在广东雷州半岛中部。

〔八〕拟古：模拟古人。拟古之作与追和之作不同，前者不需步原韵，后者要依原韵作诗。前人已指出"追和古人"并非"始于东坡"，但像苏轼这样尽和某一古人的诗作，则是他的创始。

〔九〕曹、刘、鲍、谢：曹指曹植，刘指刘桢，注见《书黄子思诗集后》〔四〕。鲍指鲍照（约414—466），字明远，东海（今江苏连云港市东）人，南朝宋代文学家，擅长诗、赋，诗以七言歌行最有名。著有《鲍参军集》。谢指谢朓（464—499），字玄晖，陈郡阳夏（今河南太康）人，南朝齐代诗人，诗风清俊，擅长描绘自然景色。著有《谢宣城集》。

〔一〇〕如：于。

〔一一〕"渊明临终疏告俨等"到"使汝等幼而饥寒"：语见陶渊明《与子俨等疏》。俨等，指渊明之子俨、俟、份、佚、佟等人。与物多忤，与外界事多抵触。必贻俗患，必定留下世俗之患。黾勉辞世，尽力辞别世人，指隐居不仕。黾勉，努力。

〔一二〕蚤：早。

〔一三〕服：佩服、羡慕。

〔一四〕欲以晚节师范其万一也：欲在晚年向他学习一点东西。

〔一五〕嗟乎：感叹声。

〔一六〕"渊明不肯"句：《晋书·陶渊明传》载，陶潜为彭泽令，"会郡遣督邮至县，吏请曰：'应束带见之。'渊明叹曰：'我岂能为五斗米折腰向乡里小儿！'即日解绶去职。"束带，整束衣带，穿着整齐，以示恭敬。

〔一七〕为狱吏所折困：指元丰二年，朝廷以谤讪新政的罪名把苏轼逮捕入京，投入御史狱一案。

〔一八〕悛：改悔。

〔一九〕陷于大难：指绍圣元年（1094）贬官惠州，绍圣四年（1097）再贬儋州。

〔二〇〕桑榆之末景：本指日暮，常用来比喻人的晚年。《后汉书·冯异传》："失之东隅，收之桑榆。"东隅指日出处，桑榆指日落处。

〔二一〕虽然：即使如此。

〔二二〕其出入进退犹可考也：意思是说苏轼在朝廷和地方上做官的事迹还可考察。

〔二三〕其必有以处之矣：必定能正确对待苏轼的出入进退。处，对待。

〔二四〕"孔子曰"以下三句：语见《论语·述而》。孔子说，就传述而不创作，信仰爱好古代文化这两点看，他自比于殷代的贤大夫老彭。

〔二五〕"孟子曰"二句：语见《孟子·离娄下》。曾子居武城，寇至则去；子思居于卫，寇至不去。孟子认为这是他们的地位不同造成的，"易地则皆然"。

〔二六〕既冠：年已二十。古代男子年二十行加冠礼。

〔二七〕不若：不如。

〔二八〕斥居东坡：指贬官黄州，在元丰三年（1080）至元丰七年（1084）期间。老友马正卿为他请得城东的营房废地数十亩，让他开垦耕种，这就是著名的东坡。

〔二九〕沛然：水势湍急的样子。

〔三〇〕驰骤从之：快马追随苏轼。驰骤，奔驰。从，追随。

〔三一〕"其和渊明"二句：意思是说他也跟着苏轼写了少量和陶诗。《栾城后集》有苏辙《次韵子瞻和陶渊明饮酒二十首》《次韵子瞻和陶公止酒》《次韵子瞻和渊明拟古九首》等诗。

〔三二〕绍圣四年：绍圣，宋哲宗年号。绍圣四年，1097 年。

题韩驹秀才诗句

苏　辙

唐朝文士例能诗，李、杜高深得到希。我读君诗笑无语，恍然重见储光羲。〔一〕

题解

韩驹，字子苍，仁寿（今属四川）人，徙汝州（今河南临汝），从苏辙学，并因此两度贬官。著有《陵阳集》。宋人学诗多宗唐，特别提倡学杜，但能达到唐人水平特别是李、杜水平者寥寥。此诗有感于此而发，认为韩驹诗也未达到李、杜水平，只可与储光羲媲美。

注释

〔一〕恍然重见储光羲：恍然，仿佛。储光羲（707—约760），兖州（今属山东）人，一说润州（今江苏镇江）人，以田园诗著称。

读旧诗

苏　辙

早岁吟哦已有诗，年来七十才全衰。开编一笑恍如梦，闭目徐思定是谁〔一〕？敌手一时无复在〔二〕，赏音他日更难期〔三〕。老人不用多言语，一点空明万法师〔四〕。

（《栾城三集》卷一）

题解

苏辙晚年隐居许昌，整理自己的诗文。这是他七十岁（时为大观二年，即1108年）时阅读自己的旧诗而发出的感慨。北宋文坛，经过欧阳修等人的大力经营，到了元祐年间结出了硕果，苏轼兄弟以及苏门六君子为文坛增添了光辉。可是，在苏辙写这首诗时，苏轼、黄庭坚、秦观、陈师道等均已去世，文坛暂时趋于沉寂，因此，他发出了"敌手一时无复在，赏音他日更难期"的感叹。

注释 ————————————————————————————————————

〔一〕闭目徐思定是谁：进一步写"恍如梦"，仿佛自己都认不出这些诗是自己写的了。

〔二〕敌手：对手。

〔三〕期：期望，希望。

〔四〕一点空明万法师：苏轼诗云："欲令诗语妙，无厌空且静。静故了群动，空故纳万境。"（《送参寥诗》）苏辙之诗意同，都在追求空、明的佛教境界。

诗病五事

苏 辙

其一

李白诗类其人，骏发豪放，华而不实，好事喜名，不知义理之所在也。

语用兵，则先登陷阵，不以为难〔一〕；语游侠，则白昼杀人，不以为非〔二〕。此岂其诚能也哉！

白始以诗酒奉事明皇，遇谗而去〔三〕，所至不改其旧。永王将窃据江淮，白起而从之不疑，遂以放死〔四〕。今观其诗固然。唐诗人李、杜称首，今其诗皆在，杜甫有好义之心，白所不及也。

汉高帝归丰沛，作歌曰："大风起兮云飞扬，威加海内兮归故乡。安得猛士兮守四方？"〔五〕

高帝岂以文字高世者哉？帝王之度固然，发于其中而不自知也。白诗反之曰："但歌大风云飞扬，安用猛士守四方？"〔六〕其不识理如此！老杜赠白诗有"细论文"之句〔七〕，谓此类也哉？

其二

《大雅·绵》九章，初诵太王迁豳，建都邑，营宫室而已〔八〕。至其八章乃曰："肆不殄厥愠，亦不陨厥问〔九〕。"始及昆夷之怨〔一〇〕，尚可也。至其九章乃曰："虞、芮质厥成〔一一〕，文王蹶厥生〔一二〕。予曰有疏附，予曰有先后，予曰有奔奏，予曰有御侮〔一三〕。"事不接，文不属〔一四〕，如连山断岭，虽相去绝远〔一五〕，而气象联络，观者知其脉理之为一也。盖附离不以凿枘〔一六〕，此最为文之高致耳。

老杜陷贼时有诗曰〔一七〕："少陵野老吞声哭〔一八〕，春日潜行曲江曲〔一九〕。江头宫殿锁千门，细柳新蒲为谁绿？忆昔霓旌下南苑〔二〇〕，苑中万物生颜色。昭阳殿里第一人〔二一〕，同辇随君侍君侧〔二二〕。辇前才人带弓箭〔二三〕，白马嚼啮黄金勒〔二四〕。翻身向天仰射云，一笑正坠双飞翼〔二五〕。明眸皓齿今何在〔二六〕，血污游魂归不得〔二七〕。清渭东流剑阁深，去住彼此无消息〔二八〕。人生有情泪沾臆〔二九〕，江水江花岂终极？黄昏胡骑尘满城〔三〇〕，欲往城南忘南北。"予爱其词气如百金战马，注坡蓦涧，如履平地〔三一〕，得诗人之遗法。如白乐天诗词甚工，然拙于纪事，寸步不遗〔三二〕，犹恐失之。此所以望老杜之藩垣而不及也。

其三

诗人咏歌文、武征伐之事，其于克密曰："无失我陵，我陵我阿；无饮我泉，我泉我池。"〔三三〕其于克崇曰："崇墉言言，临冲闲闲。执讯连连，攸馘安安。是类是祃，是致是附，四方以无侮。"〔三四〕其于克商曰："维师尚父，时维鹰扬。谅彼武王，肆伐大商，会朝清明。"〔三五〕其形容征伐之盛极于此矣。

韩退之作《元和圣德诗》，言刘辟之死曰〔三六〕："宛宛弱子，赤立伛偻。牵头曳足，先断腰膂。次及其徒，体骸撑拄。末乃取辟，骇汗如泻。挥刀纷纭，争切脍脯〔三七〕。"此李斯颂秦所不忍言〔三八〕，而退之自谓无愧于雅、颂〔三九〕，何其陋也！

其四

唐人工于为诗，而陋于闻道。孟郊尝有诗曰："食荠肠亦苦，强歌声无欢。出门如有碍，谁谓天地宽〔四〇〕？"郊耿介之士，虽天地之大，无以安其身，起居饮食，有戚戚之忧〔四一〕，是以卒穷以死。而李翱称之，以为郊诗"高处在古无上，平处犹下顾沈、谢〔四二〕。"至韩退之亦谈不容口〔四三〕。甚矣，唐人之不闻道也！

孔子称颜子"在陋巷，人不堪其忧，回也不改其乐〔四四〕。"回虽穷困早卒，而非其处身之非，可以言命，与孟郊异矣。

其五

圣人之御天下非无大邦也，俾大邦畏其力，小邦怀其德而已；非无巨室也，不得罪于巨室，巨室之所慕，一国慕之矣〔四五〕。鲁昭公未能得其民，而欲逐季氏，则至于失国〔四六〕。汉景帝患诸侯之强，制之不以道，削夺吴、楚，以致七国之变，竭天下之力，仅能胜之〔四七〕。由此观之，大邦巨室，非为国之患，患无以安之耳。

祖宗承五代之乱〔四八〕，法制明具〔四九〕，州郡无藩镇之强，公卿无世官之弊〔五〇〕，古者大邦巨室之害不见于今矣。惟州县之间，随其小大皆有富民。此理势之所必至，所谓物之不齐，物之情也〔五一〕。然州县赖之以为强，国家恃之以为固，非所当忧，亦非所当去也。能使富民安其富而不横，贫民安其贫而不匮〔五二〕，贫富相恃，以为长久，而天下定矣。

王介甫，小丈夫也，不忍贫民而深疾富民〔五三〕，志欲破富民以济贫民，不知其不可也。方其未得志也，为《兼并》之诗，其诗曰："三代子百姓〔五四〕，公私无异财〔五五〕。人主擅操柄〔五六〕，如天持斗魁〔五七〕。赋予皆自我，兼并乃奸回〔五八〕。奸回法有诛，势亦无自来。后世始倒持，黔首遂难裁〔五九〕。秦王不知此，更筑怀清台〔六〇〕。礼义日以媮〔六一〕，圣经久埋埃〔六二〕。法尚有存者，欲言时所咍〔六三〕。俗吏不知方，掊克乃为才〔六四〕。俗儒不知变，兼并可无摧。利孔至百出〔六五〕，小人私阖开〔六六〕。有司与之争〔六七〕，民愈可怜哉！"及其得志〔六八〕，专以此为事，设青苗法以夺富民之利〔六九〕。民无贫富，两税之外，皆重出息十二。吏缘为奸，至倍息，公私皆病矣。吕惠卿继之〔七〇〕，作手实之法〔七一〕，私家一毫以上，皆籍于官。民知其有夺取之心，至于卖田杀牛以避其祸。朝廷觉其不可，中止不行，仅乃免于乱。然其徒世守其学，刻下媚上，谓之享上〔七二〕；有一不享上，皆废不用。至于今日，民遂大病。源其祸，出于此诗。盖昔之诗病，未有若此酷者也。

（《栾城三集》卷八）

题解

《诗病五事》批评了五个方面的诗歌弊病：一是李白的"不知义理"，二是白居易的"拙于记事"，三是韩愈歌颂残杀，四是孟郊啼饥号寒，五是王安石以诗害政。这"五事"既涉及诗歌的思想内容，又涉及诗歌的艺术形式，而以前者为主。苏辙所持的观点，有些是颇成问题的。如第一则的扬杜抑李，虽是不少宋人的共同倾向，但他所谓李白"华而不实，好事喜名，不知义理"，确实太过头了，以致被人斥为"狂悖庸妄"（钱振锽《诗话》卷上）。又如，苏轼兄弟都对孟郊诗不满，但苏轼主要不满孟郊诗的艰涩，而对其"诗从肺腑出，出辄愁肺腑"的真情实感则称颂备至，这就比苏辙一味责怪孟郊啼饥号寒，并进而责怪称赞孟郊的人"陋于闻道"，令人信服得多。至于对王安石《兼并》诗的指责，那就更不公正，这已经是在论政，而不全是论诗了。但他讥刺韩愈为了歌功颂德而不惜歌颂血淋淋的残杀，"李斯颂秦所不忍言，而退之自谓无愧雅、颂"，却令人拍手称快。第二则论诗歌既要有跳跃性，又要气象联络，脉理为一，反对"寸步不遗"，流水账式的"纪事"诗，也是颇为精辟的见解。北宋人的诗话偏重于记载轶闻轶事，而苏辙这篇类似诗话的《诗病五事》却偏重于诗歌理论；宋人诗话多偏重于谈艺术技巧，而他这篇准诗话却偏重于分析诗歌的思想内容，同时也重视艺术技巧，这都是富有特色的。

注释

〔一〕"语用兵"三句：李白自称其军事才能的诗文较多，如"三川北虏乱如麻，四海南奔似永嘉。但用东山谢安石，为君谈笑静胡沙。"（《永王东巡歌》之二）

〔二〕"语游侠"三句：李白歌颂游侠杀人的诗也很多，如"十步杀一人，千里不留行。事了拂身去，深藏身与名"（《侠客行》）；"笑尽一杯酒，杀人都市中"（《结客少年场行》）；

"杀人如剪草，剧孟同游遨"（《白马篇》）等等。

〔三〕白始以诗酒事明皇，遇谗而去：明皇即唐玄宗李隆基（685—762），712 年至 756年在位。《新唐书·李白传》载，天宝初，李白被召入京，供奉翰林。"白常侍帝醉，使高力士脱靴。力士素贵，耻之，摘其诗以激杨贵妃。帝欲官白，妃辄沮止。白自知不为亲近所容……恳求还山，帝赐金放还。"

〔四〕"永王将窃据江淮"三句：永王，玄宗第十六子李璘。安史之乱爆发后，玄宗仓皇逃蜀，命太子李亨收复黄河流域，命永王李璘经营长江流域。但李亨自立为帝，并发兵征讨李璘。《旧唐书·李白传》："禄山之乱，玄宗幸蜀。在途以永王璘为江淮兵马都督，扬州节度大使，白在宣州谒见，遂辟为从事。永王谋乱兵败，白坐长流夜郎。后遇赦得还，竟以饮酒过度，死于宣城。"苏辙认为李白之从李璘是不知义，苏轼却认为是被胁迫："士以气为主，方高力士用事，公卿大夫争事之，而太白使脱靴殿上，固已气盖天下矣。使之得志，必不肯附权幸以取容，其肯从君于昏乎？……太白之从永王璘当由迫胁。"（《李太白碑阴记》）可见，苏轼兄弟在这个问题上的看法是不一致的。

〔五〕"汉高帝归丰沛"至"安得猛士兮守四方"：汉高帝，即刘邦（前 256—前 195），西汉王朝的建立者，前 202 年至前 195 年在位。丰沛，刘邦的故乡。《汉书·高帝纪上》："高祖，沛丰邑中阳里人也。"应劭注："沛，县也；丰，其乡也。"沛县今属江苏。所作歌见《汉书·高帝纪下》，"大风"句写秦末农民起义及楚汉战争；"威加"句写他最后取得胜利，衣锦还乡；"安得"句写他渴望有贤才辅佐他巩固汉的统治。

〔六〕"白诗反之曰"三句：所引诗为李白《胡无人》诗的最后两句。萧士赟云："诗至'汉道昌'，一篇之意已足。……一本无此三句（即《胡无人》的最后三句）者是也。使苏子由见之，必不肯轻致'不识理'之诮矣。"敦煌残卷本唐诗、《唐文粹》、乐史本《李翰林集》录此诗均无后三句。今人詹英据此认为："萧氏谓末三句为后人所补，信而有征。"

〔七〕老杜赠白诗有"细论文"之句：见杜甫《春日怀李白》："白也诗无敌，飘然思不群。……何时一樽酒，重与细论文。"对末句的解释历来就有分歧，苏辙认为是为李白之诗"不识理"而发，朱鹤龄则说："或遂以'细论文'讥其才疏也，此真瞽说。"（仇兆鳌《杜诗详注》卷一）

〔八〕"《大雅·绵》九章"四句：朱熹《诗集传》卷一六："《绵》九章，章六句。一章言在豳，二章言至岐，三章言定宅，四章言授田居民，五章言作宗庙，六章言治宫室，七章言作门社，八章言至文王而服混夷，九章遂言文王受命之事。"初，本来。诵，陈述。太王，即周太王古公亶，周文王的祖父。因戎、狄威逼，由豳迁到岐山下的周，建筑城郭，设置官吏，发展生产，使周族逐渐强盛。豳，在今陕西旬县西南。

〔九〕"肆不殄厥愠"二句：朱熹注："言大王虽不能殄绝混（昆）夷之愠怒，亦不陨坠己之声闻。"肆，遂，于是，承上启下之辞。殄，绝。愠，怒。陨，坠。问，通"闻"，声誉。

〔一〇〕昆夷：殷、周时我国西北部的少数民族部落。

〔一一〕虞、芮质厥成：虞、芮，古国名。虞在今山西平陆北，芮在今陕西大荔县朝邑城南。质，评断，取正。厥，其。成，平。《毛诗》传云："虞、芮之君，相与争田，久而不平，乃相谓曰：'西伯仁人也，盖往质焉，乃相与朝周。入其境则耕者让畔，行者让路。入其邑，男女异路，斑白者不提挈。入其朝，士让为大夫，大夫让为卿。二国之君感而相谓曰：'我等小人，不可以履君子之庭。'乃相让以其所争田为闲田而退。"

〔一二〕文王蹶厥生：朱熹注："文王由此动其兴起之势。"蹶，动。生，起。

〔一三〕"予曰有疏附"四句：朱熹注："予，诗人自谓也。率下亲上曰疏附，相道前后曰先后，喻德宣誉曰奔奏，武臣折冲曰御侮。"这四句是感叹诸侯归服文王。

〔一四〕文不属：上下文不相连属。

〔一五〕绝远：极远。

〔一六〕附离不以凿枘：不靠榫卯、榫头就能自然衔接。附离，附着、依附。凿，榫卯。枘，榫头。《庄子·骈拇》："附离不以胶膝，约束不以绳索。"

〔一七〕老杜陷贼时有诗：老杜，杜甫，见苏轼《次韵张安道读杜诗》注〔六〕。所引诗是杜甫的《哀江头》。安史之乱爆发后，杜甫奔赴灵武，投奔肃宗，中途为贼所得，被送至已被乱军占领的长安，作《哀江头》。

〔一八〕少陵野老：杜甫自称，因杜甫曾在长安少陵附近居往。

〔一九〕潜行曲江曲：暗中来到曲江的深曲之处。曲江，在长安东南。

〔二〇〕霓旌下南苑：霓旌，皇帝的旌旗，绘有五彩云霓。南苑，芙蓉苑，在曲江之南。

〔二一〕昭阳殿里第一人：指杨贵妃。昭阳殿，汉殿名。第一人，本指汉成帝的美人赵飞燕，此借汉喻唐。

〔二二〕辇：皇帝坐的车子。

〔二三〕才人带弓箭：才人，宫中女官。唐朝宫中有娴熟武艺的宫女，王建《宫词》："射生宫女宿红妆，把得新弓各自张。临上马时齐赐酒，男儿跪拜谢君王。"

〔二四〕嚼啮黄金勒：含着金黄色的嚼口。啮，咬。勒，马笼头上的嚼口。

〔二五〕一笑正坠双飞翼：才人射落了双飞鸟，引起杨贵妃一笑。

〔二六〕明眸皓齿：指杨贵妃。眸，眼珠。皓，白。

〔二七〕血污游魂归不得：指安史之乱爆发后，玄宗逃蜀，行至马嵬驿，发生兵变，贵妃被缢死。

〔二八〕"清渭东流剑阁深"二句：意思是说杨贵妃死在渭水边上，唐玄宗经剑阁去四川，去者（玄宗）留者（贵妃）彼此永无消息了。清渭，渭水。剑阁，关名，在四川剑阁县境。

〔二九〕泪沾臆：泪湿胸襟。

〔三〇〕胡骑：指安史乱军。

〔三一〕"百金战马"二句：良马下坡，越过沟涧如在平地上跑一样。前句形容杜诗一气贯注，后句形容杜诗无艰难劳苦之态。蓦，越过。履，踩、踏。

〔三二〕寸步不遗：一点不敢走样。遗，遗漏。

〔三二〕藩垣：围墙。

〔三三〕"其于克密曰"五句：语见《诗经·大雅·皇矣》第六章，大意是说，在文王攻克密国后，密人不敢陈兵于山陵，因为山陵已是文王的山陵；不敢饮水于泉旁，因为泉水已是文王的泉水，极言密人不敢抗拒。密，古国名，在今甘肃灵台县西南。矢，陈兵。陵，山陵。阿，大的丘陵。

〔三四〕"其于克崇曰"八句：语见《皇矣》第八章。大意是说，崇国的城很高大，从上往下攻的车和从旁进攻的车很舒缓，被抓住并被审问的人接连不断，并不轻率杀人割耳，出师前祭祀上帝，所到之地都祭祀始造军法的人，使四方之人都来依附文王，不受侮辱。朱熹归纳所引数句大意说："言文王伐崇之初，缓攻徐战，告祀群神，以致附来者，而四方无不畏服。"崇，古国名，在今河南嵩县北。墉，城。言言，高大貌。临，临车，由上往下攻的车。冲，冲车，从旁往内攻的车。闲闲，徐缓。执，逮捕。讯，审问。连连，连续不断。攸，语助词，无义。馘，割耳。安安，不轻暴。是，承上启下之词。类，出师祭上帝。祃，至所征之地祭始造军法者。至，使之至。附，使之来附。

〔三五〕"其于克商曰"六句：语见《诗经·大雅·大明》第八章。大意是说，姜太公像雄鹰一样的威武，佐助周武王纵兵伐商，会战于早晨，不终朝而天下清明。商，商朝，具体指商朝的最后一个君主商纣王。维，发语词。后一维字作"乃"讲。师尚父，姜姓，吕氏，名望，字子牙，也称师尚父、姜太公，曾辅佐文王、武王灭周。鹰扬，如鹰之飞扬而将击，言其猛。谅，佐助。肆，纵兵。会朝，会战的朝晨。

〔三六〕"韩退之作《元和圣德诗》"二句：元和，唐宪宗年号（806—820）。宪宗初即位，西川节度副使刘辟求兼领三川，朝廷不许，辟遂发兵反叛。朝廷派兵讨，攻克成都，擒刘辟送京师处死。韩愈的《元和圣德诗》就是歌颂宪宗这一"圣德"的。

〔三七〕"宛宛弱子"至"争切脍脯"：宛宛，屈曲的样子。伛偻，躬身。曳，拖。膂，脊骨。辟，刘辟。挥刀纷纭，举刀乱割。脍脯，脍本指细切的鱼肉，脯指干肉，这里指切成肉片。

〔三八〕李斯颂秦所不忍言：李斯，楚国上蔡（今河南上蔡西南）人，战国末入秦，佐助秦始皇统一中国，并在泰山、琅玡等地刻石颂秦德，主要是正面歌颂秦"初并天下，罔不宾服"，并未写残杀敌人。

〔三九〕退之自谓无愧于雅、颂：雅、颂指《诗经》。《诗经》多为四言诗，韩愈在《元和圣德诗序》中有"依古作四言"之语，故有是讥。

〔四〇〕"孟郊尝有诗曰"五句：孟郊，见苏轼《读孟郊诗》题解，所引诗见《赠崔纯亮》。荠：荠菜，《诗经·小雅·谷风》："谁谓荼苦，其甘如荠。"强，勉强。

〔四一〕戚戚：忧愁的样子，《论语·述而》："君子坦荡荡，小人长戚戚。"

〔四二〕"李翱称之"三句：李翱，见苏洵《上欧阳内翰第一书》注〔九〕。引语见《荐所知于徐州张仆射书》，是转引李观荐孟郊的话。李翱亦云："郊为五言诗，自前汉李都尉、苏属国及建安诸子，南朝二谢，郊能兼其体而有之。"

〔四三〕韩退之亦谈不容口：韩愈赞孟郊的诗很多，如"孟生江海士，古貌又古心。……作诗三百首，窅默咸池音。"（《孟生诗》）"吾与东野生并世，如何复蹑二子（李白、杜甫）踪。"（《醉留东野》）

〔四四〕"孔子称颜子"三句：语见《论语·雍也》。颜子，颜渊，见苏轼《答张文潜书》注〔一四〕。

〔四五〕"圣人之御天下"至"一国慕之矣"："大邦"二句，见《尚书·武成》。巨室，指世家大族，《孟子·离娄上》："为政不难，不得罪于巨室。"

〔四六〕"鲁昭公未能得其民"三句：鲁昭公，春秋后期鲁国国君。季氏，季平子，春秋后期鲁国贵族，鲁国的实际掌权者。昭公二十五年伐季氏，子家驹曰："政自季氏久矣，为徒者众，众将合谋。"昭公不听，结果为季氏所败，昭公出奔并死于外。事见《史记》卷三二《鲁周公世家》。

〔四七〕"汉景帝患诸侯之强"六句：汉景帝刘启（前188—前141），文帝之子，前157年至前141年在位。景帝前三年（前154）采纳晁错的主张削藩，吴王刘濞和楚、赵、胶东、胶西、济南、淄川七国叛乱。汉景帝派周亚夫花三个月时间才平定了叛乱。事见《汉书》卷三五《荆、燕、吴传》。

〔四八〕祖宗承五代之乱：祖宗指宋朝的开国君主太祖赵匡胤（927—976），涿郡（今河北涿州市）人，960年至976年在位。五代是中国历史上的大分裂时期，朝代更替频繁，直至 960 年赵匡胤发动陈桥兵变，夺取后周政权，并先后攻灭割据势力，中国才复归统一。

〔四九〕明具：详明完备。具，完备。

〔五〇〕世官：世代承袭的官职。

〔五一〕物之不齐，物之情也：语出《孟子·滕文公上》，意谓事物的参差不齐，是事物的本性。

〔五二〕匮：缺乏。

〔五三〕不忍贫民而深疾富民：对贫民不忍心（即同情贫民）而深恶富民。忍，忍心。疾，憎恶。

〔五四〕子百姓：以百姓为子，指爱护百姓。

〔五五〕公私无异财：谓三代公私收入有常制，赋税以时，没有违反常制的收入。

〔五六〕人主擅操柄：君主独揽大权。柄，权力。

〔五七〕斗魁：魁星。

〔五八〕奸回：奸恶邪僻的人。

〔五九〕黔首遂难裁：黔首，老百姓。裁，处理、治理。

〔六〇〕"秦王不知此"二句：秦王即秦始皇嬴政（前 259—前 210），秦王朝的建立者，前 246 年至前 210 年在位。怀清台，在今重庆长寿区南。《史记》卷一二九《货殖列传》："巴寡妇清，其先得丹穴，而擅其利数世，家亦不訾（不可訾量）。清，寡妇也，能守其业，用财自卫，不见侵犯。秦皇帝以为贞妇而客之，为筑女怀清台。"

〔六一〕日以媮：越来越浇薄。

〔六二〕圣经：指儒家经典。

〔六三〕时所咍：被时人所讥笑。咍，讥笑。

〔六四〕掊克：聚敛贪狠。

〔六五〕利孔：获利的孔道。

〔六六〕阓：门。

〔六七〕有司：官吏。

〔六八〕及其得志：指王安石任宰相。

〔六九〕青苗法：王安石推行的新法之一，每年春夏，民户可向官府借贷，收庄稼后归还，取利二分，实际多达三四分。实行此法的目的在于打击高利贷，但实际变成了由政府放债取息。

〔七〇〕吕惠卿（1032—1111）：字吉甫，泉州晋江（今属福建）人，官至参知政事。初佐助王安石制定和推行新法，后为谋取相位又攻击王安石。

〔七一〕手实之法：王安石第一次罢相后由吕惠卿推行的法律，令民户自报财产以定税等，如有隐瞒，鼓励告密，并以查获财产的三分之一奖励告密者。王安石复相后停止执行。

〔七二〕"然其徒世守其学"三句：这篇《诗病五事》载于《栾城三集》，是苏辙晚年所作，其徒很可能指蔡京。时蔡京当权，以恢复新法为名，大肆聚敛，以供徽宗挥霍。本文对王安石的攻击，显然有现实针对性。刻下，对下刻薄。享，进献。

附：东坡词论选注

与鲜于子骏书

苏　轼

恭厚眷，不敢用启状，必不深讶。所惠诗文，皆萧然有远古风味〔一〕。然此风之亡也久矣，欲以求合世俗之耳目则疏矣。但时独于闲处开看，未尝以示人，盖知爱之者绝少也。

所索拙诗，岂敢措手〔二〕，然不可不作，特未暇耳。近却颇作小词，虽无柳七郎风味〔三〕，亦自是一家，呵呵。数日前猎于郊外，所获颇多。作得一阕〔四〕，令东州壮士抵掌顿脚而歌之〔五〕，吹笛击鼓以为节，颇壮观也。写呈取笑。

（《东坡续集》卷五）

题解

鲜于子骏，见苏轼《书鲜于子骏楚辞后》题解。苏轼这封信写于熙宁八年（1075）知密州时。苏轼论词之作甚少，而这封信却明确地把自己的词与婉约词的代表作家柳永的词区别开来，称"自是一家"。可见苏轼创立豪放词是很自觉的，有意在婉约词之外另辟蹊径。据俞文豹《吹剑录》载，苏轼曾问一位幕士"我词何如柳七？"幕士回答说："柳郎中词只合十七八女郎，执红牙板，歌'杨柳岸，晓风残月'；学士词，须关西大汉，铜琵琶，铁绰板，唱'大江东去'。"有人说这是在讥刺苏词。其实幕士的话与苏轼所说的"令东州壮士抵掌顿脚而歌之，吹笛击鼓以为节，颇壮观也"，基本上是一致的，都准确地把握了苏轼豪放词的特点。

注释

〔一〕萧然：清冷貌。

〔二〕措手：动笔。

〔三〕柳七郎：即柳永，原名三变，字耆卿，世称柳七、柳屯田，崇安（今属福建）人，北宋前期著名词人，婉约词的代表作家。胡寅《题酒边词》："柳耆卿后出，掩众制而尽其妙，好之者以为不可复加。"

〔四〕作得一阕：阕，乐终，《礼记·郊特牲》"乐三阕"孔颖达疏："阕，止也；奏乐三遍，止。"因谓一曲为一阕。此指苏轼所作《江城子·密州出猎》："老夫聊发少年狂，左牵黄，右擎苍，锦帽貂裘，千骑卷平冈。为报倾城随太守，亲射虎，看孙郎。　　酒酣胸胆尚开张，鬓微霜，又何妨！持节云中，何日遣冯唐？会挽雕弓如满月，西北望，射天狼。"这是苏轼早期豪放词的名篇。

〔五〕东州：此指密州，今山东诸城。抵掌：击掌。

答陈季常书（节录）
苏　轼

别后凡四辱书，一一领厚意，具审起居佳胜为慰。又惠新词，句句警拔，诗人之雄，非小词也。但豪放太过，恐造物者不容人如此快活。

（《东坡续集》卷五）

题解

陈季常名慥，自号方山子，青神人。苏轼任凤翔签判时，与陈相识；贬官黄州时，陈隐居岐亭，与苏轼颇多唱和。此书作于元祐初苏轼回朝后。苏轼赞美陈季常的词"句句警拔，诗人之雄"，证明他确实是主张以诗为词的。苏轼是豪放词派的创立者，在这封信中他直接以"豪放"评词，但也不主张"太过"，可见他在这个问题上是颇有分寸的。好像他已预见到后世有人"故为豪放不羁之语"，并"借东坡、稼轩诸贤自诿"（沈义父《乐府指迷》）。

与蔡景繁书

苏　轼

颂示新词，此古人长短句诗也。得之惊喜，试勉继之，晚即面呈。

（《东坡续集》卷五）

题解

蔡景繁名承禧，临川（今江西抚州市临川区）人。无论肯定苏词还是贬低苏词的人，都认为苏轼"以诗为词"。从这封信可看出，苏轼本来就认定词是"古人长短句诗"，可见他是自觉地以诗为词的。

题张子野诗集后

苏　轼

张子野诗笔老妙，歌词乃其余技耳。《华州西溪》云："浮萍破处见山影，小艇归时闻草声。"与余和诗云："愁似鳏鱼知夜永[一]，懒同胡蝶为春忙。"若此之类皆可以追配古人，而世俗但称其歌词。昔周昉画人物皆入神品[二]，而世俗但知有周昉仕女。皆所谓"未见好德如好色者"欤[三]！元祐五年四月二十一日。

（三苏祠本《东坡集》卷六五）

题解

　　张先（990—1078），字子野，乌程（今浙江吴兴）人，北宋著名词人，他是较早创作慢词的词人之一，对慢词的发展起过促进作用。苏轼通判杭州，与之交游唱酬。《宋史·艺文志》载："张先诗二十卷。"但早已失传，今所存者不足十首。苏轼这篇题后，主要在肯定"张子野诗笔老妙"，感叹"世俗但称其歌词"。但从"歌词乃其余技"，"未见好德如好色者"等语看，苏轼也有"词者诗之余"的传统观点，还没有把词提高到与诗同等重要的地位。

注释 ————————————————————————————————————

　　〔一〕鳏鱼：一种性喜独游的鱼。夜永：夜长。

　　〔二〕周昉：字景玄，又字仲朗，长安（今陕西西安）人，唐代画家，善画道释、人物、仕女。

　　〔三〕未见好德如好色者：语见《论语·卫灵公》："'子曰：已矣乎！吾未见好德如好色者。'"

跋黔安居士渔父词

苏　轼

　　鲁直作此词，清新婉丽，问其得意处，自言以水光山色替其玉肌花貌。此乃真得渔父家风也。然才出新妇矶，又入女儿浦，此渔父无乃太澜浪乎？

（三苏祠本《东坡集》卷六七）

题解

　　黔安居士即黄庭坚，见苏轼《答黄直书》题解。苏轼所谓黔安居士渔父词，指黄庭坚咏渔父的《浣溪沙》："新妇滩头眉黛愁，女儿浦口眼波秋。惊鱼错认月沈钩。青箬笠前无限事，绿蓑衣底一时休。斜风吹雨转船头。"苏轼所说"才出新妇矶，又入女儿浦"，即指此词的开头两句。黄庭坚这首词上阕首句写山，次句写水，第三句写水中之月，下阕写渔父头戴箬笠，身着蓑衣，不顾风雨活动于船上。故黄庭坚自言其得意处在于以水光山色代替了玉肌花貌。苏轼也赞其清新婉丽，但黄词以新妇的黛眉形容山，以少女的眼波形容水，故苏轼笑黄庭坚笔下的渔父"太澜浪"。用今天的话说就是这位渔父太浪漫了。这篇跋文表明，东坡论词，提倡"清新婉丽"。

三苏艺论选注

与可许惠所画舒景，以诗督之

苏 洵

　　枯松怪石霜竹枝，中有可爱知者谁？我能知之不能说，欲说常恐天真非〔一〕。美君笔端有新意，倏忽万状成一挥〔二〕。使我忘言惟独笑，意所欲说辄见之。问胡为然笑不答〔三〕，无乃君亦难为辞？昼行书空夜画被，方其得意犹若痴。纷纭落纸不自惜，坐客争夺相漫欺。贵家满前谢不与，独许见赠怜我衰。我当枕簟卧其下，暮续膏火朝忘炊。门前剥啄不须应〔四〕，老病人谁称我为？

（《类编增广老苏先生大全文集》卷二）

题解

　　文同（1018—1079），字与可，自号笑笑先生，梓州永泰（今四川盐亭东）人，北宋著名画家。这是苏洵向文同索画的诗。诗中称美文同擅长的枯木竹石，赞其"有新意"，而有无"新意"是三苏父子论文论艺的重要标准。诗中还揭示了文同绘画取得重大成就的原因，这就是"昼行书空夜画被"的刻苦练习。

注释

〔一〕天真：《庄子·渔父》："圣人法天贵真，不拘于俗。"此指"法天贵真"的人。

〔二〕倏忽：转瞬之间。

〔三〕胡：何。

〔四〕剥啄：象声词，指敲门声。

王维、吴道子画

苏 轼

何处访吴画，普门与开元〔一〕。开元有东塔，摩诘留手痕〔二〕。吾观画品中，莫如二子尊。道子实雄放，浩如海波翻。当其下手风雨快，笔所未到气已吞。亭亭双林间〔三〕，彩晕扶桑暾〔四〕。中有至人谈寂灭〔五〕。悟者悲涕，迷者手自扪。蛮君鬼伯千万万，相排竞进头如鼋〔六〕。摩诘本诗老，佩芝袭芳荪〔七〕。今观此壁画，亦若其诗清且敦。祇园弟子尽鹤骨〔八〕，心如死灰不复温。门前两丛竹，雪节贯霜根。交柯乱叶动无数〔九〕，一一皆可寻其源。吴生虽妙绝，犹以画工论。摩诘得之于象外，有如仙翮谢笼樊〔一〇〕。吾观二子皆神骏，又于维也敛衽无间言〔一一〕。

（七集本《东坡集》卷一）

题解

吴道子，唐代阳翟（今河南禹州）人，著名画家，擅长佛道人物，画笔洗练爽劲，雄峻生动，富有立体感。王维（701—761），字摩诘，原籍祁县（今属山西），后徙蒲州（今山西永济），唐代著名诗人兼画家。诗以咏田园山水见长，画擅山水松石，笔力雄劲。苏轼此诗作于嘉祐八年凤翔任上，他以王维、吴道子为代表，区别了画工画和文人画。画工画，重在"不差毫末"，文人画重写意，重"得之于象外"。从诗末几句可看出，苏轼对文人写意画的推崇远在画工画之上。

注释

〔一〕普门与开元：二寺名。邵博《邵氏闻见后录》："凤翔开元寺大殿九间后壁，吴道玄（即吴道子）画自佛始生，修行说法，至灭度。山林宫室，人物禽兽数千万种。如佛灭度，比丘众蹲踊哭泣，皆若不自胜者；虽飞鸟走兽，亦作号顿之状；独菩萨淡然在旁如平时，略无哀戚之容，岂以其能尽生死之致者欤？"

〔二〕"开元有东塔"二句：《名胜志》："王右丞（维）画竹两丛，交柯乱叶，飞动若舞，在开元寺东塔。"

〔三〕亭亭双林间：《传灯录》："释迦牟尼佛欲入涅槃，往娑罗双树下泊然冥寂。"亭亭，耸立貌。

〔四〕彩晕扶桑暾：佛光像朝阳。彩晕，指所画佛光。扶桑，旧传日出之地。暾，初升的太阳。

〔五〕中有至人谈寂灭：至人，思想道德最高尚的人。寂灭，《维摩经》："妙意菩萨曰：若知意性，于法不贪、不恚、不痴，是谓寂灭。"

〔六〕鼋：水生动物，又叫绿团鱼。

〔七〕佩芷袭芳荪：佩戴着香草，比喻其高洁。芷、荪，香草名。袭，衣上加衣。《礼记·内则》："寒不敢袭。"

〔八〕祇园：印度佛教圣地之一，全称叫祇树给孤独园或祇园精舍，相传释迦牟尼在此说法。

〔九〕交柯：交错的枝干。

〔一〇〕仙翩谢笼樊：形容王维画有飘飘欲仙之态。《列仙传》："王次仲变篆为隶，始皇召之，不至，将杀之。次仲化为大鸟，振翼而起，以三大翮堕与使者。始皇因名为落翮仙。"谢，辞去。笼樊，即樊笼、囚笼。

〔一一〕敛衽无间言：整衣下拜，表示极为崇拜。间言，异议。

欧阳少师令赋所蓄石屏

苏　轼

何人遗公石屏风，上有水墨希微踪〔一〕。不画长林与巨植，独画峨眉山西雪岭上万岁不老之孤松〔二〕。崖崩涧绝可望不可到，孤烟落日相溟濛〔三〕。含风偃蹇得真态〔四〕，刻画始信天有工。我恐毕宏、韦偃死葬虢山下〔五〕，骨可朽烂心难穷。神机巧思无所发，化为烟霏沦石中。古来画师非俗士，摹写物象略与诗人同。愿公作诗慰不遇，无使二子含愤泣幽宫。

（七集本《东坡集》卷二）

题解

欧阳少师即欧阳修，时以太子少师致仕居颍州（今安徽阜阳）。熙宁四年（1071）秋，苏轼因与王安石政见不合，出任杭州通判，经颍州，拜谒欧阳修，作此诗。诗的前一部分描写了石屏风上所显现的图像似峨眉山的不老松。后一部分的想象更奇特，他似乎觉得是已死的画家毕宏、韦偃的"神机巧思"都化在石屏中了，甚至劝欧阳修写诗安慰这"不遇"的画师。这首诗突出地表现了苏诗的浪漫主义风格，语言也错落有致，甚至有十六字的长句。在文艺理论上，这首诗提出了"古来画师非俗士，摹写物象略与诗人同"的思想。苏轼一贯认为"诗画本一律"，而"摹写物象"正是诗画一律的重要内容之一。诗人用语言"摹写物象"，画家用线条"摹写物象"，而其共同的艺术要求都是"得真态"和巧夺天工（所谓"刻画始信天有工"）。

注释

〔一〕"何人遗公石屏风"二句：遗，赠予。希微踪，形容屏风上的图像，给人以一种寂静朦胧的感觉。《老子》："听之不闻名曰希，搏之不得名曰微。"

〔二〕峨眉山：在四川峨眉山市西南，有山峰相对如蛾眉，故名。

〔三〕溟濛：模糊不清貌。

〔四〕偃蹇：高耸貌。

〔五〕我恐毕宏、韦偃死葬骊山下：毕宏、韦偃皆唐代画家，工老松异石。杜甫诗有"天下几人画古松，毕宏已老韦偃少"之句。朱景元《历代画断》："毕宏，大历二年为给事中，画松石于左省厅壁，好事者皆以诗咏之。韦偃，工老松异石，咫尺千寻。"骊山，在陕西宝鸡东。

书韩幹牧马图

苏　轼

　　南山之下〔一〕，汧渭之间〔二〕，想见开元天宝年〔三〕，八坊分屯隘秦川，四十万匹如云烟〔四〕。驹驱骊骆骊骝骓，白鱼赤兔骍皇騟。龙颅凤颈狞且妍〔六〕，奇姿逸德隐驽顽。碧眼胡儿手脚鲜〔七〕，岁时剪刷供帝闲〔八〕。柘袍临池侍三千〔九〕，红妆照日光流渊。楼下玉螭吐清寒〔一〇〕，往来蹙踏生飞湍〔一一〕。众工舐笔和朱铅〔一二〕，先生曹霸弟子韩〔一三〕。厩马多肉尻脽圆〔一四〕，肉中画骨夸尤难。金羁玉勒绣罗鞍〔一五〕，鞭箠刻烙伤天全，不如此图近自然。平沙细草荒芊绵，惊鸿脱兔争后先。王良挽策飞上天〔一六〕，何必俯首服短辕。

（七集本《东坡集》卷八）

题解

　　韩幹，唐京兆蓝田（今陕西西安）人，一说大梁（今河南开封）人，擅绘肖像、鬼神、花竹，尤工画马，曾向曹霸学画。唐玄宗天宝年间（742—756）曾在宫廷内厩画马。杜甫曾批评韩幹"画肉不画骨，忍使骅骝气凋丧。"（《赠曹将军霸丹青引》）苏轼在这首诗中把韩幹所画的宫中厩马和牧马图作了比较，进一步指出了韩幹所画宫中厩马有肉无骨的根源："厩马多肉尻脽圆，肉中画骨夸尤难。金羁玉勒绣罗鞍，鞭箠刻烙伤天全。"客观对象已"伤天全"，要画出马的神气当然"尤难"。相反，韩幹的《牧马图》就好得多："不如此图近自然，平沙细草荒芊绵，惊鸿脱兔争后先。"《牧马图》的"近自然"，是因为他所画的对象就近自然，牧场上的马群既无玉勒雕鞍之饰，亦无鞭箠刻烙之痕，奔腾追逐于平沙细草，荒芊绵延的漠野中。反对"伤天全"，提倡"近自然"，是苏轼文艺思想的重要内容。

注释

〔一〕南山：终南山，在陕西西安城南，即狭义的秦岭。

〔二〕汧渭：汧指汧水，渭水的支流。渭指渭水，源出甘肃渭源县，横贯陕西，在潼关入黄河。

〔三〕开元、天宝：唐玄宗年号。开元为 713 年至 741 年，天宝为 742 年至 756 年。

〔四〕"八坊分屯隘秦川"二句：秦川指陕西、甘肃秦岭以北的平原。唐代在这里分八坊（保乐、甘露、南普闰、北普闰、岐阳、太平、宜禄、安定）牧马。贞观至麟德年间，马多至七十余万匹。后锐减，至开元十三年恢复到四十三万匹。

〔五〕"骃駓骊骆骊骝骟"二句：均马名，苍白杂毛的马叫骃，黄白杂毛叫駓，阴白杂毛叫骊，白马黑鬣叫骆，纯黑叫骊，赤身黑鬣叫骝，骟马白腹叫骟。白鱼，二目似鱼目的马。赤兔，三国时吕布的马。骍，赤黄色的马。皇，黄白色的马。騊，少数民族地区的大马（"番大马"）。

〔六〕龙颅凤颈狞且妍：龙颅凤颈，形容良马的英姿。李玫《异闻实录》形容良马有"龙形凤颈，兔胫凫膺"之语。狞且妍，凶猛而又美丽。

〔七〕碧眼胡儿手脚鲜：碧眼胡儿，指西北一带的少数民族。手脚鲜，手脚熟练利落。柳开《塞上曲》："碧眼胡儿三百骑，尽提金勒向云看"。

〔八〕闲：马厩，《周礼·夏官·校人》："天子有十二闲，马六种。"

〔九〕柘袍临池侍三千：形容玄宗带着很多侍从来看画马。柘袍，柘黄袍，赤黄色的袍子。《六典》："隋文帝制柘黄袍及巾带以听朝，至今遂以为常。"

〔一十〕楼下玉螭吐清寒：泉水从白石雕成的龙头口中吐出，给人以清冷之感。螭，传说中的蛟龙。

〔一一〕蹙：同"蹴"，踩。

〔一二〕舐笔和朱铅：舐（舔）笔和墨。朱，红色。铅，白色。朱铅泛指绘画所用彩色颜料。

〔一三〕曹霸：谯郡（今安徽亳州）人，唐代画家，擅画马，亦工肖像。杜甫有《丹青引赠曹将军霸》，盛赞其艺术成就。

〔一四〕厩马多肉尻脽圆：厩，马圈。尻脽，臀部。

〔一五〕金羁玉勒：装饰很美的马络头。

〔一六〕王良挟策飞上天：王良，春秋时人，善御马；又为星官名，《晋书·天文志》："王良五星，在奎北，居河中，天子奉车御官也。其四星曰天驷，旁一星曰王良，亦曰天马。"策，马鞭。苏轼说："熙宁十年……王诜送韩干画马十二匹共六轴，求轼题跋，不合作诗云：'王良挟策飞上天，何必俯首服短辕。'意以麒骥自比，讥讽执政大臣无能尽我之才如王良之能御者，何必折节干求进用也。"（《乌台诗案》）

高邮陈直躬处士画雁二首（选一）
苏　轼

野雁见人时，未起意先改。君从何处看，得此无人态？无乃槁木形〔一〕，人禽两自在〔二〕？北风振枯苇，微雪落璀璀〔三〕。惨澹云水昏，晶莹沙砾碎。弋人怅何慕〔四〕，一举渺江海。

（七集本《东坡集》卷一四）

题解

高邮，今属江苏。陈直躬，高邮人，其家原很富有，其父其叔皆喜学画，后画技日高而家业衰微，遂以绘画为业。处士，隐居不仕而有才德的人。这首诗的前六句是对陈直躬所画雁的惊叹赞美，后六句是对画图的具体描绘。野雁见人，即有飞意；而陈直躬却画出了野雁悠然自在的神情，他是怎样摄取到这一镜头的呢？苏轼在《传神记》中说："欲得其人之天（天然神态），法当于众中阴察之。今乃使人具衣冠坐，注视一物，彼方敛容自持，岂复见其天乎？"这首诗所赞美的"无人态"与此意合。

注释

〔一〕无乃槁木形：（你）是不是形如槁木，不会惊动野雁呢？无乃，岂不是，表疑问。

槁木形，《庄子·齐物论》："形固可使如槁木，而心固可使如死灰乎？"郭象注："死灰槁木，取其寂寞无情耳。"

〔二〕自在：安闲自适。

〔三〕璀璀：鲜明的样子。

〔四〕弋人怅何慕：弋人，射鸟的人。扬雄《法言·问明》："鸿飞冥冥，弋人何篡（取）焉。"篡或作"慕"，张九龄《感遇》："今我游冥冥，弋者何所慕。"

次韵子由书李伯时所藏韩幹马

苏 轼

潭潭古屋云幕垂〔一〕，省中文书如乱丝〔二〕。忽见伯时画天马〔三〕，朔风胡沙生落锥〔四〕。天马西来从西极，势与落日争分驰。龙臆豹股头八尺〔五〕，奋迅不受人间羁。元狩虎脊聊可友〔六〕，开元玉花何足奇〔七〕。伯时有道真吏隐〔八〕，饮啄不羡山梁雌〔九〕。丹青弄笔聊尔耳〔一○〕，意在万里谁知之？幹惟画肉不画骨，而况失实空留皮。烦君巧说腹中事〔一一〕，妙语欲遣黄泉知〔一二〕。君不见韩生自言无所学，厩马万匹皆吾师〔一三〕。

（七集本《东坡集》卷一六）

题解

次韵，依照所和诗的韵脚及其先后次序作诗。子由即苏辙。李伯时，名公麟，一字叔时，号龙眠居士，舒城（今属安徽）人，宋代画家、书法家，善绘人物鞍马，运笔精绝，气韵高远，神态生动，对后世影响很大。苏轼这首诗作于元祐二年（1087）任翰林学士时。在这首诗中，他提出了"骨""肉""皮"的问题。他不满意于"画肉"，更不满于"失实空留皮"；而强调"画骨"，要"意在万里"，画出马的"腹中事"，这正是对写意画的形象说明。人们经常引用"厩马万匹皆吾师"来说明苏轼强调向客观实际学习。我认为，这是误解了苏轼的这首诗。这首诗从开头到"意在万里谁知之",都是在赞美李伯时所画的天马。最后六句是在批评韩幹"画肉不画骨",甚至"失实空留皮";认为苏辙所谓韩幹"画出三马腹中事",都是苏辙自己的解说,并非韩幹所画三马的实际情况;而韩幹之所以仅仅为画工,"画肉不画骨",原因就在于他"无所学",仅仅以厩马为师。在苏轼看来,要画出"意在万里",就必须懂得画外之事,有所学。苏轼对韩幹的"无所学",仅以厩马为师,是不赞成的。

注释

〔一〕潭潭:深邃的样子。

〔二〕省:指中书省,时苏轼为中书舍人。

〔三〕天马:《史记·大宛列传》:武帝时,"得乌孙好马,名曰天马。及得大宛汗血马,益壮,更名乌孙马曰西极,名大宛马曰天马。"

〔四〕朔风胡沙生落锥:形容李伯时画马画出了北风呼号,少数民族地区尘沙迷漫的气氛。锥,笔端。

〔五〕龙膺豹骨头八尺:形容马的雄姿。《周礼》:"马八尺以上为龙。"膺,胸。

〔六〕元狩虎脊聊可友:只有汉朝元狩年间所获的天马才姑且与它配得上。元狩,汉武帝年号,前 112 年至前 117 年。

〔七〕开元玉花:开元,唐玄宗年号。玉花,即玉花骢。杜甫《丹青引赠曹将军霸》:"先帝天马玉花骢,画工如山貌不同。……玉花却在御榻上,榻上庭前屹相向。"

〔八〕吏隐:虽居官而有如隐居,不以利禄萦怀。

〔九〕饮啄不羡山梁雌:大意是说不需要羡慕隐居山梁的人。《庄子·养生主》:"泽雉一步一啄,百步一饮,不蕲畜乎樊中。"

〔一〇〕聊尔耳:聊且如此罢了。

〔一一〕君:指苏辙,意谓韩幹三马并未画出腹中事,而是靠你巧妙地解说出来的。

〔一二〕黄泉:人死后埋葬的地穴,此指已死的韩幹。

〔一三〕"君不见"二句:《名画记》:"上令韩幹师陈闳,怪其不同。幹曰:'臣自有师,陛下内厩马,皆臣师也。'"

书晁补之所藏与可画竹三首（选一）

苏　轼

　　与可画竹时，见竹不见人。岂独不见人，嗒然遗其身[一]。其身与竹化，无穷出清新。庄周世无有[二]，谁知此疑神？

（七集本《东坡集》卷一六）

题解

　　晁补之（1053—1110），字无咎，号归来子，臣野（今属山东）人。北宋文学家，苏门四学士之一。与可即文同（注见苏洵《与可许惠所画舒景，以诗督之》题解）。苏轼这首诗提出了创作需要高度精神集中的问题。一要"不见人"，即忘记所画对象之外的一切；二要"遗其身"，排除所画对象之外的一切杂念；三要仅"见竹"，把全部精神集中在所画的对象上，做到"身与竹化"，这样才能画出无限清新、生机勃勃的竹子。这就是庄子所说的"用志不分，乃疑于神"（《庄子·达生》）。疑，通"凝"，即创作者的主观精神与被表现的客观对象的高度统一。

注释

　　〔一〕嗒然：物我皆忘的样子。《庄子·齐物论》："答（又作嗒）焉似丧其耦。"

　　〔二〕庄周：宋国蒙（今河南商丘东北）人，战国时思想家、文学家，著有《庄子》。其《达生》篇云："用志不分，乃疑（凝）于神。"《仇池笔记·以意改书》："近世人轻以意改书。鄙贱之人，好恶多同，从而和之，遂使古书日就舛讹。孔子曰：'吾犹及史之阙文也。'蜀本《庄子》云：'用志不分，乃疑于神。'此于《易》'阴疑于阳'，《礼》'使人疑女于夫子'同。今四方本皆作凝。"

书鄢陵王主簿所画折枝二首（选一）

苏 轼

论画以形似，见与儿童邻。赋诗必此诗，定非知诗人。诗画本一律，天工与清新。边鸾雀写生〔一〕，赵昌花传神〔二〕。何如此两幅，疏淡含精匀。谁言一点红，解寄无边春。

（七集本《东坡集》卷一六）

题解

鄢陵，古地名，在今河南鄢陵西北。王主簿，不详其人。这首诗虽短，却提出了一系列文艺理论问题：作画要追求神似，如果只求形似，那是幼稚的；作诗要有题外之意，言外之旨，如果只在"此诗"之内转圈子，实际是不懂诗；诗和画有着共同的艺术要求，这就是自然（"天工"）、清新；一与多是辩证的，一叶落而知秋之将至，一点红可反映无限春光，因此，在创作上应通过典型以反映一般。

注释 ————————————————————————

〔一〕边鸾：京兆（今陕西西安）人，唐代画家，善画花鸟折枝。
〔二〕赵昌：字昌之，广汉（今属四川）人，北宋画家，善画花，设色明润，笔濡柔美。

书蒲永升画后

苏 轼

古今画水多作平远细皱，其善者不过能为波头起伏，使人至以手扪之，

213

谓有洼隆，以为至妙矣。然其品格特与印板水纸争工拙于毫厘间耳。

唐广明中〔一〕，处士孙位始出新意〔二〕，画奔湍巨浪，与山石曲折，随物赋形，尽水之变，号称神逸。其后蜀人黄筌〔三〕、孙知微皆得其笔法〔四〕。始知微欲于大慈寺寿宁院壁，作湖滩水石四堵，营度经岁，终不肯下笔。一日仓皇入寺，索笔墨甚急，奋袂如风〔五〕，须臾而成〔六〕，作输泻跳蹙之势〔七〕，汹汹欲崩屋也。知微既死，笔法中绝五十余年。

近岁成都人蒲永升，嗜酒放浪，性与画会，始作活水，得二孙本意。自黄居寀兄弟〔八〕、李怀衮之流〔九〕，皆不及也。王公富人或以势力使之，永升辄嘻笑舍去。遇其欲画，不择贵贱，顷刻而成。尝与予临寿宁院水，作二十四幅，每夏日挂之高堂素壁，即阴风袭人，毛发为立。永升今老矣，画亦难得，而世之识真者亦少。如往时董羽〔一〇〕，近日常州戚氏画水〔一一〕，世或传宝之。如董、戚之流，可谓死水，未可与永升同年而语也。

元丰三年十二月十八日夜〔一二〕，黄州临皋亭西斋戏书〔一三〕。

（七集本《东坡集》卷二三）

题解

蒲永升，北宋中叶成都人，嗜酒放浪，善画水。与不满形似而贵神似的观点相联系，苏轼在这篇文章中提出了"死水"与"活水"的问题。画水如果画得"平远细皱""波头起伏""洼隆"毕现，那也只做到了形似，仍是"死水"，只可与"印板水纸争工拙"。苏轼追求的是"神逸"，要"随物赋形，尽水之变"；画"输泻跳蹙之势"，要给人以"汹汹欲崩屋"的感觉；"挂之高堂素壁"，要达到"阴风袭人，毛发为立"的效果。总之，要画出水的气势，这才是"活水"。在文艺创作活动中实际上是存在所谓灵感的。灵感不是什么神秘的东西，它只不过是精神振奋、思想高度集中而出现的极强的创作能力。本文所描述的孙知微作画，经岁不肯下笔，一日却须臾而成，也正是灵感爆发的表现。本文又说，蒲永升画水，"性与画会"。这是说，真正的画家不是把作画作为谋取利禄的手段，因此王公富人求他作画他都往往一笑置之；而是作为抒发情性的手段，只要兴之所至，"遇其欲画，不择贵贱，顷刻而成"。苏轼的诗、文、书、画都很强调兴来之笔。

注释 ——

〔一〕广明：唐僖宗的年号，880 年至 881 年。

〔二〕处士孙位：处士，未仕或不仕的士人。孙位，会稽（今浙江绍兴）人，唐末画家。黄巢攻克长安，他从长安逃到成都，在应天、照觉、福海等寺院画过不少壁画。

〔三〕黄筌（约 903—965）：字要叔，成都人。五代后蜀画家，与江南徐熙并称"黄徐"。

〔四〕孙知微：字太古，四川彭山人，宋初画家。孟蜀时隐居青城山。宋淳化中张咏镇蜀，雅慕之，终不可致。

〔五〕袂：衣袖。

〔六〕须臾：片刻。

〔七〕跳蹙：跳荡。

〔八〕黄居寀：字伯鸾，黄筌第三子，画风与父相近。

〔九〕李怀衮：北宋中叶蜀郡人，工画花竹翎毛，兼善山水。

〔一〇〕董羽：字仲翔，常州人。善画龙水海鱼，初事南唐李后主，后归宋，为宋太宗绘端拱殿壁画。

〔一一〕戚氏：戚文秀，善画水，尝画清济灌河图。

〔一二〕元丰三年：元丰，宋神宗年号。元丰三年，即 1080 年。

〔一三〕黄州临皋亭：黄州，今湖北黄冈。《名胜志》："临皋亭在黄州朝宗门外。"

书李伯时山庄图后

苏 轼

或曰：龙眠居士作山庄图，使后来入山者，信脚而行〔一〕，自得道路，如见所梦，如悟前世；见山中泉石草木，不问而知其名；遇山中渔樵隐逸，不名而识其人〔二〕。

此岂强记不忘者乎？曰：非也。画日者常疑饼，非忘日也。醉中不以鼻饮，梦中不以趾捉，天机之所合，不强而自记也。居士之在山也〔三〕，不留于一物〔四〕，故其神与万物交，其智与百工通。

虽然，有道有艺。有道而无艺，则物虽形于心，不形于手。吾尝见居士作华严相〔五〕，皆以意造而与佛合。佛菩萨言之，居士画之，若出一人，况自画其所见者乎！

（七集本《东坡集》卷二三）

题解

李伯时，见《次韵子由书李伯时所藏韩幹马》题解。本文第一段写李伯时所画山庄图的逼真，二、三两段分析逼真的原因，即"有道有艺"。苏轼的文艺思想深受庄子的影响，《庄子·养生主》中，庖丁解释他解牛之所以那样熟练说："臣所好者道也，进乎技（即苏轼所说的"艺"）矣。"庄子所谓的道就是"以神遇而不以目视，官（指视、听等感觉器官）知止而神欲行，依乎天理，批大郤（劈大隙），道大窾（循着骨间空处。道同"导"，循着），因其固然（顺应牛本身的结构）。"剥开庄子那套玄言的神秘外衣，他所强调的实际是要人们顺应自然，遵守事物本身的规律。苏轼所讲的"天机之所合"，就是庄子讲的"依乎天理"；苏轼所谓的"神与万物交"，就是庄子所说的神遇。也就是说，李伯时的山庄图之所以画得那样逼真，不是靠强记，而是靠掌握了道，掌握了事物的客观规律。这就像醉中不会用鼻子去饮酒，梦中不会以脚趾去捉取东西一样，这一切都是自然而然的，不是勉强而为的。这就叫"天机之所合"。但仅仅掌握道还不行，还必须"有艺"。"有道而无艺，则物虽形于心（客观事物已被主观所认识），不形于手（但还不能通过画笔把它反映出来）。""形于心"是认识客观世界的问题，"形于手"是表现客观世界的问题。苏轼的《答谢民师书》把这点讲得很清楚，可参阅。

注释 ———————————————————————————

〔一〕信：随意，听凭。

〔二〕不名：不说名字。"名"作动词用。

〔三〕居士：指李伯时。

〔四〕不留于一物：不被某一种东西所牵制。留，滞留。

〔五〕华严相：佛相。华严，佛经名。佛初入道，即说《华严》，一译为《古华严》，或《大方广佛华严经》。后在中国形成佛教的一个宗派。相，形色、形象，此指佛之形象，故言"皆以意造而与佛合"。

书吴道子画后

苏 轼

知者创物，能者述焉〔一〕，非一人而成也。君子之于学，百工之于技，自三代历汉至唐而备矣〔二〕。故诗至于杜子美，文至于韩退之，书至于颜鲁公，画至于吴道子，而古今之变，天下之能事毕矣〔三〕。

道子画人物如以灯取影，逆来顺往，旁见侧出，横斜平直，各相乘除〔四〕，得自然之数〔五〕，不差毫末。出新意于法度之中〔六〕，寄妙理于豪放之外，所谓游刃余地〔七〕，运斤成风〔八〕，盖古今一人而已。余于他画，或不能必其主名〔九〕，至于道子，望而知其真伪也。然世罕有真者，如史全叔所藏〔一○〕，平生盖一二见而已。

元丰八年十一月七日书〔一一〕。

（七集本《东坡集》卷二三）

题解

本文首先指出，文学艺术的发展有一个逐渐完美的过程，而唐代的诗、文、书、画都取得了超越前人的巨大成就。表面看，这篇文章对吴道子的评价与《王维、吴道子画》诗是矛盾的，在诗中他特别推崇王维的画，而在这篇文章中则说吴道子为"古今一人"。实际上并不矛盾，诗是以文人画和画工画作比较，他更推崇文人的写意画。本文是就职业画家而言，认为吴道子超越了所有的职业画家。而吴道子比一般画工高明的地方就在于，他不仅能做到"画人物如以灯取影……不差毫末"，即所谓形似；而且还能"出新意于法度之中，寄妙理于豪放之外"，既守"法度"而又能自由抒写，与一般规规于尺寸者有别。钱锺书先生说："（苏轼）批评吴道子的画，曾经说过：'出新意于法度之中，寄妙理于豪放之外。'从分散在他著作里的诗文评看来，这两句话也许可以现成的应用在他自己身上，概括他在诗歌里的理论和实践。后面一句说'豪放'要耐人寻味，并非发酒疯似的胡闹乱嚷。前面一句算得'豪放'的定义，用苏轼所能了解的话来说，就是'从心所欲，不逾矩'；用近代术语来说，就是自由是以规律性的认识为基础，在艺术规律的容许之下，创造力有充分的自由活动。这正是苏轼所一再声明的，作文该像'行云流水'，或'泉源涌地'那样的自在活泼，可是同时很严谨的'行于所当行，止于所不可不止'。李白以后，古代大约没有人赶得上苏轼这种'豪放'。"（《宋诗选注》1979 年版第 71 页）钱先生对苏轼这两句话的分析、评价是很深刻、很中肯的。

注释

〔一〕"知者创物"二句：语出《周礼·考工记》。述，循、继承。

〔二〕三代：指夏、商、周三个朝代。

〔三〕毕：尽。

〔四〕乘除：消长盛衰。

〔五〕自然之数：自然之理。

〔六〕法度：法则，规矩。

〔七〕游刃余地：运刀于空隙之中而有回旋余地，形容办事熟练，轻松利落。《庄子·养生主》："今臣之刀十九年矣，所解数千牛矣，而刀刃若新发于硎，彼节者有间，而刀刃者无厚，以无厚入有间，其于游刃必有余地矣。"

〔八〕运斤成风：《庄子·徐无鬼》："郢人垩漫（以白粉涂抹）其鼻端，若蝇翼，使匠石斫之，匠石运斤成风，听而斫之，尽垩而鼻不伤，郢人立不失容。"运斤，挥动斧头，亦比喻技能熟练。

〔九〕必其主名：肯定他的作者。

〔一〇〕史全叔：不详其人。

〔一一〕元丰八年：1085 年。

书朱象先画后

苏 轼

　　松陵人朱君象先，能文而不求举，善画而不求售，曰："文以达吾心，画以适吾意而已。"

　　昔阎立本始以文学进身〔一〕，卒蒙画师之耻。或者以是为君病，余以谓不然。谢安石欲使王子敬书太极殿榜，以韦仲将事讽之。子敬曰："仲将，魏之大臣，理必不尔。若然者，有以知魏德之不长也。"〔二〕使立本如子敬之高，其谁敢以画师使之？

　　阮千里善弹琴〔三〕，无贵贱长幼皆为弹，神气冲和，不知向人所在。内兄潘岳使弹，终日达夜无忤色，识者知其不可荣辱也。使立本如千里之达，其谁能以画师辱之？

　　今朱君无求于世，虽王公大人，其何道使之？遇其解衣盘礴，虽余亦能攘攘其旁也。

　　元丰五年九月十八日〔四〕，东坡居士书。

（七集本《东坡集》卷二三）

题解

　　朱象先，字景初，号西湖隐士。以画驰名绍圣、元符间。本文提出了"文以达吾心，画以适吾意"的重要观点，歌颂了王献之不为权势所屈，阮瞻不可荣辱，以及朱象先"不求举""不求售"的高尚品质。

注释 ─────────────

　　〔一〕阎立本（？—673）：雍州万年（今陕西西安）人，唐代著名画家，官至中书令。

《旧唐书·阎立本传》：“太宗尝与侍臣学士泛舟于春苑，池中有异鸟随波容与，太宗激赏数四，诏座者为咏，召立本令写焉。时阁外传呼云：‘画师阎立本。’时已为主爵郎中，奔走流汗，俯伏池侧，手挥丹粉，瞻望座宾，不胜愧赧。退诫其子曰：‘吾少好读书，幸免墙面，缘情染翰，颇及侪流。唯以丹青见知，躬厮役之务，辱莫大焉。汝宜深戒，勿习此末技。’”

〔二〕“谢安石欲使王子敬书太极殿榜”至“有以知魏德之不长也”：谢安（320—385），字安石，东晋陈郡阳夏（今河南太康）人，位至宰相。王献之（344—385），字子敬，王羲之第七子，东晋书法家。《世说新语·方正》注引宋明帝《文章志》曰：“太元中新宫成，议者欲屈王献之题榜，以为万代宝。谢安与王语次，因及魏时起陵云殿忘题榜，乃使韦仲将县凳上题之。比下，须发尽白，裁余气息。还语子弟云：‘宜绝楷法。’安欲以此风动其意。王解其旨，正色曰：‘此奇事。韦仲将，魏朝大臣，宁可使其若此？有以知魏德之不长。’安知其心，乃不复逼之。”

〔三〕阮千里：阮瞻字千里，阮咸之子，陈留尉氏（今属河南）人。《晋书》本传云：“性清虚寡欲，自得于怀……善弹琴。人闻其能，多往求听。不问贵贱长幼皆为弹之。神气冲和，而不知向人所在。内兄潘岳，每令鼓琴，终日达夜无忤色。由是识者叹其恬淡，不可荣辱矣。”

〔四〕元丰五年：1082 年。

净因院画记

苏　轼

余尝论画，以为人禽宫室器用皆有常形；至于山石竹木，水波烟云，虽无常形，而有常理。常形之失，人皆知之；常理之不当，虽晓画者有不知。故凡可以欺世而取名者，必托于无常形者也。虽然，常形之失，止于所失，而不能病其全；若常理之不当，则举废之矣。以其形之无常，是以其理不可不谨也。

世之工人，或能曲尽其形；而至于其理，非高人逸才不能辨。与可之于竹石枯木〔一〕，真可谓得其理者矣。如是而生，如是而死，如是而挛拳瘠蹙〔二〕，如是而条达遂茂〔三〕，根茎节叶，牙角脉缕〔四〕，千变万化，未始相袭；而各当其处，合于天造，厌于人意〔五〕。盖达士之所寓也欤！

昔岁尝画两丛竹于净因之方丈〔六〕，其后出守陵阳而西也〔七〕，余与之偕别长老道臻师〔八〕，又画两竹梢一枯木于其东斋。臻师方治四壁于法堂〔九〕，而请于与可。与可既许之矣，故余并为记之。必有明于理而深观之者，然后知余言之不妄。

（七集本《东坡集》卷三一）

题解

净因院，京城开封的一座寺院。与苏轼画贵神似的观点相联系，本文提出了常形（有固定的形状）与常理（固有的道理、规律）的问题。他认为"曲尽其形"，画得惟妙惟肖并不难；而"曲穷其理"，画得合情合理就不容易了。"常形之失"，即画得不像，容易发现；"常理之失"，即画得不合情理，违背事物本身的规律，"虽晓画者有不知"。"常形之失"，仅仅是局部不当，"不能病其全"；"若常理之失，则举废之矣"。与苏轼关于画工画和文人画的观点相联系，他认为画工画一般只能"曲尽其形"；只有像文与可这样的文人画，才能"曲尽其理"。这一神似与形似、常形与常理的观点，是苏轼绘画理论中非常重要的观点。

注释 ————————————————————————

〔一〕与可：文与可，注见苏洵《与可许惠所画舒景，以诗督之》题解。

〔二〕挛拳瘠蹙：屈曲不伸，枯瘦局促。

〔三〕条达遂茂：细长，畅达，直遂，繁茂。

〔四〕牙角脉缕：牙角即芽角，竹节生枝处。脉缕，叶脉上的线条。

〔五〕厌于人意：符合人的意思。厌，适合、满足。

〔六〕方丈：寺院长老或住持所居之地。

〔七〕陵阳：陵州，今四川仁寿。

〔八〕长老道臻师：长老，年长德尊的僧人。道臻（1014—1092），字伯祥，福州古田戴氏子。年二十为僧，游京师谒净因大觉琏师，嗣其席。后赐号净照禅师。

〔九〕法堂：佛寺讲经的地方。

文与可画筼筜谷偃竹记

苏　轼

　　竹之始生，一寸之萌耳[一]，而节叶具焉。自蜩腹蛇蚹以至于剑拔十寻者，生而有之也[二]。今画者乃节节而为之，叶叶而累之[三]，岂复有竹乎？

　　故画竹必先得成竹于胸中[四]，执笔熟视[五]，乃见其所欲画者，急起从之[六]，振笔直遂[七]，以追其所见，如兔起鹘落[八]，少纵则逝矣[九]。与可之教予如此，予不能然也[一○]，而心识其所以然[一一]。夫既识其所以然而不能然者，内外不一[一二]，心手不相应，不学之过也。故凡有见于中而操之不熟者[一三]，平居自视了然，而临事忽焉丧之，岂独竹乎？

　　子由为《墨竹赋》以遗与可[一四]，曰："庖丁，解牛者也，而养生者取之[一五]；轮扁，斫轮者也，而读书者与之[一六]。今夫夫子之托于斯竹也[一七]，而予以为有道者，则非耶？"子由未尝画也，故得其意而已。若予者，岂独得其意，并得其法。

　　与可画竹，初不自贵重。四方之人执缣素而请者[一八]，足相蹑于其门[一九]。与可厌之，投诸地而骂曰[二○]："吾将以为袜。"士大夫传之以为口实。及与可自洋州还[二一]，而余为徐州[二二]，与可以书遗余曰："近语士大夫：'吾墨竹一派近在彭城[二三]，可往求之。'袜材当萃于子矣[二四]。"书尾复写一诗，其略曰："拟将一段鹅溪绢[二五]，扫取寒梢万尺长[二六]。"予谓与可："竹长万尺，当用绢二百五十匹。知公倦于笔砚，愿得此绢而已。"与可无以答，则曰："吾妄言矣，世岂有万尺竹哉！"余因而实之[二七]，答其诗曰："世间亦有千寻竹，月落庭空影许长[二八]。"与可笑曰："苏子辩矣[二九]！然二百五十匹绢，吾将买田而归老焉[三○]。"因以所画筼筜谷偃竹遗余，曰："此竹数尺耳，而有万尺之势。"

筼筜谷在洋州，与可尝令予作《洋州三十韵》，筼筜谷其一也。予诗云："汉川修竹贱如蓬〔三一〕，斤斧何曾赦箨龙〔三二〕。料得清贫馋太守〔三三〕，渭滨千亩在胸中〔三四〕。"与可是日与其妻游谷中，烧笋晚食，发函得诗〔三五〕，失笑喷饭满案。

元丰二年正月二十日，与可没于陈州〔三六〕。是岁七月七日，予在湖州曝书画〔三七〕，见此竹，废卷而哭失声〔三八〕。昔曹孟德祭桥公文有"车过""腹痛"之语〔三九〕。而予亦载与可畴昔戏笑之言者〔四〇〕，以见与可于予亲厚无间如此也〔四一〕。

（七集本《东坡集》卷三二）

题解

筼筜，竹名。筼筜谷，在洋州（今陕西洋县）西北五里，因产筼筜竹而得名。偃竹，倒伏而生的竹子。苏轼在这篇文章中，总结了文与可的画竹经验，提出了一系列重要的文艺理论问题：（一）胸有成竹说。苏轼论画竹，反对仅在"节节""叶叶"上下功夫，主张必先"得成竹于胸中""见其所欲画者"。这实际上是讲的文艺创作的构思问题。（二）稍纵即逝说。苏轼论诗主张"作诗火急追亡逋，清景一失后难摹"。论画也主张"急起从之，振笔直遂，如兔起鹘落，少纵则逝"。这实际上是讲的灵感在创作中的作用问题。（三）心手相应说。"得成竹于胸中"是讲的"了然于心"，振笔直遂是讲的"了然于手"，也就是《书李伯时山庄图后》所讲的道与艺的关系问题。艺不能表现心中已经明确的"所以然"，出现"内外不一，心手不相应"的矛盾，是"不学"造成的，是"艺"不熟的表现。（四）咫尺万里说。画面是有限的，但它所表现的意境和气势可以是无限的。这就是"一段鹅溪绢"可以"扫取寒梢万尺长"，"竹数尺"而有"万尺之势"。

注释

〔一〕萌：嫩芽。

〔二〕"自蜩腹蛇蚹以至于剑拔十寻者"二句：意思是说从笋到竹都是节叶同时生长的。

蜩腹，蝉腹上的横纹。蛇蚹，蛇腹上的横鳞。蜩腹蛇蚹，比喻竹笋。剑拔十寻，形容很高的竹子。寻，八尺。生而有之，指从笋到竹都有节有叶。之，指节、叶。

〔三〕"节节而为之"二句：一节一节地画，一叶一叶地画。

〔四〕先得成竹于胸中：掌握竹的特征于未画之前。

〔五〕熟视：久视，仔细观察。

〔六〕急起从之：迅速起来追随已现于胸中的成竹。从，追随。

〔七〕振笔直遂：挥笔一气画完。

〔八〕兔起鹘落：如兔子起跑，鹘鸟（鹰类）落地，非常迅速。

〔九〕少纵则逝：稍稍一放松就消失了。少，稍。纵，放。逝，消失。

〔一〇〕不能然：不能这样。

〔一一〕识其所以然：懂得为什么应该这样。识，知道、懂得。

〔一二〕内外不一：指心里所想的同手上所画的不一致。

〔一三〕有见于中：心中有所认识。

〔一四〕遗：赠送。

〔一五〕"庖丁"三句：庖丁解牛，见《书李伯时山庄图后》题解。养生者，指文惠君，他听了庖丁解牛的经验后说："善哉，吾闻庖丁之言，得养生焉。"（《庄子·养生主》）

〔一六〕"轮扁"三句：《庄子·天道》说，桓公读书，轮扁说他读的"皆古人之糟粕"，因为他运斧斫轮之所以能"得心应手"全靠实践，而无法口授给别人。桓公初不以为然，后来被说服了。轮扁，轮，做车轮的木工，扁是他的名字。斫，砍。读书者，指桓公。与，赞许、同意。

〔一七〕夫子之托于斯竹也：夫子，指文与可。托于斯竹，把精神寄托于墨竹上。

〔一八〕缣素：作画用的细绢。

〔一九〕脚相蹑于门：人们接踵而来。

〔二〇〕投诸地：把缣素扔在地上。诸，"之于"的合音。

〔二一〕与可自洋州还：文与可于熙宁八年（1075）知洋州（今陕西洋县），十年（1077）冬回到京师。

〔二二〕余为徐州：苏轼于熙宁十年（1077）四月知徐州，元丰二年（1079）三月离任。

〔二三〕彭城：徐州。

〔二四〕萃：聚集。

〔二五〕鹅溪绢：四川盐亭鹅溪出产的绢，文与可为盐亭人。

〔二六〕扫取寒梢：扫取，即画出，用"扫取"以形容笔势有力。

〔二七〕实之：举例证实有万尺竹。

〔二八〕影许长：竹的影子有这么长。许，如此，这么。

〔二九〕辩：长于辩说，能说会道。

〔三〇〕归老：退休养老。

〔三一〕汉川修竹贱如蓬：洋州的竹子贱如蓬草。汉川即汉水，流经洋州。修，长。蓬，蓬草。

〔三二〕赦箨龙：赦免竹笋。箨龙，笋子。

〔三三〕馋太守：指文与可。

〔三四〕渭滨千亩在胸中：此乃戏语，意思是说洋州的竹笋都被文与可吃了。《史记·货殖列传》有"渭川千亩竹"语，此借渭滨以喻洋州。

〔三五〕发函：打开信函。

〔三六〕陈州：今河南淮阳。

〔三七〕湖州：今浙江吴兴。苏轼于元丰二年（1079）由徐州改知湖州，四月到任。曝，晒。

〔三八〕废卷而哭失声：放下画卷，悲痛哭泣，不能成声。废，废置、搁下。

〔三九〕昔曹孟德祭桥公文有"车过""腹痛"之语：曹孟德即曹操（155—220），三国时的政治家、军事家、文学家。桥公指乔玄，对青年时代的曹操多所奖助。建安七年（202）曹操遣使祭乔玄说："承从容约誓之言：'殂逝之后，路有经由，不以斗酒只鸡过相沃酹，车过三步，腹痛勿怪。'虽临时戏笑之言，非至亲之笃好，胡肯为此辞乎？"（《三国志·武帝纪》裴注）

〔四〇〕畴昔：从前。

〔四一〕无间：没有隔阂。

次韵水官诗 并引（诗节录）
苏 轼

净因大觉琏师〔一〕，以阎立本画水官遗编礼公〔二〕。公既报之以诗〔三〕，谓轼："汝亦作。"轼顿首再拜次韵，仍录二诗为一卷献之。

高人岂学画，用笔乃其天。譬如善游人，一一能操船。阎子本缝掖〔四〕，畴昔慕云渊〔五〕。丹青偶为戏，染指初尝鼋〔六〕。爱之不自已，笔势如风翻。

（《东坡续集》卷一）

题解

苏洵于嘉祐六年（1061）在京编纂礼书期间，作《水官诗》感谢大觉琏师所赠阎立本水官图，苏轼次韵作于同时。与苏轼反对"有意于为文"相一致，在绘画上他也提出了"高人岂学画，用笔乃其天"的观点。他所谓的"天"并不神秘，就是指要像"善游人""能操船"一样的毫不勉强。接着六句以阎立本为例，阎本来是一位读书人，因爱好绘画，自然而然成了著名画家，而并无勉强学画之意。这正是他《南行前集叙》中所说的"古之圣人有所不能自已而作者"在绘画理论上的发挥。

注释

〔一〕净因大觉琏师：净因，即开封十方净因院。大觉琏师，即怀琏禅师，字器之，漳州（今属福建）陈氏子，仁宗皇祐二年（1050）诏住京师十方净因院，赐号大觉禅师。

〔二〕以阎立本画水官遗礼公：阎立本，见《书朱象先画后》注〔一〕。编礼公，即苏洵，时奉敕编纂礼书，故称编礼公。

〔三〕公既报之以诗：指苏洵《水官诗》。此诗前面大部分皆描绘水官图的生动形象，最后说："我从大觉师，得此诡怪编。画者古阎子，于今三百年。见者谁不爱，予者诚已难。在我犹在子，此理宁非禅？报之以好诗，何必画在前！"

〔四〕本缝掖：本来是有道艺的人。缝掖即逢掖，《礼记·儒行》："鲁哀公问于孔子曰：'夫子之服，其儒服与？'孔子对曰：'丘少居鲁，衣逢掖之衣。'"郑玄注："逢犹大也。大掖之衣，大袂禅袖也。此君子有道艺者所衣也。"

〔五〕云渊：云，扬雄字子云，见苏洵《太玄论·上》注〔五〕。渊，王褒字子渊，西汉资中（今四川资阳北）人，著名辞赋家。

〔六〕染指初尝鼋：《左传·宣公四年》："楚人献鼋于郑灵公，公子宋与子家将见，子公之食指动，以示子家曰：'他日我如此，必尝异味。'及入，宰夫将解鼋，相视而笑。公问之，子家以告。及食大夫鼋，召子公而弗与也。子公怒，染指于鼎，尝之而出。"苏轼以此比喻阎立本刚刚接触绘画。

憩寂图

苏　轼

东坡虽是湖州派〔一〕，竹石风流各一时。前世画师今姓李〔二〕，不妨还作辋川诗〔三〕。

（《东坡续集》卷二）

题解

憩寂图是李伯时为柳仲远作的画。元祐元年正月十二日，苏轼、李伯时为柳仲远作松石图。仲远取杜甫"松根胡僧憩寂寞"之句，求李伯时复作此图。苏轼与文同均以善画竹石名世，风格相近，同属一个画派。但苏轼在这首诗中强调虽属一派，但画风也不尽相同，并对李伯时的诗画都模仿王维略有微词，表现了艺术贵独创的思想。

注释

〔一〕湖州派：以文同为代表的画派。文同曾知湖州，虽未到任就病逝了，但人们仍称他为文湖州。文同善画墨竹，其后画竹者多学他，被称为"湖州竹派"，吴镇曾撰有《文湖州竹派》一书。

〔二〕前世画师今姓李：李指李伯时，与苏轼往来密切的北宋画家。苏轼称他为"前世画师"似誉似讽,对其模仿前人似有不满。

〔三〕辋川诗:王维诗。《旧唐书》卷一九〇下《王维传》载,王维"得宋之问蓝田别墅,在辋口,辋水周于舍下,别涨竹洲花坞,与道友裴迪浮舟往来,弹琴赋诗,啸咏终日。尝聚其田园所为诗,号《辋川集》。"

与何浩然书

苏 轼

人还辱书,且喜起居佳胜。写真奇绝,见者皆言十分形神,甚夺真也。非故人辈常用意,何以及此?感服之至。所要诗,稍暇。作写去双幅,已令蜀中织造,至便寄纳。未即会见,千万珍重。

(《东坡续集》卷五)

题解

何浩然,未详其人。从这封信可看出,苏轼对绘画的要求是形神兼备,而能夺真。

传神记

苏 轼

传神之难在目。顾虎头云〔一〕:"传形写影都在阿睹中,其次在颧颊〔二〕。"吾尝于灯下顾自见颊影,使人就壁模之,不作眉、目。见者皆失笑,知其为吾也。目与颧颊似,余无不似者。眉与鼻、口,可以增减取似也。

传神与相一道,欲得其人之天,法当于众中阴察之。今乃使人具衣冠坐〔三〕，注视一物，彼方敛容自持〔四〕，岂复见其天乎？

凡人意思各有所在，或在眉、目，或在鼻、口。虎头云："颊上加三毫，觉精彩殊胜。〔五〕"则此人意思，盖在须颊间也。优孟学孙叔敖抵掌谈笑，至使人谓死者复生〔六〕，此岂举体皆似，亦得其意思所在而已。使画者悟此理，则人人可以为顾、陆〔七〕。吾尝见僧维真画曾鲁公〔八〕，初不甚似，一日往见公，归而喜甚曰："吾得之矣。"乃于眉后加三纹，隐约可见，作俯首仰视眉扬而额蹙者〔九〕，遂大似。

南都程怀立〔一○〕，众称其能，于传吾神，大得其全。怀立举止如诸生，萧然有意于笔墨之外者。故以吾所闻助发云。

（《东坡续集》卷一二）

题解

苏轼认为，画贵神似。为了做到传神，必须从三个方面努力。第一，人一身最能传神的是面颊，特别是眼睛。因此，应集中精力画眼睛，"目与颧颊似，余无不似者。"第二，所谓"神"，是指人的天然神态、神情，矫揉造作不可谓"神"。因此，苏轼强调要"得其人之天"，"当于众中阴察之"。第三，虽然所有的人都以"目与颧颊"最足以传神，但是，"凡人意思（神情），各有所在"。因此，应把握各自特点才能做到传神，无须追求"举体皆似"，而应追求各自的"意思所在"。由此可见苏轼论画很重视天然神态，很重视把握特征。

注释

〔一〕顾虎头：顾恺之，字长康，小字虎头，晋陵无锡（今属江苏）人，东晋著名画家。多才艺，工诗赋书法，尤精绘画，有三绝（才绝、画绝、痴绝）之称。

〔二〕颧颊：颧骨面颊。

〔三〕具衣冠坐：穿衣戴帽，衣冠楚楚地坐在那里。具，齐全，备办。

〔四〕敛容自持：严肃持重的样子。

〔五〕"虎头云"三句：指顾恺之为裴楷画像，颊上加三毫，就更有精神。

〔六〕"优孟学孙叔敖抵掌谈笑"二句：事见《史记·滑稽列传》。优孟，楚之乐人，多辩，常以谈笑讽谏。孙叔敖，楚相，死后，其子贫困，言于优孟。优孟"即为孙叔敖衣冠，抵掌谈笑，岁余，像孙叔敖。"见楚王，楚王大惊，"以为孙叔敖复生也，欲以为相。"优孟说："孙叔敖之为楚相，尽忠为廉以治楚，楚王得以霸。今死，其子无立锥之地，贫困负薪以自饮食。必如孙叔敖，不如自杀。"楚王谢优孟，封孙叔敖子。

〔七〕顾、陆：顾即顾恺之。陆指陆探微，吴（今江苏苏州）人，南朝宋画家，擅画人物，兼工山水草木雀兽。

〔八〕僧维真画曾鲁公：僧维真，嘉禾（今浙江嘉兴）人。曾鲁公即曾公亮（999—1173），字明仲，泉州晋江（今属福建）人，官至宰相，封鲁国公。

〔九〕额蹙：皱额。蹙，皱。

〔一〇〕南都程怀立：南都，今河南商丘南。程怀立，未详其人。

书摩诘蓝田烟雨图

苏　轼

味摩诘之诗，诗中有画；观摩诘之画，画中有诗。诗曰："蓝溪白石出，玉川红叶稀。山路元无雨，空翠湿人衣〔一〕。"此摩诘之诗。或曰非也，好事者以补摩诘之遗。

（三苏祠本《东坡集》卷六七）

题解

摩诘即王维。苏轼认为"诗画本一律"，作为诗人兼画家的王维的作品更体现了"诗画本一律"。"诗中有画"是说王维诗具有画的形象性，"画中有诗"是说王维画具有诗的抒情性。景真情真是诗画的共同要求。

注释 ——————————————————————————————————

〔一〕"诗曰"五句：王维集中题作《阙题》。"蓝溪"作"荆溪"，"玉川"作"天寒"。

跋蒲传正燕公山水

苏 轼

　　画以人物为神，花竹禽鸟为妙，宫室器用为巧，山水为胜。而山水以清雄奇富，变态无穷为难。燕公之笔，浑然天成〔一〕，灿然日新〔二〕，已离画工之度数〔三〕，而得诗人之清丽也。熙宁六年六月六日〔四〕。

（三苏祠本《东坡集》卷六七）

题解

　　蒲传正名宗孟，阆州新井人。拥护吕惠卿的手实法，残酷镇压梁山泊"盗"。苏轼曾以慈、俭相戒。燕公，燕文贵，北宋吴兴人，善画人物山水，自成一家，有燕家景致之称。这篇题跋同样表明苏轼对画工画和文人画的态度，他不满足于"画工之度数"，要求画家要有"诗人之清丽"，要画出山水的无穷变态。

注释 ───────────────────────────────

　　〔一〕浑然天成：浑一而不可分，天然生成的样子。

　　〔二〕灿然：光彩耀眼貌。

　　〔三〕度数：规矩、尺寸。

　　〔四〕熙宁六年：1073 年。

书黄筌画雀

苏　轼

　　黄筌画飞鸟，颈脚皆展。或曰："飞鸟缩颈则展足，缩足则展颈，无两展者。"验之信然〔一〕。乃知观物不审者〔二〕，虽画师且不能，况其大者乎？君子是以务学而好问也。

（三苏祠本《东坡集》卷六七）

题解

　　黄筌，见苏轼《书蒲永升画后》注〔三〕。本文强调了观物要"审"，要"务学而好问"；"观物不审"，连画师都要闹笑话，何况做更大的事呢？

注释

　　〔一〕信然：确实如此。
　　〔二〕审：详尽细密。

书戴嵩画牛

苏　轼

　　蜀中有杜处士者好书画〔一〕，所宝以百数。有戴嵩牛一轴尤所爱，锦囊玉轴，常以自随。一日曝书画，有一牧童见之，拊掌大笑。曰："此画斗牛也，牛斗力在角，尾搐入两股间〔二〕，今乃掉尾而斗，谬矣。"处士笑而然之。古语有云：耕当问奴，织当问婢，不可改也。

（三苏祠本《东坡集》卷六七）

题解

戴嵩，唐代画家，擅画田家川原之景，尤工画牛，有“韩（幹）马戴牛”之称。本文主旨与前篇相同，都是“观物不审”闹的笑话。前篇提出要“好问”，本篇进一步提出问谁，要向牧童、奴婢等有实际经验的行家请教。

注释

〔一〕杜处士：不详其人。
〔二〕搐：抽缩。

王维、吴道子画

苏　辙

吾观天地间，万事同一理。扁也工斫轮〔一〕，乃知读文字。我非画中师，偶亦识画旨。勇怯不必同，要以各善耳。壮马脱衔放平陆〔二〕，步骤风雨百夫靡〔三〕。美人婉娩守闲独〔四〕，不出庭户修容止〔五〕。女能嫣然笑倾国〔六〕，马能一蹴致千里〔七〕。优柔自好勇自强，各自胜绝无彼此。谁言王摩诘，乃过吴道子？试谓道子来，置女所挟从软美〔八〕。道子掉头不肯应，刚桀我已足自恃。雄奔不失驰，精妙实无比。老僧寂灭生虑微〔九〕，侍女闲洁不复婢〔一〇〕。丁宁勿相违〔一一〕，幸使二子齿〔一二〕。二子遗迹今岂多，岐阳可贵能独备〔一三〕。但使古壁常坚完，尘土虽积光艳长不毁。

（《栾城集》卷二）

题解

这是苏辙《和子瞻凤翔八观八首》中的一首。苏轼《凤翔八观·王维吴道子画》诗，扬王抑吴。苏辙在这首诗中表示不同意，认为"勇怯不必同，要以各善耳"；"优柔自好勇自强，各自胜绝无彼此"。不能轩轾壮马的"刚桀"美和美人的"柔美"。

注释

〔一〕"扁也工斫轮"二句：扁，轮扁。轮扁从斫轮悟读书之法，见《文与可画筼筜谷偃竹记》注〔一六〕。

〔二〕衔：横在马口中备抽勒的铁，即马嚼子。

〔三〕步骤风雨百夫靡：跑得很快，有如暴风骤雨，所向披靡。缓行为步，急走为骤。步骤，此为偏义词，快跑的意思。靡，倒下。

〔四〕美人婉娩守闲独：婉娩，仪容柔顺。闲独，幽娴孤寂。

〔五〕修容止：仪容举止很美好。修，美好。

〔六〕嫣然笑倾国：嫣然，美好的样子，常形容笑。倾国，《汉书·孝武李夫人传》："北方有佳人，绝世而独立。一顾倾人城，再顾倾人国。"后世常用"倾国倾城"形容绝色女子。

〔七〕一踸致千里：踸，通"蹴"，踢，踩。致，达到。

〔八〕置女所挟从软美：放弃你所怀有的刚桀来追随软美。置，废置，抛开。挟，怀藏。从，追随。

〔九〕寂灭生虑微：心神安定，排除杂念，很少有什么人生的忧虑。

〔一○〕侍女闲洁不复婢：婢女娴雅高洁也就不再是婢女了。侍女，婢女。闲洁，娴雅高洁。

〔一一〕丁宁：即叮咛，一再嘱咐。

〔一二〕幸使二子齿：希望能使王维、吴道子并列。幸，希望。二子，指王维、吴道子。齿，并列。

〔一三〕岐阳：陕西凤翔。

韩幹三马
苏　辙

　　老马侧立鬃尾垂，御者高拱持青丝[一]。心知后马有争意，两耳微起如立锥。中马直视翘右脚，眼光已动心先驰。仆夫旋作奔佚想[二]，右手正控黄金羁[三]。雄姿骏发最后马[四]，回身奋鬣真权奇[五]。围人顿辔屹山立[六]，未听决骤争雄雌[七]。物生先后亦偶耳，有心何者能忘之？画师韩幹岂知道，画马不独画马皮。画出三马腹中事，似欲讥世人莫知[八]。伯时一见笑不语，告我韩幹非画师。

（《栾城集》卷一五）

题解

　　读苏辙这首诗有如欣赏韩幹的画，他用非常形象的语言描绘了三匹马（老马、中马、最后马）和三位御马的人（御者、仆夫、围人）的不同神态，表现了苏辙画贵写意（"画出三马腹中事"）的思想。

注释

　　〔一〕御者高拱持青丝：驭马的人，高拱双手，持着缰绳。

　　〔二〕旋作奔佚想：立刻认为马要奔驰了。旋，不久。佚，通"逸"。奔逸，疾驰。

　　〔三〕黄金羁：金黄色的马络头。

　　〔四〕骏发：迅疾奋发。

　　〔五〕奋鬣真权奇：马颈上长毛直立，真是奇特极了。奋，振起。鬣，马颈上的长毛。权奇，《汉书·礼乐志二》载《天马歌》："志俶傥，精权奇。"王先谦《补注》："权奇者，奇谲非常之意。"

〔六〕圉人顿辔：圉人，掌养马的人。顿辔，整理缰绳。

〔七〕未听决骤争雄雌：没有让马奔驰以争胜负。听，听任。决骤，急速奔跑。雄雌，又作雌雄，指胜负、高下。

〔八〕"物生先后亦偶尔"至"似欲讥世人莫知"：大意是说，万物的或先或后，或胜或负都有它的偶然性，有心机的人什么都不能忘怀。韩幹难道懂道吗？他画出这三匹马的争斗神情好像是要讥刺世人，可惜世人却不理解。

书郭熙横卷

苏　辙

凤阁鸾台十二屏，屏上郭熙题姓名〔一〕。崩崖断壑人不到，枯松野蔓相欹倾。黄散给舍多肉食〔二〕，食罢起爱飞泉清。皆言古人不复见，不知北门待诏白发垂冠缨〔三〕。袖中短轴才半幅，惨淡百里山川横。岩头古寺拥云木，沙尾渔舟浮晚晴。遥山可见不知处，落霞断雁俱微明。十年江海兴不浅，满帆风雨通宵行。投篙桥杙便止宿，买鱼沽酒相逢迎。归来朝中亦何有？包裹观阙围重城。日高困睡心有适，梦中时作东南征〔四〕。眼前欲拟要真物，拂拭东绢付与汾阳生〔五〕。

（《栾城集》卷一五）

题解

元祐二年（1087）京城作。郭熙，字敦夫，河阳温县（今属河南）人，与苏辙同时的著名画家。工画山水寒林，论者谓独步一时。著有《林泉高致》，为山水画论杰作。此诗前半写"郭熙横卷"；"十年"八句写郭熙从江海归京，时时都梦游东南山水；末以郭熙之画难得作结，颇有风趣。所谓"短轴才半幅"而"百里山川横"，即咫尺万里之意；而郭熙画之所以取得巨大成就是与他"十年江海兴不浅"分不开的。

注释

〔一〕"凤阁鸾台十二屏"二句：凤阁鸾台，指中书和门下省，唐武则天光宅元年（684）改中书省为凤阁，改门下省为鸾台，故以此代称。《蔡宽夫诗话·玉堂壁画》："玉堂两壁，有巨然画山，董羽（画）水。……元丰末既修两后省，遂移院于今枢密院之后。两壁既没，屏亦莫知所在。今玉堂中屏，乃待诏郭熙所作《春江晓景》。禁中官局多熙笔迹。"

〔二〕黄散给舍：皆官名。《晋书·陈寿传》："杜预荐寿于帝，宜补黄散。"《旧唐书·张九龄传》："不历县令，虽有善政，不得任台卿给舍。"

〔三〕北门待诏：指郭熙，他曾任御书院艺学、翰林待诏。北门，此指翰林院，唐高宗时，武则天常召文学之士于北门候进止，时人谓之北门学士，为翰林学士之始。

〔四〕"十年江海兴不浅"至"梦中时作东南征"：谓郭熙山水之所以画得好，是因为他曾遍游江南，回到京城，亦时时梦游江南。苏辙《次韵子瞻题郭熙平远二绝》亦有"行遍江南识天巧"句。

〔五〕汾阳生：汾阳本指郭子仪（封汾阳王），此指郭熙之子郭思，王明清《挥麈前录》卷四《郭熙画山水有名》："郭熙画山水，名盛昭陵（仁宗陵名）时，尝为翰林院待诏。熙宁初，其子思登进士第，至龙图阁直学士，更帅三路。既贵，广以金帛收赎熙之遗笔，以藏于家，繇是熙之画人间绝少。"刘克庄《郭熙山水障子》亦云："吾闻汾阳子贵购父画，一笔不许他人藏。"

题王生画三蚕蜻蜓二首

苏 辙

饥蚕未得食，宛转不自持〔一〕；食蚕声如雨，但食无复知；老蚕不复食，矫首有所思〔二〕。君画三蚕意，还知使者谁〔三〕？

蜻蜓飞环环〔四〕，向空无所著。忽然逢飞蚊，验尔饥火作〔五〕。一饱困竹梢，凝然反冥寞〔六〕。若无饥渴患，何贵一箪乐〔七〕？

（《栾城集》卷一五）

题解

王生，不详其人。前一首写出了饥蚕、食蚕、老蚕的不同神态，后一首写出了蜻蜓由饥飞寻食到饱卧竹梢的过程。而两首诗都贵画意，这个意既包括了所画对象的神情，也包括了画家所寄托的思想感情，这从两首诗的最后两句就可看出。

注释

〔一〕宛转不自持：辗转反侧而不能自我克制。

〔二〕矫首有所思：抬起头好像在想什么。矫，举。

〔三〕还知使者谁：懂得造成这种饥馋饱懒的主使者是谁吗？

〔四〕飞环环：团团转地飞。

〔五〕验尔饥火作：以你来证明我确实饥饿难忍了，意谓一口吞下。尔，指飞蚊。饥火，饥饿难熬，如火中烧。

〔六〕凝然反冥寞：回到一种无思无欲的昏睡冥寂状态。凝然，专一的无思无欲的样子。

〔七〕何贵一箪乐：哪里会有珍贵一篮子饮食的快乐呢？箪，竹制或苇制的盛饭器物。《论语·雍也》："一箪食，一瓢饮，在陋巷，人不堪其忧，回（颜回）也不改其乐。"

次韵子瞻题郭熙平远二绝

苏 辙

乱山无尽水无边，田舍渔家共一川。行遍江南识天巧〔一〕，临窗开卷两茫然〔二〕。

断云斜日不胜秋，付与骚人满目愁〔三〕。父老如今亦才思〔四〕，一蓑风雨钓槎头〔五〕。

（《栾城集》卷一五）

题解

　　苏轼有《郭熙秋山平远二首》，此为次韵。郭熙，字淳夫，河阳温县（今属河南）人，北宋画家，工画山水，笔势雄健，水墨明洁。平远，山平水远，郭熙作有《平远图》。前一首的头两句写出了郭熙的《平远图》有咫尺千里之势，苏辙《书郭熙横卷》称赞他"袖中短轴才半幅，惨淡百里山川横"，与此意相同。"行遍江南识天巧"，说明郭熙的画取材于现实生活，他能成为当时山水画大师，与他丰富的阅历是分不开的。后一首说明郭熙的画，画中有诗，景中有情，即苏轼原唱所说的"不堪《平远》发诗愁"，他所画的"断云斜日"的秋景能使人愁肠萦绕。

注释

　　〔一〕天巧：自然的美妙。

　　〔二〕临窗开卷两茫然：面对窗外眺望与打开画卷欣赏都给人以辽阔无际的感觉。这句是进一步形容郭熙画有咫尺千里之势，与真景无异。临，面对。茫然，辽阔无边的样子。

　　〔三〕骚人：诗人。屈原作《离骚》，故称屈原或《楚辞》作者为骚人。后泛指诗人。

　　〔四〕父老如今亦才思：父老与前首"田舍渔家"相应，指农夫渔父。亦才思，也有才情。

　　〔五〕槎头：又名槎头鳊，鳊鱼，以产汉水者味尤美。杜甫《解闷》："漫钓槎头缩颈鳊。"

墨竹赋

苏　辙

　　与可以墨为竹，视之良竹也。客见而惊焉，曰："今夫受命于天，赋形于地〔一〕，涵濡雨露〔二〕，振荡风气。春而萌芽，夏而解弛〔三〕，散柯布叶〔四〕，逮冬而遂〔五〕。性刚洁而疏直，姿婵娟以闲媚〔六〕。涉寒暑之徂变〔七〕，傲冰雪之凌厉。均一气于草木〔八〕，嗟壤同而性异。信物生之自然，虽造化其能使〔九〕？今子研青松之煤，运脱兔之毫〔一〇〕，睥睨墙堵〔一一〕，振洒缯绡〔一二〕，须臾而成〔一三〕，郁乎萧骚〔一四〕，曲直横斜，秾纤庳高〔一五〕。窃造物之潜思〔一六〕，赋生意于崇朝〔一七〕。子岂诚有道者耶？"

与可听然而笑曰："夫予之所好者道也，放乎竹矣〔一八〕！始予隐乎崇山之阳〔一九〕，庐乎修竹之林〔二〇〕，视听漠然〔二一〕，无概乎予心〔二二〕。朝与竹乎为游，莫与竹乎为朋〔二三〕，饮食乎竹间，偃息乎竹阴〔二四〕，观竹之变也多矣。若夫风止雨霁〔二五〕，山空日出，猗猗其长〔二六〕，森乎满谷〔二七〕。叶如翠羽，筠如苍玉〔二八〕。澹乎自持〔二九〕，凄兮欲滴〔三〇〕。蝉鸣鸟噪，人响寂历〔三一〕。忽依风而长啸，眇掩冉以终日〔三二〕。笋含箨而将坠〔三三〕，根得土而横逸〔三四〕，绝涧谷而蔓延〔三五〕，散子孙乎千亿〔三六〕。至若丛薄之余〔三七〕，斤斧所施；山石荦埆〔三八〕，荆棘生之。蹇将抽而莫达，纷既折而犹持〔三九〕。气虽伤而益壮，身已病而增奇。凄风号怒乎隙穴，飞雪凝沍乎陂池。悲众木之无赖〔四〇〕，虽百围而莫支。犹复苍然于既寒之后〔四一〕，凛乎无可怜之姿〔四二〕。追松柏以自偶〔四三〕，窃仁人之所为〔四四〕。此则竹之所以为竹也。始也余见而悦之，今也悦之而不自知也。忽乎忘笔之在手与纸之在前，勃然而兴，而修竹森然〔四五〕。虽天造之无朕〔四六〕，亦何以异于兹焉！"

客曰："盖予闻之：庖丁，解牛者也，而养生者取之；轮扁，斫轮者也，而读书者与之。万物一理也，其所从为之者异尔〔四七〕。况夫夫子之托于斯竹也，而予以为有道者，则非耶？"与可曰："唯唯。"

（《栾城集》卷一七）

题解

这篇赋记载了文与可对自己画竹经验的总结。他的墨竹之所以画得那样好，首先是因为长期与竹相处，"观竹之变多矣"。文学艺术都是客观事物的反映，细致地观察客观事物是文艺创作的前提。其次是因为被竹子的高尚品质所感动：

"虽伤而益壮，已病而增奇"，"犹复苍然于既寒之后，凛乎无可怜之姿。"与一般科学反映客观事物不同，文艺创作必须是客观事物"有触于中"，才能"情见乎词"，以情感人。再次，只有对客观事物了如指掌并深受其感动，能触发灵感，进入创作高潮，达到忘物、忘我而身与竹化的阶段："始也余见而悦之，今也悦之而不自知也。忽乎忘笔之在手与纸之在前，勃然而兴，而修竹森然。"这正是苏轼所说的"其身与竹化，无穷出清新。"但这还不够，还必须掌握画法、画艺，做到"胸有成竹"，"心手相应"。苏轼对苏辙这篇文章强调道而不强调技法是不满的，他说："子由未尝画也，故得其意而已。若予者，岂独得其意，并得其法。"（《文与可画筼筜谷偃竹记》）由此可见，艺术实践不仅对创作者很重要，而且对鉴赏者也是必要的。

注释

〔一〕受命于天，赋形于地：接受大自然赋予的生命，在大地上成长起来。

〔二〕涵濡：滋润。涵，沉浸。濡，润湿。

〔三〕解弛：指竹笋脱箨生长。

〔四〕散柯布叶：枝叶散布开来。柯，枝。

〔五〕逮冬而遂：到了冬天而长成。

〔六〕姿婵娟以闲媚：姿态美好而娴雅妩媚。以，而。

〔七〕涉寒暑之徂变：经历了寒来暑往的变化。涉，经历。徂，古同"殂"，消逝、死亡。

〔八〕均一气于草木：与草木一样同受天地之气。于，与。

〔九〕"信物生之自然"二句：确实万物的生长都是自然而然的，即使是老天爷，能指挥它吗！信，确实，诚然。造物，古代以为万物都是天造的，故称天为造物。虽，即使。其，表反诘，作"岂"解。使，命令，主使。

〔一〇〕"研青松之煤"二句：即研墨运笔。墨为松烟所制，故"青松之煤"指墨。笔为兔毛所制，故"脱兔之毫"指笔。

〔一一〕睥睨：侧视。

〔一二〕振洒缯绡：在画布上奋笔挥洒。缯，丝织品的总称。绡，生丝织成的薄绸。这里均指供作画用的绢帛。

〔一三〕须臾：一会儿。

〔一四〕郁乎萧骚：郁，繁茂的样子。萧骚，风吹拂竹子枝叶发出的声音。

〔一五〕秾纤庳高：有的繁茂（秾），有的纤细，有的低（庳），有的高。

〔一六〕潜思：深沉的考虑。

〔一七〕赋生意于崇朝：使早晨的竹子生意盎然。崇朝，终朝，从天明到早饭前的一段时间。《诗经·河广》有"曾不崇朝"语，朱熹注："崇，终也。"

〔一八〕放：安放，搁置，这里作寄托讲。

〔一九〕崇山之阳：高山之南。崇，高。阳，山南为阳，山北为阴。

〔二〇〕庐乎修竹之林：筑房子于美好的竹林中。

〔二一〕漠然：冷淡，不关心的样子。

〔二二〕无慨乎予心：不放在我心上。慨，挂念，放在心上。

〔二三〕莫：通"暮"。

〔二四〕偃息：停息。

〔二五〕雨霁：雨停，雨过天晴。

〔二六〕猗猗：秀丽丰茂的样子。《诗经·卫风·淇奥》："绿竹猗猗。"

〔二七〕森：茂密的样子。

〔二八〕筠：竹子的青皮。

〔二九〕澹乎自持：非常澹泊啊，好像自己很持重。

〔三〇〕凄：寒，此指竹上寒露。

〔三一〕寂历：寂寞。韩偓《曲江晚思》："云物阴寂历。"

〔三二〕眇掩冉：高远超俗，摇曳多姿。

〔三三〕箨：竹壳。

〔三四〕横逸：四散生长。逸，窜逸。

〔三五〕绝：穿过。

〔三六〕子孙：指竹笋。

〔三七〕至若：发语词，承上启下，引起下一段论述。丛薄，草木丛生的地方。

〔三八〕荦埆：山多石大的样子。

〔三九〕"寒将抽而莫达"二句：寒，艰难。纷，纷扰。寒纷即指"丛薄之余，斤斧所施，山石荦埆，荆棘生之"的不良处境。"将抽而莫达"指竹笋将抽芽因环境艰难而不能畅达生长。"既折而犹持"，指竹子已经折断了仍能不断生长。

〔四〇〕无赖：同"无奈"，无可如何。

〔四一〕苍然：青苍茂盛的样子。

〔四二〕凛乎：可敬畏的样子。

〔四三〕追松柏以自偶：追随不畏严寒的松树，并使自己与之并列。

〔四四〕窃：效取。

〔四五〕勃然而兴，而修竹森然：振奋而起，而高高的竹子就密密麻麻地出现了。勃然，奋发的样子。兴，起。修，高、长。

〔四六〕天造之无朕：天衣无缝的意思。朕，缝隙。

〔四七〕"万物一理也"二句：万事万物都是同一个道理，只是在不同情况下表现出不同的形式。

汝州龙兴寺修吴画殿记（节录）

苏　辙

予先君宫师，平生好画，家居甚贫，而购画常若不及〔一〕。予兄子瞻少而知画，不学而得用笔之理。辙少闻其余，虽不能深造之，亦庶几焉。凡今世自隋、晋以上，画之存者无一二矣；自唐以来，乃时有见者。世之志于画者，不以此为师则非画也。

予昔游成都，唐人遗迹遍于老、佛之居〔二〕。先蜀之老有能评之者曰：画格有四，曰能、妙、神、逸〔三〕。盖能不及妙，妙不及神，神不及逸。称神者二人，曰范琼、赵公祐〔四〕；而称逸者一人，孙遇而已〔五〕。范、赵之工，方圆不以规矩，雄杰伟丽，见者皆知爱之。而孙氏纵横放肆，出于法度之外，循法者不逮其精，有从心不逾矩之妙〔六〕。于眉之福海精舍为行道天王〔七〕，其记曰"集润州高座寺张僧繇〔八〕。"予每观之辄叹曰："古之画者必至于此，然后为极欤！"

其后东游至岐下〔九〕，始见吴道子画，乃惊曰："信矣，画必极于此为极也！"盖道子之迹比范琼为奇，而比孙遇为正。其称画圣，抑以此耶！

（《栾城后集》卷二一）

243

题解

汝州，今河南临汝。吴画殿指有吴道子画的汝州龙兴寺华严小殿。绍圣元年（1094）苏辙贬官汝州，与通判李纯绎游龙兴寺，见华严小殿破漏不堪，东西夹壁上的吴道子画已被风雨侵蚀，嘱寺僧惠真修葺，《记》为此作。苏辙赞成"画格有四"的评画标准，认为其中的"神"，特别是"逸"是最难达到的。从苏辙的具体解释看，所谓"神"就是"方圆不以规矩"，随手画来都能酷似。所谓"逸"就是放逸，就是"纵横放肆，出于法度之外"而又不逾法度，所谓"从心不逾矩"。前者偏于正，后者偏于奇，而苏辙最欣赏的是二者的结合，认为吴道子之所以被称为画圣，就在于兼有二者。

注释

〔一〕"予先君宫师"四句：先君宫师，指苏洵。宫师，太子太师，元祐中以苏辙为执政大臣，赠太子太师。关于苏洵嗜画，苏轼曾说："始吾先君于物无所好，燕居如斋，言笑有时，顾尝嗜画，弟子门人，无以悦之，则争致其所嗜，庶几一解其颜。故虽为布衣，而致画与公卿等。"（《四菩萨阁记》）

〔二〕老、佛之居：指道观、佛寺。

〔三〕"先蜀之老"至"能、妙、神、逸"：指宋初黄休复所著《益州名画录》，为五十八位画家列传，分为逸、神、妙、能四格。

〔四〕范琼：唐代画家，流寓成都，以善画人物佛像著称。赵公祐，唐代画家，长安（今陕西西安）人，寓蜀，工人物画，尤善画佛像鬼神。

〔五〕孙遇：即孙位，见《书蒲永升画后》注〔二〕。

〔六〕从心不逾矩：随心所欲而不越出规矩。《论语·为政》："子曰：'吾十有五而志于学，三十而立，四十而不惑，五十而知天命，六十而耳顺，七十而从心所欲，不逾矩。'"

〔七〕于眉之福海精舍为行道天王：在眉州的福海精舍画行道天王。眉指眉州，今四川眉山。精舍，僧、道居住或讲道说法的地方。

〔八〕张僧繇：吴（今江苏苏州）人，南朝梁代画家，擅长人物画和宗教画。

〔九〕岐下：岐山之下。岐山在今陕西岐山县东北。

颜书（节录）

苏 洵

此字出公手，一见减叹咨〔一〕。使公不善书，笔墨纷讹痴〔二〕。思其平生事，岂忍弃路岐。况此字颇怪，堂堂伟形仪。骏极有深稳，骨老成支离〔三〕。点画乃应和，关连不相违〔四〕。有如一人身，鼻口耳目眉。彼此异状貌，各自相结维〔五〕。离离天上星〔六〕，分如不相持〔七〕。左右自缀会〔八〕，或作斗与箕〔九〕。骨严体端重，安置无欹危〔一〇〕。篆鼎兀大腹〔一一〕，高屋无弱楣〔一二〕。古器合尺度，法相应矩规〔一三〕。想其始下笔，庄重不自卑。虞、柳岂不好〔一四〕，结束烦縶羁〔一五〕。笔法未离俗，庸手尚敢窥。自我见此字，得纸无所施。一车会百木，斤斧所易为。团团彼明月，欲画形终非。谁知忠义心，余力尚及斯。因此数幅纸，使我重叹嘻。

（《嘉祐集》卷二〇）

题解

颜真卿（709—785），字清臣，京兆万年（今陕西西安）人。安禄山叛乱时，为平原（今属山东）太守，他联络其兄颜杲卿起兵抵抗，附近十七郡响应，使安禄山不敢急攻潼关。后李希烈叛乱，他被派前往劝谕，被李缢死。这首诗的前半部分即歌颂颜真卿的忠义行为，后一部分歌颂颜真卿的书法艺术。表面看，颜书有如"鼻口耳目眉"和"离离天上星"一样，散缓不收；而实际上却"各自相结维"，气势开张而又端庄雄劲，形成整体美："骨严体端重，安置无欹危。"这种散缓与严整的对立统一，是一种极高的书法艺术，所谓"骏极有深稳，骨老成支离"。

注释

〔一〕叹咨：嗟叹声。

〔二〕讹痴：错讹而又呆滞。

〔三〕"骏极有深稳"二句：形容颜书奔放而又稳妥，刚健而又开张。支离，分散，这里形容颜书气势开张。

〔四〕违：离。

〔五〕相结维：相互联结维系。

〔六〕离离：分散貌。

〔七〕分如不相持：分散而互不支持。如，助词。

〔八〕缀会：连接会聚。

〔九〕斗与箕：皆星名，均属二十八宿，以北斗斗柄所指的角宿为起点，由西向东排列，井然有序。

〔一〇〕攲危：倾斜高耸。

〔一一〕篆鼎兀大腹：有篆文的炊器突兀着大腹。鼎，古代炊器，圆形，三脚两耳，也有长方形四脚的。兀，高耸突出。

〔一二〕楣：屋上横梁。

〔一三〕法相：合于标准的形相（同"象"）。《后汉书·皇后妃》："汉法：遣中大夫与掖庭丞及相工，于洛阳乡间阅视良家童女，年十三以上，二十以下，姿色端丽，合法相者，载还后宫。"

〔一四〕虞、柳：虞指虞世南（558—638），字伯施，越州余姚（今属浙江）人，唐初书法家。柳指柳公权（778—865），字诚悬，京兆华原（今陕西耀州市）人，唐代书法家，工正楷。

〔一五〕结束烦縶羁：收笔尚烦控驭。縶羁，羁勒、控驭。

次韵子由论书

苏 轼

吾虽不善书，晓书莫如我。苟能通其意，常谓不学可。貌妍容有矉〔一〕，璧美何妨椭。端庄杂流丽，刚健含婀娜。好之每自讥，不谓子亦颇〔二〕。书成辄弃去，缪被旁人裹〔三〕。体势本阔落〔四〕，结束入细么〔五〕。子诗亦见推〔六〕，语重未敢荷〔七〕。迩来又学射〔八〕，力薄愁官笴〔九〕。多好竟无成，不精安用夥。何当尽屏去，万事付懒惰。吾闻古书法，守骏莫如跛〔一〇〕。世俗笔苦骄，众中强蒐骡〔一一〕。钟、张忽已远〔一二〕，此语与时左。

（七集本《东坡集》卷一）

题解

本诗作于嘉祐八年（1063）凤翔签判任上，为答苏辙（子由）《子瞻寄示岐阳十五碑》而作。苏轼主张文贵自然，书法也贵自然。"苟能通其意，常谓不学可"，就是这种书贵自然的思想。苏轼幼子苏过《书先公字后》说："吾先君子岂以书自名哉！特以其至大至刚之气发于胸中而应之于手，故不见其有刻画妩媚之工，而端章甫若有不可犯之色。知此然后可以知其书。然其少年喜二王书，晚乃喜颜平原，故时有二家风气。俗子初不知，妄谓学徐浩，陋矣！"可见苏轼并未有意于学书，只不过是借书以抒发他那"至大至刚之气"。只要能"通其意"，表现他的"至大至刚之气"，即使白璧微瑕，也往往能因病成妍，即所谓"貌妍容有颦，璧美何妨椭"。但另一方面，要"通其意"，又非学不可。从苏过的话也可看出，苏轼少喜王书，晚喜颜书，对历代书法的成功经验，作过精心研习。他在书法上之所以能取得"书成辄弃去，缪被旁人裹"的巨大成就，是同他"幼而好书，老而不倦"（苏辙《东坡先生墓志铭》）的长期努力分不开的。正因为他功夫到家，所以才能做到"端庄杂秀丽，刚健含婀娜"。否则，就会"端庄""刚健"而流于板滞，"流丽""婀娜"而失于纤弱。

注释

〔一〕颦：皱眉。

〔二〕不谓子亦颇：没料到你也这样偏好（指爱好书法）。

〔三〕缪：通"谬"，错误地。

〔四〕阔落：疏阔豁达。

〔五〕细么：细小。

〔六〕推：推重。

〔七〕荷：承当。

〔八〕迩来：近来。

〔九〕笴：箭干。

〔一〇〕守骏莫如跛：骏马不妨微跛。《长公外记》："赵子固云：'徐会稽之浊在跛偃，李北海之浊在攲斜。跛偃之弊流而误吾坡公，攲斜之弊流而为（米）元章父子也。'"

〔一一〕崴骎：不安帖的样子。《说文》："马摇头曰骎。"

〔一二〕钟：指钟繇，见苏轼《书黄子思诗集后》注〔一〕。张：指张芝，字伯英，敦煌酒泉（今属甘肃）人，东汉书法家，善章草。

石苍舒醉墨堂

苏 轼

人生识字忧患始，姓名粗记可以休。何用草书夸神速，开卷惝恍令人愁〔一〕。我尝好之每自笑，君有此病何能瘳〔二〕？自言其中有至乐〔三〕，适意无异逍遥游〔四〕。近者作堂名醉墨，如饮美酒销百忧。乃知柳子语不妄，病嗜土炭如珍羞〔五〕。君于此艺亦云至，堆墙败笔如山丘。兴来一挥百纸尽，骏马倏忽踏九州〔六〕。我书意造本无法，点画信手烦推求。胡为议论独见假〔七〕，只字片纸皆藏收。不减钟、张君自足，下方罗、赵我亦优〔八〕。不须临池更苦学，完取绢素充衾裯〔九〕。

（七集本《东坡集》卷二）

题解

石苍舒，字才美，京兆（今陕西西安）人，工词章，善草隶，作堂名"醉墨"。此诗系作者于熙宁二年（1069）服父丧期满返京后所作。时王安石变法已开始，他因政见不合，郁郁寡欢，故全诗调子较低沉。但在艺术思想上提出了一个重要问题，这就是写意。苏轼的诗、文、书、画都重写意。"自言其中有至乐，适意无异逍遥游。"这是石苍舒的看法，书法贵在"适意"。"我书意造本无法，点画信手烦推求。"这是他自己的看法，书贵"意造"，一任兴之所至，而不为"法"所束缚。这是一种很高的书法境界。这种"无法"是通过"有法"的刻苦练习得来的。"兴来一挥百纸尽，骏马倏忽踏九州。"这种"兴来"之笔，这种灵感的爆发是通过"堆墙败笔如山丘"的长期苦练而得来的。

注释

〔一〕惝恍：迷迷糊糊的样子。

〔二〕瘳：把病治好。

〔三〕至乐：快乐到极点。

〔四〕逍遥游：自由自在的游玩。

〔五〕"乃知柳子语不妄"二句：柳子指柳宗元（773—819），字子厚，河东解（今山西运城市解州镇）人，唐代著名文学家。他在《答崔黯书》中说："凡人好词工书，皆病癖也。吾尝见病心腹人，有思咬土炭，嗜酸咸者，不得则大戚。"

〔六〕骏马倏忽踏九州：倏忽，转瞬之间。九州，此指我国上古时代的行政区划。后人常用此代指全国。

〔七〕胡为议论独见假：胡为，何为，为什么。假，嘉，美。《诗·周颂·雝》："假哉皇考。"

〔八〕罗、赵：指晋人罗叔景、赵元嗣。《晋书·卫恒传》载张伯英语："下方罗、赵有余。"方，比。

〔九〕"不须临池"二句：《三国志·魏志·韦诞传》："张伯英家之衣帛，必书而后练，临池学书，墨水尽黑。"衾裯，泛指被褥。

孙莘老求墨妙亭诗（节录）

苏 轼

兰亭茧纸入昭陵，世间遗迹犹龙腾〔一〕。颜公变法出新意，细筋入骨如秋鹰〔二〕。徐家父子亦秀绝，字外出力中藏棱〔三〕。峄山传刻典刑在〔四〕，千载笔法留阳冰〔五〕。杜陵评书贵瘦硬〔六〕，此论未公吾不凭。短长肥瘠各有态，玉环飞燕谁敢憎〔七〕？

（七集本《东坡集》卷三）

题解

孙觉，字莘老，高邮（今属江苏）人。本与王安石友善，后因反对新法，出知广德军，徙湖州。苏轼《墨妙亭记》说："熙宁四年十一月，高邮孙莘老自广德移守吴兴（湖州）。其明年二月作墨妙亭于府第之北，逍遥堂之东，取凡境内自汉以来古文遗刻以实之。"苏轼此诗作于熙宁五年（1072）十二月。诗分两部分，所录为前一部分，评论了历代著名书法家，简直可算一篇书法简史。他对杜甫"书贵瘦硬"的批评未必正确，但苏轼观点的实质是主张风格的多样化，反对以一种风格抑制另一种风格，这无疑是正确的。苏轼并不是反对"瘦硬"本身，他称赞颜书"细筋入骨如秋鹰"，称赞徐浩父子"字外出力中藏棱"就是明证。

注释

〔一〕"兰亭茧纸入昭陵"二句：茧纸，以蚕茧做成的纸，为晋人所习用。兰亭茧纸，指王羲之所作的《兰亭集序》的真迹。昭陵，唐太宗墓。唐太宗酷爱王羲之书法，得《兰亭集序》推为王书代表。并命赵模等摩写数本赐其亲近。唐太宗死，以真迹殉葬。世间遗迹，指《兰亭集序》摹本。龙腾，以龙腾虎跃形容王书气势，梁武帝评王书曾说："字势雄踞如龙跃天门，虎卧凤阁。"

〔二〕"颜公变法出新意"二句：颜公指唐颜真卿，注见苏洵《颜书》题解。《书断》："唐颜真卿书，雄秀独出，一变古法。"卫夫人《笔陈图》："善笔力者多骨，不善笔力者多肉。""多骨微肉者谓之筋书。"

〔三〕"徐家父子亦秀绝"二句：徐家父子指唐代徐峤之及其子徐浩，精于楷法，圆劲厚重，《唐书》本传论其笔法如"怒猊抉石，渴骥奔泉"。

〔四〕峄山传刻典刑在：峄山又名邹山，在山东邹城东南。秦始皇二十八年（前219）曾登此山，刻石颂其功德，相传为李斯所书。典刑即典型，标准字体。苏轼《书琅玡篆后》："秦虽无道，然所立有绝人者。文字之工，世亦莫及。"

〔五〕千载笔法留阳冰：阳冰指李阳冰，字少温，赵郡（今河北赵县）人，唐代文字学家、书法家。工篆书，得法于峄山石刻。

〔六〕杜陵评书贵瘦硬：杜陵即杜甫，常自称少陵野老。他所作的《八分小篆歌》有"书贵瘦硬方通神"之语。

〔七〕玉环飞燕谁敢憎：玉环指唐明皇的妃子杨玉环，飞燕指汉成帝的妃子赵飞燕。《杨妃外传》："妃小字玉环。明皇览《汉成帝内传》：'飞燕身轻不胜风，帝置七宝避风台。'上（明皇）曰：'尔（指杨贵妃）则任吹多少。'盖妃微有肌也。"此句承上句，谓书不当以肥瘠论优劣，亦如玉环之丰腴、飞燕之苗条，均美。

书唐氏六家书后
苏　轼

永禅师书〔一〕，骨气深稳，体兼众妙，精能之至，反造疏淡，如观陶彭泽诗〔二〕，初若散缓不收，反复不已，乃识其奇趣。今法帖有云"不具，释智永白"者，误收在逸少部中〔三〕，然亦非禅师书也。云"谨此代申"，此乃唐末五代流俗之语耳，而书亦不工。

欧阳率更书〔四〕，妍紧拔群，尤工于小楷。高丽遣使购其书〔五〕，高祖叹曰〔六〕："彼观其书，以为魁梧奇伟人也。"此非知书者。凡书象其为人，率更貌寒寝，敏悟绝人。今观其书，劲崄刻厉，正称其貌耳。

褚河南书〔七〕，清远萧散，微杂隶体〔八〕。古之论书者兼论其平生。苟非其人，虽工不贵也。河南固忠臣，但有谮杀刘洎一事，使人怏怏。然余尝考其实，恐刘洎末年褊忿，实有伊、霍之语，非谮也。若不然，马周明其无此语，太宗独诛洎而不问周，何哉〔九〕？此殆天后朝许、李所诬〔一〇〕，而史官不能辨也。

张长史草书〔一一〕，颓然天放〔一二〕，略有点画处，而意态自足，号称神逸。今世称善草书者，或不能真、行〔一三〕，此大妄也。真生行，行生草；真如立，行如行，草如走〔一四〕；未有未能行、立而能走者也。今长安犹有长史真书《郎官石柱记》〔一五〕，作字简远，如晋、宋间人〔一六〕。

颜鲁公书〔一七〕，雄秀独出，一变古法，如杜子美诗〔一八〕，格力天纵，奄有汉、魏、晋、宋以来风流〔一九〕，后之作者殆难复措手〔二〇〕。

柳少师书〔二一〕，本出于颜，而能自出新意。"一字百金"，非虚语也。其言"心正则笔正"，非独讽谏，理固然也。世之小人，书字虽工，而其神情终有睢盱侧媚之态〔二二〕，不知人情随想而见，如列子所谓窃斧者乎〔二三〕，抑真尔也？然至使人见其书而犹憎之，则其人可知矣。

余谪居黄州，唐林夫自湖口以书遗余曰〔二四〕："吾家有此六人书，子为我略评之，而书其后。"林夫之书，过我远矣，而反求于余，何哉？此又未可晓也。

元丰四年五月十一日，眉山苏轼书〔二五〕。

（七集本《东坡集》卷二三）

题解

苏轼这篇文章历评了唐代书法家智永（永禅师）、欧阳询、褚遂良、张旭、颜真卿、柳公权六人的书法艺术。三苏论文很强调"一家之言"，论书法绘画也很强调自成一家的风格。本文论唐代六家书法，就重视他们的不同风格，并特别突出他们的"拔群""独出""自出新意"等等。苏轼在《石苍舒醉墨堂》诗中曾说："我书意造本无法，点画信手烦推求"。我们曾说他的"无法"是通过"有法"的长期训练获得的。本文对那些没有学会真书、行书，就胡乱作草书的尖锐批评，以及特别指出草圣张旭也曾作真书，就再次证明"无法"必须以"有法"为基础，"无法"是比"有法"更高的书法境界，是不容易达到的。中国历来都是论文与论人结合，本文对欧阳询、褚遂良、柳公权书法的论述也是结合人品论述的，并特别指出："世之小人，书字虽工，而其神情终有睢盱侧媚之态。"一个文人如果人品太坏，其文也就不足观了。

注释 —————————————————————————————————

〔一〕永禅师：即智永，名法极，晋王羲之七世孙，山阴（今浙江绍兴）永欣寺僧，陈、隋间书法家。

〔二〕陶彭泽：即陶潜，见苏轼《书渊明〈归去来词〉》题解。

〔三〕逸少：即王羲之，见苏轼《书黄子思诗集后》注〔一〕。

〔四〕欧阳率更：即欧阳询（557—641），字信本，潭州临湘（今湖南长沙）人，官至太子率更令，故称欧阳率更。唐代著名书法家。

〔五〕高丽：今朝鲜。

〔六〕高祖：指唐高祖李渊（556—635），唐王朝的建立者。《旧唐书》卷一八九《欧阳询传》："高丽甚重其书，尝遣使求之。高祖叹曰：'不意询之书名，远播夷狄，彼观其迹，固谓其形魁梧耶！'"

〔七〕褚河南：褚遂良（596—658 或 659），字登善，钱塘（今浙江杭州）人，唐代大臣，书法家。封河南公，故称褚河南。

〔八〕隶体：汉字字体，是由篆书简化演变而成的，笔画由圆转为方折。

〔九〕"潜杀刘洎一事"至"何哉"：《旧唐书》："太宗辽东还，发定州，在道不康。洎与中书令马周入谒。洎、周出，遂良传问起居，洎泣曰：'圣体患痈，极可忧惧。'遂良诬奏之曰：'洎云国家之事不足虑，正当傅少主行伊、霍故事，大臣有异志者诛之，自然定矣。'太宗疾愈，诏问其故，洎以实对，又引马周以自明。太宗问周，周对与洎所陈不异。遂良又执奏不已，乃赐洎自尽。"刘洎，字思道，荆州江陵（今属湖北）人，唐初大臣。快快，郁郁不乐。褊忿，狭隘忿恨。伊，伊尹，商初大臣，辅佐商汤攻灭夏桀。商汤死后，又辅佐卜丙、仲壬二王。霍，霍光，西汉大臣，汉武帝死，受遗诏辅佐昭帝。马周（601—648），字宾王，博州茌平（今属山东）人，唐初大臣。太宗，唐太宗李世民（599—649），李渊次子，唐王朝的实际开创者。

〔一〇〕此殆天后朝许、李所诬：殆，大概。天后，武则天（624—705），并州文水（今山西文水东）人。原为太宗才人，后为高宗皇后，载初元年（689）自立为帝，成为中国历史上唯一的女皇帝。许，许敬宗（592—672），字延族，杭州新城（今浙江富阳西南）人，唐代大臣。李义府（614—666），瀛州饶阳（今属河北）人，迁居永泰（今四川盐亭），唐初大臣。二人曾助唐高宗立武则天为皇后，并助武则天贬逐反对立她为后的褚遂良。故苏轼怀疑所谓褚遂良潜杀刘洎可能是许、李所诬。

〔一一〕张长史：即张旭，字伯高，吴（今江苏苏州）人，唐代著名书法家，擅长草书。

〔一二〕颓然天放：颓唐放浪，不受拘束。

〔一三〕真、行：真，真书，即正楷字。行，行书，介于草书和正楷之间的一种书体。

〔一四〕真如立，行如行，草如走：真书好像立正，行书好像行走，草书好像跑步。走，跑。

〔一五〕长安：今陕西西安。

〔一六〕晋、宋：王朝名。晋分西晋（265—317）和东晋（317—420）。宋，指南朝时期的宋朝（420—479）。

〔一七〕颜鲁公：即颜真卿，注见苏洵《颜书》题解。

〔一八〕如杜子美诗：陈师道《后山诗话》："苏子瞻曰：'子美之诗，退之之文，鲁公之书，皆集大成者也'。"

〔一九〕奄：包括。

〔二〇〕殆难复措手：恐怕难再下笔。殆，恐怕。措手，下手。措，安放，施加。

〔二一〕柳少师：即柳公权，见苏轼《书黄子思诗集后》注〔二〕。《旧唐书·柳公权传》："穆宗政僻，尝问公笔何尽善，对曰：'用笔在心，心正则笔正。'上改容，知其笔谏也。"

〔二二〕睢盱侧媚：睢盱，张目斜视，这是小人对下的跋扈之态。侧媚，侧身献媚，这是小人对上的卑躬丑态。

〔二三〕如列子所谓窃斧者也：《列子·说符》："人有失鈇（斧）者，意其邻之子"，视其行步、颜色、言语、动作，"无不而窃鈇也"；后来寻得鈇，又觉"无似窃鈇者"。苏轼以此说明"人情随想而见"。

〔二四〕唐林夫：名坰，钱塘人。湖口：在江西省北部长江南岸，西滨鄱阳湖。

〔二五〕元丰四年：1081 年。

题鲁公帖

苏 轼

观其书有以得其为人，则君子小人必见于书。是殆不然，以貌取人且犹不可，而况书乎！吾观颜公书，未尝不想见其风采，非徒得其为人而已，凛乎若见其诮卢杞而叱希烈〔一〕，何也？其理与韩非窃斧之说无异〔二〕。然人之字画，工拙之外，盖皆有趣，亦有以见其为人邪正之粗云。

（三苏祠本《东坡集》卷六六）

题解

鲁公即颜真卿。本文与苏轼《书唐氏六家书后》评柳公权一段的旨意相同，但本文讲得更具体。先说观其书未必真能得其人。次说观颜真卿书却不止得其人，且能想见其风采。最后分析其原因：一是欣赏字画者可能主观上有成见，因钦佩颜真卿的忠义，结果见其字就如"见其诮卢杞而叱希烈"。二是作品在客观上所表现的作者情趣，确能代表作者的"邪正"，即心正则笔正，心邪则笔邪，透过作品可窥见作者的"为人"。

注释

〔一〕诮卢杞而叱希烈：卢杞，字子良，唐代滑州灵昌（今河南滑县西南）人，位至宰相，横征暴敛，陷害忠良，后贬死澧州。李希烈，唐代燕州辽西（今北京顺义）人，德宗时为淮西节度使，勾结其他割据势力兴兵叛乱，后兵败，被部将毒死。颜真卿"诮卢杞而叱希烈"事，见《旧唐书·颜真卿传》："卢杞专权，忌之，改太子太师，罢礼仪使，谕于真卿曰：'方面之任，何处为便？'真卿候杞于中书曰：'真卿以褊性为小人所憎，窜逐非一。今已羸老，幸相公庇之。相公先中丞传首至平原（指卢杞父东台御史中丞卢奕在安史之乱中遇害事），面上血。真卿不敢衣拭，以舌舐之，相公忍不相容乎？'杞矍然下拜，而含怒心。会李希烈陷汝州，杞乃奏曰：'颜真卿四方所信，使谕之，可不劳师旅。'……""希烈大宴逆党，召真卿坐，使观倡优斥黩朝廷为戏，真卿怒曰：'相公，人臣也，奈何使此曹如是乎？'拂衣而起。希烈惭，亦呵止。时朱滔、王武俊、田悦、李纳使在坐，目真卿谓希烈曰：'闻太师名德久矣，相公欲建大号，而太师至，非天命正位？欲求宰相，孰先太师乎？'真卿正色斥之曰：'是何宰相耶！君等闻颜杲卿无？是吾兄也？禄山反，首举义兵，及被害，诟骂不绝于口。吾今年向八十，官至太师，守吾兄之节，死而后已，岂受汝辈诱胁耶！'诸贼不敢复出口。"

〔二〕韩非窃斧之说：见《书唐氏六家书后》注〔二三〕。

跋叶致远所藏永禅师千文

苏 轼

永禅师欲存王氏典刑〔一〕，以为百家法祖，故举用旧法，非不能出新意，求变态也。然其意已逸于绳墨之外矣。云下欧、虞〔二〕，殆非至论；若复疑其临放者〔三〕，又在此论下矣。

（三苏祠本《东坡集》卷六六）

题解

叶致远，名涛，王安石的侄女婿，从王安石学文，颇多唱和。哲宗亲政，贬削元祐党人，叶掌外制，奋笔丑诋，士论鄙之。永禅师，见苏轼《书唐氏六家书后》注〔一〕。此跋评价了永禅师书法，表现了苏轼贵"新意""变态""逸于绳墨之外"的思想。

注释

〔一〕王氏典刑：王氏：指王羲之，见苏轼《书黄子思诗集后》注〔一〕。典刑：即典型，旧法、常规。

〔二〕欧、虞：欧指欧阳询，见《书唐氏六家书后》注〔四〕。虞指虞世南（558—638），字伯施，唐初书法家，曾向智永禅师学书。

〔三〕临放：临摹、仿写。放，通"仿"。

题颜公书画赞

苏 轼

颜鲁公平生写碑，惟《东方朔画赞》为清雄〔一〕，字间栉比而不失清远〔二〕。其后见逸少本，乃知鲁公字字临此。虽小大相悬而气韵良是。非自得于书，未易为言此也。

（三苏祠本《东坡集》卷六六）

题解

颜公指颜真卿，见苏洵《颜书》题解。此文认为颜书《东方朔画赞》乃临王羲之（逸少）本，并以清雄、清远、气韵评书。

注释 ————————————————————————

〔一〕东方朔（前154—前93），字曼倩，汉代平原厌次（今山东惠民）人，官大中大夫。诙谐滑稽，善于辞赋，敢于直谏。

〔二〕栉比：像梳齿一般密密排列。

石苍舒醉墨堂

苏 辙

石君得书法，弄笔岁月久。经营妙在心，舒卷功随手。惟兹逸群气，扶驾须斗酒〔一〕。作堂名醉墨，挥洒动墙墉〔二〕。安得浊酒池〔三〕，淋漓看濡首。但取继张君，莫顾颠名丑〔四〕。

题解

　　石苍舒、醉墨堂，见苏轼同题诗注。这首诗一方面强调了练笔、构思对书法的重要，即"得书法"必须以弄笔久为基础，舒卷随手必须以苦心经营为基础。这有助于我们正确理解苏轼"我书意造本无法，点画信手烦推求"的艺术境界。另一方面又强调了兴致、创作冲动的作用，"逸群"之气需要"斗酒"扶助；而这种创作冲动可达到"挥洒动墙墉"，"淋漓看濡首"的强烈程度。

注释

　　〔一〕"惟兹逸群气"二句：这种出类拔萃的书法气势，还须酒的佐助。逸，超迈。扶驾，扶持、佐助。斗，酒器。

　　〔二〕墉：墙垣。

　　〔三〕"安得浊酒池"二句：怎么才能有大量的酒，看你酣畅挥毫呢？淋漓，浸透了的样子。濡首，濡笔，浸湿笔端。

　　〔四〕"但取继张君"二句：只要能继承张旭，不要顾忌同样被人视作癫狂。张君，指唐代书法家张旭，人称张颠，注见苏轼《书唐氏六家书后》注〔一一〕。

《乐》论

苏　洵

　　礼之始作也难而易行，既行也易而难久。

　　天下未知君之为君，父之为父，兄之为兄，而圣人为之君、父、兄；天下未有以异其君、父、兄，而圣人为之拜、起、坐、立；天下未肯靡然以从我拜、起、坐、立，而圣人身先之以耻。呜呼，其亦难矣！

　　天下恶夫死也久矣，圣人招之曰："来，吾生尔！"既而其法果可以生天下之人。天下之人视其向也如此之危，而今也如此之安，则宜何从？故当其时，虽难而易行。

　　既行也，天下之人视君、父、兄如头、脚之不待别白而后识；视拜、起、坐、立如寝、食之不待告语而后从事。虽然，百人从之，一人不从，则其势不得遽至乎死[一]。天下之人不知其初之无礼而死，而见其今之无礼而不至乎死也，则曰："圣人欺我。"故当其时，虽易而难久。

　　呜呼，圣人之所恃以胜天下之劳逸者，独有生死之说耳。生死之说不信于天下，则劳逸之说将出而胜之。劳逸之说胜，则圣人之权去矣。酒有鸩[二]，肉有堇[三]，然后人不敢饮食；药可以生死[四]，然后人不以苦口为讳[五]。去其鸩，彻其堇，则酒肉之权固胜于药。圣人之始作礼也，其亦逆知其势之将必如此也，曰："告人以诚，而后人信之。幸今之时，吾之所以告人者，其理诚然，而其事亦然，故人以为信。吾知其理，而天下之人知其事。事有不必然者，则吾之理不足以折天下之口，此告语之所不及也。"

　　告语之所不及，必有以阴驱而潜率之。于是观天地之间得其至神之机而窃之以为乐。雨，吾见其所以湿万物也；日，吾见其所以燥万物也；风，吾见其所以动万物也[六]。隐隐鉱鉱[七]，而谓之雷者，彼何用也？阴凝而不散，物瘳而不遂〔八〕，雨之所不能湿，日之所不能燥，风之所不能动，雷一震焉而凝者散，瘳者遂。曰雨者，曰日者，曰风者以形用；曰雷者以神用。用莫神于声，故圣人因声以为乐〔九〕。为之君臣、父子、兄弟者，礼也。礼之所不及而乐及焉，正声入乎耳，而人皆有事君、事父、事兄之心。则礼者，固吾心之所有也，而圣人之说又何从而不信乎！

（《嘉祐集》卷七）

题解

《乐论》是苏洵《六经论》中的一篇。他认为，贪生怕死、好逸恶劳是人之常情。不承认这种人之常情是不现实的，问题在于如何加以引导，使之不越轨。以人情论解说六经，是苏洵《六经论》的中心思想。他在《乐论》中说，"礼之始作也，难"，因为要以民劳易民逸。但却"易行"，因为"天下恶乎死也久矣"，而圣人之礼"果可以生天下之人"，因此容易被天下之人所接受；而又"难久"，因为即使"百人从之"，只要"一人不从"，就会逐渐被破坏。这就需要对天下的人"阴驱而潜率之"，进行潜移默化的引导。乐正可起这种"阴驱而潜率之"的作用："正声入乎耳，而人皆有事君、事父、事兄之心。"苏洵把"风俗之变"看作"圣人为之"，把乐看作是个别圣人受到雷声的启发而"窃之以为乐"，自然是不正确的。但他看到了礼法不能完全战胜人情，看到了乐，特别是"正声"对人的潜移默化的教育作用，这是很有见地的。

注释

〔一〕遽：遂，就。

〔二〕鸩：传说中的一种毒鸟。《汉书·齐悼惠王传》颜师古注引应劭曰："鸩鸟，黑身赤目，食蝮蛇野葛，以其羽划酒中，饮之立死。"

〔三〕堇：药名，即乌头，有毒。《吕氏春秋·劝学》："是救病而饮之以堇也。"高诱注："堇，毒药也，能毒杀人，何治之有？"

〔四〕生死：使将死者复生。

〔五〕讳：避忌。

〔六〕"雨，吾见其"至"动万物也"：《易·说卦传》"挠万物者莫疾乎风，燥万物者莫熯乎火，说万物者莫说乎泽，润万物者莫润乎水"。苏洵之语本此。

〔七〕隐隐谹谹：象声词，《法言·问道》："或问大声，曰：'非雷非霆，隐隐谹谹。'"

〔八〕物蹙而不遂：万物局促而不通达。蹙，收缩，局促不得舒展。遂，通达、通畅。

〔九〕因（雷）声以为乐：《易·豫》："雷出地奋，豫，先王以作乐崇德。"苏洵之语本此。

听僧昭素琴

苏 轼

至和无攫醳，至平无按抑〔一〕。不知微妙声，究竟从何出。散我不平气，洗我不和心。此心知有在，尚复此微吟。

（七集本《东坡集》卷六）

题解

昭素，杭州僧，事迹不详。此诗作于熙宁七年（1074）杭州通判任上。诗的前四句提出了"微妙声""从何出"的问题，与《琴诗》的主旨相同；后四句讲音乐的作用，可使人气平心和。

注释 ────────────────

〔一〕"至和无攫醳"二句：至和、至平之声都不是靠指法弹出的。攫、醳、按、抑皆弹琴的指法。攫，攫取。醳，通"释"，放开手指。

舟中听大人弹琴

苏 轼

弹琴江浦夜漏永〔一〕，敛衽窃听独激昂〔二〕。《风松》《瀑布》已清绝，更爱《玉佩》声琅珰〔三〕。自从郑、卫乱雅乐〔四〕，古器残缺世已忘〔五〕。千家寥落独琴在〔六〕，有如老仙不死阅兴亡。世人不容独反古，强以新曲求铿锵〔七〕。微音淡弄忽转变，数声浮脆如笙簧〔八〕。无情枯木今尚尔〔九〕，何况古意堕渺茫。江空月出人响绝，夜阑更请弹《文王》〔一〇〕。

（《东坡续集》卷一）

题解

大人，对父母尊长的尊称，此指苏洵。嘉祐四年（1059）十月苏轼兄弟服母丧期满，随父苏洵沿岷江、长江而下，再陆行北上赴京。江行中苏轼作此诗，苏辙亦有《舟中听琴》诗。苏洵颇善弹琴，《历代琴人传》引张右衮《琴经·大雅嗣音》："古人多以琴世其家，最著者……眉山三苏。"苏轼此诗前四句写舟中听琴，中六句由听琴而引起议论，最后六句写苏洵琴音婉转多变，并以请再弹一曲作结。全诗表现了崇尚"雅乐"，"古意"，而不满"强以新曲求铿锵"的思想。

注释

〔一〕夜漏永：夜已深了。漏，古代滴水计时的仪器。永，原指水流长，引申为长，此指夜深。

〔二〕敛衽窃听独激昂：私自整衣而听，琴声振奋昂扬。

〔三〕《风松》《瀑布》《玉佩》：皆古曲名。

〔四〕郑、卫：郑、卫之音，春秋战国时郑、卫两国的民间音乐，被历代儒家视为淫靡之乐的代表。雅乐，古代帝王祭祀天地、祖先及朝贺、宴享等大典所用之乐，被儒家认为"中正和平"，"典雅纯正"，故称雅乐。《礼记·乐记》载：魏文侯问子夏："吾端冕而听古乐，则惟恐卧；听郑、卫之音则不知倦。敢问古乐之如彼，何也？新乐之如此，何也？"子夏回答说："修身及家，平均天下，此古乐之发也"；而郑、卫之音"皆淫于色而害于德，是以祭祀弗用也。"

〔五〕古器：古代乐器。

〔六〕千家寥落独琴在：各种古乐器都很少了，只有琴还在。

〔七〕铿锵：声音响亮。

〔八〕"微音淡弄忽转变"二句：先是轻轻抚弄，琴声微弱，突然变成如笙簧发出的浮脆之声。笙，簧管乐器。簧，乐器中用以发声的片状振动体。

〔九〕枯木：此指琴。今尚尔，现在还能发出这样的声音。

〔一〇〕夜阑：夜将尽。《文王》，《文王操》，古琴曲名，相传是周文王所作。

琴　诗

苏　轼

若言琴上有琴声，放在匣中何不鸣？

若言声在指头上，何不于君指上听？

（《东坡续集》卷二）

题解

这首诗作于元丰五年（1081）贬官黄州时。这首以理趣见长的小诗，说明了美学上一个深刻的道理，任何文艺作品给人的美感享受都是一定的客观条件与主观能动性相结合的产物。如果琴声的悦耳仅凭好的琴就能实现，那么把琴放在琴匣中为什么没有悦耳的琴声呢？如果说琴声的悦耳仅在于弹琴者的高超技艺，为什么仅凭灵巧的指头不能发出琴声呢？可见琴声给人的美感是好的琴（客观条件）与高超的弹琴技艺（人的主观能动性）的结合。

舟中听琴

苏　辙

　　江流浩浩群动息[一]，琴声琅琅中夜鸣。水深天阔音响远，仰视斗牛皆纵横[二]。昔有至人爱奇曲[三]，学之三岁终无成。一朝随师过沧海，留置绝岛不复迎。终年见怪心自感，海水震掉鱼龙惊。翻回荡潏有遗韵[四]，琴意忽忽从此生。师来迎笑问所得，抚手无言心已明。世人嚣嚣好丝竹[五]，撞钟击鼓浪为荣[六]。安知江琴韵超绝，摆耳大笑不肯听。

（《栾城集》卷一）

题解

　　嘉祐四年（1059）十月，苏轼兄弟服母丧期满，随父亲苏洵沿岷江、长江而下，再陆行北上赴京。江行中，苏轼作《舟中听大人弹琴》，苏辙《舟中听琴》作于同时。诗的前四句写苏洵深夜江中弹琴，万物沉寂，更衬托出琴声悠扬。中十句引伯牙学琴的故事，说明琴声要师法自然，这正是苏洵《乐论》所说的"圣人因声（根据自然之声）以为乐"的思想。最后四句嘲笑世人只知"撞钟击鼓"的"嚣嚣"之声，不会领会琴声的美妙。

注释

　　〔一〕群动息：运动着的万物都止息了。

　　〔二〕斗牛：二十八宿中的斗星和牛星。

　　〔三〕至人：指伯牙。据《乐府解题》载，伯牙学琴于成连先生，三年无所成。后随成连至东海蓬莱山，闻海水澎湃，群岛悲鸣。心有所感，援琴而歌，琴艺大进。从"昔有至人爱奇曲"至"抚手无言心已明"即吟此事。

〔四〕荡潏：荡涌。潏，水涌貌。

〔五〕嚣嚣：喧闹声。

〔六〕浪：轻率。杜甫《泛江送魏十八仓曹还京》："将诗莫浪传。"

附录：三苏文艺评论资料集成

《书》论

　　风俗之变，圣人为之也。圣人因风俗之变而用其权。圣人之权用于当世，而风俗之变益甚，以至于不可复反。幸而又有圣人焉，承其后而维之，则天下可以复治；不幸其后无圣人，其变穷而无所复入，则已矣。

　　昔者，吾尝欲观古之变而不可得也，于《诗》见商与周焉而不详。及观《书》，然后见尧舜之时，与三代之相变如此之亟也。自尧而至于商，其变也皆得圣人而承之，故无忧。至于周，而天下之变穷矣。忠之变而入于质，质之变而入于文，其势便也。及夫文之变，而又欲反之于忠也，是犹欲移江河而行之山也。

　　人之喜文而恶质与忠也，犹水之不肯避下而就高也。彼其始未尝文焉，故忠质而不辞；今吾日食之以太牢，而欲使之复茹其菽哉？呜呼，其后无圣人，其变穷而无所复入，则已矣。周之后而无王焉，固也。其始之制其风俗也，固不容为其后者计也，而又适不值乎圣人，固也，后之无王者也。

　　当尧之时，举天下而授之舜，舜得尧之天下，而又授之禹。方尧之未授天下于舜也，天下未尝闻有如此之事也。度其当时之民，莫不以为大怪也。然而舜与禹也，受而居之，安然若天下固其所有，而其祖宗既已为之累数十世者，未尝与其民道其所以当得天下之故也，又未尝悦之以利，而开之以丹朱、商均之不肖也。其意以为天下之民以我为当在此位也，则亦不俟乎援天以神之，誉己以固之也。

　　汤之伐桀也，嚣嚣然数其罪而以告人，如曰彼有罪，我伐之宜也。既又惧天下之民不己悦也，则又嚣嚣然以言柔之曰："万方有罪，在予一人。予一人有罪，无以尔万方。"如曰我如是而为尔之君，尔可以许我焉尔。吁，亦既薄矣！

　　至于武王而又自言其先祖父偕有显功，既已受命而死，其大业不克终，今我奉承其志，举兵而东伐，而东国之士女束帛以迎我，纣之兵倒戈以纳我。吁，又甚矣！如曰吾家之当为天子久矣，如此乎，民之欲我速入商也。伊尹之在商也，如周公之在周也。伊尹摄位三年而无一言以自解，周公为之纷纷乎急于自疏其非篡也。夫固由风俗之变而后用其权，权用而风俗成，吾安坐而镇之，夫孰知夫风俗之变而不复反也？（明刊《苏老泉先生全集》卷六）。

《史论》引

　　史之难其人久矣。

　　魏、晋、宋、齐、梁、隋间，观其文则亦固当然也。所可怪者，唐三百年，文章非三代两汉无敌，史之才宜有如丘明、迁、固辈，而卒无一人可与范晔、陈寿比肩。巢子之书，世称其详且博，然多俚辞俳状，使之纪事，当复甚乎其尝所讥诮者。惟子𬤝例为差愈。吁，其难而然哉！

　　夫知其难，故思之深；思之深，故有得。因作《史论》三篇。（同上《苏老泉先生全集》卷九）。

题张仙画像

　　洵尝于天圣庚午重九日玉局观无碍子肆中见一画像，笔法清奇，云乃张仙也，有祷必应。因解玉环易之。

洵尝无子嗣，每旦露香以告，逮数年乃得轼，又得辙，性皆嗜书。乃知真人急于接物，而无碍子之言不吾安矣。

故识其本末，使异时欲祈嗣者，于此加敬云。（同上《苏老泉先生全集》卷一五。）

吴道子画五星赞

世称善画，曹兴、张繇。墙破纸烂，兵火所烧。至于有唐，道子姓吴。独称一时，蔑张与曹。历岁数百，其有几何？或镵于碑，以获不磨。

吾世贫窭，非有富豪。堂堂五行，道子所摹。岁星居前，不武不挑。求之古人，其有帝尧。盛服佩剑，其容昭昭。荧惑惟南，左弓右刀。赫烈奋怒，木石焚焦。震悍下土，莫敢有骄。崔崔土星，瘦而长腰。四方远游，去如飞飙。倏忽万里，远莫可昭。太白惟将，宜其壮夫。今惟妇人，长裙飘飘，抱抚四弦，如声嘈嘈。辰星北方，不丽不妖。执笔与纸，凝然不嚣。妆非今人，唇傅黑膏。唯是五星，笔势莫高。

昔始得之，烂其生绡。及今百年，墨昏而消。愈后愈远，知其若何？吾苟不言，是亦不遭。（同上《苏老泉先生全集》卷一五。）

净因大觉琏师以阎立本画水官见遗报以诗

水官骑苍龙，龙行欲上天。手攀时且住，浩若乘风船。不知几何长，足尾犹在渊。下有二从臣，左右乘鱼鼋。矍铄相顾视，风举衣袂翻。女子侍君侧，白颊垂双鬟。手执雉尾扇，容如未开莲。从者八九人，非鬼非戎蛮。出水未成列，先登扬旗旃。长刀拥旁牌，白羽注强拳。虽服甲与裳，状貌犹鲸鳝。水兽不得从，仰面以手攀。空虚走雷霆，雨雹晦九川。风师黑虎囊，面目昏尘烟。翼从三神人，万里朝天关。我从大觉师，得此诡怪篇。画者古阎子，于今三百年。见者谁不爱，予者诚以难。在我犹在子，此理宁非禅。报之以好词，何必画在前？（《声画集》）（文渊阁四库全书《宋诗纪事》卷二〇）。

《东坡志林》（选录）

游沙湖

黄州东南三十里为沙湖，亦曰螺师店，予买田其间。因往相田得疾，闻麻桥人庞安常善医而聋，遂往求疗。安常虽聋，而颖悟绝人，以纸画字，书不数字，辄深了人意。余戏之曰："余以手为口，君以眼为耳，皆一时异人也。"疾愈，与之同游清泉寺。寺在蕲水郭门外二里许，有王逸少洗笔泉，水极甘，下临兰溪，溪水西流。余作歌云："山下兰芽短浸溪，松间沙路净无泥，萧萧暮雨子规啼。　　谁道人生无再少？君看流水尚能西，休将白发唱黄鸡。"是日剧饮而归。

记游松江

吾昔自杭移高密，与杨元素同舟，而陈令举、张子野皆从余过李公择于湖，遂与刘孝叔俱至松江。夜半月出，置酒垂虹亭上。子野年八十五，以歌词闻于天下，作《定风波令》，其略云："见说贤人聚吴分，试问，也应傍有老人星。"坐客欢甚，有醉倒者，此乐未尝忘也。今七年耳，子野、孝叔、令举皆为异物，而松江桥亭，今岁七月九日海风架潮，平地丈余，荡尽无复孑遗矣。追思曩时，真一梦耳。元丰四年十二月十二日，黄州临皋亭夜坐书。

记游庐山

仆初入庐山，山谷奇秀，平生所未见，殆应接不暇，遂发意不欲作诗。已而见山中僧俗，皆云："苏子瞻来矣！"不觉作一绝云："芒鞋青竹杖，自挂

273

百钱游。可怪深山里，人人识故侯。"既自哂前言之谬，又复作两绝云："青山若无素，偃蹇不相亲。要识庐山面，他年是故人。"又云："自昔忆清赏，初游杳霭间。如今不是梦，真个是庐山。"是日有以陈令举《庐山记》见寄者，且行且读，见其中云徐凝、李白之诗，不觉失笑。旋入开元寺，主僧求诗，因作一绝云："帝遣银河一派垂，古来惟有谪仙辞。飞流溅沫知多少，不与徐凝洗恶诗。"往来山南地十余日，以为胜绝不可胜谈，择其尤者，莫如漱玉亭、三峡桥，故作此二诗。最后与总老同游西林，又作一绝云："横看成岭侧成峰，到处看山了不同。不识庐山真面目，只缘身在此山中。"仆庐山诗尽于此矣。

忆王子立

仆在徐州，王子立、子敏皆馆于官舍，而蜀人张师厚来过，二王方年少，吹洞箫饮酒杏花下。明年，余谪黄州，对月独饮，尝有诗云："去年花落在徐州，对月酣歌美清夜。今日黄州见花发，小院闭门风露下。"盖忆与二王饮时也。张师厚久已死，今年子立复为古人，哀哉！

记刘原父语

昔为凤翔幕，过长安，见刘原父，留吾剧饮数日。酒酣，谓吾曰："昔陈季弼告陈元龙曰：'闻远近之论，谓明府骄而自矜。'元龙曰：'夫闺门雍穆，有德有行，吾敬陈元方兄弟；渊清玉洁，有礼有法，吾敬华子鱼；清修疾恶，有识有义，吾敬赵元达；博闻强记，奇逸卓荦，吾敬孔文举；雄姿杰出，有王霸之略，吾敬刘玄德。所敬如此，何骄之有？余子琐琐，亦安足录哉！'"因仰天太息。此亦原父之雅趣也。吾后在黄州，作诗云："平生我亦轻余子，晚岁谁人念此翁？"盖记原父语也。原父既没久矣，尚有贡父在，每与语。今复死矣，何时复见此俊杰人乎？悲夫！

广武叹

昔先友史经臣彦辅谓余："阮籍登广武而叹曰：'时无英雄，使竖子成其名！'岂谓沛公竖子乎？"余曰："非也，伤时无刘、项也，竖子指魏、晋间人耳。"其后余闻润州甘露寺有孔明、孙权、梁武、李德裕之遗迹，余感之赋诗，其略曰："四雄皆龙虎，遗迹俨未刊。方其盛壮时，争夺肯少安！废兴属造化，迁逝谁控抟？况彼妄庸子，而欲事所难。聊兴广武叹，不得雍门弹。"则犹此意也。今日读李太白《登古战场》诗云："沉湎呼竖子，狂言非至公。"乃知太白亦误认嗣宗语，与先友之意无异也。嗣宗虽放荡，本有意于世，以魏、晋间多故，故一放于酒，何至以沛公为竖子乎？

记梦参寥茶诗

昨夜梦参寥师携一轴诗见过，觉而记其《饮茶诗》两句云："寒食清明都过了，石泉槐火一时新。"梦中问："火固新矣，泉何故新？"答曰："俗以清明淘井。"当续成诗，以记其事。

记梦赋诗

轼初自蜀应举京师，道过华清宫，梦明皇令赋《太真妃裙带词》，觉而记之。今书赠何山潘大临邠老，云："百迭漪漪水皱，六铢縰縰云轻。植立含风广殿，微闻环佩摇声。"元丰五年十月七日。

记子由梦

元丰八年正月旦日，子由梦李士宁，草草为具，梦中赠一绝句云："先生惠然肯见客，旋买鸡豚旋烹炙。人间饮酒未须嫌，归去蓬莱却无吃。"明年闰二月六日为予道之，书以遗过子。

梦中作《祭春牛文》

元丰六年十二月二十七日，天欲明，梦数吏人持纸一幅，其上题云：请《祭春牛文》。予取笔疾书其上，云："三阳既至，庶草将兴，爰出土牛，以戒农事。衣被丹青之好，本出泥涂；成毁须臾之间，谁为喜愠？"吏微笑曰："此两句复当有怒者。"旁一吏云："不妨，此是唤醒他。"

梦中论《左传》

元祐六年十一月十九日五更，梦数人论《左传》，云："《祈招》之诗固善语，然未见所以感切穆王之心，已其车辙马迹之意者。"有答者曰："以民力从王事，当如饮酒，适于饥饱之度而已。若过于醉饱，则民不堪命，王不获没矣。"觉而念其言似有理，故录之。

梦中作《靴铭》

轼倅武林日，梦神宗召入禁中，宫女围侍，一红衣女童捧红靴一只，命轼铭之。觉而记一联云："寒女之丝，铢积寸累；天步所临，云蒸雷起。"既毕进御，上极叹其敏，使宫女送出。睨视裙带间有六言诗一首，云："百迭漪漪风皱，六珠縰縰云轻。植立含风广殿，微闻环佩摇声。"

记梦（节录）

予尝梦客有携诗相过者，觉而记其一诗云："道恶贼其身，忠先爱厥亲。谁知畏九折，亦自是忠臣。"文有数句若铭赞者，云："道之所以成，不害其耕；德之所以修，不贼其牛。"

梦南轩

元祐八年八月十一日将朝，尚早，假寐，梦归毂行宅，遍历蔬圃中。已而坐于南轩，见庄客数人方运土塞小池，土中得两芦菔根，客喜食之。予取笔作一篇文，有数句云："坐于南轩，对修竹数百，野鸟数千。"既觉，惘然思之。南轩，先君名之曰"来风"者也。

题李岩老

南岳李岩老好睡，众人食饱下棋，岩老辄就枕，阅数局乃一展转，云："君几局矣？"东坡曰："岩老常用四脚棋盘，只著一色黑子。昔与边韶敌手，今被陈抟饶先。著时自有输赢，著了并无一物。"欧阳公诗云："夜凉吹笛千山月，路暗迷人百种花。棋罢不知人换世，酒阑无奈客思家。"殆是类也。

退之平生多得谤誉

退之诗云："我生之辰，月宿直斗。"乃知退之磨蝎为身宫，而仆乃以磨蝎为命，平生多得谤誉，殆是同病也。（以上涵芬楼五卷本《东坡志林》卷一）

八蜡三代之戏礼

八蜡，三代之戏礼也。岁终聚戏，此人情之所不免也，因附以礼义。亦曰不徒戏而已矣。祭必有尸，无尸曰"奠"，始死之奠与释奠是也。今蜡谓之"祭"，盖有尸也。猫虎之尸，谁当为之？置鹿与女，谁当为之？非倡优而谁！葛带榛杖，以丧老物，黄冠草笠，以尊野服，皆戏之道也。子贡观蜡而不悦，孔子譬之曰："一张一弛，文、武之道。"盖为是也。

记盛度诰词

盛度，钱氏壻，而不喜惟演，盖邪正不相入也。惟演建言二后并配，御史中丞范讽发其奸，落平章事，以节度使知随州。时度几七十，为知制诰，责词云："三星之媾，多戚里之家；百两所迎，皆权要之子。"盖惟演之姑嫁刘氏，而其子娶于丁谓也。人怪度老而笔力不衰，或曰："度作此词久矣。"元祐三年十二月二十一日讲筵，上未出，立延和殿中，时轼方论周種擅议宗庙，苏子容因道此。

张平叔制词

乐天行张平叔户部侍郎判度支制诰云："吾坐而决事，丞相以下不过四五，而主计之臣在焉。"以此知唐制，主计盖坐而论事也，不知四五者悉何人？平叔议盐法至为割剥，事见退之集；今乐天制诰亦云"计能析秋毫，吏畏如夏日"，其人必小人也。

买田求归

浮玉老师元公欲为吾买田京口，要与浮玉之田相近者，此意殆不可忘。

吾昔有诗云："江山如此不归山，山神见怪惊我顽。我谢江神岂得已，有田不归如江水！"今有田矣不归，无乃食言于神也耶？

书杨朴事

昔年过洛，见李公简言："真宗既东封，访天下隐者，得杞人杨朴，能诗。及召对，自言不能。上问：'临行有人作诗送卿否？'朴曰：'惟臣妾有一首云：更休落魄耽杯酒，且莫猖狂爱咏诗。今日捉将官里去，这回断送老头皮。'上大笑，放还山。"余在湖州，坐作诗追赴诏狱，妻子送余出门，皆哭。无以语之，顾语妻曰："独不能如杨子云处士妻作诗送我乎？"妻子不觉失笑，余乃出。

陆道士能诗

陆道士惟忠字子厚，眉山人，好丹药，通术数，能诗，萧然有出尘之姿，久客江南，无知之者。予昔在齐安，盖相从游，因是谒子由高安，子由大赏其诗。会吴远游之过彼，遂与俱来惠州，出此诗。

朱氏子出家

朱氏子出家，小名照僧，少丧父，与其母尹皆愿出家。照僧师守素，乃参寥子弟子也。照僧九岁，举止如成人，诵《赤壁赋》，铿然鸾鹤声也，不出十年，名闻四方。此参寥子之法孙，东坡之门僧也。

付僧惠诚游吴中代书十二（节录）

妙总师参寥子，予友二十余年矣，世所知独其诗文，所不知者，盖过于诗文也。独好面折人过失，然人知其无心，如虚舟之触物，盖未尝有怒者。

径山长老维琳，行峻而通，文丽而清。

秀州本觉寺一长老，少盖有名进士，自文字言语悟入。至今以笔砚作佛事，所与游皆一时文人。

苏州仲殊师利和尚，能文，善诗及歌词，皆操笔立成，不点窜一字。予曰："此僧胸中无一毫发事。"故与之游。

苏州定慧长老守钦，予初不识。比至惠州，钦使侍者卓契顺来问予安否，且寄十诗。予题其后曰："此僧清逸绝俗，语有璨、忍之通，而诗无岛、可之寒。"予往来吴中久矣，而不识此僧，何也？

孤山思聪闻复师作诗清远如画工，而雅逸可爱，放而不流，其为人称其诗。

臞仙帖

司马相如谄事武帝，开西南夷之隙。及病且死，犹草《封禅书》，此所谓死而不已者耶？列仙之隐居山泽间，形容甚臞，此殆"四果"人也。而相如鄙之，作《大人赋》，不过欲以侈言广武帝意耳。夫所谓大人者，相如孺子，何足以知之！若贾生《鵩鸟赋》，真大人者也。庚辰八月二十二日，东坡书。（以上卷二）

跋李主词

"三十余年家国，数千里地山河，几曾惯干戈？一旦归为臣虏，沈腰潘鬓消磨。最是仓惶辞庙日，教坊犹奏别离歌，挥泪对宫娥。"后主既为樊若水所卖，举国与人，故当恸哭于九庙之外，谢其民而后行，顾乃挥泪宫娥，听教坊离曲！

辨荀卿言青出于蓝

荀卿云："青出于蓝而青于蓝，冰生于水而寒于水。"世之言弟子胜师者，辄以此为口实，此无异梦中语！青即蓝也，冰即水也。酿米为酒，杀羊豕以为膳羞，曰"酒甘于米，膳羞美于羊"，虽儿童必笑之，而荀卿以是为辨，信其醉梦颠倒之言！以至论人之性，皆此类也。

张华《鹪鹩赋》

阮籍见张华《鹪鹩赋》，叹曰："此王佐才也！"观其意，独欲自全于祸福之间耳，何足为王佐乎？华不从刘卞言，竟与贾氏之祸，畏八王之难，而不免伦、秀之虐。此正求全之过，失《鹪鹩》之本意。（以上卷四）

《仇池笔记》（选录）

论《文选》

舟中读《文选》，恨其编次无法，去取失当。齐、梁文字衰陋，萧统尤为卑弱，如李陵五言皆伪。今日观渊明集，可喜者甚多，而独取数篇。渊明作《闲情赋》，正所谓《国风》好色而不淫，正使不及《周南》，与屈原所陈何异，而统大讥之，此小儿强作解事也。

三殇

李善注《文选》本末详备，所谓五臣者，真俚儒荒陋者也。谢《张子房诗》云："苟愿暴三殇。"此《礼》所谓上、中、下三殇。言秦无道，戮及幼稺。而注乃谓"苛政猛于虎，吾父、吾夫、吾子皆死"。谓夫、谓父为殇，此类甚多。

日月蚀

玉川子《月蚀》诗以蚀者月中虾蟆也。梅圣俞作《日蚀》诗云："食日者，三足乌也。"此因俚说以寓意也。《战国策》："日月辉于外，其贼在内。"则俚说亦当矣。

中宫太乙

杜子美诗云："自平中宫吕太乙。"世不晓其义，而妄者以为唐有平中宫。

偶读《玄宗实录》，有中宫太乙叛于广南。杜诗云"自平中宫吕太乙"，下文又有南海取珠之句。见书不广，轻改文字，鲜不为笑。

《八阵图》诗

子尝梦杜子美，云世人误会《八阵图》诗云"江流石不转，遗恨失吞吴"，以为先主武侯欲与关羽复仇，故恨不灭吴，非也。我意本为吴蜀唇、齿之国，不当相图，晋能取蜀者，以蜀有吞吴之意，此为恨耳。

阳关三叠

旧传《阳关三叠》，今歌者每句再叠而已，若通一首，又是四叠，皆非是。每句三唱以应三叠，则丛然无复节奏。有文勋者，得古本《阳关》，每句皆再唱，而第一句不叠。乃知唐本三叠如此。乐天诗云："相逢且莫推辞醉，听唱阳关第四声。""劝君更尽一杯酒。"以此验之，若一句再叠，则此句为第五声。今为第四，则一句不叠审矣。

三豪诗

石介作《三豪诗》云："曼卿豪于诗，永叔豪于词，师雄豪于歌。"永叔亦赠杜默师雄诗云："赠之三豪篇，而我滥一名。"默歌少见于世，有云"学海波中老龙，夫子门前大虫"，皆此类语。永叔不消者，此公恶争名，且为介讳也。默豪气正是京东学究饮私酒食瘴死牛肉醉饱后所发也。作诗狂怪，至卢仝、马异极矣，若更求奇，便作杜默矣。

论诗

唐末五代人物衰尽，诗有贯休，书有亚栖，村俗之气，大率相似。苏子美家有长史书，云："隔帘歌已俊，对坐貌弥精。"语既凡恶，而无字法，真亚栖之流。曾子固编《李太白集》而有《赠僧怀素草书歌》及《笑已乎》数首，皆贯休以下，格调卑陋。子固号有知识者，故深可怪。如白乐天赠徐凝，退之赠贾岛，皆世俗无知者所记，不足多怪。

韩玉汝李金吾

韩缜为秦州，以贼杀不辜去官。秦人语曰："宁逢乳虎，莫逢韩玉汝。"孙临最滑稽，或问："莫逢韩玉汝，当以何对？"临曰："可怕李金吾。"

以意改书

近世人轻以意改书，鄙贱之人，好恶多同，从而和之，遂使古书日就舛讹。孔子曰："吾犹及史之阙文也。"蜀本《庄子》云："用志不分，乃疑于神。"此与《易》"阴疑于阳"、《礼》"使人疑女于夫子"同。今四方本皆作"凝"。陶潜诗："采菊东篱下，悠然见南山。"采菊之次，偶见南山，境与意会。今皆作"望南山"。杜子美云："白鸥没浩荡。"盖灭没于烟波间。而宋敏求云"鸥不解'没'"，改作"波"。二诗改此两字，觉一篇神气索然也。

杜子美诗

余在岐山，见秦州进一马，鬃如牛，项下重胡倒立，毛生肉端，蕃人云此肉鬃。乃知《邓公骢马行》"肉骏碨礌连钱动"，当作"肉鬃"。《悲陈陶》云："四万义士同日死。"此房琯之败也。《唐书》作"陈涛"，未知孰是？琯既败，犹欲持重有所伺，而中人促战，遂大败。故后篇云："焉得附书与我军，忍待明年莫仓卒。"《北征》诗云："桓桓陈将军，仗钺奋忠烈。"谓陈元礼也。佐玄宗平内难，又从幸蜀，建诛国忠之策。《洗兵马》云："张公一生江海客。"此张镐也。明皇虽诛萧至忠，常怀之，侯君集云"蹭蹬至此"，至忠亦蹭蹬者耶。故杜子美亦哀之，云："赫赫萧京兆，今为时所怜。"《后出塞》诗云："我本良家子，出师亦多门。跃马三十年，恐负明主恩。见坐幽州骑，长驱河洛昏。中夜间道归，故里但荒村。恶名幸脱免，穷老无儿孙。"详味此诗，盖禄山反时，其将有脱身归国而禄山杀其妻儿者。不出姓名，可恨也。《忆昔》诗云："关中小儿坏纪纲。"谓李辅国也。"张后不乐上为忙"，谓肃宗张皇后也。"为留猛士守未央"，谓郭子仪夺兵柄，入宿卫也。

子美诗外有事在

杜子美自许稷与契，未必许也。然其诗云："舜举十六相，身尊道何高。秦时用商鞅，法令如牛毛。"此是稷、契辈人口中语也。又云："知名未足称，局促商山翁。"又云："王侯与蝼蚁，同尽随丘墟。愿闻第一义，回向心地初。"乃知子美诗外尚有事在也。

白乐天诗

白乐天为王涯所谗，谪江州司马。甘露之祸，乐天有诗云："当君白首同归日，是我青山独往时。"不知者以为幸亡，乐天岂幸人之祸者哉，盖悲之也。

成　相

孙卿子书有韵语者，其言鄙近，多云"成相"，莫晓其义。《前汉·艺文志》诗赋类中有《成相杂词》十一篇，则成相古讴谣之名也。疑所谓"丧春不相者"，又《乐记》云"治乱以相"，亦恐由此得名。

拟　作

刘子玄辨《文选》所载李陵与苏武书，并齐、梁文士拟作。予因悟陵与武五言亦后人拟作。《列女传》蔡琰二诗，其词明白感慨，颇类《木兰诗》，东京无此格也。建安七子犹含蓄，不尽发见，况伯喈女乎？琰之流离，必在父殁之后。董卓既诛，伯喈乃遇祸。此诗乃云"董卓所驱虏入胡"，尤知其非真也。盖范晔荒浅，遂载之本传。

石　墨

陆士衡与士龙书云："登铜雀台，得曹公所藏石墨数瓮，今分寄一螺。"《大业拾遗》："宫中以蛾绿画眉。"亦石墨之类也。沈存中帅鄜延，以石烛作墨，坚重而墨，在松烟之上。曹公所藏，岂此物也？

桃 笙

柳子厚诗云："盛时一失贵反贱，桃笙葵扇安可常。"不知桃笙为何物。因阅《方言》，宋、魏之间，簟谓之笙，乃悟桃笙以桃竹为簟也。

《如梦》词

泗州雍熙塔下，余戏作《如梦令》两阕云："水垢何曾相受，细看两俱无有。寄语揩背人，尽日劳君挥肘。轻手，轻手，居士本来无垢。"又云："自净方能洗彼，我自汗流呀气。寄语澡浴人，且共肉身游戏。但洗，但洗，本为人间一切。"唐庄宗制，名《忆先婆》，嫌其不雅驯，改为《如梦》。庄宗词云："如梦，如梦，和泪出门相送。"取以为名云。

晋人书

唐太宗购晋人书，有二王以下富千轴，皆在秘府。武后时，为张易之兄弟所攘窃，遂流落人间，多在王涯、张延赏家。涯败，军人劫夺金玉轴而弃其书。余于李玮都尉家见晋人数帖，皆有小印"涯"字，意其为王氏物也。有谢尚、谢鲲、王衍等字，皆奇。夷甫独超然，若群鹤耸翅欲飞而未起也。

硏光帽

徐倅李陶有子年十七八，忽咏《落花》诗云："流水难穷目，斜阳易断肠。谁同硏光帽，一曲舞山香。"父惊问之，若有物冯附者。云："西王母宴群仙，有舞者戴硏光帽，帽上簪花，舞山香一曲，曲未终，花皆落去。"

戴嵩斗牛

有藏戴嵩斗牛者，以锦囊系肘后随出与客观。旁有牧童曰："斗牛力在前，尾入两股间。今画斗而尾掉，何也？"黄荃画飞雁，头足皆展。或曰："飞鸟缩头则展足，缩足则展头，无两展者。"验之信然。

世有显人

李士衡之父豪恣不法，诛死。士衡进用，王钦若欲言之而未有路。会真宗论时文之敝，因言："路振，文人也，然不识体。"上曰："何也？"曰："李士衡父诛死，而振为赠诰，曰'世有显人'。"上颔之。士衡以故不大用。

字　谜

鲍明远诗有《字谜》三首，"飞泉仰流"者，旧说是"井"字。又"乾之一九，只立无偶，坤之六二，宛然双宿"，云是"桑"字。又"头如刀，尾如钩，中间横，四角六抽，右面负两刃，左边双属牛"，乃"龟"字也。

论　墨

今世论墨，惟取其光。光而不黑，是为弃墨。黑而不光，索然无神气，亦复安用。要使其光清而不浑，湛湛然如小儿目睛乃佳。

李赤诗

姑熟堂下《十咏》，怪其语不类太白。王平甫云："此李赤诗也。赤自比李白，故名赤。后为厕鬼所惑，死。"今观其诗止于此，以太白自比，其心疾已久矣，岂厕鬼之罪耶？

鲁直诗文

黄鲁直诗文如蝤蛑、江瑶柱，格韵高绝，盘飧尽废，然不可多食，多食则发风动气。（以上文渊阁四库全书本《仇池笔记》卷上）

《鸡唱》

光、黄人二三月群聚讴歌，不中音律，宛转如鸡鸣耳，与宫人唱漏微相似，但极鄙野。《汉官仪》："宫中不畜鸡，汝南出长鸣鸡，卫士候于朱雀门外，专传鸡唱。"又应劭曰："今《鸡鸣歌》。"《晋太康地道记》曰："后汉卫士习此曲，于阙下歌之，今《鸡唱》是也。"颜师古不考古本，妄破此说，今余所闻，岂《鸡唱》之遗音乎？今士人谓之山歌云。

晋卿墨

王晋卿造墨用黄金丹砂，墨成，价与金等。三衢蔡珤自烟煤胶外，一物不用，特以和剂有法，甚黑而光，殆不减晋卿。胡人谓犀黑暗、象白暗，可以名墨，亦可以名茶。

徐仲车二反

徐积，字仲车，古之独行，于陵仲子不能过。然其诗文则怪而放，如玉川子，此一反也。耳瞆，画地为字乃始通，终日面壁坐，不与人接，而四方事无不知，此二反也。

硬黄临二王书

王会稽父子书存于世者，盖一二数。唐人褚、薛之流，硬黄临仿，亦足为贵。

鲁直诗

读鲁直诗，如见鲁仲连、李太白，不敢复论鄙事。虽若不入用，不无补于世也。

君谟书

仆尝论蔡君谟书为本朝第一，议者多以为不然。或谓君谟书为弱，殊非知书者。若江南李主，外险而中实无有，此真可谓弱者。以李主为劲，则宜以君谟为弱。

张子野诗

张子野诗笔老妙，歌词乃余波耳。《华州西溪》云："浮萍破处见山影，野艇归一作横。来闻棹声。"《和愁》诗云："愁似鳏鱼知夜永，懒同蝴蝶为春忙。"若此之类，皆可追配古人，而世俗但称其歌词。晋周昉画人物入神，世亦但知有周昉士女，可谓未见好德如好色者欤！

《林檎》诗

儿子迈幼作《林檎》诗云："熟颗无风时自落，半腮迎日斗鲜红。"于等辈号有思致者。又诗云："叶随流水归何处，牛带寒鸦过晚村。"此亦可人。

凤咮研

仆好用凤咮石研，论者多异同。盖少得真者，黯然滩石乱之耳。

李十八草书

刘十五论李十八草书，谓之鹦哥娇，意谓鹦鹉能言不过数句，大率杂以鸟语。十八后稍进，以书问仆："近日比旧何如？"仆答曰："可作秦吉了矣。"

杨凝式书

唐末五代文章卑泥，字画从之，而杨凝式笔迹雄强，往往与颜、柳相上下。今世多称李建中、宋宣献。此二人书，仆所不解，宋寒而李俗，殆是浪得名耳。惟蔡君谟书姿格既高，而学亦至当，为本朝第一。

杜甫诗

杜甫诗固无敌，然自"致远"已下句，甚村陋也。世人雷同，不复讥评，过矣，然亦不能掩其美也。

与昙秀倡和

余在广陵，送客山光寺。昙秀作诗云："扁舟乘兴到山光，古寺临流胜气藏。惭愧南风知我意，吹将草木作天香。"余和云："闹里清游借隙光，醉时真境发天藏。梦回拾得吹来句，十里南风草木香。"

文与可诗

余昔对欧公诵文与可诗云："美人却扇坐，羞落庭下花。"公曰："世间元有此句，与可拾得耳。"

论董秦

玉川子《月蚀》诗云："岁星主福禄，官爵奉董秦。"详味此语，当是无功而享厚禄者。秦本忠臣，天宝末屡立战功，亦颇知义。代宗时，吐蕃犯阙征兵，秦即日赴难，或劝择日，答曰："君父在难，乃择日耶？"后污朱泚伪命，诛。考其终始，非无功而享禄者，不知玉川子何以有此句。

盘游饭谷董羹

江南人好作盘游饭，鲊脯鲙炙无不有，埋在饭中，里谚曰"掘得窖子"。罗浮颖老取凡饮食杂烹之，名谷董羹。诗人陆道士出一联云："投醪谷董羹锅内，掘窖盘游饭碗中。"

潘谷墨

潘谷墨既精妙，而价不二。一日，忽取欠墨钱券焚之，饮酒三日，发狂赴井死。人下视之，趺坐井中，尚持数珠也。

颜鲁公论逸少字

颜真卿写碑，唯《东方朔画赞》最为清雄。后见逸少本，乃知鲁公字临此，虽大小相悬而意良是。非自得于书，未易为言之也。

欧公书

欧公用尖笔作方阔字，神采秀发，膏润无穷。后人见之，如见其清晬丰颊，进趋裕如也。

荆公书

王荆公书得无法之法，然不可学，学之则无法。仆书作意为之，颇似蔡君谟，稍得意则似杨风子，更放则似言法华。

蒸豚诗

王中令既平蜀，饥甚，入一村寺。主僧醉甚，箕踞，公欲斩之。僧应对不惧，公奇之。公求蔬食，云有肉无蔬。馈蒸猪头甚美。公喜，问："止能饭酒肉耶，尚有他技也?"僧云："能诗。"公令赋蒸豚，立成云："嘴长毛短浅含膘，久向山中食药苗。蒸处已将蕉叶裹，熟时兼用杏浆浇。红鲜雅称金盘钉，熟软真堪玉箸挑。若把毡根来比并，毡根自合吃藤条。"公大喜，与紫衣师号。

西征途中诗

张舜民通练西事，稍能诗，从高遵裕西征回，途中作诗曰："灵州城下千株柳，总被官军砍作薪。他日玉关归去后，将何攀折赠行人。""青冈峡里韦州路，十去从军九不回。白骨似山山似雪，将军莫上望乡台。"为李密所奏，贬郴州盐税。舜民云："官军围灵州不下，粮尽而返。西人城上问官军汉人兀捺否，答曰兀捺，城上皆笑。"兀捺者，惭愧也。（以上《仇池笔记》卷下）

《渔樵闲话录》（旧题苏轼）（选录）

渔曰："天宝末，明皇倦于万机，思欲以天下之务决于大臣，而且将优游于宫掖之间以自适也，无何得李林甫，一以国政委之。自此奸谋诡论交结以炽，而忠言谠议不复进矣。日以放恣行乐为事。一夕，因乘月，登勤政楼，命梨园弟子进《水调歌》，其间偶有歌曰：'富贵荣华能几时，山川满目泪沾衣。不见只今汾水上，惟有年年秋雁飞。'是时明皇春秋已高，遇事多感，闻此歌凄然出涕，不终曲而起。因问：'谁人作此歌？'对曰：'李峤诗'。明皇叹曰：'李峤真才子也！'及范阳兵起，銮舆幸蜀，过剑门关，登白卫岭，周览山川之胜，迟久而不怿，乃思《水调》所歌之词而再举之，又叹曰：'李峤真才子也！'感慨不已，扶高力士而下，不胜呜咽。"

樵曰："天下之物，不能感人之心，而人心自感于物也；天下之事，不能移人之情，而人情自移于事也。李峤之诗，本不为明皇而作也，亦不知其诗他日可以感人之情如此也，盖明皇为情所溺，而自感于诗也。庄叟所谓'山林欤？皋壤欤？使我忻忻然而乐欤？'夫山林之茂、皋壤之盛，彼自茂盛，又何尝自知其茂盛，而能邀人之乐乎？盖人感于情，见其茂盛而乐之也。此谓之无故之乐也。有无故之乐，有无故之忧，故曰乐未毕也而哀又继之，信哉是言也。"

渔曰："旧事有传之于世，而人或喜得之可以为谈笑之资者，时多尚之，以助燕闲之乐。然而岁月浸远，语及同异，有若明皇尝燕诸王于木兰殿，贵妃醉起舞《霓裳羽衣曲》，明皇大悦。《霓裳羽衣曲》，说者数端：《逸史》云，罗公远引明皇游月宫，掷一竹枝于空中为大桥，色如金，行十数里，至一大城阙。罗曰：'此乃月宫也。'仙女数百，素衣飘然，舞于广庭中。明皇问：'此何曲？'曰：'《霓裳羽衣曲》也。'明皇素晓音律，乃密记其声，及归，使伶人继甚声作《霓裳羽衣曲》。及郑愚作《津阳门》诗云：'蓬莱池上望秋月，万里无云悬清辉。上皇半夜月中去，三十六宫愁不归。月中秘乐天半闻，玎珰玉石和埙篪。宸聪听览未终曲，却到人间迷是非。'释云：'叶静能尝引上入月宫，时秋已深，上苦凄寒不堪久。回至半天，尚闻天乐。及归，但记其半，遂于笛中写之。西凉都督杨敬述进婆罗门曲，与其音相符，遂以月中所闻为散序，用敬述所进作腔，名《霓裳羽衣曲》'。又刘禹锡诗云：'开元天子万事足，惟惜当时光景促。三乡陌上望仙山，归作《霓裳羽衣曲》。仙心从此在瑶池，三清八景相追随。天上忽乘白云去，世间空有秋雁辞。'"（原校：此下当有脱误。以上明万历刊《东坡杂著五种》本《渔樵闲话录》上篇）

渔曰："世常传云'欲人不知，莫若不为'，以谓既为之也，安得人之不知。夫至隐而密者，莫若中冓之事，岂欲人之知耶？然而不能使人不知，以此知凡事而不循理者，虽毛发之细，不可为也。明皇旧置五王帐，长枕大被，与兄弟同处于其间。无何，妃子辄窃宁王玉笛吹之，始亦不彰，因张祜诗云'梨花静院无人处，闲把宁王玉笛吹'，妃因此忤，明皇不怿，乃遣中使张韬光送归杨铦宅。妃子涕泣，谓韬光曰：'托以下情敷奏，妾罪固当万死，衣服之外皆圣恩所赐，惟发与肤生于父母耳。今当即死，无以谢上。'乃引刀剪发一结付韬光以献。自妃之一逐，皇情怅然，至是韬光取发搭之肩上以奏，明皇见之大惊惋，遽令高力士就召以归。嗟乎，道路之言亦可畏也，使张祜不为此诗，事亦何由彰显之如此？然张亦何从得此为之说？以此可验其'欲人不知，莫若不为'，亦名言也。"

渔曰："唐末，有宜春人王毂者，以歌诗擅名于时，尝作《玉树曲》，略云：'碧月夜，琼楼春，连舌泠泠词调新。当时狎客尽丰禄，直谏犯颜无一人。歌未阕，晋王剑上粘腥血。君臣犹在醉乡中，一面已无陈日月。'此词大播于人口。毂未第时，尝于市廛中，忽见有同人被无赖辈殴击，毂前救之，扬声曰：'莫无礼，识吾否？吾便解道"君臣犹在醉乡中，一面已无陈日月"者！'无赖辈闻之，敛耻惭谢而退。噫，无赖者乃小人也，能为此等事，亦可重也！方其倚力恃势，勃然以发凶暴之气，将行殴击，视其死且无悔矣，及一闻名人，则惭谢之色形于外，斯亦难矣。有改悔之耻、向善之心，安得不谓之君子哉！"

樵曰："此亦一端也。古今富于词笔者，不为不多矣，然或终身憔悴而不遇，士大夫虽闻之，亦未尝出一言以称之，况有服膺乐善之心哉！以此知其无赖者，迹虽小人，而其心有愈于君子之所存也。又岂知迹虽君子，而其心不有愈于小人之所存哉？"

渔曰："李义山赋三怪物，述其情状，真所谓得体物之精要也。其一物曰：臣姓揎狐氏，帝名臣曰巧彰，字臣曰九尾，而官臣为佞魃魃焉。佞魃之状，领佩丰，手贯风轮，其能以乌为鹤、以鼠为虎、以蚩尤为诚臣、以共工为贤王、以夏姬为廉、以祝鲍为鲁，诵节义于寒浞，赞韶曼于嫫姆。其一物曰：臣姓潜弩氏，帝名臣曰携人，字臣曰衔骨，而官臣为谗雷。谗雷之状，能使亲为疏、同为殊，使父脍其子、妻羹其夫。又持一物状若丰石，得人一恶，乃镵乃刻；又持一物，大如长箑，得人一善，扫掠盖蔽。韬啼伪泣，以就其事。其一物曰：臣姓狼贪氏，帝名臣曰欲得，字臣曰善覆，而官臣为贪魖魏。贪魏之状，顶有千眼，亦有千口，鼠牙蚕喙，通臂众手。常居于仓，亦居于囊，颊钩骨箕，环联琅珰。或时败累，囚于牢狴，拳桎履校，蓁棘死灰；侥幸得释，他日复为。呜呼，义山状物之怪，可谓中时病矣！"（以上《渔樵闲话录》下篇）

病中，大雪数日，未尝起，观虢令赵荐以诗相属，戏用其韵答之（节录）

有客独苦吟，清夜黙自课。诗人例穷蹇，秀句出寒饿。何当暴雪霜，庶以蹑郊、贺。（文渊阁四库全书本《东坡全集》卷一）

记所见开元寺吴道子画佛灭度以答子由

西方真人谁所见，衣被七宝从双狻。当时修道颇辛苦，柏生两肘乌巢肩。初如蒙蒙隐山玉，渐如濯濯出水莲。道成一旦就空灭，奔会四海悲人天。翔禽哀响动林谷，兽鬼蹢躅泪迸泉。庞眉深目彼谁子，遶床弹指性自圆。隐如寒月堕清昼，空有孤光留故躔。春游古寺拂尘壁，遗像久此霾香烟。画师不复写名姓，皆云道子口所传。纵横固已蔑孙邓，有如巨鳄吞小鲜。来诗所夸

孰与此，安得携挂其旁观？（《东坡全集》卷一）

凤翔八观（选二）

石鼓

冬十二月岁辛丑，我初从政见鲁叟。旧闻石鼓今见之，文字郁律蛟蛇走。细观初以指画肚，欲读嗟如箝在口。韩公好古生已迟，我今况又百年后。强寻偏旁推点画，时得一二遗八九。我车既攻马亦同，其鱼维鲔贯之柳。（其词云："我车既攻，我马既同。"又云："其鱼维何，维鲔维鲤。何以贯之，惟杨与柳。"惟此六句可读，余多不可通。）古器纵横犹识鼎，众星错落仅名斗。模糊半已似瘢胝，诘曲犹能辨跟肘。娟娟缺月隐云雾，濯濯嘉禾秀莨莠。漂流百战偶然存，独立千载谁与友？上追轩颉相唯诺，下揖冰斯同鷇㲉。忆昔周宣歌鸿雁，当时籀史变蝌蚪。厌乱人方思圣贤，中兴天为生耆耈。东征徐虏阚虓虎，北伏犬戎随指嗾。象胥杂沓贡狼鹿，方召联翩赐圭卣。遂因鼓鼙思将帅，岂为考击烦蒙瞍。何人作颂比崧高，万古斯文齐岣嵝。勋劳至大不矜伐，文武未远犹忠厚。欲寻年岁无甲乙，岂有名字记谁某？自从周衰更七国，竟使秦人有九有。扫除诗书诵法律，投弃俎豆陈鞭杻。当年何人佐祖龙，上蔡公子牵黄狗。登山刻石颂功烈，后者无继前无偶。皆云皇帝巡四国，烹灭强暴救黔首。六经既已委灰尘，此鼓亦当遭击剖。传闻九鼎沦泗上，欲使万夫沉水取。暴君纵欲穷人力，神物义不污秦垢。是时石鼓何处避，无乃天公令鬼守。兴亡百变物自闲，富贵一朝名不朽。细思物理坐叹息，人生安得如汝寿！（《东坡全集》卷一）

送刘攽倅海陵

君不见阮嗣宗臧否不挂口，莫夸舌在牙齿牢，是中惟可饮醇酒。读书不用多，作诗不须工，海边无事日日醉，梦魂不到蓬莱宫。秋风昨夜入庭树，莼丝未老君先去。君先去，几时回？刘郎应白发，桃花开不开。（《东坡全集》卷二）

送文与可出守陵州（节录）

清诗健笔何足数，逍遥齐物追庄周。（《东坡全集》卷二）

出都来陈，所乘船上有题小诗八首，不知何人作，有感余心者，聊为和之（节录）

我诗虽云拙，心平声韵和。年来烦恼尽，古井无由波。（《东坡全集》卷二）

宿望湖楼再和

新月如佳人，出海初弄色。娟娟到湖上，潋潋摇空碧。夜凉人未寝，山静闻响屐。骚人故多感，悲秋更惝栗。君胡不相就，朱墨纷黝赤。我行得所嗜，十日忘家宅。但恨无友生，诗病莫诃诘。君来试吟咏，定作鹤头侧。改罢心愈疑，满纸蛟蛇黑。（《东坡全集》卷三）

宋叔达家听琵琶

数弦已品龙香拨，半面犹遮凤尾槽。新曲翻从玉连锁，旧声终爱郁轮袍。梦回只记归舟字，赋罢双垂紫锦绦。何异乌孙送公主，碧天无际雁行高。（《东坡全集》卷四）

僧清顺新作垂云亭

江山虽有余，亭榭苦难稳。登临不得要，万象各偃蹇。惜哉垂云轩，此地得何晚。天功争向背，诗眼巧增损。路穷朱栏出，山破石壁狠。海门浸坤轴，湖尾抱云巘。葱葱城郭丽，淡淡烟村远。纷纷乌鹊去，一一渔樵返。雄观快新获，微景收昔遁。道人真古人，啸咏慕嵇、阮。空斋卧蒲褐，芒屦每

自捆。天怜诗人穷，乞与供诗本。我诗久不作，荒涩旋锄垦。从君觅佳句，咀嚼废朝饮。（《东坡全集》卷五）

径山道中次韵答周长官兼赠苏寺丞（节录）

缅怀周与李，能作《洛生咏》。明朝二子至，诗律严号令。篮舆置纸笔，得句轻千乘。玲珑苦奇秀，名实巧相称。（《东坡全集》卷五）

金门寺中见李西台与二钱（惟演、易）。唱和四绝句，戏用其韵跋之（选二）

西台妙迹继杨风（凝式），无限龙蛇洛寺中。一纸清诗吊兴废，尘埃零落梵王宫。

五季文章堕劫灰，升平格力未全回。故知前辈宗徐、庾，数首风流似玉台。（《东坡全集》卷五）

李颀秀才善画山，以两轴见寄，仍有诗，次韵答之

平生自是个中人，欲向渔舟便写真。诗句对君难出手，云泉劝我早抽身。

年来白发惊秋速，长恐青山与世新。从此北归休怅望，囊中收得武林春。
（《东坡全集》卷五）

柳氏二外甥求笔迹

退笔成山未足珍，读书万卷始通神。君家自有元和脚，莫厌家鸡更问人。一纸行书两绝诗，遂良须鬓已如丝。何当火急传家法，欲见诚悬笔谏时。

（《东坡全集》卷五）

听贤师琴

大弦春温和且平，小弦廉折亮以清。平生未识宫与角，但闻牛鸣盎中雉登木。门前剥啄谁扣门，山僧未闲君勿瞋。归家且觅千斛水，净洗从前筝笛耳。（《东坡全集》卷六）

赠写真何充秀才

君不见潞州别驾眼如电，左手挂弓横捻箭。又不见雪中骑驴孟浩然，皱眉吟诗肩耸山。饥寒富贵两安在，空有遗像留人间。此身常拟同外物，浮云变化无踪迹。问君何苦写我真，君言好之聊自适。黄冠野服山家容，意欲置

297

我山岩中。勋名将相今何限，往写褒公与鄂公。（《东坡全集》卷六）

甘露寺弹筝

多景楼上弹神曲，欲断哀弦再三促。江妃出听雾雨愁，白浪翻空动浮玉（金山名）。唤取吾家双凤槽，遣作三峡孤猿号。与君合奏芳春调，啄木飞来霜树杪。（《东坡全集》卷六）

谢人见和前篇二首（选一）

已分酒杯欺浅懦，敢将诗律斗深严。渔蓑句好应须画，柳絮才高不道盐。败履尚存东郭足，飞花又舞谪仙檐。书生事业真堪笑，忍冻孤吟笔退尖。（《东坡全集》卷六）

次韵章传道喜雨（祷常山而得）（节录）

先生笔力吾所畏，蹙踏鲍、谢跨徐、庾。偶然谈笑得佳篇，便恐流传成乐府。陋邦一雨何足道，吾君盛德九州普。《中和》《乐职》几时作，试向诸生选何武。（《东坡全集》卷七）

和张子野见寄三绝句（选一）

狂吟跌宕无风雅，醉墨淋浪不整齐。应为诗人一回顾，山僧未忍扫黄泥。
（见题壁）（《东坡全集》卷七）

寄黎眉州

胶西高处望西川，应在孤云落照边。瓦屋寒堆春后雪，峨眉翠扫雨余天。
治经方笑《春秋》学，好士今无六一贤（君以《春秋》受知于欧阳文忠公，
公自号六一居士）。且待渊明赋《归去》，共将诗酒趁流年。（《东坡全集》卷
七）

和赵郎中捕蝗见寄次韵（节录）

苟无百篇诗，何以醒睡兀。初如疏畎浍，渐若决灂渤。往来供十吏，腕
脱不容歇。平生轻妄庸，熟视笑魏勃。爱君有逸气，诗坛专斩伐。民病何时
休，吏职不可越。慎无及世事，向空书咄咄。（《东坡全集》卷七）

苏潜圣挽词

妙龄驰誉百夫雄，晚节忘怀大隐中。悃愊无华真汉吏，文章尔雅称吾宗。趋时肯负平生志，有子还应不死同。惟我闲思十年事，数行老泪寄西风。（《东坡全集》卷七）

京师哭任遵圣

十年不还乡，儿女日夜长。岂惟催老大，渐复成凋丧。每闻耆旧亡，涕泣声辄放。老任况奇逸，先子推辈行。文章小得誉，诗语尤清壮。吏能复所长，谈笑万夫上。自喜作剧县，偏工破豪党。奋髯走猾吏，嚼齿对奸将。哀哉命不偶，每以才得谤。竟使落穷山，青衫就黄壤。宦游久不乐，江海永相望。退耕本就君，时节相劳饷。此怀今不遂，归见累累葬。望哭国西门，落日衔千嶂。平生惟一子，抱负珠在掌。见之韶龀中，已有食牛量。他年如入洛，生死一相访。惟有王浚冲，心知中散状。（《东坡全集》卷八）

和孔周翰二绝

再观邸园留题

小园香雾晓蒙笼，醉手狂词未必工。鲁叟录诗应有取，曲收彤管《邶》《墉风》。

观净观堂效韦苏州诗

弱羽巢林在一枝，幽人蜗舍两相宜。乐天长短三千首，却爱韦郎五字诗。（《东坡全集》卷八）

韩幹马十四匹

二马并驱攒八蹄，二马宛颈鬃尾齐。一马任前双举后，一马却避长鸣嘶。老髯奚官骑且顾，前身作马通马语。后有八匹饮且行，微流赴吻若有声。前者既济出林鹤，后者欲涉鹤俯啄。最后一匹马中龙，不嘶不动尾摇风。韩生画马真是马，苏子作诗如见画。世无伯乐亦无韩，此诗此画谁当看。（《东坡全集》卷八）

续丽人行

李仲谋家有周昉画，背面欠伸内人极精，戏作此诗。

深宫无人春日长，沉香亭北百花香。美人睡起薄梳洗，燕舞莺啼空断肠。画工欲画无穷意，背立东风初破睡。若教回首却嫣然，阳城下蔡俱风靡。杜陵饥客眼长寒，蹇驴破帽随金鞍。隔花临水时一见，只许腰支背后看。心醉归来茅屋底，方信人间有西子。君不见孟光举案与齐眉，何曾背面伤春啼？（《东坡全集》卷九）

仆曩于长安陈汉卿家，见吴道子画佛，碎烂可惜。其后十余年，复见之于鲜于子骏家，则已装背完好。子骏以见遗，作诗谢之

贵人金多身复闲，争买书画不计钱。已将铁石充逸少（殷铁石，梁武帝时人。今法帖大王书中有铁石字），更补朱繇为道玄（世所收吴画多朱繇笔也）。烟熏屋漏装玉轴，鹿皮苍璧知谁贤。吴生画佛本神授，梦中化作飞空仙。觉来落笔不经意，神妙独到秋毫颠。我昔长安见此画，叹惜至宝空潸然。素丝断续不忍看，已作胡蝶飞联翩。君能收拾为补缀，体质散落嗟神全。志公仿佛见刀尺，修罗天女犹雄妍。如观老杜飞鸟句，脱字欲补知无缘。问君乞得良有意，欲将俗眼为洗湔。贵人一见定羞怍，锦囊千纸何足捐。不须更用博麻缕，付与一炬随飞烟。（《东坡全集》卷九）

次韵舒教授寄李公择

草书妙绝吾所兄，真书小低犹抗行。论文作诗俱不敌，看君谈笑收降旌。去年逾月方出昼（予去年留齐月余），为君剧饮几濡首。今年过我虽少留，寂寞陶潜方止酒（此行公择病酒，夕不饮）。别时流涕揽君须，悬知此欢堕空虚。松下从横余屐齿，门前轣辘想君车。怪君一身都是德，近之清润沦肌骨。细思还有可恨时，不许蓝桥见倾国（公择有婢名云英，屡欲出不果）。（《东坡全集》卷九）

次韵答舒教授观余所藏墨

异时长笑王会稽，野鹜膻腥污刀几。莫年却得庾安西，自厌家鸡题六纸。二子风流冠当代，顾与儿童争愠喜。秦王十八巳龙飞，嗜好晚将蛇蚓比。我生百事不挂眼，时人缪说云工此。世间有癖念谁无，倾身障簏尤堪鄙。一生当着几两屐，定心肯为微物起。此墨足支三十年，但恐风霜侵发齿。非人磨墨墨磨人，瓶应未罄罍先耻。逝将振衣归故国，数亩荒园自锄理。作书寄君君莫笑，但觅来禽与青李。一螺点漆便有余，万灶烧松何处使。君不见永宁第中捣龙麝，列屋闲居清且美。倒晕连眉秀岭浮，双鸦画鬓香云委。时闻五斛赐蛾绿，不惜千金求獭髓。闻君此诗当大笑，寒窗冷砚冰生水。（《东坡全集》卷九）

密州宋国博以诗见纪在郡杂咏，次韵答之

吾观二宋文，字字照缣素。渊源皆有考，奇崄或难句。后来邈无继，嗣子其殆庶。胡为尚流落，用舍真有数。当时苟悦可，慎勿笑枕杜。斫窗谁赴救，袖手良优裕。山城辱吾继，缺短烦遮护。昔年缪陈诗，无人聊瓦注。于今赓绝唱，外重中已惧。何当附家集，击壤追咸濩。（《东坡全集》卷九）

太虚以《黄楼赋》见寄，作诗为谢

　　我在黄楼上，欲作黄楼诗。忽得故人书，中有黄楼词。黄楼高十丈，下建五丈旗。楚山以为城，泗水以为池。我诗无杰句，万景骄莫随。夫子独何妙，雨雹散雷椎。雄词杂今古，中有屈、宋姿。南山多磬石，清滑如流脂。朱蜡为摹刻，细妙分毫厘。佳处未易识，当有来者知。（《东坡全集》卷一〇）

李思训画《长江绝岛图》

　　山苍苍，江茫茫，大孤小孤江中央。崖崩路绝猿鸟去，惟有乔木攙天长。客舟何处来，棹歌中流声抑扬。沙平风软望不到，孤山久与船低昂。峨峨两烟鬟，晓镜开新妆。舟中贾客莫漫狂，小孤前年嫁彭郎。（《东坡全集》卷一〇）

次韵答王巩

　　我有方外客，颜如琼之英。十年尘土窟，一寸冰雪清。朅来从我游，坦率见真情。顾我无足恋，恋此山水清。新诗如弹丸，脱手不蹔停。昨日放鱼回，衣襟满浮萍。今日扁舟去，白酒载乌程。山头见月出，江路闻鼍鸣。莫作《孺子歌》，沧浪濯吾缨。吾诗自堪唱，相子棹歌声。（《东坡全集》卷一〇）

张安道见示近诗

人物一衰谢，微言难重寻。殷勤永嘉末，复闻正始音。清谈未足多，感时意殊深。少年有奇志，欲和南风琴。荒林蜩蚻乱，废沼蛙蝈淫。遂欲掩两耳，临文但噫喑。萧然王郎子，来自缑山阴（其婿王巩携来）。云见浮丘伯，吹箫明月岑。遗声落淮泗，蛟鼍为悲吟。愿公正王度，祈招继愔愔。（《东坡全集》卷一〇）

答王定民

开缄奕奕满银钩，书尾题诗语更遒。八法旧闻宗长史，五言今复拟苏州。笔踪好在留台寺，旗队遥知到石沟。欲寄鼠须并茧纸，请君章草赋黄楼。（《东坡全集》卷一〇）

李公择过高邮，见施大夫与孙莘老赏花诗，忆与仆去岁会于彭门折花馈笋故事，作诗二十四韵见戏，依韵奉答，亦以一戏公择云尔

汝阳真天人，绢帽着红槿。缠头三伯万，不买一微哂。共夸青山峰，曲

尽花不陨。当时谪仙人，逸韵谢封畛。诗成天一笑，万象解寒窘。惊开小桃杏，不待雷发轸。余波尚涓滴，乞与居易、稹。尔来谁复见，前辈风流尽。寂寞两诗人，残红对樱笋。饥肠得一醉，妙语传不泯。君来恨不与，更复相牵引。我老心已灰，空烦扇余烬。天游照六凿，虚空扫充牣。悬知色竟空，那复嗜乌吻。萧然一方丈，居士老庞蕴。散花从满械，不答天女问。故人犹故日，怨句写余恨。疑我此心在，遮防费栏楯。应虞已毙蛇，折尾时一蠢。仄闻孟光贤，未学处仲忍（开阁放出事见本传）。寄招应已足，左右侍云鬓。何时花月夜，羊酒谢不敏。此生如幻耳，戏语君勿愠。应同亡是公，一对子虚听。（《东坡全集》卷一一）

次韵答孙侔

十年身不到朝廷，欲伴骚人赋落英。但得低头拜东野，不辞中路伺渊明。舣舟苕霅人安在，卜筑江淮计已成。千里论交一言足，与君盖亦不须倾。（《东坡全集》卷一一）

陈季常所畜朱陈村嫁娶图

何年顾陆丹青手，画作朱陈嫁娶图。闻道一村惟两姓，不将门户买崔卢。

我是朱陈旧使君，劝耕曾入杏花村。而今风物那堪画，县吏催钱夜打门。（朱陈村在徐州萧县）（《东坡全集》卷一一）

重寄一首

凛然高节照时人，不信微官解浼君。蒋济谓能来阮籍，薛宣直欲吏朱云。好诗冲口谁能择，俗子疑人未遣闻。乞取千篇看俊逸，不将轻比鲍参军。（《东坡全集》卷一一）

《五禽言》 并叙（节录）

梅圣俞尝作《四禽言》，余谪黄州，寓居定惠院，绕舍皆茂林修竹，荒池蒲苇。春夏之交，鸣鸟百族，土人多以其声之似者名之。遂用圣俞体作《五禽言》。（诗略）（《东坡全集》卷一二）

又一首答二犹子与王郎见和

脯青苔，炙青蒲，烂蒸鹅鸭乃瓠壶。煮豆作乳脂为酥，高烧油烛斟蜜酒，贫家百物初何有。古来百巧出穷人，搜罗假合乱天真。诗书与我为曲蘖，酝酿老夫成搢绅。质非文是终难久，脱冠还作扶犁叟。不如蜜酒无燠寒，冬不加甜夏不酸。老夫作诗殊少味，爱此三篇如酒美。封胡羯末已可怜，不知更有王郎子。（《东坡全集》卷一三）

次韵孔毅甫集古人句见赠五首

羡君戏集他人诗，指呼市人如使儿。天邊鸿鹄不易得，便令作对随家鸡。退之惊笑子美泣，问君久假何时归。世间好句世人共，明月自满千家墀。

紫驼之峰人莫识，杂以鸡豚真可惜。今君坐致五侯鲭，尽是猩唇与熊白。路旁拾得半段枪，何必开炉铸矛戟。用之如何在我耳，入手当令君丧魄。

天下几人学杜甫，谁得其皮与其骨。划如太华当我前，跋挈欲上惊嶙崒。名章俊语纷交衡，无人巧会当时情。前生子美只君是，信手拈得俱天成。

诗人雕刻闲草木，搜抉肝肾神应哭。不如默诵千万首，左抽右取谈笑足。夜吟石鼎声悲秋，可怜好事刘与侯。何当一醉百不问，我欲眠矣君归休。

膏明兰臭俱自焚，象牙翠羽戕其身。多言自古为数穷，微中有时堪解纷。痴人但数羊羔儿，不知何者是左慈。千章万句卒非我，急走捉君应已迟。

（《东坡全集》卷一三）

和秦太虚梅花（节录）

西湖处士骨应槁，只有此诗君压倒。东坡先生心已灰，为爱君诗被花恼。

（《东坡全集》卷一三）

世传徐凝《瀑布》诗云"一条界破青山色"至为尘陋。又伪作乐天诗称美此句，有"赛不得"之语。乐天虽涉浅易，然岂至是哉！乃戏作一绝

帝遣银河一派垂，古来惟有谪仙词。飞流溅沫知多少，不与徐凝洗恶诗。（《东坡全集》卷一三）

陶骥子骏佚老堂二首

文举与元礼，尚得称世旧。渊明吾所师，夫子乃其后。挂冠不待年，亦岂为五斗。我歌《归来引》（余增损渊明《归去来》以就声律，谓之《归来引》），千载信尚友。相逢黄卷中，何似一杯酒。君醉我且归，明朝许来否。

我从庐山来，目送孤飞云。路逢陆道士，知是千岁人。试问当时友，虎溪已埃尘。似闻佚老堂，知是几世孙。能为五字诗，仍戴漉酒巾。人呼小靖节，自号葛天民。（《东坡全集》卷一三）

郭祥正家醉画竹石壁上，郭作诗为谢，且遗古铜剑二

空肠得酒芒角出，肝肺槎牙生竹石。森然欲作不可回，吐向君家雪色壁。平生好诗仍好画，书墙涴壁长遭骂。不嗔不骂喜有余，世间谁复如君者？一双铜剑秋水光，两首新诗争剑铓。剑在床头诗在手，不知谁作蛟龙吼。（《东坡全集》卷一四）

龙尾砚歌　并引

余旧作《凤咮石砚铭》，其略云：苏子一见名凤咮，坐令龙尾羞牛后。已而求砚于歙。歙人云：子自有凤咮，何以此为？盖不能平也。奉议郎方君彦德，有龙尾大砚，奇甚。谓余若能作诗，少解前语者，当奉饷。乃作此诗。

黄琮白琥天不惜，顾恐贪夫死怀璧。君看龙尾岂石材，玉德金声寓于石。与天作石来几时，与人作砚初不辞。诗成鲍、谢石何与，笔落钟、王砚不知。锦茵玉匣俱尘垢，捣练支床亦何有。况瞋苏子《凤咮铭》，戏语相嘲作牛后。碧天照水风吹云，明窗大几清无尘。我生天地一门物，苏子亦是支离人。粗言细语都不择，春蚓秋蛇随意画。愿从苏子老东坡，仁者不用生分别。（《东坡全集》卷一四）

次韵滕元发、许仲途、秦少游

二公诗格老弥新，醉后狂吟许野人。坐看青丘吞泽芥，自惭黄潦荐溪苹。两邦旌纛光相照，十亩锄犁手自亲。何似秦郎妙天下，明年献颂请东巡。（《东坡全集》卷一四）

高邮陈直躬处士画雁二首（选一）

众禽事纷争，野雁独闲洁。徐行意自得，俯仰苦有节。我衰寄江湖，老伴杂鹅鸭。作书问陈子，晓景画苕雪。依依聚圆沙，稍稍动斜月。先鸣独鼓翅，吹乱芦花雪。（《东坡全集》卷一四）

和王斿二首（斿、平父子）

异时常怪谪仙人，舌有风雷笔有神。闻道骑鲸游汗漫，忆尝扪虱话悲辛。气吞余子无全目，诗到诸郎尚绝伦。白发故交空掩卷，泪河东注问苍旻。

袅袅春风送渡关，娟娟霜月照生还。迟留岁暮江淮上，来往君家伯仲间。未厌冰滩吼新洛，且看松雪媚南山。野梅官柳何时动，飞盖长桥待子闲。

（《东坡全集》卷一四）

和田仲宣见赠

头白江南醉司马，宽心时复唤殷兄。寒潮不应淮无信，客路相随月有情。未许低头拜东野，徒言共饮胜公荣。好诗恶韵那容和，刻烛应须便置觥。

（《东坡全集》卷十四）

和王胜之三首

城上湖光暖欲波，美人唱我踏春歌。鲁公宾客皆诗酒，谁是神仙张志和。
斋酿如渑涨绿波，公诗句句可弦歌。流觞曲水无多日，更作新诗继永和。
要知太守怜孤客，不惜阳春和俚歌。坐睡樽前呼不应，为公雕琢损天和。

（《东坡全集》卷一四）

王伯敭所藏赵昌画四首

梅　花

南行渡关山，沙水清练练。行人已愁绝，日暮集微霰。殷勤小梅花，仿佛吴姬面。暗香随我去，回首惊千片。至今开画图，老眼凄欲泫。幽怀不可写，归梦君家倩。

黄　葵

弱质困夏永，奇姿苏晓凉。低昂黄金杯，照耀初日光。檀心自成晕，翠叶森有芒。古来写生人，妙绝谁似昌。晨妆与午醉，真态含阴阳。君看此花枝，中有风露香。

芙　蓉

清飙已拂林，积水渐收潦。溪边野芙蓉，花水相媚好。坐看池莲尽，独伴霜菊槁。幽姿强一笑，暮景迫摧倒。凄凉似贫女，嫁晚惊衰早。谁写少年容，樵人剑南老。

山　茶

萧萧南山松，黄叶陨劲风。谁怜儿女花，散火冰雪中。能传岁寒姿，古来惟丘翁。赵叟得其妙，一洗胶粉空。掌中调丹砂，染此鹤顶红。何须夸落墨，独赏江南工。（《东坡全集》卷一五）

题王逸少帖

颠张醉素两秃翁，追逐世好称书工。何曾梦见王与钟，妄自粉饰欺盲聋。有如市倡抹青红，妖歌嫚舞眩儿童。谢家夫人淡丰容，萧然自有林下风。天门荡荡惊跳龙，出林飞鸟一扫空。为君草书续其终，待我他日不匆匆。（《东坡全集》卷一五）

书林逋诗后

　　吴侬生长湖山曲，呼吸湖光饮山渌。不论世外隐君子，佣儿贩妇皆冰玉。先生可是绝俗人，神清骨冷无由俗。我不识君曾梦见，瞳子了然光可烛。遗篇妙字处处有，步绕西湖看不足。诗如东野不言寒，书似西台差少肉。平生高节已难继，将死微言犹可录。自言不作《封禅书》，更肯悲吟《白头曲》（逋临终诗云："茂陵异日求遗草，犹喜初无《封禅书》"）。我笑吴人不好事，好作祠堂傍修竹。不然配食水仙王，一盏寒泉荐秋菊。（《东坡全集》卷一五）

墨花　并叙

　　世多以墨画山水竹石人物者，未有以画花者也。汴人尹白能之，为赋一首。

　　造物本无物，忽然非所难。花心起墨晕，春色散毫端。缥缈形才具，扶疏态自完。莲风尽倾倒，杏雨半披残。独有狂居士，求为黑牡丹。兼书平子赋，归向雪堂看。（《东坡全集》卷一五）

次韵孙莘老斗野亭寄子由，在邵伯堰

落帆谢公渚，日脚东西平。孤亭得小憩，暮景含余清。坐待斗与牛，错落挂南甍。老僧如夙昔，一笑意已倾。新诗出故人，旧事疑前生。吾生七往来，送老海上城。逢人辄自哂，得鱼不忍烹。似闻绩溪老，复作东都行。小诗如秋菊，艳艳霜中明。过此感我言，长篇发春荣。（《东坡全集》卷一五）

追作《淮口遇风诗》，戏用其韵

我诗如病骥，悲鸣向衰草。有儿真骥子，一喷群马倒。养气勿吟哦，声名忌太早。风涛借笔力，势逐孤云扫。何如陶家儿，绕舍觅梨枣。君看押强韵，已胜郊与岛。（《东坡全集》卷一五）

次韵王定国谢韩子华过饮（节录）

新诗如弹丸，脱手不移晷。我亦老宾客，苦语落纨绮。莫辞三上章，有道贫贱耻。（《东坡全集》卷一五）

惠崇春江晓景二首

竹外桃花三两枝，春江水暖鸭先知。蒌蒿满地芦芽短，正是河豚欲上时。

两两归鸿欲破群，依依还似北归人。遥知朔漠多风雪，更待江南半月春。

（《东坡全集》卷一五）

书文与可墨竹 并叙

亡友文与可有四绝：诗一，楚词二，草书三，画四。与可尝云："世无知我者，惟子瞻一见识吾妙处。"既没七年同，睹其遗迹而作是诗。

笔与子皆逝，诗今谁为新。空遗运斤质，却吊断弦人。（《东坡全集》卷一六）

次韵和王巩

谪仙窜夜郎，子美耕东屯。造物岂不惜，要令工语言。王郎年少日，文如瓶水翻。争锋虽剽甚，闻鼓或惊奔。天欲成就之，使触羝羊藩。孤光照微陌，耿如月在盆。归来千首诗，倾泻五石樽。却疑彭泽在，颇觉苏州烦。君看驺忌子，廉折配春温。知音必无人，坏壁挂桐孙。（《东坡全集》卷一六）

虢国夫人夜游图

佳人自鞚玉花骢，翩如惊燕踏飞龙。金鞭争道宝钗落，何人先入明光宫？宫中羯鼓催花柳，玉奴弦索花奴手。坐中八姨真贵人，走马来看不动尘。明眸皓齿谁复见，只有丹青余泪痕。人间俯仰成今古，吴公台下雷塘路。当时亦笑张丽华，不知门外韩擒虎。（《东坡全集》卷一六）

题文与可墨竹　并叙

故人文与可为道师王执中作墨竹，且谓执中勿使他人书字，待苏子瞻来，令作诗其侧。与可既没八年，而轼始还朝，见之，乃赋一首。

斯人定何人，游戏得自在。诗鸣草圣余，兼入竹三昧。时时出木石，荒怪轶象外。举世知珍之，赏会独余最。知音古难合，奄忽不少待。谁云死生隔，相见如龚隗。（《东坡全集》卷一六）

见子由与孔常父唱和诗，辄次其韵。余昔在馆中，同舍出入，辄相聚饮酒赋诗。近岁不复讲，故终篇及之，庶几诸公稍复其旧，亦太平盛事也

君先鲁东家，门户照千古。文章固应尔，须髯余似处。虽非蒙俱状，尚有历国苦。诵书口澜翻，布谷杂杜宇。十年困奔走，枥沐饱风雨。吾道其非耶，野处岂兕虎。灞陵闲老将，柏直口尚乳。自君兄弟还，鼎立知有补。蓬山耆旧散，故事谁删去。来迎冯翊传，出饯会稽组。吾犹及前辈，诗酒盛册府。愿君唱此风，扬觯斯杜举。（《东坡全集》卷一六）

赵令晏崔白大图幅径三丈

扶桑大茧如瓮盎，天女织绡云汉上。往来不遣凤衔梭，谁能鼓臂投三丈？人间刀尺不敢裁，丹青付与濠梁崔。风蒲半折寒雁起，竹间的皪横江梅。画堂粉壁翻云幕，十里江天无处着。好卧元龙百尺楼，笑看江水拍天流。（《东坡全集》卷一六）

（次韵曾子开从驾二首）再和（选一）

眼花错莫鬓霜匀，病马羸驺只自尘。奉引拾遗叨侍从，思归少傅羡朱陈。

衰年壮观空惊目，嵚韵清诗苦斗新。最后数篇君莫厌，捣残椒桂有余辛。
（《东坡全集》卷十六）

郭熙画秋山平远（潞公为跋尾）

王堂昼掩春日闲，中有郭熙画春山。鸣鸠乳燕初睡起，白波青嶂非人间。离离短幅开平远，漠漠疏林寄秋晚。恰似江南送客时，中流回头望云巘。伊川佚老鬓如霜，卧看秋山思洛阳。为君纸尾作行草，炯如嵩洛浮秋光。我从公游如一日，不觉青山暎黄发。为画龙门八节滩，待向伊川买泉石。（《东坡全集》卷一六）

书晁补之所藏与可画竹三首（选二）

若人今已无，此竹宁复有？那将春蚓笔，画作风中柳。君看断崖上，瘦节蛟蛇走。何时此霜竿，复入江湖手？

晁子拙生事，举家闻食粥。朝来又绝倒，谀墓得霜竹。可怜先生槃，朝日照苜蓿。吾诗固云尔，可使食无肉。吾旧诗云："可使食无肉，不可居无竹。"（《东坡全集》卷一六）

戏用晁补之韵

昔我尝陪醉翁醉，今君但吟诗老诗。清诗咀嚼那得饱，瘦竹潇洒令人饥。试问凤凰饥食竹，何如驽马肥苜蓿？知君忍饥空诵诗，口颊澜翻如布谷。

（《东坡全集》卷一六）

书皇亲画扇

十年江海寄浮沉，梦绕江南黄苇林。谁谓风流贵公子，笔端还有五湖心？

（《东坡全集》卷一六）

书李世南所画秋景

野水参差落涨痕，疏林欹倒出霜根。扁舟一棹归何处，家在江南黄叶村。

人间斤斧日创夷，谁见龙蛇百尺姿。不是溪山曾独往，何人解作挂猿枝？

（《东坡全集》卷一六）

书鄢陵王主簿所画折枝二首（选一）

瘦竹如幽人，幽花如处女。低昂枝上雀，摇荡花间雨。双翎决将起，众叶纷自举。可怜采花蜂，清蜜寄两股。若人富天巧，春色入毫楮。悬知君能诗，寄声求妙语。（《东坡全集》卷一六）

故李承之待制六丈挽词

青青一寸松，中有梁栋姿。天骥堕地走，万里端可期。世无阿房宫，可建五丈旗。又无穆天子，西征燕瑶池。才大古难用，老死亦其宜。丈夫恐不免，岂患莫己知。公如松与骥，少小称伟奇。俯仰自廊庙，笑谈无羌夷。清朝竟不用，白首仍忧时。愿斩横行将，请烹干没儿。言虽不见省，坐折奸雄窥。嗟我去公久，江湖生白髭。归来耆旧尽，零落存者谁。比公嵇中散，龙性不可羁。疑公李北海，慷慨多雄词。凄凉《五君咏》，沉痛《八哀诗》。邪正久乃明，人今属公思。九原不可传，千古有余悲。（《东坡全集》卷一六）

赠李道士 并叙

驾部员外郎李君宗固，景祐中良吏也。守汉州，有道士尹可元精练善画，以遗火得罪当死，君缓其狱，会赦获免，时可元年八十一，自誓且死，必为李氏子以报。可元既死二十余年，而君子世昌之妇梦可元入其室，生子曰得柔，小名蜀孙，幼而善画。既长，读庄老，喜之，遂为道士，赐号妙应，事母以孝谨闻。其写真盖妙绝一时云。

世人只数曹将军，谁知虎头非痴人。腰间大羽何足道，颊上三毛自有神。平生狎侮诸公子，戏着幼舆岩石里。故教世世作黄冠，布袜青鞋弄云水。千年鼻祖守关门，一念还为李耳孙。香火旧缘何日尽，丹青余习至今存。五十之年初过二，衰颜记我今如此。他时要指集贤人，知是香山老居士。（乐天为翰林学士，奉诏写真集贤院）（《东坡全集》卷一七）

次韵米芾二王书跋尾二首

三馆曝书防蠹毁，得见来禽与青李。秋蛇春蚓久相杂，野鹜家鸡定谁美。玉函金钥天上来，紫衣敕使亲临启。纷纶过眼未易识，磊落挂壁空云委。归来妙意独追求，坐想蓬山二十秋。怪君何处得此本，上有桓玄寒具油。巧偷豪夺古来有，一笑谁似痴虎头。君不见长安永宁里，王家破垣谁复修？

元章作书日千纸，平生自苦谁与美。画地为饼未必似，要令痴儿出馋水。锦囊玉轴来无趾，粲然夺真疑圣智。忍饥看书泪如洗，至今鲁公余乞米。（《东坡全集》卷一七）

郭熙秋山平远二首

目尽孤鸿落照边，遥知风雨不同川。此间有句无人见，送与襄阳孟浩然。

木落骚人已怨秋，不堪平远发诗愁。要看万壑争流处，他日终烦顾虎头。（《东坡全集》卷一七）

书艾宣画四首

竹　鹤

此君何处不相宜，况有能言老令威。谁识长身古君子，犹将缁布缘深衣。

黄精鹿

太华西南第几峰，落花流水自重重。幽人只采黄精去，不见春山鹿养茸。

杏花白鹇

天工翦刻为谁妍，抱蕊游蜂自作团。把酒惜春都是梦，不如闲客此闲看。

莲　龟

半脱莲房露压欹，绿荷深处有游龟。只应翡翠兰苕上，独见玄夫曝日时。（《东坡全集》卷一七）

韩康公挽词三首（选一）

再世忠清德，三朝翼赞勋。功成不归国，就访敢忘君。旧学严诗律，余威靖塞氛。何当继《韩奕》，故吏总能文。（《东坡全集》卷一七）

《柏石图》诗 并叙

陈公弼家藏《柏石图》，其子慥季常传宝之。东坡居士作诗以为之铭。

柏生两石间，天命本如此。虽云生之艰，与石相终始。韩子俯仰人，但爱平地美。土膏杂粪壤，成坏几何耳。君看化槎牙，岂有可移理？苍龙转玉骨，黑虎抱金枙。画师亦可人，使我毛发起。当年落笔意，正欲讥韩子。（《东坡全集》卷一七）

和王晋卿题李伯时画马

督邮有良马，不为君所奇。顾收纸上影，骏骨何由归？一朝见鞚策，蚁封惊肉飞。岂惟马不遇，人已半生痴。（《东坡全集》卷一七）

戏书李伯时画《御马好头赤》

山西战马饥无肉，夜嚼长秸如嚼竹。蹄间三丈是徐行，不信天山有坑谷。岂如厩马好头赤，立仗归来卧斜日。莫教优孟卜葬地，厚衣薪樚入铜历。（《东坡全集》卷一七）

书林次中所得李伯时《归去来》《阳关》二图后二首

不见何戡唱渭城，旧人空数米嘉荣。龙眠独识殷勤处，画出阳关意外声。

两本新图宝墨香，樽前独唱《小秦王》。为君翻作《归来引》，不学《阳关》空断肠。（《东坡全集》卷一七）

题李伯时画赵景仁琴鹤图二首

清献先生无一钱，故应琴鹤是家传。谁知默鼓无弦曲，时向珠宫舞幻仙。

丑石寒松未易亲，聊将短曲调长人。乘轩故自非明眼，终日僛僛舞忭薪。（《东坡全集》卷一七）

书王定国所藏烟江叠嶂图（王晋卿画）

江上愁心千叠山，浮空积翠如云烟。山耶云耶远莫知，烟空云散山依然。但见两崖苍苍暗绝谷，中有百道飞来泉。萦林络石隐复见，下赴谷口为奔川。川平山开林麓断，小桥野店依山前。行人稍度乔木外，渔舟一叶江吞天。使君何从得此本，点缀毫末分清妍。不知人间何处有此境，径欲往置二顷田。

君不见武昌樊口幽绝处，东坡先生留五年。春风摇江天漠漠，暮云卷雨山娟娟。丹枫翻鸦伴水宿，长松落雪惊醉眠。桃花流水在人世，武陵岂必皆神仙。江上清空我尘土，虽有去路寻无缘。还君此画三叹息，山中故人应有招我归来篇。（《东坡全集》卷一七）

王晋卿作《烟江叠嶂图》，仆赋诗十四韵，晋卿和之，语特奇丽。因复次韵，不独纪其诗画之美，亦为道其出处契阔之故，而终之以不忘。在莒之戒，亦朋友忠爱之义也

山中举头望日边，长安不见空云烟。归来长安望山上，时移事改应潸然。管弦去尽宾客散，惟有马埒编金泉。渥洼故自千里足，要饱风雪轻山川。屈居华屋啖枣脯，十年俯仰龙旗前。却因病瘦出奇骨，盐车之厄宁非天。风流文采磨不尽，水墨自与诗争妍。画山何必山中人，田歌自古非知田。郑虔三绝君有二，笔势挽回三百年。欲将岩谷乱窈窕，眉峰修嫮夸连娟。人间何有春一梦，此身将老蚕三眠。山中幽绝不可久，要作平地家居仙。能令水石长在眼，非君好我当谁缘。愿君终不忘在莒，乐时更赋《囚山篇》。（柳子厚有《囚山赋》）（《东坡全集》卷一七）

王晋卿所藏着色山二首

缥缈营丘水墨仙，浮空出没有无间。尔来一变风流尽，谁见将军着色山？

莘确何人似退之，意行无路欲从谁？宿云解驳晨光漏，独见山红涧碧时。（《东坡全集》卷十七）

夜直玉堂，携李之仪端叔诗百余首，读至夜半，书其后

玉堂清冷不成眠，伴直难呼孟浩然。暂借好诗消永夜，每逢佳处辄参禅。愁侵砚滴初含冻，喜入灯花欲斗妍。寄语君家小儿子，他时此句一时编（《东坡全集》卷一七）

书王定国所藏王晋卿画着色山二首

白发四老人，何曾在商颜。烦君纸上影，照我胸中山。山中亦何有，木老土石顽。正赖天日光，涧谷纷斓斑。我心空无物，斯文定何闲。君看古井水，万象自往还。

君归岭北初逢雪，我亦江南五见春。寄语风流王武子，三人俱是识山人。（《东坡全集》卷一七）

兴龙节侍宴前一日，微雪，与子由同访王定国，小饮清虚堂。定国出数诗，皆佳，而五言尤奇。子由又言：昔与孙巨源同过定国，感念存没，悲叹久之。夜归，稍醒，各赋一篇，明日朝中以示定国也

天风浙浙飞玉沙，诏恩里沐休早衙。遥知清虚堂里雪，正似薝卜林中花。出门自笑无所诣，呼酒持劝惟君家。踏冰凌兢战疲马，扣门剥啄惊寒鸦。羡君五字入诗律，欲与六出争天葩。头风已倩橄手愈，背痒恰得仙爪爬。银瓶泻油浮蚁酒，紫碗铺粟盘龙茶。幅巾起作鸲鹆舞，叠鼓谁掺渔阳挝。九衢灯火杂梦寐，十年聚散空咨嗟。明朝握手殿门外，共看银阙暾晨霞。（《东坡全集》卷一七）

次韵答刘景文左藏

我老诗坛仆鼓旗，借君佳句发良时。但空贺监杯中物，莫示孙郎帐下儿。夜烛催诗金烬落，秋芳压帽露华滋。故应好语如爬痒，有味难名只自知。（《东坡全集》卷一八）

次韵毛滂法曹感雨诗（节录）

公子岂我徒，衣钵传一箪。定非郊与岛，笔势江河宽。悲吟古寺中，穿帷雪漫漫。他年记此味，芋火对懒残。（《东坡全集》卷一八）

书刘景文所藏宗少文一笔画

宛转回纹锦，萦盈连理花。何须郭忠恕，匹素画缫车。（《东坡全集》卷一八）

游宝云寺，得唐彦猷为杭州日送客舟中手书一绝句云："山雨霏微不满空，画船来往疾轻鸿。谁知独卧朱帘里，一榻无尘四面风。"明日，送彦猷之子坰赴鄂州，舟中遇微雨，感叹前事，因和其韵，作两首送之，且归其书唐氏（选一）

二妙凋零笔法空，忽惊云海戏群鸿。清诗不敢私囊箧，人道黄门有父风

（黄门，卫恒也）。（《东坡全集》卷一八）

次韵仲殊雪中游西湖二首（选一）

夜半幽梦觉，稍闻竹苇声。起续冻折弦，为鼓一再行。曲终天自明，玉楼已峥嵘。有怀二三子，落笔先飞霙。共为竹林会，身与孤鸿轻。秀语出寒饿，身穷诗乃亨。禅老复何为，笑指孤烟生。我独念粲者，谁与予目成。

（《东坡全集》卷一八）

次韵子由书王晋卿画山水二首

老去君空见画，梦中我亦曾游。桃花纵落谁见，水到人间伏流。

山人昔与云俱出，俗驾今随水不回。赖我胸中有佳处，一樽时对画图开。

（《东坡全集》卷一九）

又书王晋卿画四首

山阴陈迹

当年不识此清真，强把先生拟季伦。等是人间一陈迹，聚蚁金谷本何人。

雪溪乘兴

溪山雪月两佳哉，宾主谈锋夜转雷。犹言不见戴安道，为问适从何处来。

四明狂客

毫端偶集一微尘，何处溪山非此身。狂客思归便归去，更求敕赐枉天真。

西塞风雨

斜风细雨到来时，我本无家何处归。仰看云天真箬笠，旋收江海入蓑衣。

（《东坡全集》卷一九）

破琴诗 并引

旧说房琯开元中尝宰卢氏，与道士邢和璞出游，过夏口村，入废佛寺，坐古松下。和璞使人凿地，得瓮中所藏娄师德与永禅师书，笑谓琯曰："颇忆此耶？"琯因怅然，悟前生之为永师也。故人柳子玉宝此画，云："是唐本，宋复古所临者。"元祐六年三月十九日，予自杭州还朝，宿吴淞江，梦长老仲殊挟琴过予，弹之有异声，就视琴，颇损，而有十三弦。予方叹惜不已，殊曰："虽损，尚可修。"曰："奈十三弦何？"殊不答，诵诗云："度数形名本偶然，破琴今有十三弦。此生若遇邢和璞，方信秦筝是响泉。"予梦中了然，识其所谓，既觉而忘之。明日昼寝，复梦殊来理前语，再诵其诗，方惊觉，而殊适至，意其非梦也。问之，殊盖不知。是岁六月，见子玉之子子文于京师，求得其画，乃作诗并书所梦其上。子玉名瑾，善作诗及行草书。复古名迪，画山水草木，盖妙绝一时。仲殊本书生，弃家学佛，通脱无所著，皆奇士也。

破琴虽未修，中有琴意足。谁云十三弦，音节如佩玉。新琴空高张，弦声不附木。宛然七弦筝，动与世好逐。陋矣房次律，因循堕流俗。悬知董庭兰，不识无弦曲。（《东坡全集》卷一九）

题王晋卿画后

丑石半蹲山下虎，长松倒卧水中龙。试君眼力看多少，数到云峰第几重。（《东坡全集》卷一九）

听武道士弹贺若

清风终日自开帘，凉月今宵肯挂檐。琴里若能知贺若，诗中定合爱陶潜。（《东坡全集》卷一九）

次韵刘景文见寄

淮上东来双鲤鱼，巧将书信渡江湖。细看落墨皆松瘦，想见掀髯正鹤孤。烈士家风安用此，书生习气未能无。莫因老骥思千里，醉后哀歌缺唾壶。（《东坡全集》卷一九）

韩退之《孟郊墓铭》云：以昌其诗。
举此问王定国，当昌其身耶，昌其诗也？
来诗下语未契，作此答之

昌身如饱腹，饱尽还复饥。昌诗如膏面，为人作容姿。不如昌其气，郁郁老不衰。虽云老不衰，劫坏安所之。不如昌其志，志一气自随。养之塞天地，孟轲不吾欺。人言魏勃勇，股栗向小儿。何如鲁连子，谈笑却秦师。慎勿怨谤讥，乃我得道资。淤泥生莲华，粪壤出菌芝。赖此善知识，使我枯生荑。吾言岂须多，冷暖子自知。（《东坡全集》卷一九）

送欧阳推官赴华州监酒

我观文忠公，四子皆超越。仲也珠径寸，照夜光如月。好诗真脱兔，下笔先落鹘。知音如周郎，议论亦英发。文章乃余事，学道探玄窟。死为长白主，名字书绛阙。（熙宁之末，仲纯父见仆于京城之东，曰："吾梦道士持告身授吾曰：'上帝命汝为长白山主。'"此何祥也。明年，仲纯父没。）伤心清颍尾，已伴白鸥没。喜见三少年，俱有千里骨。千里不难到，莫遣历块蹶。临分出苦语，愿子书之笏。（《东坡全集》卷一九）

新渡寺席上，次赵景贶、陈履常韵，送欧阳叔弼。比来诸君唱和，叔弼但袖手旁睨而已，临别忽出一篇，颇有渊明风致，坐皆惊叹

神屠不目全，妙额惟妆半。更刀乃族庖，倚市必丑悍。平生魏公筹，忽斫郢人墁。诗书亦何用，适道须此馆。多言虽数穷，微中或排难。子诗如清风，翏翏发将旦。胡为久闭匿，绮语真自患。许时笑我痴，隔屋相咏叹。竟识彦道否，绝叫呼百万。清朝固多士，人门子皆冠。莫言清颍水，从此隔河汉。异时我独来，得鱼杨柳贯。持归不忍食，尺素解凄断。中有清圆句，铜丸飞柘弹。春愁结凌澌，正待一笑泮。百篇傥寄我，呻吟郑人缓。（《东坡全集》卷一九）

阎立本《职贡图》

贞观之德来万邦，浩如沧海吞河江。音容伧狞服奇庞，横绝岭海逾涛泷。珍禽瑰产争牵扛，名王解辫却盖幢。粉本遗墨开明窗，我喟而作心未降，魏征封伦恨不双。（《东坡全集》卷二〇）

病中夜读朱博士诗

病眼乱灯火，细书数尘沙。君诗如秋露，净我空中花。古语多妙寄，可识不可夸。巧笑在颋颊，哀音余掺挝。曾坑一掬春，紫饼供千家。悬知贵公子，醉眼无真茶。崎岖烂石上，得此一寸芽。缄封勿浪出，汤老客未嘉。（《东坡全集》卷二〇）

次韵徐仲车（仲车耳聋）

恶衣恶食诗愈好，恰似霜松畴春鸟。苍蝇莫乱远鸡声，世上谁如公觉早。八年看我走三州（元丰八年，予赴登州。元祐四年，赴杭州。今赴扬州。皆见仲车），月自当空水自流。人间扰扰真蝼蚁，应笑人呼作斗牛。（《东坡全集》卷二〇）

送陈伯修察院赴阙

裕陵固天纵，笔有云汉姿。尝重《连山》象，不数《秋风辞》。龙腾与虎变，狸豹复何施。我穷真有数，文字乃见知。闻君射策日，妙语发畴咨。一

335

日喧万口，惊倒同舍儿。岂知二十年，道路犹迟迟。苦言如药石，瞑眩终见思。屈信反复手，独于君可疑。四门方穆穆，行矣及此时。（《东坡全集》卷二〇）

次韵吴传正《枯木歌》

天公水墨自奇绝，瘦竹枯松写残月。梦回疏影在东窗，惊怪霜枝连夜发。生成变坏一弹指，乃知造物初无物。古来画师非俗士，妙想实与诗同出。龙眠居士本诗人，能使龙池飞霹雳。君虽不作丹青手，诗眼亦自工识拔。龙眠胸中有千驷，不独画肉兼画骨。但当与作少陵诗，或自与君拈秃笔。东南山水相招呼，万象入我摩尼珠。尽将书画散朋友，独与长铗归来乎。（《东坡全集》卷二一）

次韵李端叔谢送牛戬《鸳鸯竹石图》

闻君谈西戎，废食忘早晚。王师本不陈，贼垒何足划。守边在得士，此语要而简。知君论将口，似我识画眼。笑指尘壁间，此是老牛戬。平生师卫玠，非意常理遣。诉君定何人，未用市朝显。置之勿复道，世俗固多舛。归去亦何须，单车渡殽渑。如虫得羽化，已脱安用茧？家书空万轴，凉曝困舒卷。念当扫长物，闭息默自暖。此画聊付君，幽处得小展。新诗勿纵笔，群吠惊邑犬。时来未可知，妙斫待轮扁。（《东坡全集》卷二二）

子由新修汝州龙兴寺吴画壁

丹青久衰工不艺，人物尤难到今世。每摹市井作公卿，画手悬知是徒隶。吴生已与不传死，那复典刑留近岁。人间几处变西方，尽作波涛翻海势。细观手面分转侧，妙算毫厘得天契。始知真放本精微，不比狂花生客慧。似闻遗墨留汝海，古壁蜗涎可垂涕。力捐金帛扶栋宇，错落浮云卷新霁。使君坐啸清梦余，几叠衣纹数襟袂。他年吊古知有人，姓名聊记东坡弟。（《东坡全集》卷二二）

次韵表兄程正辅江行见桃花

曲士赋《怀沙》，草木伤莽莽。德人无荆棘，坐失岭峤阻。我兄瑚琏姿，流落瘴江浦。净眼见桃花，纷纷堕红雨。萧然振衣袂，笑问散花女。我观解语花，粉色如黄土。一言破千偈，况尔初不语。可怜一转话，他日如何举。故复此微吟，聊和鸥鸦橹。江边闲草木，闲客当为主。尔来子美瘦，正坐作诗苦。袖手焚笔砚，清篇真漫与。愿兄理北辕，六辔去如组。上林桃花开，水暖鸿北骛。（《东坡全集》卷二三）

次韵程正辅游碧落洞

空山不难到，绝境未易名。何时谪仙人，来作钧天声。胸中几云梦，余地方恢宏。长庚与北斗，错落缀冠缨。黄公献紫芝，赤松馈青精。溪山久寂寞，请续《离骚经》。抱枝寒蜩咽，绕耳飞蚊清。谪仙抚掌笑，笑此羽皇铭。我顷尝独游，自适孤云情。君今又继往，雾雨愁青冥。感君兄弟意，寻羊问初平。玉床分箭镞，不忍独长生。诗成辄寄我，妙绝陶、谢并。孤鸿方避弋，老骥犹在坰。鸟兽如可群，永寄槁木形。何山不堪隐，饮水自修龄。（《东坡全集》卷二三）

题过所画枯木竹石三首

老可能为竹写真，小坡今与石传神。山僧自觉菩提长，心境都将付卧轮。
散木支离得自全，交柯蚴蟉欲相缠。不须更说能鸣雁，要以空中得尽年。
倦看涩勒暗蛮村，乱棘孤藤束瘴根。唯有长身六君子，依依犹得似淇园。
（《东坡全集》卷二四）

欧阳晦夫遗接䍦琴枕，戏作此诗谢之

携儿过岭今七年，晚涂更着黎衣冠。白头穿林要藤帽，赤脚渡水须花缦。不愁故人惊绝倒，但使俚俗相恬安。见君合浦如梦寐，挽须握手俱汍澜。妻缝接䍦雾縠细，儿送琴枕冰徽寒。无弦且寄陶令意，倒载犹作山公看。我怀汝阴六一老，眉宇秀发如春峦。羽衣鹤氅古仙伯，岌岌两柱扶霜纨。至今画像作此服，凛如退之加渥丹。尔来前辈皆鬼录，我亦带脱巾欹宽。作诗颇似六一语，往往亦带梅公酸。（《东坡全集》卷二五）

书韩幹二马

赤髯碧眼老鲜卑，回策如萦独善骑。赭白紫骝俱绝世，马中岳湛有妍姿。（《东坡全集》卷二五）

王晋叔所藏画跋尾五首

徐熙杏花

江左风流王谢家，尽携书画到天涯。却因梅雨丹青暗，洗出徐熙落墨花。

赵昌四季芍药

倚竹佳人翠袖长，天寒犹着薄罗裳。扬州近日红千叶，自是风流时世妆。

踯　躅

枫林翠壁楚江边，踯躅千层不忍看。开卷便知归路近，剑南樵叟为施丹。

寒　菊

轻肌弱骨散幽葩，真是青裙两髻丫。便有佳名配黄菊，应缘霜后苦无花。

山　茶

游蜂掠尽粉丝黄，落蕊犹收蜜露香。待得春风几枝在，年来杀菽有飞霜。

（《东坡全集》卷二五）

韦偃牧马图

神工妙技帝所收，江都曹韩逝莫留。人间画马唯韦侯，当年为谁扫骅骝。至今霜蹄踏长楸，圉人困卧沙垄头。沙苑茫茫蒺藜秋，风鬃雾鬣寒飕飕。龙种尚与驽骀游，长秸短豆岂我羞。八蛮六蕃非马谋，古来西山与东丘。（《东坡全集》卷二五）

题冯通直明月湖诗后（节录）

老衍清篇墨未枯，小冯新作语尤殊。呼儿净洗涵星砚，为子赓歌堕月湖。
（《东坡全集》卷二五）

李伯时画其弟亮功旧宅图

乐天蚤退今安有，摩诘长闲古亦无。五亩自栽池上竹，十年空看辋川图。
近闻陶令开三径，应许扬雄借一区。晚岁与君同活计，如云鹅鸭散平湖。
（《东坡全集》卷二五）

广倅萧大夫借前韵见赠复和答之（二首选一）

心闲诗自放，笔老语翻疏。赠我皆强韵，知君得异书。滔滔沮洳是，绰
绰孟生余。一笑沧溟侧，应无愤可摅。（《东坡全集》卷二五）

和犹子迟赠孙志举

　　轩裳大炉鞴，陶冶一世人。从衡落模范，谁复甘饥贫。可怜方回痴，初不疑嘉宾。颇念怀祖黠，瞋儿与兵姻。失身堕浩渺，投老无涯垠。回看十年旧，谁似数子真。孙郎表独立，霜戟交重闉。深居不汝觑，岂问亲与邻。连枝皆秀杰，英气推伯仁。我从海外归，喜及崆峒春。新年得异书，西郭有逸民（阳行先以《登真隐诀》见借）。小孙又过我，欢若平生亲。清诗五百言，句句皆绝伦。养火虽未伏，要是丹砂银。我家六男子，朴学非时新。诗词各璀璨，老语徒周谆。愿言敦夙好，永与竹林均。六子岂可忘，从我屡厄陈。

（《东坡全集》卷二五）

崔文学甲携文见过，萧然有出尘之姿。问之，则孙介夫之甥也。故复用前韵赋一篇示志举

　　象服盛簪珥，岂是邢夫人。敝衣破冠履，可怜范叔贫。君看崔员外，晚就观国宾。当年颇赫赫，翁媪争为姻（事见退之赠崔员外诗）。蹭蹬阻风水，横斜挂边垠。青衫映白发，今似梅子真。道存百无害，甘守吴市闉。自言总角岁，慈母为择邻。邦人惊似舅，矫矫恶不仁。诗文非他师，家法乃富春。岂非空同秀，为国产俊民。挺然齐鲁生，近出姬姜亲。为文不在多，一颂了伯伦。清诗要锻炼，乃得铅中银。自我迁岭外，七见槐火新。著书已绝笔，一默含千谆。黄楛和苇钥，天节非人均。时时自娱嬉，岂为俗子陈。（《东坡

全集》卷二五）

画车诗二首

何人画此只轮车，便是当年欹器图。上易下难须审细，左提右挈免疏虞。九衢歌舞颂王明，谁恻寒泉独自清。赖有千车能散福，化为膏雨满重城。（《东坡全集》卷二五）

虔州吕倚承奉，年八十三，读书作诗不已，好收古今帖，贫甚，至食不足

扬雄老无子，冯衍终不遇。不识孔方兄，但有灵照女。家藏古今帖，墨色照箱筥。饥来据空案，一字不堪煮。枯肠五千卷，磊落相撑拄。吟为蜩蛙声，时有岛可句。为语里长者，德齿敬已古。如翁有几人，薄少可时助。（《东坡全集》卷二五）

赠诗僧道通

雄豪而妙苦而腴，祇有琴聪与蜜殊（钱塘僧思聪，总角，善琴，后舍琴

而学诗，复弃诗而学道。其诗似皎然而加雄。故安州僧仲殊诗敏捷立成而工，妙绝人远甚殊，辟谷常啖蜜）。语带烟霞从古少（李太白云：他人之文如山无烟霞，春无草木），气含蔬笋到公无（谓无酸馅气也）。香林乍喜闻檐卜，古井惟愁断辘轳。为报韩公莫轻许，从今岛可是诗奴。（《东坡全集》卷二五）

次韵鲁直书伯时画王摩诘

前身陶彭泽，后身韦苏州。欲觅王右丞，还向五字求。诗人与画手，兰菊芳春秋。又恐两皆是，分身来入流。（《东坡全集》卷二六）

申王画马图

天宝诸王爱名马，千金争致华轩下。当时不独玉花骢，飞电流云绝潇洒。两坊岐薛宁与申，凭陵内厩多清新。肉鬃汗血尽龙种，紫袍玉带真天人。骊山射猎包原隰，御前急诏穿围入。扬鞭一蹙破霜蹄，万骑如风不能及。雁飞兔走惊弦开，翠华按辔从天回。五家锦绣变山谷，百里珥珰遗纤埃。青骡蜀栈两超忽，高准浓蛾散荆棘。回首追风趁日飞，五陵佳气春萧瑟。（《东坡全集》卷二六）

次韵谢子高读《渊明传》

枯木嵌空微黯淡，古器虽在无古弦。袖中正有南风手，谁为听之谁为传？风流岂落正始后，甲子不数义熙前。一山黄菊平生事，无酒令人意缺然。（《东坡全集》卷二六）

屈原塔

在忠州。原不当有塔于此，意者后人追思，故为作之。

楚人悲屈原，千岁意未歇。精魂飘何处，父老空哽咽。至今沧江上，投饭救饥渴。遗风成竞渡，猿叫楚山裂。屈原古壮士，就死意甚烈。世俗安得知，眷眷不忍决。南宾旧属楚，山上有遗塔。应是奉佛人，恐子就沦灭。此事虽无凭，此意固已切。古人谁不死，何必较考折？名声实无穷，富贵亦暂热。大夫知此理，所以持死节。（《东坡全集》卷二六）

戏咏子舟画两竹两鸲鹆

风晴日暖摇双竹，竹间对语双鸲鹆。鸲鹆之肉不可食，人生不才果为福。

子舟之笔利如锥，千变万化皆天机。未知笔下鸲鹆语，何似梦中蝴蝶飞？

（《东坡全集》卷二七）

观子玉郎中草圣

柳侯运笔如电闪，子云寒悴羊欣俭。百斛明珠便可扛，此书非我谁能双？

（《东坡全集》卷二七）

题李伯时《渊明东篱图》

彼哉嵇阮曹，终以明自膏。靖节固昭旷，归来侣蓬蒿。新霜着疏柳，大风起江涛。东篱理黄华，意不在芳醪。白衣挈壶至，径醉还游遨。悠然见南山，意与秋气高。（《东坡全集》卷二七）

阮籍啸台（在尉氏）

阮生古狂达，遁世默无言。犹余胸中气，长啸独轩轩。高情遗万物，不与世俗论。登临偶自写，激越荡乾坤。醒为啸所发，饮为醉所昏。谁能与之较，乱世足自存。（《东坡全集》卷二七）

夜坐与迈联句

清风来无边，明月翳复吐。（自）松声满虚空，竹影侵半户。（小迈）暗枝有惊鹊，坏壁鸣饥鼠。（自）露叶耿高梧，风萤落空庑。（迈）微凉感团扇，古意歌白纻。（自）乐哉今夕游，复此陪杖屦。（迈）传家诗律细，已自过宗武。短诗膝上成，聊以慰怀祖。（自）（《东坡全集》卷二七）

题赠田辨之琴姬

流水随弦滑，清风入指寒。坐中有狂客，莫近绣帘弹。（《东坡全集》卷二八）

宋复古画《潇湘晚景图》三首

西征忆南国，堂上画潇湘。照眼云山出，浮空野水长。旧游心自省，信手笔都忘。会有衡阳客，来看意渺茫。

落落君怀抱，山川自屈蟠。经营初有适，挥洒不应难。江市人家少，烟村古木攒。知君有幽意，细细为寻看。

咫尺殊非少，阴晴自不齐。径蟠趋后崦，水会赴前溪。自说非人意，曾经是马蹄。他年宦游处，应话剑山西。（《东坡全集》卷二八）

题李景元画

闻说神仙郭恕先，醉中狂笔势澜翻。百年寥落何人在？只有华亭李景元。（《东坡全集》卷二八）

李委吹笛　并引

元符五年十二月十九日，东坡生日也。置酒赤壁矶下，踞高峰，俯鹊巢，酒酣，笛声起于江上。客有郭、石二生，颇知音，谓坡曰："笛声有新意，非俗工也。"使人问之，则进士李委，闻坡生日，作新曲曰《鹤南飞》以献。呼之使前，则青巾紫裘，要笛而已。既奏新曲，又快作数弄，嘹然有穿云裂石之声。坐客皆引满醉倒，委袖出嘉纸一幅，曰："吾无求于公，得一绝句足矣。"坡笑而从之。

山头孤鹤向南飞，载我南游到九嶷。下界何人也吹笛，可怜时复犯龟兹。（《东坡全集》卷二八）

书黄筌画《翎毛花蝶图》二首

短翎长喙喜喧卑，曳练双翔亦自奇。赖有黄鹂斗嬛好，独依藓石立多时。

绿阴青子已愁人，忍见中庭燕麦新。惆怅刘郎今白首，时来看卷觅觅春。

（《东坡全集》卷二八）

次韵王定国得晋卿酒相留夜饮

短衫压手气横秋，更着仙人紫绮裘。使我有名全是酒，从他作病且忘忧。诗无定律君应将，醉有真乡我可侯。且倒余樽尽今夕，睡蛇已死不须钩。

（《东坡全集》卷二八）

次韵子由弹琴

琴上遗声久不弹，琴中古意本长存。苦心欲记常逃旧，信指如归自着痕。应有仙人依树听，空教瘦鹤舞风骞。谁知千里溪堂夜，时引惊猿撼竹轩。

（《东坡全集》卷二九）

次韵功父观余画雪鹊有感二首

　　早知臭腐即神奇，海北天南总是归。九万里风安税驾，云鹏今悔不卑飞。

　　可怜倦鸟不知时，空羡骑鲸得所归。玉局西南天一角，万人沙苑看孤飞。

（《东坡全集》卷二九）

追忆郭功父观余旧画雪鹊，复作二韵寄之，时在惠州

　　平生才力信瑰奇，今在穷荒岂易归。正似雪林楼上画，羽翰虽好不能飞。

（《东坡全集》卷二九）

题怀素草帖

　　人人送酒不曾沽，终日松间挂一壶。草圣无成狂饮发，真堪画作醉僧图。

（《东坡全集》卷二九）

次韵致远

长笑右军称草圣，不如东野以诗鸣。乐天自欲吟淮月，怀祖无劳听角声。

（《东坡全集》卷二九）

次韵景文山堂听筝三首

忽忆韩公二妙姝，琵琶筝韵落空无。犹胜江左狂灵运，空斗东昏百草须。

马上胡琴塞上姝，郑中丞后有人无。诗成画烛飘金烬，八尺英公欲燎须。

荻花枫叶忆秦姝，切切么弦细欲无。莫把胡琴挑醉客，回看霜戟褚公须。

（《东坡全集》卷二九）

惠州灵惠院壁间画一仰面向天醉僧，
云是蜀僧隐峦所作，题诗于其下

直视无前气吐虹，五湖三岛在胸中。相逢莫怪不相揖，只见山僧不见公。

（《东坡全集》卷三〇）

观子美病中作，嗟叹不足，次韵

百尺长松涧下摧，知君此意为谁来。霜枝半折孤根出，尚有狂风急雨催。（《东坡全集》卷三〇）

惠崇芦雁

惠崇烟雨芦雁，坐我潇湘洞庭。欲买扁舟归去，故人云是丹青。（《东坡全集》卷三〇）

竹枝歌 并叙 （节录）

《竹枝歌》，本楚声，幽怨恻怛，若有所深悲者，岂亦往者之所见有足怨者欤？夫伤二妃而哀屈原，思怀王而怜项羽，此亦楚人之意，相传而然者。且其山川风俗鄙野，勤苦之态固已见于前人之作与今子由之诗，故特缘楚人畴昔之意，为一篇九章，以补其所未道者。

（诗略）（《东坡全集》卷三〇）

呈定国

旧病应逢医口药，新妆渐画入时眉。信知诗是穷人物，近觉王郎不作诗。（《东坡全集》卷三〇）

和游斜川，正月五日与儿子过出游作（节录）

过子诗似翁，我唱而辄酬。未知陶彭泽，颇有此乐不？问点尔何如，不与圣同忧。问翁何所笑，不为由与求。（《东坡全集》卷三一）

和郭主簿二首（选一）

雀鷇含淳音，竹萌抱静节（此两句先君少时诗，失其全首）。诵我先君诗，肝肺为澄澈。犹为鸣鹤和，未作获麟绝。愿因骑鲸李，追此御风列。丈夫贵出世，功名岂人杰。家书三万卷，独取服食诀。地行即空飞，何必挟日月。（《东坡全集》卷三一）

村醪二尊献张平阳（选二）

诗里将军已筑坛，后来裨将欲登难。已惊老健苏、梅在，更作风流王谢看。（少一字）出定知书满腹，瘦生应为语雕肝。（少二字）洒落江山水，留与人间激懦官。

张公高躅不可到，我欲挽肩才觉难。事业已归前辈录，典刑留与后人看。诗如啄雪清牙颊，身觑飞龙吐胆肝。（文渊阁四库全书本《苏诗补注》卷四七）

题王维画

摩诘本词客，亦自名画师。平生出入辋川上，鸟飞鱼泳嫌人知。山光盎盎着眉睫，水声活活流肝脾。行唫坐咏皆自见，飘然不作世俗辞。高情不尽落缣素，连山绝涧开重帷。百年流落存一二，锦囊玉轴酬不赀。谁令食肉贵公子，不觉祖父驱熊罴。细毡净几读文史，落笔璀璨传新诗。青山长江岂君事，一挥水墨光淋漓。手中五尺小横卷，天末万里分毫厘。谪官南出止均、颍，此心通达无不之。归来缠裹任纨绮，天马性在终难羁。人言摩诘是初世，欲从顾老痴不痴。桓公、崔公不可与，但可与我宽衰迟。（公自注：桓玄尝窃长康画，崔圆尝使摩诘画壁。）（《苏诗补注》卷四七）

延和殿奏新乐赋（成德之老，来奏新乐）

皇帝践祚之三载也，治道旁达，王功告成。御延和之高拱，奏元祐之新声。翕然便坐之前，初观击拊；允也德音之作，皆协和平。

自昔钟律不调，工师失职。郑卫之声既盛，雅颂之音殆息。时有作者，仅存遗则。于魏则大乐令夔，在汉则河间王德。俾后世之有考，赖斯人之用力。时移事改，嗟制作之各殊；昔是今非，知高下之孰得？爰有耆德，适丁盛时。以谓乐之作也，臣尝学之。顾近世之所用，校古人而失宜。岘下朴律，犹有太高之弊；瑗改照尺，不知同失于斯。是用稽《周官》之旧法而均其分寸，验太府之见尺而审其毫厘。铸器而成，庶几改数以正度；具书以献，孰谓体知而无师。时维帝俞，眷兹元老。虽退身而安逸，未忘心于论讨。铿然钟磬之调适，灿然笋簴之华好。聊即便安之所，奏黄钟而歌大成；行咏文明之章，荐英祖而享神考。尔乃停法部之役，而众工莫与；肄太常之业，而迩臣必陪。天听聪明而下就，时风和协以徐回。歌曲既登，将叹贯珠之美；韶音可合，庶观仪凤之来。斯盖世格文明，俗跻仁寿。天地之和既应，金石之乐可奏。延英旁瞩，念故老之不来；讲武前临，消群慝之交构。然则律制既立，治功日新。号令皆发而中节，磬筦无闻于夺伦。上以导和气于宫掖，下以胥悦豫于臣邻。以清浊任意而相讥，何忧工玉；谓宫商各谐而自遂，无愧音臣。

呜呼，赵铎固中于宫商，周尺仍分于清浊。道欲详解，事资学博。倘非夔、旷之徒，孰能正一代之乐？（明万历间茅维编刻《苏文忠公全集》卷一）

《思子台赋》引

予先君宫师之友史君，讳经臣，字彦辅，眉山人。与其弟沆、子凝皆奇士，博学能文，慕李文饶之为人，而举其议论。彦辅举贤良，不中第。子凝以进士得官，止著作佐郎。皆早死，且无子。有文数百篇，皆亡之。

予少时尝见彦辅所作《思子台赋》，上援秦皇，下逮晋惠，反复哀切，有补于世。盖记其意而亡其辞，乃命过作补亡之篇，庶几后之君子，犹得见斯人胸怀之仿佛也。（《苏文忠公全集》卷一）

屈原庙赋

浮扁舟以适楚兮，过屈原之遗宫。览江上之重山兮，曰惟子之故乡。

伊昔放逐兮，渡江涛而南迁。去家千里兮，生无所归而死无以为坟。悲夫！人固有一死兮，处死之为难。徘徊江上欲去而未决兮，俯千仞之惊湍。赋《怀沙》以自伤兮，嗟子独何以为心。忽终章之惨烈兮，逝将去此而沉吟。吾岂不能高举而远游兮，又岂不能退默而深居？独嗷嗷其怨慕兮，恐君臣之愈疏。生既不能力争而强谏兮，死犹冀其感发而改行。苟宗国之颠覆兮，吾亦独何爱于久生。托江神以告冤兮，冯夷教之以上诉。历九关而见帝兮，帝亦悲伤而不能救。怀瑾佩兰而无所归兮，独惸惸乎中浦。峡山高兮崔嵬，故居废兮行人哀。子孙散兮安在，况复见兮高台。

自子之逝今千载兮，世愈狭而难存。贤者畏讥而改度兮，随俗变化斫方以为圆。黾勉于乱世而不能去兮，又或为之臣佐。变丹青于玉莹兮，彼乃谓子为非智。惟高节之不可以企及兮，宜夫人之不吾与。违国去俗死而不顾兮，岂不足以免于后世。

呜呼，君子之道，岂必全兮。全身远害，亦或然兮。嗟子区区，独为其难兮。虽不适中，要以为贤兮。夫我何悲，子所安兮。（《苏文忠公全集》卷一）

孟轲论

昔者仲尼自卫反鲁，网罗三代之旧闻，盖经礼三百，曲礼三千，终年不能究其说。夫子谓子贡曰："赐，尔以吾为多学而识之者欤？非也，予一以贯之。"天下苦其难而莫之能用也，不知夫子之有以贯之也。是故尧、舜、禹、汤、文、武、周公之法度礼乐刑政，与当世之贤人君子百氏之书，百工之技艺，九州岛之内，四海之外，九夷八蛮之事，荒忽诞谩而不可考者，杂然皆列乎胸中，而有卓然不可乱者，此固有以一之也。是以博学而不乱，深思而不惑，非天下之至精，其孰能与于此？

盖尝求之于六经，至于《诗》与《春秋》之际，而后知圣人之道，始终本末，各有条理。夫王化之本，始于天下之易行。天下固知有父子也，父子不相贼，而足以为孝矣。天下固知有兄弟也，兄弟不相夺，而足以为悌矣。孝悌足而王道备，此固非有深远而难见，勤苦而难行者也。故《诗》之为教也，使人歌舞佚乐，无所不至，要在于不失正焉而已矣。虽然，圣人固有所甚畏也。一失容者，礼之所由废也；一失言者，义之所由亡也。君臣之相攘，上下之相残，天下大乱，未尝不始于此道。是故《春秋》力争于毫厘之间，而深明乎疑似之际，截然其有所必不可为也。不观于《诗》，无以见王道之易；不观于《春秋》，无以知王政之难。

自孔子没，诸子各以所闻著书，而皆不得其源流，故其言无有统要，若孟子，可谓深于《诗》而长于《春秋》者矣。其道始于至粗，而极于至精。充乎天地，放乎四海，而毫厘有所必计。至宽而不可犯，至密而不可乐者，此其中必有所守，而后世或未之见也。

且孟子尝有言矣："人能充其无欲害人之心，而仁不可胜用也；人能充其无欲为穿窬之心，而义不可胜用也。士未可以言而言，是以言餂之也。可以言而不言，是以不言餂之也。是皆穿窬之类也。"唯其不为穿窬也，而义至于不可胜用。唯其未可以言而言，可以言而不言也，而其罪遂至于穿窬。故曰：其道始于至粗，而极于至精。充乎天地，放乎四海，而毫厘有所必计。呜呼，此其所以为孟子欤！后之观孟子者，无观之他，亦观诸此而已矣。（《苏文忠公全集》卷三）

问小雅周之衰〔一〕

对：《诗》之中，唯周最备，而周之兴废，于《诗》为详。盖其道始于闺门父子之间，而施及乎君臣之际，以被冒乎天下者，存乎《二南》。后稷、公刘、文、武创业之艰难，而幽、厉失道之渐，存乎《二雅》。成王缵承文、武之烈，而礼乐文章之备，存乎《颂》。其愈衰愈削而至夷于诸侯者〔二〕，存乎《王·黍离》〔三〕。盖周道之盛衰，可以备见于此矣。《小雅》者，言王政之小，而兼陈乎其盛衰之际者也。夫幽、厉虽失道〔四〕，文、武之业未坠，而宣王又从而中兴之，故虽怨刺并兴，而未列于《国风》者，以为犹有王政存焉。故曰：《小雅》者，兼乎周之盛衰者也。昔之言者，皆得其偏，而未备也。季札观周乐，歌《小雅》，曰："思而不贰，怨而不言〔五〕，其周之衰乎？"《文中子》曰："《小雅》乌乎衰？其周之盛乎！"札之所谓衰者，盖其当时亲见周道之衰〔六〕，而不睹乎文、武、成、康之盛也。《文中子》之所谓盛者，言文、武之余烈，历数百年而未忘，虽其子孙之微，而天下犹或宗周也。故曰：二子者，皆得其偏而未备也。太史公曰："《国风》好色而不淫，《小雅》怨诽而不乱。"当周之衰，虽君子不能无怨，要在不至于乱而已。《文中子》以为周之全盛，不已过乎。故通乎二子之说，而《小雅》之道备矣。谨对。（《苏文忠公全集》卷六）

〔一〕明刊《三苏先生文粹》卷一六题注："襄二十九年。"

〔二〕愈衰：原缺，据明刊《三苏先生文粹》卷一六补。

〔三〕存：原作"在"，据四部丛刊影刻之郎晔《经进东坡文集事略》卷三改。

〔四〕此句原作"周虽衰"，据明刊《三苏先生文粹》卷一六改。

〔五〕思而不贰，怨而不言：原缺，据同上补。

〔六〕道：原缺，据同上补。

古乐制度

问：圣人之治天下，使风淳俗美者，莫善于乐也。去圣既远，咸茎韶濩，间无遗声。所可见者周之制。而《周官》苦战国附益，传籍出暴秦之煨烬，其记载亡几，又复驳异难较，虽传称神瞀考中声以立钧出度，则律先于度，《周官》由嘉量然后见声，则量先于律。传载先王作七声，而《周官》之法，则曰"黄钟为宫，大吕为角，大簇为徵，应钟为羽"。则声止于四而阙其三，律同其三而异其二。至于其间虽有制度，反复可见，而先儒说释，又加谬妄。歌奏二事而曰相通，其音果和耶？圜极两统皆有所避，其法果当耶？法之二三，乐不可正，后世虽欲淳天下风，美天下俗，将何以哉？（《苏文忠公全集》卷七）

御试制科策并策问（节录）

伏惟制策有"王政所由，形于《诗》道。周公《豳》诗，王业也，而系之《国风》，宣王北伐，大事也，而载之《小雅》"。臣窃闻《豳》诗言后稷、公刘所以致王业之艰难者也，其后累世而至文王。文王之时，则王业既已大成矣，而其诗为《二南》。《二南》之诗犹列于《国风》，而至于《豳》，独何怪乎！昔季札观周乐，以为《大雅》曲而有直体，《小雅》思而不贰，怨而不言。夫曲而有直体者，宽而不流也。思而不贰，怨而不言者，狭而不迫也。由此观之，则《大雅》《小雅》之所以异者，取其辞之广狭，非取其事之大小也。（《苏文忠公全集》卷九）

送章子平诗叙

观《进士登科录》，自天圣初讫于嘉祐之末，凡四千五百一十有七人。其贵且贤，以名闻于世者，盖不可胜数。数其上之三人，凡三十有九，而不至于公卿者，五人而已。可谓盛矣！

《诗》曰："诞后稷之穑，有相之道。"我仁祖之于士也亦然。较之以声律，取之以糊名，而异人出焉。是何术哉！目之所阅，手之所历，口之所及，其人未有不硕大光明秀杰者也。此岂人力乎？天相之也。天之相人君，莫大于以人遗之。其在位之三十五年，进士盖十举矣，而得吾子平以为首。

子平以文章之美，经术之富，政事之敏，守之以正，行之以谦，此功名富贵之所迫逐而不赦者也。虽微举首，其孰能加之。然且困踬而不信，十年于此矣。意者任重道远，必老而后大成欤？不然，我仁祖之明，而天相之，遗之人以任其事，而岂徒然哉！

熙宁三年冬，子平自右司谏、直集贤院，出牧郑州。士大夫知其将用也，十一月丁未〔一〕，会于观音之佛舍，相与赋诗以饯之。余于子平为同年友，众以为宜为此文也，故不得辞。（《苏文忠公全集》卷一〇）

〔一〕十一月：原作"十月"，据宋刻大字本《东坡集》卷二四改。

送杭州进士诗叙

右《登彼公堂》四章，章四句，太守陈公之词也。

苏子曰：士之求仕也，志于得也。仕而不志于得者，伪也。苟志于得而不以其道，视时上下而变其学，曰"吾期得而已矣"，则凡可以得者，无不为也，而可乎？昔者齐景公田，招虞人以旌，不至。孔子善之，曰："招虞人以皮冠。"夫旌与皮冠，于义未有损益也〔一〕，然且不可，而况使之弃其所学，而学非其道欤？

熙宁五年，钱塘之士贡于礼部者九人。十月乙酉，燕于中和堂，公作是诗以勉之曰：流而不返者，水也；不以时迁者，松柏也。言水而及松柏，于其动者，欲其难进也。万世不移者，山也；时飞时止者，鸿雁也。言山而及鸿雁，于其静者，欲其及时也。

公之于士也，可谓周矣。《诗》曰："无言不酬，无德不报。"二三子何以报公乎？（《苏文忠公全集》卷一〇）

〔一〕未：原作"非大"，据宋刻大字本《东坡集》改。

送钱塘僧思聪归孤山叙

天以一生水，地以六成之，一六合而水可见。虽有神禹，不能知其孰为一孰为六也。

子思子曰："自诚明谓之性，自明诚谓之教。诚则明矣，明则诚矣。"诚明合而道可见。虽有黄帝、孔丘，不能知其孰为诚孰为明也。

佛者曰："戒生定，定生慧。"慧独不生定乎？伶玄有言："慧则通，通则流。"是乌知真慧哉？醉而狂，醒而止，慧之生定，通之不流也审矣。故夫有目而自行，则褰裳疾走，常得大道。无目而随人，则车输曳踵，常仆坑阱。慧之生定，速于定之生慧也。

钱塘僧思聪，七岁善弹琴，十二舍琴而学书；书既工，十五舍书而学诗。诗有奇语，云烟葱胧，珠玑的砾，识者以为画师之流。聪又不已，遂读《华严》诸经，入法界海慧。今年二十有九，老师宿儒，皆敬爱之。秦少游取《楞严》文殊语，字之曰"闻复"。使聪日进不止，自闻思修以至于道，则《华严》法界海慧，尽为蓬庐，而况书、诗与琴乎！

虽然，古之学道，无自虚空入者。轮扁斫轮，伛偻承蜩，苟可以发其巧智，物无陋者。聪若得道，琴与书皆与有力，诗其尤也。聪能如水镜以一含万，则书与诗当益奇。吾将观焉，以为聪得道浅深之候。（《苏文忠公全集》卷一○）

送水丘秀才叙

水丘仙夫治六经百家说为歌诗，与扬州豪俊交游，头骨硗然，有古丈夫风。其出词吐气，亦往往惊世俗。予知其必有用也。仙夫其自惜哉！

今之读书取官者，皆屈折拳曲，以合规绳，曾不得自伸其喙。仙夫耻不得为，将历琅琊，之会稽，浮沅湘，溯瞿塘，登高以望远，摇桨以泳深，以自适其适也。过予而语行。

予谓古之君子，有绝俗而高，有择地而泰者，顾其心常足而已。坐于庙堂，君臣赓歌，与夫据槁梧击朽枝而声犁然，不知其心之乐，奚以异也。其在穷也，能知舍；其在通也，能知用。予以是卜仙夫之还也，仙夫勉矣哉！若夫习而不试，往即而独后，则仙夫之屦可以南矣。（《苏文忠公全集》卷一〇）

送通教钱大师还杭诗序

熙宁十年，始有诏以杭州龙山废佛祠为表忠观，《碑》具载其事。

元丰二年六月，通教自杭来，见予于吴兴。问："观已卒工乎？"曰："未也。杭人比岁不登，莫有助我者。"余曰："异哉，杭人重施而轻财，好义而徇名，是独为福田也，将自托于不朽。今岁稔矣，子其行乎！"

通教还杭，作诗以送之。（《苏文忠公全集》卷一〇）

《范文正公文集》叙[一]

　　庆历三年，轼始总角入乡校，士有自京师来者，以鲁人石守道所作《庆历圣德诗》示乡先生。轼从旁窃观，则能诵习其词，问先生以所颂十一人者何人也？先生曰："童子何用知之？"轼曰："此天人也耶，则不敢知；若亦人耳，何为其不可！"先生奇轼言，尽以告之，且曰："韩、范、富、欧阳，此四人者，人杰也。"时虽未尽了，则已私识之矣。

　　嘉祐二年，始举进士，至京师，则范公殁。既葬，而墓碑出，读之至流涕，曰："吾得其为人盖十有五年，而不一见其面，岂非命也欤！"

　　是岁登第，始见知于欧阳公，因公以识韩、富，皆以国士待轼，曰："恨子不识范文正公。"

　　其后三年，过许，始识公之仲子今丞相尧夫。又六年，始见其叔彝叟京师。又十一年，遂与其季德孺同僚于徐。皆一见如旧，且以公遗稿见属为叙。又十三年，乃克为之。

　　呜呼，公之功德盖不待文而显，其文亦不待叙而传。然不敢辞者，自以八岁知敬爱公，今四十七年矣，彼三杰者，皆得从之游，而公独不识，以为平生之恨。若获挂名其文字中，以自托于门下士之末，岂非畴昔之愿也哉！

　　古之君子，如伊尹、太公、管仲、乐毅之流，其王霸之略，皆定于畎亩中，非仕而后学者也。淮阴侯见高帝于汉中，论刘、项短长，画取三秦，如指诸掌。及佐帝定天下，汉中之言，无一不酬者。诸葛孔明卧草庐中，与先主策曹操、孙权，规取刘璋，因蜀之资，以争天下，终身不易其言。此岂口传耳受、尝试为之而侥幸其或成者哉！

　　公在天圣中，居太夫人忧，则已有忧天下致太平之意，故为万言书以遗宰相，天下传诵。至用为将，擢为执政，考其平生所为，无出此书者。今其集二十卷，为诗赋二百六十八，为文一百六十五。其于仁义礼乐，忠信孝弟，盖如饥渴之于饮食，欲须臾忘而不可得。如火之热，如水之湿，盖其天性有不得不然者。虽弄翰戏语，率然而作，必归于此。故天下信其诚，争师尊之。

孔子曰："有德者必有言。"非有言也，德之发于口者也。又曰："我战则克，祭则受福。"非能战也，德之见于怒者也。

元祐四年四月十一日龙图阁学士、朝奉郎、新知杭州军州事苏轼叙〔二〕。（《苏文忠公全集》卷一〇）

〔一〕叙：原作"序"，据宋刻大字本《东坡集》卷二四改。四部丛刊影刻之郎晔《经进东坡文集事略》卷五六总题《叙》下注云："公祖名序，文多云引或作叙，见《挥麈录》。"

〔二〕"龙图"以下文字原无，据《范文正公文集》补。

《晁君成诗集》引〔一〕

达贤者有后，张汤是也。张汤宜无后者也。无其实而窃其名者无后，扬雄是也。扬雄宜有后者也。达贤者有后，吾是以知蔽贤者之无后也。无其实而窃其名者无后，吾是以知有其实而辞其名者之有后也。贤者，民之所以生也，而蔽之，是绝民也。名者，古今之达尊也，重于富贵，而窃之，是欺天也。绝民欺天，其无后不亦宜乎？故曰达贤者与有其实而辞其名者皆有后。吾常诵之云尔。

乃者官于杭，杭之新城令晁君君成讳端友者，君子人也。吾与之游三年，知其为君子，而不知其能文与诗，而君亦未尝有一语及此者。其后君既殁于京师，其子补之出君之诗三百六十篇。读之而惊曰：嗟夫，诗之指虽微，然其美恶高下，犹有可以言传而指见者。至于人之贤不肖，其深远茫昧难知，盖甚于诗。今吾尚不能知君之能诗，则其所谓知君之为君子者，果能尽知之乎！

君以进士得官，所至民安乐之，惟恐其去。然未尝以一言求于人。凡从仕二十有三年，而后改官没。由此观之，非独吾不知，举世莫之知也。

君之诗清厚静深，如其为人，而每篇辄出新意奇语，宜为人所共爱，其势非君深自覆匿，人必知之。而其子补之，于文无所不能，博辩俊伟，绝人远甚，将必显于世。吾是以益知有其实而辞其名者之必有后也。

昔李合为汉中候吏〔二〕，和帝遣二使者微服入蜀，馆于合，合以星知之。后三年，使者为汉中守，而合犹为候吏，人莫知之者。其博学隐德之报，在其子固。《诗》曰："岂弟君子，神所劳矣。"（《苏文忠公全集》卷一〇）

〔一〕引：原作"序"，今据宋刻大字本《东坡集》卷二四改。

〔二〕合：原作"邰"，据同上改。下同。

《钱塘勤上人诗集》叙

昔翟公罢廷尉，宾客无一人至者。其后复用，宾客欲往，翟公大书其门曰："一死一生，乃知交情。一贫一富，乃知交态。一贵一贱，交情乃见。"世以为口实。然余尝薄其为人，以为客则陋矣，而公之所以待客者独不为小哉？

故太子少师欧阳公好士，为天下第一。士有一言中于道，不远千里而求之，甚于士之求公。以故尽致天下豪俊，自庸众人以显于世者固多矣。然士之负公者，亦时有。盖尝慨然太息，以人之难知，为好士者之戒。意公之于士，自是少倦，而其退老于颍水之上，余往见之，则犹论士之贤者，唯恐其不闻于世也。至于负己者，则曰是罪在我，非其过。翟公之客负之于死生贵贱之间，而公之士叛公于瞬息俄顷之际。翟公罪客，而公罪己，与士益厚，贤于古人远矣。

公不喜佛老，其徒有治诗书、学仁义之说者，必引而进之。佛者惠勤，从公游三十余年，公常称之为聪明才智有学问者。尤长于诗。公薨于汝阴，余哭之于其室。其后见之，语及于公，未尝不涕泣也。勤固无求于世，而公又非有德于勤者，其所以涕泣不忘，岂为利也哉！余然后益知勤之贤。使其得列于士大夫之间，而从事于功名，其不负公也审矣。

熙宁七年，余自钱塘将赴高密，勤出其诗若干篇，求余文以传于世。余以为诗非待文而传者也，若其为人之大略，则非斯文莫之传也。（《苏文忠公全集》卷一〇）

《徐州鹿鸣燕赋诗》叙

余闻之，德行兴贤，太高而不可考；射御选士，已卑而不足行。永惟三代以来，莫如吾宋之盛。始于乡举，率用韦、平之一经；终于廷策，庶几晁、董之三道。眷此房心之野，实惟孝秀之渊。

元丰元年，三郡之士皆举于徐。九月辛丑晦，会于黄楼，修旧事也。庭实旅百，贡先前列之龟；工歌拜三，义取食苹之鹿。是日也，天高气清，水落石出，仰观四山之晻暖，俯听二洪之怒号，眷焉顾之，有足乐者。于是讲废礼，放郑声，部刺史劝驾，乡先生在位，群贤毕集，逸民来会，以谓古者于旅也语，而君子会友以文，爰赋笔札，以侑樽俎。载色载笑，有同于泮水；一觞一咏，无愧于山阴。真礼义之遗风，而太平之盛节也。大夫庶士，不鄙谓余，属为斯文，以举是礼。

余以嘉祐之初〔一〕，以进士入官，偶俪之文，畴昔所上。扬雄虽悔于少作，钟仪敢废于南音。贻诸故人，必不我诮也。（《苏文忠公全集》卷一〇）

〔一〕初：原作"末"。案，元黄溍《金华黄先生文集》卷二一《跋徐州鹿鸣燕诗序》云："此序视东坡先生集所载少六字，不同者十三字。按，先生以嘉祐元年举进士，此卷云

‘嘉祐之初’，而集中作‘嘉祐之末’，幸真迹尚存，可正传刻之误也。”

《猎会诗》序

雷胜，陇西人。以勇敢应募得官，为京东第二武将[一]。膂力绝人[二]，骑射敏妙。按阅于徐，徐人欲观其能，为小猎城西。又有殿直郑亮，借职缪进者，皆骑而从，弓矢刀槊，无不精习，而驻泊黄宗闵，举止如诸生，戎装轻骑，出驰绝众。客皆惊笑乐甚。是日小雨甫晴，土润风和，观者数千人。

曹子桓云：建安十年始定冀州，濊貊贡良弓，燕代献名马。时岁之春，勾芒司节，和风扇物，弓燥手柔，草茂兽肥，与兄子丹猎于邺西，手获獐鹿九，狐兔三十。驰骋之乐，边人武吏，日以为常，如曹氏父子，横槊赋诗以传于世，乃可喜耳。

众客既各自写其诗，因书其末，以为异日一笑[三]。（《苏文忠公全集》卷一〇）

〔一〕武：原缺，据明万历刊《东坡先生外集》卷二九补。
〔二〕膂：原作“武”，据同上改。
〔三〕以：原缺，据明成化本《东坡七集·续集》卷八补。

《牡丹记》叙

熙宁五年三月二十三日，余从太守沈公观花于吉祥寺僧守璘之圃。圃中花千本，其品以百数。酒酣乐作，州人大集，金盘彩篮以献于坐者，五十有三人。饮酒乐甚，素不饮者皆醉。自舆台皂隶皆插花以从，观者数万人。

明日，公出所集《牡丹记》十卷以示客，凡牡丹之见于传记与栽植培养剥治之方，古今咏歌诗赋，下至怪奇小说皆在。余既观花之极盛与州人共游之乐，又得观此书之精究博备，以为三者皆可纪，而公又求余文以冠于篇。

盖此花见重于世三百余年，穷妖极丽，以擅天下之观美，而近岁尤复变态百出，务为新奇以追逐时好者，不可胜纪。此草木之智巧便佞者也。今公自耆老重德，而余又方蠢迂阔，举世莫与为比，则其于此书，无乃皆非其人乎！

然鹿门子常怪宋广平之为人，意其铁心石肠，而为《梅花赋》，则清便艳发，得南朝徐庾体。今以余观之，凡托于椎陋以眩世者，又岂足信哉！余虽非其人，强为公纪之。

公家书三万卷，博览强记，遇事成书，非独牡丹也。（《苏文忠公全集》卷一〇）

《八境图》后叙

南康江水，岁岁坏城。孔君宗翰为守，始作石城，至今赖之。

轼为胶西守，孔君实见代，临行出《八境图》，求文与诗，以遗南康人，使刻诸石。其后十七年，轼南迁过郡，得遍览所谓八境者，则前诗未能道其万一也。南康士大夫相与请于轼曰："诗文昔尝刻石，或持以去，今亡矣。愿复书而刻之。"时孔君既没，不忍违其请。

绍圣元年八月十九日，眉山苏轼书。（《苏文忠公全集》卷一〇）

庄子祠堂记

　　庄子，蒙人也。尝为蒙漆园吏。没千余岁，而蒙未有祀之者。县令秘书丞王兢始作祠堂，求文以为记。

　　谨按《史记》，庄子"与梁惠王、齐宣王同时，其学无所不窥，然要本归于老子之言。故其著书十余万言，大抵率寓言也。作《渔父》《盗跖》《胠箧》，以诋訾孔子之徒，以明老子之术"。此知庄子之粗者。余以为庄子盖助孔子者，要不可以为法耳。楚公子微服出亡，而门者难之。其仆操棰而骂曰："隶也不力。"门者出之。事固有倒行而逆施者。以仆为不爱公子，则不可；以为事公之法，亦不可。故庄子之言，皆实予，而文不予，阳挤而阴助之，其正言盖无几。至于诋訾孔子，未尝不微见其意。其论天下道术，自墨翟、禽滑厘、彭蒙、慎到、田骈、关尹、老聃之徒，以至于其身，皆以为一家，而孔子不与，其尊之也至矣。

　　然余尝疑《盗跖》《渔父》，则若真诋孔子者，至于《让王》《说剑》，皆浅陋不入于道。反复观之，得其《寓言》之意终曰："阳子居西游于秦，遇老子。老子曰：'而睢睢，而盱盱，而谁与居。太白若辱，盛德若不足。'阳子居蹴然变容。其往也，舍者将迎其家，公执席，妻执巾栉，舍者避席，炀者避灶灶。其反也，舍者与之争席矣。"去其《让王》《说剑》《渔父》《盗跖》四篇，以合于《列御寇》之篇，曰："列御寇之齐，中道而反，曰：'吾惊焉，吾食于十浆，而五浆先馈。'"然后悟而笑曰："是固一章也。"庄子之言未终，而昧者剿之以入其言，余不可以不辨。凡分章名篇，皆出于世俗，非庄子本意。

　　元丰元年十一月十九日记。（《苏文忠公全集》卷一一）

李太白碑阴记

李太白，狂士也，又尝失节于永王璘，此岂济世之人哉！而毕文简公以王佐期之，不亦过乎！

曰：士固有大言而无实，虚名不适于用者，然不可以此料天下士。士以气为主。方高力士用事，公卿大夫争事之，而太白使脱靴殿上，固已气盖天下矣。使之得志，必不肯附权幸以取容，其肯从君于昏乎！夏侯湛《赞东方生》云："开济明豁，包含宏大。陵轹卿相，嘲哂豪杰。笼罩靡前，跆籍贵势。出不休显，贱不忧戚。戏万乘若僚友，视俦列如草芥。雄节迈伦，高气盖世。可谓拔乎其萃，游方之外者也。"吾于太白亦云，太白之从永王璘，当由迫胁。不然，璘之狂肆寝陋，虽庸人知其必败也。太白识郭子仪之为人杰，而不能知璘之无成，此理之必不然者也。吾不可以不辩。（《苏文忠公全集》卷一一）

眉州远景楼记〔一〕（节录）

始朝廷以声律取士，而天圣以前，学者犹袭五代之弊，独吾州之士，通经学古，以西汉文词为宗师。（《苏文忠公全集》卷一一）

〔一〕州：原作"山"，据四部丛刊影刻郎晔《经进东坡文集事略》卷五一改。

宝绘堂记

君子可以寓意于物，而不可以留意于物。寓意于物，虽微物足以为乐，虽尤物不足以为病。留意于物，虽微物足以为病，虽尤物足以为乐。老子曰："五色令人目盲，五音令人耳聋，五味令人口爽，驰骋田猎令人心发狂。"然圣人未尝废此四者，亦聊以寓意焉耳。刘备之雄才也，而好结髦。嵇康之达也，而好锻炼。阮孚之放也，而好蜡屐。此岂有声色臭味也哉，而乐之终身不厌。

凡物之可喜，足以悦人而不足以移人者，莫若书与画。然至其留意而不释，则其祸有不可胜言者。钟繇至以此呕血发冢，宋孝武、王僧虔至以此相忌，桓玄之走舸，王涯之复壁，皆以儿戏害其国、凶其身。此留意之祸也。

始吾少时，尝好此二者，家之所有，惟恐其失之，人之所有，惟恐其不吾予也。既而自笑曰：吾薄富贵而厚于书，轻死生而重于画〔一〕，岂不颠倒错缪失其本心也哉？自是不复好。见可喜者虽时复蓄之，然为人取去，亦不复惜也。譬之烟云之过眼，百鸟之感耳，岂不欣然接之，然去而不复念也〔二〕。于是乎二物者常为吾乐而不能为吾病。

驸马都尉王君晋卿虽在戚里，而其被服礼义，学问诗书，常与寒士角。平居攘去膏粱，屏远声色，而从事于书画，作宝绘堂于私第之东，以蓄其所有，而求文以为记。恐其不幸而类吾少时之所好，故以是告之，庶几全其乐而远其病也。熙宁十年七月二十二日记。（《苏文忠公全集》卷一一）

〔一〕于：原缺，据四部丛刊影刻之郎晔《经进东坡文集事略》卷五三补。

〔二〕然：原缺，据同上补。

墨宝堂记

世人之所共嗜者，美饮食，华衣服，好声色而已。有人焉，自以为高而笑之，弹琴弈棋，蓄古法书图画，客至，出而夸观之，自以为至矣。则又有笑之者曰：古之人所以自表见于后世者，以有言语文章也，是恶足好？而豪杰之士，又相与笑之，以为士当以功名闻于世，若乃施之空言，而不见于行事，此不得已者之所为也。而其所谓功名者，自知效一官，等而上之，至于伊、吕、稷、契之所营，刘、项、汤、武之所争，极矣。而或者犹未免乎笑，曰：是区区者曾何足言，而许由辞之以为难，孔丘知之以为博。由此言之，世之相笑，岂有既乎？

士方志于其所欲得，虽小物，有弃躯忘亲而驰之者。故有好书而不得其法，则椎心呕血几死而仅存〔一〕，至于剖冢斫棺而求之。是岂有声色臭味足以移人哉！方其乐之也，虽其口不能自言，而况他人乎！人特以己之不好，笑人之好，则过矣。

毗陵人张君希元，家世好书，所蓄古今人遗迹至多，尽刻诸石，筑室而藏之，属余为记。余，蜀人也。蜀之谚曰："学书者纸费，学医者人费。"此言虽小，可以喻大。世有好功名者，以其未试之学，而骤出之于政，其费人岂特医者之比乎？今张君以兼人之能，而位不称其才，优游终岁，无所役其心智，则以书自娱。然以余观之，君岂久闲者，蓄极而通，必将大发之于政。君知政之费人也甚于医〔二〕，则愿以余之所言者为鉴。（《苏文忠公全集》卷一一）

〔一〕椎：原作"拊"，据四部丛刊影刻之郎晔《经进东坡文集事略》罗考校改。

〔二〕医：原作"费"，据同上改。

放鹤亭记

　　熙宁十年秋，彭城大水，云龙山人张君天骥之草堂〔一〕，水及其半扉。明年春，水落，迁于故居之东，东山之麓。升高而望，得异境焉，作亭于其上。彭城之山，冈岭四合，隐然如大环，独缺其西十二，而山人之亭适当其缺。春夏之交，草木际天。秋冬雪月，千里一色。风雨晦明之间，俯仰百变。山人有二鹤，甚驯而善飞。旦则望西山之缺而放焉，纵其所如，或立于陂田，或翔于云表，暮则傃东山而归。故名之曰放鹤亭。

　　郡守苏轼，时从宾客僚吏往见山人，饮酒于斯亭而乐之，揖山人而告之，曰："子知隐居之乐乎？虽南面之君，未可与易也。《易》曰：'鸣鹤在阴，其子和之。'《诗》曰：'鹤鸣于九皋，声闻于天。'盖其为物，清远闲放，超然于尘垢之外。故《易》《诗》人以比贤人君子隐德之士。狎而玩之，宜若有益而无损者。然卫懿公好鹤则亡其国。周公作《酒诰》，卫武公作《抑戒》，以为荒惑败乱无若酒者，而刘伶、阮籍之徒以此全其真而名后世。嗟夫，南面之君，虽清远闲放如鹤者犹不得好，好之则亡其国。而山林遁世之士，虽荒惑败乱如酒者犹不能为害，而况于鹤乎？由此观之，其为乐未可以同日而语也。"山人听然而笑曰："有是哉！"乃作放鹤招鹤之歌曰：

　　鹤飞去兮，西山之缺。高翔而下览兮，择所适。翩然敛翼，婉将集兮，忽何所见，矫然而复击。独终日于涧谷之间兮，啄苍苔而履白石。鹤归来兮，东山之阴。其下有人兮，黄冠草履葛衣而鼓琴。躬耕而食兮，其余以汝饱。归来归来兮，西山不可以久留。

　　元丰元年十一月初八日记。（《苏文忠公全集》卷一一）

〔一〕"天骥"二字原缺，据《皇朝文鉴》卷八二补。

《石氏画苑》记

石康伯，字幼安，蜀之眉山人，故紫微舍人昌言之幼子也。举进士不第，即弃去，当以荫得官，亦不就，读书作诗以自娱而已，不求人知。独好法书、名画、古器、异物，遇有所见，脱衣辍食求之，不问有无。居京师四十年，出入闾巷，未尝骑马。在稠人中，耳目谡谡然，专求其所好。长七尺，黑而髯[一]，如世所画道人剑客，而徒步尘埃中，若有所营，不知者以为异人也。又善滑稽，巧发微中，旁人抵掌绝倒，而幼安淡然不变色。与人游，知其急难，甚于为己。有客于京师而病者，辄异置其家，亲饮食之，死则棺敛之，无难色。凡识幼安者，皆知其如此，而余独深知之。

幼安识虑甚远，独口不言耳。今年六十二，状貌如四十许人，须三尺，郁然无一茎白者，此岂徒然者哉。为亳州职官与富郑公俱得罪者，其子夷庚也。其家书画数百轴，取其毫末杂碎者，以册编之，谓之《石氏画苑》。幼安与文与可游，如兄弟，故得其画为多。而余亦善画古木丛竹，因以遗之，使置之苑中。

子由尝言："所贵于画者，为其似也。似犹可贵，况其真者。吾行都邑田野所见人物，皆吾画笥也。所不见者，独鬼神耳，当赖画而识，然人亦何用见鬼。"此言真有理。今幼安好画，乃其一病，无足录者，独著其为人之大略云尔。

元丰三年十二月二十日赵郡苏轼书[二]。（《苏文忠公全集》卷一二）

〔一〕黑而髯：原作"髯而黑"，据四部丛刊影刻郎晔《经进东坡文集事略》卷四九改。

〔二〕赵郡苏轼书：据同上补。

虔州崇庆禅院新经藏记

如来得阿耨多罗三藐三菩提，曰"以无所得故而得"。舍利弗得阿罗汉道，亦曰"以无所得故而得"。如来与舍利弗若是同乎？曰：何独舍利弗，至于百工贱技，承蜩意钩，履狶画墁，未有不同者也。夫道之大小，虽至于大菩萨，其视如来，犹若天渊然，及其以无所得故而得，则承蜩意钩，履狶画墁，未有不与如来同者也。以吾之所知，推至其所不知，婴儿生而导之言，稍长而教之书，口必至于忘声而后能言，手必至于忘笔而后能书，此吾之所知也。口不能忘声，则语言难于属文；手不能忘笔，则字画难于刻雕。及其相忘之至也，则形容心术，酬酢万物之变，忽然而不自知也。自不能者而观之，其神智妙达，不既超然与如来同乎？故《金刚经》曰："一切贤圣，皆以无为法，而有差别。"以是为技，则技疑神，以是为道，则道疑圣。古之人与人皆学，而独至于是，其必有道矣。

吾非学佛者，不知其所自入[一]，独闻之孔子曰："《诗》三百，一言以蔽之，曰思无邪。"夫有思皆邪也，善恶同而无思，则土木也，云何能使有思而无邪，无思而非土木乎？呜呼！吾老矣，安得数年之暇，托于佛僧之宇，尽发其书，以无所思心会如来意，庶几于无所得故而得者。

谪居惠州，终岁无事，宜若得行其志。而州之僧舍无所谓经藏者，独榜其所居室曰"思无邪斋"，而铭之致其志焉。始吾南迁，过虔州，与通守承议郎俞君括游。一日，访廉泉，入崇庆院，观宝轮藏。君曰："是于江南壮丽为第一，其费二千余万，前长老县秀始作之，几于成而寂。今长老惟湜嗣成之。奔走二老之间，劝导经营，铢积寸累十有六年而成者，僧知锡也。子能愍此三士之劳，为一言记之乎？"吾盖心许之[二]。

俞君博学能文，敏于从政，而恬于进取。数与吾书，欲弃官相从学道。

376

自虔罢归，道病，卒于庐陵。虔之士民，有巷哭者，吾亦为出涕。故作此文以遗湜、锡，并论孔子"思无邪"之意，与吾有志无书之叹，使刻于石，且与俞君结未来之因乎？

绍圣二年五月二十七日记。（《苏文忠公全集》卷一二）

〔一〕入：原作"来"，据明成化本《东坡七集·后集》卷一九改。

〔二〕吾盖：原作"盖吾"，据同上乙。

范景仁墓志铭（节录）

初，仁宗命李照改定大乐，下王朴乐三律。皇祐中，又使胡瑗等考正，公与司马光皆与〔一〕。公上疏〔二〕，论律尺之法。又与光往复论难，凡数万言，自以为独得于心。元丰三年，神宗诏公与刘几定乐〔六〕。公曰："定乐当先正律。"上曰："然。虽有师旷之聪，不以六律，不能正五音。"公作律尺、龠、合、升、斗、豆、区、鬴、斛，欲图上之，又乞访求真黍以定黄钟。而刘几即用李照乐，加用四清声而奏乐成。诏罢局，赐赍有加。公谢曰："此刘几乐也，臣何与焉？"及提举崇福宫，欲造乐献之，自以为嫌，乃先请致仕。

公少受学于乡先生庞直温。直温之子昉卒于京师，公娶其女为孙妇，养其妻子终身。其学本于六经仁义，口不道佛老申韩异端之说。其文清丽简远，学者以为师法。凡三入翰林〔三〕，知嘉祐二年、六年、八年及治平二年贡举，门生满天下，贵显者不可胜数。诏修《唐书》《仁宗实录》《玉牒》《日历》《类篇》。凡朝廷有大述作、大议论，未尝不与。契丹、高丽皆知诵公文赋。少时尝赋"长啸却胡骑"，及奉使契丹，虏相目曰："此长啸公也。"其后兄子百禄亦使虏，虏首问公安否？有《文集》一百卷，《谏垣集》十卷，《内制集》三十卷，《外制集》十卷，《正言》三卷，《乐书》三卷，《国朝韵对》三卷，《国朝事始》一卷，《东斋记事》十卷，《刀笔》八卷。

公始以诗赋为名进士，及为馆阁侍从，以文学称。虽屡谏争及论储嗣事，朝廷信其忠，然事颇秘，世亦未尽知也。其后议濮安懿王称号，守礼不回，而名益重。及论熙宁新法，与王安石、吕惠卿辨论，至废黜不用，然后天下翕然师尊之，无贵贱贤愚，谓之景仁而不敢名，有为不义，必畏公知之。（《苏文忠公全集》卷一四）

〔一〕下一"与"：原为空格，据《皇朝文鉴》卷一四三补。
〔二〕公：原为空格，据同上补。
〔古〕三：原作"五"，据宋刻大字本《东坡集》改。

张文定公墓志铭（节录）

公晚自谓乐全居士，有《乐全集》四十卷，《玉堂集》二十卷，《注仁宗乐书》一卷。神宗尝赐亲札曰："卿文章典雅，焕然有三代之风，《书》之典诰，无以加焉，西汉所不及也。"所与交者，范仲淹、吴育、宋祁三人，皆敬惮之。曰："不动如山，安道有焉。"晚与轼先大夫游，论古今治乱及一时人物，皆不谋而同。轼与弟辙以是皆得出入门下。

轼尝论次其文曰："孔北海志大而论高，功烈不见于世，然英伟豪杰之气，自为一时所宗。其论盛孝章、郄鸿豫书，慨然有烈丈夫之风。诸葛孔明不以文章自名，而开物成务之姿，总练名实之意，自见于言语。至《出师表》，简而尽，直而不肆，大哉言乎，与《伊训》《说命》相表里，非秦汉已来以事君为说者所能至也。常恨二人之文，不见其全，公其庶几乎。乌乎！士不以天下之重自任久矣，言语非不工也，政事文学非不敏且博也，然至于临大事，鲜不忘其故、失其守者，其器小也。公为布衣，则颀然已有公辅之望。自少出仕，至老而归，未尝以言徇物，以色假人，虽对人主，必同而后言。毁誉不动，得丧若一，真孔子所谓'大臣以道事君'者。世远道散，虽志士仁人或少贬以求用，公独以迈往之气，行正大之言，曰：'用之则行，舍之则藏。'上不求合于人主，故虽贵而不用，用而不尽；下不求合于士大夫，故悦公者寡，不悦公者众。然至言天下伟人，则必以公为首。"世以轼为知言。(《苏文忠公全集》卷一四)

故龙图阁学士滕公墓志铭（代张文定公作）（节录）

（滕甫）九岁能赋，敏捷过人。范希文，皇考舅也，见公而奇之，教以为文。希文为苏州，而安定胡先生瑗居于苏，公往从之，门人以千数，第其文，公常为首。尝举进士，试于庭。宋子京奇其文，擢为第三人，而以声韵不中法，罢之。

公（滕甫）去国既久，而心在王室，著书五篇，一曰《尊主势》，二曰《本圣心》，三曰《校人品》，四曰《破朋党》，五曰《赞治道》，上之。其略曰："陛下圣神文武，自足以斡运六合，譬之青天白日，不必点缀，自然清明。"识者韪其言。

自扬徙郓，岁方饥，乞淮南米二十万石为备。郓有剧贼数人，公悉知其所舍，遣吏掩捕皆获，吏民不知所出。郡学生食不给，民有争公田二十年不决者，公曰："学无食，而以良田饱顽民乎！"乃请以为学田，遂绝其讼。学者作《新田诗》以美之。

公为文与诗，英发妙丽，每出一篇，学者争诵之。(《苏文忠公全集》卷一五)

王子立墓志铭（节录）

（王适）文集十五卷，其学长于礼服，子由谓其文"朱弦疏越，一唱而三叹"者也。（《苏文忠公全集》卷一五）

司马温公行状（节录）

公（司马光）自儿童，凛然如成人。七岁闻讲《左氏春秋》，大爱之，退为家人讲，即了其大义。自是手不释书，至不知饥渴寒暑。年十五，书无所不通。文辞醇深，有西汉风。

（司马光）有《文集》八十卷，《资治通鉴》二百九十四卷[一]，《考异》三十卷，《历年图》七卷，《通历》八十卷，《稽古录》二十卷，《本朝百官公卿表》六卷，《翰林词草》三卷，《注古文孝经》一卷，《易说》三卷，《注系辞》二卷，《注老子道德论》二卷，《集注太元经》八卷，《大学中庸义》一卷，《集注扬子》十三卷，《文中子传》一卷，《河外咨目》三卷，《书仪》八卷，《家范》四卷，《续诗话》一卷，《游山行记》十二卷，《医问》七篇。其文如金玉谷帛药石也，必有适于用，无益之文，未尝一语及之。初，公患历代史繁重，学者不能综，况于人主，遂约战国至秦二世，如左氏体，为《通志》八卷以进。英宗悦之，命公续其书，置局秘阁，以其素所贤者刘敞、刘恕、范祖禹为属官。凡十九年而成，起周威烈王，迄五代，上下一千三百六十二载。其是非疑似之间，皆有辩论，一事而数说者，必考合异同而归之，一作

《考异》以志之。神宗尤重其书，以为贤于荀悦，亲为制叙，赐名《资治通鉴》，诏迩英读其书，赐颖邸旧书二千四百二卷。书成，拜资政殿学士，赐金帛甚厚。（《苏文忠公全集》卷一六）

〔一〕二百九十四：原作"三百二十四"，据《四库全书》史部编年类《资治通鉴》卷数改。

富郑公神道碑（节录）

其（富弼）为文章，辩而不华，质而不俚。有《文集》八十卷，《天圣应诏集》十一卷，《谏垣集》二卷，《制草》五卷，《奏议》十三卷，《表章》三十卷，《河北安边策》一卷，《奉使录》四卷，《青州振济策》三卷。（《苏文忠公全集》卷一八）

参寥泉铭　并叙

余谪居黄，参寥子不远数千里从余于东城，留期年。尝与同游武昌之西山，梦相与赋诗，有"寒食清明""石泉槐火"之句，语甚美，而不知其所谓。其后七年，余出守钱塘，参寥子在焉。明年，卜智果精舍居之。又明年，新居成，而余以寒食去郡，实来告行。舍下旧有泉，出石间，是月又凿石得泉，加冽。参寥子撷新茶，钻火煮泉而瀹之，笑曰："是见于梦九年，卫公之灵也久矣。"坐人皆怅然太息，有知命无求之意。乃名之参寥泉，之铭曰：

在天雨露，在地江湖。皆我四大，滋相所濡。伟哉参寥，弹指八极。退守斯泉，一谦四益。余晚闻道，梦幻是身[一]。真即是梦，梦即是真[二]。石泉槐火，九年而信。夫求何神，实弊汝神。（《苏文忠公全集》卷一九）

〔一〕身：原作"真"，据明成化本《东坡七集·续集》卷一〇改。

〔二〕真：原作"身"，据同上改。

九成台铭

韶阳太守狄咸新作九成台，玉局散吏苏轼之铭，曰：

自秦并天下，灭礼乐，《韶》之不作，盖千三百二十有三年[一]。其器存，其人亡，则《韶》既已隐矣，而况于人器两亡而不传。虽然，《韶》则亡矣，而有不亡者存。盖常与日月寒暑晦明风雨并行于天地之间。世无南郭子綦，则耳未尝闻地籁也，而况得闻于天。使耳闻天籁，则凡有形有声者，皆吾羽旄干戚管磬匏弦。尝试与子登夫韶石之上，舜峰之下，望苍梧之莽，九疑之联绵。览观江山之吐吞，草木之俯仰，鸟兽之鸣号，众窍之呼吸，往来唱和，非有度数而均节自成者，非《韶》之大全乎！上方立极以安天下，人和而气应，气应而乐作，则夫所谓《箫韶》九成，来凤鸟而舞百兽者，既已粲然毕陈于前矣。建中靖国元年正月一日。（《苏文忠公全集》卷一九）

〔一〕二十：原作"一十"，据《皇朝文鉴》卷七三改。

远游庵铭 并叙

吴复古子野，吾不知其何人也。徒见其出入人间，若有求者，而不见其所求。不喜不忧，不刚不柔，不惰不修，吾不知其何人也。昔司马相如有言："列仙之儒，居山泽间，形容甚癯。"意甚鄙之，乃取屈原《远游》作《大人赋》，其言宏妙，不遗而放。今子野行于四方十余年矣，而归老于南海之上〔一〕，必将俯仰百世，奄忽万里，有得于屈原之《远游》者，故以名其庵而铭之曰：

悲哉世俗之迫隘也，愿从子而远游。子归不来，而吾不往，使罔象乎相求。问道于屈原，借车于相如，忽焉不自知历九疑而过崇丘。宛兮相逢乎南海之上，踞龟壳而食蛤蜊者必子也。庶几我一笑而少留乎？（《苏文忠公全集》卷一九）

〔一〕老：原缺，据《西楼帖》补。

思无邪斋铭 并叙

东坡居士问法于子由。子由报以佛语，曰："本觉必明，无明明觉。"居士欣然，有得于孔子之言曰："《诗》三百，一言以蔽之，曰思无邪。"夫有思皆邪也，无思则土木也，吾何自得道，其惟有思而无所思乎？于是幅巾危坐，终日不言，明目直视，而无所见，摄心正念，而无所觉。于是得道，乃名其斋曰思无邪，而铭之曰：

大患缘有身，无身则无病。廓然自圆明，镜镜非我镜。如以水洗水，二水同一净。浩然天地间，惟我独也正。（《苏文忠公全集》卷一九）

文与可画《墨竹屏风》赞

与可之文，其德之糟粕。与可之诗，其文之毫末。诗不能尽，溢而为书，变而为画，皆诗之余。其诗与文，好者益寡。有好其德如好其画者乎？悲夫！（《苏文忠公全集》卷二一）

戒坛院文与可画《墨竹》赞

风梢雨箨，上傲冰雹。霜根雪节，下贯金铁。谁为此君，与可姓文。惟其有之，是以好之。《苏文忠公全集》卷二一。

文与可飞白赞

呜呼哀哉，与可岂其多好，好奇也欤？抑其不试故艺也？始余见其诗与文，又得见其行草篆隶也，以为止此矣。既没一年，而复见其飞白[一]。美哉多乎，其尽万物之态也。霏霏乎其若轻云之蔽月，翻翻乎其若长风之卷旆也。猗猗乎其若游丝之萦柳絮，裹裹乎其若流水之舞荇带也。离离乎其远而相属，缩缩乎其近而不隘也。其工至于如此，而余乃今知之，则余之知与可者固无几，而其所不知者盖不可胜计也。呜呼哀哉！（《苏文忠公全集》卷二一）

〔一〕"而"字前原有"得"字，据宋刻大字本《东坡集》卷二〇删。

文与可《枯木》赞

怪木在廷，枯柯北走。穷猿投壁，惊雀入牖。居者蒲氏，画者文叟。赞者苏子，观者如流。（《苏文忠公全集》卷二一）

李伯时所画《沐猴马》赞

吾观沐猴，以马为戏。至使此马，窃衔诡辔。沐猴宜马，真虚言尔。（《苏文忠公全集》卷二一）

文勋篆赞

世人篆字，隶体不除。如浙人语，终老带吴。安国用笔，意在隶前。汲

冢鲁壁，周鼓秦山〔一〕。（《苏文忠公全集》卷二一）

〔一〕周：原作"用"，据明成化本《东坡七集·续集》卷一〇改。

梦作司马相如求画赞并叙

夜梦严君平、司马相如、扬子云合席而坐。子云曰："长卿久欲求公作画赞。"余辞以罪戾之余，久废笔砚。子云恳祈不获已为之。既成，子云戏余曰："三赋果足以重赵乎？"余曰："三赋足以重赵，则子之《太玄》果足以重赵乎？"为之一笑而散。

长卿有意，慕蔺之勇。言还故乡，闾里是耸。景星凤凰，以见为宠，煌煌三赋，可使赵重。（《苏文忠公全集》卷二一）

王元之画像赞 并叙

《传》曰："不有君子，其能国乎？"余常三复斯言，未尝不流涕太息也。如汉汲黯、萧望之、李固，吴张昭，唐魏郑公、狄仁杰，皆以身徇义，招之不来，麾之不去，正色而立于朝，则豺狼狐狸，自相吞噬，故能消祸于未形，救危于将亡。使皆如公孙丞相、张禹、胡广，虽累千百，缓急岂可望哉！

故翰林王公元之，以雄文直道，独立当世，足以追配此六君子者。方是时，朝廷清明，无大奸慝。然公犹不容于中，耿然如秋霜夏日，不可狎玩，至于三黜以死。有如不幸而处于众邪之间，安危之际，则公之所为，必将惊世绝俗，使斗筲穿窬之流，心破胆裂，岂特如此而已乎？

始余过苏州虎丘寺，见公之画像，想其遗风余烈，愿为执鞭而不可得。其后为徐州，而公之曾孙汾为兖州，以公墓碑示余，乃追为之赞，以附其家传云：

维昔圣贤，患莫己知。公遇太宗，允也其时。帝欲用公，公不少贬。三黜穷山，之死靡憾。咸平以来，独为名臣。一时之屈，万世之信。纷纷鄙夫，亦拜公像。何以占之，有泚其颡。公能泚之，不能已之。茫茫九原，爱莫起之。（《苏文忠公全集》卷二一）

秦少游真赞

以君为将仕也，其服野，其行方。以君为将隐也，其言文，其神昌。置而不求君不即，即而求之君不藏。以为将仕将隐者，皆不知君者也，盖将挈所有而乘所遇，以游于世，而卒反于其乡者乎？（《苏文忠公全集》卷二一）

韩幹画马赞

韩幹之马四：其一在陆，骧首奋鬣，若有所望，顿足而长鸣；其一欲涉，尻高首下，择所由济，局蹐而未成；其二在水，前者反顾，若以鼻语；后者不应，欲饮而留行。以为厩马也，则前无羁络，后无棰策；以为野马也，则隅目耸耳，丰臆细尾，皆中度程。萧然如贤大夫贵公子，相与解带脱帽，临

水而濯缨。遂欲高举远引，友麋鹿而终天年，则不可得矣。盖优哉游哉，聊以卒岁而无营。(《苏文忠公全集》卷二一)

九马图赞 并叙

长安薛君绍彭，家藏曹将军《九马图》，杜子美所为作诗者也，拳毛、师子二骏在焉。作《九马图赞》[一]：

牧者万岁，绘者惟霸。甫为作诵，伟哉九马。姚、宋庙堂，李、郭治兵。帝下毛龙，以驭群英。我思开元，今为几日？筋骨应图，至三万疋。云何寂寥，跬步山川。负盐挽磨，泪湿九泉。牝牡骊黄，自以为至。驳其一毛，弃我千里。蹩啮是乘，脂蜡其鞭。道阻且长，喟其永叹。(《苏文忠公全集》卷二一)

〔一〕图：原脱，据《皇朝文鉴》卷七五补。

小篆《般若心经》赞

草隶用世今千载，少而习之手所安。如舌于言无拣择，终日应对惟所问。忽然使作大小篆，如正行走值墙壁。纵复学之能粗通，操笔欲下仰寻索。譬如鹦鹉学人语，所习则能否则默。心存形声与点画，何暇复求字外意。世人初不离世间，而欲学出世间法。举足动念皆尘垢，而以俄顷作禅律。禅律若可以作得，所不作处安得禅。善哉李子小篆字，其间无篆亦无隶。心忘其手手忘笔，笔自落纸非我使。正使匆匆不少暇，倏忽千百初无难。稽首《般若多心经》，请观何处非《般若》。（《苏文忠公全集》卷二二）

议学校贡举状（节录）

至于贡举之法，行之百年，治乱盛衰，初不由此。陛下视祖宗之世贡举之法，与今为孰精？言语文章，与今为孰优？所得文武长才，与今为孰多？天下之事，与今为孰办？较此四者，而长短之议决矣。今议者所欲变改，不过数端。或曰乡举德行而略文章；或曰专取策论而罢诗赋；或欲举唐室故事，兼采誉望，而罢封弥；或欲罢经生朴学，不用贴、墨，而考大义。此数者皆知其一，不知其二者也。

自文章而言之，则策论为有用，诗赋为无益；自政事言之，则诗赋、策论均为无用矣。虽知其无用，然自祖宗以来莫之废者，以为设法取士，不过如此也。岂独吾祖宗，自古尧舜亦然。《书》曰："敷奏以言，明试以功。"自古尧舜以来，进人何尝不以言，试人何尝不以功乎？议者必欲以策论定贤愚、决能否〔一〕，臣请有以质之。近世士大夫文章华靡者，莫如杨亿，使杨亿尚在，则忠清鲠亮之士也，岂得以华靡少之。通经学古者，莫如孙复、石介，使孙复、石介尚在，则迂阔矫诞之士也，又可施之于政事之间乎？自唐至今，以诗赋为名臣者，不可胜数，何负于天下，而必欲废之！近世士人纂类经史，缀缉时务，谓之策括，待问条目，搜抉略尽，临时剽窃，窜易首尾，以眩有司，有司莫能辨也。且其为文也，无规矩准绳，故学之易成，无声病对偶，故考之难精。以易学之士，付难考之吏，其弊有甚于诗赋者矣。唐之通牓，故是弊法。虽有以名取人，厌伏众论之美，亦有贿赂公行，权要请托之害，至使恩去王室，权归私门，降及中叶，结为朋党之论，通牓取人，又岂足尚哉！诸科举取人，多出三路。能文者既已变而为进士，晓义者又皆去以为明经，其余皆朴鲁不化者也，至于人才，则有定分，施之有政，能否自彰，今进士日夜治经传，附之以子史〔二〕，贯穿驰骛，可谓博矣，至于临政，曷尝用其一二，顾视旧学，已为虚器，而欲使此等分别注疏，粗识大义，而望其才能增长，亦已疏矣。（《苏文忠公全集》卷二五）

〔一〕决：原缺，据四部丛刊影刻之郎晔《经进东坡文集事略》卷二九补。
〔二〕附之以：原缺，据同上补。

乞诗赋经义各以分数取人，将来只许诗赋兼经状

元祐四年十月十八日，龙图阁学士、朝奉郎、知杭州苏轼状奏：

右，臣今月五日，据本州岛进士汪洮等一百四十人诣臣陈状，称准元祐四年四月十九日勅，诗赋、经义各五分取人。朝廷以谓学者久传经义，一旦添改诗赋，习者尚少，遂以五分立法，是欲优待诗赋勉进词学之人。然天下学者，寅夜竞习诗赋，举业率皆成就，虽降平分取人之法，缘业已习就，不愿再有改更，兼学者亦以朝廷追复祖宗取士故事，以词学为优，故士人皆以不能诗赋为耻。比来专习经义者，十无二三，见今本土及州学生员，多从诗赋，他郡亦然。若平分解名，委是有亏诗赋进士，难使捐已习之诗赋，抑令就经义之科。或习经义多少，各以分数发解，乞据状敷奏者。

臣曩者备员侍从，实见朝廷更用诗赋本末，盖谓经义取人以来，学者争尚浮虚文字，止用一律，程试之日，工拙无辨，既去取高下，不厌外论，而已得之后，所学文词，不施于用，以故更用祖宗故事，兼取诗赋。而横议之人，欲收姑息之誉，争言天下学者不乐诗赋，朝廷重失士心，故为改法，各取五分。然臣在都下，见太学生习诗赋者十人而七。臣本蜀人，闻蜀中进士习诗赋者，十人而九。及出守东南，亲历十郡，及多见江湖福建士人皆争作

诗赋，其间工者已自追继前人，专习经义，士以为耻。以此知前言天下学者不乐诗赋，皆妄也。惟河北、河东进士，初改声律，恐未甚工，然其经义文词，亦自比他路为拙，非独诗赋也。朝廷于五路进士，自许礼部贡院分数取人，必无偏遗一路士人之理。今臣所据前件进士汪淝等状，不敢不奏，亦料诸处似此申明者非一。欲乞朝廷参详众意，特许将来一举随诗赋、经义人数多少，各纽分数发解，如经义零分不及一人，许并入诗赋额中，仍除将来一举外，今后并只许应诗赋进士举，所贵学者不至疑惑，专一从学。谨录奏闻，伏候敕旨。

〔贴黄〕诗赋进士，亦自兼经，非废经义也。（《苏文忠公全集》卷二九）

辨题诗札子

元祐六年八月初八日，翰林学士承旨、左朝奉郎、知制诰、兼侍读苏轼札子奏：

臣今月七日，见臣弟辙与臣言，赵君锡、贾易言臣于元丰八年五月一日题诗扬州僧寺，有欣幸先帝上仙之意。臣今省忆此诗，自有因依，合具陈述。

臣于是岁三月六日，在南京闻先帝遗诏，举哀挂服了当，迤逦往常州。是时新经大变，臣子之心，孰不忧惧。至五月初间，因往扬州竹西寺，见百姓父老十数人，相与道旁语笑。其间一人以两手加额，云："见说好个少年官家。"其言虽鄙俗不典，然臣实喜闻百姓讴歌吾君之子，出于至诚。又是时，臣初得请归耕常州，盖将老焉，而淮浙间所在丰熟，因作诗云："此生已觉都无事，今岁仍逢大有年。山寺归来闻好语，野花啼鸟亦欣然。"盖喜闻此语，故窃记之于诗，书之当涂僧舍壁上。臣若稍有不善之意，岂敢复书壁上以示人乎？又其时去先帝上仙，已及两月，决非"山寺归来"始闻之语，事理明白，无人不知。而君锡等辄敢挟词，公然诬罔。伏乞付外施行，稍正国法。

所贵今后臣子，不为仇人无故加以恶逆之罪。

取进止。（《苏文忠公全集》卷三三）

乞校正陆贽奏议上进札子

元祐八年五月七日，端明殿学士、兼翰林侍读学士、左朝奉郎、守礼部尚书苏轼同吕希哲、吴安诗、丰稷、赵彦若、范祖禹、顾临札子奏：

臣等猥以空疏，备员讲读，圣明天纵，学问日新，臣等才有限而道无穷，心欲言而口不逮，以此自愧，莫知所为。窃谓人臣之纳忠，譬如医者之用药，药虽进于医手，方多传于古人。若已经效于世间，不必皆从于己出。

伏见唐宰相陆贽，才本王佐，学为帝师。论深切于事情，言不离于道德。智如子房，而文则过；辩如贾谊，而术不疏。上以格君心之非，下以通天下之志。三代已还，一人而已。但其不幸，仕不遇时。德宗以苛刻为能，而贽谏之以忠厚；德宗以猜疑为术，而贽劝之以推诚。德宗好用兵，而贽以消兵为先；德宗好聚财，而贽以散财为急。至于用人听言之法，治边驭将之方，罪己以收人心，改过以应天道，去小人以除民患，惜名器以待有功，如此之流，未易悉数，可谓进苦口之药石，针害身之膏肓。使德宗尽用其言，则贞观可得而复。

臣等每退自西阁，即私相告言，以陛下圣明，必喜贽议论，但使圣贤之相契，即如臣主之同时。昔冯唐论颇、牧之贤，则汉文为之太息；魏相条晁、董之对，则孝宣以致中兴。若陛下能自得师，莫若近取诸贽。夫六经三史、诸子百家，非无可观，皆足为治。但圣言幽远，末学支离，譬如山海之崇深，难以一二而推择。如贽之论，开卷了然。聚古今之精英，实治乱之龟鉴。臣等欲取其奏议，稍加校正，缮写进呈。愿陛下置之坐隅，如见贽面；反复熟读，如与贽言。必能发圣性之高明，成治功于岁月。臣等不胜区区之意。

取进止。（《苏文忠公全集》卷三六）

林希中书舍人诰

敕：文章之变，与时盛衰。譬如八音，可以观政。而况诰命之出，学者所师。号令以之重轻，风俗因而厚薄。本朝革五代积衰之气，继两汉尔雅之文。而大道中微，异端所汩。欲复祖宗之旧，必以训词为先。故难其人，不以轻授。

其官林希，博闻强识〔一〕，笃学力行。绰有建安之风流，逮闻正始之议论。往践外制，为朝廷常润色其精微；期配昔人，使天下识典刑之仿佛。务究所学，朕将观焉。可。（《苏文忠公全集》卷三九）

〔一〕闻：原作"学"，据明成化本《东坡七集·外制集》卷下改。

赐端明殿学士银青光禄大夫致仕范镇奖谕诏

敕范镇：朕惟春秋之后，礼乐先亡。秦汉以来，《韶》《武》仅在。散乐工于河海之上，往而不还；聘先王于齐鲁之间，有莫能致。魏、晋以下，曹、邻无讥。岂徒郑、卫之音，已杂华、戎之器〔一〕。间存作者〔二〕，犹有典刑。然铢黍之一差，或宫商之易位。惟我四朝之老，独知五降之非。审声如音，以律生尺。览诗书之来上，阅夔、虞之在廷〔三〕。君臣同观，父老太息。方诏学士大夫论其法，工师有司考其声，上追先帝移风易俗之心，下慰老臣爱君忧

国之志。究观所作，嘉叹不忘。（《苏文忠公全集》卷四〇）

〔一〕戎：原作"夏"，据《皇朝文鉴》卷三一改。
〔二〕存：原作"有"，据同上改。
〔三〕簧：原作"虞"，据同上改。

谢制科启 二（节录）

昔者西汉之盛，莫如文、景、孝武之贤；制策所兴，世称晁、董、公孙之对。然而数子者，颂咏德美，而不及其讥刺；故三帝者，好爱文字，而无闻于宽容。岂其时君不可为之深言，抑其群臣亦将有所不悦。（《苏文忠公全集》卷四六）

谢馆职启（节录）

轼之内顾，岂不自知。性任己以直前，学师心而无法。自始操笔，知不适时。会宗伯之选抡，疾时文之靡弊。擢居异等，以风四方。不知满溢之忧，复玷良能之举。负贤者所难之任，争四海欲得之求。（《苏文忠公全集》卷四六）

谢秋赋试官启

伏以圣人设文章之教，本以御民；君子在田野之间，亦学为政。故知礼乐者可与言化，通《春秋》者长于治人。盖三代之所常行，于六经可以备见。事为之制，曲为之防。使学者皆能明其心，则天下可以运诸掌。降及近世，析为二涂。凡王政皆出于刑书，故儒术不通于吏事。惟其所以治民者，固不本于学；而其所以为学者，亦无施于民。游庠校者忘朝廷，读法律者捐诗赋。场屋后进，挟声技以相夸；王公大人，顾雕虫而自笑。旧学无用，古风遂忘。终始之意，曾不相沿；贵贱之间，亦因遂阔。下之士有学古之意，而无学古之功；上之人有用儒之名，而无用儒之实。顾兹偷弊，常窃悯嗟。苟非当世之大贤，孰拯先王之坠典？

伏惟某官，才出间世，志存生民。曩在布衣，能通天下之务；旋居要职，又为儒者之宗。明习政事，而皆有本原；守持经术，而不为迂阔。世之系望，上所深知。辍自朝联，付之文柄。命题甚易，而不肖者无所兼容；用法至宽，而犯令者未尝苟免。观其发问于策，足以尽人之材。讲求先圣之心，考其诗义；深悲古学之废，讯以历书。条任子之便宜，访成均之故事。不泥于古，不牵于今。非有苛碎难知之文，将观磊落不羁之士。使天下知文章诚可以制治，知声律不足以入官。失之者固因而自新，得之者不至于捐旧。畴昔所欲，于今遂忘。

轼才无他长，学以自守。为文病拙，不能当世俗之心；奏籍有名，大惧辱贤材之举。翻然如界之羽翼，追逸翮以并游；沛然如假之舟航，临长川而获济。偶缘大庇，粗遂一名。方将区区于簿书米盐之间，碌碌于尘埃棰楚之地。虽识恩之所自，顾力报之末由。感惧之怀，不知所措。（《苏文忠公全集》卷四六）

谢王内翰启

右，轼启：窃以取士之道，古难其全。欲求倜傥超拔之才，则惧其放荡，而或至于无度；欲求规矩尺寸之士，则病其龌龊，而不能有所为。

进士之科，昔称浮剽。本朝更制，渐复古风。博观策论，以开天下豪俊之涂；精取诗赋，以折天下英雄之气。使龌龊者望而不敢进，放荡者退而有所裁。此圣人所以网罗天下之逸民，追复先王之旧迹。元臣大老，皆出此涂。

伏惟内翰执事，天材俊丽，神气横溢。奇文高论，大或出于绳检；比声协句，小亦合于方圆。盖天下望为权衡，故明主委之黜陟。轼之不肖，与在下风。顾惟山野之见闻，安识朝廷之忌讳。轼亦恃有执事之英鉴，以为小节之何拘；执事亦将收天下之遗才，观其大纲之所在。骤置殊等，实闻四方。使知大国之选材，非顾当时之所悦。眇然陋器，虽不能胜多士之喧言；卓尔大贤，自足以破万人之浮议。方将奔走厥职，厉精乃心。苟庶几无朝夕之愆，以辱知己；亦万一有毛发之效，少答至仁。感惧之怀，不知所措。《苏文忠公全集》卷四六。

上曾丞相书

轼闻之，将有求于人，而其说不诚，则难以望其有合矣。

世之奇特之士，其处也，莫不为异众之行。而其出也，莫不为怪诡之词，比物引类，以摇撼当世。理不可化，则欲以势劫之，将以术售其身。古之君子有韩子者，其为说曰："王公大人，不可以无贫贱之士居其下风而推其后，大其声名而久其传。虽其贵贱之阔绝，而其相须之急，不啻若左右手。"呜呼，果其用是说也，则夫世之君子所为老死而不遇者，无足怪矣。

今夫扣之者急，则应之者疑。其辞夸，则其实必有所不副。今吾以为王公大人不可以一日而无吾也，彼将退而考其实，则亦无乃未至于此耶？昔者汉高未尝喜儒，而不失为明君；卫、霍未尝荐士，而不失为贤公卿。吾将以吾之说，而彼将以彼之说。彼是相拒，而不得其欢心，故贵贱之间，终不可以合，而道终不可以行。何者？其扣之急而其词夸也。鬻千金之璧者，不之于肆，而愿观者塞其门。观者叹息，而主人无言焉。非不能言，知言之无加也。今也不幸而坐于五达之衢，又呶呶焉自以为希世之珍，过者不顾，执其裾而强观之，则其所鬻者可知矣。王公大人，其无意于天下后世者，亦安以求为也。苟其不然，则士之过于其前而有动于其目者，彼将褰裳疾行而搂取之。故凡皇皇汲汲者，举非吾事也。

昔者尝闻明公之风矣。以大臣之子孙，而取天下之高第。才足以过人，而自视缺然，常若不足。安于小官，而乐于恬淡。方其在太学之中，衣缊饭糗，若将终身，至于德发而不可掩，名高而不可抑。贵为天子之少宰，而其自视不加于其旧之锱铢。其度量宏达，至于如此。此其尤不可以夸词而急扣者也。

轼不佞，自为学至今，十有五年。以为凡学之难者，难于无私。无私之难者，难于通万物之理。故不通乎万物之理，虽欲无私，不可得也。己好则好之，己恶则恶之，以是自信则惑也。是故幽居默处而观万物之变，尽其自然之理，而断之于中。其所不然者，虽古之所谓贤人之说，亦有所不取。虽以此自信，而亦以此自知其不悦于世也。故其言语文章，未尝辄至于公相之门。今也天子举直谏之士，而两制过听，谬以其名闻。窃以为与于此者，皆有求于吾君吾相者也。故轼有献。其文凡十篇，而书为之先。惟所裁择，幸甚。（《苏文忠公全集》卷四八）

上梅直讲书

　　某官执事：轼每读《诗》至《鸱鸮》，读《书》至《君奭》，常窃悲周公之不遇。及观史，见孔子厄于陈、蔡之间，而弦歌之声不绝，颜渊、仲由之徒相与问答。夫子曰："匪兕匪虎，率彼旷野，吾道非邪，吾何为于此？"颜渊曰："夫子之道至大，故天下莫能容。虽然，不容何病，不容然后见君子。"夫子油然而笑曰："回，使尔多财，吾为尔宰。"夫天下虽不能容，而其徒自足以相乐如此。乃今知周公之富贵，有不如夫子之贫贱。夫以召公之贤，以管、蔡之亲而不知其心，则周公谁与乐其富贵。而夫子之所与共贫贱者，皆天下之贤才，则亦足与乐乎此矣。

　　轼七八岁时，始知读书，闻今天下有欧阳公者，其为人如古孟轲、韩愈之徒，而又有梅公者从之游，而与之上下其议论。其后益壮，始能读其文词，想见其为人，意其飘然脱去世俗之乐而自乐其乐也。方学为对偶声律之文，求斗升之禄[一]，自度无以进见于诸公之间。来京师逾年，未尝窥其门。

　　今年春，天下之士群至于礼部，执事与欧阳公实亲试之。诚不自意，获在第二。既而闻之人，执事爱其文，以为有孟轲之风。而欧阳公亦以其能不为世俗之文也而取焉。是以在此。非左右为之先容，非亲旧为之请属，而向之十余年间，闻其名而不得见者，一朝为知己。

　　退而思之，人不可以苟富贵，亦不可以徒贫贱。有大贤焉而为其徒，则亦足恃矣。苟其侥一时之幸，从车骑数十人，使闾巷小民聚观而赞叹之，亦何以易此乐也。

　　《传》曰："不怨天，不尤人。"盖优哉游哉，可以卒岁。执事名满天下，而位不过五品。其容色温然而不怒，其文章宽厚敦朴而无怨言，此必有所乐乎斯道也。轼愿与闻焉。（《苏文忠公全集》卷四八）

〔一〕禄：原作"乐"，据四部丛刊影刻郎晔《经进东坡文集事略》卷四一改。

与李方叔书

轼顿首，方叔先辈足下：

屡获来教，因循不一裁答，悚息不已。比日履兹秋暑，起居佳胜。录示《子骏行状》及数诗，辞意整暇，有加于前，得之极喜慰。

累书见责以不相荐引，读之甚愧。然其说不可不尽。君子之知人，务相勉于道，不务相引于利也。足下之文，过人处不少，如《李氏墓表》及《子骏行状》之类，笔势翩翩，有可以追古作者之道。至若前所示《兵鉴》，则读之终篇，莫知所谓，意者足下未甚有得于中而张其外者。不然，则老病昏惑，不识其趣也。以此，私意犹冀足下积学不倦，落其华而成其实〔一〕。深愿足下为礼义君子，不愿足下丰于才而廉于德也。若进退之际，不甚慎静，则于定命不能有毫发增益，而于道德有丘山之损矣。

古之君子，贵贱相因，先后相援，固多矣。轼非敢废此道，平生相知，心所谓贤者则于稠人中誉之，或因其言以考其实，实至则名随之，名不可掩，其自为世用，理势固然，非力致也。陈履常居都下逾年，未尝一至贵人之门，章子厚欲一见，终不可得。中丞傅钦之、侍郎孙莘老荐之，轼亦挂名其间。会朝廷多知履常者，故得一官。轼孤立言轻，未尝独荐人也。爵禄砥世，人主所专，宰相犹不敢必，而欲责于轼，可乎？东汉处士私相谥，非古也。殆似丘明为素臣，当得罪于孔门矣。孟生贞曜，盖亦蹈袭流弊，不足法，而况近相名字乎？甚不愿足下此等也。轼于足下非爱之深期之远，定不及此，犹能察其意否？

近秦少游有书来，亦论足下近文益奇。明主求人如不及，岂有终汩没之理！足下但信道自守，当不求自至。若不深自重，恐丧失所有〔二〕。

399

言切而尽，临纸悚息。未即会见，千万保爱。近夜眼昏，不一不一。轼顿首。《苏文忠公全集》卷四九。

〔一〕华：原作"叶"，据明成化本《东坡七集·续集》卷一一改。
〔二〕明成化本《七集·续集》"近文益奇"至"恐丧失所有"为自注注文。

与叶进叔书（节录）

昔张籍遗韩愈之书，责愈以商论文字不能下气。夫以退之而未免，矧其下者乎？虽然，亦思而改之耳。（《苏文忠公全集》卷四九）

谢范舍人书

轼闻之古人，民无常性，虽土地风气之所禀，而其好恶则存乎其上之人。

文章之风，惟汉为盛。而贵显暴著者，蜀人为多。盖相如唱其前，而王褒继其后。峨冠曳佩，大车驷马，徜徉乎乡闾之中，而蜀人始有好文之意。弦歌之声，与邹、鲁比。然而二子者，不闻其能有所荐达。岂其身之富贵而遂忘其徒耶？

尝闻之老人，自孟氏入朝，民始息肩，救死扶伤不暇，故数十年间，学校衰息。天圣中，伯父解褐西归，乡人叹嗟，观者塞涂。其后执事与诸公相继登于朝，以文章功业闻于天下。于是释耒耜而执笔砚者，十室而九。比之西刘，又以远过。且蜀之郡数十，轼不敢远引其他，盖通义蜀之小州，而眉山又其一县，去岁举于礼部者，凡四五十人，而执事与梅公亲执权衡而较之，得者十有三人焉。则其他可知矣。

夫君子之用心，于天下固无所私爱，而于其父母之邦，苟有得之者，其与之喜乐，岂如行道之人漠然而已哉！执事与梅公之于蜀人，其始风动诱掖，使闻先王之道，其终度量裁置，使观天子之光，与相如、王褒，又甚远矣。

轼也在十三人之中，谨因阍吏进拜于庭，以谢万一。又以贺执事之乡人得者之多也。（《苏文忠公全集》卷四九）

谢张太保撰先人墓碣书

轼顿首再拜。伏蒙再示先人《墓表》，特载《辨奸》一篇，恭览涕泗，不知所云。

窃惟先人早岁汩没，晚乃有闻。虽当时学者知师尊之，然于其言语文章，犹不能尽，而况其中之不可形者乎？所谓知之尽而信其然者，举世惟公一人。虽若不幸，然知我者希，正老氏之所贵。

《辨奸》之始作也，自轼与舍弟皆有"嘻其甚矣"之谏，不论他人。独明公一见，以为与我意合。公固已论之先朝，载之史册，今虽容有不知，后世决不可没。而先人之言，而公表而出之，则人未必信。信不信何足深计，然使斯人用区区小数以欺天下，天下莫觉莫知，恐后世必有秦无人之叹。此《墓表》之所以作，而轼之所以流涕再拜而谢也。

黄叔度澹然无作，郭林宗一言，至今以为颜子。林宗于人材小大毕取，所贤非一人，而叔度之贤，无一见于外者，而后世犹信，徒以林宗之重也。今公之重，不减林宗，所贤惟先人，而其心迹，粗若可见，其信于后世必矣。多言何足为谢，聊发一二。（《苏文忠公全集》卷四九）

答陈师仲主簿书

轼顿首再拜，钱塘主簿陈君足下[一]：

曩在徐州，得一再见。及见颜长道辈，皆言足下文词卓玮，志节高亮，固欲朝夕相从。适会讼诉，偶有相关及者，遂不复往来。此自足下门中不幸，亦岂为吏者所乐哉！想彼此有以相照。已而，轼又负罪远窜，流离契阔，益不复相闻。今者蒙书教累幅，相属之厚，又甚于昔者。知足下释然，果不以前事介意。幸甚！幸甚！

自得罪后，虽平生厚善，有不敢通问者，足下独犯众人之所忌，何哉？及读所惠诗文，不数篇，辄拊掌太息，此自世间奇男子，岂可以世俗趣舍量其心乎！诗文皆奇丽，所寄不齐，而皆归合于大道，轼又何言者。其间十常有四五见及，或及舍弟，何相爱之深也。处世龃龉，每深自嫌恶，不论他人。及见足下辈犹如此，辄亦少自赦。

诗能穷人，所从来尚矣，而于轼特甚。今足下独不信，建言诗不能穷人，为之益力。其诗日已工，其穷殆未可量，然亦在所用而已。不龟手之药，或以封，安知足下不以此达乎？人生如朝露，意所乐则为之，何暇计议穷达。云能穷人者固缪，云不能穷人者，亦未免有意于畏穷也。

江淮间人好食河豚，每与人争。河豚本不杀人，尝戏之：性命自子有，美则食之，何与我事。今复以此戏足下，想复千里为我一笑也。

先吏部诗，幸得一观，辄题数字，继诸公之末。见为编述《超然》《黄楼》二集，为赐尤重。从来不曾编次，纵有一二在者[二]，得罪日，皆为家人妇女辈焚毁尽矣。不知今乃在足下处。当为删去其不合道理者，乃可存耳。

轼于钱塘人有何恩意，而其人至今见念，轼亦一岁率常四五梦至西湖上，此殆世俗所谓前缘者。在杭州尝游寿星院，入门便悟曾到，能言其院后堂殿山石处，故诗中尝有"前生已到"之语。足下主簿，于法得出入，当复纵游如轼在彼时也。山水穷绝处，往往有轼题字，想复题其后。足下所至，诗但不择古律，以日月次之，异日观之，便是行记。有便以一二见寄，慰此惘惘。其余慎疾自重。

不宣。轼顿首再拜。（《苏文忠公全集》卷四九）

〔一〕钱塘主簿：原缺，据四部丛刊影刻郎晔《经进东坡文集事略》卷四五补。

〔二〕纵：原作"复"，据同上改。

答李方叔书〔一〕

轼顿首，先辈李君足下：

别后递中得二书，皆未果答。专人来，又辱长笺，且审比日孝履无恙，感慰深矣。

惠示古赋近诗，词气卓越，意趣不凡，甚可喜也。但微伤冗，后当稍收敛之，今未可也。足下之文，正如川之方增，当极其所至，霜降水落，自见涯涘，然不可不知也。

录示孙之翰《唐论》。仆不识之翰，今见此书，凛然得其为人。至论褚遂良不谮刘洎，太子瑛之废缘张说，张巡之败缘房琯，李光弼不当图史思明，宣宗有小善而无人君大略，皆《旧史》所不及。议论英发，暗与人意合者甚多。又读欧阳文忠公《志》文、司马君实跋尾，益复慨然。然足下欲仆别书此文入石，以为之翰不朽之托，何也？之翰所立于世者，虽无欧阳公之文可也，而况欲托字画之工以求信于后世，不亦陋乎〔二〕。足下相待甚厚，而见誉过当，非所以为厚也。

近日士大夫皆有僭侈无涯之心，动辄欲人以周、孔誉己，自孟轲以下者，皆怃然不满也。此风殆不可长。又仆细思所以得患祸者，皆由名过其实，造

403

物者所不能堪，与无功而受千钟者，其罪均也。深不愿人造作言语，务相粉饰，以益其疾。

足下所与游者元群，读其诗，知其为超然奇逸人也。缘足下以得元君，为赐大矣。《唐论》文字不少，过烦诸君写录，又以见足下所与游者，皆好学喜事，甚善！甚善！独所谓未得名世之士为志文则未葬者，恐于礼未安。司徒文子问于子思：“丧服既除然后葬，其服何服？”子思曰：“三年之丧，未葬，服不变，除何有焉？”昔晋温峤以未葬不得调。古之君子，有故不得已而未葬，则服不变，官不调。今足下未葬，岂有不得已之事乎？他日有名世者，既葬而表其墓，何患焉。

辱见厚，不敢不尽。冬寒。惟节哀自重。《苏文忠公全集》卷四九。

〔一〕文题原作“答李荐书二首”，据四部丛刊影刻郎晔《经进东坡文集事略》卷四六改。

〔二〕亦：原作“以”，据同上改。

答李端叔书〔一〕

轼顿首再拜：

闻足下名久矣，又于相识处，往往见所作诗文，虽不多，亦足以仿佛其为人矣。寻常不通书问，怠慢之罪，犹可阔略，及足下斩然在疚，亦不能以一字奉慰。舍弟子由至，先蒙惠书，又复懒不即答，顽钝废礼，一至于此，而足下终不弃绝，递中再辱手书，待遇益隆，览之面热汗下也。

足下才高识明，不应轻许与人，得非用黄鲁直、秦太虚辈语，真以为然耶？不肖为人所憎，而二子独喜见誉，如人嗜昌歜、羊枣，未易诘其所以然者。以二子为妄则不可，遂欲以移之众口，又大不可也。

轼少年时，读书作文，专为应举而已。既及进士第，贪得不已，又举制策，其实何所有。而其科号为直言极谏，故每纷然诵说古今，考论是非，以应其名耳。人苦不自知，既以此得，因以为实能之，故诳诳至今，坐此得罪几死，所谓齐虏以口舌得官，真可笑也。然世人遂以轼为欲立异同，则过矣。妄论利害，搀说得失，此正制科人习气。譬之候虫时鸟，自鸣自已，何足为损益。轼每怪时人待轼过重，而足下又复称说如此，愈非其实。

得罪以来，深自闭塞，扁舟草履，放浪山水间，与樵渔杂处，往往为醉人所推骂。辄自喜渐不为人识，平生亲友无一字见及，有书与之亦不答，自幸庶几免矣。足下又复创相推与，甚非所望。木有瘿，石有晕，犀有通，以取妍于人，皆物之病也。谪居无事，默自观省，回视三十年以来所为，多其病者。足下所见皆故我，非今我也。无乃闻其声不考其情，取其华而遗其实乎？抑将又有取于此也？此事非相见不能尽。

自得罪后，不敢作文字。此书虽非文，然信笔书意，不觉累幅，亦不须示人。必喻此意。岁行尽，寒苦，惟万万节哀强食。不次。（《苏文忠公全集》卷四九）

〔一〕文题原作《答李荐书》第二首，误，据四部丛刊影刻郎晔《经进东坡文集事略》卷四七改。

答刘巨济书

轼启：

人来辱书累幅，承起居无恙。审比来忧患相仍，情怀牢落，此诚难堪。然君在侍下，加以少年美才，当深计远虑，不应戚戚徇无已之悲。

贤兄文格奇拔，诚如所云，不幸早世，其不朽当以累足下。见其手书旧文，不觉出涕。诗及新文，爱玩不已。都下相知，惟司马君实、刘贡父，当以示之。恨仆声势低弱，不能力为发扬。然足下岂待人者哉！《与吴秀才书》

论佛大善。近时士人多学谈理空性，以追世好，然不足深取。时以此取之，不得不尔耳。

仆老拙百无堪，向在科场时，不得已作应用文，不幸为人传写，深可羞愧，以此得虚名。天下近世进人以名，平居虽孔孟无异，一经试用，鲜不为笑。以此益羞为文。自一二年来，绝不复为。今足下不察，犹以所羞者誉之，过矣。

舍弟差入贡院，更月余方出。家孟侯虽不得解，却用往年衣服，不赴南省，得免解。其兄安国亦然。勤国亦捷州解，皆在此。因风时惠问，以慰饥渴。何时会合，临纸怅然。惟强饭自重。（《苏文忠公全集》卷四九）

答李昭玘书（节录）

然少年好文字，虽自不能工，喜诵他人之工者。今虽老，余习尚在。得所示书，反复不知厌，所称道虽不然，然观其笔势俯仰，亦足以粗得足下为人之一二也。幸甚！幸甚！

比日履兹春和，起居何似。轼蒙庇粗遣，每念处世穷困，所向辄值墙谷，无一遂者。独于文人胜士，多获所欲，如黄庭坚鲁直、晁补之无咎、秦观太虚、张耒文潜之流，皆世未之知，而轼独先知之。今足下又不见鄙，欲相从游，岂造物者专欲以此乐见厚也耶？然此数子者，挟其有余之资，而骛于无涯之知，必极其所如往而后已，则亦将安所归宿哉。惟明者念有以反之。（《苏文忠公全集》卷四九）

与司马温公书 一（节录）

春末，景仁丈自洛还，伏辱赐教，副以《超然》雄篇，喜忭累日。《苏文忠公全集》卷五〇。

与司马温公书 二（节录）

某再启：《超然》之作，不惟不肖托附以为宠，遂使东方陋州，以为不朽之美事，然所以奖与则过矣。久不见公新文，忽领《独乐园记》，诵味不已，辄不自揆，作一诗，聊发一笑耳[一]。（《苏文忠公全集》卷五〇）

〔一〕一：原缺，据《永乐大典》卷一一三六八补。

上韩魏公书（节录）

近得秦中故人书，报进士董传三月中病死。轼往岁官岐下，始识传，至今七八年，知之熟矣。其为人，不通晓世事，然酷嗜读书。其文字萧然有出尘之姿，至诗与楚词，则求之于世可与传比者，不过数人。此固不待轼言，公自知之。（《苏文忠公全集》卷五〇）

与王定国 八（节录）

近颇知养生，亦自觉薄有所得，见者皆言道貌与往日殊别，更相阔数年，索我阆风之上矣。兼画得寒林墨竹，已入神品，行草尤工，只是诗笔殊退也，不知何故。

定国所寄临江军书，久已收得。二书反复议论及处忧患者甚详，既以解忧，又以洗我昏蒙，所得不少也。然所谓"非苟知之亦允蹈之"者，愿公尝诵此语也。杜子美在困穷之中，一饮一食，未尝忘君，诗人以来，一人而已。今见定国，每有书皆有感恩念咎之语，甚得诗人之本意。仆虽不肖，亦尝庶几仿佛于此也。（《苏文忠公全集》卷五二）

与王定国 一一

某启：马公过此嘉便，无好物寄去，收拾得茶少许，谩充信而已。新诗文近日必更多。君学术日益，如川之方增，幸更着鞭多读书史，仍手自抄为妙。造次造次[一]。

某自谪居以来，可了得《易传》九卷，《论语说》五卷。今又下手作《书传》。迂拙之学，聊以遣日，且以为子孙藏耳。子由亦了却《诗传》，又成《春秋集传》。闲知之，为一笑耳。桂州递中有和仲奉和诗四首，不知到未？且一报之。（《苏文忠公全集》卷五二）

〔一〕造次造次：原缺，据明成化本《东坡七集·续集》卷一一《与王定国书》补。

与王定国 一二（节录）

　　某递中领书及新诗，感慰无穷。得知君无恙，久居蛮夷中，不郁郁足矣，其他不足云也。马处厚行，曾奉书，必便达。不知今者为在何许，且盘桓桂州耶，为遂还任耶？重九登栖霞楼，望君凄然，歌《千秋岁》，满坐识与不识，皆怀君。遂作一词云〔一〕："霜降水痕收。浅碧鳞鳞欲见洲。酒力渐消风力软，飕飕。破帽多情却恋头。　　佳节若为酬。但把清樽断送秋。万事回头都是梦，休休。明日黄花蝶也愁。"其卒章，则徐州逍遥堂中夜与君和诗也。（《苏文忠公全集》卷五二）

　　〔一〕一：原缺，据《翰墨》补。

与王定国 一三（节录）

　　某启：如闻晋卿已召还都，月给百千，其女泣诉，圣主为恻然也。恐要知。来诗愈奇，欲和，又不欲频频破戒。自到此，惟以书史为乐，比从仕废学，少免荒唐也……君数书，笔法渐逼晋人，吾笔法亦少进耶？画不能皆好，醉后画得一二十纸中〔一〕，时有一纸可观，然多为人持去。（《苏文忠公全集》卷五二）

　　〔一〕十：原作"千"，据《翰墨》改。

与王定国 一四

《耕荒田》诗有云："家童烧枯草[一]，走报暗井出。一饱未敢期，瓢饮已可必。"又有云："刮毛龟背上，何日得成毡。"此句可以发万里一笑也。故以填此空纸。（《苏文忠公全集》卷五二）

〔一〕童：原作"重"，据《翰墨》改。

与王定国 二四

某启：人来，辱书，并三诗，伏读感慰。仍审起居佳胜。报张公卧疾，不胜忧悬。急要文集，不敢不付。在杭二年，到京数月，无顷刻暇时。公属我，文集当有所删润，虽不肖岂敢如此。然公知我之深，举世无比，安敢复存形迹，实欲仰副公意万一，故不敢草草编录。到颍，方有少暇，正欲编次，而遽索去，不敢不付。且乞定国一言，检阅既了，仍以相付，幸也。千万保爱。不宣。（《苏文忠公全集》卷五二）

与王定国 三〇

某启：辱书，具审起居佳胜。诬罔已辩，有识稍慰。

宠示二诗，读之耸然。醉翁有言："穷者后工。"今公自将达而诗益工，何也？莫是作诗数篇以饷穷鬼耶？喜不寐。诗甚欲和，又碍亲嫌，皆可一笑也。张公今虽微瘦，然论古今益明，不惟识虑过人，定国亦可见矣。

人事纷纷，书不尽言，非面莫究。（《苏文忠公全集》卷五二）

与王定国 三三（节录）

某启：别来三辱书，劳问之厚，复过畴昔矣。衰缪日退，而公相好日加，所未谕也。又中间一书，引物连类，如见当世大贤。意谓是封题之误，必非见与者，而其后姓字则我也，尤所不谕。然三复其文，词韵甚美，正似苏州何充画真，虽不全似，而笔墨之精，已可奇也。谨当收藏，以俟讲此者而与之。如何？如何？《苏文忠公全集》卷五二。

与王定国 三四（节录）

张公所戒，深中吾病，虽甚顽狠，岂忍不听，愿为致此意也。公向令作

《滕达道埋铭》，已诺之，其家作行状送至此矣。又欲作《孙公神道碑》，皆不可违[一]。只告密之，勿令人知是某作，仍勿令以润笔见遗，乃敢闻命。来诗甚奇，真得冲替气力也。呵呵。故后诗未及和。（《苏文忠公全集》卷五二）

〔一〕可：原脱，据《播芳大全》卷六四补。

答黄鲁直 五

某有侄婿王郎，名庠，荣州人。文行皆超然，笔力有余，出语不凡，可收为吾党也。自蜀遣人来惠，云："鲁直在黔，决当往见，求书为先容。"嘉其有奇志，故为作书。

然旧闻其太夫人多病，未易远去，谩为一言。眉人有程遵诲者，亦奇士，文益老，王郎盖师之。此两人有致穷之具，而与不肖为亲，又欲往求黄鲁直，其穷殆未易瘳也[一]。（《苏文忠公全集》卷五二）

〔一〕瘳：原作"量"，据《永乐大典》卷一一三六八改。

答陈履常 二（节录）

远承寄贶诗刻，读之洒然，如闻玉音，何幸获此荣观。不独以见作者之格，且足以知风政之多暇，而高躅之难继也。辄和《光禄庵二绝》，聊以寄钦羡之怀，一笑投之可也。（《苏文忠公全集》卷五三）

与张嘉父　五

　　某启：公文章自已得之于心，应之于手矣。譬之百货，自有定价，岂小子区区所能贵贱哉！"潜虽伏矣，亦孔之章"，足下虽欲不闻于人，不可得。愿自信不疑而已。（《苏文忠公全集》卷五三）

与张嘉父　六

　　某启：借示赋论诸文，遂得厌观，殊发老思。西汉一首尤精确。文帝不诛七国，世未有知其说者，独张安道尝言之于神考，其疏，人亦莫之见也。今公所论，若合符节，非学识至到，不能及此。仰钦！仰钦！（《苏文忠公全集》卷五三）

与陈季常　一三

　　别后凡四辱书，一一领厚意。具审起居佳胜，为慰。又惠新词，句句警拔，诗人之雄，非小词也。但豪放太过，恐造物者不容人如此快活，一枕无碍睡，辄亦得之耳。公无多奈我何，呵呵。所要谢章寄去。闻车马早晚北来，

413

恐此书到日，已在道矣。故不烦缕。（《苏文忠公全集》卷五三）

与陈季常　一四〔一〕

置中叠辱手示，并惠果羞，感愧增剧。《酒隐堂诗》，当涂中抒思，不敢草草作。公是大檀越，岂容复换牌也，一笑。（《苏文忠公全集》卷五三）

〔一〕原校：此尺牍一作："辱示诗，益深感叹，殊未暇和答。积压债负，不遑也。人还，复谢。不宣。"

与陈季常　一六（节录）

在定日作《松醪赋》一首，今写寄择等，庶以发后生妙思，着鞭一跃，当撞破烟楼也。长子迈作吏，颇有父风。二子作诗骚殊胜，咄咄皆有跨灶之兴，想季常读此，捧腹绝倒也。（《苏文忠公全集》卷五三）

答毛泽民　七

《秋兴》之作，追配骚人矣，不肖何足以窥其粗。遇不遇固自有定数，向非厄穷无聊，何以发此奇思，以自表于世耶？敬佩来贶，传之知音，感愧之

极。数日适苦壅嗽，殆不可堪，强作报，灭裂，死罪死罪！（《苏文忠公全集》卷五三）

答陈传道　二

　　某启：衰朽何所取，而传道昆仲过听，相厚如此。数日前，履常谒告，自徐来宋相别。王八子安偕来，方同舟下〔一〕，信宿而归〔二〕。又承传道亦欲至灵璧，以部役沂上，不果。佩荷此意，何时可忘。又承以近诗一册为赐，笔老而思深，蕲配古人，非求合于世俗者也。幸甚！幸甚！钱唐诗皆率然信笔〔三〕，一一烦收录，祇以暴其短尔。

　　某方病市人逐于利，好刊某拙文〔四〕，欲毁其板，矧欲更令人刊耶〔五〕！当俟稍暇，尽取旧诗文，存其不甚恶者，为一集。以公过取其言，当令人录一本奉寄。今所示者，不唯有脱误，其间亦有他人文也。（《苏文忠公全集》卷五三）

　　〔一〕"舟"下原有"东"字，据《永乐大典》卷一一三六八删。
　　〔二〕信：原作"至"，据同上改。
　　〔三〕率然信笔：原作'纵笔'，据同上改。
　　〔四〕刊：原缺，据同上补。
　　〔五〕此句原作"敢令刊耶"，据同上改。

答陈传道　三

　　某启：知日课一诗，甚善。此技虽高才，非甚习不能工也。圣俞昔常如此。某近绝不作诗，盖有以，非面莫究。顷作神道碑、墓志数篇，碑盖被旨作，而志文以景仁丈世契不得辞。欲写呈，又未有暇，闻都下已开板，想即见之也。

某顷伴虏使，颇能诵某文字，以知虏中皆有中原文字，故为此碑，谓富公碑也。欲使虏知通好、用兵利害之所在也。昔年在南京，亦尝言此事，故终之。李六丈文集引，得闲当作。向所示集古文留子由处，有书令检送也。（《苏文忠公全集》卷五三）

答陈传道　四

某启：久不上问，愧负深矣。忽枉手讯，劳来勤甚。夙昔之好，不替有加。兼审比来起居佳胜，感慰兼集。

诸新旧诗，幸得竟览〔一〕，不意余生复见斯作。古人日远，俗学衰陋，作者风气，犹存君家伯仲间。见近报，履常作正字，伯仲介特之操，处穷益励，时流孰知之者？用是占之，知公议少伸也耶！传道岂久淹筦库者。未由面谈，惟冀厚自爱重而已。（《苏文忠公全集》卷五三）

〔一〕竟：原作"敬"，据明万历刊《东坡先生外集》卷八〇改。

答李方叔　二

秋试时，不审已从吉未？若可以下文字，须望鼎甲之捷也。暑中既不饮酒，无缘作字，时有一二，辄为人取去，无以塞好事之意，亦不愿足下如此癖好也。近获一铜镜，如漆色，光明冷彻。背有铭云："汉有善铜出白阳，取为镜，清如明，左龙右虎俌之〔一〕。"字体杂篆隶，真汉时字也。白阳不知所在，岂南阳白水阳乎？"如"字应作"而"字使耳。"左龙右虎"，皆未甚晓，更闲，为考之。（《苏文忠公全集》卷五三）

〔一〕俌：原作"辅"，据《永乐大典》卷一一三六八改。

答李方叔　四

某启：辱书累数百言，反复寻味，词气甚伟，虽不肖，亦已粗识。君子志义所在，然仆以愚不闻过，故至黜辱如此。若犹哀怜之，当痛加责让，以感厉其意，庶几改往修来，以尽余年。今乃粉饰刻画，是益其疾也，愧悚！愧悚！承持制甚苦，哀慕良深。便欲走诣，而自谪官以来，不复与往还庆吊，杜门省愆而已。谨遣小儿问左右，当以亮察。不宣。（《苏文忠公全集》卷五三）

答李方叔　五

某启：承示新文，如子骏行状，丰容隽壮，甚可贵也。有文如此，何忧不达，相知之久，当与朋友共之。至于富贵，则有命矣，非绵力所能必致。姑务安贫守道，使志业益充〔一〕，自当有获。鄙言拙直，久乃信尔。照察，幸

甚。(《苏文忠公全集》卷五三)

〔一〕充：原作"克"，据明成化本《东坡七集·续集》卷六改。

答李方叔 八

某启：叠辱手教，愧荷不已。雪寒，起居佳胜。示谕，固识孝心深切。然某从来不独不书不作铭、志，但缘子孙欲追述祖考而作者，皆未尝措手也。近日与温公作行状、书墓志者，独以公尝为先姚墓铭，不可不报尔。其他决不为，所辞者多矣，不可独应命。想必得罪左右，然公度某无他意，意尽于此矣。悚息悚息！(《苏文忠公全集》卷五三)

答李方叔 九

某再启：承遂举十丧，哀劳极矣。此古人之事，复见于君，恨不能兼助尔。不易！不易！阡表既与墓志异名而同实，固难如教，不罪！不罪！某暮归困甚，来人又立行，不复觑缕，悚息悚息！(《苏文忠公全集》卷五三)

答李方叔 一〇

　　某启：昨日辱书，不即答为愧。乍晴，孝履安稳。所示，反复思之，亦欲有以少慰孝子之心，而某所不敢作者，非独铭志而已。至于诗赋赞咏之类，但涉文字者，举不敢下笔也。忧患之余，畏怯弥甚，必望有以亮之。少选，更令儿子去面述。不一一。（《苏文忠公全集》卷五三）

答李方叔 一一

　　前日所贶高文，极为奇丽。但过相粉饰，深非所望，殆是益其病尔。无由往谢，悚汗不已。（《苏文忠公全集》卷五三）

答李方叔 一六

　　比年于稠人中，骤得张、秦、黄、晁及方叔、履常辈，意谓天不爱宝，其获盖未艾也。比来经涉世故，间关四方，更欲求其似，邈不可得。以此知人决不徒出，不有立于今〔一〕，必有觉于后，决不碌碌与草木同腐也。迨、过皆不废学，可令参侍几砚。（《苏文忠公全集》卷五三）

〔一〕立：原作"益"，据《永乐大典》一一三六八改。

答舒尧文 一（节录）

足下文章之美，固已超轶世俗而追配古人矣，岂仆荒唐无实横得声名者所得眩乎，何其称述之过也！其词则信美矣，岂效邹衍、相如高谈驰骛，不顾其实，苟欲托仆以发其宏丽新语耶？欧阳公，天人也。恐未易过，非独不肖所不敢当也。天之生斯人，意其甚难，非且使之休息千百年，恐未能复生斯人也。世人或自以为似之，或至以为过之，非狂则愚而已。何缘会面一笑为乐。（《苏文忠公全集》卷五六）

答舒尧文 二

轼启：午睡昏昏，使者及门，授教及诗，振衣起观，顿尔醒快，若清风之来得当之也。大抵词律庄重，叙事精致，要非嚣浮之作。昔先零侵汉西疆，而赵充国请行，吐谷浑不贡于唐，而文皇临朝叹息，思起李靖为将，乃知老将自不同也。晋师一胜城濮，则屹然而霸，虽齐、陈大国，莫不服焉。今日鲁直之于诗是已。公自于彼乞盟可也，奈何欲为两属之国，则牺牲玉帛焉得而给诸？不敢当！不敢当！即承来命，少资喔噱。（《苏文忠公全集》卷五六）

与郑靖老 二（节录）

《众妙堂记》一本，寄上。本不欲作，适有此梦，梦中语皆有妙理，皆实云尔，仆不更一字也。不欲隐没之，又皆养生事，无可酝酿者，故出之也。

（《苏文忠公全集》卷五六）

与郑靖老 三（节录）

某启：到雷见张君俞，首获公手书累幅，欣慰之极，不可云谕。到廉，廉守乃云公已离邕去矣〔一〕。方怅然，欲求问从者所在，少通区区，忽得来教，释然，又得新诗，皆秀杰语，幸甚！幸甚！别来百罹，不可胜言，置之不足道也。《志林》竟未成，但草得《书传》十三卷，甚赖公两借书籍检阅也。

（《苏文忠公全集》卷五六）

〔一〕已：原缺，据明成化本《东坡七集·续集》卷四补。

与程怀立 一

某启：昨日辱访，感作不已。经宿起居佳胜。蒙借示子明传神，笔势精

妙，仿佛莫辨，恐更有别本，愿得一轴，使观者动心骇目也。专此致叙，灭裂，不一。（《苏文忠公全集》卷五六）

与谢民师 二

某启：蒙录示近报，若果然得免湖外之行，衰羸之幸，可胜道哉！此去，不住许下，则归阳羡。民师还朝受任[一]，或相近，得再见，又幸矣。儿子辈并沐宠问，及览所赐过诗，何以克当。然句法有以启发小子矣。感荷感荷！旅况不尽区区。（《苏文忠公全集》卷五六）

〔一〕受：原作"授"，据《东坡七集·续集》卷四改。

与孙志康 二（节录）

某启：自春末闻讣，悲愕不已。自惟不肖，得交公父子间有年矣。即欲奉疏，少道哀诚，不独海上无便，又闻志康往西路迎护，莫知往还的耗，故因循至今。遂辱专使，手书累幅，愧荷深矣。窃承已毕大事，营办勤苦，何以堪任。即日孝履支持，粗慰所望。志文实录，读之感噎。自闻变故，即欲撰一哀词，以表契义之万一，患不知爵里之详。今获观此文，且夕即当下笔，然不敢传出，虽志康亦不相示。藏之家笥，须不肖启手足日乃出之也。自惟无状，百无所益于故友，惟文字庶几不与草木同腐，故决意为之，然决不以相示也。志康必识此意，千万勿来索看。师是此文甚奇，斯人亦可人也……

李泰伯前辈不相交往，然敬爱其人，欲为作集引，然亦终不传出也。承谕乃世旧，可为集其前后文集，异日示及，当与志康商议，少加删定，乃传世也。斯人既无后，吾辈当与留意。李文叔书已领，会见无期，千万节哀自重。诸儿子为学颇长进，迨自吴兴寄诗来，文采甚可观。此等辱交游最旧，故辄以奉闻，然不敢令拜状，无益，徒烦报答也。（《苏文忠公全集》卷五六）

<h2 style="text-align:center">与王庠 一（节录）</h2>

寄示高文新诗，词气比旧益见奇伟，粲然如珠贝溢目。非独乡间世不乏人为喜，又幸珍材异产，近出姻戚，数日读不释手。每执以告人曰："此吾家王郎之文也。"老朽废学久矣，近日尤不近笔砚，见少时所作文，如隔世事、他人文也。足下犹欲使议论其间，是顾千里于伏枥也。（《苏文忠公全集》卷六〇）

<h2 style="text-align:center">与王庠 二（节录）</h2>

轼启：前后所寄高文，无不达。日每见增叹，但恨老拙无以少答来贶。又流落海隅，不能少助声名于当时。然格力自天，要自有公论，虽欲不显扬，不可得也。程夫子尚困场屋，王贤良屈为州县，皆造物有不可晓者。（《苏文忠公全集》卷六〇）

与王庠 五

　　别纸累幅，过当。老病废忘，岂堪英俊如此责望耶〔一〕？少年应科目时，记录名数沿革及题目等，大略与近岁应举者同尔。亦有少节目，文字才尘忝后，便被举主取去，今日皆无有，然亦无用也，实无捷径必得之术。但如君高材强力，积学数年，自有可得之道，而其实皆命也。但卑意欲少年为学者，每一书〔二〕，皆作数过尽之。书富如入海，百货皆有之，人之精力，不能兼收尽取，但得其所欲求者耳。故愿学者，每次作一意求之。如欲求古人兴亡治乱圣贤作用，但作此意求之，勿生余念。又别作一次求事迹故实典章文物之类，亦如之。他皆仿此。此虽迂钝，而他日学成，八面受敌，与涉猎者不可同日而语也。甚非速化之术，可笑可笑！（《苏文忠公全集》卷六〇）

　　〔一〕耶：原作"也"，据四部丛刊影刻之郎晔《经进东坡文集事略》卷四六改。
　　〔二〕一：原作"读"，据同上改。

谢吕龙图 一

　　龙图阁老执事：某西蜀之鄙人，幼承家训，长知义方，粗识名教，遂坚晚节。两登进士举，一中茂才科，故当世名公巨卿，亦尝赐其提挈爱怜之意。故欧公引之于其始，韩公荐之于其中，今又阁下举之于其后。自惟末学，辱大贤者之知，出自天幸。然君子之心，以公而取士；某小人之志，终荷恩以归心。但空省循，何由论报。比者止于片言只字谢德于门下，而其诚之所加，

意有所不能尽，意之所至，言有所不能宣，故其见于笔舌者，止此而已。惟高明有以容而亮之。（《苏文忠公全集》卷六〇）

与知县 一〇

昨日辱示佳篇，词韵高绝，非此句无以发扬醉公也。雨冷，起居佳否？二碑纳上。（《苏文忠公全集》卷六〇）

与子安兄 六

墓表又于行状外寻访得好事，皆参验的实。石上除字外，幸不用花草及栏界之类。才着栏界，便不古，花草尤俗状也。唐以前碑文皆无。告照管模刻仔细为佳。不罪！不罪！（《苏文忠公全集》卷六〇）

与子明兄（节录）

记得应举时，见兄能讴歌，甚妙。弟虽不会，然常令人唱，为作词。近作得《归去来引》一首，寄呈，请歌之。送长安君一盏，呵呵。醉中，不罪。（《苏文忠公全集》卷六〇）

与千之侄 二

独立不惧者，惟司马君实与叔兄弟耳。万事委命，直道而行，纵以此窜逐，所获多矣。因风寄书。此外勤学自爱。近来史学凋废，去岁作试官，问史传中事，无一两人详者。可读史书，为益不少也。（《苏文忠公全集》卷六〇）

与侄孙元老 二

侄孙近来为学何如？想不免趋时。然亦须多读史，务令文字华实相副，期于适用乃佳，勿令得一第后，所学便为弃物也。海外亦粗有书籍，六郎亦不废学，虽不解对义，然作文极峻壮，有家法。二郎、五郎见说亦长进，曾见他文字否？侄孙宜熟看前、后汉史及韩、柳文。有便，寄近文一两首来，慰海外老人意也。（《苏文忠公全集》卷六〇）

与侄孙元老 三（节录）

元老侄孙秀才：屡得书，感慰。十九郎墓表，本是老人欲作，今岂推辞！

向者犹作宝月志文，况此文，义当作，但以日近忧畏愈深，饮食语默，百虑而后动，想喻此意也。若不死，终当作尔。（《苏文忠公全集》卷六〇）

黄州与人 二

示喻《燕子楼记》。某于公契义如此，岂复有所惜。况得托附老兄与此胜境，岂非不肖之幸。但困踬之甚，出口落笔，为见憎者所笺注。儿子自京师归，言之详矣，意谓不如牢闭口，莫把笔，庶几免矣。虽托云向前所作，好事者岂论前后。即异日稍出灾厄，不甚为人所憎，当为公作耳。千万哀察。（《苏文忠公全集》卷六〇）

与参寥子 一（节录）

某启：别来思企不可言，每至逍遥堂，未尝不怅然也。为书勤勤不忘如此。仍审比来法体康佳，感服兼至。三诗皆清妙，读之不释手，且和一篇为答。（《苏文忠公全集》卷六一）

与参寥子 二（节录）

见寄数诗及近编诗集，详味，洒然如接清颜听软语也。比已焚笔砚[一]，断作诗，故无缘属和，然时复一开以慰孤疾，幸甚幸甚！笔力愈老健清熟，过于向之所见，此于至道，殊不相妨，何为废之耶？当更磨揉以追配彭泽。（《苏文忠公全集》卷六一）

〔一〕比：原作"此"，据《五百家播芳大全文粹》卷七〇改。

与参寥子　四（节录）

聪师相别五六年，不谓便尔长进。诗语笔踪皆可畏，遂为名僧法足，非特巧慧而已。（《苏文忠公全集》卷六一）

与参寥子　一八

颖沙弥书迹巉耸可畏〔一〕，他日真妙总门下龙象也，老夫不复止以诗句字画期之矣。老师年纪不小〔二〕，尚留情句画间为儿戏事耶〔三〕？然此回示诗，超然真游戏三昧也。居闲，不免时时弄笔〔四〕。见索书字要楷法，辄往数篇〔五〕，终不甚楷也。只一读了〔六〕，付颖师收，勿示余人也。雪浪斋诗尤奇玮〔七〕，感激！感激！转海相访，一段奇事。但闻海舶遇风，如在高山上坠深谷中〔八〕。非愚无知与至人，皆不可处。胥靡遗生，恐吾辈不可学。若是至人无一事，冒此险做甚么？千万勿萌此意。颖师喜于得预乘桴之游耳〔九〕。所谓无所取材者，其言不可听，切切〔一〇〕！相知之深，不可不尽道其实尔。自揣余生，必须相见，公但记此言〔一一〕，非妄语也。轼再拜〔一二〕。（《苏文忠公全集》卷六一）

〔一〕颖：原作"颖"，下同。畏：原作"爱"。据《三希堂石刻》改。

〔二〕老：原缺，据同上补。

〔三〕事耶：原作"乎"，据同上改。

〔四〕时时：原缺，据右引补。"笔"后原有"砚"字，据《三希堂石刻》删。

〔五〕往：原作"能"，据明成化本《东坡七集·续集》改。

〔六〕一：原缺，据《三希堂石刻》补。

〔七〕玮：原作"伟"，据同上改。

〔八〕坠：原作"堕"，据同上改。

〔九〕耳：原缺，据同上补。

〔一〇〕切切：原缺，据同上补。上句"言"后有"切"字，据同上删。

〔一一〕公：原缺，据同上补。

〔一二〕轼再拜：原缺，据同上补。

与东林广惠禅师 二

古人字体，残缺处多，美恶真伪，全在模刻之妙。根寻气脉之通，形势之所宜，然后运笔，亏者补之，余者削之，隐者明之，断者引之。秋毫之地，失其所体，遂无可观者。

昔王朗文采、梁鹄书、钟繇镌〔一〕，谓之三绝。要必能书然后刻，况复摹哉！三者常相为利害，则吾文犹有望焉尔。（《苏文忠公全集》卷六一）

〔一〕王朗：原作"王郎"，据唐李绰《尚书故实》改。

祭欧阳文忠公文

呜呼哀哉！公之生于世，六十有六年。民有父母，国有蓍龟，斯文有传，学者有师，君子有所恃而不恐，小人有所畏而不为。譬如大川乔岳，不见其运动，而功利之及于物者，盖不可以数计而周知。今公之没也，赤子无所仰芘，朝廷无所稽疑，斯文化为异端，而学者至于用夷。

君子以为无为为善，而小人沛然自以为得时。譬如深渊大泽，龙亡而虎逝，则变怪杂出，舞鳅鳝而号狐狸。昔其未用也，天下以为病；而其既用也，则又以为迟；及其释位而去也，莫不冀其复用；至其请老而归也，莫不惘怅失望，而犹庶几于万一者，幸公之未衰。孰谓公无复有意于斯世也，奄一去而莫予追。岂厌世溷浊，絜身而逝乎？将民之无禄，而天莫之遗？

昔我先君，怀宝遁世，非公则莫能致。而不肖无状，因缘出入，受教于门下者，十有六年于兹。闻公之丧，义当匍匐往救，而怀禄不去，愧古人以忸怩。缄词千里，以寓一哀而已矣。盖上以为天下恸，而下以哭其私。呜呼哀哉！（《苏文忠公全集》卷六三）

祭文与可文

维元丰二年，岁次己未，□□□□朔，五日甲辰，从表弟朝奉郎、尚书祠部员外郎、直史馆、权知徐州军州事骑都尉苏轼，谨以清酌庶羞之奠[一]，致祭于故湖州文府君与可之灵曰：

呜呼哀哉！与可，能复饮此酒也夫！能复赋诗以自乐，鼓琴以自侑也夫！

呜呼哀哉！余尚忍言之。气噎悒而填胸，泪疾下而淋衣。忽收泪以自问，非夫人之为恸而谁为乎！道之不行，哀我无徒。岂无友朋，逝莫告余。惟余与可，匪亟匪徐。招之不来，麾之不去。不可得而亲，其可得而疏之耶？

呜呼哀哉！孰能惇德秉义，如与可之和而正乎？孰能养民厚俗，如与可之宽而明乎？孰能为诗与楚词，如与可之婉而清乎？孰能齐宠辱、忘得丧，如与可之安而轻乎？

呜呼哀哉！余闻讣之三日，夜不眠而坐喟。梦相从而惊觉，满茵席之濡泪。念有生之归尽，虽百年其必至。惟有文为不朽，与有子为不死。虽富贵寿考之人，未必皆有此二者也。然余尝闻与可之言，是身如浮云，无去无来，无亡无存。则夫所谓不朽与不死者，亦何足云乎？呜呼哀哉！（《苏文忠公全集》卷六三）

〔一〕"维元丰"云云四十四字及"谨以清酌"云云八字原缺，据《西楼帖》补。

黄州再祭文与可文

从表弟苏轼，昭告于亡友湖州府君与可学士文兄之灵。

呜呼哀哉！我官于岐，实始识君。方口秀眉[一]，忠信而文。志气方刚，谈词如云。一别五年，君誉日闻。道德为膏，以自濯熏。艺学之多，蔚如秋贲。脱口成章，粲莫可耘。驰骋百家，错落纷纭。使我羞叹，笔砚为焚。再见京师，默无所云。杳兮清深，落其华芬。昔艺我黍，今熟其馈。啜漓歌呼，得淳而醺。天力自然，不施胶筋。坐了万事，气回三军。笑我皇皇，独违垢纷。俯仰三州，眷恋桑枌。仁施草木，信及麇麕。昂然来归，独立无群。俛焉复去，初无戚欣。大哉死生，凄怆蒿焄。

君没谈笑，大钧徒勤。丧之西归，我窜江滨。何以荐君，采江之芹。相彼日月，有朝必曛。我在茫茫，凡几合分。尽此一觞，归安于坟。呜呼哀哉！（《苏文忠公全集》卷六三）

〔一〕方：原作"甚"，据《皇朝文鉴》卷一三四改。

祭张子野文

子野郎中张丈之灵曰：

仕而忘归，人所共蔽。有志不果，日月其逝。惟余子野，归及强锐。优游故乡，若复一世。遇人坦率，真古恺悌。庞然老成，又敏且艺。清诗绝俗，甚典而丽。搜研物情，刮发幽翳。微词宛转，盖诗之裔。坐此而穷，盐米不继。啸歌自得，有酒辄诣。

我官于杭，始获拥彗。欢欣忘年，脱略苛细。送我北归，屈指默计。死生一诀，流涕挽袂。我来故国，实五周岁。不我少须，一病遽蜕。堂有遗像，室无留嬖。人亡琴废，帐空鹤唳〔一〕。酹觞再拜，泪溢两眦。（《苏文忠公全集》卷六三）

〔一〕唳：原作"戾"，据宋刻大字本《东坡集》卷三五改。

祭蔡景繁文（节录）

呜呼哀哉！子之为人，清厉孤峻。经以仁义，纬以忠信。才兼百夫，敛以静顺。子之事君，悃款倾尽。挺然不倚，视退如进。持其本心，不负尧舜。子之从政，果艺清慎。缓民急吏，不肃而震。纷纭满前，理解迎刃。子之为文，秀整明润。工于造语，耻就余馋。诗尤所长，锵然玉振。（《苏文忠公全集》卷六三）

祭欧阳伯和父文

呜呼哀哉！文忠之子，譬之孔门，则其高弟。其材不同，而皆有得，公之一体。惟伯和父，得公之学，甚敏且艺。罔罗幽荒，掎摭遗逸，驰骋百世。有求则应，取之左右，不择巨细。如汉伯喈，如晋茂先，余子莫继。

公薨一纪，门人凋丧，我老又废。退而讲论，放失旧闻，日月其逝。欲操简牍，从伯和父，解发疑蔽。今其亡矣，谁助我者，投笔掩袂。

斯文日化，蹑风系景，安所止戾。子独确然，求之度数，断以凡例。抱其孤学，将以安适，凿不谋枘。归从文忠，与仲纯父，孰曰非计。而我何为，寓词千里，继以泣涕。呜呼哀哉！（《苏文忠公全集》卷六三）

祭欧阳文忠公夫人文（节录）

我所谓文，必与道俱。见利而迁，则非我徒。（《苏文忠公全集》卷六三）

渊明非达

陶渊明作《无弦琴》诗云："但得琴中趣，何劳弦上声。"苏子曰：渊明非达者也。五音六律，不害为达，苟为不然，无琴可也，何独弦乎？（《苏文忠公全集》卷六五）

臞仙帖

司马相如诏事武帝，开西南夷之隙，及病且死，犹草《封禅书》，此所谓死而不已者耶〔一〕！列仙之隐居山泽间〔二〕，形容甚臞，此殆得道人也。而相如鄙之，作《大人赋》，不过欲以侈言广武帝意耳〔三〕。夫所谓大人者，相如孺子，何足以知之！若贾生《鵩赋》，真知大人者也。庚辰八月二十二日〔四〕。东坡书〔五〕。（《苏文忠公全集》卷六五）

〔一〕自篇首至此句三十二字原缺，据赵刻《东坡志林》补。
〔二〕隐：原作"儒"，据同上改。
〔三〕广原作"汉"，"耳"原作"也"，据同上改。
〔四〕二十二：原作"二十"，据同上改。
〔五〕东坡书：原缺，据同上补。

陈隋好乐

吹笛、弹琵琶、五弦及歌舞之技[一]，自齐文襄以来好之，河清已后尤甚。后主惟赏胡戎乐，耽爱无已，于是繁手淫声，争新哀怨，故曹妙达、安马驹之徒，至有封王开府者，遂服簪缨，而为伶人之事。后主亦能自度曲，亲执乐器，玩悦无倦，倚弦而歌，别采新声为《无愁曲》[二]，音韵窈窕，极于哀思，使侍儿阉官辈齐唱和之，曲终乐阕，莫不殒涕。行幸道路，或时马上作之。乐往哀来，竟以亡国[三]。

炀帝不解音律，略不关怀。后大制艳曲，词极淫绮。令乐正白明达造新声，创《万岁乐》《藏钩乐》《投壶乐》《舞席同心髻》《玉女行觞》《神仙留客》《掷砖续命》《斗鸡子》《斗百草》《泛龙舟》《还旧宫》《长乐苑》及《十二时》等曲，掩抑摧藏，哀音断绝。帝悦之不已，谓幸臣曰："多弹曲者，如人多读书。读书多则能撰文，弹曲多则能造曲。"因语明达云："陈氏褊陋，曹妙达犹封王，况我天下大同乎？"

宋武帝既受禅，朝廷未备音乐，殷仲文以为言。帝曰："日不暇给，且所不解。"仲文曰："屡听自解。"帝曰："政以解则好之，故不习。"观二主之言，兴亡之理，岂不明哉！（《苏文忠公全集》卷六五）

〔一〕及：原作"又"，据《隋书》卷一四《音乐志》中改。

〔二〕愁：原作"怨"，据明万历刊《东坡先生外集》卷二一改。

〔三〕《历代名贤确论》以篇首至"竟以亡国"为一则，在卷六四；"炀帝不解音律"以下为另一则，在卷六六。

韩愈优于扬雄

　　韩愈亦近世豪杰之士，如《原道》中言语，虽有疵病，然自孟子之后，能将许大见识，寻求古人，自亦难得。观其断曰："孟子醇乎醇；荀、扬择焉而不精，语焉而不详。"若不是他有见识，岂千余年后便断得如此分明。

　　如扬雄谓老子之言道德，则有取焉尔；至于搊提仁义，绝灭礼乐为无取。若以老子"剖斗折衡，而民不争，圣人不起，为救时反本"之言为无取，尚可恕；如老子言"失道而后德，失德而后仁，失仁而后义，失义而后礼"，则不识道已不成言语，却言其言道德则有取。扬子亦自不见此，其与韩愈相去远矣。（《苏文忠公全集》卷六五）

柳子厚论伊尹

　　圣人之所以能绝人者〔一〕，不可以常情疑其有无。孔子为鲁司寇，堕郈、堕费，三桓不疑其害己。非孔子，能之乎？伊尹去亳适夏，既丑有夏，复归于亳。伊尹为政于商，既贰于夏矣，以桀之暴戾〔二〕，处其执政而不疑，往来两国之间，而商人父师之。非圣人，能如是乎？是以废太甲，太甲不怨，复其位，太甲不疑。皆不可以常情断其有无也。后世惟诸葛孔明近之。玄德将死之言，乃真实语也。使孔明据刘禅位，蜀人岂有异词哉！

　　元祐八年〔三〕，读柳宗元《五就桀赞》，终篇皆妄〔四〕，伊尹往来两国之间，岂其有意欲教诲桀而全其国耶？不然，汤之当王也久矣，伊尹何疑焉！桀能改过而免于讨〔五〕，可庶几也。能用伊尹而得志于天下，虽至愚知其不然，宗元意欲以此自解其从王叔文之罪也〔六〕。（《苏文忠公全集》卷六五）

〔一〕以能：原作"能有"，据明刊《三苏文粹》卷二九改。
〔二〕以：原缺，据同上补。
〔三〕元祐八年：原缺，据同上补。
〔四〕妄：原作"言"，据同上改。
〔五〕能：原缺，据同上补。
〔六〕以此：原缺，据同上补。

乐天论张平叔

乐天作《张平叔户部侍郎判度支制词》云："吾坐而决事，丞相以下，不过四五人，而主计之臣在焉。"以此知唐制，主计盖坐而论事也。不知四五人者悉何人。平叔议盐法，至为割剥，事见退之集。今乐天制词亦云〔一〕："计能析秋毫，吏畏如夏日。"度其人必小人也。（《苏文忠公全集》卷六五）

〔一〕今：原缺，据《能改斋漫录》卷六《张平叔赃吏》引文补。

唐制乐律

唐初，即用隋乐。武德九年，始诏祖孝孙、窦璡等定乐。初，隋用黄钟一宫，惟击七钟，其五悬而不击，谓之哑钟。张文收乃依古断竹为十二律，与孝孙等次调五钟，叩之而应。由是十二钟皆用。

至肃宗时[一]，山东人樱延陵得律，因李辅国奏之，云："太常乐调，皆不合黄钟，请悉更制诸钟磬。"帝以为然。乃悉取诸乐器摩剗之，二十五日而成。然以汉律考之，黄钟乃太簇也。当时议者，以为非是。

唐用肃宗乐，以后政日急，民日困，俗日偷，以至于亡。以理推之，其所谓下者，乃中声也。悲夫！（《苏文忠公全集》卷六五）

〔一〕至：原作"而"，据改。

相如《长门赋》

陈皇后废处长门宫，闻司马相如工为文，奉百金为相如、文君取酒。相如为作《长门赋》，以悟主上。皇后复得幸。

予观汉武雄猜忍暴，而相如乃敢以微词亵慢及宫闱间。太史公一说李陵事，以为意沮贰师，遂下蚕室。陈皇后得罪，止坐卫子夫，子夫之爱，不减李夫人，岂区区贰师所能比乎？而于相如之赋，独不疑其有间于子夫者，岂非幸与不幸，固自有命软？世以祸福论工拙，而以太史公不能保身于明哲者，皆非通论也。（《苏文忠公全集》卷六五）

渊明无弦琴

旧说渊明不知音，蓄无弦琴以寄意，曰："但得琴中趣，何劳弦上声。"

此妄也。渊明自云"和以七弦"，岂得不知音，当是有琴而弦弊坏，不复更张，但抚弄以寄意，如此为得其真。

其《自祭文》出妙语于旷息之余，岂死生之流乎？但恨其犹以生为寓，以死为真。嗟夫，先生岂真死独非寓乎？（《苏文忠公全集》卷六五）

书渊明《孟府君传》后

陶渊明，孟嘉外孙，作《嘉传》云："或问'听丝不如竹，竹不如肉，何也？'曰：'渐近自然。'"而今《晋书》乃云"渐近使之然"，则是闾里少年鄙语。虽至细事，然足以见许敬宗等为人。（《苏文忠公全集》卷六六）

书《六一居士传》后

苏子曰：居士可谓有道者也。

或曰：居士非有道者也。有道者无所挟而安，居士之于五物，捐世俗之所争，而拾其所弃者也，乌得为有道乎？

苏子曰：不然。挟五物而后安者，惑也；释五物而后安者，又惑也。且物未始能累人也，轩裳圭组，且不能为累，而况此五物乎？物之所以能累人者，以吾有之也。吾与物俱不得已而受形于天地之间，其孰能有之？而或者以为己有，得之则喜，丧之则悲。今居士自谓"六一"，是其身均与五物为一也，不知其有物耶，物有之也？居士与物均为不能有，其孰能置得丧于其间？故曰：居士可谓有道者也。

虽然，自一观五，居士犹可见也。与五为六，居士不可见也。居士殆将隐矣！（《苏文忠公全集》卷六六）

跋嵇叔夜《养生论》后

东坡居士以桑榆之末景，忧患之余生，而后学道，虽为达者所笑，然犹贤乎已也。以嵇叔夜《养生论》颇中余病，故手写数本，其一赠罗浮邓道师。绍圣二年四月八日书[一]。（《苏文忠公全集》卷六六）

〔一〕"绍圣二年"等九字原缺，据张丑《清河书画舫》补。

书渊明《述史章》后

渊明作《述史九章》，《夷齐》《箕子》盖有感而云。去之五百余载，吾犹知其意也。（《苏文忠公全集》卷六六）

书晁无咎所作《杜舆子师字说》后

《易》曰："君子得舆，民所载也。小人剥庐，终不可用也。"夫君子得舆，下完而上未具也。小人剥庐，上壮而下挠也。下完而上未具，吾安寝其中，民将载之。上壮而下挠，疾走不顾，犹惧压焉。

今君学修于身，行修于家，而禄未及，既完其下矣，故予以是名字之，与无咎意初无异者。而其文约，其义近，不足以发夫人之志。若无咎者，可谓富于言而妙于理者也。（《苏文忠公全集》卷六六）

跋退之《送李愿序》

欧阳文忠公尝谓晋无文章，惟陶渊明《归去来》一篇而已。余亦以谓唐无文章，惟韩退之《送李愿归盘谷》一篇而已。平生愿效此作一篇，每执笔辄罢，因自笑曰："不若且放，教退之独步〔一〕。"（《苏文忠公全集》卷六六）

〔一〕《苕溪渔隐丛话》前集卷一八引本文，此句后尚有"退之寻常诗，自谓不逮李、杜，至于'昔寻李愿向盘谷'一篇，独不减子美"二十七字。

书子由《君子泉铭》后（孟君名震，郓人，及进士第，为承议郎）

子由既为此文，余欲刻之泉上。孟君不可，曰："名者，物之累也。"乃书以遗之。

元丰六年十一月九日题。《苏文忠公全集》卷六六。

书李邦直《超然台赋》后

世之所乐，吾亦乐之，子由其独能免乎？以为彻弦而听鸣琴，却酒而御芳茶，犹未离乎声、味也。是故即世之所乐，而得超然，此古之达者所难，吾与子由其敢谓能尔矣乎？

邦直之言，可谓善自持者矣，故刻于石以自儆云。（《苏文忠公全集》卷六六）

书文与可《超然台赋》后

余友文与可，非今世之人也，古之人也。其文非今之文也，古之文也。其为《超然》辞，意思萧散，不复与外物相关，其《远游》《大人》之流乎？

熙宁九年四月六日。（《苏文忠公全集》卷六六）

书子由《黄楼赋》后

子城之东门，当水之冲，府库在焉。而地狭不可以为瓮城，乃大筑其门，护以砖石。府有废厅事，俗传项籍所作，而非也。恶其淫名无实，毁之，取其材为黄楼东门之上。元丰元年八月癸丑，楼成。九月庚辰，大合乐以落之。

始余欲为之记，而子由之赋已尽其略矣，乃刻诸石。（《苏文忠公全集》卷六六）

跋《张希甫墓志》后

余为徐州，始识张希甫父子。元年之冬，李夫人病没，徐人多言其贤，至于死生之际无所留难。而天骥出其手书数十纸，记浮屠、道家语，笔迹雅健，不类妇人，而所书皆有条理。是时希甫年七十，辟谷道引，饮水百余日，甚瘠而不衰，目瞳子炯然。余知其无苦，而不忍天骥之忧惧，乃守而告之：人生如寄，何至自苦如是，愿以时饮酒食粱肉，慰子孙之意。希甫强为予食，然无复在世意。

后二年，余谪居黄州，闻希甫没，既葬，天骥以其墓铭示余，余知其夫妇皆超然世外矣。（《苏文忠公全集》卷六六）

跋司马温公《布衾铭》后

士之得道者，视死生祸福如寒暑昼夜，不知所择，而况膏粱脱粟文绣布褐之间哉！如是者，天地不能使之寿夭，人主不能使之贵贱，不得道而能若是乎，吾其敢以恭俭名之。

仲尼以箪瓢得之颜子，余于温公亦云。（《苏文忠公全集》卷六六）

题伯父谢启后

天圣中，伯父中都公始举进士于眉，年二十有三。时进士法宽，未有糊名也。试日，通判殿中丞蒋希鲁下堂，观进士程文，见公所赋，叹其精妙绝伦。曰："第一人无以易子。"公力自言年少学浅，有父兄在，决不敢当此选。希鲁大贤之，曰："君子成人之美。"乃以为第三。明年登乙科。

此则其亲书启事谢希鲁者也。公殁后十三年，得之宜兴人单君锡家，盖希鲁宜兴人也。又八年，乃躬自装缥，而归公之第二子子明兄，使宝之以无忘公之盛德云。

元丰五年七月十三日，第六侄责授黄州团练副使轼谨志。（《苏文忠公全集》卷六六）

跋柳闳《楞严经》后

众生当以是时度，佛菩萨则现是身，身无实相，然必现是，意其所入者易也。《楞严》者，房融笔受，其文雅丽，于书生学佛者为宜。

吾甥柳辟，孝弟夙成，自童子能为文，不幸短命。其兄闳为手写此经。闳既已识佛意，则辟亦当冥受其赐矣。（《苏文忠公全集》卷六六）

跋《送石昌言引》

右，嘉祐元年九月十九日先君《送石昌言北使》文一首。其字则轼年二十一时所书与昌言本也。今蓄于陈履常氏。

昌言名扬休，善为诗，有名当时，终于知制诰。彭任字有道，亦蜀人，从富彦国使虏还，得灵河县主簿以死。石守道尝称之，曰："有道长七尺，而胆过其身。一日坐酒肆，与其徒饮且酣，闻彦国当使不测之虏，愤愤推酒床，拳皮裂，遂自请行，盖欲以死捍彦国者也。"其为人大略如此，然亦任侠好杀云。

元祐三年九月初一日题。（《苏文忠公全集》卷六六）

跋鲁直《李氏传》

李如埙之妹，既笄发病，见前世冤对日夜詈之，遂归诚佛法。梦中见佛与受戒，平遣冤者。李因蔬食不嫁。黄鲁直为记，仆题其后云。（《苏文忠公全集》卷六六）

跋进士题目后

元祐三年十二月二十八日，上御延和殿，奏端明殿学士范镇所进新乐，自太中大夫待制以上皆侍。时西夏方遣使款延州塞，而边臣方持其议，相与往返未决也。故进士作《延和殿奏新乐赋》《款塞来享诗》云。翰林学士苏轼记。（《苏文忠公全集》卷六六）

跋邢敦夫《南征赋》

邢敦夫自为童子，所与游皆诸公长者。其志岂独蕲以文称而已哉！一日不见，遂与草木俱尽，故鲁直、无咎诸人哭之，皆过时而哀。今观此文，亦足少慰。

旧尝见江南李泰伯自述其文曰："天将寿我欤？所为固未足也；不然，斯亦足以藉手见古人矣。"吾于敦夫亦云。

元祐四年四月十六日。（《苏文忠公全集》卷六六）

书梦祭句芒文

予在黄州，梦黑肥吏，以一幅纸，请《祭春牛文》。却之不可。云："欲得一佳文。"予笑而从之，云："三阳既至，庶草将兴。爰出土牛，以戒农事。衣被丹青之好，本出泥涂；成毁须臾之间，谁为愠喜。"傍有一吏云："此两句，会有愠者。"其一云："不害。"

久已忘之。参寥能具道，乃复录之。今岁立春，便可用也。[一]（《苏文忠公全集》卷六六）

〔一〕篇末原校：一阁本"不害"下有"此是唤醒他"五字。

跋《刘咸临墓志》

鲁直事佛谨甚，作《刘咸临墓志》。咸临不喜佛，而其父道原尤甚。道原之真，茹茶啮雪，竹折玉裂也，终身守之而不易，可不谓戒且定乎！

予观范景仁、欧阳永叔、司马君实皆不喜佛，然其聪明之所照了，德力之所成就，皆佛法也。梁武帝筑浮山堰灌寿春以取中原，一夕杀数万人，乃以面牲供宗庙，得为知佛乎！以是知世之喜佛者未必多，而所不喜者未易少也。（《苏文忠公全集》卷六六）

书《松醪赋》后

予在资善堂，与吴传正为世外之游。及将赴中山，传正赠予张遇易水供堂墨一丸而别。

绍圣元年闰四月十五日，予赴英州，过韦城，而传正之甥欧阳思仲在焉，相与谈传正高风，叹息久之。

始予尝作《洞庭春色赋》，传正独爱重之，求予亲书其本。近又作《中山松醪赋》，不减前作，独恨传正未见。乃取李氏澄心堂纸，杭州程奕鼠须笔，传正所赠易水供堂墨，录本以授思仲，使面授传正，且祝深藏之。

传正平生学道既有得矣，予亦窃闻其一二。今将适岭表，恨不及一别，故以此赋为赠，而致思于卒章，可以超然想望而常相从也。（《苏文忠公全集》卷六六）

跋子由《老子解》后

昨日子由寄《老子新解》，读之不尽卷，废卷而叹。使战国时有此书，则无商鞅、韩非；使汉初有此书，则孔、老为一；晋、宋间有此书，则佛、老不为二：不意老年见此奇特。（《苏文忠公全集》卷六六）

跋张广州书

张广州与妹仁寿夫人书云："广州真珠香药极有，亦有闲钱，但忝市舶使，不欲效前人自污尔。有唐三百年，惟宋璟、卢奂、李朝隐治广以廉洁称，吾宋无闻焉。方作钦贤堂，绘古之清刺史，日夕思仰之，吾妹贤而知理，必喜闻也。"

洁廉，哲人之细事也，而古今边患常生于贪[一]。守边得廉吏，则夷夏人安，岂细事哉！张说作《宋璟遗爱碑》，其文曰："昆仑宝兮四海财，几万里兮岁一来。"《书》曰："不宝远物，则远人格。"盖致远莫若廉。使张公久于帅广，如四海之物，皆可致也。呜呼！

元符三年七月十一日。（《苏文忠公全集》卷六六）

〔一〕"而"上原尚有一"而"字，径删。

跋《石钟山记》后

钱唐、东阳皆有水乐洞〔一〕，泉流空岩中，自然宫商〔二〕。又自灵隐下天竺而上至上天竺，溪行两山间，巨石磊磊如牛羊，其声空磬然〔三〕，真若钟声，乃知庄生所谓天籁者，盖无所不在也。

建中靖国元年正月五日〔四〕，自海南还，过南安，司法掾吴君示旧所作《石钟山记》，复书其末。（《苏文忠公全集》卷六六）

〔一〕阳：原作"南"，据四部丛刊影刻之郎晔《经进东坡文集事略》卷四九《石钟山记》注文所引此文改。
〔二〕"自"前原有"皆"字，据同上删。
〔三〕磬：原作"奢"，据同上改。
〔四〕五：原缺，据同上补。

书柳子厚《大鉴禅师碑》后

释迦以文教，其译于中国，必托于儒之能言者，然后传远。故《大乘》

449

诸经至《楞严》，则委曲精尽胜妙独出者，以房融笔授故也。

柳子厚南迁，始究佛法，作曹溪、南岳诸碑，妙绝古今，而南华今无刻石者。长老重辩师，儒释兼通，道学纯备，以谓自唐至今，颂述祖师者多矣，未有通亮简正如子厚者。盖推本其言，与孟轲氏合，其可不使学者昼见而夜诵之？故具石请予书其文。

《唐史》：元和中，马总自虔州刺史，迁安南都护，徙桂管经略观察使，入为刑部侍郎。今以碑考之，盖自安南迁南海，非桂管也。韩退之《祭马公文》亦云："自交州抗节番禺，曹溪谥号，决非桂帅所当请。"以是知《唐史》之误，当以《碑》为正。

绍圣二年六月九日〔一〕。（《苏文忠公全集》卷六六）

〔一〕"绍圣二年"等八字原缺，据明成化本《东坡七集·后集》卷一九补。

记孙卿韵语

孙卿子有韵语者，其言鄙近，多云"成相"，莫晓其义。《前汉·艺文志·诗赋类》中有《成相杂词》十一篇，则成相者，盖古讴谣之名乎？疑所谓"邻有丧，舂不相"者。又《乐记》云："治乱以相。"亦恐由此得名，当更细考之。（《苏文忠公全集》卷六六）

记欧阳公论文

顷岁孙莘老，识欧阳文忠公，尝乘间以文字问之。云："无它术，唯勤读书而多为之，自工。世人患作文字少，又懒读书，每一篇出，即求过人。如此，少有至者。疵病不必待人指摘，多作自能见之。"此公以其尝试者告人，故尤有味。（《苏文忠公全集》卷六六）

记欧阳论退之文

韩退之喜大颠，如喜澄观、文畅之意，了非信佛法也。世乃妄撰退之与大颠书，其词凡陋，退之家奴仆亦无此语。有一士人于其末妄题云："欧阳永叔谓此文非退之莫能。"此又诬永叔也。

永叔作《醉翁亭记》，其辞玩易，盖戏云耳，又不以为奇特也，而妄庸者亦作永叔语，云："平生为此最得意。"又云："吾不能为退之《画记》，退之又不能为《醉翁记》。"此又大妄也。

仆尝谓退之《画记》近似甲名帐耳〔一〕，了无可观，世人识真者少，可叹亦可愍也。（《苏文忠公全集》卷六六）

〔一〕自"退之又不能为"至"谓退之画记"原缺，据《稗海》本《东坡志林》补。

记梦中论《左传》

元祐六年十一月十九日，五更，梦数人论《左传》云："《祈招》之诗固善语，然未见所以感切穆王之心、已其车辙马迹之意者。"有答者曰："以民力从王事，当如饮酒，适于饥饱之度而已。若过于醉饱，则民不堪命，王不获没矣。"觉而念其言，似有理，故录之。（《苏文忠公全集》卷六六）

书苏李诗后

此李少卿赠苏子卿之诗也。

予本不识陈君式，谪居黄州，倾盖如故。会君式罢去，而余久废作诗〔一〕，念无以道离别之怀，历观古人之作辞约而意尽者，莫如李少卿赠苏子卿之篇〔二〕，书以赠之。春秋之时，三百六篇皆可以见志，不必己作也。（《苏文忠公全集》卷六七）

〔一〕余：原缺，据《永乐大典》卷九〇五补。

〔二〕莫如：原缺，据同上补。

书《鸡鸣歌》

余来黄州，闻黄人二三月皆群聚讴歌，其词固不可分，而其音亦不中律吕，但宛转其声，往反高下，如鸡唱尔。与庙堂中所闻鸡人传漏，微有相似，但极鄙野耳。

《汉官仪》："宫中不畜鸡，汝南出长鸣鸡，卫士候朱雀门外，专传鸡鸣。"又应劭曰："今《鸡鸣歌》也。"《晋太康地道记》曰："后汉固始、鲖阳、公安、细阳四县，卫士习此曲于阙下歌之，今《鸡鸣歌》是也。"颜师古不考本末，妄破此说，余今所闻岂亦《鸡鸣》之遗声乎？土人谓之山歌云。（《苏文忠公全集》卷六七）

记《阳关》第四声

旧传《阳关》三叠，然今歌者，每句再叠而已，通一首言之，又是四叠。皆非是。或每句三唱〔一〕，以应三叠之说，则丛然无复节奏。

余在密州，有文勋长官，以事至密，自云得古本《阳关》，其声宛转凄断，不类向之所闻，每句皆再唱，而第一句不叠。乃知唐本三叠盖如此〔二〕。及在黄州，偶读乐天《对酒》诗云："相逢且莫推辞醉，新唱《阳关》第四声。"注："第四声：'劝君更尽一杯酒。'"以此验之，若第一句叠。则此句为第五声矣，今为第四声，则第一不叠审矣。（《苏文忠公全集》卷六七）

〔一〕句：原作"语"，据《苕溪渔隐丛话》卷二一四改。
〔二〕知：原缺，据同上补。

书孟东野诗

元丰四年，与马梦得饮酒黄州东禅。醉后，诵孟东野诗云："我亦不笑原宪贫。"不觉失笑。东野何缘笑得原宪？遂书此以赠梦得。只梦得亦未必笑得东野也。（《苏文忠公全集》卷六七）

题孟郊诗

孟东野作《闻角》诗云："似开孤月口，能说落星心。"今夜闻崔诚老弹《晓角》，始觉此诗之妙。(《苏文忠公全集》卷六七)

书渊明《饮酒诗》后

"颜生称为仁，荣公言有道。屡空不获年，长饥至于老。虽留身后名，一生亦枯槁。死去何所知，称心固为好。客养千金躯，临化消其宝。裸葬何必恶，人当解意表。"此渊明《饮酒》诗也。正饮酒中，不知何缘记得此许多事。

元丰五年三月三日，子瞻与客饮酒，客令书此诗，因题其后。(《苏文忠公全集》卷六七)

书渊明《羲农去我久》诗

余闻江州东林寺有《陶渊明诗集》，方欲遣人求之，而李江州忽送一部遗予，字大纸厚，甚可喜也。

每体中不佳，辄取读，不过一篇，惟恐读尽，后无以自遣耳。（《苏文忠公全集》卷六七）

题渊明诗　二

"秋菊有佳色，浥露掇其英。泛此忘忧物，远我遗世情。一觞聊独进，杯尽壶自倾。日入群动息，飞鸟趋林鸣。啸傲东窗下，聊复得此生。"靖节以无事自适为得此生，则凡役于物者，非失此生耶？《苏文忠公全集》卷六七。

题渊明《咏二疏》诗

此渊明《咏二疏》也。渊明未尝出，二疏既出而知返，其志一也。或以谓既出而返，如从病得愈，其味胜于初不病，此惑者颠倒见耳。（《苏文忠公全集》卷六七）

题鲍明远诗

舟中读鲍明远诗，有字谜三首。"飞泉仰流"者，旧说是"井"字。一云"乾之一九，只立无耦，坤之六二，宛然双宿"，是"桑"字〔一〕。一云"头如刀，尾如钩，中间横广，四角六抽，右畔负两刃，左边属双牛"，当是"龟"
字也。（《苏文忠公全集》卷六七）

〔一〕桑：原作"三"，据涵芬楼本《仇池笔记》改。

书谢瞻诗〔一〕

李善注《文选》，本末详备，极可喜。所谓五臣者，真俚儒之荒陋者也，
而世以为胜善，亦谬矣。

谢瞻《张子房》诗曰："苛慝暴三殇。"此礼所谓上中下三殇〔二〕，言暴秦
无道，戮及孥稚也。而乃引"苛政猛于虎，吾父吾子吾夫皆死于是"，谓夫与
父为殇〔三〕，此岂非俚儒之荒陋者乎〔四〕？诸如此甚多，不足言，故不言。（《苏
文忠公全集》卷六七）

〔一〕明刊《三苏文粹》卷四〇题作《李善注文选》。
〔二〕此礼所：三字原缺，据同上补。
〔三〕父：原作"妇"，据同上改。
〔四〕岂：原缺，据同上补。

题《蔡琰传》〔一〕

刘子玄辨《文选》所载李陵《与苏武书》非西汉文，盖齐、梁间文士拟
作者也。予因悟陵与武赠答五言，亦后人所拟。

今日读《列女传》蔡琰二诗，其词明白感慨，颇类世所传《木兰诗》〔二〕，东京无此格也。建安七子，犹涵养圭角，不尽发见，况伯喈女乎？

又〔三〕：琰之流离，必在父死之后。董卓既诛，伯喈乃遇祸。今此诗乃云为董卓所驱虏入胡，尤知其非真也。盖拟作者疏略，而范晔荒浅，遂载之本传，可以一笑也。（《苏文忠公全集》卷六七）

〔一〕明刊《三苏文粹》卷四〇题作《刘子玄辨文选》。
〔二〕所：原缺，据同上补。
〔三〕又：原作"文"，据同上改。

书《文选》后〔一〕

五臣注《文选》，盖荒陋愚儒也。

今日读嵇中散《琴赋》云："间辽故音痺〔二〕，弦长故徽鸣。"所谓痺者，犹今俗云敩声也〔三〕，两弦之间〔四〕，远则有敩，故云"间辽则音痺"。徽鸣者，今之所谓泛声也，弦虚而不按，乃可泛，故云"弦长则徽鸣"也。五臣皆不晓，妄注。又云："《广陵》《止息》，《东武》《太山》。《飞龙》《鹿鸣》，《鹍鸡》《游弦》。"中散作《广陵散》，一名《止息》，特此一曲尔，而注云"八曲"。其他浅妄可笑者极多，以其不足道，故略之。聊举此，使后之学者，勿凭此愚儒也。

五臣既陋甚，至于萧统亦其流耳〔五〕。宋玉《高唐神女赋》，自"玉曰唯唯"以前皆赋，而统谓之序，大可笑。相如赋首有子虚、乌有、亡是三人论难〔六〕，岂亦序耶〔七〕？其他谬陋不一，聊举其一耳。（《苏文忠公全集》卷六七）

〔一〕明刊《三苏文粹》卷四〇题作《五臣注文选》。

〔二〕庳：原作“瘴”，据《仇池笔记》改，下同。

〔三〕《文粹》“牧”下原注：“音微，出《羯鼓录》。”

〔四〕弦：原作“手”，据稗海本《东坡志林》改。

〔五〕于：原缺，据《苕溪渔隐丛话》补。

〔六〕子虚乌有：原缺，据明刊《三苏文粹》卷四○补。

〔七〕“序”上原有“赋”字，据同上删。

书李白《十咏》〔一〕

过姑孰堂下，读李白《十咏》，疑其语浅陋〔二〕。见孙邈，云闻之王安国，此乃李赤诗，秘阁下有赤集，此诗在焉，白集中无此。

赤见《柳子厚集》，自比李白，故名赤。卒为厕鬼所惑而死。今观此诗止如此，而以比白，则其人心恙已久，非特厕鬼之罪。（《苏文忠公全集》卷六七）

〔一〕柳宗元《河东先生集》附录此文题作《书李赤诗后》。

〔二〕语浅陋：原作“浅近”，据柳宗元《河东先生集》附录改。

书《李白集》

今太白集中，有《归来乎》《笑矣乎》及《赠怀素草书》数诗，决非太白作。盖唐末五代间贯休、齐己辈诗也。

余旧在富阳，见国清院太白诗，绝凡。近过彭泽唐兴院，又见太白诗，亦非是。良由太白豪俊，语不甚择，集中往往有临时率然之句〔一〕，故使妄庸辈敢尔〔二〕。若杜子美，世岂复有伪撰者耶？（《苏文忠公全集》卷六七）

〔一〕率：原作"卒"，据《苕溪渔隐丛话》改。
〔二〕辈：原缺，据同上补。

记太白诗 一

"湘中老人读黄老，手援紫蘦坐碧草。春至不知湘水深，日暮忘却巴陵道。"唐末有见人作此诗者，词气殆是李谪仙。

余在都下，见有人携一纸文书，字则颜鲁公也〔一〕，墨迹如未干，纸亦新健。其首两句云："朝披梦泽云，笠钓青茫茫。"此语亦非太白不能道也。（《苏文忠公全集》卷六七）

〔一〕字：原缺，据《诗话总龟》补。

记太白诗 二

"人生烛上花，光灭巧妍尽。春风绕树头，日与化工进。惟知雨露贪，不念零落近。昔我飞骨时，惨见当涂坟。青松霭明霞，缥缈上下村。既死明月魄，无彼玻璃魂。念此一脱洒，长啸登昆仑。醉着鸾凤衣，星斗俯可扪。""朝披云梦泽，笠钓青茫茫。寻丝得双鲤，中有三元章。篆字若丹蛇，逸势如飞翔。归来问天姥，妙义不可量。金刀割青素，灵文烂煌煌。燕服十二镮，

459

想见仙人房。暮跨紫鳞去，海气侵肌凉。龙子喜变化，化作梅花妆。遗我累累珠，靡靡明月光。劝我穿绛缕，系作裙间珰。揖余以辞去，谈笑闻余香。"

余顷在京师，有道人相访，风骨甚异，语论不凡。自云："常与物外诸公往还。"口诵此二篇，云："东华上清监清逸真人李太白作也。"（《苏文忠公全集》卷六七）

书诸集伪谬

唐末五代，文章衰尽〔一〕，诗有贯休，书有亚栖，村俗之气，大率相似。如苏子美家收张长史书云："隔帘歌已俊，对坐貌弥精。"语既凡恶，而字无法〔二〕，真亚栖之流。

近见曾子固编《太白集》，自谓颇获遗亡，而有《赠怀素草书歌》及《笑矣乎》数首，皆贯休以下词格。二人皆号有识知者，故深可怪。如白乐天赠徐凝、退之赠贾岛之类，皆世俗无知者所托，尤不足多怪。（《苏文忠公全集》卷六七）

〔一〕章：原作"物"，据《苕溪渔隐丛话》前集卷五改。
〔二〕无：原缺，据稗海本《东坡志林》补。

书诸集改字〔一〕

近世人轻以意改书，鄙浅之人，好恶多同，故从而和之者众，遂使古书日就讹舛，深可忿疾。

孔子曰："吾犹及史之阙文也。"自余少时，见前辈皆不敢轻改书〔二〕，故蜀本大字书皆善本。蜀本《庄子》云〔三〕："用志不分，乃'疑'于神。"此与《易》"阴疑于阳"、《礼》"使人疑汝于夫子"同。今四方本皆作"凝"。

陶潜诗："采菊东篱下，悠然见南山。"采菊之次，偶然见山，初不用意，而境与意会，故可喜也。今皆作"望南山"。

杜子美云："白鸥没浩荡，万里谁能驯。"盖灭没于烟波间耳。而宋敏求谓余云："鸥不解'没'，改作'波'。"二诗改此两字，便觉一篇神气索然也〔四〕。（《苏文忠公全集》卷六七）

〔一〕明刊《三苏文粹》卷四一题作《慎改窜》。
〔二〕见：原作"及"。轻：原缺。据同上改。
〔三〕蜀本：原缺，据同上补。
〔四〕便：原缺，据同上补。

书退之诗

韩退之《游青龙寺》诗，终篇言赤色，莫晓其故。尝见小说，郑虔寓青龙寺，贫无纸，取柿叶学书。九月柿叶赤而实红，退之诗乃寓此也。（《苏文忠公全集》卷六七）

记退之"抛青春"句

韩退之诗曰："百年未满不得死，且可勤买抛青春。"《国史补》云："酒有郢之富春，乌程之若下春，荥阳之土窟春，富平之石冻春，剑南之烧春。"杜子美亦云："闻道云安曲米春，才倾一盏便醺人。"近世裴铏作《传奇》，记裴航事，亦有酒名松醪春。乃知唐人名酒多以春，则"抛青春"亦必酒名也。（《苏文忠公全集》卷六七）

辨杜子美《杜鹃》诗[一]

南都王谊伯《书江滨驿垣》，谓子美诗历五季兵火，舛缺离异，虽经其祖父公所理，尚有疑阙者。谊伯谓"西川有杜鹃、东川无杜鹃、涪万无杜鹃、云安有杜鹃"，盖是题下注，断自"我昔游锦城"为首句。

谊伯误矣。且子美诗，备诸家体，非必牵合程度侃侃然者也。是篇句落处，凡五杜鹃，岂可以文害辞、辞害意耶？原子美之意，类有所感，托物以发者也。亦六义之比兴、《离骚》之法欤？

按《博物志》，杜鹃生子，寄之他巢，百鸟为饲之。今江东所谓"杜宇曾为蜀帝王，化禽飞去旧城荒"是也[二]。且禽鸟至微，犹知有尊[三]，故子美云："重是古帝魂。"又云："礼若奉至尊。"子美盖讥当时之刺史，有不禽鸟若也。唐自明皇已后，天步多棘，刺史能造次不忘于君者，可一二数也。严武在蜀，虽横敛刻薄，而实致职以资中原[四]，是"西川有杜鹃"。其不虔王命负固以自抗，擅军旅，绝贡赋，如杜克逊在梓州，为朝廷西顾忧，是"东川无杜鹃"耳。至于涪、万、云安刺史，微不可考，凡其尊君者为有也，怀贰者为无也，不在夫杜鹃之真有无也。谊伯以为来东川，闻杜鹃声繁而急，乃始疑子美诗跋嚏纸上语[五]，又云子美不应叠用韵，何耶？子美自我作古，叠用韵，无害于为诗。仆所见如此，谊伯博学强辩，殆必有以折衷之。（《苏文忠公全集》卷六七）

〔一〕四部丛刊影南海潘氏藏宋本《分门集注杜工部诗》卷二三《杜鹃》题下注文引有此文。自篇首至"离骚之法欤"，东坡注文为："或者谓前四句非诗也，盖甫于题下自注《杜鹃》诗，后人误写之耳。或曰：正古之谣谚，岂复以韵为限耶！"

〔二〕今：原作"胡"，据《诗话总龟》卷七改；"是也"二字原缺，据前引补。

〔三〕犹：原缺，据《分门集注杜工部诗》卷二三东坡注文补。

〔四〕致职以：原缺，据同上补。

〔五〕疑：原作"叹"，据《诗话总龟》卷七改。

记子美《八阵图》诗

仆尝梦见一人，云是杜子美，谓仆："世多误解予诗[一]。《八阵图》云：'江流石不转，遗恨失吞吴。'世人皆以谓先主、武侯欲与关羽复仇，故恨不能灭吴，非也。我意本谓吴、蜀唇齿之国，不当相图，晋之所以能取蜀者，以蜀有吞吴之意，此为恨耳。"此理甚近。

然子美死近四百年，犹不忘诗，区区自明其意者，此真书生习气也。

（《苏文忠公全集》卷六七）

〔一〕解：原作"会"，据稗海本《东坡志林》改。

书子美"自平"诗

杜子美诗云："自平宫中吕太一。"世莫晓其义，而妄者至以为唐时有自平宫[一]。偶读《玄宗实录》，有中官吕太一叛于广南[二]。杜诗盖云自平宫中

吕太一，故下有南海收珠之句〔三〕。见书不广而以意改文字，鲜不为人所笑也〔四〕。（《苏文忠公全集》卷六七）

〔一〕为：原缺，据《诗话总龟》卷七补。

〔二〕中官：原作"宫中"，据同上改。

〔三〕南海收珠：原作"取珠"，据同上改。

〔四〕人所：原缺，据稗海《东坡志林》补。

书子美云安诗

"两边山木合，终日子规啼。"此老杜云安县诗也。非亲到其处，不知此诗之工。（《苏文忠公全集》卷六七）

书子美《骢马行》

余在岐下，见秦州进一马〔一〕，鬣如牛，颔下垂胡侧立颠倒，毛生肉端〔二〕。蕃人云〔三〕："此肉鬃马也。"乃知《邓公骢马行》云："肉骢碨礧连钱动。"当作"鬃"。（《苏文忠公全集》卷六七）

〔一〕进：原缺，据《苕溪渔隐丛话》前集卷一二补。

〔二〕颠：原作"倾"，据同上改。

〔三〕蕃：原作"番"，据《诗话总龟》卷一八改。

书子美黄四娘诗

子美诗云："黄四娘家花满蹊，千朵万朵压枝低。留连戏蝶时时舞，自在娇莺恰恰啼。"

东坡云：此诗虽不甚佳，可以见子美清狂野逸之态，故仆喜书之。昔齐鲁有大臣，史失其名。黄四娘独何人哉，而托此诗以不朽，可以使览者一笑。（《苏文忠公全集》卷六七）

记子美逸诗

《闻惠子过东溪》诗云："惠子白驴瘦，归溪唯病身。皇天无老眼，空谷滞斯人。岩密松花熟，山杯竹叶春。柴门了无事，黄绮未称臣。"此一篇，予与刘斯立得之于管城人家叶子册中，题云《杜员外诗集》，名甫字子美。其余诸篇，语多不同。如"故园杨柳今摇落，安得愁中却尽生"之类也。凤翔魏起兴叔云："天兴人掘得此诗石刻，与此少异：'岩密松花古，村醪竹叶春。柴门了生事，园绮未称臣。'"（《苏文忠公全集》卷六七）

书子美《忆昔》诗

《忆昔》诗云："关中小儿坏纪纲"，谓李辅国也。"张后不乐上为忙"，谓肃宗张皇后也。"为留猛士守未央"，谓郭子仪夺兵柄入宿卫也。（《苏文忠公全集》卷六七）

杂书子美诗

《悲陈陶》云："四万义军同日死。"此房琯之败也。《唐书》作"陈涛邪"，不知孰是？时琯临败，犹欲持重有所伺，而中人邢延恩促战〔一〕，遂大败。故次篇《悲青坂》云："焉得附书与我军，留待明年莫仓卒。"

《北征》诗云："桓桓陈将军，仗钺奋忠烈。"此谓陈元礼也。元礼佐玄宗平内难，又从幸蜀，首建诛杨国忠之策〔二〕。

《洗兵马行》："张公一生江海客，身长九尺须眉苍。"此张镐也。明皇虽诛萧至忠，然常怀之。侯君集云"蹭蹬至此"，至忠亦蹭蹬者耶？故子美亦哀之云："赫赫萧京兆，今为时所怜。"

《后出塞》云："我本良家子，出师亦多门。将驱益愁思，身废不足论。跃马二十年，恐辜明主恩。坐见幽州骑，长驱河洛昏。中夜间道归，故里但空村。恶名幸脱免，穷老无儿孙。"详味此诗，盖禄山反时，其将校有脱身归国而禄山杀其妻子者〔三〕，不知其姓名，可恨也。（《苏文忠公全集》卷六七）

〔一〕恩：原作"德"，据《苕溪渔隐丛话》前集卷一二改。
〔二〕杨：原缺，据同上补。
〔三〕身：原缺，据同上补。

书柳公权联句

贵公子雪中饮，醉余，倚槛向风〔一〕，曰："爽哉，快哉！"左右有泣者。公子惊问之，曰："吾父昔以爽亡。"

楚襄王登台，有风飒然而至，王曰："快哉，此风寡人与庶人共之者耶？"宋玉讥之曰："此独大王之雄风耳，庶人安得而有之？"不知者以为谄也，知之者以为讽也。

唐文宗诗曰："人皆苦炎热，我爱夏日长。"柳公权续之曰："熏风自南来，殿阁生微凉。"惜乎，时无宋玉在其傍也。（《苏文忠公全集》卷六七）

〔一〕向：原缺，据稗海《东坡志林》补。

书韩定辞、马郁诗

韩定辞，不知何许人，为镇州王镕书记〔一〕，聘燕。帅刘仁恭舍于宾馆，命幕客马郁延接。马有诗赠韩曰："燧林芳草绵绵思，尽日相逢陟丽谯。别后巀嵲山上望，羡君时复见王乔。"郁诗虽清秀，然意在试其学问。韩即席酬之："崇霞台上神仙客，学辨痴龙艺更多。盛德好将银管述〔二〕，丽辞堪与雪儿歌。"坐中宾客靡不钦讶，称为妙句，然疑其银管之僻也。

他日郁从容问韩以雪儿、银管之事，韩曰："昔梁元帝为湘东王时，好学著书，常记录忠臣义士及文章之美者。笔有三品〔三〕，或以金、银饰，或用斑竹为管〔四〕。忠孝全者，用金管书之；德行清粹者，用银管书之；文章赡丽者，用斑竹管书之。故湘东王之誉振于江表〔五〕。雪儿，李密之爱姬，能歌舞。每见宾僚文章有奇丽中意者，即付雪儿协音律歌之〔六〕。"

又问痴龙出自何处，曰："洛下有洞穴〔七〕，曾有人误坠其中，因行数里，渐见明旷，见有宫殿、人物，凡九处。又有大羊，羊髯有珠〔八〕，人取食之。不知何所〔九〕。后出，以问张华。华曰：'此地仙九馆也〔一〇〕，大羊名痴龙耳。'"定辞复问郁嶰峣山今当在何处〔一一〕，郁曰："此隋郡之故事，何谦逊而下问〔一二〕？"由是两相悦服，结交而去。（《苏文忠公全集》卷六七）

〔一〕州：原缺，据《诗话总龟》卷二八补。
〔二〕管：原作"笔"，据同上改。下同。
〔三〕三：原缺，据同上补。
〔四〕斑：原作"班"，据同上改。下同。
〔五〕江表：原作"九江"，据同上改。
〔六〕音：原作"奇"，据同上改。
〔七〕穴：原作"六"，据同上改。
〔八〕羊：原缺，据同上补。
〔九〕何所：原缺，据同上补。
〔一〇〕地仙九馆：原作"九仙馆"，据同上改。
〔一一〕复：原作"后"，据同上改。
〔一二〕逊：原作"光"，据同上改。

书李主诗

"心事数茎白发，生涯一片青山。空林有雪相待，古路无人自还。"李主

好书神仙隐遁之词，岂非遭离世故，欲脱世网而不得者耶？（《苏文忠公全集》卷六七）

书柳子厚诗

仆自东武适文登，并海行数日，道傍诸峰，真若剑铓。诵柳子厚诗，知海山多尔耶？子柳子云："海上尖峰若剑铓，秋来处处割人肠。若为化作身千亿，遍上峰头望故乡。"（《苏文忠公全集》卷六七）

题柳子厚诗　一

柳子厚诗云："鹤鸣楚山静。"又云："隐忧倦永夜。"东坡曰：子厚此诗，远出灵运上。（《苏文忠公全集》卷六七）

书子厚、梦得造语

子厚《记》云〔一〕："每风自四山而下，震动大木，掩冉众草，纷红骇绿，蓊葧芗气。"柳子厚、刘梦得皆善造语，若此句，殆入妙矣。梦得云："水禽嬉戏，引吭伸翮，纷惊鸣而决起，拾彩翠于沙砾〔二〕。"亦妙语也。（《苏文忠公

〔一〕子厚《记》云：原缺，据《苕溪渔隐丛话》前集卷一九补。

〔二〕彩：原作"采"，据同上改。

书常建诗

常建诗云："竹径通幽处，禅房花木深。"欧阳公最爱重，以为不可及。此语诚可人意，然于公何足道，岂非厌饫刍豢反思螺蛤耶？（《苏文忠公全集》卷六七）

书子厚诗

柳子厚诗云："盛时一失贵反贱，桃笙葵扇安敢当。"不知桃笙为何物。偶阅《方言》："簟，宋、魏之间谓之笙。"乃悟桃笙以桃竹为簟也〔一〕。梁简文《答湘南王献簟书》云〔二〕："五离九折，出桃枝之翠筠。"乃谓桃枝竹簟也。桃竹出巴渝间，杜子美有《桃竹杖歌》〔三〕。（《苏文忠公全集》卷六七）

〔一〕桃：原缺，据《苕溪渔隐丛话》补。

〔二〕答湘南王献簟书：原作"答南王饷书"，据同上改。

〔三〕杖：原缺，据同上补。

书乐天香山寺诗

白乐天为王涯所谗，谪江州司马。甘露之祸，乐天在洛，适游香山寺，有诗云："当君白首同归日，是我青山独往时。"不知者，以乐天为幸之，乐天岂幸人之祸者哉，盖悲之也！（《苏文忠公全集》卷六七）

书韩、李诗

元祐六年八月十五日，与柳展如饮酒，一杯便醉，作字数纸，书李太白诗云："遗我鸟迹书，飘然落岩间。其字乃上古，读之了不闲。"戏谓柳生，李白尚气，乃自招不识字，可一大笑。不如韩愈倔强，云"我宁屈曲自世间，安能随汝巢神仙"也。（《苏文忠公全集》卷六七）

书渊明诗

"种豆南山下，草盛豆苗稀。侵晨理荒秽，带月荷锄归。道狭草木长，夕露沾我衣。衣沾不足惜，但使愿无违。"览渊明此诗，相与太息。噫嘻，以夕露沾衣之故而犯所愧者多矣。

元祐九年正月十六日，李端叔、王几仁、孙子发皆在。东坡记。（《苏文忠公全集》卷六七）

书渊明《乞食》诗后

渊明得一食，至欲以冥谢主人，此大类丐者口颊也。哀哉哀哉！非独余哀之，举世莫不哀之也。饥寒常在身前[一]，声名常在身后，二者不相待，此士之所以穷也。（《苏文忠公全集》卷六七）

〔一〕身：原作"生"，据《永乐大典》卷九〇五改。

书渊明《饮酒》诗后

《饮酒》诗云："客养千金躯，临化消其宝。"宝不过躯，躯化则宝已矣。人言靖节不知道，吾不信也。（《苏文忠公全集》卷六七）

书渊明诗 一

孔文举云："坐上客常满，樽中酒不空，吾无事矣。"此语甚得酒中趣。

及见渊明云："偶有佳酒，无夕不倾，顾影独尽，悠然复醉。"便觉文举多事矣。（《苏文忠公全集》卷六七）

书渊明诗 二

陶诗云："但恐多谬误，君当恕醉人。"此未醉时说也，若已醉，何暇忧误哉！然世人言醉时是醒时语，此最名言。

张安道饮酒初不言盏数，少时与刘潜、石曼卿饮，但言当饮几日而已。欧公盛年时，能饮百盏，然常为安道所困。圣俞亦能饮百许盏，然醉后高叉手而语弥温谨。此亦知其所不足而勉之，非善饮者。

善饮者，澹然与平时无少异也。若仆者，又何其不能饮，饮一盏而醉，醉中味与数君无异，亦所羡尔。（《苏文忠公全集》卷六七）

书薛能茶诗

唐人煎茶用姜。故薛能诗云："盐损添常戒，姜宜着更夸。"据此，则又有用盐者矣。近世有用此二物者，辄大笑之。然茶之中等者，用姜煎信佳也，盐则不可。（《苏文忠公全集》卷六七）

书乐天诗

"一山门作两山门，两寺元从一寺分。东涧水流西涧水，南山云起北山云。前台花发后台见，上界钟清下界闻。遥想高僧行道处，天香桂子落纷纷。"唐韬光禅师自钱塘天竺来住此山，乐天守苏日，以此诗寄之。

庆历中，先君游此山，犹见乐天真迹。后四十七年，轼南迁过虔，复经此寺，徒见石刻而已。绍圣元年八月十七日。（《苏文忠公全集》卷六七）

论董秦〔一〕

玉川子《月蚀》诗云："岁星主福德，官爵奉董秦。忍使黔娄生，覆尸无衣巾。"详味此句，则董秦当是无功而享厚禄者。

董秦，本忠臣也〔二〕。天宝末骁将，屡立战功。虽粗暴，亦颇知忠义。代宗时，吐蕃犯阙，征兵。秦即日赴难〔三〕。或劝择日，答曰〔四〕："君父在难，乃择日耶？"后卒污朱泚伪命，诛。考其终始，非无功而享厚禄者。不知玉川子何以有此句。

绍圣元年十一月二十三日。（《苏文忠公全集》卷六七）

〔一〕此文原题作《书玉川子诗论李忠臣》，据涵芬楼本《仇池笔记》改。
〔二〕本：原作"李"，据同上改。
〔三〕秦：原作"忠臣"，据同上改。
〔四〕答：原作"忠臣怒"，据同上改。

书《日》《月蚀》诗

　　玉川子作《月蚀》诗，以为蚀月者，月中之虾蟆也。梅圣俞作《日蚀》诗云："食日者三足乌。"此固因俚说以寓其意也。《战国策》曰："日月晖于外[一]，其贼在内。"则俚说亦当矣。（《苏文忠公全集》卷六七）

　　〔一〕晖：原作"晕"，据明万历刊《东坡先生外集》卷四三改。

书卢仝诗

　　卢仝诗云："何时得去禁酒国。"吾今谪岭南，万户酒家有一婢，昔尝为酒肆，颇能伺候冷暖。自今当不乏酒，可以日饮无何，其去禁酒国矣。（《苏文忠公全集》卷六七）

书渊明《东方有一士》诗后

　　"东方有一士，被服常不完。三旬九遇食，十年着一冠。辛苦无此比，常有好容颜。我欲观其人，晨去越河关。青松夹路生，白云宿檐端。知我故来意，取琴为我弹。上弦惊别鹤，下弦操孤鸾。愿留就君住，从今至岁寒。"此东方一士，正渊明也。不知从之游者谁乎？若了得此一段，我即渊明，渊明即我也。

绍圣二年二月十一日，东坡居士饮醉食饱，默坐思无邪斋，兀然如睡，既觉，写渊明诗一首，示儿子过。（《苏文忠公全集》卷六七）

书渊明《酬刘柴桑》诗

自夏历秋，毒热七八十日不解，炮灼理极，意谓不复有清凉时。今日忽凄风微雨，遂御夹衣，顾念兹岁，屈指可尽。陶彭泽云："今我不为乐，知有来岁不？"此言真可为惕然也。（《苏文忠公全集》卷六七）

书柳子厚南涧诗

"秋气集南涧，独游亭午时。回风一萧索，林影久参差。始至若有得，稍深遂忘疲。羁禽响幽谷，寒藻舞沦漪。去国魂已游，怀人泪空垂。孤生易为感，末路少所宜。寂寞竟何事，迟回只自知。谁欤后来者，当与此心期。"柳子厚南迁后诗，清劲纤余，大率类此。

绍圣三年三月六日。（《苏文忠公全集》卷六七）

对韩、柳诗

韩退之诗云："水作青罗带，山为碧玉簪。"柳子厚诗云："海上群山若剑铓，秋来处处割愁肠。"陆道士云："二公当时不相计会，好做成一属对。"东坡为之对云："系闷岂无罗带水，割愁还有剑铓山。"此可编入诗话也。（《苏文忠公全集》卷六七）

书李峤诗

"昔时青楼对歌舞，今日黄埃聚荆棘。山川满目泪沾衣，富贵荣华能几时。不见秪今汾水上，惟有年年秋雁飞。"李峤诗也。盖当时未有太白、子美，故峤辈得称雄耳。其遭离世故，不得不尔。雨中闻铃且犹涕下，峤诗可不如撼铃耶？以此论工拙，殆未可也。（《苏文忠公全集》卷六七）

书贺遂亮诗

"意气百年内，平生一寸心。欲交天下士，未面已虚襟。君子重名义，直道冠衣簪。风云何可托，怀抱自然深。落霞净霜景，坠叶下枫林。若上南登岸，希访北山岑。"此贺遂亮《赠韩思彦》诗也。

《成都学馆记》，遂亮撰，颜有意书。书词皆奇雅有法。尝患不见遂亮他文，偶因读《国史补》，得此诗，乃为录之。（《苏文忠公全集》卷六七）

书董京诗

《晋史》：董京字威辇，作诗答孙子荆，其略曰："玄鸟纤幕，而不被害？鸣隼远巢，咸以欲死。眄彼梁鱼，逡巡倒尾。沉吟不决，忽焉失水。嗟乎，鱼鸟相与，万世而不悟。以我观之，乃明其故。焉知不有达人，深穆其度，亦将窥我，翾蹩而去。"京之意盖曰：以鱼鸟自观，虽万世而不悟其非也，我所以能知鱼鸟之非者，以我不与鱼鸟同所恶也。彼达人者不与我同欲恶，则其观我之所为，亦欲如我之观鱼鸟矣。

京，得道人也，哀世俗不晓其语，故粗为说之。

戊寅九月八日。读《隐逸传》[一]。（《苏文忠公全集》卷六七）

〔一〕读《隐逸传》：原缺，据稗海本《东坡志林》补。

书杜子美诗

"崔郎忧病士，书信有柴胡。饮子频通汗，怀君想报珠。亲知天畔少，药味峡中无。归楫生衣卧，春鸥洗翅呼。酒闻上急水，旱作耻平途。万里皇华使，为僚记腐儒。"此杜子美诗也。沈佺期《回波》诗云："姓名虽蒙齿录，袍笏未易牙绯。"子美用"饮子"对"怀君"，亦"齿录""牙绯"之比也。广州舶信到，得柴胡等药，偶录此诗遣闷。

已卯正月十三日，久旱，微雨阴翳，未快。（《苏文忠公全集》卷六七）

书唐太宗诗

唐太宗作诗至多，亦有徐、庾风气，而世不传，独于《初学记》时时见之〔一〕。（《苏文忠公全集》卷六七）

〔一〕见：原作"载"，据《容斋四笔》卷一〇改。

书韦苏州诗

世传王子敬帖有"黄柑三百颗"之语。此帖乃在刘景文处。景文死，不知今在谁家矣〔一〕。韦苏州有诗云："书后欲题三百颗，洞庭须待满林霜。"盖苏州亦见此帖也。余亦尝有诗与景文云："君家子敬十六字，气压邺侯三万签。"（《苏文忠公全集》卷六七）

〔一〕家：原缺，据《诗话总龟》补。

书杜子美诗后

"夔州处女发半华，四十五十无夫家。更遭丧乱嫁不售，一生抱恨长咨嗟。土风坐男使女立，男当门户女出入。十有八九负薪归，卖薪得钱当供给。至老双鬟只垂颈，野花山叶银钗并。筋力登危集市门，死生射利兼盐井。面妆手饰杂啼痕，地褊衣寒困石根。若道巫山女粗丑，何得此有昭君村。"海南亦有此风，每诵此诗，以谕父老，然亦未易变其俗也。

元符二年闰九月十七日。（《苏文忠公全集》卷六七）

书司空图诗

司空图表圣自论其诗，以为得味于味外。"绿树连村暗，黄花入麦稀"，此句最善。又云："棋声花院静，幡影石坛高。"吾尝游五老峰，入白鹤院，松阴满庭，不见一人，惟闻棋声，然后知此句之工也，但恨其寒俭有僧态。若杜子美云："暗飞萤自照，水宿鸟相呼。""四更山吐月，残夜水明楼。"则才力富健，去表圣之流远矣。（《苏文忠公全集》卷六七）

书郑谷诗

郑谷诗云："江上晚来堪画处，渔人披得一蓑归。"此村学中诗也。柳子厚云："千山鸟飞绝，万径人踪灭。扁舟蓑笠翁，独钓寒江雪。"人性有隔也哉，殆天所赋，不可及也已。（《苏文忠公全集》卷六七）

书王梵志诗

王梵志诗云："城外土馒头，馅草在城里。每人吃一个，莫嫌无滋味。"己且为馅草，当使谁食之？为易其后两句云："预先着酒浇，图教有滋味。"（《苏文忠公全集》卷六七）

书柳子厚诗

柳柳州《酬娄秀才寓居开元寺早秋病中见寄》："客有故园思，潇湘生夜愁。病依居士室，梦绕羽人丘。味道怜知止，遗名得自求。壁空残月曙，门掩候虫秋。谬委双金重，难征杂佩酬。碧霄无枉路，徒此助离忧。"

元符己卯十一月十九日，忽得龙川信，寄此纸，试书此篇。（《苏文忠公全集》卷六七）

书柳子厚诗后〔一〕

元符己卯闰九月〔二〕，琼士姜君来儋耳，日与予相从。至庚辰三月乃归〔三〕，无以赠行〔四〕，书柳子厚《饮酒》《读书》二诗以见别意。子归，吾无以遣，独此二事〔五〕，日相与往还耳。

二十一日书。（《苏文忠公全集》卷六七）

〔一〕《河东先生集》附录题作《记书柳子厚诗》。
〔二〕元符：原缺，据《河东先生集》补。
〔三〕归：原缺，据明万历刊《东坡先生外集》卷四三补。
〔四〕无：原缺，据同上补。
〔五〕独此：原作"惟"。二：原作"一"。均据同上改。

记永叔评孟郊诗

欧阳永叔尝云："孟东野诗'鬓边虽有丝，不堪织寒衣'，就使堪织，能得多少?"（《苏文忠公全集》卷六七）

书太白《广武战场》诗

昔先友史经臣彦辅谓余："阮籍登广武而叹曰：'时无英雄，使竖子成名。'岂谓沛公竖子乎？"余曰："非也，伤时无刘、项也。竖子者，指魏、晋间人耳。"

其后余游京口甘露寺，有孔明、孙权、梁武、李德裕之遗迹。余感之，因题诗，其略曰："四雄皆龙虎，遗亦了未刬。方其盛壮时，争夺肯少安。废兴属造物，迁逝谁控抟。况彼妄庸子，而欲事所难。聊兴广武叹，不待雍门弹。"则犹此意也。

今日读李白《广武古战场》诗云："沉湎呼竖子，狂言非至公。"乃知李白亦误认嗣宗语，与先友之意无异也。嗣宗虽放荡，本有意于世，以魏、晋间多故，一放于酒耳，何至以沛公为竖子乎？（《苏文忠公全集》卷六七）

书退之诗

退之诗云："我生之辰，月宿南斗〔一〕。"乃知退之得磨蝎为身宫。而仆乃以磨蝎为命，平生多得谤誉，殆是同病也。（《苏文忠公全集》卷六七）

〔一〕南：原作"直"，据四部丛刊本《朱文公校昌黎先生诗》卷四《三星行》改。

书黄鲁直诗后 一

读鲁直诗，如见鲁仲连、李太白，不敢复论鄙事，虽若不入用，亦不无补于世也。（《苏文忠公全集》卷六七）

书黄鲁直诗后 二

鲁直诗文，如蝤蛑、江瑶柱，格韵高绝，盘飧尽废，然不可多食，多食则发风动气。（《苏文忠公全集》卷六七）

书陆道士诗

陆道士惟忠，字子厚，眉山人。好丹药，通术数，能诗，萧然有出尘之姿。久客江南，无知之者。

予昔在齐安，盖相从游，因是谒子由高安，子由大赏其诗。会吴远游之过彼〔一〕，遂与俱来惠州，出此诗。（《苏文忠公全集》卷六七）

〔一〕游：原缺，据王宗稷《东坡先生年谱》绍圣三年纪事"时吴远游、陆道士客于先生"之语补。

书诸公送周梓州诗后

予自元祐之初，备位从官，日与正孺游。三年，予既有江海之意，而正孺亦慨然有归欤之叹，遂请梓州，得之。予时以诗送行，有"扫棠阴""踵画像"之语。

旋出领杭州二年，还朝，老病日加，方上章请郡，曰："正孺已及瓜矣，盍往代之，遂归老眉山乎？"或曰："不可，梓人之安正孺甚矣，其去正孺，如去父母，子其忍夺之！"乃止，不敢乞。梓人愿复借留正孺数年，诏许之。而大丞相吕公典领《实录》，见熙宁中正孺为御史时所言事，叹曰："君子哉，斯人也。"因言于上，除正孺直秘阁。士大夫以才能论议，取合一时可也，使人于十年之后，徐观其所为，心服而无异议，我亦无愧，难矣。

正孺有书来，欲刻诸公送行诗于石，求予为跋尾，乃记所闻以遗之，且使梓人知予前诗卒章之意，未始一日忘也。（《苏文忠公全集》卷六七）

书《游汤泉》诗后

余之所闻汤泉七，其五则今三子之所游，与秦君之赋所谓匡庐、汝水、尉氏、骊山[一]，其二则余之所见凤翔之骆谷与渝州之陈氏山居也，皆弃于穷山之中，山僧野人之所浴，麋鹿猿猱之所饮，惟骊山当往来之冲，华堂玉甃，独为胜绝。然坐明皇之累，为杨、李、禄山所污，使口舌之士，援笔唾骂，以为亡国之余，辱莫大焉。今惠济之泉，独为三子者咏叹如此，岂非所寄僻远，不为当涂者所愿，而后得为高人逸士与世界趣者之所乐乎？

或曰：明皇之累，杨、李、禄山之污，泉岂知恶之？然则幽远僻陋之叹，亦非泉之所病也。泉固无知于荣辱，特以人意推之，可以为抱器适用而不择所处者之戒。

元丰元年十月五日〔二〕。（《苏文忠公全集》卷六七）

〔一〕骊：原作"丽"，据《淮海集》卷一《汤泉赋》附录改。
〔二〕"元丰元年"等八字原缺，据同上补。

跋文忠公《送惠勤》诗后

始予未识欧公，则已见其诗矣。其后屡见公，得勤之为人，然犹未识勤也。

熙宁辛亥，余出倅钱塘，过汝阴见公，屡属余致谢勤。到官不及月，以腊日见勤于孤山下，则余诗所谓"孤山孤绝谁肯庐，道人有道山不孤"者也。

其明年闰七月，公薨于汝阴，而勤亦退老于孤山下，不复出游矣。又明年六月六日，偶至勤舍，出此诗，盖公之真迹，读之流涕，而勤请余题其后云。（《苏文忠公全集》卷六八）

书《赠法通师》诗

"欲识当年杜伯升，飘然云水一孤僧。若教俯首随缰锁，料得而今似我能。"仆偶云："通师子不脱屧场屋，今何为乎？"柳子玉云："不过似我能。"

因戏作此诗。

熙宁七年二月日。（《苏文忠公全集》卷六八）

题鲜于子骏八咏后

始予过益昌，子骏始漕利路。其后八年，予守胶西，而子骏始移漕京东。

自朝廷更法以来，奉法之吏，尤难其人。刻急则伤民〔一〕，宽厚则废法。二者其理难通，而山峡地瘠，民贫役重，其推行为尤难。

子骏世家南隆，亲族故人，散处所部，以亲则害法，以法则伤恩，二者其势难全。是三难者萃于子骏，而子骏为之九年，其声蔼然，闻之四方。上不害法，下不伤民，中不废亲，自讲议措置至于立法定制，皆成于其手。吏民举欣欣然，而子骏亦自治园囿亭榭〔二〕，赋诗饮酒，雍容有余，如异时为监司者。君子以是知其贤。

子骏以其所作八咏寄余。余甚爱其诗，欲作而不可及，乃书其末，以遗益昌之人，使刻于石，以无忘子骏之德。（《苏文忠公全集》卷六八）

〔一〕急：原作"意"，据《皇朝文鉴》卷一三一改。
〔二〕榭：原作"谢"，据同上改。

记子由诗

八月四日与子由同来，留小诗三首："葱茜门前路，行穿翠密中。却来堂上看，岩谷意无穷。""夭矫庭中柏，枯枝鹊踏消。瘦皮缠鹤骨，高顶转龙腰。""窈窕山头井，泉通伏涧清。欲知深几许，听放辘轳声。"子由和云："岩峣山上寺，近在古城中。苦恨河流远，长教眼力穷。""盘曲山前路，流年向此消。兴亡须一吊，范叟卧山腰。""孤绝山南寺，僧居无限清。不知行道处，空听暮钟声。"子由诗过吾远甚。

熙宁十年八月四日，子瞻。（《苏文忠公全集》卷六八）

书诸公送凫绎先生诗后

凫绎先生既殁三十余年，轼始从其子复游，虽不识其人，而得其为人。

先生为阆中主簿，以诗饯行者，凡二十余人，皆一时豪杰名胜之流。自景祐至今，凡四十余年，而凋丧殆尽，独张君宗益在耳。怀先生之盛德，想诸贤之遗烈，悼岁月之不居，感人事之屡变。故书其末，使后生想见其风流云耳。（《苏文忠公全集》卷六八）

题文潞公诗

《送时郎中》诗云："一从辞画省，涒岁守坤维。久浃于藩任，常分乃睿思。六条遵汉寄，千里奉尧咨。按部壶浆拥，行春茜旆随。握兰班已峻，拔薤化方施。吏服蒲鞭耻，童怀竹马期。不藏金似粟，倾降雨如丝。每见求民瘼，宁闻拾路遗。责躬还掩阁，察吏更褰帷。好续循良传，宜刊德政碑。奸邪随草靡，权黠望风移。渤海绳皆治，葵丘戍及期。佩牛登富庶，负虎变淳熙。云路征贤日，星郎拱极时。将升严助室，暂辍阮咸麾。挽邓舟停水，思何咏载岐。鱼城初解印，凤阙即移堰。曲榭青云路，离筵白纻词。玳簪萦别恨，金酒折芳枝。从此三巴俗，多吟蔽苇诗。"

轼尝得闻潞公之语矣，其雄才远度，固非小子所能窥测，至于学问之富，自汉以来，出入驰骋，略无遗者，下追曲技小数，靡不究悉，虽笃学专门之师，莫能与之较。然世不以此称公，岂勋德所掩覆故耶？今观其幼时诗，精审研密，句句皆有所考，盖其积之也久矣。

元丰二年二月二十九日书。（《苏文忠公全集》卷六八）

自记吴兴诗

仆游吴兴[一]，有《游飞英寺》诗云："微雨止还作，小窗幽更妍。盆山不见日，草木自苍然。"非至吴越，不见此景也。（《苏文忠公全集》卷六八）

〔一〕游：原作"为"，据《苕溪渔隐丛话》前集卷四〇改。

记所作诗

吾有诗云："日日出东门，步寻东城游。城门抱关卒，怪我此何求。吾亦无所求，驾言写我忧。"章子厚谓参寥曰："前步而后驾，何其上下纷纷也？"仆闻之曰："吾以尻为轮，以神为马，何曾上下乎？"参寥曰："子瞻文过有理似孙子荆。子荆曰：'所以枕流，欲洗其耳；所以漱石，欲砺其齿。'"（《苏文忠公全集》卷六八）

书曹希蕴诗

近世有妇人曹希蕴者，颇能诗，虽格韵不高，然时有巧语。尝作《墨竹》诗云："记得小轩岑寂夜，月移疏影上东墙。"此语甚工。（《苏文忠公全集》卷六八）

记郭震诗

蜀人任介、郭震、李畋，皆博学能诗，晓音律，相与为莫逆之交，游荡不羁，礼法之士鄙之。然皆才识过人。

李顺之将乱，震游成都东郊，忽赋诗曰："今日出东郊，东郊好春色。青青原上草，莫教征马食。"遂走京师上书，言蜀将乱，不报。期年，其言乃效。震竟不仕。

介为陕西一幕官而死。畋稍达，仕至尚书郎。震将死，其友往问之，侧卧欹枕而言。其友曰："子且正身。"震笑曰："此行岂可复替名哉！"虽平生谈谐之余习，然亦足以见其临死而不乱也。（《苏文忠公全集》卷六八）

评杜默诗

石介作《三豪》诗，略云："曼卿豪于诗，永叔豪于文，杜默字师雄者豪于歌也。"永叔亦赠默云："赠之《三豪》篇，而我滥一名。"

默之歌，少见于世，初不知之。后闻其篇云"学海波中老龙〔一〕，圣人门前大虫〔二〕"，皆此等语。甚矣，介之无识也！永叔不欲嘲笑之者，此公恶争名，且为介讳也。

吾观杜默豪气，正是京东学究饮私酒食瘴死牛肉饱后所发者也〔三〕。作诗狂怪，至庐仝、马异极矣，若更求奇，便作杜默。（《苏文忠公全集》卷六八）

〔一〕波中：原作"门前"，据《苕溪渔隐丛话》前集卷二五改。
〔二〕圣人：原作"天子"，据同上改。
〔三〕京东：原作"东京"，据同上改。

书狄遵度诗〔一〕

"佳城郁郁颓寒烟，饥雏乳兽号荒阡。夜卧北斗寒挂枕，霜拱木落雁横天。浮云西去不复返，落日东逝随长川。乾坤未死吾尚在，肯与蟪蛄论大年。"

狄遵度自儿童，已能属文，落落有声。年十六〔二〕，一夕，梦子美诵平生所为诗，皆集中所无者，觉而记两句，后遂续之云耳。（《苏文忠公全集》卷六八）

〔一〕狄：原作"翟"，据《诗话总龟》卷三四改。文内同。

〔二〕年十六：原缺，据同上补。

题子明诗后

吾兄子明，旧能饮酒，至二十蕉叶，乃稍醉。与之同游者，眉之蟆颐山观侯老道士〔一〕，歌讴而饮。方是时，其豪气逸韵，岂知天地之大秋毫之小耶？不见十五年，乃以刑名政事著闻于蜀，非复昔日之子明也。

侄安节自蜀来，云子明饮酒不过三蕉叶。吾少年望见酒盏而醉，今亦能三蕉叶矣。然旧学消亡，凤心扫地，枵然为世之废物矣。乃知二者有得必有丧〔二〕，未有两获者也。（《苏文忠公全集》卷六八）

〔一〕侯：原作"佚"，据明万历刊《东坡先生外集》卷四四改。

〔二〕二：原作"六"，据同上改。

题和王巩六诗后

仆文章虽不逮冯衍，而慨慷大节乃不愧此翁。

衍逢世祖英睿好士，而独不遇，流离摈逐，与仆相似。而衍妻悍妒甚，仆少此一事，故有"胜敬通"之句。（《苏文忠公全集》卷六八）

题陈吏部诗后

故三司副使吏部陈公，轼不及见其人。然少时所识一时名卿胜士，多推尊之。迩来前辈凋丧略尽，能称诵公者，渐不复见，得其绪言遗事，皆当记录宝藏，况其文章乎？

公之孙师仲，录公之诗二十五篇以示轼。三复太息，以想见公之大略云。

元丰四年十一月廿二日，眉阳苏轼[一]。（《苏文忠公全集》卷六八）

〔一〕"元丰四年"等十四字原缺，据《大观录》卷三补。

书赠陈季常诗

余谪黄州，与陈慥季常往来，每过之，辄作"汁"字韵诗一篇。季常不禁杀，故以此讽之。

季常既不复杀，而里中皆化之，至有不食肉者。皆云"未死神已泣"，此语使人凄然也。（《苏文忠公全集》卷六八）

书遵师诗

游汤泉，览留题百余篇，独爱遵师一偈云："禅庭谁作石龙头，龙口汤泉沸不休。直待众生尘垢尽，我方清冷混常流。"戏作一绝答云："石龙有口口无根，自在流泉谁吐吞。若信众生本无垢，此泉何处觅寒温。"

元丰七年五月十三日。（《苏文忠公全集》卷六八）

书刘道纯诗后

"淙流绝壁散，灵烟翠洞深。岩际松风清，飘飘洒尘襟。观萝玩猿鸟，解组傲园林。茶果邀真侣，觞酌洽同心。旷岁怀兹赏，行春始重寻。聊将横吹笛，一写山水音。"与高安刘格道纯同游庐山简寂观，道纯诵此诗，请书之石。

元丰七年五月十九日，汝州团练副使苏轼和仲。（《苏文忠公全集》卷六八）

书子由《金陵天庆观》诗

"兴废不可必，冶城今静祠。松声闻道路，竹色净轩墀。江近风云改，庭深草木滋。孤坟吊遗直，铭暗闵元规。"

元丰三年四月，家弟子由过此留诗，七年七月十六日〔一〕，为书之壁。（《苏文忠公全集》卷六八）

〔一〕七年：原作"十年"，据明万历刊《东坡先生外集》卷四四改。

书子由绝胜亭诗

"夜郎秋涨水连空，上有虚亭缥缈中。山满长天宜落日，江吹旷野作惊风。爨烟惨淡浮前浦，渔艇纵横逐钓筒。未省岳阳何似此，应须子细问南公。"蜀州新建绝胜亭，舍弟十九岁作。（《苏文忠公全集》卷六八）

跋翰林钱公诗后

轼龆龀入乡校，即诵公诗，今得观其遗迹，幸矣。元丰八年正月二十日。（《苏文忠公全集》卷六八）

题《别子由》诗后

"先君昔爱洛城居，我今亦过嵩山麓。水南卜筑吾岂敢，试向伊川买修竹。又闻猴山好泉眼，傍市穿林泻水玉。想见茅檐照水开，两翁相对清如鹄。"元丰七年，余自黄迁汝，往别子由于筠，作数诗留别，此其一也。其后虽不过洛，而此意未忘，因康君郎中归洛，书以赠之。

元祐元年三月十六日，轼书。（《苏文忠公全集》卷六八）

跋欧阳寄王太尉诗后

"丰乐坡前一醉翁，余龄有几百忧攻。平生自恃心无愧，直道诚知世不容。换骨莫求丹九转，荣名何待禄千钟。明年今日如寻我，颍水东西问老农。"此欧阳文忠公寄太尉懿敏王公诗。

轼与公之子定国、定国侄孙子发、张彦若同游宝梵。定国诵此诗，以遗诗人戴仲达。仲达，尝从文忠公者也。

元祐元年四月，门生苏轼书。（《苏文忠公全集》卷六八）

书黄鲁直诗后

每见鲁直诗文，未尝不绝倒。然此卷语妙，殆非悠悠者所识，能绝倒者也，是可人。

元祐元年八月二十二日，与定国、子由同观。（《苏文忠公全集》卷六八）

记董传论诗

　　故人董传善论诗。予尝云："杜子美不免有凡语。'已知仙客意相亲，更觉良工心独苦'，岂非凡语耶？"传笑曰："此句殆为君发。凡人用意深处，人罕能识，此所以为独苦，岂独画哉！"（《苏文忠公全集》卷六八）

书参寥论杜诗

　　参寥子言："老杜诗云：'楚江巫峡半云雨，清簟疏帘看弈棋。'此句可画，但恐画不就尔。"仆言："公禅人，亦复爱此绮语耶？"寥云："譬如不事口腹人，见江瑶柱，岂免一朵颐哉！"（《苏文忠公全集》卷六八）

记少游论诗文

　　秦少游言："人才各有分限。杜子美诗冠古今，而无韵者殆不可读；曾子固以文名天下，而有韵者辄不工。此未易以理推之也。"（《苏文忠公全集》卷六八）

题李伯祥诗

眉山矮道士李伯祥好为诗，诗格亦不甚高，往往有奇语。如"夜过修竹寺，醉打老僧门"之句，皆可爱也。

余幼时学于道士张易简观中，伯祥与易简往来。尝叹曰[一]："此郎君贵人也。"不知其何以知之。(《苏文忠公全集》卷六八)

〔一〕学于道士张易简观中，伯祥与易简往来，尝：原作"尝见余"，据《诗话总龟》卷一四改。

书《绿筠亭》诗

"爱竹能延客，求诗剩挂墙。风梢千蘽乱，日影万夫长。谷鸟惊棋响，山蜂识酒香。只应陶靖节，解听北窗凉。"清献先生尝求东坡居士作《绿筠亭》诗，曰："此吾乡人梁处士之居也。"后二十五年，乃见处士之子琯，请书此本。

绍圣二年四月十三日。(《苏文忠公全集》卷六八)

题王晋卿诗后

晋卿为仆所累。仆既谪齐安，晋卿亦贬武当。饥寒穷困，本书生常分，仆处不戚戚固宜，独怪晋卿以贵公子罹此忧患，而不失其正，诗词益工，超然有世外之乐，此孔子所谓"可与久处约，长处乐"者。

元祐元年九月八日。（《苏文忠公全集》卷六八）

书《黄泥坂词》后

余在黄州，大醉中作此词，小儿辈藏去稿，醒后不复见也。

前夜与黄鲁直、张文潜、晁无咎夜坐。三客翻倒几案，搜索箧笥，偶得之，字半不可读，以意寻究，乃得其全。文潜喜甚，手录一本遗余，持元本去。

明日得王晋卿书，云："吾日夕购子书不厌，近又以三缣博两纸。子有近书，当稍以遗我，毋多费我绢也。"乃用澄心堂纸、李承晏墨书此遗之。

元祐元年十一月二十一日。（《苏文忠公全集》卷六八）

题《憩寂图》诗（并鲁直跋）

　　元祐元年正月十二日，苏子瞻、李伯时为柳仲远作《松石图》。仲远取杜子美诗"松根胡僧憩寂寞，庞眉皓首无住着。偏袒右肩露双脚，叶里松子僧前落"之句，复求伯时画此数句，为《憩寂图》。子由题云："东坡自作苍苍石，留取长松待伯时。只有两人嫌未足，兼收前世杜陵诗。"因次其韵云："东坡虽是湖州派，竹石风流各一时。前世画师今姓李，不妨题作辋川诗。"文与可尝云："老夫墨竹一派，近在徐州。吾竹虽不及，石似过之。"此一卷公案，不可不令鲁直下一句。

　　或言：子瞻不当目伯时为前身画师，流俗人不领，便是诗病。伯时一丘一壑，不减古人，谁当作此痴计。子瞻此语是真相知。鲁直书。（《苏文忠公全集》卷六八）

题张安道诗后

　　"因嗟萍梗才名客，自叹匏瓜老病身。一榻从兹还倚壁，不知重扫待何人。"元丰三年，家弟子由谪官筠州，张安道口占此诗为别，已而涕下。安道平生未尝出涕向人也。

　　元祐六年十二月薨于南都。将属纩，问后事，但言伸意子瞻兄弟。是月十一日，举哀荐福禅院，录此诗留院中。（《苏文忠公全集》卷六八）

书张芸叟诗

张舜民芸叟，邠人也。通练西事。稍能诗，从高遵裕西征回，涂中作诗二绝。一云："灵州城下千株柳，总被官军斫作薪。他日玉关归去路，将何攀折赠行人。"一云："青铜峡里韦州路〔一〕，十去从军九不回。白骨似沙沙似雪〔二〕，将军休上望乡台。"为转运判官李察所奏，贬郴州监税。

舜民言："官军围灵武不下，粮尽而退。西人从城上大呼：'官军汉人兀撰否〔三〕？'或仰而答曰：'兀撰。'城上皆大笑。西人谓惭为兀撰也。"（《苏文忠公全集》卷六八）

〔一〕铜：原作"冈"。韦：原作"常"。据《苕溪渔隐丛话》前集卷五二改。
〔二〕雪：原作"骨"，据同上改。
〔三〕大：原缺，据明万历刊《东坡先生外集》卷四五补。

书试院中诗

元祐三年二月二十一日领贡举事，辟李伯时为考校官。三月初，考校既毕，待诸厅参会，故数往诣伯时。伯时苦水悸，怏怏不欲食，作欲骥马以排闷〔一〕。黄鲁直诗先成，遂得之。鲁直诗云："仪鸾供帐饕虱行，翰林湿薪爆竹声，风帘官烛泪从横。木穿石盘未渠透〔二〕，坐窗不邀令人瘦，贫马百嗒逢一豆。眼明见此玉花骢，径思着鞭随诗翁，城西野桃寻小红。"子瞻次韵云："少年鞍马勤远行〔三〕，夜闻啮草风雨声，见此忽思短策横。千里故纸钻未透，那更陪君作诗瘦，不如芋魁归饭豆。门前欲嘶御史骢，诏恩三日休老翁，羡君怀中双橘红。"蔡天启、晁无咎、舒尧文、廖明略皆继，此不能尽录。

予又戏作绝句："竹头抢地风不举，文书堆案睡自语。看马欲骤顿风尘，亦思归家洗袍袴。"伯时笑曰："有顿尘马欲入笔。"疾取纸来写之后。三月六日所作皆是也。

眉山苏轼书。（《苏文忠公全集》卷六八）

〔一〕骤：原作"碾"，据明万历刊《东坡先生外集》卷四五改。
〔二〕石：原作"右"，据同上改。
〔三〕勤：原作"勒"，据同上改。

书鬼仙诗

"忽然湖上片云飞，不觉中流雨湿衣。折得荷花浑忘却，空将荷叶盖头归。"

"江上樯竿一百尺，山中楼台十二重。山僧楼上望江上，遥指樯竿笑杀侬。"

"湘中老人读黄老，手援紫藟坐碧草。春至不知湘水深，日暮忘却巴陵道。"

"爷娘送我青枫根，不记青枫几回落。当时手刺衣上花，今日为灰不堪着。"

"浦口潮来初渺漫，莲舟溶漾采花难。芳心不惬空归去，会待潮平更折看。"

"酒尽君莫沽，壶倾我当发。城市多嚣尘，还山弄明月。"

"卜得上峡日，秋江风浪多。巴陵一夜雨，肠断木兰歌。"

"寒草白露里，乱山明月中。是夕苦吟罢，寒烛与君同。"

元祐三年二月二十一日夜，与鲁直、寿朋、天启会于伯时斋舍。此一卷，皆仙鬼作或梦中所作也。

又记《太平广记》中，有人为鬼物所引入墟墓，皆华屋洞户，忽为劫墓者所惊，出，遂失所见。但云"芜花半落，松风晚清"。吾每爱此两句，故附之书末。（《苏文忠公全集》卷六八）

记白鹤观诗

昔游忠州白鹤观，壁上高绝处，有小诗，不知何人题也。诗云："仙人未必皆仙去，还在人间人不知。手把白髦从两鹿，相逢聊问姓名谁。"（《苏文忠公全集》卷六八）

记关右壁间诗

"欲挂衣冠神武门，先寻水竹渭南村。却将旧斩楼兰剑，买得黄牛教子孙。"余旧见此诗于关右壁间，爱之，不知何人诗也。（《苏文忠公全集》卷六八）

记西邸诗

　　余官凤翔，见村邸壁上书此数句，爱而诵之。云："人间有漏仙，兀兀三杯醉。世上无眼禅，昏昏一枕睡。虽然没交涉，其奈略相似。相似尚如此，何况真个是。"（《苏文忠公全集》卷六八）

书出局诗

　　"急景归来早，浓阴晚不开。倾杯不能饮，待得卯君来。"今日局中早出，阴晦欲雪，而子由在户部晚出，作此数句。

　　忽记十年前在彭城时，王定国来相过，留十余日，还南都。时子由为宋幕，定国临去，求家书，仆醉不能作，独以一绝与之。云："王郎西去路漫漫，野店无人霜月寒。泪湿粉笺书不得，凭君送与卯君看。"卯君，子由小名也。今日情味虽差胜彭城，然不若同归林下，夜雨对床，乃为乐耳。

　　元祐三年十月二十三日。（《苏文忠公全集》卷六八）

评七言丽句

　　七言之伟丽者。杜子美云："旌旗日暖龙蛇动，宫殿风微燕雀高。五更晓角声悲壮，三峡星河影动摇。"尔后寂寞无闻焉。直至欧阳永叔："沧波万古流不尽，白鹤双飞意自闲。万马不嘶听号令，诸蕃无事乐耕耘。"可以并驱争先矣。

轼亦云："令严钟鼓三更月，野宿貔貅万灶烟。"又云："露布朝驰玉关塞，捷书夜到甘泉宫。"亦庶几焉尔。（《苏文忠公全集》卷六八）

读文宗诗句

"人皆苦炎热，我爱夏日长。薰风自南来，殿阁生微凉。"世未有续之者。予亦有诗云："卧闻疏响梧桐雨，独咏微凉殿阁风。"《苏文忠公全集》卷六八。

书辩才次韵参寥诗

"岩栖木食已幡然，交旧何人慰眼前。素与昼公心印合〔一〕，每思秦子意珠圆。当年步月来幽谷，柱杖穿云冒夕烟。台阁山林本无异，故应文字未离禅。"辩才作此诗时，年八十一矣。平生不学作诗，如风吹水，自成文理。而参寥与吾辈诗，乃如巧人织绣耳。（《苏文忠公全集》卷六八）

〔一〕昼：原作"画"，据明万历刊《东坡先生外集》卷四五改。

书参寥诗

仆在黄州，参寥自吴中来访，馆之东坡。一日，梦见参寥所作诗，觉而记其两句云："寒食清明都过了，石泉槐火一时新。"

后七年，仆出守钱塘，而参寥始卜居西湖智果院。院有泉出石缝间，甘冷宜茶。寒食之明日，仆与客泛湖，自孤山来谒参寥，汲泉钻火，烹黄蘗茶，忽悟所梦诗兆于七年之前。众客皆惊叹，知传记所载，非虚语也。

元祐五年二月二十七日，眉山苏轼书并题〔一〕。（《苏文忠公全集》卷六八）

〔一〕"眉山苏轼""并题"六字原缺，据《咸淳临安志》卷三八补。

记谢中舍诗

寇元弼言："去岁徐州倅李陶，有子年十七八，素不甚作诗，忽咏《落花》诗云〔一〕：'流水难穷目，斜阳易断肠。谁同研光帽，一曲舞山香。'父惊问之，若有物凭附者。自云是谢中舍。问研光帽事，云：'西王母宴群仙〔二〕，有舞者戴研光帽，帽上簪花，舞山香一曲，未终，花皆落云。'"（《苏文忠公全集》卷六八）

〔一〕花：原作"梅"，据《苕溪渔隐丛话》前集卷五八改。
〔二〕仙：原作"臣"，据同上改。

书苏子美“金鱼”诗

旧读苏子美《六和寺》诗云："松桥待金鱼，竟日独迟留。"初不喻此语。及倅钱塘，乃知寺后池中有此鱼如金色也。昨日复游池上，投饼饵，久之，乃略出，不食，复入，不可复见。

自子美作诗，至今四十余年。子美已有"迟留"之语，苟非难进易退而不妄食，安能如此寿耶！（《苏文忠公全集》卷六八）

题《张子野诗集》后

张子野诗笔老妙，歌词乃其余技耳。《湖州西溪》云〔一〕："浮萍破处见山影，小艇归时闻草声。"与余和诗云："愁似鳏鱼知夜永，懒同胡蝶为春忙。"若此之类，皆可以追配古人。而世俗但称其歌词。

昔周昉画人物，皆入神品，而世俗但知有周昉士女，皆所谓未见好德如好色者欤？

元祐五年四月二十一日。（《苏文忠公全集》卷六八）

〔一〕湖：原作"华"，据《苕溪渔隐丛话》前集卷三七改。

书所和回先生诗

回先生诗云："西邻已富忧不足，东老虽贫乐有余。白酒酿来因好客，黄金散尽为收书。"东坡居士和云："世俗何知贫是病，神仙可学道之余。但知白酒留佳客，不问黄公觅素书。"

熙宁元年八月十九日，有道人过沈东老饮酒，用石榴皮写句壁上，自称回山人。东老送之出门，至石桥上。先渡桥数十步，不知其所往。或曰："此吕先生洞宾也。"七年，仆过晋陵，见东老之子偕，道其事。时东老既没三年矣，为和此诗。其后十六年，复与偕相遇钱塘，更为书之。偕字君与，有文行，世其家云。

元祐五年五月二十五日，东坡先生书。（《苏文忠公全集》卷六八）

记里舍联句

幼时里人程建用、杨尧咨、舍弟子由会学舍中，天雨[一]，联句六言。程云："庭松偃仰如醉。"杨即云："夏雨凄凉似秋。"余云："有客高吟拥鼻。"子由云："无人共吃馒头。"坐皆绝倒，今四十余年矣。（《苏文忠公全集》卷六八）

〔一〕天：原作"大"，据《诗话总龟》卷三九改。

题《凤山》诗后

杨君诗，殊有可观之言，长韵尤可喜，然求免于寒苦而不可得。悲夫，此道之不售于世也久矣！（《苏文忠公全集》卷六八）

题欧阳公送张著作诗后

诗中虽不著岁月，有"厌京已弄春"之语。是则自洛还馆中未久，去夷陵之行无几矣。

元祐六年，东坡居士观于汝南东阁。（《苏文忠公全集》卷六八）

书颍州祷雨诗

元祐六年十月，颍州久旱，闻颍上有张龙公神祠，极灵异，乃斋戒遣男迨与州学教授陈履常往祷之。迨亦颇信道教，沐浴斋居而往。明日，当以龙骨至，天色少变。二十六日，会景贶、履常、二欧阳[一]，作诗云："后夜龙作云，天明雪填渠。梦回闻剥啄，谁呼赵、陈、予？"景贶抚掌曰："句法甚新，前此未有此法。"季默曰："有之。长官请客，吏请客，目曰'主簿、少府、我’，即此语也。”相与笑语。至三更归时，星斗灿然，就枕未几，而雨已鸣檐矣。至朔旦日，作五人者复会于郡斋〔一〕。既感叹龙公之威德，复嘉诗语之不谬。季默欲书之，以为异日一笑。是日，景贶出追诗云：“吾侪归卧髀骨裂，会友携壶劳行役。”仆笑曰：“是男也，好勇过我。”（《苏文忠公全集》卷六八）

〔一〕会：原缺，据四部丛刊影印《增刊校正王状元集注分类东坡先生诗》卷三《与赵陈同过欧阳叔弼所治小斋戏作》尧卿注引东坡所撰《诗话》补。

〔二〕此句似有误。

题梅圣俞诗后

“驿使前时走马回，北人初识越人梅。清香莫把酴醿比，祇欠溪头月下杯。”

梅二丈长身秀眉，大耳红颊，饮酒过百盏，辄正坐高拱，此其醉也。吾虽后辈，犹及与之周旋，览其亲书诗，如见其抵掌谈笑也。

元祐七年七月二十二日。（《苏文忠公全集》卷六八）

跋《再送蒋颖叔》诗后

颖叔未有帅洮之命，作扈驾诗，轼和之，有“游魂”之句，遂成吟谶。

正月十六日，偶谒钱穆父，作小诗写之扇上，颖叔、穆父、仲至皆和，轼亦再赋。请颖叔收此扇与此轴，旋复迎劳，吾诗之必谶也。（《苏文忠公全

集》卷六八）

记宝山题诗

予昔在钱唐，一日，昼寝于宝山僧舍，起，题其壁云："七尺顽躯走世尘，十围便腹贮天真。此中空洞全无物，何止容君数百人。"其后有数小子亦题名壁上，见者乃谓予诮之也。周伯仁所谓君者，乃王茂弘之流，岂此等辈哉！世子多讳，盖僭者也。

吾尝作《李太白真赞》云："生平不识高将军，手污吾足乃敢嗔。"吾今复书此者，欲使后之小人少知自揆也。（《苏文忠公全集》卷六八）

书《石芝》诗后

中山教授马君，文登人也。盖尝得石芝食之，故作此诗，同赋一篇。目昏不能多书，令小儿执笔，独题此数字。（《苏文忠公全集》卷六八）

书蜀僧诗

王中令既平蜀，捕逐余寇，与部队相远。饥甚，入一村寺中。主僧醉甚，箕踞，公怒，欲斩之。僧应对不惧，公奇而赦之。问求蔬食，僧对曰："有肉无蔬。"公益奇之。馈以蒸猪头，食之甚美。公喜，问僧："止能饮酒食肉耶，抑有他技也〔一〕？"僧自言："能为诗。"公命赋蒸豚，操笔立成云："嘴长毛短浅含膘，久向山中食药苗。蒸处已将蕉叶裹，熟时兼用杏浆浇。红鲜雅称金盘钉，软熟真堪玉箸挑。若把毡根来比并，毡根自合吃藤条。"公大喜，与紫衣师号。

元祐九年二月十三日，偶与公之玄孙讷道此，因记之。（《苏文忠公全集》卷六八）

〔一〕抑有他：原作"为他有"，据稗海本《东坡志林》改。

书《彭城观月》诗

"暮云收尽溢清寒，银汉无声转玉盘。此生此夜不长好，明月明年何处看？"余十八年前中秋夜，与子由观月彭城，作此诗，以《阳关》歌之。

今复此夜宿于赣上，方迁岭表，独歌此曲，聊复书之，以识一时之事，殊未觉有今夕之悲，悬知有他日之喜也。（《苏文忠公全集》卷六八）

记乐天西掖通东省诗〔一〕

元祐元年，予为中书舍人。时执政患本省事多漏泄，欲以舍人厅后作露篱，禁同省往来。予白执政，应须简要清通，何必树篱插棘。诸公笑而止。

明年竟作之。

暇日，偶读《乐天集》，有云："西省北院，新构小亭，种竹开窗，东通骑省，与李常侍隔窗小饮，作诗。"乃知唐时得西掖作窗以通东省，而今日本省不得往来，可叹也！（《苏文忠公全集》卷六八）

〔一〕"天"后原有"诗"字，衍，径删。

书润州道上诗

"行歌野哭两堪悲，远火低星渐向微。病眼不眠非守岁，乡音无伴苦思归。重衾脚冷知霜重，新沐头轻感发稀。只有残灯不嫌客，孤舟一夜许相依。"仆时三十九岁，润州道中，值除夜而作。

后二十年，在惠州守岁，录付过。（《苏文忠公全集》卷六八）

书李主词

"三十余年家国，数千里地山河。几曾惯干戈〔一〕！一旦归为臣虏，沈腰潘鬓消磨。最是苍皇辞庙日，教坊犹奏别离歌。挥泪对宫娥。"后主既为樊若水所卖，举国与人，故当恸哭于九庙之外，谢其民而后行，顾乃挥泪宫娥，听教坊离曲哉！（《苏文忠公全集》卷六八）

〔一〕此句前，多种通行本尚有"凤阁龙楼连霄汉，玉树琼枝作烟萝"二句。

题《秧马歌》后 一

惠州博罗县令林君，勤民恤农，仆出此歌以示之。林君喜甚，躬率田者制作阅试，以谓背虽当如覆瓦，然须起首尾如马鞍状，使前却有力。今惠州民皆已施用，甚便之。

念浙中稻米几半天下，独未知为此，而仆又有薄田在阳羡，意欲以教之。适会衢州进士梁君琯过我而西，乃得指示，口授其详，归见张秉道，可备言范式尺寸及乘驭之状，仍制一枚，传之吴人，因以教阳羡儿子，尤幸也。

本欲作秉道书，又懒，此间诸事，可问梁君具详也。试更以示西湖智果妙总禅师参寥子，以发万里一笑，尤佳也。

绍圣二年四月二十二日，轼书。（《苏文忠公全集》卷六八）

题《秧马歌》后 二

林博罗又云："以榆枣为腹患其重，当以栀木，则滑而轻矣。"又云："俯伛秧田，非独腰脊之苦，而农夫例于胫上打洗秧根，积久皆至疮烂。今得秧马，则又于两小颊子上打洗，又完其胫矣。"（《苏文忠公全集》卷六八）

题《秧马歌》后 三

　　翟东玉将令龙川，从予求秧马式而去。此老农之事，何足云者，然已知其志之在民也。愿君以古人为师，使民不畏吏，则东作西成，不劝而自力，是家赐之牛，而人予之种，岂特一秧马之比哉！（《苏文忠公全集》卷六八）

题《秧马歌》后 四

　　吾尝在湖北，见农夫用秧马行泥中，极便。顷来江西，作《秧马歌》以教人，罕有从者。近读《唐书·回鹘部族黠戛斯传》，其人以木马行水上，以板荐之，以曲木支腋下，一蹴辄百余步，意殆与秧马类欤？

　　聊复记之，异日详问其状，以告江南人也。（《苏文忠公全集》卷六八）

书陆道士诗

　　江南人好作盘游饭，鲊脯脍炙无不有，然皆埋之饭中。故里谚云："撅得窖子。"罗浮颖老取凡饮食杂烹之，名谷董羹，坐客皆称善。诗人陆道士，遂出一联句云："投醪谷董羹锅里，撅窖盘游饭碗中。"东坡大喜，乃为录之，以付江秀才收，为异时一笑。吴子野云："此羹可以浇佛。"翟夫子无言，但咽唾而已。

丙子十二月八日。（《苏文忠公全集》卷六八）

记刘景文诗

刘季孙景文，平之子也。慷慨奇士，博学能诗。仆荐之，得隰州以殁，哀哉！

尝有诗寄仆曰："四海共知霜鬓满，重阳能插菊花无。"死之日，家无一钱，但有书三万轴，画数百幅耳。（《苏文忠公全集》卷六八）

书刘景文诗后〔一〕

景文有英伟气，如三国时士陈元龙之流。读此诗，可以想见其人。以中寿没于隰州，哀哉哀哉！

昙秀，学道离爱人也，然常出其诗，与余相对泣下。

丁丑正月六日，谨题〔二〕。（《苏文忠公全集》卷六八）

〔一〕刘：原缺，据明万历刊《东坡先生外集》卷四〇六补。

〔二〕谨题：原缺，据《永乐大典》卷九〇七补。

书昙秀诗

予在广陵，与晁无咎、昙秀道人同舟送客山光寺。客去，予醉卧舟中。昙秀作诗云："扁舟乘兴到山光，古寺临流胜气藏。惭愧南风知我意，吹将草木作天香。"予和云："闲里清游借隙光，醉时真境发天藏。梦回拾得吹来句，十里南风草木香。"

予昔对欧阳文忠公诵文与可诗云："美人却扇坐，羞落庭下花。"公云："此非与可诗，世间元有此句，与可拾得耳。"

后三年，秀来惠州见予，偶记此事。（《苏文忠公全集》卷六八）

记虏使诵诗

昔余与北使刘霄会食，霄诵仆诗，云："'痛饮从今有几日，西轩月色夜来新。'公岂不饮者耶？"虏亦喜吾诗，可怪也。（《苏文忠公全集》卷六八）

书迈诗

儿子迈，幼时尝作《林檎》诗云〔一〕："熟颗无风时自脱，半腮迎日斗先红。”于等辈中，亦号有思致者。

今已老，无他技，但亦时出新句也。尝作酸枣尉，有诗云："叶随流水归何处，牛载寒鸦过别村〔二〕。"亦可喜也。（《苏文忠公全集》卷六八）

〔一〕檎：原作"擒"，据《苕溪渔隐丛话》前集卷四一改。
〔二〕载：原作"带"，据同上改。

书韩魏公黄州诗后

黄州山水清远，土风厚善，其民寡求而不争，其士静而文，朴而不陋。虽闾巷小民，知尊爱贤者，曰："吾州虽远小，然王元之、韩魏公，尝辱居焉。"以夸于四方之人。元之自黄迁蕲州，没于蕲，然世之称元之者，必曰黄州，而黄人亦曰"吾元之也"。魏公去黄四十余年，而思之不忘，至以为诗。

夫贤人君子，天之所以遗斯民，天下之所共有，而黄人独私以为宠，岂其尊德乐道，独异于他邦也欤？抑二公与此州之人，有宿昔之契，不可知也？

元之为郡守，有德于民，民怀之不忘也固宜。魏公以家艰，从其兄居耳，民何自知之？《诗》云："有匪君子，如金如锡，如圭如璧。"金锡圭璧之所在，瓦石草木被其光泽矣，何必施于用？

奉议郎孙贲公素，黄人也，而客于公。公知之深，盖所谓教授书记者也。而轼亦公之门人，谪居于黄五年，治东坡，筑雪堂，盖将老焉，是亦黄人也。于是相与摹公之诗而刻之石〔一〕，以为黄人无穷之思。而吾二人者，亦庶几托此以不忘乎？

元丰七年十月二十六日，汝州团练副使苏轼记。（《苏文忠公全集》卷六八）

〔一〕摹：原作"募"，据宋刻大字本《东坡集》卷二三改。

记参寥诗

　　昨夜梦参寥师手携一轴诗见过。觉而记其《饮茶》诗两句云："寒食清明都过了，石泉槐火一时新。"梦中问："火固新矣，泉何故新？"答云："俗以清明淘井。"当续成一诗，以记其事。（《苏文忠公全集》卷六八）

书王太尉《送行诗》后

杜衍　　贾黯　　宋敏求　　司马光　　王安石　　苏涣

王畴　　邵亢　　元绛　　王纯臣　　吕夏卿　　张瑰

何涉　　谢仲弓　　陈洙　　胡恢　　王举正　　赵概

张揆　　曾公亮　　王珪　　王洙　　曾公定　　胡宿

范镇　　李复圭　　张刍　　吴几复　　范百之　　晁仲衍

石扬休　　李绚　　宋敏修　　右三十三人

丁度　　郭劝　　齐廓　　马仲甫　　令狐挺　　施昌言

吕居简　　孙沔　　刘瑾　　冯浩　　黄灏　　韩铎

李师中　　辛若渝　　李寿朋　　刘参　　张师中　　李先

楚泰　　洪宣　　周延隽　　钱延年　　解宾王　　黄从政

孟询　　阎颙　　谢徽　　张孜　　吴可几　　范宽之

张中庸　　鲍光　　闵从周　　右三十三人

《送行诗》上下二卷，凡六十有六人。

庆历、皇祐间，朝廷号称多士，故光禄卿、赠太尉王公挂冠归江陵，作诗纪行者，多一时之杰。呜呼，唐虞之际，于斯为盛，非独以见王公取友之端，亦足以知朝廷得士之美也。

昔柳宗元记其先友六十七人于墓碑之阴，考之于史，卓然知名者盖二十人。宗元曰："先君之所友，天下之善士举集焉。"余于王公亦云。

元符元年十月初七日。（《苏文忠公全集》卷六八）

跋黔安居士《渔父词》

鲁直作此词，清新婉丽。问其得意处。自言以水光山色，替却玉肌花貌。此乃真得渔父家风也。然才出"新妇矶"，又入"女儿浦"，此渔父无乃大澜浪乎？（《苏文忠公全集》卷六八）

记临江驿诗

"淮西功业冠吾唐，吏部文章日月光。千载断碑人脍炙，不知世有段文昌。""李白当年流夜郎，中原无复汉文章。纳官赎罪人何在？志士临风泪数行。"绍圣间临江军驿壁上得此诗，不知谁氏子作也。（《苏文忠公全集》卷六八）

记沿流馆诗

"帘卷窗穿户不扃，隙尘风叶乱纵横。幽人睡足谁呼觉，欹枕床前有月明。"绍圣间，人得此诗于沿流馆中，不知何人诗也。今录之，以益箧笥之藏。（《苏文忠公全集》卷六八）

书罗浮五色雀诗

罗浮有五色雀，以绛羽为长，余皆从之东西。俗云："有贵人入山则出。"余安道有诗云："多谢珍禽不随俗，谪官犹作贵人看。"

余过南华亦见之。海南人则谓之凤皇。云："久旱而见则雨，潦则反是。"及谪儋耳，亦尝集于城南所居。余今日游进士黎威家，又集庭下，锵然和鸣，回翔久之。余举酒嘱之，汝若为余来者，当再集也。已而果然。（《苏文忠公全集》卷六八）

书秦少游《挽词》后

庚辰岁六月二十五日，予与少游相别于海康，意色自若，与平日不少异。

但自作《挽词》一篇，人或怪之。

予以谓少游齐死生，了物我，戏出此语，无足怪者。已而北归，至滕州，以八月十二日，卒于光化亭上。呜呼，岂亦自知当然者耶，乃录其诗云。（《苏文忠公全集》卷六八）

书圣俞《赠欧阳阙诗》后

"客心如萌芽，忽与春风动。又随落花飞，去作江南梦。我家无梧桐，安可久留凤。凤栖在桂林，乌哺不得共。无忘桂枝荣，举酒一以送。"右，宛陵先生梅圣俞诗。

先君与圣俞游时，余与子由年甚少，世未有知者，圣俞极称之。家有老人泉，圣俞作诗曰："泉上有老人，隐见不可常。苏子居其间，饮水乐未央。泉中若有鱼，与子同倘徉。泉中苟无鱼，子特玩沧浪。岁月不知老，家有雏凤凰。百鸟戢羽翼，不敢呈文章。去为仲尼叹，出为盛时翔。方今天子圣，无滞彼泉傍。"

圣俞没，今四十年矣。南迁过合浦，见其门人欧阳晦夫，出所为送行诗。晦夫年六十六，予尚少一岁，须鬓皆皓然，固穷亦略相似。于是执手大笑，曰："圣俞之所谓凤者，例皆如是哉！"天下皆言圣俞以诗穷，吾二人者又穷于圣俞，可不大笑乎？

元符三年月日书。（《苏文忠公全集》卷六八）

书王公峡中诗刻后

轼蜀人，往来古信州，山川草木，可以默数。老病流落，无复归日，冥蒙奄霭，时发于梦想而已。

庚辰岁，蒙恩移永州，过南海，见部刺史王公进叔，出先太尉峡中石刻诸诗，反复玩味，则赤甲、白盐、滟滪、黄牛之状，凛然在人目中矣。

十月十六日轼书。（《苏文忠公全集》卷六八）

书石曼卿诗笔后

范文正公《祭曼卿文》，其略曰："曼卿之才，大而无媒。不登公卿，善人是哀。曼卿之诗，气豪而奇。大爱杜甫，酷能似之。曼卿之笔，颜筋柳骨。散落人间，宝为神物。曼卿之心，浩然无机。天地一醉，万物同归。不见曼卿，忆兮如生。希世之人，死为神明。"方此时，世未有言曼卿为神仙事。后十余年，乃有芙蓉之说，不知文正公偶然之言乎，抑亦有以知之也？

元符三年十月十六日书。（《苏文忠公全集》卷六八）

书冯祖仁父诗后

　　国家承平百余年，岭海间学者彬彬出焉。时余襄公既没，未有甚显者，岂张九龄、姜公辅独出于唐乎？

　　真阳冯氏，多贤有文者。河源令齐参祖仁出其先君子诗七篇，灿然有唐人风，方知祖仁之贤，盖有自云。

　　元符三年十二月十九日。（《苏文忠公全集》卷六八）

书程全父诗后

　　读其诗，知其为君子，如天俾岂易得哉？予识之于罪谪之中，不独无以发扬其人，适足以污累之。乃书以属过子，善藏之，异时必有知此子者。

　　元符三年十二月日。（《苏文忠公全集》卷六八）

书苏养直诗

　　"属玉双飞水满塘，菰蒲深处浴鸳鸯。白蘋满棹归来晚，秋着芦花一岸霜。""扁舟系岸依林樾，萧萧两鬓吹华发。万事不理醉复醒，长占烟波弄明月。"此篇若置在太白集中，谁复疑其非也。乃吾宗养直所作《清江曲》云。

建中靖国元年三月二日。（《苏文忠公全集》卷六八）

书秦少游词后

少游昔在虔州，尝梦中作词云："山路雨添花，花动一山春色。行到小溪深处，有黄鹂千百。飞云当面化龙蛇，夭矫转空碧。醉卧古藤阴下，了不知南北。"供奉官侬君沔居湖南，喜从迁客游，尤为吕元钧所称。又能诵少游事甚详，为余道此词，至流涕，乃录本使藏之。

建中靖国元年三月二十一日。（《苏文忠公全集》卷六八）

题杨朴妻诗

真宗东封还，访天下隐者，得杞人杨朴，能为诗。召对，自言不能。上问临行有人作诗送否，朴言："无有。惟臣妻一绝云：'且休落魄贪杯酒，更莫猖狂爱咏诗。今日捉将官里去，这回断送老头皮。'"上大笑，放还山，命其子一官就养。

余在湖州，坐作诗追赴诏狱，妻子送余出门，皆哭。无以语之，顾老妻曰："子独不能如杨处士妻作一诗送我乎？"妻不觉失笑。予乃出。

又：昔年过洛，见李公蕴之，言：杨朴妻赠行一绝。因览魏处士诗，偶复记之。（《苏文忠公全集》卷六八）

书章詧诗

　　章詧，字隐之。本闽人，迁于成都数世矣。善属文，不仕〔一〕。晚用太守王素荐，赐号冲退处士。一日，梦有人寄书召之，云东岳道士书也。明日，与李士宁游青城，濯足水中，咍谓士宁曰："脚踏西溪流去水。"士宁答曰："手持东岳送来书。"詧大惊，不知其所自来也〔二〕。未几，詧果死。其子襫亦逸民，举，仕一命乃死。士宁，蓬州人也。语默不常，或以为得道者，百岁乃绝。尝见余于成都，曰："子甚贵，当策举首。"已而果然〔三〕。（《苏文忠公全集》卷六八）

　　〔一〕不仕：原缺，据赵刻《东坡志林》补。
　　〔二〕来：原缺，据同上补。
　　〔三〕"其子"等五十字原缺，据《诗话总龟》前集卷三四补。

书过《送昙秀诗》后

　　"三年避地少经过，十日论诗喜琢磨。自欲灰心老南岳，犹能茧足慰东坡。来时野寺无鱼鼓，去后闲门有雀罗。从此期师真似月，断云时复挂星河。"

　　仆在广陵作诗《送昙秀》云："老芝如云月，炯炯时一出。"今昙秀复来惠州见余，余病，已绝不作诗。儿子过粗能搜句，时有可观，此篇殆咄咄逼老人矣。特为书之，以满行橐。

　　丁丑正月二十一日。（《苏文忠公全集》卷六八）

书欧阳公《黄牛庙》诗后

右，欧阳文忠公为峡州夷陵令日所作《黄牛庙》诗也。

轼尝闻之于公："予昔以西京留守推官为馆阁较勘，时同年丁宝臣元珍适来京师，梦与予同舟泝江，入一庙中，拜谒堂下。予班元珍下，元珍固辞，予不可。方拜时，神像为起，鞠躬堂上〔一〕，且使人邀予上，耳语久之。元珍私念，神亦如世俗待馆阁，乃尔异礼耶？既出门，见一马只耳，觉而语予，固莫识也。不数日，元珍除峡州判官。已而，余亦贬夷陵令。日与元珍处，不复记前梦云。一日，与元珍泝峡谒黄牛庙，入门惘然，皆梦中所见。予为县令，固班元珍下，而门外镌石为马，缺一耳。相视大惊，乃留诗庙中，有'石马系祠门'之句，盖私识其事也。"

元丰五年，轼谪居黄州，宜都令朱君嗣先见过，因语峡中山水，偶及之。朱君请书其事与诗："当刻石于庙，使人知进退出处，皆非人力。如石马一耳，何与公事，而亦前定，况其大者。公既为神所礼，而犹谓之淫祀，以见其直气不阿如此。"感其言有味，故为录之。

正月二日，眉山苏轼书。（《苏文忠公全集》卷六八）

〔一〕上：原作"下"，据宋刻大字本《东坡集》卷二三改。

记梦诗文

昨夜欲晓，梦客有携诗文见过者。觉而记其一诗云："道恶贼其身，忠先爱厥亲。谁知畏九折，亦自是忠臣。"又有数句若铭赞者云："道之所以成，不害其耕。德之所以不修，以贼其牛。"

元丰七年三月十一日。（《苏文忠公全集》卷六八）

记梦中句

昨日梦人告我云："知真飨佛寿，识妄吃天厨。"余甚领其意。

或曰："真即飨佛寿，不妄吃天厨。"余曰："真即是佛，不妄即是天，何但飨而吃之乎?"其人甚可余言。（《苏文忠公全集》卷六八）

书清泉寺词

黄州东南三十里，为沙湖，亦曰螺师店。余将买田其间，因往相田。得疾，闻麻桥人庞安时善医而聋，遂往求疗〔一〕。安时虽聋，而颖悟过人，以指画字，不尽数字，辄了人深意。余戏之云："余以手为口，君以眼为耳。皆一时异人也。"

疾愈，与之同游清泉寺。寺在蕲水郭门外二里许〔二〕。有王逸少洗笔泉，水极甘，下临兰溪，溪水西流〔三〕。余作歌云："山下兰芽短浸溪，松间沙路净无泥，萧萧暮雨子规啼。谁道人生难再少?君看流水尚能西，休将白发唱黄鸡。"是日，极饮而归。（《苏文忠公全集》卷六八）

〔一〕遂往求疗：原缺，据《苕溪渔隐丛话》前集卷三八补。
〔二〕寺：原缺，据赵刻《东坡志林》补。

〔三〕溪：原缺，据同上补。

自记庐山诗

仆初入庐山，山谷奇秀，平日所未见，殆应接不暇，遂发意不欲作诗。

已而见山中僧俗，皆云苏子瞻来矣，不觉作一绝云："芒鞋青竹杖，自挂百钱游。可怪深山里，人人识故侯。"既而哂前言之谬，复作两绝句云："青山若无素，偃蹇不相亲。要识庐山面，他年是故人。"又云："自昔怀清赏，神游杳霭间。如今不是梦，真个在庐山。"

是日有以陈令举《庐山记》见寄者，且行且读，见其中有云徐凝、李白之诗〔一〕，不觉失笑。开先寺主求诗〔二〕，为作一绝云："帝遣银河一派垂，古来唯有谪仙词。飞流溅沫知多少，不与徐凝洗恶诗。"

往来山南北十余日，以为胜绝不可胜谈，择其尤者，莫如漱玉亭、三峡桥，故作二诗。最后与总老同游西林，又作一绝云："横看成岭侧成峰，到处看山了不同。不识庐山真面目，只缘身在此山中。"

仆庐山之诗，尽于此矣。（《苏文忠公全集》卷六八）

〔一〕有：原缺，据《苕溪渔隐丛话》前集卷三九补。
〔二〕先：原作"元"，据《诗话总龟》卷一八引文改。

书子由梦中诗〔一〕

元丰八年正月旦日，子由梦李士宁相过，草草为具。梦中赠一绝句云：

"先生惠然肯见客，旋买鸡豚旋烹炙。人闲饮酒未须嫌，归去蓬莱却无吃。"明年闰二月六日为予道之〔一〕，书以遗迟云〔二〕。（《苏文忠公全集》卷六八）

〔一〕予：原作"子"，据赵刻《东坡志林》改。
〔二〕云：原作"子"，据《诗话总龟》卷三四改。

记鬼诗

秦太虚言：宝应民有以嫁娶会客者，酒半，客一人径起出门。主人追之，客若醉甚，将赴水者。主人急持之。客曰："妇人以诗招我，其词云：'长桥直下有兰舟，破月冲烟任意游。金玉满堂何所用，争如年少去来休。'苍黄就之，不知其为水也。"然客竟亦无他〔一〕。

夜会说鬼，参寥举此，聊为记之。（《苏文忠公全集》卷六八）

〔一〕竟：原缺，据《苕溪渔隐丛话》前集卷五八补。

题张白云诗后

张俞少愚，西蜀隐君子也。与予先君游，居岷山下白云溪，自号"白云居士"。本有经世志，特以自重难合，故老死草野，非槁项黄馘盗名者也。偶游西湖静轩，见其遗句，怀仰其人，命寺僧刻之。

元祐五年九月五日。（《苏文忠公全集》卷六八）

记黄州对月诗

仆在徐州[一]，王子立、子敏皆馆于官舍，而蜀人张师厚来过。二王方年少，吹洞箫，饮酒杏花下。

明年，余谪居黄州，对月独饮，尝有诗云："去年花落在徐州，对月酣歌美清夜。今年黄州见花发，小院闭门风露下。"盖忆与二王饮时也。

张师厚久已死，今年子立复为古人，哀哉！（《苏文忠公全集》卷六八）

〔一〕徐：原作"黄"，据赵刻《东坡志林》改。

书黄州诗记刘原父语

昔为凤翔幕官，过长安，见刘原父，留吾剧饮数日。酒酣，谓吾曰："昔陈季弼告陈元龙曰：'闻远近之论，谓明府骄而自矜。'元龙曰：'夫闺门雍穆，有德有行，吾敬陈元方兄弟。渊清玉洁，有礼有法，吾敬华子鱼。清修疾恶，有识有义，吾敬赵元达。博闻强记，奇逸卓荦，吾敬孔文举。雄姿杰出，有王霸之略[一]，吾敬刘玄德。所敬如此，何骄之有？余子琐琐，亦安足录哉！'"因仰天太息。此亦原父之雅趣也。

吾后在黄州，作诗云："平生我亦轻余子，晚岁人谁念此翁。"盖记原父语也。

原父既没久矣，尚有贡父在，每与语，强人意，今复死矣。何时复见此

俊杰人乎？悲夫！（《苏文忠公全集》卷六八）

〔一〕王霸：原作"霸王"，据《苕溪渔隐丛话》前集卷三八改。

书摹本《兰亭》后

"外寄所托"改作"因寄"，"于今所欣"改作"向之"，"岂不哀哉"改作"痛哉"，"良可悲"改作"悲夫"，"有感于斯"改作"斯文"。凡涂两字，改六字，注四字。"曾不知老之将至"，误作"僧"，"已为陈迹"，误作"以"，"亦犹今之视昔"，误作"由"。旧说此文字有重者，皆构别体，而"之"字最多，今此"之"字颇有同者。

又尝见一本，比此微加楷，疑此起草也。然放旷自得，不及此本远矣。子由自河朔持归，宝月大师惟简请其本，令左绵僧意祖摹刻于石。

治平四年九月十五日。（《苏文忠公全集》卷六九）

题逸少帖

逸少为王述所困，自誓去官，超然于事物之外。尝自言："吾当卒以乐死。"然欲一游岷岭，勤勤如此，而至死不果。乃知山水游放之乐，自是人生难必之事，况于市朝眷恋之徒，而出山林独往之言，固已疏矣。（《苏文忠公全集》卷六九）

题《遗教经》

仆尝见欧阳文忠公云："《遗教经》非逸少笔。"以其言观之，信若不妄。然自逸少在时，小儿乱真，自不解辨，况数百年后传刻之余，而欲必其真伪，难矣。顾笔画精稳，自可为师法。（《苏文忠公全集》卷六九）

题《笔阵图》（王晋卿所藏）

笔墨之迹，托于有形，有形则有弊。苟不至于无，而自乐于一时，聊寓其心，忘忧晚岁，则犹贤于博弈也。

虽然，不假外物而有守于内者，圣贤之高致也。惟颜子得之。（《苏文忠公全集》卷六九）

题二王书

笔成冢，墨成池，不及羲之即献之。笔秃千管，墨磨万铤，不作张芝作索靖。（《苏文忠公全集》卷六九）

题晋人帖

唐太宗购晋人书，自二王以下，仅千轴。《兰亭》以玉匣葬昭陵，世无复见。其余皆在秘府。至武后时，为张易之兄弟所窃，后遂流落人间，多在王涯、张延赏家[一]。涯败，为军人所劫，剥去金玉轴，而弃其书。

余尝于李都尉玮处，见晋人数帖，皆有小印"涯"字，意其为王氏物也。有谢尚、谢鲲、王衍等帖，皆奇。而夷甫独超然如群鹤耸翅，欲飞而未起也。（《苏文忠公全集》卷六九）

〔一〕多：原缺。张：原作"赵"。据《兰亭考》卷三补、改。

题萧子云帖

萧子云尝答敕云："臣昔不能赏拔，随时所贵，规模子敬，多历年所。年二十六，著《晋史》，至《二王列传》，欲作论学隶法，言不尽意[一]，遂不能成，略指论飞白一事而已。十许年，乃见敕旨《论书》一卷，商略笔法，洞微字体，始变子敬，全范元常。逮迩以来，自觉功进。"文见《梁书》本传[二]。今阁下法帖十卷中，有卫夫人与一僧书，班班取子云此文，其伪妄无疑也[三]。（《苏文忠公全集》卷六九）

〔一〕言：原缺，据《梁书·萧子云传》补。
〔二〕梁书：原作"齐史"，据同上改。

534

〔三〕此句下原有"又有王逸"四字，据汲古阁刊《东坡题跋》删。

跋褚、薛临帖

王会稽父子书存于世者，盖一二数。唐人褚、薛之流，硬黄临放，亦足为贵。（《苏文忠公全集》卷六九）

辨法帖

辨书之难，正如听响、切脉，知其美恶则可，自谓必能正名之者，皆过也。

今官本十卷法帖中，真伪相杂至多。逸少部中有"出宿饯行"一帖，乃张说文。又有"不具释智永白"者，亦在逸少部中，此最疏谬。余尝于秘阁观墨迹，皆唐人硬黄上临本，惟鹅群一帖，似是献之真笔。后又于李玮都尉家，见谢尚、王衍等数人书，超然绝俗。考其印记，王涯家本。其他但得唐人临本，皆可蓄〔一〕。（《苏文忠公全集》卷六九）

〔一〕蓄：原作"畜"，据明万历刊《东坡先生外集》卷四七改。

辨官本法帖（并以下十篇皆官本法帖）

此卷有云："伯赵鸣而戒晨，爽鸠习而扬武。"此张说送贾至文也。乃知法帖中真伪相半。（《苏文忠公全集》卷六九）

疑二王书

梁武帝使殷铁石临右军书，而此帖有与铁石共书语，恐非二王书。字亦不甚工，览者可细辨也。（《苏文忠公全集》卷六九）

题逸少书 一

此卷有永"足下还来"一帖。其后云"不具释智永白"，而云逸少书。余观其语云"谨此代申"。唐末以来，乃有此等语，而书至不工，乃流俗伪造永禅师书耳。（《苏文忠公全集》卷六九）

题逸少书　二

逸少谓此郡难治，云："吾何故舍逸而就劳。"当是为怀祖所检察耳。（《苏文忠公全集》卷六九）

题逸少书　三

兰亭、乐毅、东方先生三帖，皆妙绝，虽摹写屡传，犹有昔人用笔意思，比之《遗教经》，则有间矣。

元丰二年上巳日写〔一〕。（《苏文忠公全集》卷六九）

〔一〕"元丰"等八字原缺，据宋俞松《兰亭续考》卷一引苏轼《跋官本法帖》补。

题子敬书

子敬虽无过人事业，然谢安欲使书宫殿榜，竟不敢发口，其气节高逸，有足嘉者。

此书一卷，尤可爱。（《苏文忠公全集》卷六九）

题卫夫人书

卫夫人书既不甚工，语意鄙俗，而云"奉敕"。"敕"字从力，"舘（馆）"字从舍，皆流俗所为耳。（《苏文忠公全集》卷六九）

题山公《启事》帖

此卷有山公《启事》，使人爱玩，尤不与他书比。

然吾尝怪山公荐阮咸之清正寡欲，咸之所为，可谓不然者矣。意以谓心迹不相关，此最晋人之病也。（《苏文忠公全集》卷六九）

题卫恒帖

恒，卫瓘子。本传有《论书势》四篇，其词极美，其后与瓘同遇害云。（《苏文忠公全集》卷六九）

题唐太宗帖

太宗忱暴如此，至于妻子间，乃有"忌欲均死"之语，固牵于爱者也。（《苏文忠公全集》卷六九）

题萧子云书

唐太宗评萧子云书云："行行如纡春蚓，字字若绾秋蛇。"今观其遗迹，信虚得名耳。（《苏文忠公全集》卷六九）

跋庾征西帖

吴道子始见张僧繇画，曰："浪得名耳。"已而坐卧其下，三日不能去。

庾征西初不服逸少，有家鸡野鹜之论，后乃叹其为伯英再生〔一〕。今观其石〔二〕，不逮子敬甚远，正可比羊欣耳。（《苏文忠公全集》卷六九）

〔一〕叹其为：原作"以谓"，据《石刻铺叙》卷一改。

〔二〕观其石：原缺，据同上补。

题法帖

"宰相安和，殷生无恙。"宰相当是简文帝，殷生即浩也耶？

杜庭之书，为世所贵重，乃不编入，何也？（《苏文忠公全集》卷六九）

题晋武书

昨日阁下见晋武帝书，甚有英伟气。乃知唐太宗书，时有似之。

鲁君之宋，呼于垤泽之门，门者曰："此非吾君也，何其声之似吾君也！"居移气，养移体，信非虚语矣。（《苏文忠公全集》卷六九）

题羊欣帖

此帖在王文惠公家，轼得其摹本于公之子锴，以遗吴兴太守孙莘老，使刻石置墨妙亭中。（《苏文忠公全集》卷六九）

书逸少《竹叶帖》

王逸少《竹叶帖》，长安水丘氏传宝之，今不知所在，三十年前，见其摹本于雷寿。（《苏文忠公全集》卷六九）

跋卫夫人书

此书近妄庸，人传作卫夫人书耳。晋人风流，岂尔恶耶？（《苏文忠公全集》卷六九）

跋桓元子书

"蜀平，天下大庆，东兵安其理，当早一报。"此桓元子书。"蜀平"盖讨谯纵时也。仆喜临之，人间当有数百本也。（《苏文忠公全集》卷六九）

跋王巩所收藏真书

僧藏真书七纸，开封王君巩所藏。君侍亲平凉，始得其二，而两纸在张邓公家，其后冯公当世又获其三，虽所从分异者不可考，然笔势奕奕，七纸意相属也。君，邓公外孙，而与当世相善，乃得而合之。

余尝爱梁武帝评书，善取物象，而此公尤能自誉，观者不以为过，信乎其书之工也。然其为人傥荡，本不求工，所以能工此，如没人之操舟，无意于济否，是以覆却万变，而举止自若，其近于有道者耶？（《苏文忠公全集》卷六九）

题鲁公《放生池碑》

湖州有《颜鲁公放生池碑》，载其所上肃宗表云："一日三朝，大明天子之孝；问安侍膳，不改家人之礼。"鲁公知肃宗有愧于是也，故以此谏。孰谓公区区于放生哉？（《苏文忠公全集》卷六九）

题鲁公书草

昨日，长安安师文出所藏颜鲁公与定襄郡王书草数纸，比公他书尤为奇

特。信手自然〔一〕，动有姿态，乃知瓦注贤于黄金，虽公犹未免也。（《苏文忠公全集》卷六九）

〔一〕手：原作"乎"，据明万历刊《东坡先生外集》卷四七改。

书张少公判状

张旭为常熟尉，有父老诉事，为判其状，欣然持去。不数日，复有所诉，亦为判之。他日复来。张甚怒，以为好讼。叩头曰："非敢讼也，诚见少公笔势殊妙，欲家藏之尔。"张惊问其详，则其父盖天下工书者也。张由此尽得笔法之妙。

古人得笔法有所自，张以剑器，容有是理。雷太简乃云闻江声而笔法进，文与可亦言见蛇斗而草书长，此殆谬矣。（《苏文忠公全集》卷六九）

书张长史草书

张长史草书，必俟醉，或以为奇，醒即天真不全。此乃长史未妙，犹有醉醒之辨，若逸少何尝寄于酒乎？仆亦未免此事。（《苏文忠公全集》卷六九）

跋怀素帖

怀素书极不佳，用笔意趣，乃似周越之险劣。此近世小人所作也，而尧夫不能辨，亦可怪矣。（《苏文忠公全集》卷六九）

跋王荆公书

荆公书得无法之法，然不可学，学之则无法[一]。故仆书尽意作之似蔡君谟，稍得意似杨风子，更放似言《法华》。（《苏文忠公全集》卷六九）

〔一〕学之则：原缺，据涵芬楼本《仇池笔记》补。

跋胡霈然书匣后

唐文皇好逸少书，故其子孙及当时士人，争学二王笔法，至开元、天宝间尤盛，而胡霈然最为工妙，以宗盟覆有家藏也。（《苏文忠公全集》卷六九）

跋咸通湖州刺史牒

唐人以身言书判取士，故人人能书。此牒近时待诏所不及，况州镇书史乎？元符三年十月十六日。（《苏文忠公全集》卷六九）

书太宗皇帝《急就章》

轼近至终南太平宫，得观三圣遗迹，有太宗书《急就章》一卷，为妙绝。

自古英主少有不工书。鲁君之宋，呼于垤泽之门，守者曰："非吾君也，何其声之似我君也？"轼于书亦云。（《苏文忠公全集》卷六九）

书所作字后

献之少时学书，逸少从后取其笔而不可，知其长大必能名世。

仆以为不然。知书不在于笔牢，浩然听笔之所之而不失法度，乃为得之。然逸少所以重其不可取者，独以其小儿子用意精至，猝然掩之，而意未始不在笔，不然，则是天下有力者莫不能书也。

治平甲辰十月二十七日，自歧下罢，过谒石才翁，君强使书此数幅。仆岂晓书，而君最关中之名书者，幸勿出之，令人笑也。

轼书。（《苏文忠公全集》卷六九）

题蔡君谟帖

慈雅游北方十七年而归，退老于孤山下，盖十八年矣。平生所与往还，略无在者。偶出蔡公书简观之，反复悲叹。

耆老凋丧，举世所惜，慈雅之叹，盖有以也。（《苏文忠公全集》卷六九）

跋蔡君谟书《海会寺记》

君谟写此时，年二十八。其后三十二年，当熙宁甲寅，轼自杭来临安借观，而君谟之没已六年矣。

明师之齿七十有四，耳益聪，目益明，寺益完壮。竹林桥上，暮山依然，有足感叹者。因师之行，又念竹林桥看暮山，乃人间绝胜之处，自驰想耳。（《苏文忠公全集》卷六九）

论君谟书

欧阳文忠公论书云："蔡君谟独步当世。"此为至论。言君谟行书第一，小楷第二，草书第三。就其所长而求其所短，大字为小疏也。天资既高，辅以笃学，其独步当世，宜哉！

近岁论君谟书者，颇有异论，故特明之。（《苏文忠公全集》卷六九）

跋君谟飞白

物一理也，通其意，则无适而不可。分科而医，医之衰也；占色而画，画之陋也。和、缓之医，不别老少；曹、吴之画，不择人物。谓彼长于是则可也，曰能是不能是则不可。

世之书篆不兼隶，行不及草，殆未能通其意者也。如君谟真、行、草、隶，无不如意，其遗力余意，变为飞白，可爱而不可学，非通其意，能如是乎？（《苏文忠公全集》卷六九）

跋君谟书赋

余评近岁书，以君谟为第一，而论者或不然，殆未易与不知者言也。书法当自小楷出，岂有正未能而以行、草称也〔一〕？君谟年二十九而楷法如此，知其本末矣。（《苏文忠公全集》卷六九）

〔一〕有正未能：原作"未有能正"，据明万历刊《东坡先生外集》卷四八改。

跋君谟书

仆论书以君谟为当世第一，多以为不然，然仆终守此说也。（《苏文忠公全集》卷六九）

题李十八净因杂书

刘十五论李十八草书，谓之"鹦哥娇"。意谓鹦鹉能言，不过数句，大率杂以鸟语。

十八其后稍进，以书问仆，近日比旧如何，仆答云："可作秦吉了也。"然仆此书自有"公在乾侯"之态也。

子瞻书。（《苏文忠公全集》卷六九）

跋董储书 一

董储郎中，密州安丘人，能诗，有名宝元、庆历间。其书尤工，而人莫知，仆以为胜西台也。（《苏文忠公全集》卷六九）

跋董储书 二

密州董储亦能书，近岁未见其比，然人犹以为不然。仆固非善书者，而世称之，以是。知是非之难齐也。（《苏文忠公全集》卷六九）

跋文与可草书

李公择初学草书，所不能者，辄杂以真、行。刘贡父谓之"鹦哥娇"。其后稍进，问仆："吾书比来何如？"仆对："可谓秦吉了矣。"与可闻之大笑。

是日，坐人争索与可草书，落笔如风，初不经意。刘意谓鹦鹉之于人言，止能道此数句耳。

十月一日。（《苏文忠公全集》卷六九）

评草书

书初无意于佳[一]，乃佳尔。草书虽是积学乃成，然要是出于欲速。古人云"匆匆不及，草书"，此语非是。若"匆匆不及"，乃是平时亦有意于学。此弊之极，遂至于周越仲翼，无足怪者。

吾书虽不甚佳[一]，然自出新意，不践古人，是一快也。（《苏文忠公全集》卷六九）

〔一〕佳：原作"嘉"，据明万历刊《东坡先生外集》卷四八改。下同。

论　书

书必有神、气、骨、肉、血，五者阙一，不为成书也。（《苏文忠公全集》卷六九）

题醉草

吾醉后能作大草，醒后自以为不及。然醉中亦能作小楷，此乃为奇耳。（《苏文忠公全集》卷六九）

题七月二十日帖

江左僧宝索靖七月二十日帖。仆亦以是日醉书五纸。细观笔迹，与二妙为三，每纸皆记年月。

是岁熙宁十年也。（《苏文忠公全集》卷六九）

跋杨文公书后

杨文公相去未久，而笔迹已难得，其为人贵重如此。岂以斯人之风流不可复见故耶？

元丰戊午四月十六日题。（《苏文忠公全集》卷六九）

跋杜祁公书

正献公晚乃学草书，遂为一代之绝。公书政使不工，犹当传世宝之，况其清闲妙丽，得昔人风气如此耶？（《苏文忠公全集》卷六九）

跋陈隐居书

陈公密出其祖隐居先生之书相示。轼闻之，蔡君谟先生之书，如三公被衮冕立玉墀之上。轼亦以为学先生之书，如马文渊所谓学龙伯高之为人也。

书法备于正书，溢而为行、草，未能正书而能行、草，犹未尝庄语而辄放言，无是道也。（《苏文忠公全集》卷六九）

跋欧阳文忠公书

欧阳文忠公用尖笔干墨，作方阔字，神采秀发，膏润无穷。后人观之，如见其清眸丰颊，近趋裕如也〔一〕。（《苏文忠公全集》卷六九）

〔一〕裕：原作"晔"，据稗海本《东坡志林》改。

跋陈氏欧帖

右，陈敏善所藏欧公帖。轼闻公之幼子季默编公之笺牍为一集。此数帖，尤有益于世者，当录以寄季默也。（《苏文忠公全集》卷六九）

跋钱君倚书《遗教经》

人貌有好丑，而君子小人之态不可掩也。言有辩讷，而君子小人之气不可欺也。书有工拙，而君子小人之心不可乱也。

钱公虽不学书，然观其书，知其为挺然忠信礼义人也。轼在杭州，与其子世雄为僚，因得观其所书《佛遗教经》刻石，峭峻有不回之势。孔子曰：

"仁者其言也讱。"今君倚之书，盖讱云。（《苏文忠公全集》卷六九）

书章郇公写《遗教经》

章文简公楷法尤妙，足以见前人笃实谨厚之余风也。（《苏文忠公全集》卷六九）

跋所书《清虚堂记》

世多藏予书者，而子由独无有。以求之者众，而子由亦以余书为可以必取，故每以与人不惜。

昔人求书法，至拊心呕血而不获，求安心法，裸雪没腰，仅乃得之。今子由既轻以余书予人可也，又以其微妙之法言不待愤悱而发，岂不过哉！

然王君之为人，盖可与言此者。他人当以余言为戒。（《苏文忠公全集》卷六九）

评杨氏所藏欧、蔡书

自颜、柳氏没，笔法衰绝，加以唐末丧乱，人物雕落磨灭，五代文采风流，扫地尽矣。独杨公凝式笔迹雄杰，有二王、颜、柳之余，此真可谓书之豪杰，不为时世所汩没者。

国初，李建中号为能书，然格韵卑浊，犹有唐末以来衰陋之气，其余未见有卓然追配前人者。独蔡君谟书〔一〕，天资既高，积学深至，心手相应，变态无穷，遂为本朝第一。然行书最胜，小楷次之，草书又次之，大字又次之，分、隶小劣。又尝出意作飞白，自言有翔龙舞凤之势，识者不以为过。

欧阳文忠公书，自是学者所共仪刑，庶几如见其人者。正使不工，犹当传宝，况其精勤敏妙，自成一家乎？

杨君畜二公书，过黄州，出以相示，偶为评之。（《苏文忠公全集》卷六九）

〔一〕谟：原缺，据《仇池笔记》补。

杂　评

杨凝式书，颇类颜行。李建中书，虽可爱，终可鄙，虽可鄙，终不可弃。李国士本无所得，舍险瘦，一字不成。宋宣献书，清而复寒，正类李留台重而复寒，俱不能济所不足。苏子美兄弟，俱太俊，非有余，乃不足也。蔡君谟为近世第一，但大字不如小字，草不如真，真不如行也。（《苏文忠公全集》卷六九）

王文甫达轩评书

唐末五代文章卑陋，字画随之。杨公凝式笔为雄，往往与颜、柳相上下，甚可怪也。

今世多称李建中、宋宣献。此二人书，仆所不晓。宋寒而李俗，殆是浪得名。惟近日蔡君谟，天资既高，而学亦至，当为本朝第一。（《苏文忠公全集》卷六九）

记潘延之评予书

潘延之谓子由曰："寻常于石刻见子瞻书，今见真迹，乃知为颜鲁公不二。"尝评鲁公书与杜子美诗相似，一出之后，前人皆废。若予书者，乃似鲁公而不废前人者也。（《苏文忠公全集》卷六九）

书赠徐大正　四

或问东坡草书。坡云："不会。"进云："学人不会?"坡云："则我也不会。"（《苏文忠公全集》卷六九）

跋李康年篆《心经》后

江夏李君康年，好古博学，而小篆尤精。以私忌日篆《般若心经》，为其亲追福，而求余为跋尾。

余闻此经虽不离言语文字，而欲以文字见，欲以言语求则不可得。篆画之工，盖亦无施于此，况所谓跋尾者乎？然人之欲荐其亲，必归于佛而作佛事，当各以其所能。虽画地聚沙，莫不具足，而况篆字之工若此者耶？独恐观者以字法之工，便作胜解。故书其末，普告观者，莫作是念。

元丰五年十二月十三日。（《苏文忠公全集》卷六九）

跋文与可《论草书》后

留意于物，往往成趣。

昔人有好草书，夜梦则见蛟蛇纠结。数年，或昼日见之，草书则工矣，而所见亦可患。与可之所见，岂真蛇耶，抑草书之精也？

予平生好与与可剧谈大噱，此语恨不令与可闻之，令其捧腹绝倒也。

（《苏文忠公全集》卷六九）

跋草书后

仆醉后，乘兴辄作草书十数行[一]，觉酒气拂拂，从十指间出也。（《苏文忠公全集》卷六九）

〔一〕乘兴：原缺，据稗海本《东坡志林》补。

跋先君与孙叔静帖 并书

嘉祐、治平间，先君编修《太常因革礼》。在京师学者，多从讲问。而孙叔静兄弟，皆笃学能文，先君亟称之。

先君既殁十有八年，轼谪居于黄，叔静自京师过蕲，枉道过轼，出先君手书以相示。轼请受而藏之，叔静不可，遂归之。

先君平生往还书疏，多口占以授子弟，而此独其真迹，信于叔静兄弟厚善也耶？

元丰六年七月十五日，轼记。（《苏文忠公全集》卷六九）

跋先君书《送吴职方引》

先伯父及第吴公榜中，而轼与其子子上再世为同年，契故深矣。

始先君家居，人罕知之者。公携其文至京师，欧阳文忠公始见而知之。公与文忠交盖久，故文忠谪夷陵时，赠公诗有"落笔妙天下"之语。轼自黄迁于汝，舟过慈湖，子上昆仲出此文相示，乃泣而书之。

元丰七年四月十四日，轼谨记。（《苏文忠公全集》卷六九）

跋蔡君谟书

仆尝论君谟书为本朝第一，议者多以为不然。或谓君谟书为弱，此殊非知书者。若江南李主〔一〕，外托劲险而中实无有〔二〕，此真可谓弱者。世以李主为劲〔三〕，则宜以君谟为弱也。

元丰八年七月四日。（《苏文忠公全集》卷六九）

〔一〕主：原作"王"，径改。下同。
〔二〕此句原作"外托勤俭而实无有"，据《仇池笔记》改。
〔三〕劲：原作"健"，据同上改。

记与君谟论书

作字要手熟，则神气完实而有余韵，于静中自是一乐事。然常患少暇，岂于其所乐常不足耶？

自苏子美死，遂觉笔法中绝。近年蔡君谟独步当世，往往谦让，不肯主盟。往年，予尝戏谓君谟，言学书如溯急流，用尽气力，船不离旧处〔一〕。君谟颇诺，以谓能取譬。今思此语已四十余年，竟如何哉？（《苏文忠公全集》卷六九）

〔一〕船：原缺，据稗海本《东坡志林》补。

跋范文正公帖

轼自省事，便欲一见范文正公，而终不可得。览其遗迹，至于泫然。人之云亡，邦国殄瘁，可不哀哉！

元丰八年九月一日。（《苏文忠公全集》卷六九）

题颜长道书

故人杨元素、颜长道、孙莘老，皆工文而拙书，或不可识，而孙莘老尤甚。不论他人，莘老徐观之，亦自不识也。三人相见，辄以此为叹。今皆为陈迹，使人哽噎。（《苏文忠公全集》卷六九）

跋秦少游书

少游近日草书，便有东晋风味，作诗增奇丽。乃知此人不可使闲，遂兼百技矣。

技进而道不进，则不可，少游乃技道两进也。（《苏文忠公全集》卷六九）

跋黄鲁直草书

草书祗要有笔，霍去病所谓不至学古兵法者为过之。鲁直书。

去病穿城蹋鞠，此正不学古兵法之过也。学即不是，不学亦不可。子瞻书[一]。（《苏文忠公全集》卷六九）

〔一〕自"去病"以下，据明万历刊《东坡先生外集》卷四八另起。

跋鲁直为王晋卿小书《尔雅》

鲁直以平等观作欹侧字，以真实相出游戏法，以磊落人书细碎事，可谓三反。（《苏文忠公全集》卷六九）

跋王晋卿所藏《莲华经》（经七卷，如箸粗）

凡世之所贵，必贵其难。真书难于飘扬，草书难于严重，大字难于结密而无间，小字难于宽绰而有余。

今君所藏，抑又可珍，卷之盈握，沙界已周，读未终篇，目力可废，乃知蜗牛之角可以战蛮触，棘刺之端可以刻沐猴。

嗟叹之余，聊题其末。（《苏文忠公全集》卷六九）

自评字

昨日见欧阳叔弼云："子书大似李北海。"予亦自觉其如此。世或以谓似徐书者，非也。（《苏文忠公全集》卷六九）

跋太宗皇帝御赐书《历子》

京朝官中选三十人充知州，而赐以御书《历子》，臣得此可以为荣矣。而审官任其事，盖犹有古者选部激浊扬清之风也。非太宗皇帝知钱若水之深，若水亦自信不疑，则三十人者独获此赐，其能使人心服而无疑乎？

元祐四年四月十九日，龙图阁直学士臣轼书。（《苏文忠公全集》卷六九）

跋焦千之帖后

欧阳文忠公言"焦子皎洁寒泉冰"者，吾友伯强也。泰民徐君，济南之老先生也。钱岊仲盖尝师之，以伯强与泰民往还书疏相示。伯强之没，盖十年矣，览之怅然。

元祐五年二月十五日书。（《苏文忠公全集》卷六九）

题刘景文所收欧阳公书

处处见欧阳文忠书，厌轩冕思归而不可得者，十常八九。乃知士大夫进易而退难，可以为后生汲汲者之戒。

元祐五年三月八日，偶与杨次公同过刘景文。景文出此书，仆与次公，皆文忠客也。次公又其抵掌谈笑，使人感叹不已。（《苏文忠公全集》卷六九）

题欧阳帖

欧阳公书，笔势险劲，字体新丽，自成一家。然公墨迹自当为世所宝，不待笔画之工也。

文忠公得谢，其喜如此。以是知士非进身之难，乞身之难也。（《苏文忠公全集》卷六九）

跋刘景文欧公帖

此数十纸，皆文忠公冲口而出，纵手而成，初不加意者也。其文采字画，皆有自然绝人之姿，信天下之奇迹也。

元祐四年九月十九日，苏轼书[一]。（《苏文忠公全集》卷六九）

〔一〕"元祐四年"等十二字原缺，据《欧阳文忠公全集》卷一三〇附录补。

题苏才翁草书

才翁草书真迹，当为历世之宝。然《李白草书歌》，乃唐末五代效禅月而不及者，云"笺麻绢素排数箱"，村气可掬也。（《苏文忠公全集》卷六九）

题所书《东海若》后

轼久欲书柳子厚所作《东海若》一篇刻之石，置之净住院无量寿佛堂中。元祐六年二月九日，与海陵曹辅、开封刘季孙、永嘉侯临会堂下，遂书以遗僧从本，使刻之。（《苏文忠公全集》卷六九）

题所书《归去来词》后

毛国镇从余求书，且曰："当于林下展玩。"故书陶潜《归去来》以遗之。然国镇岂林下人也哉，譬如今之纨扇，多画寒林雪竹，当世所难得者，正使在庙堂之上，尤可观也矣！（《苏文忠公全集》卷六九）

跋旧与辩才书

轼平生与辩才道眼相照之外，缘契冥符者多矣。始以五年九月三十日入山，相对终日，留此数纸。明年是日在颖州作书与之，有"少留山中勿便归安养"之语，而师寔以是日化去。又明年，其徒惟楚携此轴来，为一太息。

五月十一日书。（《苏文忠公全集》卷六九）

跋陈莹中《题朱表臣欧公帖》(节录)

美哉莹中之言也。仲尼之存，或削其迹，梦奠之后，履藏千载。文忠公读《石守道文集》有云："后世苟不公，至今无圣贤。"公殁之后二十余年，憎爱一衰，议论乃公，亦何待后世乎？

绍圣元年五月书。（《苏文忠公全集》卷六九）

书王奥所藏太宗御书后

日行于天，委照万物之上，光气所及，或流为庆云，结为丹砂，初岂有意哉！

太宗皇帝以武功定祸乱，以文德致太平，天纵之能，溢于笔墨，摘藻尺素之上，弄翰团扇之中，散流人间者几何矣。而三槐王氏，得之为多，子孙世守之，遂为希代之宝。文正之孙、懿敏之子奥，出以示。臣轼敬拜手稽首书其后。（《苏文忠公全集》卷六九）

书张长史书法〔一〕

世人见古有见桃花悟道者〔二〕，争颂桃花〔三〕，便将桃花作饭吃。吃此饭五十年，转没交涉。正如张长史见担夫与公主争路，而得草书之法。欲学长史书，日就担夫求之，岂可得哉？（《苏文忠公全集》卷六九）

〔一〕赵刻《东坡志林》题作《桃花悟道》。
〔二〕"古"字后原有"德"字，据稗海本《东坡志林》删；道：原缺，据前引补。
〔三〕"争"字前原有"便"字，据赵刻《东坡志林》删。

书《归去来词》赠契顺

余谪居惠州，子由在高安，各以一子自随。余分寓许昌、宜兴，岭海隔绝。诸子不闻余耗，忧愁无聊。苏州定慧院学佛者卓契顺谓迈曰："子何忧之甚，惠州不在天上，行即到耳，当为子将书问之。"

绍圣三年三月二日，契顺涉江度岭，徒行露宿，僵仆瘴雾，黧面茧足以至惠州，得书径还。余问其所求，答曰："契顺惟无所求，而后来惠州。若有所求〔一〕，当走都下矣。"苦问不已，乃曰："昔蔡明远鄱阳一校耳，颜鲁公绝粮江淮之间，明远载米以周之。鲁公怜其意，遗以尺书，天下至今知有明远也。今契顺虽无米与公，然区区万里之勤，傥可以援明远例，得数字乎？"

余欣然许之，独愧名节之重，字画之好，不逮鲁公。故为书渊明《归去来词》以遗之，庶几契顺托此文以不朽也。（《苏文忠公全集》卷六九）

〔一〕所：原缺。据四部丛刊初编影元刊本《集注分类东坡诗》卷首《东坡纪年录》绍圣三年纪事节引此文补。

题所书《宝月塔铭》（并鲁直跋）

予撰《宝月塔铭》，使澄心堂纸，鼠须笔，李庭珪墨，皆一代之选也。舟师不远万里，来求予铭，予亦不孤其意。

绍圣三年正月十二日，东坡老人书。（《苏文忠公全集》卷六九）

跋山谷草书

昙秀来海上，见东坡，出黔安居士草书一轴，问此书如何？坡云："张融有言，不恨臣无二王法，恨二王无臣法。"吾于黔安亦云。他日黔安当捧腹轩渠也。

丁丑正月四日。（《苏文忠公全集》卷六九）

跋希白书

希白作字，自有江左风味，故长沙法帖，比淳化待诏所摹为胜[一]，世俗不察，争访阁本，误矣。此逸少一卷为尤妙。

庚辰七夕[二]，合浦官舍借观。（《苏文忠公全集》卷六九）

〔一〕摹：原作"篡"，据《后村题跋》卷四改。
〔二〕夕：原作"月"，据同上改。

题自作字

东坡平时作字，骨撑肉，肉没骨，未尝作此瘦妙也。宋景文公自名其书铁线。若东坡此帖，信可谓云尔已矣。

元符三年九月二十四日，游三州岩回，舟中书。（《苏文忠公全集》卷六九）

书舟中作字

将至曲江，船上滩欹侧，撑者百指，篙声石声荦然，四顾皆涛濑，士无

人色，而吾作字不少衰，何也？吾更变亦多矣，置笔而起，终不能一事，孰与且作字乎？（《苏文忠公全集》卷六九）

论沈辽、米芾书

自君谟死后，笔法衰绝。沈辽少时本学其家传师者，晚乃讳之，自云学子敬。病其似传师也，故出私意新之，遂不如寻常人。

近日米芾行书、王巩小草，亦颇有高韵，虽不逮古人，然亦必有传于世也。（《苏文忠公全集》卷六九）

跋欧阳文忠公书

贺下不贺上，此天下通语。士人历官一任，得外无官谤，中无所愧于心，释肩而去，如大热远行，虽未到家，得清凉馆舍，一解衣漱濯，已足乐矣。况于致仕而归，脱冠佩，访林泉，顾平生一无可恨者，其乐岂可胜言哉！

余出入文忠门最久，故见其欲释位归田，可谓切矣。他人或苟以借口，公发于至情，如饥者之念食也。顾势有未可者耳。

观与仲仪书[一]，论可去之节三，至欲以得罪、病告去。君子之欲退，其难如此，可以为欲进者之戒[二]。（《苏文忠公全集》卷六九）

〔一〕仪：原作"义"，据明万历刊《东坡先生外集》卷四九改。

〔二〕欲：原缺，据同上补。

书《篆髓》后

荥阳郑惇方，字希道，作《篆髓》六卷，《字义》一篇。凡古今字说，班、扬、贾、许、二李、二徐之学，其精者皆在。间有未尽[一]，傅以新意，然皆有所考本，不用意断曲说，其疑者盖阙焉。凡学术之邪正，视其为人。郑君信厚君子也，其言宜可信。

余尝论学者之有《说文》，如医之有《本草》，虽草木金石，各有本性，而医者用之，所配不同，则寒温补泻之效，随用各别。而自汉以来，学者多以一字考经。字同义异，皆欲一之；雕刻采绘，必成其说。是以六经不胜异说，而学者疑焉。孔子曰："夫闻也者，色取仁而行违，居之不疑。"则闻为小人。而《诗》曰："允矣君子，展也大成。之子于征，有闻无声。"则闻为君子。又曰："君子周而不比。"则比为恶。而《易》曰："地上有水比。以建万国亲诸侯。"则比为善[二]。有子曰："知和而和，不以礼节之，亦不可行也。"则所谓和者，同而已矣。而孔子曰："君子和而不同。"若此者多矣。丧欲速贫，死欲速朽，此以八字成文，然犹不可一，曰言各有当也，而况欲以一字一之耶？

余爱郑君之学简而通，故私附其后。（《苏文忠公全集》卷六九）

〔一〕间：原作"皆"，据宋刻大字本《东坡集》卷二三改。
〔二〕自"恶"起至"则比为"之"为"，共十九字原缺，据同上补。

书若逵所书经后[一]

怀楚比丘，示我若逵所书二经。经为几品，品为几偈，偈为几句，句为几字，字为几画，其数无量。而此字画，平等若一，无有高下，轻重大小。云何能一？以忘我故[二]。若不忘我[三]，一画之中，已现二相，而况多画。如海上沙，是谁磋磨，自然匀平，无有粗细。如空中雨，是谁挥洒，自然萧散，无有疏密。咨尔楚、逵，若能一念，了是法门，于刹那顷，转八十藏，无有忘失，一句一偈。

东坡居士，说是法已，复还其经。

元祐七年四月二十五日[四]。（《苏文忠公全集》卷六九）

〔一〕《咸淳临安志》卷七八题作《跋楚逵二上人书经》。
〔二〕故：原脱，据《咸淳临安志》卷七八补。
〔三〕若：原作"若故"，据同上删。
〔四〕"元祐七年"等十字原缺，据同上补。

跋文与可墨竹

昔时，与可墨竹，见精缣良纸[一]，辄愤笔挥洒，不能自已，坐客争夺持去，与可亦不甚惜。后来见人设置笔砚，即逡巡避去。人就求索，至终岁不可得。或问其故。与可曰："吾乃者学道未至，意有所不适，而无所遣之，故一发于墨竹，是病也。今吾病良已，可若何？"

然以余观之，与可之病，亦未得为已也，独不容有不发乎？余将伺其发而掩取之。彼方以为病，而吾又利其病，是吾亦病也。

熙宁庚戌七月二十一日，子瞻。（《苏文忠公全集》卷七〇）

〔一〕缣：原作"练"，据明万历刊《东坡先生外集》卷五〇改。

书通叔篆〔一〕

李元直，长安人。其先出于唐让帝。学篆书数十年，覃思甚苦，晓字法，得古意。用铦锋笔，纵手疾书，初不省度。见余所藏与可墨竹，求题其后，因戏书此数百言。通叔其字云。（《苏文忠公全集》卷七〇）

〔一〕此四字原接上文之末。按：明万历刊《东坡先生外集》卷五〇以此四字为本文之题，今据之。文中之"此"乃指上文。

书李将军《三鬃马图》

唐李将军思训作《明皇摘瓜图》。嘉陵山川，帝乘赤骠，起三鬃，与诸王及嫔御十数骑，出飞仙岭下，初见平陆，马皆若惊，而帝马见小桥作徘徊不进状。

不知三鬃谓何，后见岑嘉州诗，有《卫节度赤骠歌》云："赤髯胡雏金剪刀，平明剪出三鬃高。"乃知唐御马多剪治，而三鬃其饰也。（《苏文忠公全集》卷七〇）

题赵屼屏风与可竹

与可所至，诗在口，竹在手。来京师不及岁，请郡还乡，而诗与竹皆西矣。一日不见，使人思之。其面目严冷，可使静险躁，厚鄙薄。

今相去数千里，其诗可求，其竹可乞，其所以静、厚者不可致。此予所以见竹而叹也。（《苏文忠公全集》卷七〇）

跋文勋扇画

旧闻吴道子画《西方变相》，观者如堵。道子作佛圆光，风落电转，一挥而成。尝疑其不然。今观安国作方界，略不抒思，乃知传者之不谬。（《苏文忠公全集》卷七〇）

跋吴道子《地狱变相》

道子，画圣也。出新意于法度之内，寄妙理于豪放之外，盖所谓游刃余地，运斤成风者耶？

观《地狱变相》，不见其造业之因，而见其受罪之状，悲哉悲哉！能于此间一念清净，岂无脱理，但恐如路傍草，野火烧不尽，春风吹又生耳。

元丰六年七月十日，齐安临皋亭借观。（《苏文忠公全集》卷七〇）

跋与可《纡竹》

纡竹生于陵阳守居之北崖，盖岐竹也。其一未脱箨，为蝎所伤，其一困于嵌岩，是以为此状也。吾亡友文与可为陵阳守，见而异之，以墨图其形。

余得其摹本以遗玉册官祁永〔一〕，使刻之石，以为好事者动心骇目诡特之观，且以想见亡友之风节，其屈而不挠者，盖如此云。（《苏文忠公全集》卷七〇）

〔一〕官：原作"宫"，据《丹渊集》附录改。

跋赵云子画

赵云子画笔略到而意已具，工者不能。然托于椎陋以戏侮来者，此柳下惠之不恭，东方朔之玩世，滑稽之雄乎？或曰："云子盖度世者。"蜀人谓狂云犹曰风云耳。（《苏文忠公全集》卷七〇）

跋艾宣画

金陵艾宣画翎毛花竹，为近岁之冠。既老，笔迹尤奇，虽不复精匀，而气格不凡。今尚在，然眼昏不能复运笔矣。尝见此物，各为赋一首云。（《苏文忠公全集》卷七〇）

书画壁易石

灵壁出石，然多一面。刘氏园中砌台下，有一株独巉然，反复可观，作麋鹿宛颈状。东坡居士欲得之，乃画临华阁壁，作丑石风竹。主人喜，乃以遗予。居士载归阳羡。

元丰八年四月六日。（《苏文忠公全集》卷七〇）

跋《画苑》

君厚《画苑》，处不充箧笥，出不汗牛马。明窗净几，有坐卧之安；高堂素壁，无舒卷之劳。而人物禽鱼之变态，山川草木之奇姿，粲然陈前，亦好事者之一适也。

元祐二年二月八日，平叔借观，子瞻书。（《苏文忠公全集》卷七〇）

跋宋汉杰画

仆曩与宋复古游，见其画潇湘晚景，为作三诗，其略云："径遥趋后崦，水会赴前溪。"复古云："子亦善画也耶？"今其犹子汉杰，亦复有此学，假之数年，当不减复古。

元祐三年四月五日书。（《苏文忠公全集》卷七〇）

又跋汉杰画山 一

唐人王摩诘、李思训之流，画山川峰麓，自成变态，虽萧然有出尘之姿，然颇以云物间之。作浮云杳霭，与孤鸿落照，灭没于江天之外，举世宗之，而唐人之典刑尽矣。

近岁惟范宽稍存古法，然微有俗气。汉杰此山，不古不今，稍出新意，若为之不已，当作着色山也。（《苏文忠公全集》卷七〇）

又跋汉杰画山 二

观士人画，如阅天下马，取其意气所到。乃若画工，往往只取鞭策皮毛

槽枥刍秣[一]，无一点俊发，看数尺许便卷。汉杰真士人画也。（《苏文忠公全集》卷七〇）

〔一〕秣：原作"抹"，据明万历刊《东坡先生外集》卷五〇改。

跋李伯时《卜居图》

定国求余为写杜子美《寄赞上人诗》，且令李伯时图其事，盖有归田意也。

余本田家，少有志丘壑，虽为搢绅，奉养犹农夫。然欲归者盖十年，勤请不已，仅乃得郡。

士大夫逢时遇合，至卿相如反掌，惟归田古今难事也。定国识之。吾若归田，不乱鸟兽，当如陶渊明。定国若归，豪气不除，当如谢灵运也。（《苏文忠公全集》卷七〇）

跋李伯时《孝经图》

观此图者，易直子谅之心，油然生矣。笔迹之妙，不减顾、陆。至第十八章，人子之所不忍者，独寄其仿佛。非有道君子不能为，殆非顾、陆之所及。（《苏文忠公全集》卷七〇）

跋卢鸿学士《草堂图》

此唐卢丞相、段文昌本，今在内侍都知刘君元方家。

元祐三年七月，予馆伴北使于都亭驿，刘以示予，为赋此篇。迨、过远来省，书令同作。（《苏文忠公全集》卷七〇）

跋南唐《挑耳图》〔一〕

王晋卿尝暴得耳聋，意不能堪，求方于仆。仆答之云："君是将种，断头穴胸，当无所惜，两耳堪作底用，割舍不得？限三日疾去，不去，割取我耳。"晋卿洒然而悟。三日，病良已，以颂示仆云："老坡心急频相劝〔二〕，性难只得三日限。我耳已较君不割，且喜两家总平善。"今见定国所藏《挑耳图》，云得之晋卿，聊识此事〔三〕。

元祐六年八月二日，轼书〔四〕。（《苏文忠公全集》卷七〇）

〔一〕挑：原作"剔"，据明万历刊《东坡先生外集》卷五〇改。
〔二〕坡：原作"婆"，据《书画鉴影》卷一改。
〔三〕事：原缺，据明万历刊《东坡先生外集》卷五〇补。
〔四〕"元祐六年"等十字原缺，据同上补。

跋《摘瓜图》

元稹《望云骓歌》云："明皇当时无此马，不免骑驴来幸蜀。"信如稹言，岂有此权奇蹀躞与嫔御摘瓜山谷间如思训之图乎？然禄山之乱，崔图在蜀〔一〕，储设甚备，骑驴当时虚语耳。（《苏文忠公全集》卷七〇）

〔一〕图：原作"圆"，据明万历刊《东坡先生外集》卷五〇改。

书唐名臣像

李卫公言唐俭辈不足惜。观其容貌，殆非所谓名下无虚士。（《苏文忠公全集》卷七〇）

书许道宁画

秦人有屈鼎笔者，许道宁之师。善分布涧谷，间见屈曲之状，然有笔而无思致，林木皆掩蔼而已。道宁气格似过之，学不及也。（《苏文忠公全集》卷七〇）

书黄鲁直画跋后三首

远近景图

舟未行而风作，固不当行，若中涂遇风，不尽力牵挽以投浦岸，当何之耶？鲁直怪舟师不善，预相风色可也，非画师之罪。

绍圣二年正月十一日，惠州思无邪斋书。（《苏文忠公全集》卷七〇）

北齐校书图

画有六法，赋彩拂澹，其一也，工尤难之。此画本出国手，止用墨笔，盖唐人所谓粉本。而近岁画师，乃为赋彩，使此六君子者，皆涓然作何郎傅粉面，故不为鲁直所取，然其实善本也。

绍圣二年正月十二日，思无邪斋书。（《苏文忠公全集》卷七〇）

右军《斫脍图》

谢安石人物为江左第一，然其为政，殊未可逸少意，作书讥诮，殆欲痛哭。此所谓君子爱人以德者。以纸五十万与桓温，何足道！此乃史官之陋，而鲁直亦云尔，何哉？

书生见五十万纸，足了一世，举以与人，真异事耳。本传又云："兰亭之会，或以比金谷，而以逸少比季伦，逸少闻之甚喜。"金谷之会，皆望尘之友也。季伦之于逸少，如鸥鸢之于鸿鹄，尚不堪作奴，而以自比，决是晋、宋间妄语。史官许敬宗，真人奴也，见季伦金多，以为贤于逸少。今鲁直又怪画师不能得逸少高韵，岂不难哉！

余在惠州，徐彦和寄此画，求余跋尾，书此以发千里一笑。

绍圣二年正月十二日，东坡居士书。（《苏文忠公全集》卷七〇）

跋《醉道士图》（并章子厚跋）

仆素不喜酒，观正父《醉士图》，以甚畏执杯持耳翁也。子瞻书。（《苏文忠公全集》卷七〇）

再跋《醉道士图》

熙宁元年十二月二十九日，再过长安，会正父于毋清臣家。再观《醉士图》，见子厚所题，知其为予噱也。持耳翁余固畏之，若子厚乃求其持而不得者。他日再见，当复一噱。

时与清臣、尧夫、子由同观。子瞻书。（《苏文忠公全集》卷七〇）

记欧公论把笔

把笔无定法，要使虚而宽。欧阳文忠公谓余，当使指运而腕不知，此语最妙。方其运也，左右前后却不免欹侧，乃其定也，上下如引绳，此之谓笔正。柳诚悬之语良是。（《苏文忠公全集》卷七〇）

书诸葛散卓笔

散卓笔，惟诸葛能之。他人学者，皆得其形似而无其法，反不如常笔。如人学杜甫诗，得其粗俗而已。（《苏文忠公全集》卷七〇）

杂书琴事十首（赠陈季常）（节录）

家藏雷琴

余家有琴，其面皆作蛇蚹纹〔一〕，其上池铭云："开元十年造，雅州灵关村〔二〕。"其下池铭云："雷家记八日合〔三〕。"不晓其"八日合"为何等语也？其岳不容指，而弦不㪬〔四〕，此最琴之妙，而雷琴独然。求其法不可得，乃破其所藏雷琴求之。琴声出于两池间，其背微隆，若薤叶然，声欲出而隘，徘回不去，乃有余韵，此最不传之妙。（《苏文忠公全集》卷七一）

〔一〕蚹：原作"腹"。据作者《书王进叔所蓄琴》"蛇蚹纹已渐出"句改。
〔二〕关村：原作"开材"，据稗海本《东坡志林》改。
〔三〕日：原作"曰"，据同上改。下句同。
〔四〕㪬：原作"收"，据明万历刊《东坡先生外集》卷五三改。

欧阳公论琴诗

"昵昵儿女语，恩怨相尔汝。划然变轩昂，勇士赴敌场。"此退之《听颖师琴》诗也。欧阳文忠公尝问仆："琴诗何者最佳？"余以此答之。公言此诗固奇丽，然自是听琵琶诗，非琴诗[一]。余退而作《听杭僧惟贤琴》诗云："大弦春温和且平，小弦廉折亮以清。平生未识宫与角，但闻牛鸣盎中雉登木。门前剥啄谁扣门，山僧未闲君勿嗔。归家且觅千斛水，净洗从前筝笛耳。"诗成欲寄公，而公薨，至今以为恨。（《苏文忠公全集》卷七一）

〔一〕非琴诗：原缺，据《诗话总龟》卷二八改。

琴非雅声

世以琴为雅声，过矣。琴正古之郑、卫耳。今世所谓郑、卫者，乃皆胡部，非复中华之声。自天宝中坐立部与胡部合，自尔莫能辨者。或云，今琵琶中有独弹，往往有中华郑、卫之声，然亦莫能辨也。（《苏文忠公全集》卷七一）

琴贵桐孙

凡木，本实而末虚，惟桐反之。试取小枝削，皆坚实如蜡，而其本皆中虚空。故世所以贵孙枝者，贵其实也。实，故丝中有木声。（《苏文忠公全集》卷七一）

戴安道不及阮千里

阮千里善弹琴，人闻其能，多往求听。不问贵贱长幼，皆为弹之，神气冲和，不知何人所在。内兄潘岳每命鼓琴，终日达夜无忤色，识者叹其恬澹，不可荣辱。戴安道亦善鼓琴，武陵王晞使人召之。安道对使者破琴曰："戴安道不为王门伶人[一]。"余以谓安道之介，不如千里之达。（《苏文忠公全集》卷七一）

〔一〕道：原缺，据明万历刊《东坡先生外集》卷五三改。

琴鹤之祸

卫懿公好鹤，以亡其国；房次律好琴，得罪至死。乃知烧煮之士，亦自

有理。（《苏文忠公全集》卷七一）

天阴弦慢

或对一贵人弹琴者，天阴声不发。贵人怪之，曰："岂弦慢故？"或对曰："弦也不慢。"（《苏文忠公全集》卷七一）

桑叶揩弦

琴弦旧则声暗，以桑叶揩之，辄复如新，但无如其青何耳。（《苏文忠公全集》卷七一）

文与可琴铭

文与可家有古琴，予为之铭曰："攫之幽然，如水赴谷。醳之萧然，如叶脱木。按之噫然，应指而长言者似君；置之枅然，遗形而不言者似仆。"与可好作楚词，故有"长言似君"之句。"醳""释"同。邹忌论琴云："攫之深，醳之愉。"此言为指法之妙尔。

元丰四年六月二十三日，陈季常处士自岐亭来访予，携精笔佳纸妙墨求予书。会客有善琴者，求予所蓄宝琴弹之，故所书皆琴事。轼[一]。（《苏文忠公全集》卷七一）

〔一〕轼：原缺，据《式古堂书画汇考》卷一一补。

杂书琴曲十二首（赠陈季常）

子夜歌

《子夜歌》者，女子名子夜，造此声。晋孝武帝太元中[一]，琅琅王轲之家

有鬼歌子夜，则子夜是此时人也。（《苏文忠公全集》卷七一）

〔一〕太：原作"大"，径改。

凤将雏

《凤将雏》者，旧曲也。应璩《百一》诗云是《凤将雏》，则其来久矣。（《苏文忠公全集》卷七一）

前汉歌〔一〕

《前汉歌》者，车骑将军沈充。（《苏文忠公全集》卷七一）

〔一〕汉：原作"溪"，据明万历刊《东坡先生外集》卷五三改。

阿子歌

《阿子》及《欢闻歌》者，穆帝升平初，歌毕，辄呼"阿子汝闻否"？后人衍其声为此曲。（《苏文忠公全集》卷七一）

团扇歌

《团扇歌》者，中书令王珉与嫂婢有情爱，棰挞过苦。婢素善歌，而珉好执白团扇，故作此声。（《苏文忠公全集》卷七一）

懊恼歌

《懊恼歌》者，隆安初，俗间讹谣之曲。（《苏文忠公全集》卷七一）

长史变

《长史变》者，司徒左长史王廞临败所作。凡此诸曲，皆徒歌，既而被之管弦者。有因金石丝竹造歌以被之，如魏世三调歌之类是也。（《苏文忠公全集》卷七一）

杯柈舞

《杯柈舞》，手接杯柈反复之。汉世惟有柈舞，而晋加之以杯。（《苏文忠公全集》卷七一）

公莫舞

《公莫舞》，今之巾舞也。相传项庄舞剑，项伯以袖隔之，使不及高祖，且语庄云："公莫舞。"（《苏文忠公全集》卷七一）

公莫渡河

琴操有《公莫渡河》，其声所从来已久。俗云项伯，非也。（《苏文忠公全集》卷七一）

白纻歌

白纻本吴地所出，宜是吴舞也。晋《俳歌》云："皎皎白绪，节节为丛。"吴音谓绪为纻〔一〕，白纻即白绪也。（《苏文忠公全集》卷七一）

〔一〕为纻：原作"纻琴"，据明万历刊《东坡先生外集》卷五三改。

瑶池燕

琴曲有《瑶池燕》，其词既不甚佳，而声亦怨咽。或改其词作《闺怨》云："飞花成阵春心困。寸寸别肠，多少愁闷。无人问。偷啼自揾残妆粉。抱瑶琴、寻出新韵。玉纤趁。南风未解幽愠。低云鬟。眉峰敛，晕娇和恨。"此曲奇妙，季常勿妄以与人。（《苏文忠公全集》卷七一）

书士琴二首

赠吴主簿

武昌主簿吴亮君采携其故人士琴之说，与高斋先生之铭、空同子之文、太平之颂以示余。余不识沈君，而读其书，反复其义趣，如见其人，如闻士琴之声。余昔从高斋先生游，尝见其宝一琴，无铭无识，不知其何代物也。请以告二子，使从先生求观之，此士琴者待其琴而后和。元丰六年闰六月二十四日书。（《苏文忠公全集》卷七一）

书《醉翁操》后

二水同器，有不相入；二琴同手，有不相应。今沈君信手弹琴而与泉合，居士纵笔作诗而与琴会，此必有真同者矣。本觉法真禅师，沈君之子也，故书以寄之。愿师宴坐静室，自以为琴，而以学者为琴工，有能不谋而同三令无际者，愿师取之。元祐七年四月二十四日。（《苏文忠公全集》卷七一）

书文忠赠李师琴诗

与次公听贤师琴，贤求诗，仓卒无以应之。次公曰："古人赋诗皆歌所学，何必己云。"次公因诵欧阳公赠李师诗，嘱余书之以赠焉。元祐四年九月二十一日。（《苏文忠公全集》卷七一）

书林道人论琴棋

元祐五年十二月一日，游小灵隐，听林道人论琴棋，极通妙理。余虽不通此二技，然以理度之，知其言之信也。杜子美论画云："更觉良工心独苦。"用意之妙，有举世莫之知者。此其所以为独苦欤？（《苏文忠公全集》卷七一）

书仲殊琴梦

元祐六年三月十八日五鼓，船泊吴江，梦长老仲殊弹一琴，十三弦颇坏损而有异声。余问云："琴何为十三弦？"殊不答，但诵诗曰："度数形名岂偶然，破琴今有十三弦。此生若遇邢和璞，方信秦筝是响泉。"梦中了然谕其意，觉而识之。今晚到苏州，殊或见过，即以示之。写至此，笔未绝，而殊老叩舷来见，惊叹不已，遂以赠之。时去州五里。（《苏文忠公全集》卷七一）

书王进叔所蓄琴

知琴者以谓前一指后一纸为妙，以蛇蚹纹为古。进叔所蓄琴，前几不容指，而后劣容纸，然终无杂声，可谓妙矣。蛇蚹纹已渐出，后日当益增，但

吾辈及见其斑斑焉，则亦可谓难老者也。元符二年十月二十三日，与孙叔静皆云。（《苏文忠公全集》卷七一）

书黄州古编钟

黄州西北百余里，有欧阳院。院僧畜一古编钟，云得之耕者。发其地，获四钟，斸破其二，一为铸铜者取去，独一在此耳。其声空笼，然颇有古意，虽不见《韶濩》之音，犹可想见其仿佛也。（《苏文忠公全集》卷七一）

书李嵩老棋

南岳李嵩老好睡。众人饱食下棋，嵩老辄就枕。数局一展转，云："我始一局，君几局矣？"东坡曰："李嵩老常用四脚棋盘，只着一色黑子。昔与边韶敌手，今被陈抟争先。着时似有输赢，着了并无一物。"欧阳公梦中作诗云："夜凉吹笛千山月，路暗迷人百种花。棋罢不知人换世，酒阑无奈客思家。"殆是谓也。（《苏文忠公全集》卷七一）

书柳子厚《渔翁》诗

诗以奇趣为宗，反常合道为趣。熟味此诗有奇趣，然其尾两句，虽不必

亦可。（四部丛刊本《河东先生集》卷四三《渔翁》诗注引）

花蕊夫人《宫词》跋

熙宁五年，奉诏定秦楚蜀三家所献书可入馆者，令令史李希颜料理之。中有蜀花蕊夫人《宫词》，独斥去不取。予观其词甚奇，与王建无异。

嗟乎，夫人当去古之时而能振大雅之余韵，没其传不可也。因录其尤者刻诸石，俾识者览之。

东坡居士识。（万历四十四年本《晚香堂苏帖》）

书荆公暮年诗

荆公暮年诗，始有合处。五字最胜，二韵小诗次之，七言诗终有晚唐气味。如平甫七字，复为佳耳。（知不足斋丛书本《侯鲭录》卷七）

题柳耆卿《八声甘州》

世言柳耆卿曲俗，非也。如《八声甘州》云："霜风凄紧，关河冷落，残照当楼。"此语于诗句，不减唐人高处。（《侯鲭录》卷七）

书周韶〔一〕

　　杭州营籍周韶，多蓄奇茗。尝与君谟斗，胜之。韶又知作诗。子容过杭，述古饮之，韶泣求落籍。子容曰："可作一绝。"韶援笔立成，曰："陇上巢空岁月惊，忍看回首自梳翎。开笼若放雪衣女，长念《观音般若经》。"韶时有服，衣白，一座嗟叹。遂落籍，同辈皆有诗送之。

　　二人者最善。胡楚云："淡妆轻素鹤翎红，移入朱栏便不同。应笑西园桃与李，强匀颜色待秋风。"龙靓云："桃花流水本无尘，一落人间几度春。解佩暂酬交甫意〔二〕，濯缨还作武陵人。"固知杭人多慧也。（《侯鲭录》卷七）

〔一〕此文之前，《侯鲭录》有"濠守侯德裕侍郎藏东坡一帖云"十三字。
〔二〕《侯鲭录》原校："芸窗本'意'作'愿'。"

论沈傅师书

　　傅师虽学二王笔法，后欲破之自立，乃伤受主者也。近世人多学傅师，又不至，但有小人跳篱蓦圈脚手，令人可憎，世人皆学，何哉？（《侯鲭录》卷七）

书赠徐信^{〔一〕}

尝见王平甫自负其《甘露寺》诗："平地风烟飞白鸟，半山云水卷苍藤。"余应之曰："神情全在'卷'字上，但恨'飞'字不称耳。"平甫沉吟久之，请余易。余遂易之以"横"字，平甫叹服。大抵作诗当日煅月炼，非欲夸奇斗异，要当淘汰出合用事。

建中靖国元年正月三日甲子，玉局老书。（丛书集成本《东坡诗话录》卷下引《遗珠》）

〔一〕《遗珠》谓此乃赠保昌县进士徐信者，故以此为题。

题陆柬之临摹帖

观兰亭五言，江左风流，萧然在目，笔迹古雅，亦近二王，然少杂奇崄，岂陆君所摹耶！博陵用吉得之卢家阿姑，非大姓故家莫能有此也。

元丰八年二月十二日，眉阳苏轼书。是年十一月十八日，辙过泗州尝观。（文渊阁四库全书本《兰亭考》卷五）

论　书

遇天色明暖，笔砚和畅，便宜作草书数纸，非独以适吾意，亦使百年之后，与我同病者，有以发之也。

张长史、怀素得草书三昧，圣宋文物之盛，未有以嗣之，惟蔡君谟颇有法度，然而未放，止与东坡相上下耳。（文渊阁四库全书本《曲洧旧闻》卷五）

书付过

秦少游、张文潜才识学问，为当世第一，无能优劣二人者。少游下笔精悍，心所默识而口不能传者，能以笔传之。然而气韵雄拔，疏通秀朗，当推文潜。二人皆辱与余游，同升而并黜。

有自雷州来者，递至少游所惠书诗累幅，近居蛮夷得此，如在齐闻韶也。汝可记之，勿忘吾言。（《曲洧旧闻》卷五）

跋内教博士《水墨天龙八部图卷》

此吴道子本深爱之，故为后人所爱也。

予钦吴道子画鬼神人物，得面目之新意，穷手足之变态，尤妙于旁见侧出曲折长短之势，精意考之，不差毫毛，其粗可言者如此。至其神妙自然使人喜愕者，固不可言也。

今长安雷氏所藏，乃其真迹。世称道子，至以为画圣，不如此，不称其名。人多假其名氏者。观此，乃知其非是。

旧说，狗马难于鬼神，此非至论。鬼神非人所见，然其步趋动作，要以人理考之，岂可欺哉！难易在工拙，不在所画。工拙之中，又有格焉。画虽工而格卑，不害为庸品。

熙宁三年正月廿二日，赵郡苏轼子瞻书。（文渊阁四库全书本《式古堂书画汇考》卷八）

跋阎右相《洪崖仙图卷》

洪崖先生，不知何许人也。姓张名蕴，字藏真。风神秀逸，志趣闲雅。仙书秘典，九经诸史，无所不通。开元中已千岁矣，盖古之高仙。明皇仰其神异，累诏不赴。多游终南、泰华，或往青城、王屋，与东罗二大师为侣。每述金丹华池之事，易形炼丹之术，人莫究其微妙焉。

先生戴乌帽，衣红蕉葛衫，乌犀带，短勒靴。仆五人，名状各怪，曰橘、术、粟、葛、拙。有白驴曰雪精，日行千里。复有随身之用白藤笠、六角扇、木如意、筇竹杖、长盈壶，常满杯自然流酌。每跨驴，领仆游于市廛，酒酣笑傲自若。明皇诏图其像，庶朝夕得瞻观之。

元祐四年，东坡苏轼书。（《式古堂书画汇考》卷三八）

题自画竹赠方竹逸

昔岁，余尝偕方竹逸寻净观长老，至其东斋小阁中，壁有与可所画竹石，其根茎脉缕，牙角节叶，无不臻理，非世之工人所能者。

与可论画竹木，于形既不可失，而理更当知，生死、新老、烟云、风雨，必曲尽真态，合于天造，厌于人意，而形理两全，然后可言晓画，非达才明理，不能辨论也。

今竹逸求余画竹，因妄袭与可法则为之，并书旧事以赠。

元丰五年八月四日，眉山苏轼。（文渊阁四库全书本《六砚斋三笔》卷一）

论古文

文章至东汉始陵夷，至晋、宋间，句为一段，字作一处，其源出于崔、蔡。史载文姬两诗，特为俊伟，非独为妇人之奇，乃伯喈所不逮也。（文渊阁四库全书本《春渚纪闻》卷六）

俚语说

俚俗语有可取者。"处贫贱易，耐富贵难；安劳苦易，安闲散难；忍痛易，忍痒难。"人能安闲散，耐富贵，忍痒，真有道之士也。（《春渚纪闻》卷六）

题《真一酒》诗后〔一〕

予作蜜酒〔二〕，格味与真一相乱〔三〕。每米一斗，用蒸饼二两半〔四〕，如常法取醅液，再入蒸饼一两酿之。三日尝看，味当极辣且硬，且以二斗米炊饭投之，若甜软，则每投更入与饼各半两。又二日，再投而熟，全在酿者斟酌损益也。入少水为妙。（四部丛刊影印本《增刊校正王状元集注分类东坡先生诗》卷二四《蜜酒歌》注文）

〔一〕《宝真斋法书赞》卷一五《黄鲁直真一酒诗帖》引"东坡真一法酒题后"篇首二句，乃本文，故此以"题《真一酒》诗后"为题。《增刊校正王状元集注分类东坡先生诗》以《蜜酒法》为题。

〔二〕酒：原缺，据稗海本《东坡志林》补。

〔三〕味：原缺。相：原作"水"。据《宝真斋法书赞》卷一五补、改。

〔四〕饼：原缺，据稗海本《东坡志林》补。

书柳文《瓶赋》后

汉黄门郎扬雄作《酒箴》，以讽谏成帝。其文为酒客难法度士，譬之于物，曰："子犹瓶矣。观瓶之居，居井之眉。处高临深，动常近危。酒醪不入口，臧水满怀。不得左右，牵于缧徽。一旦甄碍，为罂所辖。身提黄泉，骨肉为泥。自用如此，不如鸱夷。鸱夷滑稽，腹如大壶。尽日盛酒，人复借酤。常为国器，托于属车。出入两宫，经营公家。由是言之，酒何过乎！"

或曰，柳子厚《瓶赋》拾《酒箴》而作，非也。子云本以讽谏设问以见意耳，当复有答酒客语，而陈孟公不取，故史略之，子厚盖补亡耳。然子云论屈原、伍子胥、晁错之流，皆以不智讥之；而子厚以瓶为智，几于通道知命者，子云不及也。子云临忧患，颠倒失据，而子厚尤不足观〔一〕，二人当有愧于斯文也耶〔二〕！

元祐六年六月二十七日〔三〕。（四部丛刊本《河东先生集》附录）

〔一〕此句原缺，据稗海本《东坡志林》补。
〔二〕二人：原缺，据同上补。
〔三〕"二人"等十字原缺，据同上补。

自跋南屏《激水偈》

熙宁中作此偈，以示用文阇黎。后十六年，再过南屏，复录以示云玩上座。元祐四年九月望日。（万历三十六年济南康氏刊本《重编东坡先生外集》

自跋石恪《三笑图赞》

近于士人家，见石恪画此图，三人皆大笑，至于冠服衣履手足，皆有笑态。其后三小童，罔测所谓，亦复大笑。世间侏儒观优，而或问其所见，则曰："长者岂欺我哉！"此画正类此。

写呈钦之兄，想亦当捧腹绝倒，抚掌胡卢，冠缨索绝也。（《重编东坡先生外集》卷二三）

自跋《胜相院经藏记》

予夜梦宝月索此文，既觉已三鼓，引纸信笔，一挥而成。元丰三年九月十二日四鼓书。（四部丛刊影刻之郎晔《经进东坡文集事略》卷五四《胜相院经藏记》郎晔注引）

自跋石恪画《维摩赞》《鱼枕冠颂》

仆在黄冈时，戏作此等语十数篇，渐复忘之。元祐三年八月廿九日，同僚早出，独坐玉堂，忽忆此二首，聊复录之。

翰林学士眉山苏轼记。（黑龙江人民出版社一九八四年影印本《三希堂法帖》）

自跋《洞庭春色赋》《中山松醪赋》

始，安定郡王以黄柑酿酒，名之曰"洞庭春色"。其犹子德麟，得之以饷余，戏为作赋。后余为中山守，以松节酿酒，复为赋之。以其事同而文类，故录为一卷。

绍圣元年闰四月廿一日，将适岭表，遇大雨，留襄邑，书此。东坡居士记。（《三希堂法帖》）

题杜子美《楷木诗》后

蜀中多楷木，读如敲仄之"敲"，散材也，独中薪耳。然易长，三年乃拱。故子美诗云："饱闻楷木三年大，为致溪边十亩阴。"

凡木所芘，其地则瘠。惟楷不然，叶落泥水中辄腐，能肥田，甚于粪壤，故田家喜种之。得风，叶声发发，如白杨也。"吟风"之句，尤为纪实云。笼竹，亦蜀中竹名也。（《三希堂法帖》）

书次韵王晋卿送梅花一首后

仆去黄州五周岁矣，饮食梦寐，未尝忘之。方请江湖一郡。书此一诗寄王文父、子辩兄弟，亦请一示李乐道也。（《三希堂法帖》）

《醉翁亭记》书后跋

庐陵先生以庆历八年三月己未刻石亭上。字画褊浅，恐不能传远，滁人欲改刻大字久矣。

元祐六年，轼为颍州，而开封刘君季孙自高邮来，过滁。滁守河南王君诏请以滁人之意[一]，求书于轼。轼于先生为门下士，不可以辞。

十一月乙未。（台湾新文丰出版公司石刻史料新编本《金石续编》卷一五）

〔一〕"自高邮来"至"王君诏"十三字原缺，据《山左金石志》卷一五补。"滁守"之"滁"原无，据前引补。

跋杨文公《与王魏公帖》

夜得一士，旦而告人，察其情若喜不寐者。蒋氏不知何从得之，在其孙彝处也。

世言文公为魏公客，公经国大谋，人所不知者，独文公得与。观此帖，不特见文公好贤乐士之急，且得一士，必亟告之，其补于公者，固亦多矣。

片纸折封，尤见前人至诚相与，简易平实，不为虚文，安得复有隐情不尽不得已而苟从者，皆可为后法也。（津逮秘书本《避暑录话》卷下）

题陶靖节《归去来辞》后

予久有陶彭泽赋《归去来辞》之愿而未能，兹复有岭南之命，料此生难遂素志。舟中无事，倚原韵用鲁公书法，为此长卷，不过暂舒胸中结滞，敢云与古人并驾寰区也耶！

东坡居士轼并识。（光绪二十九年石印本《古缘萃录》卷一）

自题《出颍口初见淮山》诗

余年三十六，赴杭倅过寿，作此诗。今五十九，南迁至虔，烟雨凄然，

颇有当年气象也。(《注东坡先生诗》卷三《出颍口初见淮山是日至寿州》注文)

书寄蔡子华诗后

王十六秀才将归蜀,云:"子华宣德蔡丈,见托求诗。"梦中为作四句,觉而成之,以寄子华,仍请以示杨君素、王庆源二老人。

元祐五年二月七日。(影宋景定补刊《注东坡先生诗》卷二八《寄蔡子华》引)

书《和王晋卿题李伯时画马戏书李伯时画骏马好头赤次韵黄鲁直观李伯时画马》后

此诗,余以元祐三年戊辰任翰林学士,在贡举试院中作也。

谪居惠州,无事,因书于卷末装池。轼。五月二日。(民国六年有正书局印本《苏黄墨宝》)

题《和张子野见寄诗》后

仆昔为通守此州,初入寿星寺,怅然如旧游也。后为密州,张子野以诗见寄[一]，答之云尔。

元祐五年十月二十九日，苏轼记。（抄本《洞霄诗集》卷二）

〔一〕野：原作"予"，据《苏轼诗集》卷一三改。

题《登望僬亭诗》

仆在彭城大水后，登望僬亭，偶留此诗，已而忘之。其后，徐人有诵之者，徐思之，乃知其为仆诗也。（乾隆六十年踵息斋刻本《苏文忠诗合注》卷一五《登望僬亭》引施注）

《奉和程正辅表兄一字韵》诗跋

此诗幸勿示人，人不知吾侪游戏三昧，或以为诟病也。（万历三十六年济南康氏刊本《重编东坡先生外集》卷九）

跋《追和违字韵诗》示过

戊寅上元在儋耳，过子夜出，余独守舍，作"违"字韵。

今庚辰上元，已再期矣。家在惠州白鹤峰下，过子不眷妇子从余此来。其妇亦笃孝，怅然感之，故和前篇，有"石建""姜庞"之句。又复悼怀同安君，末章故复有"牛衣"之句，悲君亡而喜余存也。

书以示过，看余面，勿复感怀。（四部丛刊影印本《新增校正王状元集注分类东坡先生诗》卷六《追和戊寅岁上元》诗末引次公注）

《竹枝》自题

云阳友旧最善墨竹，与仆别几岁月矣。余在钱唐，邀于长青阁小饮，作此《竹枝》奉赠，不知云阳以为何如也。（适园丛书本《珊瑚网》卷二）

题李伯时临刘商《观弈图》

余所藏刘商《观弈图》，由唐迄今二百年，绢素剥烂，粉墨萧瑟。伯时为余临之，茅君篆勒之，皆绝笔也。

噫，刘商之画，非伯时则失其真；伯时之笔，非茅生则不能寿。茅生之名，岂以余言而遂传欤！

眉阳苏轼谨题。（《珊瑚网》卷二）

跋蔡君谟"天际乌云"诗卷

"天际乌云含雨重，楼前红日照山明。嵩阳居士今何在？青眼看人万里情。"此蔡君谟《梦中》诗也。

仆在钱唐，一日，谒陈述古，邀余饮堂前小阁中。壁上小诗一绝，君谟真迹也："绰约新娇生眼底，侵寻旧事上眉尖。问君别后愁多少，得似春潮夜夜添。"又有人和云："长垂玉箸残妆脸，肯为金钗露指尖。万斛闲愁何日尽，一分真态更难添。"二诗皆可观，后诗不知谁作也。（《珊瑚网·书录》卷四）

题"大江东去"后

久不作草书，适□醉走笔，觉酒气勃勃，纷然□出也。东坡醉笔。（宋拓《苏长公雪堂帖》）

题蔡君谟诗草

此蔡君谟《梦中》诗，真迹在济明家，笔力遒劲。

元祐五年十月四日。（巴蜀书社一九八五年本《苏文忠公诗编注集成总

跋欧阳文忠公小草

　　文忠小草《秋声赋》《归雁亭诗》，当为希世珍藏，而思仲乃得之老人家箱箧间，以苴藉线纩者。荆山之人，以玉抵鹊，非虚言也。（中华书局一九八一年校点本《游宦纪闻》卷一○）

跋某人帖　一

　　章子厚有唐人石刻本，与此无异，而字画加丰腴。乃知石刻常患瘦耳。元祐四年十月二十五日，子瞻。（湖北美术出版社影印本《景苏园帖》）

跋某人帖　二

　　吕梦得承事，年八十三，读书作诗，手不废卷。室如悬磬，但贮古今书帖而已。作诗以示慈云老师。（《景苏园帖》）

题崔白布袋真仪

熙宁间，画公崔白示余布袋真仪，其笔清而尤古，妙乃过吴矣。

元祐三年七月一日，眉山苏轼记。（上海古籍出版社一九九五年本《山左金石志》卷一七）

跋晁无咎藏画马〔一〕

晁无咎所藏野马八，出没山谷间，意象惨淡，如柳子厚所云"风鬃雾鬣，千里相角"。然笔法相疏，当是有远韵人而不甚工者。

元祐三年，宋遏叔、张文潜同观。（文渊阁四库全书本《柳河东集》附录）

〔一〕原题无"藏"字，据文意径补。

李伯时画像跋

初，李伯时画予真，且自画其像，故赞云"殿以二士"。已而黄鲁直与家弟子由皆署语其后，故伯时复写二人，而以葆光为导，皆山中人也。

轼书。（万历拓本《戏鸿堂法书》卷二）

跋王元甫《景阳井》诗

余闻江南王元甫、郭功甫皆有诗名。余南归过九江，因道士胡洞微求谒之。元甫云："吾不见士大夫五十年矣。"（上海古籍出版社一九七九年校点本《能改斋漫录》卷一一）

跋姜君弼《课策》

云兴天际，欻然车盖，凝瞩未瞬，弥漫霮霴。惊雷出火，乔木糜碎，般地爇空，万夫皆废。溜练四坠，日中见沫，移晷而收，野无完块。（中华书局一九八三年标点本《齐东野语》卷一〇）

跋自书《赤壁》二赋

元丰甲子，余居黄五稔矣，盖将终老焉。近有移汝之命，作诗留别雪堂邻里二三君子。独潘邠老与弟大观，复求书《赤壁》二赋。余欲为书《归去来辞》，大观礜石欲并得焉。余性不耐小楷，强应其意。然迟余行数日矣。

苏轼书。（希古楼刊本《八琼室金石补正》卷一〇八）

跋自书《后赤壁赋》

黄州少西山麓，斗入江中，石色如丹。传云曹公败处，所谓赤壁者，或曰非也。

时曹公败归，由华容路，路多泥泞，使老弱先行，践之而过，曰："刘备智过人而见事迟，华容夹道皆葭苇，使纵火，则吾无遗类矣。"今赤壁少西对岸即华容镇，庶几是也。然岳州复有华容县，未知孰是？（四部丛刊影刻本《经进东坡文集事略》卷一《后赤壁赋》注文引）

题孙仲谋千山竞秀卷

孙仲谋作此卷，终不去拔刀砍柴时手段，叙列八法，以示己能。复云"多江南佳丽之气"，则江南固佳丽地，仲谋腕不能出之。复有"作者"一语，其自谓也。无怪老瞒临江作欣羡语。即此一事，非老瞒所能也。

余常见老瞒书，终逊于彼，故并及之，岂弗具能为仲谋师耶，善别者能言之耳。

眉山苏轼。（清钞本《十百斋书画录》卯集）

屈原塔（在忠州）

　　屈原遗宅秭归山，南宾古者巴子国。山中遗塔知几年，过者迟疑不能识。浮图高绝谁所为，原死岂复待汝力？临江慷慨心自明，南访重华讼孤直。世人不知徒悲伤，强为筑土高岌岌。（文渊阁四库全书本《栾城集》卷一）

次韵子瞻病中大雪（节录）

　　吾兄笔锋雄，诗俊不可和。雪中思清绝，韵恶愈难奈。（《栾城集》卷一）

子瞻寄示岐阳十五碑

　　堂上岐阳碑，吾兄所与我。吾兄自善书，所取无不可。欧阳弱而立，商隐瘦且椭。小篆妙诘曲，波字美婀娜。谭藩居颜前，何类学颜颇。魏华自磨淬，峻秀不包裹。九成刻贤俊，磊落杂么么。英公与褒鄂，戈戟闻自荷。何年学操笔，终岁惟箭笴。书成亦可爱，艺业嗟独伙。余虽谬学文，书字每惰堕。车前驾骐骥，车后系羸跛。逾年学举足，渐亦行骎骎。古人有遗迹，篆

短不及锁。愿从兄发之，洗砚处兄左。（《栾城集》卷一）

画文殊普贤

谁人画此二菩萨，跌坐花心乘象狻。弟子先后执盂缶，老僧槎牙森比肩。山林修道几世劫，颜貌伟丽如开莲。重崖宛转带林树，野水荒荡浮云天。峨眉高处不可上，下有绝涧锢九泉。朝阳未出白雾起，有光升天如月圆。灵仙居中粗可识，有类白兔依清躔。游人礼拜千万万，迤逦渐远如飞烟。五台不到想亦尔，今之画图谁所传？吾兄子瞻苦好异，败缯破纸收明鲜。自从西行止得此，试与记录代一观。（《栾城集》卷二）

大人久废弹琴，比借人雷琴以记旧曲，十得三四，率尔拜呈

久厌凡桐不复弹，偶然寻绎尚能存。仓庚鸣树思前岁，春水生波满旧痕。泉落空岩虚谷应，佩敲清殿百官寒。终宵窃听不能学，庭树无风月满轩。（《栾城集》卷二）

和子瞻凤翔八观八首（选一）

杨惠子塑维摩像（在天柱寺）

金粟如来瘦如腊，坐上文殊秋月圆。法门论极两相可，言语不复相通传。至人养心遗四体，瘦不为病肥非妍。谁人好道塑遗像，鲐皮束骨筋扶咽。兀然隐几心已灭，形如病鹤竦两肩。骨节支离体疏缓，两目视物犹炯然。长嗟灵运不知道，强剪美须插两颧。彼人视身若枯木，割去右臂非所患。何况塑画已身外，岂必夺尔庸自全？真人遗意世莫识，时有游僧施钵钱。（《栾城集》卷二）

次韵姚孝孙判官见还《岐梁唱和诗集》

伯氏文章岂敢知，岐梁偶有往还诗。自怜兄力能兼弟，谁肯埙终不听篪。西虢春游池百顷，南溪秋入竹千枝。恨君曾是关中吏，属和追陪失此时。（《栾城集》卷三）

次韵柳子玉见赠

壮心衰尽愧当年，刻意为文日几千。老去读书聊度岁，春来多睡苦便毡。

梦归似雁长飞去，才短如蚕只自缠。唯有闻诗尚思和，可能时寄最高篇。
（《栾城集》卷三）

和张安道读杜集（用其韵）

我公才不世，晚岁道尤高。与物都无着，看书未觉劳。微言精《老》
《易》，奇韵喜《庄》《骚》。杜叟诗篇在，唐人喜力豪。近时无沈、宋，前辈
蔑刘、曹。天骥精神稳，层台结构牢。龙腾非有迹，鲸转自生涛。浩荡来何
极，雍容去若遨。坛高真命将，瓂乱始知髦。白也空无微，敌之岂少褒？论
文开锦绣，赋命委蓬蒿。初试中书日，旋闻郿鄢逃。妻孥隔豺虎，关辅暗旌
旄。入蜀营三径，浮江寄一艘。投人惭下舍，爱酒类东皋。漂泊终浮梗，迂
疏独钓鳌。误身空有赋，掑胫惜无袍。卷轴今何益，零丁昔未遭。相如元并
世，惠子谩临濠。得失将谁怨，凭公付浊醪。（《栾城集》卷三）

吴道子画四真君（在精思观）

浮埃古壁上，萧然四真人。矫如云中鹤，犹若畏四邻。坐令世俗士，自
惭污浊身。勿谓今所无，嵩少多隐沦。（吴道子画四真君在精思观。）（《栾城
集》卷四）

613

答文与可以六言诗相示，因道济南事作十首（选二）

故人远在江汉，万里时寄声音。闻道禅心寂寞，未废诗人苦吟。

佳句近参风雅，微词间发《离骚》。窃欲比君庾信，莫年诗赋尤高。（《栾城集》卷六）

次韵子瞻题张公诗卷后

世俗甘枉尺，所愿求直寻。不知一律讹，大乐无完音。见利心自摇，虑害安得深。至人不妄言，淡如朱丝琴。悲伤感旧俗，不类骚人淫。又非避世翁，闵嘿遽阳瘖。嘤嘤晨鸡鸣，岂问晴与阴？世人积寸木，坐使高楼岑。晚岁卧草庐，谁听《梁甫吟》？它年楚倚相，傥能记愔愔。（《栾城集》卷八）

次韵毛君见督和诗

新诗落纸一城传，顾我疏芜岂足编。他日杜陵诗集里，韦迢略见两三篇。（《栾城集》卷一〇）

曾子固舍人挽词

少年漂泊马光禄，末路骞腾朱会稽。儒术远追齐稷下，文词近比汉京西。平生碑版无容继，此日铭诗谁为题？试数庐陵门下士，十年零落晓星低。（《栾城集》卷一三）

周昉画美人歌

深宫美人百不知，饮酒食肉事游嬉。弹丝吹竹舞罗衣，曲终对镜理鬓眉。岌然高髻玉钗垂，双鬟窈窕荸叶微。宛转踟蹰从婴儿，倚楹俯槛皆有姿。拥扇执拂知从谁，瘦者飞燕肥玉妃。俯仰向背乐且悲，九重深远安得窥？周生执笔心坐驰，流传人间眩心脾。飞琼小玉云雾帏，长风吹开忽见之。梦魂清夜那复追，老人衰朽百事非。展卷一笑亦胡为，持付少年良所宜。（《栾城集》卷一四）

子瞻与李公麟宣德共画翠石古木，老僧谓之憩寂图，题其后

东坡自作苍苍石，留取长松待伯时。只有两人嫌未足，更收前世杜陵诗。

赠写真李道士

君不见景灵六殿图功臣，进贤大羽东西陈。能令将相长在世，自古独有曹将军。嵩高李师掉头笑，自言弄笔通前身。百年遗像谁复识，满朝冠剑多伟人。据鞍一见心有得，临窗相对疑通神。十年江海须半脱，归来俛仰惭簪绅。一挥七尺倚墙立，客来顾我诚似君。金章紫绶本非有，绿蓑黄箬甘长贫。如何画作白衣老，置之茅屋全吾真。（《栾城集》卷一五）

问蔡肇求李公麟画观音德云

好事桓灵宝，多才顾长康。何尝为人画，但可设奇将。久聚要当散，能分慰所望。清新二大士，畀我夜烧香。（《栾城集》卷一五）

次韵刘贡父题文潞公草书

鹰扬不减少年时，墨作龙蛇纸上飞。应笑学书心力尽，临池写遍未裁衣。

（《栾城集》卷一五）

卢鸿草堂图

　　昔为大室游，卢岩在东麓。直上登封坛，一夜茧生足。径归不复往，峦壑空在目。安知有十志，舒卷不盈幅。一处一卢生，裘褐荫乔木。方为世外人，行止何须录？百年入箧笥，犬马同一束。嗟予缚世累，归来有茅屋。江干百亩田，清泉映修竹。尚将逃姓名，岂复上图轴？（《栾城集》卷一五）

秦虢夫人走马图二绝

　　秦虢风流本一家，丰枝秾叶映双花。欲分妍丑都无处，夹道游人空叹嗟。

　　朱幰玉勒控飞龙，笑语諠哗步骤同。驰入九重人不见，金钿翠羽落泥中。

（《栾城集》卷一五）

韩幹二马

　　玉带胡奴骑且牵，银鬃白鼻两争先。八坊龙种知何数，乞与岐邠并锦鞯。

（《栾城集》卷一五）

题王诜都尉画山水横卷三首

摩诘本词客，亦自名画师。平生出入辋川上，鸟飞鱼泳嫌人知。山光盎盎着眉睫，水声活活流肝脾。行吟坐咏皆自见，飘然不作世俗词。高情不尽落缣素，连峰绝涧开重帷。百年流落存一二，锦囊玉轴酬不訾。谁令食肉贵公子，不学父祖驱熊罴。细毡净几读文史，落笔璀璨传新诗。青山长江岂君事，一挥水墨光淋漓。手中五尺小横卷，天末万里分毫厘。谪官南出止均颍，此心通达无不之。归来缠裹任纨绮，天马性在终难羁。人言摩诘是前世，欲比顾老疑不痴。桓公崔公不可与，但可与我宽衰迟。

怜君将帅虽有种，多君智慧初无师。篇章俊发已可骇，丹青妙绝当谁知？自言五色苦乱目，况乃旨酒长伤脾。手狂但可时弄笔，口病未免多微词。歌钟一散任池馆，幅巾静坐空书帷。偶从禅老得真趣，此身不足非财訾。世间反复岸为谷，猛兽相食虎与罴。逝将得意比春梦，独取妙语传清诗。眼看官酿泻酥酪，未与村酒分醇漓。解鞍骏马空伏枥，寄书黄狗闲生厘。江山平日偶有得，不自图写浑忘之。临窗展卷聊自适，盘礴岂复冠裳羁？欲乘渔艇发吾兴，愿入野寺嗟儿痴。行缠布袜虽已具，山中父老应嫌迟。

我昔得罪迁南夷，性命顷刻存篙师。风吹波荡到官舍，号呼谁复相闻知？小园畜蚁防橘蠹，空庭养蜂收蜜脾。读书一生空自笑，卖盐竟日那复词。城中清溪可濯漱，城上连峰堪幕帷。十千薄俸聊足用，鱼多米贱忧无訾。东坡居士最岑寂，岌然深蓁见狐罴。坐隅止鹏偶成赋，盘中食蟆时作诗。怜君富贵可炙手，一时出走羞啜醨。泽傍憔悴凡几岁，胸中芥蒂无一厘。江山别来今久矣，不独能言能画之。同朝执手不容久，笑我野马方受羁。袖中短卷墨犹湿，傍人笑指吾侪痴。方求农圃救贫病，它年未用讥樊迟。（《栾城集》卷十六）

范蜀公挽词三首（选一）

赋传《长啸》久，书奏镈钟新。共叹文章手，终为礼乐人。遗风满台阁，好语落簪绅。欲取褒雄比，终非骨鲠臣。（《栾城集》卷一六）

题李公麟山庄图　并叙

伯时作《龙眠山庄图》，由建德馆至垂云沜，著录者十六处。自西而东，凡数里，岩崿隐见，泉源相属，山行者路穷于此。道南溪，山清深秀峙，可游者有四，曰胜金岩、宝华岩、陈彭漈、鹊源，以其不可绪见也。故特著于后。子瞻既为之记，又属辙赋小诗，凡二十章，以继摩诘辋川之作云。（诗略）（《栾城集》卷一六）

李公麟《阳关图》二绝

百年摩诘阳关语，三叠嘉荣意外声。谁遣伯时开缟素，萧条边思坐中生。

西出阳关万里行，弯弓走马自忘生。不堪未别一杯酒，长听佳人泣渭城。

（《栾城集》卷一六）

次韵子瞻道中见寄

兄诗有味剧隽永，和者仅同如画影。短篇泉洌不容挹，长韵风吹忽千顷。经年淮海定成集，走书道路未遑请。相思半夜发清唱，醉墨平明照东省（诗到适在省中）。南来应带蜀冈泉，西信近得蒙山茗。出郊一饭欢有余，去岁此时初到颍。（文渊阁四库全书本《栾城后集》卷一）

武宗元比部画文殊玄奘

遗墨消磨顾陆余，开元一一数吴卢。本朝唯有宗元近，国本长留后世模。出世真人气雍穆，入蕃老释面清癯。居人不惜游人爱，风雨侵陵色欲无。（《栾城后集》卷三）

画叹 并引

武宗元比部学吴道子画佛、菩萨、鬼神，燕肃龙图学王摩诘画山川、水石，皆得其仿佛，颍川僧舍往往见之，而里人不甚贵重，独重赵、董二生。二生虽工而俗，不识古名画遗意，作《画叹》。

武燕未远嗟谁识，赵董纷纷枉得名。已矣孙陈旧人物，至今但数汉公卿。（文渊阁四库全书本《栾城第三集》卷一）

读旧诗

老人诗思如枯泉，辘轳不下瓮盎干。旧诗展卷惊三年，粲然佳句疑昔贤。老来百事不如前，藜羹稻饭嗟独便。饱食余暇尽日眠，安用琢句愁心肝。（《栾城第三集》卷二）

寄张芸叟　并引

张芸叟侍郎编乐府诗相示，继以书问手战之故，恳恳有见怜衰病意，作小诗谢之。

老矣张芸叟，亲编乐府词。才高君未觉，手战我先衰。点黔黼旧无对，吟哦今与谁？十年酬唱绝，欢喜得新诗。（《栾城第三集》卷二）

西轩画枯木怪石

西轩素屏开白云，婆娑老桂依霜轮。顾兔出走蟾蜍奔，河汉卷海机石蹲。

牵牛自载倚桂根，清风飒然吹四邻。东坡妙思传子孙，作诗仿佛追前人。笔墨堕地称奇珍，闭藏不听落泥尘。老人读书眼病昏，一看落笔生精神。《栾城第三集》卷三。

画学董生画山水屏风

承平百事足，鸿都无不有。策牍试篆隶，丹青写飞走。纷然四方集，狐兔萃林薮。何人知有益，长啸呼鹰狗。奔逃走城邑，惊顾念糊口。素屏开白云，称我茅檐陋。濡毫愿挥洒，峰峦映岩窦。巨石连地轴，飞布泻天漏。萦山一径通，过水微桥构。山家烟火然，远寺晨钟叩。僧从何方来，行速午斋后。有客呼渡船，隔水惟病叟。听然发一笑，此处定真否？人生初偶然，与此谁夭寿。厄穷妄自怜，一醉辄日富。客至亦茫然，邀我沽斗酒。（《栾城第三集》卷三）

读乐天集戏作五绝

乐天梦得老相从，洛下诗流得二雄。自笑索居朋友绝，偶然得句与谁同。

乐天得法老凝师，后院犹存杨柳枝。春尽絮飞余一念，我今无累日无思。

乐天投老刺杭苏，溪石胎禽载舳舻。我昔不为二千石，四方异物固应无。

乐天引洛注池塘，画舫飞桥映绿杨。濮水隔城来不得，不辞策杖看湖光。

乐天种竹自成园，我亦墙阴数百竿。不共伊家斗多少，也能不畏雪霜寒。

（《栾城第三集》卷三）

屈原庙赋

凄凉兮秭归，寂寞兮屈氏。楚之孙兮原之子，伉直远兮复谁似？宛有庙兮江之浦，予来斯兮酌以醑。吁嗟神兮生何喜？九疑阴兮湘之涘。鼓桂楫兮兰为舟，横中流兮风鸣戾。忽自溺兮旷何求？野莽莽兮舜之丘，舜之墙兮缭九周，中有长遂兮可驾以游。揉玉以为轮兮，斫冰以为之辐。伯翳俯以御马兮，皋陶为予参乘。惨然愍予之强死兮，泫然涕下而不禁。道予以登夫重丘兮，纷古人其若林。悟伯夷以太息兮，焦衍为予而歔欷。古固有是兮，予又何怪乎当今？

独有谓予之不然兮，夫岂柳下之展禽？彼其所处之不同兮，又安可以谤予？抱关而击柝兮，余岂责以必死？宗国陨而不救兮，夫予舍是安去？予将质以重华兮，蹇将语而出涕。予岂如彼妇兮，夫不仁而出诉？惨默默予何言兮，使重华之自为处。

予惟乐夫揖让兮，坦平夷而无忧。朝而从之游兮，顾子使予昌言[一]。言出而无忌兮，暮还寝而燕安。嗟平生之所好兮，既死而后能然。彼乡之人兮，孰知予此欢？忽反顾以千载兮，喟故宫之颓垣。（明清梦轩本《栾城集》卷一七）

〔一〕使予：原作"使子"，据四部丛刊本改。

私试进士策问二十八首（节录）

问：古之言治者必曰礼乐，礼乐之于人，譬如饮食，未有一日而不相从者。故士之闲居无故，不去琴瑟，行则有佩玉之音，登车则有和鸾之节。身蹈于礼而耳属于乐，如此而后邪辟不至。盖自秦汉以来，士大夫不师古始。然其朝廷乡党之间，起居饮食之际，亦未尝无礼，而乐独尽废，士有终年未尝闻乐而不知其非者。于是有以疑乐之可去，而以古人为非矣。不然，请言乐之不立，而士之所以不如古者安在？

问：秦灭经籍，汉兴，《易》《诗》《书》《礼》《春秋》复存，而《乐》遂丧。然自孔子弟子散亡，天下学者争立异说，各尊所闻以相攻，而圣人之道日以湮没。顷者，朝廷患之，扫除传疏而著以新说，天下庶几由此以识圣人之遗意。然《易》《诗》《书》《礼》皆立学官，《春秋》虽不用，而其书亦不废。惟大《乐》沦弃，漫灭无文，无所考信。呜呼，士生于今，去圣久远，师法不传，幸明天子慨然深愍遗坠而兴之，而六经不备，岂不阙甚矣哉？意者求之它书，推其端而究其末，引而伸之，犹可得而观也。请诵其所取焉。
（《栾城集》卷二〇）

《类篇》叙（范景仁侍读托撰）

虽有天下甚多之物，苟有以待之，无不各获其处也。多而至于失其处者，非多罪也。无以待之，则十百而乱；有以待之，则千万若一。

今夫字书之于天下，可以为多矣，然而从其有声也而待之以《集韵》，天下之字以声相从者无不得也。从其有形也而待之以《类篇》，天下之字以形相从者无不得也。既已尽之以其声矣，而又究之以其形，而字书之变曲尽。盖天圣中诸儒始受诏为《集韵》，书成，以为有形存而声亡者，未可以责得于《集韵》也。于是又诏为《类篇》，凡受诏若干年而后成。

夫天下之物，其多而至比于字书者，未始有也，然而多不获其处，岂其无以待之？昔周公之为政，登龟取鼋、攻枭去蛙之说，无不备具。而孔子之论礼，至于千万而一有者，皆预为之说。夫此将以应天下之无穷，故待天下之物使皆有处，如待字书，则物无足治者。

凡为《类篇》以《说文》为本，而其例有八：一曰䢷槐同部而呐卨异部，凡同音而异形者皆两见也〔一〕。二曰天，一在年，一在真，凡同意而异声者，皆一见也。三曰叟之在草，段之在於，凡古意之不可知者，皆从其故也。四曰雺，古气类也，而今附雨；龄，古口类也，而今附音。凡变古而有异义者，皆从今也。五曰壶之在口，无之在林，凡变古而失其真者，皆从古也。六曰一先之附天，一生之附人，凡字之后出而无据者，皆不得特见也。七曰王之为玉，朋之为朋，凡字之失故而遂然者，皆明其由也。八曰邑之加邑，白之加矅，凡《集韵》之所遗者，皆载于今书也。推此八者以求其详，可得而见也。凡十四篇，目录一篇，文若干。（《栾城集》卷二五）

〔一〕音：原作"意"，据影宋本《类篇·叙》改。此段中多古字，各本不清或有误，今据影宋本《类篇·叙》订正，不再一一出校。

伯父墓表（节录）

公忠信孝友，恭俭正直，出于天性。好读书，老而不衰。平居不治产业，既没无以葬。善为诗，得千余篇，题其编曰《南麾退翁》，杂文书启章奏若干卷；记平生所莅岁月、爵土一卷，曰《苏氏怀章记》。（《栾城集》卷二五）

祭欧阳少师文

维年月日，具官苏辙谨以清酌庶羞之奠，致祭于故观文、少师、赠太师九丈之灵。

呜呼！嘉祐之初，公在翰林。维时先君，处于西南，世所莫知，隐居之深。作书号公，曰"是知予"。公应"嗟然，我明子心。吾于天下，交游如林。有如斯文，见所未曾。"

先君来东，实始识公。倾盖之欢，故旧莫隆。遍出所为，叹息改容。历告在位，莫此蔽蒙。报国以士，古人之忠。公不妄言，其重鼎钟。厥声四驰〔一〕，靡然向风。

嗟维此时，文律颓毁。奇邪谲怪，不可告止。剽剥珠贝，缀饰耳鼻。调和椒姜，毒病唇齿。咀嚼荆棘，斥弃羹胾〔二〕。号兹古文，不自愧耻。公为宗伯，思复正始。狂词怪论，见者投弃。

踽踽元昆，与辙皆来。皆试于庭，羽翼病摧。有鉴在上，无所事媒。驰词数千，适当公怀。擢之众中，群疑相豗。公恬不惊，众惑徐开。滔滔狂澜，中道而回。匪公之明，公为诙俳。

公德日隆，历蹈二府。辙方在艰，抚视逾素。纳铭幽宅，德逮存故。终丧而还，公以劳去。公年未衰，屡告迟莫。自亳徂青，迄蔡而许。来归汝阴，啸傲环堵。辙官在陈，于颍则邻。拜公门下，笑言欢欣。杯酒相属，图史纷纭。辩论不衰，志气益振。有如斯人，而止斯耶？书来告哀，情怀酸辛。报不及至，凶讣遝臻。

呜呼！以之于文，云汉之光。昭回洞达，无有采章。学者所仰，以克向方。知者不惑，昧者不狂。公之在朝，以直自遂，排斥奸回，罔有剧易。后来相承，敢陨故事？虽庸无知，亦或勉励。此风之行，逾三十年。朝廷尊严，庶士多贤。伊谁云从，公导其先。自公之归，忽焉变迁。又谁使然，要归诸天？天之生物，各维其时。朝旸熏风，春夏是宜。冻雨急雪，匪寒不施。时去不返，虽强莫违。矧惟斯人，而不有时？

时既往矣，公亦逝矣。老成云亡，邦国瘁矣。无为为善，善者废矣。时实使然，我谁怼矣。哭公于堂，维其悲矣。呜呼哀哉！尚飨。（《栾城集》卷二六）

〔一〕驰：原作"施"，据清道光三苏祠本《栾城集》改。
〔二〕斥：原作"弁"，据同上改。

祭文与可学士文

维元丰二年岁次己未二月庚子朔，具官苏辙谨以清酌庶羞之奠，致祭于故吴兴太守与可学士亲家翁之灵。

呜呼！与君结交，自我先人。旧好不忘，继以新姻。乡党之欢，亲友之恩。岂无他人，君则兼之。君牧吴兴，我官南京。从君季子，长女实行。君次于陈，往见姑嫜。使者未反，而君沦亡。于何不淑，以至于斯。匪人所知，神实为之。

昔我爱君，忠信笃实。廉而不刿，柔而不屈。发为文章，实似其德。风雅之深，追配古人。翰墨之工，世无拟伦。人得其一，足以自珍。纵横放肆，久而疑神。晚岁好道，耽悦至理。洗濯尘翳，湛然不起。病革不乱，遗书满纸。嗟乎今日，见此而已。

我欲哭君，神往身留。遣使往奠，涕泗横流。绛幡素车，归安故丘。呜呼哀哉！尚飨。（《栾城集》卷二六）

《栾城后集》引

予少以文字为乐，涵泳其间，至以忘老。

元祐六年，年五十有三，始以空疏备位政府，自是无述作之暇。顾前后所作至多，不忍弃去，乃衷而集之，得五十卷，题曰《栾城集》。九年，得罪出守临汝，自汝徙筠，自筠徙雷，自雷徙循，凡七年。

元符三年，蒙恩北归，寓居颖川。至崇宁五年，前后十五年，忧患侵寻，所作寡矣，然亦班班可见，复类而编之，以为《后集》，凡二十四卷。

眉山苏氏子由书。（明清梦轩本《栾城后集》卷首）

次韵子瞻道中见寄

兄诗有味剧隽永，和者仅同如画影。短篇泉冽不容挹，长韵风吹忽千顷。经年淮海定成集，走书道路未遑请。相思半夜发清唱，醉墨平明照东省。诗到，适在省中。南来应带蜀冈泉，西信近得蒙山茗。出郊一饭欢有余，去岁此时初到颖。（《栾城后集》卷一）

题韩驹秀才诗卷

唐朝文士例能诗，李、杜高深得到希。我读君诗笑无语，恍然重见储光羲。（《栾城后集》卷四）

再祭亡兄端明文

维崇宁元年岁次壬午五月乙卯朔日，弟具官辙与新妇德阳郡夫人史氏，谨以家馔酒果之奠，致祭于亡兄子瞻端明尚书之灵。

呜呼！惟我与兄，出处昔同。幼学无师，先君是从。游戏图书，寤寐其中。曰予二人，要如是终。后迫寒饥，出仕于时。乡举制策，并驱而驰。猖狂妄行，误为世羁。始以是得，终以失之。兄迁于黄，我斥于筠。流落空山，友其野人。命不自知，还复簪绅。俯仰几何，宠禄逮臻。欲去未遑，祸来盈门。大庾之东，涨海之南。黎蜒杂居，非人所堪。瘴起袭帷，飓来掀檐。卧不得寐，食何暇甘？如是七年，雷雨一覃。兄归晋陵，我还颍川。愿一见之，乃有不然。瘴暑相寻，医不能痊。嗟兄与我，再起再颠。未尝不同，今乃独先。呜呼我兄，而止斯耶？昔始宦游，诵韦氏诗。夜雨对床，后勿有违。进不知退，践此祸机。欲复斯言，而天夺之。

先垄在西，老泉之山。归骨其旁，自昔有言。势不克从，夫岂不怀？地虽郏鄏，山曰峨眉。天实命之，岂人也哉？我寓此邦，有田一廛。子孙安之，殆不复迁。兄来自西，于是盘桓。卜告孟秋，归于其阡。颍川有苏，肇自兄先。

呜呼！尚飨。（《栾城后集》卷二○）

《李简夫少卿诗集》引

熙宁初，予从张公安道以弦诵教陈之士大夫，方是时，朝廷以繇役、沟洫事责成郡邑，陈虽号少事，而官吏奔走，以不及为忧。予独以诗书讽议窃禄其间，虽幸得脱于简书，而出无所与游，盖亦无以为乐也。

时太常少卿李君简夫归老于家，出入于乡党者十有五年矣。间而往从之，其居处被服，约而不陋，丰而不余。听其言，未尝及世俗。徐诵其所为诗，旷然闲放，往往脱略绳墨，有遗我忘物之思。问其所与游，多庆历名卿，而元献晏公深知之。求其平生之志，则曰："乐天，吾师也。吾慕其为人而学其诗，患莫能及耳。"

予退而质其里人，曰："君少好学，详于吏道，盖尝使诸部矣[一]。未老而得疾，不至于废而弃其官。其家萧然，馆粥之不给，而君居之泰然。其子君武始弃官以谋养，浮沉里间，不避劳辱。未几，而家以足闻。"

陈人喜种花，比于洛阳，每岁春夏，游者相属弥月。君携壶命侣，无一日不在其间，口未尝问家事，晚岁其诗尤高。信乎，其似乐天也！

予时方以游宦为累，以谓士虽不遇，如乐天，入为从官，以谏争显，出为牧守，以循良称，归老泉石，忧患不及其身，而文词足以名后世，可以老死无憾矣！君仕虽不逮乐天，而始终类焉，夫又将何求？

盖予未去陈而君亡，其后十有九年，元祐辛未，予以幸遇，与闻国政。禄浮于昔人，而令名不闻，老将至矣，而国恩未报，未敢言去，盖尝恐兹心之不从也。

君之孙宣德郎公辅以君诗集来告，愿得予文以冠其首，予素高君之行，

嘉其止足而惧不能蹈也，故具道畴昔之意以授之。凡君诗古律若干篇，分为二十卷。（《栾城后集》卷二一）

〔一〕使：原作"便"，据宋刻《苏文定公文集》改。

《王子立秀才文集》引

昔予既壮，有二婿，曰文务光、王适。务光俊而刚，适秀而和。予方从事南都，二子从予学为文，皆长于《诗》《骚》。然务光之文悲哀摧咽，有江文通、孟东野感物伤己之思。予每非之，曰："子有父母昆弟之乐，何苦为此？"务光终不能改也。既而丧其亲，终丧五年而终。予哭之恸曰："悲夫，彼其文固有以兆之乎！"

始予自南都谪居江南，凡六年而归，适未尝一日不从也。既与予同忧患，至于涵泳图史，驰骛浮图、老子之说，亦未尝不同之，故其闻道益深，为文益高，而予观之亦益久。盖其于兄弟妻子严而有恩，和而有礼，未尝有过。故予尝曰："子非独予亲戚，亦朋友也。"

元祐四年秋，予奉诏使契丹。九月，君以女弟将适人，将鬻济南之田以遣之，告予为一月之行。明年春，还自契丹，及境，而君书不至，予固疑之。及家，问之，曰："噫嘻，君未至济南，病没于奉高！"予哭之失声。

君大父讳㻀，庆历中枢密使，以厚重气节称。考讳正路，尚书比部郎中，乐易好施，得名于士大夫。而君以孝友文章居其后，谓当久远，而中道夭，理有不当然者。况予老矣，而并失此二人，能无悲乎？

君之没，女初未能言，而子裔未生。君弟通昔与君客徐，始识予兄子瞻，子瞻皆贤之。意王氏之遗懿其卒在通乎？

通哀君之文，得诗若干，赋若干，杂文若干，分为若干卷，以示予。予

读之流涕，为此文冠之，庶几初裔能立以畀之。（《栾城后集》卷二一）

书《白乐天集》后 一

元符二年夏六月，予自海康再谪龙川，冒大暑，水陆行数千里，至罗浮。水益小，舟益庳，惕然有瘴暍之虑，乃留家于山下，独与幼子远葛衫布被，乘叶舟，秋八月而至。

既至，庐于城东圣寿僧舍，闭门索然，无以终日。欲借书于居人，而民家无畜书者，独西邻黄氏世为儒，粗有简册，乃得《乐天文集》阅之。

乐天少年知读佛书，习禅定，既涉世履忧患，胸中了然，照诸幻之空也。故其还朝为从官，小不合即舍去，分司东洛，优游终老。盖唐世士大夫，达者如乐天寡矣！

予方流转风浪，未知所止息，观其遗文，中甚愧之。然乐天处世，不幸在牛李党中，观其平生，端而不倚，非有所附丽者也，盖势有所至，而不能已耳。

会昌之初，李文饶用事，乐天适已七十，遂求致仕，不一二年而没。嗟夫！文饶尚不能置一乐天于分司中耶？然乐天每闲冷衰病，发于咏叹，辄以公卿投荒、僇死不获其终者自解，予亦鄙之。至其闻文饶谪朱崖三绝句，刻核尤甚，乐天虽陋，盖不至此也。且乐天死于会昌末年[一]，而文饶之窜，在大中之初[二]，此决非乐天之诗。岂乐天之徒浅陋不学者附益之耶？

乐天之贤，当为辨之。（《栾城后集》卷二一）

〔一〕会昌末年：原作"会昌之初"，据宋刻《苏文定公文集》改。

〔二〕大中之初：原作"会昌末年"，据同上改。

书《白乐天集》后 二

《圆觉经》云："动念息念，皆归迷闷。"世间诸修行人，不堕动念中，即堕息念中矣。欲两不堕，必先辨真妄。使真不灭，则妄不起。妄不起，而六根之源湛如止水，则未尝息念而念自静矣。如此乃为真定。真定既立，则真惠自生。定惠圆满，而众善自至。此诸佛心要也。《金刚经》云："应无所住，而生其心。"既不住六尘，亦不住静六尘，日夜游于六根，而两不相染，此乐天所谓"六根之源，湛如止水"也。

六祖尝告大弟子："假使坐而不动，除得妄起心。"此法同。无情即能障道。道须流通，何以却住心？心不住即流通，住即被缚。故五祖告牛头亦云："妄念既不起，真心任遍知。"皆所谓应无所住而生其心者也。

佛祖旧说符合如此，而乐天《八渐偈》亦似见此事，故书其后，寄子瞻兄。（《栾城后集》卷二一）

书鲜于子骏父母赠告后

中山鲜于子骏世居阆中。昔伯父文甫郎中通守是邦，子骏方弱冠，以进士见。伯父称之曰："君异日学为名儒，仕为循吏。"遂以乡举送之。其后子骏宦学日以有声。

予侍亲京师，始从之游。已而予在应天幕府，子骏以部使者摄府事，朝夕相从也。元祐初，予为中书舍人，子骏为谏议大夫，出入东西省，无日不见。是时司马君实、吕晦叔、范尧夫皆在朝廷，与子骏有平生之旧，方将大用之，而子骏已病矣。是岁明堂赦书，赠其先人金紫光禄大夫，先妣安德郡太夫人[一]。予适当制，实为之词。未几，子骏以疾不起，归葬阳翟。

后十年，士大夫遭南迁之祸，凡七年，予自龙川归颖川，子骏之子绰来见，涕泗言曰："伯兄颉、季弟焯不幸亡矣，惟群、绰在。公与先君有文字之好，愿录旧词，将刻之石，以慰诸孤思慕不已之意。"予亦流落南荒，不自意全，得至于此。抚念存没，流涕而从其请。

建中靖国元年三月十七日记。（《栾城后集》卷二一）

〔一〕先妣：原无，据宋刻《苏文定公文集》补。

亡兄子瞻端明墓志铭

予兄子瞻谪居海南。四年春正月，今天子即位，推恩海内，泽及鸟兽。夏六月，公被命渡海北归。明年，舟至淮浙。秋七月被病，卒于毗陵。吴越之民相与哭于市，其君子相吊于家。讣闻四方，无贤愚皆咨嗟出涕，太学之士数百人，相率饭僧慧林佛舍。呜呼，斯文坠矣，后生安所复仰！

公始病，以书属辙曰："即死，葬我嵩山下，子为我铭。"辙执书哭曰："小子忍铭吾兄！"

公讳轼，姓苏，字子瞻，一字和仲。世家眉山。曾大父讳杲，赠太子太保；妣宋氏，追封昌国太夫人。大父讳序，赠太子太傅；妣史氏，追封嘉国太夫人。考讳洵，赠太子太师；妣程氏，追封成国太夫人。

公生十年，而先君宦学四方，太夫人亲授以书。闻古今成败，辄能语其要。太夫人尝读《东汉史》，至《范滂传》，慨然太息。公侍侧曰："轼若为滂，夫人亦许之否乎？"太夫人曰："汝能为滂，吾固不能为滂母耶？"公亦奋厉有当世志。太夫人喜曰："吾有子矣！"比冠，学通经史，属文日数千言[一]。

嘉祐二年，欧阳文忠公考试礼部进士，疾时文之诡异，思有以救之。梅圣俞时与其事，得公《论刑赏》以示文忠。文忠惊喜，以为异人，欲以冠多士，疑曾子固所为。子固，文忠门下士也，乃置公第二。复以《春秋》对义居第一，殿试中乙科，以书谢诸公。文忠见之，以书语圣俞曰："老夫当避此人，放出一头地。"士闻者始哗不厌，久乃信服。

丁太夫人忧，终丧。五年，授河南福昌主簿，文忠以直言荐之。秘阁试六论，旧不起草，以故文多不工。公始具草，文义粲然，时以为难。比答制策，复入三等。

除大理评事，签书凤翔府判官。长吏意公文人，不以吏事责之。公尽心其职，老吏畏伏。关中自元昊叛命，人贫役重，岐下岁以南山木筏自渭入河，经底柱之险，衙前以破产者相继也。公徧问老校，曰："木筏之害本不至此，若河、渭未涨，操筏者以时进止，可无重费也。患其乘河、渭之暴，多方害之耳。"公即修衙规，使衙前得自择水工，筏行无虞。乃言于府，使得系籍，自是衙前之害减半。

治平二年，罢还，判登闻鼓院。英宗在藩闻公名，欲以唐故事召入翰林。宰相限以近例，欲召试秘阁。上曰：'未知其能否，故试。如苏轼，有不能耶？'宰相犹不可，及试二论，皆入三等，得直史馆。

丁先君忧。服除，时熙宁二年也。王介甫用事，多所建立，公与介甫议论素异，既还朝，置之官告院。四年，介甫欲变更科举，上疑焉，使两制三馆议之。公议上，上悟曰："吾固疑此，得苏轼议，意释然矣。"即日召见，问："何以助朕？"公辞避久之，乃曰："臣窃意陛下求治太急，听言太广，进人太锐。愿陛下安静以待物之来，然后应之。"上悚然听受，曰："卿三言，朕当详思之。"介甫之党皆不悦，命摄开封推官，意以多事困之。公决断精敏，声闻益远。会上元，有旨市浙灯，公密疏，旧例无有，不宜以玩好示人，即有旨罢。殿前初策进士，举子希合，争言祖宗法制非是。公为考官，退拟答以进，深中其病。自是论事愈力，介甫愈恨。御史知杂事者为诬奏公过失，穷治无所得。公未尝以一言自辨，乞外任避之，通判杭州。是时，四方行青苗、免役、市易，浙西兼行水利、盐法。公于其间，常因法以便民，民赖以少安。高丽入贡使者凌蔑州郡，押伴使臣皆本路管库，乘势骄横，至与钤辖亢礼。公使人谓之曰："远夷慕化而来，理必恭顺。今乃尔暴恣，非汝导之，不至是也。不悛当奏之。"押伴者惧，为之小戢。使者发币于官吏，书称甲子。公却之曰："高丽于本朝称臣，而不禀正朔，吾安敢受？"使者亟易书称熙宁，然后受之。时以为得体。吏民畏爱，及罢去，犹谓之学士，而不言姓。

自杭徙知密州，时方行手实法，使民自疏财产以定户等，又使人得告其不实。司农寺又下诸路，不时施行者以违制论。公谓提举常平官曰："违制之坐，若自朝廷，谁敢不从？今出于司农，是擅造律也，若何？"使者惊曰："公姑徐之。"未几，朝廷亦知手实之害，罢之。密人私以为幸。郡尝有盗窃发而未获。安抚、转运司忧之，遣一三班使臣，领悍卒数十人，入境捕之。卒凶暴恣行，以禁物诬民，入其家争斗至杀人，畏罪惊散，欲为乱。民诉之，公投其书不视，曰："必不至此。"溃卒闻之少安。徐使人招出，戮之。

自密徙徐，是时河决曹村，泛于梁山泊，溢于南清河，城南两山环绕，吕梁、百步扼之，汇于城下。涨不时泄，城将败，富民争出避水。公曰："富民若出，民心动摇，吾谁与守？吾在是，水决不能败城。"驱使复入。公履屦杖策，亲入武卫营，呼其卒长，谓之曰："河将害城，事急矣！虽禁军，宜为我尽力。"卒长呼曰："太守犹不避涂潦，吾侪小人效命之秋也。"执梃入火伍中，率其徒短衣徒跣，持畚锸以出，筑东南长堤，首起戏马台，尾属于城。堤成，水至堤下，害不及城，民心乃安。然雨日夜不止，河势益暴，城不沉者三板。公庐于城上，过家不入，使官吏分堵而守，卒完城以闻。复请调来岁夫，增筑故城，为木岸，以虞水之再至，朝廷从之。讫事，诏褒之，徐人至今思焉。

徙知湖州，以表谢上。言事者摘其语以为谤，遣官逮赴御史狱。初，公既补外，见事有不便于民者，不敢言，亦不敢默视也。缘诗人之义，托事以讽，庶几有补于国。言者从而媒蘗之。上初薄其过，而浸润不止，是以不得已从其请。既付狱吏，必欲寘之死，锻炼久之，不决。上终怜之，促具狱，以黄州团练副使安置。公幅巾芒屩，与田父野老相从溪谷之间，筑室于东坡，自号东坡居士。

五年，上有意复用，而言者沮之。上手札徙汝州，略曰："苏轼黜居思咎，阅岁滋深，人材实难，不忍终弃。"未至，上书自言有饥寒之忧，有田在常，愿得居之。书朝入，夕报可。士大夫知上之卒喜公也。会晏驾，不果复用。

至常，以哲宗即位，复朝奉郎、知登州。至登，召为礼部郎中。公旧善门下侍郎司马君实及知枢密院章子厚，二人冰炭不相入。子厚每以谑侮困君实，君实苦之，求助于公。公见子厚曰："司马君实时望甚重。昔许靖以虚名无实见鄙于蜀先主，法正曰：'靖之浮誉，播流四海，若不加礼，必以贱贤为累。'先主纳之，乃以靖为司徒。许靖且不可慢，况君实乎？"子厚以为然，君实赖以少安。

既而朝廷缘先帝意欲用公，除起居舍人。公起于忧患，不欲骤履要地，力辞之，见宰相蔡持正自言，持正曰："公徊翔久矣，朝中无出公右者。"公固辞。持正曰："今日谁当在公前者？"公曰："昔林希同在馆中，年且长。"持正曰："希固当先公耶？"卒不许。然希亦由此继补记注。

元祐元年，公以七品服入侍延和，即改赐银绯。二年，迁中书舍人。时君实方议改免役为差役。差役行于祖宗之世，法久多弊。编户充役不习，官府吏虐使之，多以破产。而狭乡之民，或有不得休息者。先帝知其然，故为免役，使民以户高下出钱，而无执役之苦。行法者不循上意，于雇役实费之外，取钱过多，民遂以病。若量出为入，毋多取于民则足矣。君实为人，忠信有余，而才智不足，知免役之害，而不知其利，欲一切以差役代之。方差官置局，公亦与其选，独以实告，而君实始不悦矣。尝见之政事堂，条陈不可。君实忿然，公曰："昔韩魏公刺陕西义勇，公为谏官，争之甚力，魏公不乐，公亦不顾，轼昔闻公道其详。岂今日作相，不许轼尽言耶？"君实笑而止。公知言不用，乞补外，不许。君实始怒，有逐公意矣，会其病卒乃已。时台谏官多君实之人，皆希合以求进，恶公以直形己，争求公瑕疵。既不可得，则因缘熙宁谤讪之说以病公，公自是不安于朝矣。寻除翰林学士。

二年，复除侍读。每进读至治乱盛衰、邪正得失之际，未尝不反复开导，觊上有所觉悟。上虽恭默不言，闻公所论说，辄首肯喜之。

三年，权知礼部贡举。会大雪苦寒，士坐庭中，噤不能言。公宽其禁约，使得尽其技。而巡铺内臣伺其坐起，过为凌辱。公以其伤动士心，亏损国体，奏之。有旨送内侍省挞而逐之，士皆悦服。尝侍上读祖宗宝训，因及时事，公历言今赏罚不明，善恶无所劝沮；又黄河势方西流，而强之使东；夏人寇镇戎，杀掠几万人，帅臣掩蔽不以闻，朝廷亦不问。事每如此，恐寝成衰乱之渐。当轴者恨之。公知不见容，乞外任。

四年，以龙图阁学士知杭州。时谏官言前宰相蔡持正知安州，作诗借郝处俊事以讥刺时事，大臣议逐之岭南。公密疏言：朝廷若薄确之罪，则于皇帝孝治为不足；若深罪确，则于太皇太后仁政为小累。谓宜皇帝降敕置狱逮治，而太皇太后内出手诏赦之，则仁孝两得矣。宣仁后心善公言而不能用。公出郊未发，遣内侍赐龙茶、银合，用前执政恩例，所以慰劳甚厚。

及至杭，吏民习公旧政，不劳而治。岁适大旱，饥疫并作，公请于朝，免本路上供米三之一，故米不翔贵，复得赐度僧牒百，易米以救饥者。明年方春，即减价粜常平米，民遂免大旱之苦。公又多作饘粥、药剂，遣吏挟医分坊治病，活者甚众。公曰："杭，水陆之会，因疫病死比他处常多。"乃衰羡缗得二千，复发私囊得黄金五十两，以作病坊，稍蓄钱粮以待之，至于今不废。是秋复大雨，太湖泛溢害稼。公度来岁必饥，复请于朝，乞免上供米半，又多乞度牒以粜常平米，并义仓所有，皆以备来岁出粜，朝廷多从之。由是吴、越之民复免流散。

杭本江海之地，水泉咸苦，居民稀少，唐刺史李泌始引西湖水作六井，民足于水，故井邑日富。及白居易复浚西湖，放水入运河，自河入田，所溉至千顷。然湖水多葑，自唐及钱氏，岁辄开治，故湖水足用。近岁废而不理，至是，湖中葑田积二十五万余丈，而水无几矣。运河失湖水之利，则取给于江潮，潮浑浊多淤，河行阛阓中，三年一淘，为市井大患，而六井亦几废。公始至，浚茅山、盐桥二河。以茅山一河专受江潮，以盐桥一河专受湖水。复造堰闸，以为湖水畜泄之限，然后潮不入市。且以余力复完六井，民稍获其利矣。公间至湖上，周视良久，曰："今欲去葑田，葑田如云，将安所置之？湖南北三十里，环湖往来，终日不达，若取葑田积之湖中，为长堤以通南北，则葑田去而行者便矣。吴人种菱，春辄芟除，不遗寸草。葑田若去，募人种菱，收其利以备修湖，则湖当不复埋塞。"乃取救荒之余，得钱粮以贯石数者万。复请于朝，得百僧度牒以募役者。堤成，植芙蓉杨柳其上，望之如图画，杭人名之"苏公堤"。

杭僧有净源者，旧居海滨，与舶客交通牟利，舶至高丽，交誉之。元丰末，其王子义天来朝，因往拜焉。至是源死，其徒窃持其画像附舶往告，义天亦使其徒附舶来祭。祭讫，乃言国母使以金塔二祝皇帝、太皇太后寿。公不纳，而奏之曰："高丽久不入贡，失赐予厚利，意欲来朝矣，未测朝廷所以待之薄厚，故因祭亡僧而行祝寿之礼，礼意鲜薄，盖可见矣。若受而不答，则远夷或以怨怒；因而厚赐之，正堕其计。臣谓朝廷宜勿与知，而使州郡以理却之。然庸僧猾商，敢擅招诱外夷，邀求厚利，为国生事，其渐不可长，宜痛加惩创。"朝廷皆从之。未几，高丽贡使果至。公按旧例，使之所至，吴、越七州，实费二万四千余缗，而民间之费不在，乃令诸郡量事裁损。比至，民获交易之利，而无侵扰之害。

浙江潮自海门东来，势如雷霆。而浮山峙于江中，与渔浦诸山犬牙相错，洄洑激射，岁败公私船不可胜计。公议自浙江上流地名石门，并山而东，凿为运河，引浙江及溪谷诸水二十余里，以达于江，又并山为岸，不能十里以达于龙山之大慈浦，自浦北折抵小岭，凿岭六十五丈，以达于岭东古河，浚古河数里，以达于龙山运河，以避浮山之险，人皆以为便。奏闻，有恶公成功者。会公罢归，使代者尽力排之，功以不成。

公复言：三吴之水，潴为太湖。太湖之水，溢为松江以入海。海日两潮，潮浊而江清，潮水尝欲淤塞江路。而江水清驶，随辄涤去，海口尝通，则吴中少水患。昔苏州以东，公私船皆以篙行，无陆挽者。自庆历以来，松江大筑挽路，建长桥以扼塞江路，故今三吴多水，欲凿挽路为千桥以迅江势。亦不果用，人皆恨之。公三十年间再莅此州，有德于其人，家有画像，饮食必祝，又作生祠以报。

六年，召入为翰林承旨，复侍迩英。当轴者不乐，风御史攻公。公之自

639

汝移常也，授命于宋，会神考晏驾，哭于宋，而南至扬州。常人为公买田，书至，公喜作诗，有"闻好语"之句。言者妄谓公闻讳而喜，乞加深谴。然诗刻石有时日，朝廷知言者之妄，皆逐之。公惧，请外补，乃以龙图阁学士守颍。

先是，开封诸县多水患，吏不究本末，决其陂泽，注之惠民河，河不能胜，则陈亦多水。至是又将凿邓艾沟，与颍河并。且凿黄堆，注之于淮，议者多欲从之。公适至，遣吏以水平准之。淮之涨水高于新沟几一丈，若凿黄堆，淮水顾流浸州境，决不可为，朝廷从之。郡有宿贼尹遇等数人，群党惊劫，杀变主及捕盗吏兵者非一。朝廷以名捕不获，被杀者噤不敢言。公召汝阴尉李直方，谓之曰："君能擒此，当力言于朝，乞行优赏；不获，亦以不职奏免君矣。"直方退，缉知群盗所在，分命弓手往捕其党，而躬往捕遇。直方有母年九十，母子泣别而行，手戟刺而获之。然小不应格，推赏不及。公为言于朝，请以年劳改朝散郎阶为直方赏。朝廷不从。其后吏部以公当迁，以符会公考，公自谓已许直方，卒不报。

七年，徙扬州。发运司旧主东南漕法，听操舟者私载物货，征商不得留难。故操舟者富厚，以官舟为家，补其弊漏，而周船夫之乏困，故其所载，率无虞而速达。近岁不忍征商之小失，一切不许，故舟弊人困，多盗所载以济饥寒，公私皆病。公奏乞复故，朝廷从之。

未阅岁，以兵部尚书召还，兼侍读。是岁，亲祀南郊，为卤簿使，导驾入太庙，有贵戚以其车从争道，不避仗卫，公于车中劾奏之。明日，中使传命申敕有司，严整仗卫。

寻迁礼部，复兼端明殿、翰林侍读二学士。高丽遣使请书于朝，朝廷以故事尽许之。公曰："汉东平王请诸子及太史公书，犹不肯与。今高丽所请，有甚于此，其可予之乎？"不听。公临事必以正，不能俯仰随俗，乞守郡自效。

八年，以二学士知定州。定久不治，军政尤弛，武卫卒骄惰不教，军校蚕食其廪赐，故不敢呵问〔二〕。公取其贪污甚者，配隶远恶，然后缮修营房，禁止饮博。军中衣食稍足，乃部勒以战法，众皆畏服。然诸校多不自安者，有卒史复以赃诉其长，公曰："此事吾自治则可，汝若得告，军中乱矣！"亦决配之，众乃定。会春大阅，军礼久废，将吏不识上下之分，公命举旧典，元帅常服坐帐中，将吏戎服奔走执事。副总管王光祖自谓老将，耻之，称疾不出。公召书吏作奏，将上，光祖震恐而出，讫事，无敢慢者。定人言，自韩魏公去，不见此礼至今矣。

北戎久和，边兵不试，临事有不可用之忧，惟沿边弓箭社兵与寇为邻，以战射自卫，犹号精锐。故相庞公守边，因其故俗立队伍将校，出入赏罚，缓急可使。岁久法弛，复为保甲所挠，渐不为用。公奏为免保甲及两税折变科配，长吏以时训劳，不报，议者惜之。

时方例废旧人，公坐为中书舍人日草责降官制，直书其罪，诬以谤讪，绍圣元年，遂以本官知英州。寻复降一官，未至，复以宁远军节度副使安置惠州。公以侍从齿岭南编户，独以少子过自随，瘴疠所侵，蛮蜒所侮，胸中泊然无所蒂芥。人无贤愚，皆得其欢心，疾苦者界之药，殡毙者纳之窆。又率众为二桥以济病涉者，惠人爱敬之。居三年，大臣以流窜者为未足也，

四年，复以琼州别驾安置昌化。昌化，非人所居，食饮不具，药石无有，初僦官屋以庇风雨，有司犹谓不可，则买地筑室，昌化士人畚土运甓以助之，为屋三间。人不堪其忧，公食芋饮水，著书以为乐，时从其父老游，亦无间也。

元符三年，大赦，北还。初徙廉，再徙永，已乃复朝奉郎提举成都玉局观，居从其便。公自元祐以来，未尝以岁科乞迁，故官止于此，勋上轻车都尉，封武功县开国伯，食邑九百户。将居许，病暑，暴下，中止于常。建中靖国元年六月，请老，以本官致仕，遂以不起。未终旬日，独以诸子侍侧，曰："吾生无恶，死必不坠。慎无哭泣以怛化。"问以后事，不答，湛然而逝，实七月丁亥也。

公娶王氏，追封通义郡君，继室以其女弟，封同安郡君，亦先公而卒。子三人，长曰迈，雄州防御推官，知河间县事。次曰迨，次曰过，皆承务郎。孙男六人，箪、符、箕、籥、筌、筹。明年闰六月癸酉，葬于汝州郏城县钓台乡上瑞里。

公之于文，得之于天。少与辙皆师先君，初好贾谊、陆贽书，论古今治乱，不为空言。既而读《庄子》，喟然叹息曰："吾昔有见于中，口未能言，今见《庄子》，得吾心矣。"乃出《中庸论》，其言微妙，皆古人所未喻。尝谓辙曰："吾视今世学者，独子可与我上下耳。"既而谪居于黄，杜门深居，驰骋翰墨，其文一变，如川之方至，而辙瞠然不能及矣。后读释氏书，深悟实相，参之孔、老，博辩无碍，浩然不见其涯也。先君晚岁读《易》，玩其爻象，得其刚柔远近、喜怒逆顺之情，以观其词，皆迎刃而解。作《易传》，未完，疾革，命公述其志。公泣受命，卒以成书，然后千载之微言，焕然可知也。复作《论语说》，时发孔氏之秘。最后居海南，作《书传》，推明上古之绝学，多先儒所未达。既成三书，抚之叹曰："今世要未能信，后有君子，当知我矣！"至其遇事所为诗骚铭记书檄论撰，率皆过人。有《东坡集》四十卷、《后集》二十卷、《奏议》十五卷、《内制》十卷、《外制》三卷。

公诗本似李、杜，晚喜陶渊明，追和之者几遍，凡四卷。幼而好书，老而不倦，自言不及晋人，至唐褚、薛、颜、柳，仿佛近之。

平生笃于孝友，轻财好施。伯父太白早亡，子孙未立，杜氏姑卒未葬。先君没，有遗言。公既除丧，即以礼葬姑。及官可荫补，复以奏伯父之曾孙彭。其于人，见善称之如恐不及，见不善斥之如恐不尽；见义勇于敢为，而不顾其害。用此数困于世，然终不以为恨。孔子谓伯夷、叔齐古之贤人，曰："求仁而得仁，又何怨？"公实有焉。铭曰：

苏自栾城，西宅于眉。世有潜德，而人莫知。猗欤先君，名施四方。公幼师焉，其学以光。出而从君，道直言忠。行险如夷，不谋其躬。英祖擢之，神考试之。亦既知矣，而未克施。晚侍哲皇，进以诗书。谁实间之？一斥而疏。公心如玉，焚而不灰。不变生死，孰为去来。古有微言，众说所蒙。手发其枢，恃此以终。心之所涵，遇物则见。声融金石，光溢云汉。耳目同是，举世毕知。欲造其渊，或眩以疑。绝学不继，如已断弦。百世之后，岂其无贤？我初从公，赖以有知。抚我则兄，诲我则师。皆迁于南，而不同归。天实为之，莫知我哀。（《栾城后集》卷二二）

〔一〕言：原作"矣"，据四部丛刊本改。

〔二〕呵：原作"何"，据同上改。

《栾城第三集》引

崇宁四年，余年六十有八，编近所为文，得二十四卷，目之《栾城后集》。又五年，当政和元年，复收拾遗稿，以类相从，谓之《栾城第三集》。

方昔少年，沉酣文字之间，习气所熏，老而不能已。既以自喜，亦以自笑。今益以老矣，余日无几。方其未死，将复有所为。故随类辄空其后，以俟异日附益之云尔。

颍滨遗老书。（明清梦轩本《栾城第三集》卷首）

论语拾遗并引（节录）

思无邪

《易》曰："无思无为，寂然不动，感而遂通天下之故。"《诗》曰："思无邪。"孔子取之。二者非异也，惟无思，然后思无邪，有思则邪矣。火必有光，心必有思。圣人无思，非无思也。外无物，内无我。物我既尽，心全而不乱。物至而知可否，可者作，不可者止。因其自然，而吾未尝思，未尝为，此所谓无思无为而思之正也。若夫以物役思，皆其邪矣。如使寂然不动，与木石为偶，而以为无思无为，则亦何以通天下之故也哉？故曰："思无邪，思马斯徂。"苟思马而马应，则凡思之所及，无不应也。此所以为感而遂通天下

之故也。(《栾城第三集》卷七)

《诗》论

　　自仲尼之亡，六经之道遂散而不可解，盖其患在于责其义之太深，而求其法之太切。夫六经之道，惟其近于人情，是以久传而不废。而世之迂学，乃皆曲为之说，虽其义之不至于此者，必强牵合以为如此，故其论委曲而莫通也。

　　夫圣人之为经，惟其于《礼》《春秋》，然后无一言之虚而莫不可考，然犹未尝不近于人情。至于《书》，出于一时言语之间，而《易》之文，为卜筮而作，故时亦有所不可前定之说。比其于法度已不如《礼》《春秋》之严矣。而况乎《诗》者，天下之人，匹夫匹妇，羁臣贱隶，悲忧愉佚之所为作也。

　　夫天下之人，自伤其贫贱困苦之忧，而自述其丰美盛大之乐，其言上及于君臣父子、天下兴亡治乱之迹，而下及于饮食床第、昆虫草木之类，盖其中无所不具，而尚何以绳墨法度，区区而求诸其间哉？此亦足以见其志之不通矣！

　　夫圣人之于《诗》，以为其终要入于仁义，而不责其一言之无当，是以其意可观，而其言可通也。今《诗》之传曰："殷其雷，在南山之阳""出自北门，忧心殷殷""扬之水，白石凿凿""终朝采绿，不盈一掬""瞻彼洛矣，维水泱泱"，若此者皆兴也。而至于"关关雎鸠，在河之洲""南有樛木，葛藟累之""南有乔木，不可休息""维鹊有巢，惟鸠居之""喓喓草虫，趯趯阜螽"，若此者又皆兴也。其意以为兴者，有所取象乎天下之物，以自见其事。故凡诗之为此事而作，而其言有及于是物者，则必强为是物之说，以求合其事，盖其为学亦以劳矣！

　　且彼不知夫《诗》之体固有比也，而皆合之以为兴。夫兴之为言，犹曰

644

其意云尔，意有所触乎当时，时已去而不可知，故其类可以意推，而不可以言解也。《殷其》曰："殷其雷，在南山之阳"，此非有所取乎雷也，盖必其当时之所见而有动乎其意，故后之人不可以求得其说，此其所以为兴也。若夫"关关雎鸠，在河之洲"，是诚有取于其挚而有别，是以谓之比，而非兴也。

嗟夫，天下之人欲观于《诗》，其必先知夫兴之不可以与比同，而无强为之说，以求合其作时之事，则夫《诗》之义庶几乎可以意晓而无劳矣。（明清梦轩本《栾城应诏集》卷四）

《春秋》论

事有以拂乎吾心，则吾言忿然而不平；有以顺适乎吾意，则吾言优柔而不怒。天下之人，其喜怒哀乐之情，可以一言而知也。喜之言岂可以为怒之言邪？此天下之人皆能辨之，而至于圣人，其言丁宁反复布于方册者甚多，而其喜怒好恶之所在者，又甚明而易知也。

然天下之人，常患求而莫得其意之所主，此其故何也？天下之人，以为圣人之文章，非复天下之言也，而求之太过。求之太过，是以圣人之言，更为深远而不可晓。且夫天下何不以己推之也，将以喜夫其人，而加之以怒之之言，则天下且以为病狂，而圣人岂有以异乎人哉？不知其好恶之情，而不求其言之喜怒，是所谓大惑也。

昔者仲尼删《诗》于衰周之末，上自商周之盛王，至于幽、厉失道之际，而下讫于陈灵。自诗人以来，至于仲尼之世，盖已数百余年矣。愚尝怪《大雅》《小雅》之诗，当幽、厉之时，而称道文、武、成、康之盛德，及其终篇，又不见幽、厉之暴虐，此谁知其为幽、厉之诗，而非文、武、成、康之诗者？盖察于辞气，有幽忧不乐之意，是以系之幽、厉而无疑也。

若夫春秋二百四十二年之间，天下之是非杂然而触乎其心，见恶而怒，见善而喜，则夫是非之际，又可以求诸其言之喜怒之间矣。今夫人之于事，有喜而言之者，有怒而言之者，有怨而言之者。喜而言之，则其言和而无伤；怒而言之，则其言厉而不温；怨而言之，则其言深而不诚。此其大凡也。《春秋》之于仲孙湫之来曰："齐仲孙来。"于季友之归曰："季子来归。"此所谓喜之之言也。于鲁、郑之易田曰："郑伯以璧假许田。"于晋文之召王曰："天王狩于河阳。"此所谓怒之之言也。于叔牙之杀曰："公子牙卒。"于庆父之奔曰："公子庆父如齐。"此所谓怨之之言也。夫喜之而和，怒之而厉，怨之而深，此三者无以加矣。

至于《公羊》《榖梁》之传则不然，日月土地皆所以为训也。夫日月之不知，土地之不详，何足以为喜而何足以为怒？此喜怒之所不在也。《春秋》书曰："戎伐凡伯于楚丘。"而以为卫伐凡伯。《春秋》书曰："齐仲孙来。"而以为吾仲孙。怒而至于变人之国，此又喜怒之所不及也。愚故曰：《春秋》者，亦人之言而已，而人之言亦观其辞气之所向而已矣。（《栾城应诏集》卷四）

民政策上第一道（节录）

然臣窃观三代之遗文，至于《诗》，而以为王道之成有所易而不难者。夫人之不喜乎此，是未得为此之味也。故圣人之为诗，道其耕耨播种之劳，而述其岁终仓廪丰实、妇子喜乐之际，以感动其意。故曰："畟畟良耜，俶载南亩。播厥百谷，实函斯活。或来瞻汝，载筐及筥。其饷伊黍，其笠伊纠。其镈斯赵，以薅荼蓼。"当此时也，民既劳矣，故为之言其室家来馌而慰劳之者，以勉卒其业。而其终章曰："荼蓼朽止，黍稷茂止。获之挃挃，积之栗栗。其崇如墉，其比如栉，以开百室。百室盈止，妇子宁止。杀时犉牡，有捄其角。以似以续，续古之人。"当此之时，岁功既毕，民之劳者，得以与其妇子皆乐于此，休息闲暇，饮酒食肉，以自快于一岁。则夫勤者有以自忘其勤，尽力者有以轻用其力，而狼戾无亲之人，有所慕悦而自改其操。此非独于《诗》云尔，道之使获其利，而教之使知其乐，亦如是云。且民之性固安于所乐而悦于所利，此臣所以为王道之无难者也。（《栾城应诏集》卷九）

跋马知节诗草

马公子元，临事敢为，立朝敢言，以将家子，得读书之助，作诗盖其余事耳。早知成都，以抑强扶弱，为蜀人所喜。然酷嗜图画，能第其高下。成都多古画壁，每至其下，或终日不转足。

蜀中有高士孙知微，以画得名，然实非画师也。公欲见之而不可得。知微与寿宁院僧相善，尝于其阁上画惠远送陆道士、药山见李习之二壁。僧密以告公，公径往从之。知微不得已，掷笔而下，不复终画。公不以为忤，礼之益厚。知微亦愧其意，作《蜀江出山图》，伺其罢去，追至剑门赠之。盖公之喜士如此。

阳翟李君方叔，公之外玄孙也，以此诗相示。因记所闻于后。

辛巳季春丙寅，眉山苏辙子由题。（明清梦轩本《栾城遗言》）

跋潘阆诗

东坡先生称眉山矮道士好为诗，诗格亦不能高，往往有奇语。如"夜过修竹寺，醉打老僧门"之句，皆可喜者也。（上海古籍出版社一九七九年校点本《能改斋漫录》卷一一）

跋怀素帖

世传怀素书未有若此完者。绍圣三年三月，予谪居高安，前新昌宰邵君出以相示。予虽知其奇，然不能尽识其妙。余兄和仲特善行草，时亦谪惠州，恨不令一见也。

眉山苏辙同叔记。（文渊阁四库全书本《铁网珊瑚》卷一）

跋陈泊诗草

辙顷在南都，传道陈君以盐铁公诗草相示，辙甚爱公诗之精，且嘉公之孝恭不坠世德。后六年自歙州还京师，见君于酂阳，复出此诗为示，不可以再见而不之志也。

丙寅正月七日赵郡苏辙题。（《铁网珊瑚》卷三）

辨兄轼竹西寺题诗札子

伏见赵君锡状，言与贾易各论臣兄轼作诗事。臣问兄轼，云：实有此诗，然自有因依。乙丑年三月六日在南京闻裕陵遗制，成服后蒙恩许居常州。既南去，至扬州。五月一日在竹西寺门外道傍，见十数父老说话，内一人合掌加额曰："闻道好个少年官家。"臣兄见有此言，中心实喜，又无可语者，遂作二韵诗记之于寺壁，如此而已。今君锡等加诬，以为大恶。兼月日相远，其遗制岂是山寺归来所闻之语？伏望圣慈体察。今日进呈君锡等文字，臣不敢与。（文渊阁四库全书本《续资治通鉴长编》卷四六三）

图书在版编目（CIP）数据

三苏文艺理论作品选注 / 曾枣庄选注. 一成都：巴蜀书社，2017.12
ISBN 978-7-5531-0893-3
（曾枣庄三苏研究丛刊）

Ⅰ.①三… Ⅱ.①曾… Ⅲ.苏洵（1009－1066）－文集②苏轼
（1036－1101）－文集③苏辙（1039－1112）－文集 Ⅳ.I214.411

中国版本图书馆 CIP 数据核字（2017）第 275118 号

三 苏 文 艺 理 论 作 品 选 注

SANSU WENYILILUN ZUOPIN XUANZHU

曾枣庄　选注

策　　划	侯安国
封面题字	乐　林
责任编辑	杨合林
封面设计	冀帅吉
出　　版	巴蜀书社
	成都市槐树街 2 号　邮编 610031
	总编室电话：（028）86259397
网　　址	www.bsbook.com
发　　行	巴蜀书社
	发行科电话：（028）86259422　86259423
经　　销	新华书店
照　　排	四川胜翔数码印务设计有限公司
印　　刷	成都东江印务有限公司
版　　次	2018 年 2 月第 1 版
印　　次	2018 年 2 月第 1 次印刷
成品尺寸	240mm×170mm
印　　张	44.25
字　　数	700 千
书　　号	ISBN 978-7-5531-0893-3
定　　价	180.00 元